나는 왜 너가 아니고 나인가

인디언 연설문집

나는 왜 너가 아니고 나인가

시애틀 추장 외
류시화 엮음

나는 땅 끝까지 가 보았네
물이 있는 곳 끝까지도 가 보았네
나는 하늘 끝까지 가 보았네
산 끝까지도 가 보았네
나와 연결되지 않은 것은
하나도 발견할 수 없었네

－나바호 족 노래

차례

느린 소(슬로 불, 수 족 치료사)

우리는 모두 연결되어 있다

치페와 족으로도 불리는 오지브웨(혹은 오지브와) 족은 지금의 미국 미네소타 주와 노스다코타 주, 몬태나 주를 포함한 오대호 유역에서 살았다. 여러 지파로 나뉘어 터틀 산맥을 따라 사냥을 하다가 여름에는 강과 호수 일대에 천막을 치고 물고기를 잡았다. 한곳에 정착해 나무껍질을 엮어 오두막을 짓고 옥수수를 재배하기도 했다. 현재는 미국과 캐나다에서 체로키 족과 나바호 족 다음으로 규모가 큰 아메리카 원주민 부족 중 하나이다.

여러 설이 있지만 '오지브웨'라는 이름은 '주름 잡힐 때까지 굽는 사람들'이라는 뜻을 담고 있다. 가죽 모카신을 만들 때 방수 기능을 강화하기 위해 모닥불 연기를 오래 쬐어 건조 처리한 데서 유래한 이름으로 여겨진다. 그러나 그들 자신은 스스로를 야생의 사람들이라는 뜻의 '아니시나베'라고 불렀다.

오지브웨 족은 우리가 아메리카 원주민을 생각할 때 떠올리게 되는 몇 가지 요소와 관계가 깊다. 철도 건설에 방해가 된다는 이유로, 혹은 사냥 취미로 백인들에 의해 어마어마한 숫자가 죽임을 당한 들소가 이들 삶의 기초였다. 또한 몸과 영혼의 정화 의식에 사용한 땀천막(스웨트 롯지)이 평원 부족인 이들의 전통에서 시작되었다. 버드나무 가지를 둥글게 구부려 구슬과 깃털을 달고 실로 그물을 엮은 주술 장식 '꿈을 잡는 거미줄(드림캐처)'도 이 부족의 전설에 등장하는 아시비카시라는 거미 여인이 부족민을 보호하기 위해 처음 만든 것이다. 땅에 네 개의 방향을 표시하는 돌들을 우리의 윷판처럼 배열한 '신성한 원(메디신 휠)' 역시 이들의 종교의식에서 유래한 것이다.

아메리카 원주민들이 자랑하는 자작나무 껍질 공예품도 오지브웨 족이 원조였다. 마른 세이지 풀을 태운 연기로 신체와 장소를 정화하는 의식도 이들의 문화에서 시작되었다. 그리고 민속학에서 사용하는 '토템'이라는 용어도 본래는 오지브웨 어의 '도댐'에서 가져온 것으로, 특정한 동식물이 집단의 조상이나 개인과 혈연 관계에 있어서 그것들이 자신을 보호해 준다고 여긴 부족의 믿음과 관계가 있다. 이 용어를 처음 소개한 영국인 모피 상인 존 롱은 다음의 일화를 기록으로 남겼다.

부족의 한 남자는 곰을 자신의 토템으로 삼았는데, 꿈에서 계시를 받고 사냥을 떠났다가 실수로 곰을 죽이고 말았다. 그는 만물을 주재하는 '위대한 영'의 노여움을 사고 도망쳐 왔다. 오는 도중에 다른 곰을 만나 왜 토템을 죽였느냐고 추궁받자 남자는 곰을 죽인 것을 뉘우치며 순전한 실수였다고 해명하고 가까스로 용서를 받았다. 남자는 존 롱에게 탄식하며 말했다.

"내 신앙은 사라졌다. 나의 토템이 화가 났다. 다시는 사냥을 할 수 없게 되었다!"

또한 우리가 비전 퀘스트(인생의 꿈을 찾는 추구 여행)라고 부르는 의식을 오지브웨 족은 실천했다. 혼자 산 정상이나 밀림 속으로 여행을 떠나 대자연의 절대 세계와 마주하는 일종의 통과의례인 이 전통 의식을 통해 부족의 아이들은 인생의 의미를 묻고 계시로써 그 답을 들어 성인이 될 수 있었다.

이 모든 요소들 중에서도 오지브웨 족이 가장 강하게 가진 생각은 '만물이 서로 연결되어 있다'는 것이었다. 그들은 자연 속 만물을 관찰함으로써, 그리고 부족 어른들의 가르침을 통해 그 생각을 생활 속에서 실천했다. 동식물과 타인, 나아가 다른 부족을 대하는 마음 자세가 그 근본 사상에서 출발했다. 그리고 그 사상은 아메리카 대륙 전역의 모든 원주민이 공유한 것이었다. 유럽의 백인들이 이 '신대륙'에 침입해 왔을 때 가장 이해하지 못한 사고방식이 그것이었다. 얼굴 흰 사람들이 왔을 때 원주민들은 그 사고방식에 따라 그들을 받아들이고 가진 것을 나눠 주어 생존할 수 있도록 도왔다. 하지만 침입자들은 '내가 살아남기 위해서는 너를 제거해야 한다'는 생각이 지배적이었으며, 이 생각이 원주민들 대부분을 말살시키는 결과를 낳았다.

오지브웨 족에게는 다음의 창조 설화가 전해진다. 동물과 식물, 인간 등 세상 만물을 하나씩 창조한 뒤 신은 마지막 고민에 빠졌다. 각각의 훌륭한 존재를 만들어 놓긴 했으나 그 모두를 하나로 연결하는 것이 필요했다. 그렇지 않으면 저마다 잘나고 훌륭한 존재들이 서로를 파괴할 가능성이 크기 때문이었다. 방법을 궁리하고 있는 신 앞에 거미 한 마리가 나타나 자신이 돕겠다고 말했다. 그리하여 작은 거미는 자신의 몸에서 뽑아낸 가느다란 실로 세상의 모든 존재들을 이어서 전체를 연결하는 하나의 그물망을 만들었다. 그럼으로써 모든 창조물이 보이지 않는 그물망 속에서 하나로 연결

될 수 있었다. 신은 크게 기뻐했다.

이번에 새롭게 출간하는 이 책은 수만 년 전부터 '거북이섬'이라는 이름으로 불린 북미 대륙에 터전을 잡고 살아온 수많은 원주민 부족의 삶과 문화에 대한 이야기이며, 총과 병균과 종교를 앞세우고 쳐들어 온 백인들에게 터전을 빼앗기고 물러가면서 그들이 남긴 연설문들을 모은 것이다. 단순하면서 호소력 강한, 아메리카 원주민 역사에 길이 남은 이 명연설문들은 오만한 백인 문명의 허구뿐 아니라 오늘을 사는 우리의 삶과 정신세계까지도 날카롭게 지적하고 있다. 그리고 인디언적인 사고관을 가진 사람과 비인디언적인 사고관을 가진 사람 중에서 우리 자신은 어느 쪽에 속하는지 돌아보게 한다.

수콰미쉬 족의 시애틀 추장에서부터 다코타 족의 붉은 새에 이르기까지 부족과 언어가 달라도 아메리카 원주민들이 한결같이 하는 말은 이것이다.

"우리 모두는 연결되어 있다. 별을 흔들지 않고서는 꽃을 꺾을 수 없다."

2017년 여름, 류시화

인디언의 혼을 갖고 태어나

바람이 자유롭게 불고 햇빛을 가로막을 것이 아무것도 없는 드넓은 평원에서 나는 태어났다. 들소 가죽으로 만든 인디언 천막이 나의 집이었다. 첫 숨을 들이쉬는 그 순간부터 마지막 숨을 내쉬는 순간까지 우리 인디언은 자연과 하나된 삶을 살았다. 우리는 대지의 일부분이며, 대지는 우리의 일부분이었다.

천막을 열고 밖으로 나가면 언제나 신비가 우리를 맞이했다. 세상은 경이로 넘치고, 대지 전체가 곧 학교이며 교회였다. 우리의 삶속에는 단 하나의 의무만이 있었다. 그것은 기도의 의무였다. 기도는 눈에 보이지 않는 영원한 존재를 날마다 새롭게 느끼기 위한 방법이었다. 아침마다 우리는 물가로 나가 몸을 정결하게 씻고 떠오르는 태양 앞에 마주섰다. 새롭고 부드러운 대지, 그 위대한 침묵 앞에 홀로 서 있었다.

우리 얼굴 붉은 사람들에게 종교는 홀로 있음과 침묵 속에서 이루어지는 신성한 것이었다. 우리는 우리를 구원해 줄 메시아를 기다리지 않았다. 우리에게는 구세주가 필요 없었다. 이 대지 위에서 우리는 언제나 행복했다.

인디언 아이는 때가 되면 혼자서 멀리 산꼭대기로 올라가 하루나 이틀 동안 금식을 행하며 위대한 신비의 힘 앞에 자신을 내맡겼다. 모든 생명을 에워싼 위대한 신비를 사랑하고, 자연을 사랑하고, 사람과 대지를 사랑하는 데 삶의 근본이 있음을 우리는 배웠다. 삶에서 우리는 다른 것을 추구하지 않았다. 물질이나 소유는 우리가 좇는 것이 아니었다.

이 대지가 조상으로부터 물려받은 것이 아니라 우리의 다음 세대들에게서 잠시 빌린 것임을 우리는 잊지 않았다. 그래서 그것을 소중히 다뤄 다음 세대에게 돌려줘야 한다는 것을. 우리는 자연을 완성된 아름다움으로 여겼으며, 그것을 파괴하는 것을 신에 대한 모독이라고 생각했다.

그 대신 우리는 늘 고마움을 전하며 살았다. 밤과 낮을 쉬지 않고 운항하는 어머니 대지에게, 우리의 숨결이 되어 주고 새의 날개를 지탱해 주는 공기에게, 자연의 비밀과 자유를 일깨워 주는 우리의 형제 자매인 동물들에게, 머물렀다가 또 여행해 가는 순결한 물에게, 그리고 우리를 잠에서 깨어나게 하는 태양에게.

약초를 캘 때도 처음 만나는 것은 캐지 않았다. 우리는 그것을 할아버지 약초로 여겼으며, 그에게 선물을 바치고 허락을 구한 뒤 다른 약초를 찾아 나섰다. 우리는 필요한 만큼만 땅에서 취하고, 취한 만큼 돌려주었다. 우리가 가진 것, 자연으로부터 받은 것에 대해 잊지 않고 감사 기도를 올렸다. 어떤 것이든 헛되이 쓰지 않았으며, 꼭 필요하지 않은 것은 남에게 나눠 주었다. 사냥을 할 때도 우리의 화살이 사슴을 죽이는 것이 아니었다. 화살이 아무리 강하다 해도, 그 사슴을 죽이는 것은 자연이었다.

어렸을 때 나는 부족의 어른과 함께 산길을 걷다가 지팡이가 필요해 작은 나뭇가지 하나를 꺾었다. 새 지팡이를 들고 자랑스럽게 걷는 나를 보고 부족의 어른은 내가 올바른 방법으로 그것을 손에 넣었는지 물었다. 나무에게 허락을 구했는가? 꼭 필요한 만큼만 잘 랐는가? 나무에게 선물을 바쳐 감사 표시를 했는가? 그냥 나뭇가지를 잘랐을 뿐이라고 대답하자, 그 어른은 나를 데리고 나무에게 가서 가지가 잘라진 부분을 만지게 했다. 그리고 무엇을 느끼느냐고 물었다. 내가 축축한 것이 느껴진다고 하자 그는 말했다. 나무가 울고 있기 때문이라고. 그러면서 그는, 자연에게서 무엇을 취할 때는 반드시 그 주인에게 허락을 구해야 한다고 말했다.

우리는 가난하지만 풍요로웠다. 혼자만의 소유는 죄를 짓는 일이나 마찬가지였다. 문명인을 자처하는 얼굴 흰 사람들이 몰려왔을 때, 우리는 그들에게 먹을 것을 베풀고 농사 지을 땅을 내주었다. 그러자 그들은 땅에 울타리를 치고 그곳을 자신들의 소유라 주장했다. 그리고 언제나 더 내놓으라는 말만 되풀이했다. 땅은 누구도 소유할 수 없는 것이다. 땅은 우리의 어머니이며, 그 어머니는 자신의 자식들인 동물과 새, 물고기, 인간을 똑같이 먹여 살린다. 하지만 얼굴 흰 사람들은 뭐든지 금을 긋고, 그것들이 오직 자신의 것이라고 말했다.

그들은 자연을 길들여지지 않은 야생의 세계로 여기고, 우리를 야만인이라 불렀다. 하지만 우리에게 야생이란 없었다. 우리에게는 다만 자유가 있었을 뿐이다. 자연은 질서에 순종하지만, 문명은 그 질서를 깨려고 노력한다. 자연은 순하고 부드러우며, 생명력으로 넘치는 곳이다. 자연과 가까이 사는 사람은 결코 공격적이지 않다. 공격적인 것은 지나친 욕망을 자극하는 도시 문명에서 일어나는 일이다. 자연 속에서는 필요 이상의 욕망이란 없다.

우리 인디언은 위대한 신비가 만들어 놓은 대로 세상의 것에 만족하고 손대지 않았다. 하지만 얼굴 흰 자들은 달랐다. 그들은 자신들의 마음에 들지 않으면 강이나 산을 마구 바꿔 버리기 시작했다. 그들은 그것을 창조라고 부르지만, 우리의 눈에는 철없는 파괴로 보일 뿐이었다.

무엇보다 우리는 문자가 아니라 가슴에서 나오는 말을 더 신뢰했다. 어린 시절부터 우리는 사람들 앞에서 연설하는 법을 배웠다. 그것은 부족 회의에서, 혹은 다른 부족과의 대화에서, 종교적인 의식에서, 대대로 전해져 오는 설화와 전설을 이야기하는 자리에서, 또한 전투를 독려할 때도 유감없이 발휘되었다. 얼굴 흰 사람들과 조약을 맺는 자리에서도 우리는 가슴에 담긴 말을 곧바로 말할 줄 알았다. 우리는 본질을 피해 말을 빙빙 돌리는 것을 매우 싫어했으며, 얼굴 흰 사람들의 그런 태도를 이해할 수 없었다.

문명은 밀물과 같은 것이고, 자연에 기대어 살던 우리 얼굴 붉은 사람들은 썰물처럼 뒷걸음질쳐야만 했다. 자유로이 대지를 여행하던 인디언들은 좁은 울타리에 갇히거나 어둠 속으로 사라져야 했다. 하지만 언제까지나 우리의 혼은 이 대지와 하나가 되어 살아 있을 것이다. 우리가 그토록 사랑한 생명 가진 모든 것들과 함께 언제나 이곳에 남아 있을 것이다.

2003년 여름, 류시화

오쿠와 찌레(구름새, 테와 푸에블로 족 소년)

어떻게 공기를 사고판단 말인가

시애틀 추장
수콰미쉬 족과 두와미쉬 족

저 하늘은 수많은 세월 동안 우리 아버지들의 얼굴에 자비의 눈물을 뿌려 왔다. 우리에게 영원하리라 여겨지던 것들도 이제는 변하려 하고 있다. 오늘은 맑은 하늘이지만 내일은 구름으로 뒤덮일지 모른다. 하지만 지금 내가 하는 말들은 영원히 지지 않는 별들과 같으리라. 나 시애틀이 하는 말은 믿어도 좋다. 우리의 얼굴 흰 형제들이 계절의 돌아옴을 의심하지 않듯이.

워싱턴의 얼굴 흰 대추장이 우리에게 우정의 인사와 안부를 전해 왔다. 무척 친절한 일이 아닐 수 없다. 그에게는 우리의 우정이 그다지 필요 없기 때문이다. 그의 부족은 숫자가 많다. 마치 초원을 뒤덮은 풀과 같다. 하지만 나의 부족은 적다. 폭풍이 휩쓸고 간 자리에 드문드문 서 있는 들판의 나무들처럼.

위대하고 훌륭한 백인 추장은 아울러 우리의 땅을 사고 싶다고 제의했다. 그러면서 우리가 아무 불편 없이 살 수 있게 해 주겠다고 덧붙였다. 실로 자비로운 일이 아닐 수 없다. 왜냐하면 우리 얼굴 붉은 사람들은 더 이상 그에게서 존경받을 아무런 권리도 없기 때문이다. 또한 그의 제안이 현명한 것인지도 모른다. 우리에게는 이제 넓은 땅이 필요 없을 테니까.

바람에 밀려오는 파도가 조개들 널린 바닥을 뒤덮듯이 우리 부족이 모든 대지를 뒤덮었던 시절이 있었다. 하지만 그 시절은 오래전에 떠나갔고, 우리의 위대했던 부족들도 잊혀져 버렸다. 우리가 다 사라진다 해도 나는 슬퍼하지 않으리라. 얼굴 흰 형제들이 이 대지를 다 차지한다 해도 나는 그들을 비난하지 않을 것이다. 그것은 누구의 책임도 아니며, 우리 자신의 책임이기도 하니까.

우리의 젊은이들이 얼굴 흰 사람들의 부당한 행동에 화가 나 자신들의 얼굴에 검은 칠을 했을 때, 그들의 가슴 역시 검게 변해 버렸다. 그들은 종종 말할 수 없이 난폭해져서 우리 늙은이들도 그들을 말릴 수가 없다.

그러나 우리 희망을 갖자. 우리 얼굴 붉은 사람들과 얼굴 흰 형제들 사이의 적대감이 다시 살아나지 않기를. 서로를 적대시할 때 우리는 모든 것을 잃기만 할 뿐 얻을 것이 아무것도 없다. 우리의 젊은 전사들은 목숨을 바쳐서라도 복수하기 원한다. 하지만 이미 자식들을 잃은 우리 늙은이들은 잘 알고 있다. 싸움을 통해선 아무것도 얻을 수 없다는 것을.

우리는 우리의 땅을 사겠다는 당신들의 제안에 대해 심사숙고할 것이다. 하지만 나의 부족은 물을 것이다. 얼굴 흰 추장이 사고자 하는 것이 무엇인가를. 그것은 우리로서는 무척 이해하기 힘든 일이다. 우리가 어떻게 공기를 사고팔 수 있단 말인가? 대지의 따뜻함을 어떻게 사고판단 말인가? 우리로서는 상상하기조차 어려운 일이다. 부드러운 공기와 재잘거리는 시냇물을 우리가 어떻게 소유할 수 있으며, 또한 소유하지도 않은 것을 어떻게 사고팔 수 있단 말인가? 햇살 속에 반짝이는 소나무들, 모래사장, 검은 숲에 걸려 있는 안개, 눈길 닿는 모든 곳, 잉잉대는 꿀벌 한 마리까지도 우리의 기억과 가슴속에서는 모두가 신성한 것들이다. 나무에서 솟아오르는 수액은 우리 얼굴 붉은 사람들의 기억 속에 고스란히 살아 있다.

우리는 대지의 일부분이며 대지는 우리의 일부분이다. 들꽃은 우리의 누이이고, 순록과 말과 독수리는 우리의 형제다. 강의 물결과 초원에 핀 꽃들의 수액, 조랑말의 땀과 인간의 땀은 모두 하나다. 모두가 같은 부족, 우리의 부족이다.

따라서 워싱턴 대추장이 우리 땅을 사겠다고 한 제의는 우리에게 더없이 중요한 일이다. 우리에게 그것은 우리의 누이와 형제와 우리 자신을 팔아넘기는 일과 다름없기 때문이다. 우리는 그 대추장이 우리의 삶의 방식을 전혀 이해하지 못하고 있음을 안다. 그에게는 우리의 땅조각이 다른 땅조각들과 다를 바 없는 것으로 보일 것이다. 그는 자신에게 필요한 땅을 손에 넣기 위해 한밤중에 찾아온 낯선 자다. 대지는 그의 형제가 아니라 적이며, 그는 대지를 정복한 다음 그곳으로 이주한다. 그는 대지에 대해서는 아무것도 상관하지 않는다. 어머니인 대지와 맏형인 하늘을 한낱 물건처럼 취급한다. 결국 그의 욕심은 대지를 다 먹어 치워 사막으로 만들고야 말 것이다.

아무리 해도 이해가 가지 않는다. 우리의 방식은 당신들의 방식과는 다르다. 우리가 대지를 팔아야 한다면, 당신들은 알아야 한다. 그 공기 또한 우리에게 더없이 소중한 것임을. 살아 있는 모든 것들에게 숨결을 불어넣어 주는 것이 공기이며, 모든 아침마다 우리가 맞이하는 것도 그 공기다. 바람은 나의 할아버지에게 첫 숨과 마지막 숨을 주었다. 그 바람은 우리 아이들에게도 생명을 불어다 줄 것이다.

세상의 모든 것은 하나로 연결되어 있다. 대지에게 일어나는 일은 대지의 자식들에게도 일어난다. 사람이 삶의 거미줄을 짜 나아가는 것이 아니다. 사람 역시 한 올의 거미줄에 불과하다. 따라서 그가 거미줄에 가하는 행동은 반드시 그 자신에게 되돌아오게 마련이다.

당신들의 아이들에게 가르쳐야 한다. 우리가 발을 딛고 있는 이 땅은 조상들의 육신과 같은 것이라고. 그래서 대지를 존중하게 해야 한다. 대지가 풍요로울 때 우리의 삶도 풍요롭다는 진리를 가르쳐야 한다. 우리가 우리의 아이들에게 가르치듯이, 당신들도 당신들의 아이들에게 대지가 우리의 어머니라는 사실을 가르쳐야 한다.

대지에게 가하는 일은 대지의 자식들에게도 가해진다. 사람이 땅을 파헤치는 것은 곧 그들 자신의 삶도 파헤치는 것과 같다. 우리는 이것을 안다. 대지는 인간에게 속한 것이 아니며, 인간이 오히려 대지에게 속해 있다. 그것을 우리는 안다.

당신들의 신은 우리의 신이 아니다. 당신들의 신은 당신들만 사랑하고 우리는 미워한다. 그 신은 강한 두 팔로 얼굴 흰 사람들을 사랑스럽게 감싸 안으며, 마치 아버지가 어린 아들을 인도하듯 그들을 인도한다. 하지만 자신의 얼굴 붉은 자식들에 대해선 잊어버리기로 한 것 같다. 정말로 우리가 그의 자식인지는 모르지만. 우리의 신 위대한 정령(혹은 '위대한 신비'. 아메리카 원주민들이 절대자를 일컫는 말)조차도 우리를 버리고 떠난 듯하다. 당신들의 신은 날마다 당신들을 더욱 강하게 만들며, 머지않아 당신들은 이 땅을 다 뒤덮을 것이다. 우리 부족은 서둘러 물러나는 썰물처럼 급격히 줄어들고 있다. 그들은 다시는 옛날처럼 이곳으로 돌아오지 않을 것이다.

얼굴 흰 사람들의 신은 그의 얼굴 붉은 자식들을 사랑하지도 보호하지도 않는다. 우리는 고아나 다를 바 없으며, 어디를 둘러봐도 도움받을 곳이 없다. 그런데 어떻게 우리가 형제가 될 수 있단 말인가? 어떻게 당신들의 추장이 우리의 추장이 될 수 있으며, 어떻게 그가 우리에게 옛 시절의 번영과 위대함을 가져다줄 것인가?

만약 서로가 같은 신을 갖고 있다면, 그 신은 우리의 눈으로 보기엔 어느 한쪽만 편애하는 신이다. 그는 얼굴 흰 사람들에게만 왔다. 우리는 한 번도 그를 본 적이 없고, 그의 목소리를 들은 적도 없다. 그는 얼굴 흰 자식들에게는 법을 내려 주었지만, 하늘을 뒤덮은 별들처럼 이 대지를 가득 채우고 있던 얼굴 붉은 자식들에게는 아무 말도 하지 않았다.

그렇다. 우리는 서로 다른 부족이며, 언제까지나 그럴 것이다. 당신들의 종교는 화가 난 신이 강철로 된 손가락으로 돌판에 새겨 놓은 것이다. 당신들이 그것을 잊지 않게 하기 위해.

하지만 얼굴 붉은 사람들은 그것을 기억하지도 이해하지도 못한다. 우리의 종교는 조상들로부터 전해진 것이며, 우리 늙은 사람들과 추장들의 꿈이다. 위대한 정령이 그들에게 그것을 주었다. 그것은 우리 부족 사람들의 가슴속에 새겨져 있다.

머지않아 당신들의 부족이 홍수에 불어난 강물처럼 이 대지를 온통 뒤덮을 것이다. 반면에 나와 나의 부족은 썰물과도 같은 운명이 되었다. 이런 운명은 얼굴 붉은 사람들에게는 하나의 신비와도 같은 것이다. 아스라한 별을 지켜보듯이 우리는 소멸해 가는 우리의 운명을 지켜볼 뿐이다.

얼굴 흰 사람들의 꿈을 우리가 알 수 있다면 얼마나 좋을까. 그들이 마음속으로 어떤 희망과 기대에 부풀어 있으며, 긴 겨울밤에 자기의 자식들에게 그려 보이는 내일의 모습이 어떠한가 우리가 알 수 있다면……. 하지만 우리는 야만인들이고, 문명인들의 꿈은 우리에게 가리워져 있다. 당신들의 부족과 우리 부족은 기원도 다르고 운명도 다르다. 이 두 부족 사이에 공통점이란 없어 보인다.

우리는 우리 조상들의 유해가 더없이 성스러우며, 그들이 휴식하고 있는 장소를 신성한 곳으로 여긴다. 그러나 당신들은 당신들 조상의 무덤 위를 마구 돌아다니며, 그럼에도 한 점 후회의 빛을 보이지 않는다. 당신들의 조상은 무덤 입구로 들어가는 순간, 자기가 태어난 이 땅과 당신들에 대한 사랑을 멈추고 먼 별들 너머에서 헤매는 듯하다. 그러고는 금방 잊혀져 다신 돌아오지 않는다.

우리 얼굴 붉은 사람들의 죽은 혼은 자기가 태어난 이 아름다운 세상을 결코 잊지 않는다. 육체를 떠나서도 구불거리는 강과 숨은 골짜기, 거대한 산과 호수들을 변함없이 사랑한다. 저마다 외로운 사냥꾼인 살아 있는 우리들에게 늘 잊지 않고 따뜻한 애정을 보내며, 자신들이 가 있는 저 '행복한 사냥터'로부터 돌아와 종종 우리를 방문하고 위로하고 길을 안내한다.

밤과 낮은 한집에 살 수 없다. 얼굴 붉은 사람들은 떠오르는 아침 태양에 새벽 안개가 달아나듯이, 얼굴 흰 사람들이 다가오면 뒤로 달아날 수밖에 없다. 그럼에도 불구하고 당신들의 제안이 공정한 것이라고 나는 여긴다. 나의 부족은 그 제안을 받아들이고 당신들이 제공하는 인디언 보호구역 안으로 물러날 것이다. 그곳에서 얼굴 흰 대추장의 명령을 짙은 어둠 속에서 들려오는 대자연의 목소리라고 여기며 평화롭게 살아갈 것이다. 그 어둠은 한밤중 바다에서 밀려오는 짙은 안개처럼 점점 더 빠른 속도로 우리를 에워싸고 있다.

남아 있는 날들을 어디서 보내는가 하는 것은 별로 중요하지 않다. 우리에게 남아 있는 날들도 그다지 많지 않으니까. 인디언들의 밤은 칠흑처럼 어두울 것이다. 단 한 개의 밝은 별도 지평선에 걸려 있지 않다. 슬픈 목소리를 한 바람만이 멀리서 울부짖고 있다. 냉정한 복수의 여신이 얼굴 붉은 사람들의 오솔길에서 기다리고 있다. 어느 곳으로 가든 우리는 빠른 속도로 다가오는 파괴자들의 발자국 소리를 듣게 될 것이고, 어쩔 수 없이 자신의 운명과 맞닥뜨리게 될 것이다. 상처 입은 사슴이 사냥꾼의 발자국 소리를 듣는 것처럼 말이다.

몇 번 달이 더 기울고 몇 차례 겨울을 더 넘기고 나면, 한때 이 드넓은 대지 위를 뛰어다니던, 위대한 정령의 보호를 받으며 행복한 가족을 이루고 살던 힘센 부족의 아들들은 모두 무덤 속으로 걸어 들어갈 것이다. 한때는 당신들보다 더 강하고 더 희망에 넘쳐 있던 부족의 아들들이.

하지만 우리가 왜 불평할 것인가? 내가 왜 내 부족의 운명을 슬퍼할 것인가? 부족의 운명이든 한 개인의 운명이든 마찬가지다. 사람은 왔다가 가게 마련이다. 그것은 바다의 파도와 같은 것이다. 한 차례의 눈물, 한 번의 타마나우스, 한 번의 이별 노래와 더불어 그들은 그리워하는 우리의 눈에서 영원히 떠나간다. 그것이 자연의 질서이다. 슬퍼할 필요가 없다.

당신들의 부족이 쓰러질 날이 지금으로선 아득히 먼 훗날의 일처럼 여겨질지 모르지만 그날은 반드시 온다. 신의 보호를 받는 얼굴 흰 사람들이라 해도 인간의 공통된 운명에서 예외일 수 없다. 그런 점에서 우리 모두는 한 형제인지도 모른다. 그것을 곧 알게 될 것이다.

당신들의 제안에 대해 우리는 깊이 생각할 것이며, 결정이 나는 대로 알려 주겠다. 하지만 우리가 그 제안을 받아들여야만 한다면, 한 가지 조건이 있다. 우리의 땅을 당신들에게 팔더라도 우리가 언제나 자유롭게 우리 조상들의 무덤을 방문할 수 있도록 해 달라. 우리의 친구와 아이들의 무덤도.

우리 부족에게는 이 대지의 모든 부분이 똑같이 신성한 곳이다. 모든 언덕배기와 골짜기, 모든 평원과 덤불숲이 우리에게는 사라져 간 날들의 슬프고 기뻤던 사건들을 간직하고 있다.

고즈넉한 해안을 따라 태양 아래 죽은 듯 입 다물고 있는 바위들조차도 우리 부족의 운명과 연결된 과거의 사건들에 대한 추억으로 몸을 떨고 있다. 지금 당신들이 서 있는 이 흙도 우리 부족의 발이 닿으면 훨씬 더 다정하게 반응한다. 이 흙은 우리 조상들의 뼈로 이루어졌고, 당신들의 구두 신은 발보다 우리의 맨발에 더 잘 어울리기 때문이다.

짧은 계절 동안 이곳에서 즐거운 삶을 누렸던, 지금은 이름조차 잊혀진 흩어진 전사들과 그리운 어머니들, 마음씨 좋은 아주머니들과 아이들은 아직도 이곳의 장엄한 침묵을 사랑한다. 설령 최후의 얼굴 붉은 사람이 사라져 우리 부족에 대한 기억이 백인들 사이에 하나의 전설로 남을지라도 이 해안은 우리 부족의 보이지 않는 혼들로 가득할 것이다. 따라서 먼 훗날 당신의 아이들이 황야에서, 슈퍼마켓에서, 고속도로 위에서, 혹은 고요한 삼림 속에서 자기가 혼자라고 느낄지라도 그들은 결코 혼자가 아닐 것이다. 우리 부족의 보이지 않는 혼들이 대지를 가득 채우고 있으므로.

이 대지 위에 자기 혼자라고 할 만한 장소는 존재하지 않는다. 마을과 도시의 거리들이 밤이 되어 고요해지면 당신들은 황량하다고 느낄지도 모른다. 그러나 아직도 이 아름다운 대지를 사랑하는 우리 부족의 숨결이 모든 곳에 가득하다. 얼굴 흰 사람들은 결코 고독하지 않으리라. 죽은 자라고 해서 아무런 힘을 갖지 않은 것이 아니므로, 당신들은 사라져 가는 우리 부족에게 공정하고 친절하게 대해야 한다. 그들은 단지 세상의 다른 이름으로 존재하고 있을 뿐이다.

아니, 지금 내가 '죽은 자'라고 말했던가? 그렇지 않다. 죽음이란 존재하지 않는다. 단지 변화하는 세계만이 있을 뿐이다.

*

아메리카 인디언 연설문 중 가장 유명하며 가장 널리 인용되고, 더불어 가장 많은 논란의 대상이 된 시애틀 추장(1786~1866)의 이 연설은, 1854년 수콰미쉬 족과 두와미쉬 족(둘 다 '강 쪽에 사는 사람들'이란 뜻) 인디언들을 보호구역 안으로 강제로 밀어 넣기 위해 백인 관리 아이삭 스티븐스가 시애틀의 퓨젓사운드에 도착했을 때 행한 것이다.

시애틀 추장의 절친한 백인 친구였던 헨리 스미스가 이 연설을 기록했다. 시인이며 의사인 헨리 스미스는 2년에 걸쳐 두와미쉬 족 언어를 배운 것으로 전해진다. 그는 자신의 노트에 연설을 기록해 두었다가 30년이 지난 후 〈시애틀 선데이 스타〉지에 처음으로 공개했다. 자신이 받아 적은 내용의 정확성을 확인하기 위해 그는 몇 차례에 걸쳐 시애틀 추장을 방문했다.

시애틀 추장에 대한 인상을 헨리 스미스는 '어떤 인디언보다 체구가 크고, 기품 있는 얼굴의 소유자'였다고 적었다.

"인디언들이 신는 뒤축 없는 모카신을 신고서도 그는 키가 180센티미터를 넘었고, 당당한 어깨와 벌어진 가슴, 균형 잡힌 체격을 지니고 있었다. 크고 지적인 눈은 때론 강렬했고, 때론 다정했다. 한 위대한 영혼의 순간순간 변화하는 마음이 그 눈을 통해 생생하게 표현되었다. 또한 고요하고, 엄숙하고, 위엄이 있었다. 마치 소인국의 거인처럼 군중 속을 걸어 다녔고, 그의 조용한 말이 곧 법이었다. 그가 부족 회의에서 연설을 하거나 부드럽게 충고하기 위해 자리에서 일어나면 모두의 시선이 그에게 집중되었다. 마를 줄 모르는 샘에서 쏟아지는 거침없는 폭포 소리와 같이 우아한 문장들이 그의 입술을 타고 흘러나왔다. 아메리카 대륙 전체를 통틀어 그 이상 훌륭한 전사를 찾아보기 힘들 만큼 기품 있고 당당했다."

백인 관리 아이삭 스티븐스가 시애틀에 도착해 평이하고 직접적인 말투로 자신의 임무를 말하자, 시애틀 추장은 부족의 운명을 어깨에 짊어진 어른답게 위엄을 갖추고 자리에서 일어났다. 그러고는 한 손을 아이삭의 머리에 얹고, 다른 손 검지로 천천히 하늘을 가리키며 "저 하늘은 수많은 세월 동안……" 하고 역사에 남는 기념비적인 연설을 시작했다.

시애틀 추장의 원래 이름은 시앨트이며, 두와미쉬 족 어머니와 수콰미쉬 족 아버지 사이에서 태어났다. 그의 아버지 슈웨베 역시 추장이었다. 하지만 아메리카 인디언들에게 추장은 권력의 상징이 아니라 단순한 역할에 불과했다. 인디언들은 자신들이 들을 필요가 있을 때만 추장의 말에 귀를 기울였다.

콜럼버스가 아메리카 대륙을 '발견'하고 300년이 지나 유럽 인들이 미국 서부의 퓨젓사운드에 도착했을 때, 시애틀 추장은 어린 소년이었다. 그 후 70년이라는 그의 생애에 걸쳐 그가 태어난 마을은 풍요로운 문화가 꽃피어나던 장소에서 탐욕스러운 이방인들에 의해 고유의 문화가 완전히 소멸된 장소로 변해 갔다.

어른이 된 시애틀은 백인들과 우호적인 관계를 유지하면서, 한편으론 자신들의 땅과 문화를 잃지 않기 위해 모든 노력을 기울였다. 하지만 인디언들에게 불어닥친 강제적인 생활의 변화는 이미 누구도 되돌리기 힘든 것이었다. 유럽 인들에게서 옮은 전염병으로 수많은 사람들이 목숨을 잃었으며, 부족의 고유한 문화와 종교는 억압당했다. 대대로 부족의 소유였던 땅들도 백인들에게 다 빼앗긴 상태였다. 수천 년 동안 자연의 풍요를 누리며 살던 원주민들은 척박하기 그지없는 보호구역 안에 갇힌 신세가 되었다. 시애틀 추장이 세상을 떠날 때쯤에는 수천 년의 역사를 간직한 풍성하고 다채로웠던 원주민 문화는 거의 사라지고 없었다.

그러나 오늘날 시애틀 추장의 정신은 아메리카 인디언들과 시애틀 주민들, 그리고 전 세계 사람들의 가슴속에 살아 있다. 그의 연설문은 1971년 방송 작가 테드 페리가 〈집〉이라는 제목의 환경 다큐멘터리 대본으로 사용하면서 더욱 유명해졌다. 테드 페리는 자연과 환경에 대한 시애틀 추장의 시각을 강조하기 위해 아메리카 원주민들의 사상이 담긴 몇몇 문장을 연설문에 첨가했다.

그렇지 않아도 '고상한 야만인'의 연설을 참을 수 없었던 백인 우월주의자들은 그것을 기회로 시애틀 추장 연설문의 신빙성에 대해 온갖 의문을 던지기 시작했다. 그가 실존 인물이긴 하지만 전혀 연설을 한 적이 없고, 연설문 원본이라는 것조차 '낭만적인 감상에 젖은 이류 시인이 지어낸 것'이라는 주장이 제기되었다. 나아가 시애틀 추장은 들소를 한 번도 본 적이 없을 뿐더러, 대지를 '어머니'라고 부른 적이 없다는 주장도 전개되었다. 그런 식으로 미국 사회는 시애틀을 두세 사람이 합작해 탄생시킨 가공의 원주민 성자로 몰아세웠다.

하지만 이 연설문 중에서 진위 여부의 논란이 되고 있는 부분은 고작 두세 단락에 불과하다. 또한 그것들 역시 다른 인디언 지도자들의 사상에서 빌려온 것일 뿐, 방송 작가의 독자적인 창작물이라고 보기는 어렵다. 환경 파괴에 대한 시애틀 추장의 예언은 놀랄 만큼 정확하며, 세상 만물을 형제자매로 보는 시각은 모든 아메리카 원주민들이 부족을 막론하고 공유한 사상이었다. '대지는 곧 어머니'라는 믿음 역시 인디언들 각자의 가슴에 깊이 뿌리내린 신성한 신앙과도 같은 것이었다.

시애틀 추장은 '트럼펫처럼 울려 퍼지는' 목소리를 가졌으며, 그가 연설을 하면 1킬로미터 밖에까지 목소리가 울렸다고 전해진다. 수쾀미쉬 족 출신의 아멜리아 스니틀럼은 자신의 자서전에서 시애틀 추장에 대해 이렇게 말하고 있다.

"그는 천둥새와도 같은 힘을 지녔다. 그가 말을 하면 대지가 몸을 떨 정도였다."

추장의 아들 제임스 시애틀은 말했다.

"얼굴 흰 사람들은 결코 그를 잊지 못할 것이다. 시애틀은 가고 없어도 부족들은 그들의 추장을 기억할 것이고, 다가오는 세대들도 그를 존경할 것이다."

문명인임을 자랑하는 백인들의 위선에 찬 삶과 공허한 정신에 대한 시애틀 추장의 지적은 시적이면서도 핵심을 찌르고 있다. 누구나 그의 연설을 읽으면 그의 영혼이 느껴진다. 자신들의 세계가 무너지고 생명의 근원인 대지가 여지없이 파괴되는 것을 지켜보던 감수성 풍부한 인디언들의 슬픔과 지혜, 비굴하지 않은 당당한 종말이 이 연설문 속에 녹아들어 있다.

시애틀 추장은 죽어서 자신이 그토록 사랑하고 지키려 애썼던 수콰미쉬 족 땅에 묻혔다. 그의 묘지 건너편에는 그가 세상을 떠나기 1년 전 이 위대한 추장의 이름을 따서 붙인 거대한 시애틀 시가 자리 잡고 있다. 하지만 얼마 후 시애틀 시에는 인디언들이 거주할 수 없다는 법안이 통과되었다.

유럽 인들이 아메리카 대륙을 정복할 수 있었던 것은 월등한 성능을 갖춘 무기, 인디언들이 면역력을 키우지 못한 전염병, 그리고 속임수와 거짓 덕분이었다. 그러나 백인들의 가장 큰 무기는 '편견'이었다. 그들은 자부심 강하고 깊은 정신세계를 지닌 아메리카 대륙의 원주민들을 미개하고 야만적인 이교도로 보았다. 그래서 문명의 고삐 아래 길들이고 굴복시키지 않으면 안 된다고 생각했다. 얼굴 붉은 사람들을 삶에 만족하는 자연인으로 여기기보다는 게으르고 문명에 뒤쳐진 족속으로 여겼다.

오네이다 족의 치료사 와나니체가 그 편견의 허구를 지적한다.

"유럽 인들이 농노와 노예제도 속에서 고통받으며 살아갈 때 이로쿼이 족 인디언들은 6개 부족 연맹을 만들어 민주적인 틀 속에서 살아가고 있었다. 이들의 헌법은 훗날 미합중국 헌법의 기초가 되었다. 좋게 봐야 자연을 숭배하는 사람들로 여겨졌지만, 아메리카 원주민들의 정신은 매우 심오하고 언제나 위대한 창조주에게 집중되어 있었다.

유럽 인들의 눈에는 인디언들이 단순한 사상을 지닌 것으로 보였지만, 침입자들이 너무 어리석어 그들의 지혜를 알아차리 못했을 뿐이다. 인디언들이 백인 이주민들에게 땅에서 무엇을 얻을 때는 반드시 그만큼 돌려주어 자연의 균형을 유지하는 것이 중요하다고 말했을 때, 백인들은 그것을 미신으로 여겼다. 하지만 지금 아메리카 대륙의 표토는 50퍼센트가 유실되었으며, 땅은 화학비료를 쓰지 않고서는 농사가 불가능할 정도가 되었다.

나무가 자신들의 친척이며 그것들 없이는 모든 삶이 끝난다고 인디언들이 말했을 때, 백인들은 그것을 웃음거리로 삼았다. 그러나 지금 우리는 사막이 넓어지고 대기가 점점 더워지는 현상을 목격하고 있다. 나무를 잘라 버렸기 때문에 생겨난 일이다."

아직 대지와 하나된 삶을 잃지 않았을 때 이로쿼이 족 인디언들은 이렇게 기도했다.

'밤과 낮을 쉬지 않고 운항하는 어머니 대지에게 고마움을 전합니다. 다른 별에는 없는 온갖 거름을 지닌 부드러운 흙에게 고마움을 전합니다. 우리 마음도 그렇게 되게 하소서.

해를 향하고 서서 빛을 변화시키는 잎사귀들과, 머리카락처럼 섬세한 뿌리를 지닌 식물에게 고마움을 전합니다. 그들은 비바람 속에 묵묵히 서서 작은 열매들을 매달고 물결처럼 춤을 춥니다. 우리 마음도 그렇게 되게 하소서.

하늘을 쏘는 칼새와 새벽의 말 없는 올빼미의 날개를 지탱해 주는 공기에게 고마움을 전합니다. 그리고 우리 노래의 호흡이 되어 주고 맑은 정신을 가져다주는 바람에게. 우리 마음도 그렇게 되게 하소서.

우리의 형제자매인 야생동물들에게 고마움을 전합니다. 그들은 우리에게 자연의 비밀과 자유와 여러 길들을 보여 주고, 그들의 젖을 우리에게 나눠 줍니다. 그들은 스스로 완전하며 용감하고 늘 깨어 있습니다. 우리 마음도 그렇게 되게 하소서.

물에게 고마움을 전합니다. 구름과 호수와 강과 얼음산에게도. 그들은 머물렀다가 또 여행하면서 우리 모두의 몸을 지나 소금의 바다로 흘러갑니다. 우리 마음도 그렇게 되게 하소서.

눈부신 빛으로 나무 둥치들과 안개를 통과해 곰과 뱀들이 잠자는 동굴을 덮혀 주고, 우리를 잠에서 깨어나게 하는 태양에게 고마움을 전합니다. 우리 마음도 그렇게 되게 하소서.

수억의 별들, 아니 그것보다 더 많은 별들을 담고 모든 힘과 생각을 초월해 있으면서 우리 안에 있는 위대한 하늘, 할아버지인 우주 공간에게 고마움을 전합니다. 우리 마음도 그렇게 되게 하소서.'

거북이섬(인디언들은 북아메리카 대륙을 거북이섬 또는 큰 섬이라 불렀다)의 원주민들은 자연을 존중했다. 동물과 식물은 위대한 정령이 주신 선물이며, 인간은 감사한 마음으로 그것을 받아야 했다. 그들은 인간에게 음식과 옷이 되어 주기 위해 자신을 희생하는 존재들이었다. 그 너그러움은 충분히 존중받을 가치가 있었다. 거북이섬의 주민들은 약초를 캘 때도 먼저 그 약초의 추장인 그 지역의 가장 큰 약초에게 선물을 바치고 허락을 구했다. 만약 부탁이 받아들여지지 않으면 그 지역을 떠났다. 허락을 받는다 해도, 처음 발견하는 일곱 개의 약초는 손대지 않았다. 약초들이 계속해서 번성하고 다음 일곱 세대가 그것을 이용할 수 있게 하기 위해서였다.

하지만 얼굴 흰 침입자들은 이 오래된 지혜를 잊었다. 그들은 자연을 길들이고 이용해야 할 대상으로 여겼다. 그 결과 한때는 자연에서 뛰어놀던 동물들이 비굴하게 울타리 안에 갇혀 살게 되었다. 문명이 더 나아갈수록 자연은 더 물러나야 했다. 오늘날 하루에 수백만 마리의 동물들이 아무 위엄도 갖추지 못한 채 도살당하고 있다. 사람들은 그들을 신이 준 선물로 여기지 않을 뿐더러, 그들이 인간을 위해 자신을 희생한다고 생각하지도 않는다. 사실을 말하면, 그들에 대해 전혀 생각하지 않는다. 거북이섬 주민들이 볼 때 얼굴 흰 사람들은 자연의 조화에 대해서는 문맹이나 다름없다. 그들은 자연의 언어를 이해하지 못한다. 그들이 그토록 파괴적인 이유가 거기에 있다.

〈아메리카 원주민의 철학〉에서

대지를 잘 돌보라. 우리는 대지를 조상들로부터 물려받은 것이 아니다. 우리의 아이들로부터 잠시 빌린 것이다.

오래된 인디언 격언

당신들이 보고 있는 이 흙은 평범한 흙이 아니다. 우리 조상들의 피와 살과 뼈로 이루어진 흙이다. 거죽에 있는 그 흙들을 파고 내려가야 당신은 비로소 자연의 흙을 만나게 될 것이다. 거죽에 있는 흙은 모두 다 우리 인디언들이나 다름없다. 이 대지는 그 자체로 나의 피, 나의 유해다. 그것은 어디까지나 신성한 것이다.

쉬즈히즈_레노 크로우 족

인디언들의 삶은 지구 전체에 대한 애정의 표현이다. 어머니 대지와 아버지 하늘, 네 방향의 할아버지 바람, 할머니 달, 그리고 우리에게 생명을 주는 할머니의 씨앗들에 대한 애정으로 가득 차 있다. 인디언들의 기본적인 가치관은 전통적인 인간의 가치관과 맞물려 있으며, 그것은 곧 자연의 법칙이기도 하다. 그것을 잊어버리거나 무시하는 것은 범죄나 다름없다.

카로니악타티_모호크 족

우리의 아이들과 아직 태어나지 않은 더 많은 아이들을 위해 이 숲을 보호해야만 한다. 자신을 위해 말하지 못하는 새와 동물, 물고기와 나무들을 위해 이 숲을 보호해야만 한다.

콰치나스_눅소크 족 세습 추장

대지 위를 걸어갈 때, 우리는 아직 태어나지 않은 이들의 얼굴을 밟고 걸어가는 것이다.

이로쿼이 족의 전통적인 가르침

봄에는 가벼운 발걸음으로 조심조심 걸으라. 어머니 대지가 아이를 배고 있으니까.

카이오와 족 격언

이 대륙에 첫발을 내디딘 순간부터 인디언은 자연 속에 삶의 뿌리를 내렸다. 본능적으로, 그리고 의식적으로 대지와 하나 된 삶을 살았다. 오직 대지와 연결지었을 때만 그의 존재가 설명될 수 있었다.

스코트 모마데이_카이오와 족

어떤 식으로든 서로 연결되지 않은 것이란 존재하지 않는다. 모두가 서로 연결되어 있기 때문에 우리가 하는 모든 행동은 우주 전체에 영향을 미친다. 따라서 우리는 이렇게 배웠다. 아침에 일어나면 천막 밖으로 나가기 전에 무릎을 꿇고 앉아 만물을 지으신 이에게 '저를 용서하소서' 하고 기도하라고. 세상 만물에게도 그렇게 기도해야 한다. 당신의 발자국으로 풀줄기 하나를 구부러뜨리기 전에. 그런 다음 비로소 세상 밖으로 나가 다른 생명체들에게 피해를 주지 않고 자신의 자리를 발견해야 한다.

지구 걷기 모임에서 행한 연설, 루벤 스네이크_위네바고 족

나는 땅 끝까지 가 보았네.
물이 있는 곳 끝까지도 보았네.
나는 하늘 끝까지 가 보았네.
산 끝까지도 가 보았네.
하지만 나와 연결되어 있지 않은 것은
하나도 발견할 수 없었네.

나바호 족 노래

한 해가 시작되었다. 우리 인디언들의 천막 안에도, 당신의 마음속에도 새 날들이 찾아왔다. 우리에게 남아 있는 날들이 얼마나 될지 모르지만, 우리는 최선을 다해 살아갈 것이다. 후회 없이 이 대지 위에서 생을 마칠 것이다.

푸른 천둥(블루 썬더)_아시니보인 족

어른들은 우리에게 멀리 내다보는 일의 중요성을 일깨우기 위해 "핀페예 오베!" 하고 말하곤 했다. 그것은 '산을 바라보라'는 뜻이다. 때로 산꼭대기에서 내려다보는 것처럼 다가오는 세대들을 포함할 수 있을

만큼 넓은 시각으로 바라볼 필요가 있다는 것이다. 대지에 관한 일을 다룰 때 적어도 천 년, 2천 년, 혹은 3천 년의 긴 안목으로 생각해야 한다고 어른들은 일깨웠다.

그레고리 카헤테_테와 족

우리 오논다가 족 주민들은 이 대지 위에 사는 다른 형제 주민들에게 인사를 하고 그들에게 감사를 드림으로써 모든 회의를 시작해야 한다. 또한 누구나 발을 딛고 사는 대지에게도 감사의 마음을 표시해야 한다.

시냇물과 물웅덩이들과 우물과 호수들에게,

옥수수 줄기와 그 열매에게, 약초와 나무들에게,

우리에게 유익함을 주는 숲의 나무들과, 자신들을 양식으로 제공해 주고 가죽까지 우리의 옷으로 사용할 수 있게 하는 짐승들에게,

큰 바람들과 작은 바람들에게, 천둥에게, 위대한 전사인 태양에게, 달에게,

하늘 저편에 거주하면서 인간에게 필요한 모든 것을 주시는, 건강과 생명의 근원이신 위대한 정령의 심부름꾼들에게

감사의 인사를 드려야 한다.

그런 다음 비로소 오논다가 족 주민들은 회의를 시작할 수 있다.

오논다가 족 헌법

흰 방패(워파헤바, 샤이엔 족 전사)

이 대지 위에서 우리는 행복했다

빨간 윗도리(사고예와타)
세네카 족

형제여! 오늘 우리가 만난 것은 위대한 정령의 뜻에 의해서다. 세상 모든 일은 다 위대한 정령의 뜻이라는 것이 우리 얼굴 붉은 사람들의 믿음이다. 우리의 만남을 위해 위대한 정령은 이처럼 화창한 날씨를 주셨다. 태양을 가리고 있던 자신의 윗도리를 걷고, 우리 머리 위에 명랑한 햇살을 비춰 주고 계신다.

우리는 눈을 열고 세상에 있는 것들을 본다. 또한 귀를 열고 당신이 말하는 내용을 한 마디도 놓치지 않고 들었다. 이 모든 것에 대해 우리는 위대한 정령에게 감사드린다. 감사를 받을 분은 오직 그분이시다.

형제여, 당신은 얼굴 흰 자들이 보낸 한 사람의 선교사로 우리 앞에 서 있다. 이 만남은 당신의 요청에 의해 이루어졌으며, 우리는 귀 기울여 당신이 말하는 것을 들었다. 당신은 또 우리에게 자유롭게 말할 것을 요청했다. 이보다 기쁜 일이 또 있겠는가! 이제 우리는 당신 앞에 똑바로 서서 우리가 생각하는 바를 분명히 전할 수 있게 되었다. 우리 모두는 귀를 열고 당신이 하는 말을 들었으며,

이제 모두를 대신해 내가 일어섰다.

　중요한 것을 말할 때는 길게 말하지 말고 짧게 요점만 말해야 할 것이다. 따라서 당신이 우리에게 한 말을 여기서 반복하진 않겠다. 그 말들은 우리 마음속에 생생히 새겨져 있으니까. 당신은 이곳을 떠나기 전에 당신의 말에 대한 우리의 대답을 어서 듣고 싶다고 했다. 당연히 그래야 할 것이다. 당신은 먼 곳에서 왔고, 우리는 당신을 붙잡아 둘 생각이 없으니까. 하지만 먼저 조금 뒤돌아볼 필요가 있다. 우리 아버지들이 우리에게 한 말, 그리고 우리가 얼굴 흰 사람들로부터 들은 말들을 당신에게 들려줘야만 하겠다.

　형제여, 우리가 하는 말을 잘 들으라. 한때 우리의 조상들이 이 큰 섬을 소유한 적이 있었다. 그들이 세워 놓은 인디언 천막이 해가 뜨는 곳에서부터 해가 지는 곳까지 끝없이 이어져 있었다. 위대한 정령은 얼굴 붉은 사람들이 사용하라고 이 대륙을 만들었으며, 들판 가득 들소와 사슴 등 온갖 동물을 뿌려 놓았다. 곰과 비버를 보내 우리가 그 가죽으로 옷을 해 입을 수 있게 하고, 빵을 만들어 먹을 수 있도록 땅에서는 옥수수가 자라게 했다. 위대한 정령이 그렇게 한 것은 자신의 얼굴 붉은 자식들을 사랑했기 때문이다.

　사냥터를 놓고 조금이라도 다툼이 생기면 우리는 많은 피를 흘리지 않고서도 문제를 해결할 수 있었다. 그런데 힘겨운 날들이 찾아왔다. 당신의 조상들이 큰 물을 건너 이 대지 위로 몰려오기 시작한 것이다. 처음엔 그들의 숫자가 많지 않았고, 우리는 그들을 적이 아니라 친구로 대했다. 그들은 박해자를 피해 종교의 자유를 누리기 위해 이곳으로 왔다고 설명했다. 그러면서 우리에게 한 뙈기의 땅만 내달라고 사정했다. 우리는 그들을 불쌍히 여겨 청을 받아들였고, 그래서 그들은 우리와 더불어 이 땅에 정착하게 되었다. 우리는 그들에게 옥수수와 고기를 베풀었다. 하지만 그들은 그것에 대한 보답으로 우리에게 독한 물(위스키)을 주었다.

우리 인디언들이 대대로 살아온 드넓은 대륙을 발견한 얼굴 흰 사람들은 꼬리에 꼬리를 물고 밀려오기 시작했다. 파도가 한번 밀려갔다가 돌아오면 더 많은 낯선 자들을 싣고 왔다. 그래도 우리는 그들을 거부하지 않았다. 그들을 친구로 맞이했으며, 그들 역시 우리를 형제라 불렀다. 우리는 그들을 믿었고, 그들에게 더 넓은 지역을 내주었다. 머지않아 그들의 숫자가 급격히 늘어났고, 그들은 더 많은 땅을 원했다. 나중에는 아예 우리가 살고 있는 땅 전체를 손에 넣으려고 덤벼들었다. 우리는 눈이 번쩍 뜨였으며, 마음이 몹시 불편해졌다. 곧이어 전투가 벌어졌다. 그들은 인디언을 매수해 다른 인디언들과 싸우게 했으며, 그 결과 많은 인디언 부족이 멸망하기에 이르렀다. 또 그들은 독한 물을 들여와 우리더러 마시게 했고, 그 결과 또 수많은 사람들이 목숨을 잃었다.

이 대지는 우리의 조상들이 위대한 정령으로부터 받은 것이며, 조상들은 우리의 자식들을 위해 우리에게 이 대지를 물려주었다. 따라서 우리는 이곳과 헤어질 수가 없다. 우리가 서 있는 이 땅은 신성한 땅이다. 이곳의 흙은 우리 조상들의 피와 유해로 이루어져 있다. 이 드넓은 평원에 워싱턴의 얼굴 흰 대추장이 긴 칼과 총으로 무장한 병사들을 보내 인디언들을 쓰러뜨렸다. 흰구름 추장이 그토록 용감히 싸웠던 저 언덕배기엔 우리의 많은 전사들이 잠들어 있다.

형제여! 한때 우리 부족의 자리는 넓었고, 당신들의 자리는 매우 좁았다. 그러나 이제 당신들의 부족은 거대해졌으며, 우리에게는 담요 한 장 펼칠 땅밖에 남지 않았다. 당신들이 우리의 대지를 다 차지한 것이다. 그런데도 당신들은 그것으로 만족하지 않고, 이제 자신들의 종교까지 강요하고 있다.

형제여, 계속해서 내 말을 들으라. 당신은 말한다. 당신은 신의 마음에 들도록 기도하는 법을 가르치기 위해 우리에게 보내진 사람이라고. 그리고 이 시간 이후로 당신들의 종교를 우리 얼굴 붉은 사람들이 받아들이지 않는다면 우리는 무척 불행한 삶을 살게 될 것이라고. 또한 당신은 말한다. 당신들의 종교는 옳고, 우리의 것은 틀리다고.

그 말이 맞다는 것을 어떻게 증명할 수 있는가? 우리는 당신들의 종교가 위대한 책에 기록되어 있다고 들었다. 만약 그 책의 내용이 당신들뿐 아니라 우리에게도 해당되는 것이라면, 신은 마땅히 우리에게도 그 책을 내려 주었을 것이 아닌가? 아니, 우리뿐 아니라 우리의 조상들에게도 그 책에 대한 지식과 올바른 이해를 심어 주었을 것이다. 그러나 우리는 다만 당신의 말을 통해 그것에 대해 들었을 뿐이다. 얼굴 흰 사람들에게 수없이 속아 온 우리가 어떻게 그 말을 믿을 수 있단 말인가?

당신은 말한다. 당신이 따르는 그 길만이 신을 믿는 유일한 길이라고. 이 길 외에 다른 길이 있을 수 없다고. 세상에 그런 것은 없다. 만약 그런 식으로 단 하나의 종교만 존재한다면, 왜 당신들 얼굴 흰 사람들은 종교에 대해 그토록 의견이 다른가? 당신들 모두 그 책을 읽을 수 있는데, 왜 서로의 해석에 동의하지 않는가? 우리는 도무지 그 점을 이해할 수 없다.

당신은 당신의 종교가 조상 대대로 이어져 온 것이라고 말한다. 따라서 그것이야말로 진정한 종교라고. 그러나 그렇지 않다. 우리 또한 종교를 갖고 있으며, 그것 역시 조상 대대로 그 자식들에게 전해져 내려왔다. 그 종교는 우리 얼굴 붉은 사람들에게 세상 모든 일에 감사하라고 가르치고, 서로 사랑하라 이르고, 서로 기대어 살아야 한다고 일깨웠다. 이 변화하는 세상에서 변치 않는 마음을 가지라고 가르쳤다. 우리 얼굴 붉은 사람들은 종교에 대해선 왈가왈부하지 않는다. 왜냐하면 종교란 사람 개개인과 신과의 문제이기 때문이다.

형제여! 신은 당신과 나 모두를 만들었지만 우리 둘 사이에 큰 차이를 두었다. 얼굴도 다르게 만들고 관습도 다르게 만들었다. 당신들에게는 기술 문명을 주었지만, 우리에게는 그것에 대한 눈을 틔워 주지 않았다. 우리는 그것이 사실이라고 믿는다. 다른 많은 것들에서도 신은 차이를 있게 했다. 따라서 종교 역시 그렇지 않겠는가? 신은 우리 얼굴 붉은 사람들에게는 얼굴 붉은 사람들의 세계에 어울리는 종교를 주었다. 신이 잘못 판단할 리 없다. 신은 자신의 아들들에게 무엇이 가장 적합한지 알고 있으며, 우리는 그 판단에 만족해 왔다.

형제여! 위대한 정령이 우리 모두를 만들었다. 우리는 당신의 종교를 파괴하거나 빼앗을 의도가 전혀 없다. 당신 역시 그런 의도를 가져선 안 된다. 우리는 단지 우리 자신의 종교를 원할 뿐이다. 검은 코트(선교사)들은 우리에게 집 짓는 법과 농사 짓는 법을 가르치려 들고, 어떻게 삶을 살아야 하는지 설교한다. 하지만 우리 인디언들은 언제나 농사를 지어 왔으며, 또 어떻게 살아야 하는지 누구보다도 잘 안다. 세상이 시작된 이래로 우리는 그 두 가지 모두를 알고 있었다. 아무리 좋은 의도를 갖고 있다 해도 검은 코트들은 결국 우리의 종교와 문화를 빼앗을 것이며, 끝없는 불행만을 안겨 줄 뿐이다.

당신들은 우리의 아이들을 데려가 당신들의 학교에서 가르쳤다. 그들을 교육하고 당신들의 종교를 가르쳤다. 그 아이들은 그 후 가족에게로 돌아왔지만, 더 이상 인디언도 백인도 아니었다. 그들이 배운 기술은 사냥에는 아무 쓸모가 없고, 우리의 문화와도 거리가 먼 것이었다. 그리고 그들은 다른 형제들에게서는 찾아볼 수 없는 쓸모없는 욕망에 길들여져 있다. 이 숲 속에선 알려져 있지도 않은 악의 씨앗들을 당신들의 도시에서 들이마신 것이다. 언제나 술에 취해 있고, 방탕하며, 인디언들로부터는 무시당하고, 얼굴 흰 자들로부터는 멸시당한다. 어느 가치관도 갖지 못한 것이다. 그들은 얼굴 흰 정착민들보다도 정직하지 않고, 어쩌면 훨씬 더 나쁜 물이 들었다.

형제여! 우리가 우리 아버지들의 삶의 방식을 따를 때 위대한 정령이 더 기뻐하리라는 것을 우리는 안다. 그렇게 함으로써 우리는 그분의 축복을 받았으며, 사냥할 힘과 기운을 받아 왔다. 위대한 정령은 우리에게 많은 것을 베풀었다. 배가 고플 때 우리는 사냥감으로 가득한 숲을 발견할 수 있었고, 목이 마를 때면 주위 어디에나 흐르는 순결한 시냇물과 샘물들로 갈증을 풀 수 있었다. 지쳤을 때는 나뭇잎들이 우리의 잠자리가 되어 주었다. 밤이 되면 만족스러운 기분으로 휴식했고, 아침에는 위대한 정령에게 감사하는 마음으로 깨어났다. 팔다리에는 힘이 솟고, 가슴에는 즐거움이 넘쳤으며, 언제나 축복과 행복을 느꼈다.

허영심이나 나쁜 짓, 어떤 지위 다툼도 없었으며, 그 어떤 사나운 욕심도 우리 사회의 근본을 흔들어 놓거나 우리가 가진 평화와 행복을 방해하지 못했다. 우리는 위대한 정령이 얼굴 흰 자식들보다 우리 얼굴 붉은 자식들을 보면서 더 기뻐하리라는 것을 안다. 그분은 당신들보다 우리에게 몇 배의 축복을 더 내려 주셨다.

형제여, 당신들에게는 당신들의 종교가 더 옳은 것일 수도 있다. 그 종교는 당신들의 방식에 잘 어울린다. 당신들은 자신들이 위대한 정령의 외아들을 죽였다고 말한다. 어쩌면 그렇기 때문에 당신들이 이 먼 나라까지 와서 온갖 고난과 불편을 겪고 있는 것인지도 모른다. 하지만 우리는 그 살인과는 아무 관계가 없다. 우리는 그 자리에 있지도 않았다. 우리는 위대한 정령을 사랑하며, 당신들처럼 무자비하고 부당하게 행동한 적이 없다. 그러므로 위대한 정령도 미소를 지으며 우리를 내려다보고, 우리에게 평화와 풍요를 주었다.

형제여! 우리는 당신을 불쌍히 여긴다. 당신들 속에 있는 우리의 좋은 친구들에게도 안부를 전해 주기 바란다. 그들을 생각하면 마음속에 자비심이 일어, 차라리 우리 쪽에서 선교사를 보내 그들에게 우리의 종교와 삶의 방식을 가르쳐 주고 싶을 정도다. 그들 역시 우리처럼 행복하길 기원한다. 우리의 삶의 방식을 따를 수 있다면 그들은 지금보다 훨씬 더 행복해질 수 있을 것이다. 우리는 당신들의 종교를 받아들일 수 없다. 그것은 우리를 갈라놓고 불행하게 만든다. 하지만 당신들이 우리의 종교를 받아들인다면, 당신들은 훨씬 더 행복하고 위대한 정령이 보기에도 훨씬 합당한 인간이 될 것이다.

(어렸을 때부터 인디언들 속에서 자란 백인 청년들을 가리키며) 여기 이 사람들을 보라. 이들이 바로 산 증거다. 이 젊은이들은 우리와 함께 성장했다. 그들은 자신의 삶에 더없이 만족하며 행복해한다. 어떤 유혹을 해도 그들이 자신의 만족스러운 삶을 버리고 당신들의 길을 선택하게 할 수는 없을 것이다. 왜냐하면 그들은 우리 사회의 장

점과 당신들 사회의 단점을 잘 자각하고 있기 때문이다. 온갖 다툼과 불안한 생각들을 낳는 당신들의 종교 대신 우리의 길을 따르는 것이 당신 자신에게도 현명한 일일 것이다.

형제여, 내 충고를 받아들여 당신의 친구들에게 전하라. 아마도 그들은 우리가 무지하며 아무 지혜도 없는 야만인들이라 여길 것이다. 가서 그들을 잘 가르치라.

형제여! 우리는 당신이 말하는 것을 잘 들었다. 당신이 우리에게 한 말과 제안에 대해 우리는 깊이 생각했다. 이제 우리의 답변을 전하는 바이다. 당신 역시 우리가 하는 말을 잘 이해하기 바란다. 이 결정을 내리기에 앞서 우리는 그동안 당신들이 우리에게 행한 일들과 그 옛날 우리의 아버지들이 우리에게 해 준 말들을 곰곰이 돌이켜 보았다.

검은 코트를 입은 사람들이 수도 없이 우리 인디언들 속으로 들어왔다. 달콤한 목소리와 미소짓는 얼굴을 하고서 그들은 우리에게 얼굴 흰 사람들의 종교를 가르친다. 동쪽 지역에 사는 우리의 형제들은 그들의 감언이설에 넘어가, 자신들의 아버지들이 믿던 종교를 버리고 얼굴 흰 사람들의 종교를 받아들였다.

그렇게 해서 더 나아진 것이 무엇인가? 그들이 우리보다 서로에게 더 친절해졌는가? 그렇지 않다! 그들은 서로 갈라졌지만, 우리는 서로 의지하고 있다. 그들은 종교 때문에 다투지만, 우리는 사랑과 애정 속에 살아가고 있다. 게다가 그들은 날마다 독한 물을 마셔 댄다. 그리고 서로를 속이는 법을 배웠으며, 얼굴 흰 사람들의 좋은 면을 본받는 것이 아니라 나쁜 짓만 골라서 따라하고 있다.

형제여, 우리가 이 지상에서 행복하게 살기 원한다면 우리를 그냥 내버려 두라. 우리를 더 이상 혼란에 빠뜨리지 말라. 우리는 얼굴 흰 사람들이 하는 방식처럼 위대한 정령을 숭배하지 않는다. 위대한 정령에게는 어떤 방식으로 숭배하는가가 하나도 중요하지 않다는 것을 우리는 안다. 그분을 기쁘게 하는 것은 진실한 가슴으로 섬기는 일이다. 우리는 그런 방식으로 그분에게 예배드린다.

당신들의 종교에 따르면 우리는 아버지와 아들의 관계를 믿어야 한다고 되어 있다. 그렇지 않으면 저세상에서 행복할 수 없다는 것이다. 우리는 언제나 아버지를 믿어 왔으며, 우리의 어른들이 가르친 대로 아버지를 섬겨 왔다. 당신들의 책에는 그 아버지가 아들을 이 땅에 보냈다고 적혀 있다. 그 아들을 본 모든 사람들이 그를 믿었는가? 아니다, 그렇지 않다. 당신도 그 책을 읽었을 테니 결과가 어떠했는지 잘 알 것이다.

형제여! 당신은 우리의 종교를 당신의 종교로 바꾸라고 말한다. 우리는 우리 자신의 종교를 좋아할 뿐, 다른 어떤 것도 원하지 않는다. 우리가 가진 종교에 만족한다. 이런 이유들 때문에 우리는 당신의 제안을 받아들이기 어렵다. 우리에게는 다른 할 일이 많고, 따라서 당신이 마음을 편히 갖고 우릴 더 이상 괴롭히지 않기 바란다. 그렇지 않으면 우리의 머릿속이 자꾸만 복잡해져서 결국엔 터져 버리고 말 것이다.

검은 코트를 입은 자들은 우리에게 아무 이익을 주지 못한다. 만약 그들이 그토록 훌륭하고 필요한 사람들이라면 왜 자기 나라에 붙잡아 두지 않고 이 먼 곳까지 보냈겠는가? 그들은 자신들의 이익을 위해 다른 사람을 이용하려는 자들이 틀림없다. 그들은 우리가 자신들의 종교를 이해하지 못한다는 것을 안다. 우리가 자신들의 성경책을 읽을 수 없다는 것도 잘 안다. 그들은 그 책에 담긴 여러 가지 이야기를 우리에게 들려주지만, 우리는 그들이 자신들에게 필요한 부분만 이야기하고 있다는 의심을 떨쳐 버릴 수 없다.

만약 우리에게 돈도 없고 땅도 없고 나라도 없다면, 검은 코트를 입은 자들은 더 이상 우리를 괴롭히지 않을 것이다. 위대한 정령은 우리가 알지 못하는 것을 두고 우리를 벌하진 않는다. 그분은 자신의 얼굴 붉은 자식들을 공정하게 대할 것이다. 검은 코트들은 자신들처럼 우리들도 빛을 볼 수 있게 해 달라고 위대한 정령에게 기도한다. 그러면서도 자신들끼리 그 빛을 놓고 논쟁을 일삼는 것에 대해서는 반성하지 않는다. 우리는 그것을 도무지 이해할 수 없다. 그들이 우리에게 주는 그 빛은 우리의 아버지들이 걸어온 똑바르고 단순한 길을 어둡고 무시무시한 길로 만들어 버렸다.

검은 코트들은 우리에게 옥수수 농사를 지으며 열심히 일하라고 말한다. 하지만 그들 자신은 아무 일도 하지 않으며, 누군가가 그들을 먹여 살리지 않으면 굶어 죽고 말 것이다. 그들이 하는 일이라곤 신에게 기도를 올리는 것일 뿐, 옥수수 농사도 감자 농사도 짓지 않는다. 그렇다면 위대한 정령께서 다 해 주실 텐데 왜 끝없이 우리에게 어떤 것을 요구하는가?

얼굴 흰 사람들이 오기 전까지 우리 얼굴 붉은 사람들은 신에 대해선 다툼을 몰랐다. 그런데 그들이 큰 물을 건너오자마자 그들은 우리의 땅을 요구했으며, 그 대가로 우리에게 종교에 대한 다툼을 가르쳤다. 나 빨간 윗도리는 그런 자들과는 절대로 친구가 될 수 없다. 만약 인디언 아이들을 얼굴 흰 자들 속에서 키운다면, 그래서 그들처럼 살고 책 읽는 법을 배우게 한다면, 상황은 훨씬 더 나빠질 것이다. 우리는 지금 숫자가 적고 약하지만, 우리 아버지들의 삶의 방식을 지킬 수 있다면 우리는 오랫동안 행복할 것이다.

당신은 우리의 땅을 빼앗거나 돈을 취하기 위해 온 것이 아니라 우리 마음속에 빛을 주기 위해 왔다고 말한다. 하지만 당신들의 예배 시간에 있어 봤기 때문에 하는 말인데, 당신들이 그 예배에 참석한 사람들로부터 돈을 걷는 것을 보았다. 그 돈이 정확히 어디에 쓰이는진 모르지만, 그것이 당신들이 먹고 살기 위한 것임을 의심하지 않을 수 없다. 만약 우리가 당신들의 사고방식을 받아들이면, 당신은 우리에게도 많은 것을 요구할 것이다.

당신은 이 지역에서 얼굴 흰 사람들에게 줄곧 설교를 해 왔다고 말한다. 그렇다면 한번 지켜보겠다. 그들은 우리의 이웃이며, 우리는 그들을 잘 알고 있다. 당신의 설교가 그들에게 어떤 변화를 가져올 것인지 당분간 지켜보고 있겠다. 그래서 그들이 정직성을 되찾고 더 이상 우리를 속이려 들지 않는다면, 그때 가서 당신이 말한 내용을 다시 한 번 생각해 볼 것이다.

이것으로 당신은 우리의 답변을 들었으며, 이것이 현재 우리가 말할 수 있는 전부다. 이제 당신과 우리는 헤어져야 한다. 우리는 당신에게 악수를 청하는 바이다. 그리고 당신의 형제들에게로 돌아가는 여행길에 위대한 정령께서 당신을 잘 보호해 주실 것을 진심으로 기원한다.

*

빨간 윗도리가 말을 마치자, 그 자리에 모인 인디언들은 악수를 하려고 백인 선교사에게 다가가 손을 내밀었다. 하지만 조셉 크램이라는 그 젊은 선교사는 황급히 자리에서 일어나며 악수를 거부했다. 그는 하느님의 종교와 악령들 사이에는 우정이 있을 수 없다고 잘라 말했다. 그 말을 통역해 주자, 인디언들은 미소를 지으며 다만 평화롭게 그 자리를 떠났다.

얼굴 흰 사람들과 달리 아메리카 인디언들은 자신이 믿는 신과 곧바로 얼굴을 맞대고 살았다. 그들과 영적인 세계 사이에는 따로 성직자가 필요 없었다. 누구나 홀로, 그리고 침묵 속에서 신과 만났다. 그들의 종교는 지극히 개인적인 문제였다. 신이 주는 계시는 오직 그 사람 자신만이 받을 수 있었다. 따라서 각자가 신과 소통할 수 있는 방법을 발견해야만 했다. 누구도 어떤 한 가지가 옳은 길이라고 말할 수 없었다. 또한 누구도 다른 사람의 개인적인 믿음을 침범하지 않았다. 얼굴 흰 자들이 나타나기 전까지는.

세네카 족('서 있는 바위 근처에 사는 사람들'이라는 의미) 추장이며 웅변가인 빨간 윗도리(1750?~1830)는 어렸을 때 이름이 '준비된 자'라는 뜻의 오테티아니였다. 하지만 훗날 사고예와타, 즉 '사람들을 깨우는 자'로 이름이 바뀌었다. 그가 빨간 윗도리(레드 재킷)라는 이름을 갖게 된 것은 영국인들이 그에게 선물한 수놓은 자주색 코트를 늘 입고 다녔기 때문이다. 그 옷이 낡아 더 이상 입을 수 없게 되었을 때는 또 다른 유럽 인들이 두세 차례에 걸쳐 같은 색 윗도리를 선물했으며, 그는 평생 동안 그 옷들을 입고 다녔다. 어떤 저자는 인디언 역사를 쓰면서 그를 마지막 세네카 족 추장이라고 기록했다.

빨간 윗도리는 울림이 깊은 목소리를 가진 탁월한 웅변가였다. 그가 그런 목소리를 갖게 된 것은 나이아가라 폭포 옆에서 목소리를 단련했기 때문이라고 전해진다. 또한 말할 때 올바르게 호흡하는 비결을 알고 있었다. 어려서부터 걸음이 빨라 부족의 전령을 맡았는데, 깊고 고르게 숨 쉬는 법을 알았기 때문에 지치지 않고 누구보다 빨리 먼 거리를 달릴 수 있었다.

빨간 윗도리는 백인들과의 전투에 참가하지 않았다. 싸우기엔 너무 늦었다고 판단했기 때문이다. 하지만 세네카 족의 가치관을 지키는 데 있어서는 조금도 굴하지 않았으며, 감동적인 웅변 실력을 발휘했다. 한번은 백인 관리가 자신이 하는 말을 주목해서 듣고 있지 않자, 빨간 윗도리는 신랄하게 꾸짖었다.

"세네카 족 인디언이 말할 때는 이 큰 섬의 이쪽 끝에서 저쪽 끝까지 다 귀를 기울여야 한다!"

검은 코트를 입고 찾아온 선교사들에게는 인디언들을 개종시키려고 하기 전에 백인 정착민들의 정신을 바로잡아 더 이상 인디언들을 속이지 않게 하라고 혼을 냈다. 그는 "우리로 하여금 꽃으로 나무를 판단하게 하고, 열매로 그 꽃을 판단하게 해 달라."라고 주문했다. 지혜와는 거리가 먼 젊은 선교사 크램에게는 이렇게 말했다.

"얼굴 흰 사람들은 온갖 나쁜 짓을 행하면서도 그것으로 모자라 자신들의 교리를 인디언들의 입에 강제로 구겨 넣으려 하고 있다."

1830년 들소 샛강(버팔로 크리크) 인디언 보호구역 안에서 마지막 눈을 감을 때까지 빨간 윗도리는 백인들의 지배에 맞서 인디언의 문화와 종교를 지키는 데 헌신했다. 죽기 전 남긴 마지막 연설에서 빨간 윗도리는 자신을 늙은 나무에 비유했다.

"나는 이제 그대들을 떠나려 한다. 내가 떠나고 나면 더 이상 내 경고를 들을 일도, 신경 쓸 일도 없을 것이다. 얼굴 흰 자들의 탐욕과 속임수만이 세상을 지배할 것이다. 많은 겨울, 나는 온몸으로 북풍한설을 견뎌냈다. 하지만 나는 이제 늙은 나무다. 더 이상 서 있을 수도 없다. 내 잎사귀는 떨어지고, 나뭇가지는 시들었다. 조금만 바람이 불어도 흔들린다. 머지않아 내 늙은 나무둥치는 쓰러질 것이다. 그리고 기뻐하는 적들의 무수한 발자국이 그것을 밟고 지나갈 것이다. 누구도 그것을 막을 수 없을 것이다. 내가 내 자신에 대해 슬퍼한다고 여기지 말라. 나는 아버지들의 영혼을 만나러 간다. 그곳은 늙음이 없는 세상이다. 하지만 내 부족 사람들을 생각하면 가슴이 무너진다. 곧 여기저기로 흩어져 흔적도 없이 잊혀질 그들을 생각하면."

북쪽으로는 이로쿼이 족과 남쪽으로는 포와탄 족에 이르기까지 수많은 작은 부족들이 남부 뉴잉글랜드(미국 북동부의 코네티컷, 매사추세츠, 로드아일랜드, 버몬트, 메인, 뉴햄프셔 등 6개 주) 지방의 해안에 흩어져 살고 있었다. 1620년 12월 21일, 이 부족들 중 하나인 왐파노그 족 마을로 배 한 척이 미끄러져 들어왔다.

그 배의 이름은 메이플라워, 즉 '오월의 꽃'이었다. 하지만 이름과는 거리가 멀게 낡고 악취 풍기는 180톤급 선박으로, 노르웨이로부터 생선과 기름을 비롯해 온갖 냄새 나는 화물들을 실어나르던 배였다. 배 갑판 아래 어둡고 메스꺼운 공간에는 102명의 승객이 발 디딜 틈 없이 타고 있었다. 기록에 적힌 대로 '영국의 성이 아니라 오두막에서 살다가 온 사람들'이었다. 그들이 바로 청교도라 불리는, 영국 식민지의 전위대였다. 그들은 매우 엄격한 종교적 규율을 설교했기 때문에 청교도라고 불렸으며, 자신들이 믿는 대로 살기 위해 영국을 떠나 새롭고 낯선 대륙으로 이주해 온 것이었다.

왐파노그 족 인디언들은 흩날리는 눈발 속에서 몸을 떨며 그 배가 훗날 '플리머스'라 이름붙여진 바위 해안에 상륙하는 것을 지켜보았다. 하느님을 믿는 청교도들과 인디언들의 만남은 불행히도 반가움의 악수로 시작되지 않았다. 멀리 인디언들의 모습을 발견한 청교도 목사 한 명이 배에서 구식 소총인 머스킷 총을 발사했다. 왐파노그 족 사람들은 황급히 숲 속으로 피했다. 그렇게 첫 접촉은 적대적인 총성으로 시작되었다. 그리고 그 총성은 그날 이후 거북이섬에서 하느님의 자녀들에 의해 어떤 일이 벌어질 것인지 예고하는 신호탄이었다.

청교도들은 곧 육지로 진격했으며, 비옥한 땅과 '온갖 물고기들이 헤엄치는 아름다운 샛강'을 발견했다. 하지만 그해 겨울, 많은 눈이 동부 해안에 내렸기 때문에 청교도들은 인디언들의 도움이 절실히 필요한 상태였다. 통나무집 짓는 법을 몰라 그들은 나뭇가지에 흙을 발라 벽을 쌓고 풀로 가파른 지붕을 얹었다. 구멍이 숭숭한 이 집은 너무 추워 살 수가 없었기 때문에 이들은 이듬해 4월 배가 떠날 때까지 메이플라워 호 안에서 생활해야만 했다. 그리고 주기적으로 배에서 내려 인디언 마을로 몰래 잠입해 식량을 훔쳐 갔다. 인디언들은 그 사실을 다 알면서도 묵인했다. 얼마나 배가 고프면 먹을 것을 훔쳐 가겠는가 하고, 인디언들은 동정을 표시할 뿐이었다. 그리고 전통적으로 인디언 사회에서는 먹을 것을 훔치는 것은 범죄가 아니었다.

배 안에서의 비좁고 불결한 생활은 심각한 질병으로 이어져 괴혈병, 폐렴, 결핵으로 청교도들 절반이 목숨을 잃었다. 마사소이트 추장이 이끄는 왐파노그 족 인디언들의 도움이 없었다면 그 나머지 절반도 살아남지 못했을 것이다.

인디언들은 그들에게 언덕배기에 옥수수 심는 법과, 강에서 물고기를 유인해 잡는 법을 가르쳤다. 청어를 제물로 바쳐 땅을 비옥하게 하는 의식까지 일러 주었다. 스페인 정복자들에게 납치되어 유럽으로 팔려갔다가 극적으로 돌아온 한 인디언은 그동안 익힌 영어로 이 새 이주민들의 입과 귀가 되어 주었다. 청교도들은 당연히 그를 '하느님이 보내 준 특별한 도구'로 여겼다.

원주민들의 아낌없는 도움으로 새로운 환경에 적응한 이주민들은 큰 강을 따라 플리머스 식민지를 세우기 시작했다. 작업은 곧바로 진행되었다. 대포를 설치하고, 공동주택을 지었으며, 각자 구획을 정해 땅을 나눠 가졌다.

왐파노그 족 인디언들은 활과 화살을 내려놓고 이 새로운 정착민들과 평화조약을 맺었다. 부족의 추장 마사소이트는 백인들로부터 한 쌍의 칼과 비스켓, 그리고 독한 물 한 병을 선물받았다. 40년 후 추장이 세상을 떠날 때까지 왐파노그 족은 단 한 차례도 이 조약을 깨뜨리지 않았다.

더 많은 이주민들이 속속 도착했다. 그들은 한 손에는 성경을, 다른 손에는 머스킷 총을 들고 빠른 속도로 마을과 도시를 건설해 나갔다. 영국뿐 아니라 포르투갈, 아일랜드, 네덜란드, 스웨덴에서까지 이주민들이 밀려왔다. 집을 짓고 옥수수를 심고 가축을 키우고 새로운 마을을 세우기 위해서는 더 많은 땅이 필요했다. 백인 정착민들은 원주민들로부터 헐값에 땅을 사들이거나 아니면 막무가내로 밀어냈다.

마사소이트 추장은 우정과 평화를 실천하자는 조약을 끝까지 지키며, 많은 땅을 백인들에게 내주었다. 하지만 문제는 땅에 대한 소유 개념이었다. 백인들은 인디언들이 내준 땅을 자기네 소유라고 주장하며 울타리를 박아 들어오지 못하게 했다. 하지만 인디언들의 시각은 달랐다. 땅을 제공한 것은 백인들도 먹고 살 수 있게 하기 위해서였으며, 그것은 어디까지나 그 땅을 함께 나눠 쓰자는 뜻이었다. 무엇보다도 땅을 개인이 소유한다는 개념을 인디언들은 이해할 수 없었다.

자기들이 소유한 땅에서 왐파노그 족 인디언들이 계속해서 사냥을 하고 물고기를 잡자, 백인 이주민들은 그들을 침입자로 간주하고 체포했다. 재판이 열리자 이주민들은 주장했다.

"우리는 천만 평에 이르는 땅을 옷 일곱 벌, 괭이 여덟 자루, 도끼 아홉 자루, 무명 옷감 9미터, 칼 스무 자루를 주고 샀다. 이제 이 땅은 우리의 것이다. 우리가 소유한 지역을 누구도 침입해선 안 된다."

마사소이트 추장이 말했다.

"당신들이 소유라고 부르는 것이 무엇인가? 땅은 누구도 소유할 수 없다. 땅은 우리의 어머니나 마찬가지이기 때문이다. 그 어머니는 자신의 자식들인 동물과 새, 물고기, 그리고 모든 인간을 먹여 살린다. 숲과 강물 등 땅 위에 있는 것들은 모두에게 속한 것이며, 누구나 그것을 사용할 수 있다. 어떻게 한 인간이 그것들을 오직 자신의 것이라고만 주장할 수 있는가?"

이주민들이 따졌다.

"그럼 왜 우리에게 이 땅을 팔았는가?"

인디언 추장이 말했다.

"당신들은 자신들의 나라를 떠나 낯선 곳에 온 사람들이 아닌가. 그래서 우리가 이 땅을 함께 사용할 권리를 당신들에게 준 것이다. 당신들 혼자 그것을 독차지하라고 준 것이 결코 아니다. 세상에 그런 것은 없다."

논쟁은 끝이 없었다. 땅을 개인 소유로 못 박고 주인 혼자서만 사용해야 한다는 유럽 인들의 관념을 인디언들은 아무리 해도 이해할 수 없었다. 백인들 역시 땅은 모두가 함께 사용해야 한다는 인디언들의 철학을 도무지 이해하지 못했다. 그들은 계속해서 인디언들의 땅을 사유지로 만들어 나갔다.

매사추세츠 해안에 정착한 청교도들은 스스로를 '해안의 성자들'이라 칭했다. 이 백인 성자들은 왐파노그 족, 피쿼트 족, 나라간세트 족, 니프무크 족 인디언들이 기독교를 받아들이길 거부하자 더욱 화가 났다. 마침내 존 메이슨 대장이 이끄는 청교도들이 갑자기 '신비주의자의 강'(미스틱 리버)이라고 이름 붙인 샛강 하구의 피쿼트 족 마을을 공격했다. 그들은 마을에 불을 지르고, 불길을 피해 달아나는 마을 주민 7백 명 대부분을 학살했다. 끔찍한 광경이었다. 공격의 대열에 참가했던 코튼 매더 목사는 다음과 같은 기록을 남겼다.

"인디언들은 불에 구워졌으며, 흐르는 피의 강물이 마침내 그 불길을 껐다. 고약한 냄새가 하늘을 찔렀다. 하지만 그 승리는 달콤한 희생이었다. 사람들 모두 하느님을 찬양하는 기도를 올렸다."

포로로 잡힌 인디언들 중 남자들은 서인도 제도에 노예로 팔려가고 여자들은 병사들이 나눠 가졌다. 아메리카 원주민의 숱한 피의 역사 중 가장 비극적인 사건의 하나로 꼽히는 이 '달콤한 희생' 위에 보스턴을 비롯한 동부의 내로라 하는 도시들이 찬란하고 영광스러운 문명을 건설하기 시작했다.

세네카 족 추장 빨간 윗도리가 세상을 떠나고 백 년이 지난 1927년 아메리카 인디언 전체 부족 회의에서 인디언들은 다음과 같은 선언문을 발표했다.

"얼굴 흰 사람들은 우리를 자신들의 모습대로 만들려고 한다. 그들은 우리의 삶의 방식과 문화를 파괴하고, 그들이 요구하는 대로 우리가 자신들에게 동화되기를 바란다. 그들은 우리가 그들처럼 만족스럽게 살 것이라 여긴다. 그들이 생각하는 행복은 물질과 욕망에 기초를 두고 있다. 그것은 우리의 방식과는 크게 다르다. 우리는 얼굴 흰 사람들에게 흡수되기보다는 그들로부터 자유로워지기를 원한다. 그들의 시설물을 우리는 어느 것 하나 원하지 않으며, 우리의 종교와 우리의 방식대로 자유롭게 아이들을 키우기를 원한다. 자유롭게 사냥하고,

물고기를 잡고, 평화롭게 살고 싶은 것이 우리의 소망이다. 이 대지 위를 방랑하며 우리를 이곳에 내려보낸 창조주의 가르침에 귀 기울이고 싶다. 우리는 권력을 원하지 않는다. 정치인이나 은행가가 되기를 바라지도 않는다. 다만 우리 자신이 되기를 원할 뿐이다. 우리의 유산을 갖고 싶을 뿐이다. 왜냐하면 이 땅의 주인은 우리들이고, 우리는 이곳에 속해 있으니까. 얼굴 흰 사람들은 모두를 위해 자유와 정의가 존재한다고 말한다. 우리에게는 그 자유와 정의가 있었다. 바로 그렇기 때문에 우리 대부분이 죽임을 당한 것이다. 우리는 그 사실을 잊지 않을 것이다."

처음 우리가 당신들을 알았을 때, 당신들은 연약한 풀 한 포기 같아서 뿌리를 내릴 작은 땅만을 원했다. 그래서 우리는 그 땅을 당신들에게 주었다. 우리는 그 풀을 발로 밟아 버릴 수도 있었지만, 그 대신 물을 주고 보호해 주었다. 그런데 이제 당신들은 커다란 나무로 자라서 꼭대기가 구름에 가닿고, 그 가지로는 대륙 전체를 뒤덮었다. 반면에 숲 속의 커다란 소나무였던 우리는 연약한 한 포기 풀이 되어 당신들의 보호를 받는 처지가 되었다.

빨간 윗도리_세네카 족

백인들은 걸핏하면 우리 고유의 생활을 버리고 자기들처럼 살라고 강요한다. 농사를 지으라느니 악착같이 일하라느니. 인디언들은 그런 것을 어떻게 하는지도 몰랐고 알고 싶지도 않았다. 거꾸로 우리가 백인들에게 인디언식으로 살라고 강요했다면 그들도 저항했을 것이다. 왜 바꿔 생각하지 못하는가?

큰 독수리(왐브디 탕카)_산티 수 족

백인들은 왜가리를 보호하고, 하와이에 있는 거위들을 보호하기 위해 힘을 쏟는다. 그런데 왜 인디언들의 삶의 방식을 보호하려고는 하지 않는가?

환경 보호 세미나에 참석한 어느 인디언

당신이 말하는 것을 잘 들었다. 당신 역시 우리 인디언이 말할 때 귀를 기울이길 바란다. 어느 날 갑자기 얼굴 흰 자들이 평원의 풀들처럼 숫자가 많아졌다. 그런데 우리는 당신이 정확히 무슨 말을 하고 있는지 잘 모르겠다. 당신은 빙빙 돌려서 말하고 있다. 제발 분명하게 말하라! 물건들과 대지는 결코 같지 않다. 물건들은 우리가 대지 위에서 살아가는 데 필요한 것들일 뿐이다. 나는 당신이 하는 말을 들을 귀와 가슴을 갖고 있다. 그런데 당신은 아주 나쁜 방식으로 말하고 있다. 제발 부탁하건대, 단순하게 말하라.

땅을 팔고 보호구역으로 이주하라는 백인 관리에게, 페오페오 목스목스 추장_야키마 족

형제들이여, 나는 얼굴 흰 대추장(앤드루 잭슨 대통령)이 하는 말을 수없이 들었다. 그들이 처음 큰 바다를 건너왔을 때, 그들은 아주 왜소했다. 너무 오래 배 안에 쪼그리고 앉아 있었던 탓에 다리도 잘 펴지 못했으며, 우리에게 모닥불을 피울 작은 땅만 내달라고 간청했다. 그런데 인디언들이 피워 준 불로 몸을 녹이고 옥수수 죽으로 허기를

채운 그들은 몸집이 매우 커졌다. 한 걸음에 산들을 뛰어넘고, 평원과 골짜기들을 가로질렀다. 손으로는 동쪽 바다와 서쪽 바다를 한꺼번에 움켜쥐고, 머리는 달에 뉘었다. 그러더니 우리의 지배자가 되었다. 그들은 우리를 사랑한다고 하면서 이렇게 말했다.

"조금만 더 물러나라. 그렇지 않으면 우리 발에 밟힐 수가 있다."

그들은 한 다리로 얼굴 붉은 사람들을 멀리 밀쳐 내고, 다른 다리로는 조상들의 무덤을 짓밟았다. 형제들이여, 나는 얼굴 흰 대추장이 하는 말을 수없이 들어 왔다. 그러나 그가 하는 말은 언제나 이런 식으로 끝을 맺었다.

"조금 더 물러나라. 너희들은 우리와 너무 가까이 있다."

점박이 뱀(스페클드 스네이크) 추장, 1829년_크리크 족

위대한 정령께서는 당신에게 두 개의 귀를 주셨지만, 입은 하나만 주셨다. 그것은 당신이 말하는 것보다 두 배나 많이 귀 기울여 들으라는 뜻이다.

두 마리 매(투 호크스)의 할아버지_라코타 족

나는 늙었다. 그것은 사실이다. 그러나 사실을 똑바로 바라보지 못할 만큼 늙지는 않았다. 당신들이 나를 늙은 바보에 불과하다고 말해도 좋다. 나는 백 번이라도 얼굴 붉은 늙은 바보가 되고 싶지, 당신들처럼 얼굴 흰 도둑놈이 되고 싶진 않다.

백인 관리가 선물을 주며 조약서에 서명을 강요하자,

흰 방패(워파헤바) 추장이 한 말_아리카라(남부 샤이엔 족)

나는 무엇보다 나 자신과 만나고 싶다. 우리 인디언들은 삶에서 다

른 것을 추구하지 않았다. 물질이나 권력은 우리가 쫓아다니는 것들이 아니었다. 그런 것들은 겨울 햇살 속에 날려다니는 마른 잎과 같은 것이다. 우리는 매 순간을 충실하게 살고자 노력했으며, 자연 속에서 우리 자신을 돌아보는 일을 게을리하지 않았다. 하루라도 평원의 한적한 곳을 거닐면서 마음을 침묵과 빛으로 채우지 않으면 우리는 갈증난 코요테와 같은 심정이었다.

검은 새(프란시스 아시키나크)_오타와 족

삶은 신성한 것이다. 우리가 우리의 아름다운 방식대로 살아가게 해 달라.

미스 아메리카에 뽑힌 인디언 여성 알레아 루한_타오스 푸에블로 대학생

어느 곳이나 다 세상의 중심이다.

검은 큰사슴(헤하카 사파)_오글라라 라코타 족

삶이란 무엇인가?
그것은 밤에 날아다니는 불나방의 번쩍임 같은 것.
한겨울에 들소가 내쉬는 숨결 같은 것.
풀밭 위를 가로질러 달려가 저녁 노을 속에 사라져 버리는 작은 그림자 같은 것.

까마귀 발(크로우 푸트)이 임종을 앞두고 마지막으로 한 말_블랙푸트 족 추장

인디언들이 전투하러 나갈 때 완전한 복장을 갖추는 것은 전투를 더 잘하기 위해서가 아니다. 자신에게 언제 닥칠지 모르는 죽음을 대비하기 위한 것이다. 모든 인디언들은 위대한 정령을 만나러 갈 때 좋

은 모습으로 떠나게 되기를 소망한다. 그렇기 때문에 평소에 몸을 다치거나 병에 걸렸을 때, 혹은 다급한 전투가 벌어졌을 때도 언제나 제대로 된 복장을 갖추는 것이다.

쿠몬크 퀴비오크타(존 우든레그스)_샤이엔 족

여기 아이를 잠자리에 눕히네.
이 아이가 생명을 주는 어머니 대지를 알게 되기를.
좋은 생각을 갖고 아이에서 어른으로 자라게 되기를.
아름답고 행복한 사람이 되기를!
선한 가슴을 갖고, 그 가슴에서 좋은 말들만 나오기를.
아이에서 청년으로, 청년에서 어른으로 자라게 되기를.
그리하여 늙음에 이를 때 모두가 그를 존경하게 되기를.
아름답고 행복한 사람이 되기를!

갓 태어난 아이를 위한 기도_시아 족

연어가 돌아오는 계절

시애틀 추장
수콰미쉬 족과 두와미쉬 족

나의 이름은 '시앨트'이다. 그리고 나와 함께 온, 지금 당신들 앞에 서 있는 이 한 무리의 사람들은 나의 부족이며 나는 그들의 추장이다. 우리는 이곳에 왜 왔는가? 연어 떼를 구경하기 위해서다. 올해의 첫 연어 떼가 강물로 거슬러 올라오는 것을 축하하기 위해 여기에 왔다. 연어는 우리의 주된 식량이기 때문에 연어 떼가 일찌감치 큰 무리를 지어 강 위쪽으로 거슬러오는 것을 보는 것만큼 우리에게 즐거운 일은 없다. 그 숫자를 보고서 우리는 다가오는 겨울에 식량이 풍부할 것인지 여부를 미리 알 수 있기 때문이다.

오늘 우리의 마음이 더없이 기쁜 까닭은 그 때문이다. 수를 헤아릴 수 없을 만큼 많은 연어 떼가 햇살에 반짝이며 춤추는 것을 우리의 눈으로 직접 보았다. 또 한 번의 행복한 겨울이 우리를 찾아올 것을 짐작한다.

우리가 무리를 이루어 몰려왔다고 해서 마치 전투를 벌일 양 온 것으로 생각하진 말라. 우리는 인사를 하기 위해서 온 것이다. 나는 당신들이 우리 땅에 온 것을 기쁘게 여기고 있다. 당신들과 우리는 모두 이 대지의 아들들이며, 어느 한 사람 뜻없이 만들어진 이가 없다.

그런데 한 가지 당신들에게 묻고 싶은 것이 있다. 당신들은 그저 땅을 파헤치고, 건물을 세우고, 나무들을 쓰러뜨린다. 그래서 행복한가? 연어 떼를 바라보며 다가올 겨울의 행복을 짐작하는 우리만큼 행복한가? 얼굴 흰 사람들의 도시 풍경은 얼굴 붉은 사람들의 눈에는 하나의 고통이다. 하지만 그것은 어쩌면 우리 얼굴 붉은 사람들이 야만인이라서 잘 이해하지 못하기 때문인지도 모른다.

당신들의 도시에는 조용한 장소라는 곳을 찾아보기 힘들다. 봄의 나뭇잎 돋는 소리를 듣거나 곤충의 날개가 부스럭거리는 소리를 들을 만한 곳이 없다. 당신들의 도시에서 들리는 소음은 귀를 욕되게 할 뿐이다. 인디언들은 물웅덩이 수면으로 내리꽂히는 바람의 부드러운 소리를 좋아한다. 한낮에 내린 비에 씻긴 바람 그 자체의 냄새를 좋아한다. 소나무 향기도 마찬가지다. 얼굴 붉은 사람들에게 공기는 더없이 소중한 것이다! 동물이든 나무든 사람이든 살아 있는 모든 것들은 똑같은 숨결을 나눠 갖기 때문이다.

죽은 지 며칠 지난 사람처럼 당신들의 도시에 사는 사람들은 악취에도 아무런 반응이 없다. 이런 식으로 자신의 잠자리를 계속 파헤치고 더럽힌다면, 어느 날 밤인가 당신들은 스스로의 폐허에서 숨이 막혀 깨어날 것이다.

들소는 모두 죽임을 당하고, 야생마들은 모두 길들여지고, 숲의 은밀한 구석까지 사람들의 냄새로 가득하다. 그리고 산마다 목소리를 전하는 전선줄이 어지럽게 드리워져 있다. 덤불숲은 어디에 있는가? 없어져 버렸다. 독수리는 어디에 있는가? 사라져 버렸다.

들짐승이 사라지면 인간이라는 것이 무슨 의미가 있는가? 들짐승들이 저 어두운 기억의 그늘 속으로 사라지고 나면 인간은 혼의 깊은 고독감 때문에 말라죽고 말 것이다. 모든 것은 하나로 연결되어 있다. 짐승에게 일어나는 일은 똑같이 인간에게도 일어난다.

당신들이 온 이후로 모든 것이 사라졌다. 그러니 사냥이니 날쌘 동작이니 하는 것에 대해 굳이 작별을 고할 이유가 무엇인가? 이제 삶은 끝났고, '살아남는 일'만이 시작되었다. 이 넓은 대지와 하늘은 삶을 살 때는 더없이 풍요로웠지만, '살아남는 일'에는 더없이 막막한 곳일 따름이다.

연어 떼를 보았으니 이제 나와 나의 부족은 행복한 얼굴로 돌아간다. 어쩌면 또 한 번의 행복한 겨울은 짐작에 그칠 뿐, 나의 부족에게 다신 찾아오지 않을 꿈일지도 모른다. 우리는 당신들 얼굴 흰 사람들에게 밀려, 살아남기 위해 막막한 겨울 들판으로 뿔뿔이 흩어져야 할지도 모른다.

그러나 오늘 우리의 눈으로 직접 본 연어 떼의 반짝이는 춤을 나의 부족은 잊지 못할 것이다. 이것으로 내 말을 마친다.

*

이 연설은 얼굴에 내리는 비(레인 온 페이스, 홍크파파 라코타 족)의 것으로 알려지기도 했으나, 시애틀 추장의 연설로 확인되었다. 1850년 여름, 황금을 찾아 엘리엇 만 해안에 도착한 한 무리의 백인들에게 이 연설을 한 것으로 전해진다.

오타와 족 검은 새(프란시스 아시키나크)가 말하듯이, 아메리카 인디언 연사들이 자신들의 생각을 주의 깊게 정리하는 습관을 갖게 된 것은 그들이 젊었을 때 곧잘 침묵의 장소에 가서 며칠이고 명상에 잠기곤 했기 때문이다. 그것이 인디언들의 어려서부터의 전통이었다. 그들은 새가 지저귀는 소리에 귀를 기울이고, 숲이 가진 위엄과 아름다움에 시선을 던졌다. 하늘에 떠다니는 바위산 같은 거대한 구름의 물결, 여름 저녁 하늘의 황금빛 색조, 자연의 숨막히는 변화들이 늘 신비한 의미로 다가왔다. 그 모든 것이 명상에 잠긴 인디언이 자신의 마음을 비춰 보는 훌륭한 대상이 되었다.

아메리카 인디언들의 연설은 단순하고 시적이며, 화살처럼 듣는 이의 가슴에 곧바로 날아와 꽂힌다. 그리고 흰 눈밭에 피를 흘리며 죽어 간 새를 보는 것처럼 한 번 들으면 잊히지 않는 생생함을 간직하고 있다. 그들은 말을 할 때 신중하게 단어를 선택했고, 가슴으로부터 분명하게 이야기했다.

쇼니 족(또는 쇼와노 족) 전사 푸른 윗도리(블루 재킷)는 부족을 방문한 한 백인 선교사에게 말했다.

"내가 보기에 당신들의 삶에는 확실한 것이 아무것도 없다. 당신들은 바람에 흩날리는 나뭇잎들을 쫓듯이 부와 권력을 따라 뛰어다닌다. 그러나 손에 움켜잡는 순간 그것들은 힘없이 부서져 버린다. 당신들은 사랑을 말하지만 확실하지 않고, 약속을 말하지만 그것도 분명하지 않다. 당신들의 현재는 더없이 불안해 보이고, 마치 집 잃은 코요테가 이리저리 헤매다니는 것과 같다. 당신들이 햇살 비치는 들판에 앉아 자연을 응시하거나, 고요히 자신을 비춰 보는 것을 나는 본 적이 없다.

당신들은 계절의 바뀜도 하늘의 달라짐도 응시하지 않는다. 보라, 순간순간 하늘은 변화하고 있지 않은가. 당신들은 하늘을 바라보는 것조차 잊어버린 이상한 사람들이다. 당신들은 늘 생각에 이끌려다니고, 남는 시간은 더 많은 재미를 찾아 자신을 돌아보지 않는다. 자기를 돌아보는 침묵의 시간이 없다면 어찌 인간의 삶이라 할 수 있는가. 어찌 어머니인 대자연의 품에서 태어난 자식이라 할 수 있는가."

아메리카 인디언들이 지식을 도덕성, 지혜와 연결시킨 반면에 서구 문명은 지식을 힘과 연결시켰다. 당연한 결과로 그들은 도덕성을 상실하고 힘으로 원주민들의 풍요로운 대지를 빼앗았으며, 눈앞의 이익을 위해 자신들이 몸담고 살아가는 자연을 파괴하는 지혜의 부족함을 드러냈다.

17세기 백인들을 따라 프랑스, 뉴욕, 캐나다 등지를 여행하고 돌아온 휴론 족 추장 콘디아론크는 문명인들의 삶을 평가해 달라는 백인 학자의 부탁을 받고 다음과 같이 말했다.

"당신들은 정말 말할 수 없이 불행한 자들이다. 그 이상 어떻게 더 불행할 수 있는지 말하기 어려울 정도다. 유럽 인들은 도대체 어떤 인간들이란 말인가? 그들은 어떤 족속에 속하는가? 그들은 강요를 받아야만 선한 행위를 하며, 처벌이 두려워 마지못해 악을 멀리한다. 만약 내가 당신들은 어떤 사람들이냐고 물으면, 당신들은 프랑스 인이라고 대답할 것이다. 하지만 내가 보기에 당신들은 인간이라기보다는 비버에 가깝다. 왜냐하면 인간이란 단순히 두 다리로 걷고, 글을 쓰거나 읽을 줄 알고, 수천 가지 다른 일들을 할 줄 안다고 해서 붙여진 명칭이 아니기 때문이다.

당신들이 살고 있는 이 땅을 누가 당신들에게 주었는가? 무슨 권리로 당신들은 이 땅을 소유하는가? 이 땅은 언제나 인디언들의 땅이었다. 나의 사랑하는 형제여, 나는 영혼 깊은 곳으로부터 진심으로 당신들에게 연민을 느낀다. 내 충고를 듣고, 차라리 휴론 족 인디언이 되

라. 우리 인디언들을 보라. 당신들이 처한 상황과 나의 상황 사이에는 큰 차이가 있다. 나는 내 상황의 주인이다. 내 몸의 주인이며, 내 자신을 마음대로 할 수 있다. 내가 원하는 대로 살며, 내가 내 나라의 주인이다. 나는 어떤 사람도 두려워하지 않으며, 오로지 위대한 정령에게만 의지한다. 반면에 당신들은 육체뿐 아니라 영혼까지도 당신들의 대장에게 의존하며, 당신들이 원하는 대로 할 아무런 자유를 갖고 있지 않다. 강도짓과 거짓 증언, 암살 위협에 시달리면서 살고 있고, 당신들 위에 군림하고 있는 사람에게 절대 복종해야 한다. 내 말이 맞는가 틀리는가?"

18세기에 이미 백인들은 아메리카 원주민들에 대해 '고상한 체하는 야만인'이라는 고정관념을 갖고 있었다. 반면에 오늘날의 환경 운동가들은 그들을 '최초의 생태주의자들'이라고 부른다. 백인들은 자신들의 사회를 문명화되고 발전된 사회로 여기고 인디언들의 사회는 원시적이고 야만적인 것으로 여겼다. 그러나 한편으로는 생명을 존중하고 대지와 더불어 사는 원주민들의 지혜에 깊은 인상을 받지 않을 수 없었다. 서부 개척의 산 증인이었던 화가 프레데릭 레밍턴은 말했다.

"늙은 인디언들을 만나면 그들에게서 느껴지는 위엄 때문에 마치 한겨울의 숲 속을 산책하는 기분이 든다."

퀘이커교 지도자 윌리엄 펜(펜실베이니아 주는 그의 이름을 딴 것임)은 고백했다.

"자연인! 그것이 내가 인디언들을 처음 만났을 때 받은 느낌이다. 그들은 우아하고 열정적으로, 그러나 결코 장황하거나 화려하지 않은 말들로 진리를 이야기한다. 그들은 자연에서 태어나 자연의 품 안으로 돌아가는 진정한 현자들이다."

또한 역사가 프레데릭 터너 3세는 말했다.

"아메리카 인디언의 오랜 침묵의 목소리는 대지 그 자신의 소리 없는 목소리다. 인디언들의 목소리는 우리의 삶이 자연성을 회복하는 데 필요한 약과 같다. 우리는 그것을 단순한 지혜가 아니라 우리가 잃어버린 삶의 방식으로 이해해야 한다."

1584년 버지니아 지역에 도착한 영국의 탐험가 월터 롤리는 그곳 인디언들에 대해 "지상에서 이보다 더 친절하고 정이 많은 사람들을 발견하기 어려울 것"이라고 말했다. 초기 기독교 탐험가들도 "여기 오염되지 않은 종족이 있다. 이들은 에덴 동산의 타락에도 영향을 받지 않은 사람들임에 틀림없다."라고 고백했다. 인간애와 자비로써 도움을 베푼 원주민들이 아니었다면 초기 정착민들은 살아남을 수 없었을 것이다.

1830년대에 미국 서부를 여행하며 그림을 그린 영국인 화가 조지 캐틀린은 아메리카 원주민의 삶과 문화를 기록한 중요한 인물이다. 그는 인디언에 대해 다음과 같은 솔직한 고백을 남겼다.

"나는 보았다. 밤의 죽은 자와 같이 문명이 접근해 올 때, 그 사악함에 놀라 인디언들이 몸을 움츠리는 모습을. 놀란 사슴처럼 응시하다가 뒷걸음질치는 모습을.

나는 보았다. 그들을 대지와 하나로 묶어 주고 대지가 주는 즐거움과 이어 주던 강한 끈이 갑자기 끊어지고, 어린 시절 뛰어놀던 유서 깊은 땅으로부터 인디언들이 내쫓기는 모습을.

나는 보았다. 인디언들이 자신들의 천막과 아버지들의 무덤이 있는 평원에 불을 놓고 마지막으로 자신들의 사냥터를 바라본 뒤, 말없이 손으로 입을 가린 채 슬픈 얼굴을 돌려 해 지는 쪽으로 돌아서는 모습을. 그 모든 것이 자연의 침묵 속에서 위엄 있게 행해지는 모습을.

그리고 나는 보았다. 언제나 큰 소동을 일삼고, 분주하고, 시끄럽고, 소음을 일으키고, 뛰어다니고, 거만하고, 의기양양하게 구는 백인들이 접근해 오는 모습을. 아무 데나 파헤치고, 용감한 인디언 전사들의 무덤을 마구 짓밟는 그들의 천박한 모습을.

그 거대하고 저항할 길 없는 문명의 행진을 나는 보았다. 모든 것을 휩쓸며 굴러오는 불가항력적인 힘을.

하지만 아직 그것들에 영향받지 않으면서, 아직은 짓밟히지 않은 채, 그들이 다가오는 것조차 모르며 행복하게 살아가는 수많은 인디언들을 나는 보았다.

언제나 최선을 다해 나를 맞이해 준 인디언들을 나는 사랑한다. 그들은 법 없이도 정직하고, 감옥도 없으며, 가난한 집도 없다. 헛되이 신의 이름을 들먹이지도 않는다. 성경책 없이도 신을 믿으며, 신 역시 그들을 사랑한다. 그들에게는 종교적인 적대감이란 찾아볼 수 없다.

그들은 나를 공격거나, 내 물건을 훔친 적도 없다. 죄인을 처벌하는 법이라는 것도 없다. 자신의 땅이 아닌 곳에서는 백인들과 싸움을 벌인 적도 없다. 그리고 무엇보다 돈을 사랑하지 않는 그들을 사랑할 수밖에 없다.”

얼굴 흰 자들이 들어서기만 하면 들소들이 사라지고, 우리 인디언 사냥꾼들은 굶주림으로 죽어 간다. 이상한 일이다. 불과 몇 해 전만 해도 수를 헤아릴 수 없이 많은 들소들이 미주리 강 양쪽에서 풀을

뜯고 있었다. 그 들소 떼들로 평원 전체가 온통 검은색으로 뒤덮이곤
했다. 그 당시 인디언들에게 삶은 행복한 것이었다. 왜냐하면 먹을 것
과 입을 것을 충분히 갖고 있었기 때문이다. 그러나 얼굴 흰 사람들이
강 부근까지 진출하고 그들의 군대가 많은 요새를 짓기 시작하자 모
든 행복은 평원 저편으로 사라져 갔다.

흰구름(마하스카)_라코타 족 추장

그것은 또 한 번의 행복한 여름이었다. 큰 걱정거리는 아직 생기지
않았을 때니까. 우리는 검은 산(블랙 힐) 동쪽으로 흘러내리는 샛강을
따라가며 천막용 장대를 많이 잘라 왔고, 먹고 싶은 것은 다 있었다.
언덕은 우리 부족 사람들을 위한 큰 음식 보따리 같았다.

검은 큰사슴(헤하카 사파)_오글라라 라코타 족

사향소들이 거닐고, 여름이면 안개가 호수 위를 돌아다니고, 물은
파랗고, 물새들이 울어 대는 이곳보다 천국이 더 아름답단 말인가?

이누이트 족 노래

나는 언제나 강을 사랑했다. 어떤 이들은 강이 더럽고 위험하다고
생각하지만 나는 결코 그런 식으로 느끼지 않았다. 강은 살아 있다.
비가 많이 와서 물이 넘치면 강은 화가 나서 진흙과 쓰레기 더미들을
싣고 다닌다. 비가 충분히 오지 않으면 강은 매우 슬퍼하고, 그렇게 되
면 알을 낳기 위해 돌아오는 연어 떼들이 위험에 처한다. 어쨌든 내게
강은 아름다운 곳이다. 우리는 연어를 상업적으로 팔지 않았다. 우리
자신이 먹을 만큼만 잡았다. 그 무렵 나는 어린 소녀였는데, 우리 부
족은 그 자원을 고갈시키는 것을 결코 허용하지 않았다. 하지만 이제

그것들은 사실상 다 사라졌다. 그래서 연어에 의존해 먹고 사는 사람들도 슬픈 처지에 놓였다. 부족의 어른들은 의식에 쓸 연어조차 남지 않았음을 한탄하고 있다.

바이 힐버트_스카기트 족

대지는 우리가 언제나 살아온 집이며, 앞으로도 살아갈 집이다.

린다 호건_치카쇼 족

인디언은 한 모금의 물을 마시기 전에 먼저 어머니 대지에게 약간 부어 주었다. 그것이 어머니 대지에게 감사를 표시하는 방법이었다. 음식을 먹을 때도 마찬가지였다. 많지도, 적지도 않게 음식을 떼어 어머니 대지의 가슴속에 사는 영혼들에게 나눠 주었다.

로렌스 헌터_라코타 족

내 앞에 행복,
내 뒤에 행복,
내 아래에 행복,
내 위에 행복,
내 주위 모든 곳에 행복.

나바호 족 노래

우리는 당시 우리 땅에서 행복하게 살았고, 배고픈 적도 거의 없었다. 네발 달린 것들과 두 발 달린 것들이 한데 어울려 친척처럼 살았다. 그리고 그때는 그들에게나 우리에게나 먹을 것이 풍족했다. 그러나 그 후 얼굴 흰 사람들이 쳐들어와서 우리를 섬처럼 좁은 땅으로 몰아넣었고, 네발 달린 것들은 또 다른 좁은 땅 안으로 몰아넣어졌다. 그리고 이 좁은 땅은 갈수록 점점 좁아지고 있다. 그 주변에 얼굴 흰 사람들이 홍수처럼 밀려와 땅을 갉아먹고 있기 때문이다. 그들은 거짓과 탐욕으로 가득 찬 더러운 물결이다.

검은 큰사슴(헤하카 사파)_오글라라 라코타 족

우리가 이 세상을 소중히 여기지 않으면 세상 또한 우리를 소중히 여기지 않는다. 세상은 아름다움을 발견하는 자에게는 아름다움을 주고, 슬픔을 발견하는 자에게는 슬픔을 준다. 기쁨이나 지혜 같은 것들도 마찬가지다. 세상은 우리가 생각하는 것의 반영이다. 따라서 우리가 세상의 신비를 무시하고 마음대로 땅을 파헤치고 나무를 베어 넘긴다면, 언젠가 세상 또한 우리를 삶 밖으로 내동댕이칠 것이다. 우리는 대자연의 반격을 잊어선 안 된다. 이 세계 역시 우리 인간과 마찬가지로 살아 있는 하나의 생명체다. 그 생명체에게 위협을 가하면 안 된다. 이것은 단순한 경고가 아니라 진심으로 말하는 것이다. 당신들도 가만히 생각해 보면 알 것이다.

큰 구름(빅 클라우드)_카이오와 족

인디언으로서 우리의 책임은 우리의 문화와 환경을 보존하는 일이다. 그위친 족은 수천 년 동안 수렵 생활을 하면서 알래스카에서 살아왔다. 나의 아버지는 부자가 되기 위해서가 아니라 생존하기 위해서 동물을 사냥했다. 우리는 언제나 꼭 필요한 만큼만 가졌다. 그런데 유럽 인 모피 사냥꾼들은 유콘 강 위로 올라오면서 도중에 보이는 털 가진 동물들은 모조리 죽였다. 그들은 봄철이면 이곳에 나타났다. 그 때는 철따라 이동하는 수많은 새와 오리들이 짝짓기를 할 때이다. 뿐만 아니라 헤아릴 수 없이 많은 야생동물들이 이곳에 있었다. 그 동물들이 내지르는 소리가 어찌나 시끄러운지 옆사람과 말을 하려고 해도 큰 소리를 질러야 할 정도였다. 그런데 그 얼굴 흰 사냥꾼들은 오직 눈앞의 이익을 얻는 데만 관심이 있었고, 동물들의 가죽을 벗기는 데 혈안이 되어 있었다. 그들은 미끼 속에다 독약을 넣어 사방에 뿌려 놓았다. 동물들이 그것을 집어먹고 하나둘 쓰러져 갔다. 그로 인해 생태계는 엉망이 되었고, 불과 1년 만에 나라 전체가 텅 비어 갔다. 다시는 전과 같지 않았다.

사라 제임스_알래스카 그위친 족 환경 운동가

코요테야, 코요테야, 내게 말해 줄래,
무엇이 마술인지?
마술은 그해의 첫 딸기를 먹는 것,
그리고 여름비 속에 뛰노는
아이들을 바라보는 것!

〈코요테의 노래〉 중에서

오히예사(찰스 이스트먼, 다코타 족 의사)

인디언의 영혼

오히예사 (찰스 이스트먼)

다코타 족

얼굴 흰 사람들과 접촉하기 전에 인디언들이 지니고 있던 영적인 삶에 대해 나는 말하고자 한다. 사실 오래전부터 그렇게 하고 싶었다. 왜냐하면 누구도 진지하고 진실되게 그것을 이야기하지 않기 때문이다. 다른 모든 것은 둘째치고라도 우리 얼굴 붉은 사람들의 종교를 얼굴 흰 사람들은 결코 이해하지 못할 것이다.

인디언들은 이런 심오한 문제에 대해선 잘 이야기하지 않는다. 말보다는 믿음이 더 중요하기 때문이다. 믿음이 없는 사람은 잘못 말하거나 가볍게 말한다. 또한 설령 우리가 말을 한다 해도 얼굴 흰 사람들이 갖고 있는 종교적 인종적 편견이 진정한 이해를 가로막기 마련이다.

처음에 우리에게 온 백인 선교사들은 좋은 사람들이긴 했지만 매우 편협한 시각을 갖고 있었다. 그들은 우리에게 이교도라는 딱지를 붙이고, 악마를 숭배하는 자들이라고 우리를 몰아세웠다. 우리가 아무리 그렇지 않다고 해도 소용이 없었다. 그들은 우리가 믿는 신은 전부 가짜이니 빨리 내던지고 자신들의 성스러운 제단 앞에 무릎을 꿇으라고 으름장을 놓았다. 심지어 우리가 자신들의 믿음과 방식을 받아들이지 않으면 영원히 멸망할 것이라고 협박하기까지 했다.

우리는 안다. 모든 종교적인 열망, 모든 진실한 예배는 똑같이 하나의 근원과 하나의 목적을 갖고 있음을. 우리는 또 안다. 학식 있는 자의 신, 어린아이의 신, 문명화된 사람의 신, 원시적인 사람의 신이 결국은 같은 것이라고.

신은 결코 생김새가 어떻게 다른지를 놓고 우리를 판단하지 않는다. 신은 이 대지 위에서 올바르게 살고 겸손하게 행동하는 모든 이들을 자신의 품 안에 받아들인다.

우리를 둘러싸고 있는 '위대한 신비', 그 영원한 존재에 대해 인디언들은 매우 분명하고 고귀한 태도를 갖고 있었다. 위대한 신비는 인디언들에게 더없이 중요한 것이었으며, 이 삶에서 얻을 수 있는 모든 기쁨과 만족의 기준이 그것에 달려 있다고 해도 지나친 말이 아니었다. 그 위대한 신비에게 바치는 인디언들의 예배는 침묵과 홀로 있음 속에서 행해졌다. 그리고 그것은 모든 이기적인 욕망으로부터도 자유로웠다.

신과의 만남이 이렇듯 침묵 속에서 이루어지는 이유는 모든 언어가 불완전하고 진리에 훨씬 못 미치기 때문이다. 따라서 인디언들의 영혼은 말 없는 찬양 속에서 신에게로 올라가곤 했다. 신과의 만남은 홀로 있음 속에서 가능하다고 우리 인디언들은 믿었다. 신은 우리가 홀로 있을 때 우리와 더 가까이 있기 때문이다. 우리를 만드신 이와 우리 사이에 어떤 성직자도 끼어들 필요가 없었다. 누구도 다른 사람의 종교적 체험에 대해 참견하거나 간섭하면 안 된다. 우리들 각자 신이 창조한 자식들이고, 모두가 그 안에 신성을 간직하고 있기 때문이다.

우리 얼굴 붉은 사람들의 종교는 어떤 특정한 교리로 이루어진 것이 아니었다. 또한 받아들이길 거부하는 사람에게 그것을 강요하지도 않았다. 그러므로 우리의 종교에는 설교도 없고, 개종이나 박해도 없으며, 다른 사람의 종교를 무시하고 비웃는 일도 없었다. 무신론자라는 것도 존재하지 않았다. 우리의 종교는 교리가 아니라 마음 상태였다.

자연을 제외하고는 우리에게 사원도 신전도 없었다. 자연의 자식들이기 때문에 인디언들은 매우 시적이었다. 말할 수 없이 신비한 원시림의 그늘진 오솔길에서, 처녀와도 같은 평원의 햇빛 비치는 가슴 위에서, 현기증 나는 산 정상과 벌거벗은 바위가 우뚝 솟은 뾰족 산봉우리 위에서, 보석 박힌 드넓은 밤하늘에서 얼굴과 얼굴을 맞대고 만날 수 있는 그 거대한 절대자를 위해 손바닥만 한 집을 짓는다는 것은 우리가 보기에는 신을 모독하는 일이나 다름없었다.

우리의 증조 할아버지인 태양이 저녁 모닥불을 피우는 세상 가장자리에서 구름의 엷은 옷을 입고 있는 위대한 정령, 북쪽의 혹독한 바람을 타고 다니는가 하면 남쪽의 향기로운 공기들 속에 영혼의 숨결을 불어넣는 그분, 거대한 강들과 육지 속 바다에 배를 띄우고 있는 그런 이에게 인간이 세운 보잘것없는 교회와 성당이 필요할 리 없다.

홀로 있음 속에서 그 보이지 않는 절대 존재와 침묵으로 소통하는 일이야말로 인디언들의 종교적인 삶의 가장 중요한 부분이었다. 함베데이라는 인디언 말로 어느 정도 그것을 설명할 수 있을 것이다. 그것은 문자 그대로는 '신비한 체험'이라는 뜻이며, '금식 수련'

으로 번역되기도 한다. 또는 '자신 안의 신을 체험하는 일'로 풀이할 수도 있을 것이다.

첫 번째 함베데이, 곧 생애 최초의 종교적인 수행은 인디언들의 삶에 큰 전환점을 가져다주었다. 때가 되면 인디언 아이는 먼저 땀천막(sweat lodge. 일종의 한증막으로, 아메리카 인디언들은 '정화의 천막'이라 부른다)에서 뜨거운 수증기로 자신의 몸을 정화했다. 그런 다음 모든 인간적인 욕구나 육체적인 욕망을 멀리한 채, 그 지역에서 가장 높은 산꼭대기로 혼자 올라갔다. 위대한 정령이 물질적인 것에 가치를 두지 않음을 알기 때문에 아이는 어떤 제물이나 희생양을 가지고 갈 필요가 없었다. 단지 겸손한 마음으로 위대한 정령 앞에 나아가기를 원하기에 모카신과 허리에 두르는 천 외에 옷도 가져가지 않았다.

해가 뜨고 지는 장엄한 시간에 아이는 산꼭대기에 위치를 정하고 서서 드넓은 대지를 내려다보며 위대한 신비와 마주했다. 그곳에서 그렇게 벌거벗은 채 미동도 하지 않고 서서, 침묵 속에 위대한 정령의 힘 앞에 자신을 내맡겼다. 하루 낮과 하루 밤, 혹은 이틀 낮과 이틀 밤 동안. 가끔은 며칠씩 그렇게 서 있는 경우도 있었다. 때로는 절대 고요 속에서 신에게 바치는 노래를 부르기도 했다. 이 신성한 명상 상태 또는 환희의 체험을 통해 어린 인디언 신비가는 자기 존재의 최고의 행복과 근원이 되는 생명력을 발견할 수 있었다.

마을로 돌아오면 아이는 잠시 사람들과 거리를 두었다. 다시 땀천막에서 몸을 정화하는 의식을 치를 때까지. 그런 다음에야 비로소 사람들 속으로 들어갔다. 아이는 자신이 산꼭대기에서 본 환영이나 암시에 대해선 부족 전체의 운명과 관련된 내용이 아니면 절대 입 밖에 내지 않았다. 때로 영원의 가장자리에 선 늙은 인디언은 선택된 몇몇 사람에게만 자신이 오래전 어렸을 때 산꼭대기에서 보았던 계시에 대해 말하곤 했다.

얼굴 흰 정복자들은 우리 인디언들을 가난하고 단순하다고 경멸해 왔다. 아마도 그들은 우리의 종교가 재산 축적과 사치를 엄격히 금지하고 있음을 잊은 모양이다. 모든 시대, 모든 종족의 영적인 성향을 가진 사람들이 그렇듯이 우리 인디언들 역시 소유를 탐하는 것을 하나의 덫으로 알았으며, 복잡한 사회가 안겨 주는 많은 짐들을 쓸데없는 유혹과 고통의 근원이라 여기며 살아왔다.

나아가 우리가 가진 기술과 성공의 열매를 우리보다 행운이 덜 찾아온 형제자매들과 나눠 가져야 한다는 것이 우리 삶의 변함없는 규칙이었다. 그렇게 함으로써 우리는 자만심과 탐욕, 시기심이라는 장애물로부터 벗어나 우리가 믿는 신의 뜻을 따를 수 있었다. 이것은 우리에게 매우 중요한 것이었다.

따라서 인디언들이 지속적으로 도시를 발전시키거나 물질문명을 발달시키지 않은 것은 무지하거나 미래에 대한 생각이 부족하기 때문이 아니었다. 소박한 인디언 현자의 눈에는 수많은 인구가 한곳에 집중해서 모여 사는 것은 모든 악의 원인이었다. 육체적으로도 그렇고, 도덕적으로도 그러했다.

인디언들에게 음식은 신성한 것이지만, 필요 이상으로 많이 먹는 것은 죄악이었다. 마찬가지로 사랑은 좋은 것이지만, 탐욕은 사람을 망치는 것이었다. 사람들이 밀집한 불결한 환경에서 생겨나는 온갖 전염병보다 인디언들이 더 무섭게 여긴 것은 다른 사람들과 너무 자주 접촉함으로써 어쩔 수 없이 영적인 힘을 잃게 되는 일이었다. 자주 자연 속으로 들어가 혼자 지내 본 사람이라면 홀로 있음 속에는 나날이 커져 가는 강한 영적인 힘이 있다는 것을 알아차릴 것이다. 하지만 집단을 이뤄 생활하다 보면 그 힘이 금방 사라져 버린다.

인디언들을 적대시한 얼굴 흰 사람들조차 우리 얼굴 붉은 사람들이 어떤 상황 아래서도 변함없는 내적인 힘과 정신적인 균형을 지니고 있음을 인정하곤 했다. 아메리카 원주민들은 그 점에서 탁월한 존재들이었다.

인디언들은 전통적으로 마음을 영적인 마음과 육체적인 마음 두 부분으로 나누었다. 영적인 마음은 사물의 본질과 관련된 순수한 정신이다. 금식과 힘든 일로 육체를 단련하듯이 우리가 영적인 기도를 통해 키우고자 하는 마음이 그것이었다. 그리고 그런 형태의 기도는 간절히 도움을 청하는 것과는 다른 것이었다.

두 번째의 육체적인 마음은 더 낮은 차원의 일이었다. 이 부분은 사냥이나 전투에서 성공하고, 병을 치료하고, 소중한 목숨을 보호하는 것과 같은 개인적이고 자기중심적인 것들과 관계가 있었다. 위험을 피하고 행복을 지키기 위해 의식을 행하고 주문을 외는 것 모두가 이 육체적인 자아에서 나오는 것들이었다.

우리 인디언들이 물질적으로 의식을 행하는 것은 모두 상징적인 의미를 지니고 있었다. 얼굴 흰 사람들이 십자가를 찬양하는 것과 마찬가지로 인디언들은 태양을 숭배했다. 태양과 대지는 인디언들의 눈에는 명백히 모든 생명의 원천이며, 과학적인 진리이면서 동시에 시적인 은유이기도 했다. 우주의 아버지인 태양은 자연의 원리에 생명력을 불어넣는다. 그리고 어머니인 대지의 인내심 많고 비옥한 자궁 속에는 모든 식물과 인간의 숨겨진 태아가 있다.

번개, 바람, 물, 불, 서리와 같은 자연 속의 장엄한 요소들을 우리는 영적인 힘을 지닌 것들로 여겨 경외심을 갖고 바라보았다. 그 신비의 영이 이 세상 만물 속에 두루 존재하고 있으며, 모든 생명체들이 어느 정도는 영혼을 갖고 있다고 우리는 믿었다. 비록 어떤 영혼은 자신을 의식하지 못할지라도. 나무, 폭포, 회색 곰 등은 각각 위대한 힘의 표현이며, 존경의 대상이었다.

인디언들은 동물 나라에 있는 우리의 형제와 누이들에 대해 동정심을 갖고 영적인 교감을 나누는 것을 좋아했다. 그들은 분명하게 말을 하지 못하는 영혼들이지만, 순진무구한 아이들처럼 우리를 위해 티없이 맑은 순수성을 간직하고 있다. 우리는 저 위쪽에서 내려오는 신비의 지혜를 믿듯이 그들이 가진 본능 또한 믿었다. 우리의 생존을 위해 기꺼이 자신의 몸을 바치는 그들의 희생을 겸허히 받아들이고, 정해진 기도문과 제물로써 그들의 영혼에게 경의를 표했다.

세상의 모든 종교는 그것을 믿는 사람들의 순수한 이유에 따라 각기 다양하게 초자연적인 요소를 담고 있다. 인디언들은 자신들이 이해할 수 있는 영역 안의 문제들에 대해 나름대로 논리적이고 분명한 생각을 갖고 살아왔다. 하지만 광대무변한 자연의 세계와 그것이 지닌 수많은 경이로움들을 과학이라는 이름으로 측량하지 않았다. 원인과 결과에 따른 제한된 사고방식은 인디언의 방식과는 거리가 멀었다. 오히려 우리는 모든 것 속에서 기적을 발견했다. 씨앗과 알 속에서 생명의 기적을, 번개와 불어나는 강물에서 죽음의 신비를.

어떤 불가사의한 현상에도 우리는 놀라지 않았다. 인디언들의 세계에선 짐승들도 사람처럼 말을 하고, 태양이 운행을 멈출 수도 있었다. 동정녀의 잉태는 세상으로 나오는 모든 아기들의 탄생에 비해 조금도 신기할 것이 없었다. 빵과 물고기의 기적은 옥수수 한 알을 수확하는 일보다 더 경이로울 것이 없었다.

누가 인디언의 이런 사상을 미신이라 비난할 수 있는가? 성경의 기적들이 말 그대로 사실이라고 가르치는 가톨릭 신자들이나 기독교 선교사들은 결코 우리를 비난할 수 없다. 논리적인 사람이라면 모든 기적을 부정하든지, 아니면 전부 인정해야 할 것이다. 아메리카 인디언들의 신화와 영웅 이야기들은 고대 히브리의 이야기들에 비해 조금도 손색이 없다.

잊지 말아야 한다. 자연의 경이로움과 장엄한 법칙을 발견하더라도 과학이 모든 것을 설명할 순 없다는 것을. 우리 모두는 생명의 원리를 간직한 궁극의 기적과 마주해야 한다. 이 궁극의 신비가 바로 기도의 본질이며, 그것 없이는 종교가 있을 수 없다. 이 신비 앞에서 모든 사람은 인디언과 같은 자세를 지녀야 한다. 인디언들은 모든 창조물 속에서 놀라움과 경이로움을 갖고 신을 발견했기 때문이다.

우리가 본래의 철학을 간직하고 있던 시절에는, 얼굴 흰 사람들의 눈부신 성공을 부러워하거나 모방하려는 욕망을 가진 인디언이 한 사람도 없었다. 그것은 분명한 사실이다. 우리가 보기엔 우리가 얼굴 흰 사람들보다 훨씬 우월했다. 내심 그들을 경멸하기까지 했다. 인디언들은 쾌락이나 좇는 부유한 이웃의 빈둥거리는 생활과 화려한 음식, 푹신한 침대들을 물리칠 수 있는 고결한 영혼들이기 때문이었다. 우리가 보기에 참된 인격과 행복은 그런 것들과는 거리가 먼 것이었다.

초기 기독교 속에는 인디언들의 사상과 매우 비슷한 것들이 많다. 부자들에 대해 예수가 한 말들은 특히 우리 인디언들이 충분히 공감하는 내용들이다. 하지만 우리에게 많은 설교를 늘어놓으면서 한편으로는 전혀 다르게 행동하는 선교사들과 그 신도들을 지켜보면서 우리는 이미 오래전부터 그들의 종교에 대해 냉담한 마음을 갖기에 이르렀다. 그들은 자신을 과시하고, 권력을 추구하며, 무조건 남을 개종시키려 들고, 자기 종교를 제외한 다른 종교를 드러내 놓고 무시한다.

우리가 보기엔 직업적인 목사들, 돈을 받고 하는 설교, 물질을 모으기에 급급한 교회들은 영적인 것과는 거리가 멀었다. 따라서 우리는 그들에게서 아무런 감화도 받을 수 없었다. 정복과 약탈, 독한 술 등으로 우리의 정신과 육체를 무너뜨리기 훨씬 전부터 이미 선교사들은 도덕적인 진실성을 잃었다. 이상하게 들릴지 모르지만, 우리 자랑스러운 야만인들의 영혼은 우리를 개종시키고 개화시키려고 찾아온 그들을 은근히 경멸했다.

얼굴 붉은 사람들의 마음을 상하게 한 것은 그 낯선 종교가 자기 선전에 열을 올리면서 위선적으로 행동하기 때문만이 아니었다. 인디언들이 가장 충격적이고 믿기 어려운 점은 얼굴 흰 사람들이 자신들이 누구보다도 우월한 인종이라고 주장하면서 사실상 그들 중 대부분이 종교와는 너무도 동떨어진 삶을 살고 있다는 것이었다. 심지어 그들은 신앙인인 체 행동하지도 않았다. 믿음을 갖기는 커녕 세속적이고 불경스러운 말들로 쉬지 않고 신에게 욕을 퍼부었다. 우리 인디언들은 가장 경건한 순간에조차 신의 이름을 함부로 입에 올리지 않았다. 경박하거나 불경스럽게 신의 이름을 들먹인다는 것은 상상조차 할 수 없는 일이었다.

나아가 종교를 내세우는 얼굴 흰 사람들 속에서도 우리는 수많은 모순된 행위들을 발견했다. 그들은 입으로는 영적인 것을 말하면서 한편으론 물질적인 추구에 몰두해 있다. 얼굴 흰 자들은 모든 것을 사고판다. 시간, 노동, 개인의 자유, 여인의 사랑, 심지어 자신들의 신성한 목사직까지도! 이론적으로는 맨 첫 번째에 속하는 고결하고 영적인 삶이 실제로는 맨 나중 문제였다.

돈과 권력에 대한 추구, 그리고 남을 정복하려는 욕망은 못 배운 인디언들의 세계에서도 비난을 면치 못했다. 뿐만 아니라 우리는 남을 지배하려 드는 얼굴 흰 자들의 그 두드러진 성향이 온유하고 가난한 예수의 정신과 너무도 대비된다는 사실을 느꼈다.

얼굴 흰 자들 중에는 술주정뱅이에다 방탕하기 짝이 없는 자들이 너무도 많다. 그들의 종교에 비춰 봐도 비난받아 마땅하며 큰 망신거리나 다름없다. 이 나라 전체의 타락한 신앙 생활은 입이 열 개라도 변명할 수 없을 것이다.

예를 들어 위싱턴의 얼굴 흰 대추장은 특별히 국가적인 명예를 걸고 우리 인디언들과 조약을 맺도록 여러 대리인들을 보냈다. 그들 중에는 성경을 손에 든 목사와 주교들도 있었다. 그들은 기도를 하고 자신들의 하느님을 들먹이면서 우리에게 조약서에 서명하라고 했다. 하지만 일단 조약서가 작성되면 그들은 즉각적으로 조금도 부끄러움 없이 그 조약을 어겼다. 그런데도 그들이 전혀 처벌을 당하거나 문책을 받은 적이 없다는 것은 이상한 일이 아닌가. 백인 역사학자들조차도 인디언이 먼저 약속을 어긴 적은 한 번도 없다는 사실을 인정하고 있다.

인디언은 생을 시작하는 그 순간부터 종교적이었다. 아이가 어머니의 자궁에서 잉태되는 첫날부터 젖을 떼는 두 살 무렵까지 아이에게는 어머니의 영적인 영향이 대단히 중요하다고 우리는 믿었다.

인디언 어머니는 아이를 임신하는 그 순간부터 순결한 언행과 명상을 통해 아직 태어나지 않은 아이의 열려 있는 영혼에게 그가 위대한 신비와 하나로 연결되어 있음을 가르쳤다. 인디언의 아이 교육은 그렇게 시작되었다. 그래서 장차 어머니가 될 여성은 사람들로부터 떨어진 고요하고 한적한 곳에서 홀로 생활하는 것을 첫 번째 규칙으로 삼았다. 그 장엄하고 아름다운 풍경을 눈동자에 새기면서.

그녀는 거대한 삼림의 정적 속에서, 혹은 인적이 드문 평원의 가슴 위에서 홀로 산책하곤 했다. 그러고는 시적인 마음을 통해 장차 위대한 영혼이 자신의 몸에서 태어나리라고 상상했다. 원시의 숨결이 어린 대자연 속에서 상상의 날개를 펴는 것이었다. 아무도 그 상상을 방해하지 않았다. 가끔씩 들리는 소나무의 한숨 소리나 멀리 떨어진 폭포 소리만이 현실감을 일깨울 뿐이었다.

마침내 그녀의 삶에 새로운 순간이 열리고, 새로운 삶이 그녀를 통해 지상에 나오는 순간이 찾아왔을 때, 그녀에게는 다른 사람의 도움이 필요하지 않았다. 그녀 혼자서 새 생명을 받을 몸과 마음의 준비를 다했다. 인디언 어머니는 그것을 자신의 가장 신성한 의무라 여겼다. 인디언은 아이의 출산은 어머니 혼자서 맞이하는 것이 최상의 길이라고 여겼다. 타인의 호기심과 동정심은 방해만 될 뿐이었다. 대자연의 목소리가 그녀의 귀에 대고 소리쳤다.

"이것은 사랑의 힘이다! 이것은 생의 완성이다!"

마침내 침묵을 깨고 한 성스러운 목소리가 울려 퍼지고, 두 개의 눈이 야생의 자연 속에서 그녀를 바라볼 때, 그녀는 자신이 위대한 창조의 노래와 함께 자신의 분신을 탄생시켰음을 기쁜 마음으로 알게 되었다.

그녀는 이내 신비하고 사랑스러운 포대기를 안고 마을로 돌아왔다. 아이의 사랑스러운 온기를 느끼고 부드러운 숨소리를 들으면서. 아이는 아직 그녀의 일부분이었다. 왜냐하면 두 사람은 아직 같은 입으로 영양분을 얻기 때문이었다. 어떤 사랑하는 이의 시선도 아이의 깊고 신뢰하는 눈보다 더 매혹적이지 않았다.

아이를 인디언 천막으로 데려오면 그때부터 어머니의 영적인 가르침이 시작되었다. 그러나 그 가르침은 대부분 침묵으로 이루어졌다. 손가락으로 아이에게 자연 속 사물들을 가리켜 보일 뿐이었다. 그리고 아침저녁으로 새처럼 노래를 속삭여 주었다. 어머니와 아이는 새를 사람과 똑같은 존재이며, 위대한 신비와 아주 가까운 곳에서 살고 있는 존재로 바라보았다. 아이가 성급하게 행동할라치면 어머니는 부드럽게 주의를 주었다.

"쉿! 그렇게 하면 영혼이 혼란스러워진단다."

그러고는 조용히 자작나무의 수런대는 소리, 사시나무의 은빛 소리에 귀를 기울이게 했다. 밤이면 소리 없이 여행하는 별들의 대장정을 손짓해 보였다. 침묵, 사랑, 경외감, 이것이 아이를 가르치는 세 가지 기준이었으며, 아이가 좀 더 성장하면 자비심, 용기, 순결의 기준이 뒤따랐다. 인디언 어머니는 언제나 자신의 일에 충실했다. 우리 부족의 이름난 어떤 추장은 자주 이렇게 말하곤 했다.

"남자들은 서로를 죽일 수 있지만, 여자를 이길 수는 없다. 왜냐하면 여자의 편안한 무릎에 아이가 누워 있기 때문이다. 그 아이를 없애 버릴 수도 있겠지만, 똑같은 무릎에 또 다른 아이가 나타날 것이다. 그것은 위대한 정령이 주시는 선물이며, 남자는 단지 협력자로서의 역할만 할 수 있을 뿐이다."

이 야생의 어머니는 그녀의 어머니나 할머니의 경험, 그리고 부족 사람들이 오랫동안 받아들여 온 관습뿐만 아니라 개미, 벌, 거미, 비버, 오소리 등으로부터도 겸손한 자세로 배움을 얻었다. 새들이 어린 것들을 키우는 것을 관찰함으로써 강한 애정과 헌신적인 인내심을 배웠다. 그리하여 그녀의 가슴속에는 우주적인 모성이 맥박치게 되었다.

때가 되면 아이는 스스로 기도하는 자세를 배우고, 절대의 힘에 대해 존경심을 갖고 다가갔다. 아이는 모든 살아 있는 존재들이 피를 나눈 형제이며 누이라고 느꼈다. 아이에게 폭풍우 치는 바람은 위대한 신비가 보내는 소식이었다.

인디언들에게 학교 건물과 책과 정기적인 수업 시간이 없었던 것은 사실이다. 하지만 인디언 아이들은 자연의 방식으로 교육받았다. 언제나 자연 세계와 가까이 접촉함으로써 그 속에서 자기 자신을 발견하고, 모든 생명체들과 마음이 담긴 관계를 맺을 수 있었다. 인디언 아이에게는 영적인 세계가 더없이 실제적인 것이었으며, 생명의 빛이 다른 모든 것들보다 우선했다. 그리고 무엇보다 모든 존재들 속에 풀리지 않는, 그리고 풀릴 수도 없는 위대한 신비가 깃들어 있음을 깨달았다.

인디언들은 말과 직접적인 경험을 통해 아이들을 가르쳤지만, 직접적인 경험에 더 무게를 두었다. 왜냐하면 모든 배움이란 간접적으로 그것을 전해 듣는 사람에게는 죽은 언어와 다를 바 없기 때문이다. 신체 단련도 철저하고 합리적이었으며, 도덕적이고 영적인 측면에 대한 가르침은 그 어떤 종족과도 비교할 수 없을 만큼 훌륭했다. 우리는 가르치는 기술을 인격의 상징으로 여겼다. 그리고 교육의 근본이 위대한 신비를 사랑하고, 자연을 사랑하고, 사람들과 대지를 사랑하는 데 있음을 잊지 않았다.

자신이 세상에서 가장 자유로운 삶을 사는 인간이라 여기는 사람이라면 누구라도 인디언과 한 부족이라고 할 수 있다. 우리는 자연과 가까운 학생들이었다. 얼굴 흰 사람들이 책을 갖고 공부하듯, 인디언들은 자연 속의 여러 행동 방식들을 통해 배웠다. 인디언 아이들은 부족의 어른들을 지켜봄으로써 인간이 되어 가는 과정을 배웠다.

야생의 평원에 사는 아이들만큼 오감을 잘 사용하기란 불가능하다. 인디언들은 누구보다도 잘 보고, 듣고, 냄새 맡았다. 또 잘 보고 듣는 것만큼 깊이 느끼고, 깊이 맛보았다. 야생의 생활보다 기억력을 발달시키는 생활은 없다.

어렸을 때부터 나는 침묵과 과묵함을 배웠다. 그것들은 인디언의 성격을 특징짓는 가장 중요한 요소들이다. 사냥꾼과 전사가 되기 위해선 그것이 절대적으로 필요했으며, 그것은 인내심과 자기를 다스리는 힘과도 밀접한 관계가 있다. 문명 세계의 아이들이 법률가나 대통령이 되기를 희망하듯이 인디언 아이들은 용기 있는 인간이 되기를 희망했다.

인디언의 삶 속에는 단 하나의 의무만이 있었다. 그것은 기도의 의무였다. 기도는 눈에 보이지 않는 영원한 존재를 날마다 새롭게 인식하기 위한 방법이었다. 우리에게는 하루를 기도로 시작하는 것이 음식을 먹는 것보다 더 중요했다.

이른 아침에 일어나면 인디언은 모카신을 신고 물가로 걸어 나갔다. 그곳에서 맑고 시원한 물 한 움큼을 얼굴에 뿌리거나 아니면 물속에 몸 전체를 담갔다. 몸을 씻고 난 뒤엔, 밝아 오는 새벽을 향해 똑바로 서서 지평선 위로 춤추며 떠오르는 태양에게 말없는 기도를 드렸다. 우리의 아내나 남편이 우리보다 먼저, 또는 나중에 그곳에 나와 기도를 올릴 수도 있지만, 우리는 함께가 아니라 각자 홀로 기도했다.

모든 영혼은 각자 아침의 태양과 만나야 한다. 새롭고 부드러운 대지, 그 위대한 침묵 앞에 홀로 마주서야 한다.

사냥을 나간 인디언은 너무도 아름답고 장엄한 대자연 앞에서 말을 잃을 때가 있었다. 바위산 위에는 검은 먹구름과 함께 무지개가 드리워지고, 푸르른 계곡 심장부에서 하얀 폭포가 쏟아져 내렸다. 드넓은 평원에서는 석양빛이 하루의 작별을 고했다. 그런 것들과 마주치는 순간, 우리는 그 자리에 멈춰 서서 예배하는 자세를 갖추곤 했다. 그러기에 인디언은 굳이 일주일 중 하루를 신성한 날로 정할 필요가 없었다. 그에게는 모든 날이 곧 신이 준 날이었다!

아름다움을 볼 줄 아는 눈은 종교적인 마음과 깊은 관계가 있다. 그 점에서 인디언들은 누구보다 탁월하다. 우리는 위대한 예술가인 신의 작품을 똑같이 흉내내거나, 모방이 불가능한 그것을 모방할 수 있다고 가장하지도 않았다. 아름다운 것은 상품으로 만들어 거래를 해선 안 되며, 오직 존경받고 찬양받아야 한다. 그것이 아메리카 원주민들의 정신이었다.

우리는 자연을 완성된 아름다움으로 여기며, 그것을 파괴하는 것을 신성모독이라고 생각했다. 한번은 내가 수 족 추장들에게 워싱턴을 구경시켜 준 적이 있다. 나는 추장들의 마음속에 현대 문명이 이뤄 낸 놀라운 성과물들에 대해 깊은 인상을 심어 주고자 노력했다. 미 의회 의사당과 유명한 건물들을 방문한 뒤, 우리는 이름난 미술관으로 갔다. 그곳에서 나는 얼굴 흰 사람들이 그곳에 걸린 그림들을 뛰어난 천재의 작품이며 훌륭한 예술품으로 여긴다는 것을 설명했다. 그러자 한 늙은 추장이 말했다.

"정말로 얼굴 흰 사람들의 철학은 알다가도 모를 일이다! 그들은 자부심과 위엄을 간직한 채 수 세기 동안 서 있어 온 숲들을 넘어뜨리고, 어머니 대지의 가슴을 마구 파헤치며, 은빛 물줄기들을 더러운 시궁창으로 만들었다. 그들은 신의 그림들과 걸작품들을 가차없이 파괴한다. 그러면서 한편으론 작은 사각의 종이에 수많은 물감을 발라 그것을 걸작품이라 찬양한다!"

여기에 인디언들이 문명 세계의 예술적 기준에 못 미치게 된 근본적인 이유가 있는 것이다. 그것은 우리에게 창조적인 상상력이 모자라서가 아니었다. 우리는 본질적으로 타고난 예술가들이었다. 다만 관점이 다를 뿐이었다. 우리의 눈에는 아름다움이란 언제나 새롭고 살아 있는 것이었다. 위대한 신비인 신조차도 매 계절마다 세상을 새 옷으로 갈아입히지 않는가.

진정한 의미에서 보면, 인디언에게는 삶의 모든 것이 하나의 종교적인 행위였다. 그는 만물 속에서 영혼을 자각했으며, 그것들로부터 영적인 힘을 끌어낼 줄 알았다. 유한한 생을 사는 형제인 동물들에게 존경심을 갖고, 사냥한 다음에는 동물의 시신을 편안히 누이고 상징적인 깃털이나 물감으로 동물의 머리를 장식한 뒤, 신성한 담뱃대를 손에 들고 기도하는 자세로 서 있곤 했다. 그렇게 함으로써 동물의 영혼은 자유를 얻고, 그 육신은 인간의 생명을 유지하는 데 바쳐질 수 있었다.

어렸을 때 나는 남에게 베푸는 법을 알았다. 그런데 문명인이 된 다음부터 그 아름다움을 잊었다. 그때는 자연스러운 삶을 살았으나 지금은 인위적인 생활을 하고 있다. 그때는 조약돌 하나도 가치 있게 여겼으며, 나무를 봐도 놀라워할 줄 알았다. 그런데 이제는 얼굴 흰 사람들과 더불어 액자에 넣어진 풍경화 앞에서 그 가치를 돈으로 환산하고 있다! 바위를 갈아서 생긴 돌가루로 벽돌을 만들고 그 벽돌로 문명 사회의 인위적인 벽을 쌓듯이, 내 안에 있던 인디언은 그렇게 사라져 버렸다.

아메리카 인디언은 무엇보다도 겸손을 최고의 덕목으로 삼았다. 특히 영적인 자만심은 인디언의 성격이나 가르침 그 어디에서도 찾아볼 수 없었다. 인디언은 자신의 말솜씨가 뛰어나다고 해서 얼굴 흰 사람들처럼 상대방을 어리석은 야만인으로 취급하지 않았다. 오히려 그것을 위험한 재능으로 여겼다.

그 대신 우리 인디언은 침묵의 힘을 믿었으며, 그것을 완전한 평정의 표시로 여겼다. 침묵은 육체, 정신, 영혼의 절대적인 조화 속에서만 가능하기 때문이다. 삶의 어떤 폭풍우 속에서도 나무 잎사귀 하나 떨리지 않고 물결 하나 일지 않듯이 그 영혼이 흔들리지 않고 변함없이 평화로움을 유지하는 것, 그 본성 속에 변함없이 삶의 이상적인 자세와 행동을 간직하는 것을 인디언은 인생의 최고 목표로 삼았다.

만약 침묵이 무엇이냐고 묻는다면, 우리는 대답할 것이다.

"침묵은 위대한 신비 그 자체다. 성스러운 침묵은 신의 목소리이니까."

또 만약 당신이 "그 침묵의 열매가 무엇인가?" 하고 묻는다면, 우리는 대답할 것이다.

"침묵의 열매는 자신을 다스리는 힘, 진정한 용기와 인내, 위엄, 그리고 존경심이다. 침묵은 인격의 받침돌이다."

늙은 추장 와바샤는 말했다.

"젊었을 때 그대의 혀를 잘 지키라. 그러면 늙어서 그대의 부족에게 도움이 될 한 가지 생각이 그대 안에서 익어 갈 것이다."

유연하고 균형 잡히고 기품 있고 참을성 있는 완전한 신체를 상상하는 순간, 이미 인디언은 도덕적인 삶의 기초를 놓은 것이나 마찬가지였다. 욕망을 억제하지 못하고 육체적인 쾌락에 자신을 내맡기는 사람은 결코 영혼이 머무는 신전을 늙어서까지 건강하게 유지할 수 없다. 그런 진리를 바탕으로 인디언들은 엄격한 신체 단련과 함께 삶의 규범이 되는 도덕률을 세웠다.

인디언은 어려서부터 마음속에 남성다운 강인함과 아름다움에 대한 이상을 키웠다. 그것을 성취하기 위해선 음식과 성적인 관계에 대한 엄격한 자제, 그것과 더불어 지속적이고 격렬한 운동이 필요했다. 인디언 남자는 이따금씩 짧은 기간 동안 금식을 행했으며, 격렬한 달리기와 수영, 또는 땀천막 의식 등으로 넘쳐나는 기운을 소모시켰다. 특히 금식 수련과 함께 육체를 지치게 함으로써 지나친 성적 욕망을 치유할 수 있었다.

우리 인디언들은 어려서부터 강한 자기 존중과 함께, 가족과 부족에 대한 자부심, 그리고 절제된 생활에 대한 훈련을 받았다. 그것은 태어나면서부터 줄곧 부족 사람 모두가 그 아이를 지켜보고 있기 때문에 가능한 일이었다. 특히 아이가 태어났을 때, 그가 세상에 도착했음을 마을의 목청 큰 사람이 모두에게 알렸다. 이날 아이의 부모는 노인들과 도움이 필요한 사람들에게 선물을 돌렸다.

아이가 처음으로 걸음마를 했을 때라든가, 귀를 뚫었을 때, 혹은 처음 사냥을 해 왔을 때도 마찬가지로 마을 사람 모두에게 그 사실이 공표되었다. 그럼으로써 아이가 어떤 공로를 세우고 어떻게 성장해 가는가를 부족 전체가 한 가족으로서 지켜볼 수 있었다. 따라서 아이는 자신의 명성을 잃지 않기 위해 감정과 욕망을 절제하면서 어른으로 성장해 갔다.

인디언들은 아이들이 일찍부터 남을 위해 봉사하는 일에 참여하고, 부족의 지도자가 되거나 잔치를 베푸는 사람이 되려는 건강한 바람을 갖도록 격려를 아끼지 않았다. 하지만 용감할 뿐만 아니라 진실되고 자비롭지 않고선 결코 그렇게 될 수 없음을 아이에게 일깨웠다. 또한 자신의 명예와 절제된 태도를 지키지 않으면 그런 것은 불가능한 일이었다.

도덕적인 생활에 영향을 주는 많은 의식과 풍습들이 있었다. 여성은 일정 기간 동안 엄격히 홀로 생활해야 했으며, 전투에 나가거나 종교적인 일에 참가하는 남자는 여자를 가까이 하는 것이 금지되었다. 자신의 부족 사이에서 공적인 위치를 차지하려면 반드시 그것에 버금가는 덕과 인격을 갖춰야 했다. 그는 자기 혼자 사는 것이 아니라 부족을 위해 살고 있음을 결코 잊지 않아야 했다.

이렇듯 우리 인디언들은 어려서부터 완벽한 자기 절제 훈련을 쌓았으며, 얼굴 흰 사람들이 밀려오기 전까지는 부자연스럽거나 지나친 욕망에 넘어가는 법이 없었다.

소유에 집착하는 것이야말로 인간의 가장 큰 약점이라는 것이 우리 인디언들의 믿음이었다. 물질적인 길을 뒤쫓으면 머지않아 영혼이 중심을 잃는다. 따라서 인디언 아이는 어렸을 때부터 자비심의 미덕을 배웠다. 자기가 가장 소중히 여기는 것을 남에게 주도록 가르침을 받았으며, 그래서 일찍부터 주는 것의 기쁨을 알았다. 만약 아이가 작은 물건에 너무 집착하거나 혼자서 모든 것을 독차지하려는 성향을 보이면, 베풀 줄 모르는 욕심 많은 사람이 어떻게 손가락질 받고 멸시당하는지 일깨워 주는 설화나 우화들을 들려주었다.

인디언들의 모든 중요한 의식에서 가장 중요한 부분은 서로 나누는 일이었다. 생일이나 결혼, 죽음 등의 경조사가 있을 때면 사람들을 초대해 음식을 나눴으며, 어떤 인물이나 사건을 기념하는 특별한 날에도 나눔을 빼놓지 않았다. 그런 날이면 자신이 가진 것을 하나도 남기지 않고 다 나눠 주는 경우도 허다했다.

마음이 순수하고 단순한 인디언들은 말 그대로 자신이 가진 모든 것을 친구나 다른 부족에서 온 손님들에게 나눠 주었다. 그중에서도 가난하고 늙은 사람에게 먼저 나눠 주었다. 그러고는 절대로 돌려받을 생각을 하지 않았다. 마지막으로 위대한 정령에게 바치는 종교적인 제물은 그다지 중요하게 여기지 않았다. 다만 그것을 바치는 사람에게만 어떤 의미를 지닐 뿐이었다.

부모 없는 아이나 늙은 사람은 가까운 친척뿐 아니라 부족 전체의 보살핌을 받았다. 인디언 부모들은 딸들을 보내 돌봐 줄 이 없는 불행한 처지에 놓인 사람들에게 음식을 가져다주고, 머리를 빗겨 주고, 옷을 수선해 주는 일을 자랑으로 삼았다. 맏딸에게 주어지는 '웨노나'라는 이름은 특별히 그런 의미를 갖고 있었으며, 그 의무를 다하지 못하는 소녀는 그런 이름을 받을 자격이 없는 것으로 여겼다.

많은 전투에 참가해 얼굴이 흉터로 얼룩진 한 늙은 인디언 전사가 한 말을 나는 기억한다. 그때 나는 수 족, 샤이엔 족, 크리 족, 오지브웨 족 등 여러 부족에서 온 젊은이들과 함께 작은 통나무 교회에서 예수의 삶과 인격에 대해 얘기하고 있었다. 그때 그 늙은 전사가 자리에서 일어나 말했다.

"우리는 지금 그대가 말하는 그 계율을 이미 수천 년 동안 지키며 살아왔다. 우리는 아무것도 소유하지 않고 살아왔다. 왜냐하면 모든 것이 창조주로부터 오는 것이기 때문이다. 먹을 것도 그냥 주어졌고, 햇빛이나 비처럼 땅도 무상으로 주어졌다. 그런데 이 모든 것을 누가 바꿔 놓았는가? 바로 얼굴 흰 사람들이다. 그러면서도 그들은 신을 믿는다고 말하고 있다! 그들은 아버지이신 신의 그런 특성들을 조금도 물려받지 못한 듯하다. 뿐만 아니라 자기들의 형제인 그리스도조차도 본받지 않는다."

또 다른 인디언 노인은 의견을 묻자 한참 동안 침묵을 지켰다. 마침내 그가 말했다.

"나는 그 예수라는 사람이 인디언이었다는 결론에 이르게 되었다. 그는 물질을 손에 넣는 것, 나아가 많은 소유물을 갖는 것에 반대했다. 그리고 평화에 이끌렸다. 그는 인디언들과 마찬가지로 계산적인 것과는 거리가 멀었고, 사랑으로 일한 것에 대해 아무 대가도 요구하지 않았다. 얼굴 흰 사람들의 문명은 그런 원리와는 거리가 멀다. 우리 인디언들은 예수가 말한 그 단순한 원리들을 늘 지키며 살아왔다. 그가 인디언이 아니라는 것이 이상할 정도이다."

모든 종교는 그 나름의 성서를 갖고 있다. 우리 인디언들의 성서는 시, 역사, 예언, 격언, 민간 설화 등이 뒤섞여 있으며, 기독교의 성경책에 적힌 것과 비슷한 가르침들을 우리 역시 갖고 있다. 인디언들이 가진 문학 전체가 곧 우리의 성서이다. 그 책은 가장 지혜로운 현자들에 의해 소중한 씨앗이 뿌려지고 어린아이들의 순진무구한 입술과 호기심에 찬 눈동자 속에서 새롭게 되살아나는 살아 있는 책이다. 아버지에서 아들로 전해지며 성스럽게 간직되어 온 금언, 우화, 신비한 전설과 설화들을 바탕으로 우리의 문화와 철학이 세워졌다.

인디언은 천성적으로 관대하고 마음이 열려 있기 때문에, 위대한 정령이 인간에게만 깃들어 있는 것이 아니라 우주 안의 모든 존재들이 그것을 만드신 이의 불멸성과 완전함을 나눠 갖고 있다고 믿었다.

진정한 인디언은 자신의 재산이나 노동에 값을 매기지 않았다. 자신이 가진 힘과 능력으로 베풀 따름이었다. 힘들고 위험한 일에 자신이 선택되는 것을 영광으로 받아들였으며, 그것에 대해 보상을 요구하는 것을 부끄럽게 여겼다. 그렇다고 인디언들이 소유에 대한 권리를 인정하지 않은 것이 아니었다. 물건을 훔치다가 발각되면 도둑이라는 뜻의 '와마논'이라는 이름이 평생 동안 붙어 다니며 씻을 수 없는 오점이 되었다.

단 하나 예외는 음식을 훔치는 일이었다. 배가 고픈데 아무도 먹을 것을 주는 사람이 없으면 언제든 자유롭게 음식을 가져다 먹을 수 있었다. 인디언 공동체에는 도덕적인 규범 말고는 방범 체계가 따로 있지 않았다. 집에는 문도 자물쇠도 없었으며, 누구나 쉽게 접근할 수 있도록 활짝 열려 있었다.

얼굴 흰 사람들은 인디언들이 천성적으로 잔인하고 복수심에 불타 있다고 헛소문을 퍼뜨렸다. 그것은 우리의 철학과는 완전히 반대되는 것들이다. 인디언들은 전투를 젊은이들에게 남자다움을 심어 주기 위한 하나의 놀이로 여겼다. 영토를 확장하거나 형제인 부족을 완전히 말살하겠다는 생각은 한 번도 가져 본 적이 없었다. 전에는 전투를 벌여도 하루 종일 서로의 대담무쌍함과 말 타는 기술을 과시하면서 시간을 보내는 것이 일반적이었다. 따라서 서로를 죽이는 일은 극히 드물었고, 대학에서 미식 축구 시합을 하다가 부상당하는 정도밖에 다치지 않았다.

부족간에 전투가 벌어져 누군가를 죽게 하면 그 전사는 얼굴에 검은 칠을 하고 머리를 산발한 채 30일 동안 슬픔에 잠겨 지냈다. 물론 적의 생명을 빼앗는 것이 큰 죄는 아니었지만, 그렇듯 참회의 의식을 행하는 것은 떠나간 영혼을 존중하는 마음의 표시였다. 인디언들에게 무분별한 잔인함과 훨씬 야만적인 전투 방식이 생겨난 것은 얼굴 흰 사람들이 총과 칼과 독주를 가지고 온 다음부터다. 그들이 우리에게 복수의 감정과 물욕을 심어 준 장본인들이다.

부족 안에서 살인을 저지른 자는 큰 죄를 범한 것이 되기 때문에 부족 회의의 판결을 받아야만 했으며, 종종 자신의 목숨으로 죄값을 치러야 했다. 인디언들은 죄를 지었을 때 달아나거나 교묘히 법을 피하려 하지 않았다. 그 죄가 보는 사람이 아무도 없는 산속 깊은 곳에서 이루어졌든 한밤중에 행해졌든 아무 차이가 없었다. 인디언은 위대한 신비가 모든 것을 내려다보고 있다고 굳게 믿었다. 그래서 망설임 없이 희생자 부족의 어른들과 현자들 앞에 나타나 자신의 죄를 고백했다.

죄를 저지른 이의 가족들도 그를 옹호하거나 방어하기 위해 어떤 시도도 하지 않았다. 하지만 심판관들은 모든 상황을 세심하게 살펴 그 살인이 자기방어를 위한 것인지, 아니면 상대방이 심하게 감정을 자극한 나머지 일어난 일인지 명확히 확인했다. 자기방어를 위한 것이었다고 판단될 경우에는 죄인에게 홀로 30일 동안 슬퍼울라고 판결을 내린 후 풀어 주었다. 그렇지 않을 경우에는 살인자의 가까운 가족에게 그를 사형에 처할 권한이 주어졌다. 하지만 대부분의 가족이 그렇게 하려고 하지 않았기 때문에, 부족에서 추방시키는 것으로 벌을 대신했다.

독한 위스키가 들어와 술 취해 난동 부리는 사람이 없던 시절, 인디언 사회에서는 고의적이고 계획적인 살인이란 거의 일어나지 않았다. 우리 인디언들은 폭력적이거나 다툼을 일삼는 사람들이 전혀 아니었기 때문이다.

우리 인디언들을 배신자, 피에 굶주린 자들, 잔인한 야만인들이라고 왜곡시키는 얼굴 흰 자들조차도 인디언이 가진 용기를 부인하지 않는다. 하지만 그들의 눈에는 우리의 용기가 단지 무지하고, 야만적이고, 비현실적인 것으로만 보인다. 인디언들은 용기를 최고의 도덕적인 가치로 여겼다. 그들에게는 용기가 공격적인 자기 과시가 아니라 완벽한 자기 절제로 이루어진 것이었다. 진정한 용기를 가진 자는 어떤 두려움과 분노, 욕망과 고통에도 자신을 내어주는 법이 없다. 그는 모든 상황에서 자기 자신의 주인이다. 그리고 그의 용기는 타인과 공동체를 위해 자신을 희생하는 진정한 영웅의 높이에까지 이른다.

"어떤 추위와 배고픔, 어떤 고통과 두려움, 그리고 이빨을 곤두세우고 덤벼드는 위험과 죽음 앞에서도 선한 일을 하려는 그대의 의지를 포기하지 말라."

한겨울에 굶어 죽어 가는 자신의 부족을 위해 들소를 찾아 떠나는 한 인디언에게 부족의 늙은 추장이 한 말이다. 이것이 얼굴 흰 자들이 유치하다고 여기는 인디언들의 용기이다.

죽음은 삶의 큰 시험이다. 언제나 삶의 뒤편에 따라다니는 죽음을 대하는 인디언들의 마음 자세는 우리의 인격과 철학과 깊은 관계가 있다. 인디언들에게 죽음은 전혀 두려운 것이 아니었다. 우리는 단순하고 평온하게 죽음과 만났으며, 자신의 가족과 후손에게 마지막 선물이 될 수 있는 명예로운 최후를 맞이하기 원했다. 그래서 우리는 전투에서 죽기를 자청했으며, 개인적인 싸움에서 목숨을 잃는 것을 가장 큰 불명예로 여긴다.

집에서 죽음을 맞이할 때는 전통에 따라 마지막 순간에 침대를 집 밖 마당으로 내간다. 영혼이 툭 트인 하늘 아래서 떠나갈 수 있게 하기 위해서다. 확실히 인디언들은 인간 영혼의 불멸성을 의심하지 않았다. 그렇다고 내세에서 좋은 상태나 조건을 얻기 위해 안달하지도 않았다. 인디언들은 천국을 '행복한 사냥터'라고 부르는데, 그것은 최근에 생긴 개념이다. 아마도 그것은 얼굴 흰 사람들이 지어냈을 것이다. 삶이 다하면 우리의 영혼은 처음에 생명을 불어넣어 준 위대한 신비에게로 되돌아가며, 그다음에는 육체로부터 자유로워져서 모든 곳에 있게 되고 모든 자연물들 속에 널리 존재하게 된다고 우리는 믿는다.

자연스러운 삶을 살다가 문명이라는 인위적인 삶으로 옮겨 감으로써 우리는 영적이고 도덕적인 것들을 많이 잃었다. 우리의 땅으로 온 얼굴 흰 사람들은 말하곤 했다.

"당신들 인디언들은 어린아이와 같다. 무엇을 만들 줄도 발명할 줄도 모른다. 우리에게는 유일신이 있으며, 그분은 우리에게 땅 위의 모든 사람들을 가르치고 다스릴 권한을 주셨다. 그 증거로 우리에게는 그분의 신성한 책이 있다. 그 책은 우리에게 초자연적인 안내자이며, 그곳에 적힌 모든 단어들은 진실되고 구속력이 있다. 우리는 선택받은 사람들이고, 우월한 종족이다. 우리에게는 모든 이교도와 불신자들은 결코 들어갈 수 없는 황금 문을 가진 천국이 있다. 또한 그런 영혼들이 영원히 고통받는 지옥이 있다. 우리는 존경받을 만하고, 진실되고, 세련되며, 종교적이고, 평화로운 사람들이다. 우리는 잔인함과 불의를 미워한다. 우리가 할 일은 사람들을 교육하고, 기독교인으로 만들며, 약하고 미개한 사람들의 권리와 재산을 보호하는 일이다."

이 선교사들의 말을 귀담아 들은 우리들은 얼굴 흰 사람들만이 진정한 신을 갖고 있으며, 인디언들이 지금까지 신성시해 오던 것들은 죄다 마귀가 만들어 낸 것이라고 강요당하게 되었다. 이것은 근본적으로 우리의 철학을 뒤흔들어 놓았다.

그럼에도 불구하고 나는 한 사람의 인디언이다. 나는 얼굴 흰 자들의 문명으로부터 많은 것을 배웠으나 옳은 것과 공명정대한 것에 대한 인디언의 감각을 한 번도 잃지 않았다.

인디언들의 민주적인 정신 속에서 어머니 대지는 누구에게나 자유롭게 열려 있으며, 누구도 다른 사람을 가난하게 하거나 노예로 만들지 않는다. 대지의 좋은 것들은 우리 혼자만 독차지할 것들이 아니라 우리의 누이와 형제들과 즐겁게 나눠 가져야 할 것들이다. 나눠 갖는 것, 그것이 우리가 가진 특권이다.

*

아메리카 인디언들의 사상과 문학, 삶에서 독특한 위치를 차지하는 오히예사(영어식 이름 '찰스 이스트먼'. 1858~1939)는 1858년 겨울, 지금의 미네소타 주('하늘이 비친 물'의 뜻)에 있는 삼나무 폭포(레드우드 폴즈) 부근의 들소 가죽 천막 안에서 태어났다. 태어났을 때의 이름은 '불쌍한 막내'라는 뜻의 하카다였다. 3남 1녀의 막내였는데, 태어난 직후 어머니가 세상을 떠났기 때문이다.

그때는 아직 그의 부족이 백인들의 간섭으로부터 비교적 멀리 떨어져 자유로운 평원 부족의 삶을 살아가고 있을 때였다. 하지만 오히예사가 다섯 살 때 수 족 봉기가 일어나 아버지와 형제자매가 모두 백인들에게 목숨을 잃었으며, 어린 그는 할머니를 따라 부족 사람들과 함께 다른 곳으로 피신했다.

오히예사는 그 후 11년 동안 삼촌과 할머니의 보호를 받으며 전통적인 인디언 방식에 따라 젊은 사냥꾼이자 전사로 성장했다. 이때 배운 기술과 영적인 가치관들은 훗날 그의 삶과 글 속에 그대로 녹아들었다. 열여섯 살이 되어 아버지의 원수를 갚기 위해 전투에 나설 채비를 하고 있을 때, 돌연 죽었다던 그의 아버지가 살아서 돌아왔다. '많은 번개'(타와칸데오타)라는 이름이었던 아버지는 백인들의 종교와 문화를 받아들여 이름을 제이콥 이스트먼으로 바꾸었으며, 이제 아들을 데리러 온 것이었다.

아버지의 손에 이끌려 선교사들이 운영하는 학교에 입학한 오히예사는 몇 차례 학교를 달아나 부족의 품으로 돌아갔으나, 결국 끈질긴 아버지의 권유에 따라 긴 머리를 자르고 불행 속에서 백인들의 옷과 문명에 적응해 갔다. 찰스 이스트먼으로 이름이 바뀐 오히예사는 최고의 연사로 상장까지 받으며 보스턴 의과 대학을 졸업해 의사가 되었다. 그리고 사우스다코타의 파인릿지 인디언 보호구역에서 정부 파견 의사로 첫 일자리를 얻었다. 그곳에서 그는 운디드니 대학살 사건으로 부상한 인디언들을 치료했다. 1890년 12월 29일, 파인릿지 인디언 보호구역의 운디드니 언덕에서 1명의 수 족 전사가 칼을 내려놓지 않는다는 이유로 미군 제7기병대 500명 병사가 여성과 어린이를 포함 200명 이상의 수 족을 학살했다. 미국 정부는 공식적으로 '운디드니 전투'라고 부른다.

보호구역에서 인디언들을 위해 함께 일하던 백인 여성 엘레인 구달과 동부에서 결혼식을 마치고 돌아온 오히예사는 수 족 범죄자들을 도운 타락한 의사라는 이유로 일자리를 잃었다. 그 후 그는 의사 생활을 계속하면서 미국과 해외를 여행하며 아메리카 인디언을 대표하는 뛰어난 연사로 자리 잡았다. 보이스카우트 창단에도 깊이 관여했다. 그 단체가 인디언들의 정신과 숲 속 생활 방식을 바탕으로 출발하게 된 것은 전적으로 오히예사의 노력 덕분이었다.

백인 아내와의 결혼 생활은 30년 후 결별로 끝이 났다. 어떤 것이 인디언을 위한 최상의 미래인가에 대한 의견 차이 때문이었다. 백인 사회에 완전히 동화되어야 결국 인디언들이 살아남을 수 있다는 아내의 생각과 달리, 오히예사는 인디언들 고유의 정신을 지키면서 다양한 문화 속의 하나로 남아야 한다는 믿음을 버리지 않았다. 그는 기독교 정신과 인디언 정신은 본질적으로 차이가 없으며, 똑같은 위대한 신비로부터 나왔다고 믿었다. 그런 그의 사상은 많은 기독교인들의 반감을 불러일으키기에 충분했다.

오히예사는 1928년 캐나다 온타리오 주('아름다운 언덕, 바위, 강이 있는 곳'이라는 뜻)의 호수 근처에 조그만 땅을 샀다. 그리고 여행을 하거나 강연을 하지 않을 때면 그곳에 손수 지은 작은 오두막에서 자신이 그토록 사랑한 순결한 자연과 대화를 나누며 원시적인 인디언의 삶을 살았다. 그는 그곳에서 세상을 떠났다.

생전에 오히예사는 자신의 어린 시절을 포함해 라코타 족의 생활과 정신세계를 기록한 책 『인디언의 영혼*The Soul of the Indian*』과 『옛 인디언들의 삶*Old Indian Days*』, 『인디언의 어린 시절*Indian Child Life*』을 썼다. 여기에 실린 글은 『인디언의 영혼』에서 뽑은 것이다.

오히예사가 속한 다코타 족('다 함께 연결된 사람들'의 뜻) 인디언들의 인사말은 '미타쿠예' 또는 '미타쿠예 오야신!'이다. 그것은 '모든 것이 하나로 연결되어 있다' 또는 '모두가 나의 친척'이라는 뜻이다. 노스다코타 주의 인디언 학교 교사 론 제일린저는 그 인사말이 인디언들의 삶의 방식과 영적인 통찰력에서 얻은 선물과 같다고 말한다.

"미타쿠예 오야신은 매우 간결하면서도 심오하게 우주에 대한 이해를 표현하고 있다. 몇 글자밖에 안 되는 짧은 단어 속에 생명 가진 모든 존재가 다 담겨 있다. 눈에 보이는 것과 보이지 않는 것, 존재하는 모든 것들이 인디언들의 그 인사말 속에 포함되어 있다. 또한 그 안에는 모든 것 속에 있고 모든 것 위에 있는 위대한 정령까지도 포함되어 있다. 그리고 우리보다 먼저 세상을 떠난 사람들, 하지만 지금은 기쁘고 평화롭게 위대한 정령 주위에 모여 있는 이들도 포함되어 있다. 지금 이 대지 위에서 살아가고 있는 모든 남자와 여자, 아이들이 포함되어 있다."

인디언들의 시간 개념은 백인들과 사뭇 달랐다. 백인들은 시간을 과거, 현재, 미래의 직선적인 것으로 이해하지만, 인디언들은 시간을 하나의 순환으로 이해했다. 지나간 것들은 사라지는 것이 아니라 '바로 이곳에' 존재한다고 그들은 믿었다. 사람 역시 죽으면 멀리 가 버리는 대신 조상들의 영혼과 하나가 되어 '우리와는 조금 다른 상태로' 지금 이 순간에 존재한다. 예를 들어 백인들은 시애틀 추장이나 빨간 윗도리가 19세기의 인물이라고 말하지만, 인디언들은 '그들은 지금 여기에 있다'라고 분명히 말했다. 이 대지에 살아 있는, 또는 한때 이곳에 모습을 갖고 살다간 모든 존재들은 우리와 함께 여전히 이곳에서 삶을 계속하고 있다는 것이 인디언들의 믿음이었다. 모두가 하나로 연결된 채.

화이트리버 수 족의 이끄는 구름(제니 리딩 클라우드)은 말한다.

"아주 오래전, 사람들이 말하는 대로 콜럼버스가 우리를 '발견'하기 이전의 우리들은 지금보다 훨씬 더 동물들과 가까웠다. 많은 사람들이 동물들의 언어를 이해할 줄 알았다. 그들은 새에게 말을 걸고, 나비와 대화를 나눌 수 있었다. 동물은 모습을 바꿔 사람들의 세계 속으로 들어왔으며, 사람도 동물로 둔갑할 수 있었다. 그때는 대지가 아직 완전한 형태를 갖추기 전이었다. 수많은 종류의 산맥들과 시냇물, 동물들과 나무들이 자연의 계획에 따라 하나둘씩 탄생할 때였다.

우리 인디언들은 이 세상과 우주 전체를 시작도 끝도 없는 하나의 영원한 순환으로 이해하고 있다. 이 순환 속에서 인간 역시 하나의 동물에 지나지 않는다. 물소와 코요테는 우리의 형제들이고, 새들은 우리의 사촌들이다. 작은 개미와 벼룩조차도, 그리고 당신이 발견할 수 있는 가장 작은 들꽃조차도 우리의 친척들이다. 우리는 기도를 드릴 때 항상 '미타쿠예 오야신'이라는 말로 끝을 맺는다. 그것은 '우리의 모든 친척들'이란 뜻이다. 그 속에는 이 대지 위에서 자라고, 기어 다니고, 걷고, 뛰고, 날아가는 모든 것들이 포함된다. 백인들은 인간을 자연의 정복자와 주인으로 생각하지만, 자연에 가까운 우리 인디언들은 더 많은 것을 안다."

이름이 알려지지 않은 18세기의 한 유럽 상인은 이로쿼이 족('기다란 집을 가진 사람들'의 뜻) 인디언들에 대해 다음과 같은 기록을 남겼다. 온치오타에 있는 6개 부족 인디언 연맹 박물관에 소장되어 있다.

인디언들은 전능한 힘을 지닌 위대한 정령과, 영혼의 불멸성과, 삶이 영원히 이어지리라는 것, 그리고 생명 가진 것들이 모두 한 형제임을 믿었다. 인디언들에게는 감사하는 마음이 곧 기도였다. 그들은 이 세상에서 무엇을 하며 살아가야 하는가에 대해 굳이 위대한 창조주에게 묻지 않았다. 왜냐하면 자신들의 지혜 속에서 무엇이 옳고 최선의 길인가를 이미 알고 있다고 믿었기 때문이다.

그들은 진실되고 명예로운 인간이 되는 것이 가장 자연스러운 일이라고 믿었으며, 거짓말하는 것은 겁쟁이나 하는 행동이라 여겼다. 그들은 약속을 하면 반드시 지켰다. 거짓말쟁이를 경멸했으며, 모든 거짓은 허약함에서 나오는 것이라 판단했다.

부모를 존경하고, 부모의 부모를 공경했다. 또한 그들은 평화를 믿었다. 우주 만물이 자신의 형제라는 생각이 언제나 밑바탕에 깔려 있었다. 용서를 더 값진 것이라 여겼고, 복수보다는 보상을 더 좋아했다. 그들은 적을 친구로 만들고자 변함없이 노력했다.

인디언들에게는 남을 친절하게 대접하는 것이 매우 중요한 덕목이었다. 누구도 그들보다 더 자비로울 수 없었다. 그들은 독재를 믿지 않았으며, 공정함과 인내심과 자제력을 갖고 다른 사람들을 대했다. 그들에게는 신분 차별 제도란 존재하지 않았다. 민주적인 사상과 평등, 형제애가 삶의 근본이었다. 지위를 탐하지 않았고, 모든 인간이 동등하다는 믿음을 잃지 않았다.

그들은 가난의 신성함을 믿었다. 초기 인디언 사회에는 도둑이 존재하지 않았다. 몸의 청결함과 마음의 정화를 최우선으로 삼았으며, 순수성을 간직하는 것이 무엇보다 중요했다. 진정으로 위대한 사람은 많은 부를 축적한 사람이 아니라 자신의 부족을 위해 무엇인가를 하는 사람이라는 것이 그들의 믿음이었다.

대지는 모든 생명체들의 어머니이며, 따라서 누구도 땅을 자신의 것으로 소유해서는 안 된다고 그들은 믿었다. 또한 누구도 다른 사람보다 더 많은 직함을 가질 수 없었다. 그들은 어느 한 개인의 손에 권력을 집중시키는 것을 반대했다. 오히려 부족 구성원들이 각자의 역할에 따라 동등하게 그 힘을 나눠 갖는 것을 선택

했다. 그들은 남성과 여성의 동등함을 믿었으며, 유럽 인들보다
훨씬 많은 권리를 여성에게 부여했다.

우리의 얼굴 흰 형제들이 큰 물을 건너 이 땅에 온 지도 실로 많은
세월이 흘렀지만, 아직도 그들은 문명인이 되지 못했다. 따라서 우리
도 문명화되기까지 앞으로 그만큼의 세월이 걸릴 것이다. 그러니 차
라리 그동안 우리는 우리의 얼굴 흰 형제들과 마찬가지로 그냥 야만
인의 상태로 남아 있겠다.

슐루쇼마_치카쇼 족 추장

인디언 아이들은 엄격한 환경에서 자랐으며, 나누는 것을 최고의
가치로 여기도록 배웠다. 아이가 처음으로 산딸기를 따오거나 첫 뿌
리를 캐오면 맨 먼저 부족의 어른들에게 드렸다. 그럼으로써 아이는
앞으로도 자신의 삶에서 성취하는 것들을 남과 나눠 가질 수 있었다.
아이가 물을 길어 오면 어른들은 칭찬을 하면서 물맛을 보거나, 여자
아이가 따온 산딸기를 맛보곤 했다. 그러면 아이는 자극을 받아 더욱
열심히 하게 되고, 어린 묘목처럼 쑥쑥 자랄 수 있었다.

산비둘기(크리스틴 퀸태스킷)_살리쉬 족

어렸을 때 나는 땅과 강물, 그 위의 하늘, 내 주변의 동물들을 둘러
보게 되었다. 그러고는 그것들이 모두 똑같은 위대한 힘에 의해 창조

되었음을 깨달았다. 그 힘에 대해 나는 무척이나 알고 싶었다. 그래서 나무와 덤불숲에게 물었다.

"누가 너희를 만들었지?"

나는 또 이끼류가 뒤덮인 돌들을 들여다보았다. 그것들 중 어떤 것들은 사람의 모습을 하고 있는 듯했지만, 그것들은 내 질문에 아무 대답도 하지 않았다. 그 무렵 나는 한 꿈을 꾸었다. 꿈속에서 작고 둥근 돌 하나가 내게 다가오더니, 이 모든 것을 만드신 이는 와칸탕카(위대한 정령)이며, 그분을 욕되게 하지 않으려면 그분이 만들어 놓은 것들을 무시하지 말아야 한다고 말했다. 아주 하찮게 보이는 것일지라도 그렇게 해선 안 된다는 것이었다. 그 돌은 내가 삶에 대한 추구를 계속하면 언젠가는 초자연적인 도움을 얻게 되리라는 사실을 보여주었으며, 따라서 병든 사람을 치료할 때 그 도움을 요청할 수 있을 것이라고 말했다. 그렇게 하면 자연의 모든 힘이 나를 도와 병을 치료할 수 있으리라는 것이었다.

용감한 들소(타탕카 오히티카)_수 족 치료사

내가 아직 어렸을 때 세상은 무척 아름다웠다. 강가를 따라 삼림지대가 띠처럼 이어져 있었다. 그곳에는 사시나무와 단풍나무, 느릅나무, 물푸레나무, 히코리나무, 호두나무가 무성하게 자랐다. 뿐만 아니라 이름도 알 수 없는 키 작은 나무들이 셀 수도 없이 많았다. 그 나무들 아래서는 수많은 약초와 아름다운 들꽃들이 앞다퉈 피어났다.

삼림지대와 초원지대 양쪽에서는 온갖 동물들의 흔적을 볼 수 있었으며, 다양한 새들의 노랫소리를 들을 수 있었다. 멀리까지 걸어 나가면 더 많은 형태의 삶들, 와칸다(위대한 정령)께서 이 대지 위에 뿌려 놓은 아름다운 생명들을 목격할 수 있었다. 그것들은 저마다 자신의 방식대로 뛰고, 걷고, 날고, 놀러다니고 있었다.

그러나 이제 대지의 얼굴은 많이 변했으며 슬픈 표정을 짓고 있다. 살아 있는 것들은 대부분 사라졌다. 황폐해진 땅을 바라보면서 나는 말할 수 없는 슬픔에 가슴이 미어진다. 때로는 한밤중에 잠에서 깨어나 무서운 고독감에 몸을 떤다.

어느 인디언_오마하 족

나는 이 땅에 본래부터 있었던 원주민 부족의 일원임을 자랑스럽게 여긴다. 나의 할아버지들은 이 대지 어디에나 살고 있었다. 그때 떠돌이 뱃사람들이 우리를 발견했으며, 그들은 자신들이 어디에 도착했는지조차 알지 못했다. 그래서 우리는 '인디언'이 되었다.

우리의 역사를 들을 적마다 내 뺨에서 눈물이 반짝인다. 그때의 삶이 어떠했는가를 들을 때마다 슬픈 미소가 번진다. 북소리는 우리의 승리를 말해 주고, 피리소리는 나를 꿈꾸게 한다.

우리를 '구원'하기 위해 그들은 우리를 죽였다. 우리의 평화로운 문화는 '위험한 것'이 되었으며, 그들은 마음대로 우리를 약탈할 수 있다고 생각했다. 하지만 우리가 맞서 싸우자 우리는 '야만인'이 되었다. 우리를 게으른 종족이라 불러도 좋다. 우리는 그들을 위해 열심히 물질을 모아다 주는 그들의 탐욕의 노예가 아니기에. 하지만 들려주고 싶다. 그들이 이 땅에 오지 않았을 때 우리가 수천 년 동안 어떻게 살아왔는가를.

R.C. 토머스_포타와토미 족과 치페와 족

이 거북이섬에 사는 모든 원주민 부족들에게 공통된 말이 하나 있다. 그것은 '나의 모든 친척들에게' 또는 '우리 모두는 연결되어 있다'

는 말이다. 기도나 대화를 마칠 때 인디언들은 그 말로써 끝을 맺는다. 지금까지 존재해 온 모든 생명체들, 그리고 앞으로 존재할 모든 생명체들, 동물, 새, 곤충, 풀, 약초, 나무, 바위, 공기, 물, 불, 흙까지도 모두가 인간과 똑같은 창조의 일부분이다. 그들은 우리의 할아버지 할머니이고, 우리의 형제자매들이다. 우리는 영혼과 에너지에 있어서 하나다. 모두 어머니 대지의 자식들이다. 서로 다른 형태와 껍질을 하고 나타날 수는 있다. 서로 다른 재능과 힘을 지닐 수는 있다. 하지만 결국 우리는 하나다. 우리 모두는 생명의 원에 연결되어 있다. 당신이 일단 이 연결을 이해하기만 하면, 당신은 힘의 근원을 이해하게 될 것이다. 그때 당신은 창조의 모든 부분들과 소통할 수 있을 것이다. 의심이 생겨날 때, 눈을 들어 주위에 살아 있는 모든 것들을 보라. 그러면 그 모든 것들 속에서 신을 발견할 수 있을 것이다.

와나니체_오네이다 족

자연의 삶, 인디언의 삶 속에는 죽음에 대한 두려움이 존재하지 않는다. 죽음은 삶의 한 부분이다. 사람들은 그것을 알면서도 두려움을 갖도록 교육받는다. 내가 이해하는 바로는 그리스도의 가르침은 다른 어떤 위대한 가르침들이나 내가 듣고 느끼는 것과 아무런 차이가 없다. 우리가 놓치고 있는 한 가지 인디언적인 요소는, 죽을 준비가 되어 있지 않고서는 살 수도 없다는 깨달음이다. 누구나 그것을 통과하지 않으면 안 된다. 죽음에 대한 두려움을 눈앞에 둔 상태로는 완전한 삶을 살 수 없다.

진 켈루체_원투 족

그대의 마음이 인디언 천막과 같아야 한다. 신선한 공기가 들어올 수 있도록 입구를 열어 놓으라. 혼란의 연기가 깨끗이 빠져나가도록.

독수리 추장(치프 이글)_테톤 수 족

할아버지 위대한 정령이시여, 얼굴 흰 사람들을 축복하소서.

그들은 당신의 지혜와 안내가 필요합니다.

그들은 너무도 오랫동안 우리 인디언들을 없애려고 노력해 왔습니다. 그들은 힘이 주어졌을 때만 안심을 합니다.

그들을 축복하소서. 그들에게 우리가 이해하는 평화를 보여 주소서. 겸허함을 가르치소서.

그렇지 않으면 그들이 언젠가는 그들 자신과 그들의 아이들까지 파괴할까 두렵기 때문입니다.

어쨌든 그들은 우리의 형제들이니까요.

얼굴 흰 사람들을 위한 인디언 기도문, 케웬합테와_호피 족

수우 족 치료사

이해할 수 없는 것

오히예사의 삼촌
다코타 족

얼굴 흰 사람들은 가슴을 갖고 있지 않은 게 분명하다. 그들은 자기 부족의 어떤 사람을 하인으로 부린다. 그렇다, 인간을 노예로 만들기까지 하는 것이다. 우리 인디언은 사람을 노예로 부리는 것에 대해 한 번도 생각해 본 적이 없다. 그런데 얼굴 흰 사람들은 그렇게 한다. 그들은 하인들을 다른 사람과 구별하기 위해 오래전에 그들의 몸에 검은 칠을 해 놓은 것 같다. 그래서 이제 하인들은 자신들과 똑같은 피부색의 아이들만 낳게 된 것이 틀림없다.

얼굴 흰 사람들은 삶의 목표를 오로지 더 많이 소유하는 것, 더 큰 부자가 되는 것에 두고 있다. 그들은 온 세상을 저 혼자 독차지하려고 한다. 지난 30년 동안 그들은 끊임없이 우리에게 땅을 팔라고 요구해 왔다. 우리가 말을 듣지 않자 마침내 군인들을 보내 강제로 땅을 빼앗았다. 그렇게 해서 우리는 아름다운 땅으로부터 쫓겨났다.

얼굴 흰 사람들은 정말로 특이한 자들이 아닐 수 없다. 그들은 하루를 여러 시간으로 나누고, 한 해를 여러 날로 쪼갠다. 그들은 모든 것을 그런 식으로 나눈다. 모든 것을 돈으로 환산해 가치를 따지고, 끝까지 이익을 추구하며, 자기에게 이익이 되지 않으면 쓸모없는 것이라 여긴다. 그들은 아마 다른 별에서 온 사람들임에 틀림없다.

그들의 대추장은 그들이 살고 있는 땅과 물건들에 대해 세금을 물린다고 들었다. 아무것도 소유하고 있지 않아도 살아 있다는 것만으로 매년 세금을 내야 한다는 것이다. 우리 인디언들은 그런 법 아래선 도저히 살 수가 없었을 것이다.

그들은 전투를 할 때도 병사들을 여러 계급으로 나누며, 일반 병사들만 영양 떼처럼 앞으로 내몰려져 전투를 벌인다. 그들이 그런 방식의 전투를 하게 되는 것은 개인의 용기와 정당한 목적에 의해서가 아니라 강요에 의해 싸움터에 나오기 때문이다. 그래서 우리 인디언들은 그들을 물리치는 데 아무 문제가 없다. 특히 그들이 낯선 지역에 있을 때는 인디언 전사 한 명이 많은 수의 병사를 거뜬히 물리칠 수 있다.

얼굴 흰 사람들은 은행이라는 큰 집에 돈을 맡기고 가끔씩 이자를 붙여 찾아간다. 그러나 우리 인디언에게는 은행이라는 것이 없다. 우리는 돈이나 담요가 남으면 그것을 다른 사람에게 나눠 주며, 필요할 때는 그들에게서 얻어다 쓴다. 주는 것, 그것이 우리에게는 은행인 셈이다.

우리가 보기에 그들은 삶의 기준을 돈에다 두고 있으며, 진실과 거짓조차 돈 앞에서 그 위치가 뒤바뀐다. 죽음 앞에서도 진실을 말하는 우리 인디언들과 사뭇 다르다. 그들은 누구보다도 진리에 대해 잘 설명하고, 진리가 적혀 있다는 책을 늘 지참하고 다닌다. 그러나 그들만큼 진리와 동떨어진 행동을 하는 자들도 없다. 만약 인디언 부족 내에 그런 자가 있었다면 당장 부족 밖으로 추방당했을 것이다.

우리는 진리의 책이라는 것을 가져 본 역사가 없으며, 누가 어떤 진리를 말했다고 해서 그것을 책에다 적어 놓고 찬양하고 다니지 않는다. 우리에게는 삶이 곧 진리이며, 진리가 곧 삶이다. 진리로부터 멀어진 삶은 죽음이며, 그런 삶을 사는 자에게는 진리의 책도 아무 소용없다.

*

이름이 알려지지 않은 오히예사의 삼촌은 할머니 품에서 자라는 오히예사(찰스 이스트먼)에게 강한 인디언 정신을 불어넣은 사람이다. 훗날 오히예사가 아메리카 인디언을 대표하는 사람으로 손꼽히게 된 것도 이 훌륭한 삼촌 덕분이었으며, 조카에게 오히예사(승리자)라는 이름을 지어 준 이도 그였다.

삼촌은 오히예사가 백인 기숙학교에 들어가기 전까지 10여 년 동안 다코타 족 남자가 되기 위한 모든 훈련 과정을 거치게 했다. 그 결과 오히예사는 백인들의 교육을 받아 의사가 된 뒤에도 인디언의 정신을 잃지 않을 수 있었다.

'삶의 목표를 오로지 더 많이 소유하는 것에 두는' 얼굴 흰 사람들에 대한 인디언들의 날카로운 지적은 우리가 자랑하는 사회에도 그대로 해당되는 말이다. 오글라라 라코타('자기들끼리 흩어져서 사는 사람들'의 뜻) 족 인디언 판사였던 네 자루의 총(포 건즈)의 연설 역시 같은 메아리로 들려온다. 1981년 어느 날, 네 자루의 총은 다른 인디언 판사 소나무(파인 트리), 달리는 늑대(러닝 울프)와 함께 백인 인류학자 클라크 위슬러의 집에 초대를 받았다. 저녁 식사를 한 뒤, 초대에 대한 답례로 네 자루의 총은 자리에서 일어나 다음과 같은 연설을 했다.

"나는 일전에 워싱턴에 있는 얼굴 흰 대추장을 방문한 적이 있다. 그들의 만찬에도 참석했었다. 그런데 그들의 방식은 우리 인디언들과 많이 다르다. 우리의 방식은 침묵 속에서 식사를 마치고 조용히 담배를 피운 뒤 헤어지는 것이다. 그것이 초대한 사람에 대한 예의다. 하지만 얼굴 흰 사람들의 방식은 다르다. 그들은 음식을 먹고 난 후 어리석은 우스갯소리를 돌아가면서 한마디씩 떠들어야 한다고 생각한다. 그래야 초대한 사람도 기분이 좋아진다는 것이다.

얼굴 흰 사람들의 방식에는 우리가 도저히 이해할 수 없는 것들이 많다. 하지만 지금 우리는 얼굴 흰 사람들의 식탁에서 음식을 먹었기 때문에 우리 역시 그들의 방식에 따라 우리를 초대한 사람을 기분 좋게 해 줘야 마땅할 것이다.

나를 초대한 사람은 우리 인디언 조상들이 우리에게 전해 준 이야기들을 여러 권의 노트에 깨알같이 적어 놓았다. 이것이 바로 얼굴 흰 사람들의 방식이다. 그들은 뭐든지 글로 기록하며, 그래서 항상 종이를 갖고 다닌다. 하지만 오래도록 기억하기 위해 그렇게 하는 것도 아닌 것 같다. 워싱턴에는 그들이 우리 인디언들에게 약속한 서류들이 산더미처럼 쌓여 있지만, 그들 중 누구도 그것들을 기억하려고 하지 않는다.

나를 초대한 주인은 그렇지 않으리라고 나는 믿는다. 여러 권의 노트에 열심히 적어 놓은 우리 인디언의 이야기들을 그는 잊지 않을 것이다. 그래서 많은 얼굴 흰 사람들이 그것을 읽게 되기를 나는 희망한다. 그렇긴 해도 우리는 당황스럽기 짝이 없다. 도대체 왜 그들은 무엇이든 종이에 적어 놓으려고 하며, 또 그렇게 하는 것이 무슨 쓸모가 있을까?

얼굴 흰 사람들이 나타났다 하면 항상 종이에 적는 일이 시작된다. 설탕이나 차를 사러 가도 백인 장사꾼은 장부에다 열심히 기록한다. 의사들까지도 환자가 옆에 앉으면 종이에 무엇인가를 적으려고 연필부터 집어든다. 얼굴 흰 사람들은 종이에 있는 어떤 신비한 힘이 이 세상을 살아가는 데 큰 도움이 된다고 믿고 있는 게 틀림없다.

인디언은 종이에 기록할 필요가 없다. 진실이 담긴 말은 그의 가슴에 깊이 스며들어 영원히 기억된다. 그러면 인디언은 결코 그것을 잊는 법이 없다. 반면에 얼굴 흰 사람들은 한번 서류를 잊어버렸다 하면 아무것도 하지 못한다. 심지어 어떤 목사는 위대한 책 속에 이름이 기록되지 못한 사람은 하늘나라에 들어갈 수 없다고까지 말한다."

동부 해안에서부터 서부 로키 산맥에 이르기까지, 북쪽 캐나다에서 남쪽 멕시코에 이르기까지 문명인을 자처하는 얼굴 흰 사람들의 어리석음을 지적하는 인디언들의 연설이 가는 곳마다 메아리쳤다. 땅을 빼앗고, 욕심에 따라 무분별하게 행동하고, 모두의 터전인 자연을 파괴하고, 게다가 신을 들먹이며 종교를 강요하기까지 하는 그들의 행동을 인디언들은 도저히 이해할 수 없었다.

인디언들은 기독교 자체에 대해선 비난하지 않았다. 오히려 예수의 가르침과 인디언들의 사상이 일치한다고 여겼다. 그들이 받아들일 수 없었던 것은 설교와는 정반대로 행동하는 선교사들과 그 신도들의 위선적인 행동이었다. 세네카 족 웅변가 빨간 윗도리(사고예와타)는 왜 선교사들을 받아들이지 않느냐는 질문에 이렇게 대답했다.

"그들은 우리에게 좋은 일이라곤 하나도 하지 않기 때문이다."

어느 델라웨어 족 추장은 말했다.

"얼굴 흰 자들은 신이 그들에게 주었다는 위대한 책에 대해 늘 말했다. 누구를 막론하고 그 책을 믿지 않는 사람은 아주 나쁜 사람이라고 우리를 설득시켰다. 그 책에 적혀 있다는 많은 훌륭한 내용들을 들려주기까지 했다. 그리고 우리더러 그것을 믿으라고 강요했다. 만약 그들이 정말로 믿음대로 살고 우리에게 들려준 좋은 말에 따라 행동했다면, 우리도 그 책을 믿었을 것이다. 하지만 아니다! 그들은 한 손에는 그 두꺼운 책을 들고, 다른 손에는 우리 가난한 인디언들을 죽이기 위해 총과 칼 등 잔인한 무기들을 들고 있었다. 또한 그들은 그 책을 믿는 인디언들까지도 죽였다."

북부 샤이엔 족 종교 지도자 쿠몬크 퀴비오크타(존 우든레그스)는 부족 위원회가 사람들에게 악마와 지옥의 의미를 설명해 주느라 밤을 꼬박 새워야 했던 이야기를 들려주곤 했다. 그 부족 회의는 선교사들이 그들에게 악마가 들렸다고, 지옥에 떨어질 것이라고 맹비난을 퍼부은 다음에 열렸다. 샤이엔 족 사람들은 그것이 도대체 무슨 말인지 너무도 궁금했다. 밤을 새운 긴 토론 끝에 마침내 위원회는 악마는 콜럼버스와 함께 배를 타고 바다를 건너온 콜럼버스의 친구라고 결론내릴 수밖에 없었다. 또한 지옥에 대해서도 걱정할 필요가 없었다. 지옥은 샤이엔 족이 아니라 오직 백인들에게만 해당하는 장소라고 결론이 내려졌기 때문이다.

종교 세미나에 참석한 15세 가량의 어린 인디언 '야만인'은 파울 레종 예수회 신부에게 말했다.

"천국에 가려면 반드시 세례를 받아야 한다고 당신은 말한다. 만약 신을 한 번도 기분 나쁘게 한 적이 없는 선한 사람이 있다면, 그는 신의 뜻을 어긴 적이 없는데도 세례를 받지 않았다는 이유로 지옥에 떨어져야 한단 말인가? 만약 그렇다면 신은 선한 자들이라고 해서 전부 사랑하는 것이 아닐 것이다. 한 명을 불길 속에 던져 버렸으니까. 당신은 당신들의 신이 하늘과 땅이 창조되기 전부터 존재했다고 우리에게 가르친다. 만약 그렇다면 하늘도 땅도 없는데 그분은 어디에 있었을까?

당신은 또 태초에 천사들이 창조되었으며 그들 중에 말을 듣지 않은 천사들은 지옥에 던져졌다고 말한다. 그렇다면 이상하지 않은가. 땅이 창조되기도 전에 천사들이 벌을 받았다고 하면서, 지옥은 땅속 깊은 곳에 있다고 하니까 말이다. 당신은 한번 지옥에 떨어진 자는 영원히 빠져나올 수 없다고 말하면서도 세상에 출현하는 지옥의 마귀들에 대해 이야기한다. 이것을 내 나쁜 머리로 어떻게 이해하면 좋단 말인가?

아, 마귀들이 그토록 나쁜 짓을 한다니 나도 그들을 죽이고 싶다. 하지만 당신의 말대로 그들 역시 사람처럼 생겼고 몇몇 마귀는 사람들 속에 있는 것이라면, 그들 역시 지옥의 불길을 느낄 것이 아닌가? 왜 그들은 신의 뜻을 어기는 것에 대해 후회하지 않는 걸까? 그들이 후회를 해도 신이 용서해 주지 않는 걸까? 만약 당신 말대로 우리의 주님께서 모든 죄인을 위해 고통을 받으셨다면, 그들은 왜 죄사함을 받지 못한 걸까?"

여기 〈인디언들의 십계명〉이 있다.
'대지는 우리의 어머니, 그 어머니를 잘 보살피라.
나무와 동물과 새들, 당신의 모든 친척들을 존중하라.
위대한 신비를 향해 당신의 가슴과 영혼을 열라.

모든 생명은 신성한 것, 모든 존재를 존경하는 마음으로 대하라.

대지로부터 오직 필요한 것만을 취하고, 그 이상은 그냥 놓아 두라.

모두에게 선한 일을 행하라.

모든 새로운 날마다 위대한 신비에게 감사하라.

진실을 말하라. 하지만 사람들 속에선 오직 선한 것만을 보라.

자연의 리듬을 따르라. 태양과 함께 일어나고 태양과 함께 잠들라.

삶의 여행을 즐기라. 하지만 발자취를 남기지 말라.'

우리의 대리인을 자처하는 그 백인은 어찌나 지저분한지 코를 푼 손수건을 호주머니 속에 고이 모셔 갖고 다닌다. 마치 소중한 것을 바깥에 풀어 버려선 안 된다는 듯이.

하늘의 섬광(피아포트)_크리 족 추장

나는 무엇을 믿어야 할지 모르겠다. 몇 해 전, 선하게 생긴 백인 하나가 우리를 찾아왔다. 그는 내게 낡은 믿음을 버리라고 설득했다. 나 같은 무지한 인디언보다 그가 그 문제에 대해 더 잘 아는 것처럼 보였기 때문에 나는 그의 교회에 나가기 시작했고, 감리교 신자가 되었다. 얼마 후 그는 다른 곳으로 가 버리고, 다른 백인이 와서 설득하는 바람에 나는 침례교인이 되었다. 그러다가 또 다른 백인이 와서 설교를 했고, 나는 장로교인이 되었다. 이번에는 또 다른 사람이 와서 나더러 성공회 신자가 되라고 설득하고 있다.

도대체 나더러 어떻게 하라는 건지 알다가도 모르겠다. 그들 모두가 서로 다른 이야기를 하면서 자신의 방식대로 믿어야만 선한 사람이 되고 영혼이 구원받을 수 있다고 말한다. 그러니 그들 모두가 거짓말쟁이거나, 아니면 나보다 아는 것이 하나도 많지 않은 자들임에 틀림없다. 나는 언제나 위대한 정령을 믿어 왔고, 내 방식대로 예배를 드려 왔다. 그들은 위대한 정령에 대한 나의 믿음을 바꾸려는 게 아니라, 그분에게 말하는 나의 방식을 바꾸려고 애를 쓰는 듯하다.

얼굴 흰 자들은 교육도 많이 받고, 책도 많이 읽었으며, 무엇을 해야 하는가를 정확히 알고 있다. 하지만 둘만 모여도 항상 의견이 다르며 멱살을 잡고 싸운다.

점박이 꼬리(스포티드 테일)_라코타 족

얼굴 흰 사람들이 살아가는 조건을 살펴보면 볼수록 나는 이런 결론에 도달하게 된다. 그들이 법이라고 부르는 것, 그리고 문명 사회의 규범이라고 부르는 것에 구속되면 될수록 얻는 것보다 잃는 것이 훨씬 많아진다.

토모치치_크리크 족 추장

티피(인디언 천막)는 살기에 훨씬 편하다. 언제나 깨끗하며, 겨울철에는 따뜻하고 여름에는 시원하다. 그리고 이동하기에도 쉽다. 얼굴 흰 사람들은 돈을 많이 들여 커다란 집을 짓는다. 그 집에는 햇빛도 들지 않고 이동할 수도 없다. 집 자체가 건강하지 못하다. 인디언들과 동물들은 어떻게 살아야 하는지를 얼굴 흰 사람들보다 더 잘 안다. 신선한 공기와 햇빛, 좋은 물과 멀어지면 누구도 건강할 수가 없다. 만약 위대한 정령이 인간이 한 장소에서만 살기를 원했다면 세상 역시 가만히 정지한 곳으로 만들었을 것이다. 하지만 위대한 정령은 세상이 항상 변화하게 만들었다. 그래서 새들과 동물들이 옮겨다니며 풀과 열매들을 먹을 수 있게 하고, 햇빛이 있는 낮에는 일하고 놀다가 밤이면 잠들게 했다. 여름에는 꽃들이 피어나고 겨울에는 땅속에서 잠자게 했다. 모든 것은 언제나 변화한다. 변화하지 않는 것은 세상에 없다. 얼굴 흰 사람들은 위대한 정령의 법을 따르지 않는다. 우리 인디언들이 그들의 뜻에 따르지 않는 이유가 바로 그것이다.

앉은 소(타탕카 요탕카)의 조카 날으는 매(플라잉 호크)_오글라라 라코타 족

히다차 인디언이 집 안으로 들어오면 그는 바닥이나 의자에 앉아 가만히 있는다. 쓸데없이 일어나서 왔다 갔다 하지 않는다. 하지만 얼굴 흰 사람들은 일어나서 방 안을 왔다 갔다 한다. 우리 인디언들이 보기에 그것은 그들이 아무것도 하고 있지 않는 동안에도 머릿속으로는 계속해서 뭔가를 궁리하고 있다는 증거다. 게으르게 보여도 그들은 마음속으로 끊임없이 뭔가를 계산하고 있다.

착한 새(굿 버드)_히다차 족

나는 인간이 종교와 정치를 분리시킨 것은 큰 실수라고 생각한다. 그것은 매우 큰 실수였다. 그렇게 함으로써 사람들은 자신의 삶으로부터 창조주를 분리시켰다.

톰 포터_모호크 족

얼굴 흰 사람들은 일요일이면 큰 성당과 교회에 가서 기도한다. 교황이 뉴욕에 갈 때는 수행원들을 잔뜩 데리고 떠난다. 우리 인디언들에게는 매일매일이 신성한 날이다. 그리고 검은 산(블랙 힐즈)이 우리

의 교회이다. 기도하러 갈 때 우리는 마을 전체에 미리 예고하거나 수행원들을 거느리고 가지 않는다. 겸허한 자세로 간다. 기도는 당신과 창조주 사이의 개인적인 일이다.

바라보는 말(루킹 호스)의 아내_라코타 족

얼굴 흰 사람들 눈에는 우리가 어리석게 보일지도 모른다. 우리가 매우 단순한 사람들이기 때문이다. 우리는 우리의 위대한 어머니 대지에 의지해 살아간다. 당신들이 당신들의 신을 믿듯이, 우리는 우리의 신을 믿는다. 우리의 신이 우리에게 말을 하며, 무엇을 해야 하는지 가르쳐 준다. 우리의 신은 비구름과 햇빛을 가져다주고, 생명을 유지할 수 있도록 옥수수와 모든 걸 준다. 만약 당신들의 신이 그토록 위대하다면 우리의 신이 내게 말하듯이 그렇게 말하게 해 보라. 얼굴 흰 사람들의 입을 통해서가 아니라 직접 내 가슴속에서 말하게 하라. 당신들의 신은 잔인하며 전능한 신도 아니다. 왜냐하면 당신들은 언제나 악마를 이야기하고 사람들이 죽어서 가는 지옥에 대해 말하기 때문이다. 우리의 신은 전능하며 선한 신이다. 우리가 죽은 뒤에 가는 저세상에는 지옥이란 없다. 나는 당신들의 종교로 바꾸기보다는 내 종교와 신에게 남아 있는 쪽을 택하겠다. 당신들의 종교보다 우리의 종교 속에 더 많은 행복이 있기 때문이다.

호피 족 어른이 선교사에게 한 말

조셉 추장(힌마투야랏케트, 네즈퍼스 족)

고귀한 붉은 얼굴의 연설

조셉 추장(힌마투야랏케트)
네즈퍼스 족

오늘 당신들로부터 내 가슴을 열어 보이라는 요구를 받았다. 이런 기회를 얻게 되어서 무척 기쁘다. 나는 얼굴 흰 사람들이 나의 부족 사람들을 이해하기를 원한다. 내가 하는 말은 내 가슴으로부터 나온다. 나는 똑바른 혀를 갖고 말할 것이다. 아쿰키니마메(위대한 정령)가 나를 지켜보고 있으며, 그분도 지금 내 말을 듣고 계실 것이다.

당신들 중 몇몇은 인디언이 야생동물과 다를 바 없다고 생각한다. 그것은 큰 오해이다. 나는 당신들에게 우리 부족에 대한 모든 것을 말할 것이다. 내 이야기를 듣고 나면 인디언이 사람인지 아닌지 판단할 수 있을 것이다.

우리가 좀 더 가슴을 연다면 고통과 슬픔은 사라질 것이다. 나는 인디언들이 세상을 보는 방식에 대해 말하고자 한다. 얼굴 흰 사람들은 인디언에 대해 많은 말을 하지만, 진실을 말하는 데는 많은 말이 필요하지 않다.

나의 이름은 힌마투야랏케트(높은 산으로 굴러가는 천둥)이다. 나는 네즈퍼스 족(네이페르세이 족으로도 불린다. '코 뚫은 사람들'의 뜻)에 속한 왈람왓킨 지파의 추장이며, 서른여덟 번의 겨울 전에 오리건 ('아름다운 물'의 뜻) 동부의 아름다운 땅에서 태어났다. 나 이전에는 나의 아버지가 추장이었다. 아버지가 아직 젊었을 때 한 선교사가 아버지에게 조셉이라는 이름을 지어 주었다. 아버지는 몇 해 전 세상을 떠나셨다. 그분은 손에 얼굴 흰 사람들의 피를 한 방울도 묻힌 적이 없다. 이 세상에 좋은 평판을 남기고 떠나신 것이다. 아버지는 늘 내게 부족 사람들을 위해 어떻게 행동해야 하는지 가르치셨다.

우리의 아버지들은 우리에게 많은 법을 내려 주었다. 그들은 그 것을 그들의 아버지에게서 배웠다. 그 법은 더할 나위 없이 훌륭한 것들이다. 그 법은 우리에게 가르쳤다. 상대방이 우리를 대하는 방식으로 우리 역시 그들을 대하라고. 우리가 먼저 약속을 어기는 사람이 되어선 안 된다고. 거짓말하는 것은 가장 사람답지 못한 행위이며, 오직 진실만 말해야 한다고. 또 아무 보상도 없이 남의 아내나 재산을 가로채는 것은 부끄럽기 그지없는 행위라고 그 법은 가르쳤다.

우리는 위대한 정령이 세상 모든 일을 보고 듣고 계시다는 것을 믿도록 배웠다. 위대한 정령은 자기가 보고 들은 것을 결코 잊지 않으며, 그것에 따라 모든 인간에게 영혼이 쉴 집을 주신다. 좋은 사람에게는 좋은 집을, 나쁜 사람에게는 나쁜 집을. 나는 이것을 믿으며, 나의 부족 사람들도 같은 믿음을 갖고 있다.

내가 얼굴 흰 사람들의 학교를 마다하는 이유가 있다. 학교를 세우면 얼굴 흰 사람들은 교회를 세우라고 가르칠 것이다. 그리고 교회는 끝없이 신에 대해 왈가왈부하도록 가르칠 것이다. 네즈퍼스 인디언 보호구역에서와 마찬가지로 어느 곳을 가나 가톨릭은 개신교와 끝없이 싸운다. 우리는 그런 것을 원하지 않는다. 지상에 있는 것을 갖고는 가끔 다투기도 하지만 신에 대해선 건드리지 않는 법이다. 우리는 그런 것을 배우고 싶지 않다.

대지는 태양의 도움을 받아 창조되었다. 그러니 있는 그대로 놔둬야 한다. 대지와 나는 한 몸이다. 대지의 가치와 우리 몸의 가치는 똑같다. 원래 경계선 같은 것은 없었다. 땅을 갈라 이리 붙이고 저리 붙이고 해선 안 된다. 인간에게는 그 위에 금을 그을 권리가 없다.

이 나라 어딜 가나 얼굴 흰 자들은 모든 것을 독차지하고, 우리 얼굴 붉은 사람들에게는 아무 쓸모없는 땅만 주고 있다. 아마도 당신들은 창조주이신 위대한 정령이 당신들 마음대로 우리를 처리하라고 당신들을 이 땅에 보낸 줄 아는 모양이다. 만약 당신들이 위대한 정령이 내려보낸 사람들이라면 아마도 나는 당신들에게 그럴 권리가 있다고 생각했을지 모른다.

내 말을 오해하지 말기 바란다. 대지에 대한 나의 애정을 제발 이해해 달라. 나는 땅이 내 것이니까 내가 하고 싶은 대로 해도 좋다고 말한 적이 없다. 대지를 마음대로 할 수 있는 이는 그것을 만든 이뿐이다. 나는 다만 내 땅에 살 권리, 그것을 달라고 하는 것이다. 당신들이 당신들 땅에 살 권리가 있듯이.

백 번의 겨울 전까지는 우리는 얼굴 붉은 사람들 외에 다른 이들이 세상에 존재한다는 것을 알지 못했다. 그러다가 흰 얼굴을 가진 사람들 몇 명이 우리 땅으로 건너왔다. 그들은 사슴 모피나 들소 가죽과 맞바꿀 여러 가지 물건들을 가지고 왔다. 담배도 가지고 왔는데, 우리로선 처음 보는 것이었다. 그들은 또 부싯돌이 달린 총을 가지고 왔다. 그것은 우리의 여자들과 아이들을 겁먹게 하기에 충분했다.

우리 부족은 이 얼굴 흰 자들과 말이 통하지 않았지만, 모든 사람이 이해할 수 있는 몸짓을 통해 생각을 전달할 수 있었다. 처음에 온 이들은 프랑스 인들이었는데, 그들은 우리 부족을 '네즈퍼스'라고 불렀다. 왜냐하면 그 당시 우리 부족 사람들이 코에 둥근 장신구를 매달고 있었기 때문이다. 지금은 그런 장신구를 하는 사람이 거의 없지만, 우리는 아직도 '코 뚫은 사람들'이라는 그 이름으로 불리고 있다.

이 프랑스 사람들은 우리 아버지들에게 많은 것을 말했다. 그것들은 우리의 가슴속에 아직까지 새겨져 있다. 어떤 것은 좋았으며, 어떤 것은 나빴다. 부족 사람들은 이 사람들에 대해 의견이 갈라졌다. 어떤 사람은 그들이 좋은 것보다 나쁜 것들을 더 많이 가르친다고 여겼다. 인디언은 용감한 사람을 존경하며, 겁쟁이를 경멸한다. 또한 똑바른 혀를 좋아하고, 갈라진 혀는 미워한다. 그 프랑스 모피 사냥꾼들은 우리에게 진실을 말하기도 했지만 거짓말도 서슴지 않았다.

그들에 이어 흰 얼굴을 가진 또 다른 자들이 우리가 사는 곳으로 왔다. 그들 역시 우리가 한 번도 보지 못한 많은 신기한 것들을 가지고 왔다. 그들은 똑바른 혀를 가지고 말했으며, 우리는 그들의 가슴이 따뜻하다고 여겼기에 그들을 위해 성대한 잔치를 베풀어 주었다. 이 사람들은 매우 친절했다. 그들은 우리의 추장들에게 선물을 건넸으며, 우리 부족도 그들에게 선물을 주었다. 우리는 그 당시 엄청난 숫자의 말들을 갖고 있었기 때문에 그들에게 필요한 만큼 말을 갖게 했다. 그 답례로 그들은 우리에게 총과 담배를 선물로 주었다.

모든 네즈퍼스 족 사람들은 그들과 친구가 되었다. 우리는 그들에게 약속했다. 그들이 언제든지 자유롭게 우리 땅을 지나갈 수 있게 할 것이며, 결코 얼굴 흰 사람들과 전투를 벌이지 않겠다고. 네즈퍼스 족 사람들은 한 번도 이 약속을 깨뜨린 적이 없다. 어떤 얼굴 흰 사람도 우리를 믿을 수 없다거나 혀가 똑바르지 않다고 비난할 수 없다. 얼굴 흰 자들과 친구로 지내는 것이 언제나 네즈퍼스 족 사람들의 자부심이었다.

나의 아버지가 젊었을 때, 우리가 사는 땅에 한 선교사가 찾아와 영적인 법에 대해 말하기 시작했다. 그는 좋은 이야기들을 많이 했기 때문에 네즈퍼스 족 사람들의 애정을 얻을 수 있었다. 처음에 그는 우리 땅에 들어와 살고 싶어 하는 얼굴 흰 사람들에 대해선 한마디도 하지 않았다. 적어도 스무 번의 겨울 전까지는 그런 얘기가 없었다.

그러던 어느 해, 한 무리의 얼굴 흰 자들이 우리 땅으로 들어와 집을 짓고 농장을 일구기 시작했다. 처음에 우리 부족은 아무 불평도 하지 않았다. 우리는 모두 평화롭게 살 수 있는 충분한 공간이 있다고 여겼으며, 선량하게 보이는 얼굴 흰 자들로부터 많은 것을 배우고 있었기 때문이다. 하지만 우리는 곧 알게 되었다. 그 얼굴 흰 자들은 매우 빠르게 배가 불러 가고 있었으며, 그것도 모자라 인디언들이 가진 모든 것을 차지하려 한다는 것을.

이 자들의 속셈을 맨 먼저 알아차린 사람은 나의 아버지였다. 아버지는 얼굴 흰 자들과 거래를 할 때 매우 조심해야 한다고 부족 사람들을 일깨웠다. 서둘러 돈을 벌려고 하는 사람들을 아버지는 의심에 찬 눈으로 바라보았다. 그 당시 나는 어린 소년이었지만 아버지가 하신 경고의 말들을 잘 기억하고 있다. 아버지는 부족 사람들을 다 합친 것보다 더 예리한 눈을 갖고 계셨다.

그다음에 한 백인 관리가 찾아와서 평화협정을 맺는다며 모든 네즈퍼스 족 사람들을 한군데 모이게 했다. 회담이 시작되자 그 관리는 자신의 가슴을 열어 보였다. 그는 이 나라에는 얼굴 흰 사람들이 수없이 많으며, 앞으로 더 많은 사람들이 올 것이라고 말했다. 그래서 인디언들과 백인들이 서로 떨어져서 살 수 있도록 땅에다 명확한 금을 그어야 한다고 주장했다. 평화롭게 살기 원한다면 그것은 꼭 필요한 일이며, 인디언들은 얼굴 흰 사람들로부터 멀리 떨어진 곳으로 가서 살아야 한다고 강요했다.

아버지는 그 회담에서 오간 어떤 것도 받아들이기 거부했다. 왜냐하면 아버지는 자유로운 인간이 되기를 원했기 때문이다. 아버지는 누구도 땅을 소유할 수 없으며, 자신이 소유하지도 않은 것을 팔 수는 없다고 말했다. 그러자 선교사가 아버지의 팔을 붙들고 말했다.

"와서 이 협정에 서명하시오."

아버지는 그를 밀쳐 내며 말했다.

"왜 나더러 내 땅을 팔아 버리라고 하는가? 영적인 문제에 대해 당신이 우리에게 말하는 건 자유지만, 우리 땅 문제에 대해선 당신이 나설 일이 아니다."

백인 관리가 아버지에게 어서 서명할 것을 재촉했지만 아버지는 거부했다.

"나는 당신들의 종이에 서명하지 않을 것이다. 당신들은 가고 싶은 곳으로 가라. 나도 내가 가고 싶은 곳으로 갈 것이다. 당신들도 어린애가 아니고, 나도 어린애가 아니다. 나는 내 자신에 대해 스스로 결정할 수 있다. 누구도 나를 대신해 결정을 내릴 수 없다. 나는 이곳 말고는 다른 집이 없다. 나는 이곳을 어떤 사람에게도 팔아넘기지 않을 것이다. 내가 그렇게 한다면 나의 부족 사람들은 집을 잃고 말 것이다. 그 종이 쪽지를 내 앞에서 치우라. 나는 그것에 손도 대지 않을 것이다."

아버지는 그렇게 말하고 나서 회담 장소를 떠났다. 네즈퍼스 족의 다른 추장들은 그 협정에 서명을 했으며, 백인 관리는 그들에게 담요를 선물로 주었다. 아버지는 부족 사람들에게 어떤 선물도 받지 말라고 경고했다. 아버지는 말했다.

"선물을 받으면 머지않아 저 자들은 자기들이 이미 땅값을 지불했다고 주장할 것이다."

그때 이후로 네즈퍼스 족에 속한 네 개의 부족이 백인 정부로부터 연금을 받기 시작했다. 아버지는 계속해서 여러 회담 장소에 불려갔으며, 얼굴 흰 자들은 아버지에게서 서명을 받아 내기 위해 온갖 방법을 동원했다. 하지만 아버지는 꿈쩍도 하지 않았다. 자신이 사는 땅을 팔아넘길 사람이 아니었다. 아버지가 서명을 거부하자 네즈퍼스 족 사람들 사이에 의견이 엇갈렸다.

여덟 번의 겨울이 지난 뒤, 또다시 회담이 열렸다. 떠벌이(그레이트 토커)라고 불리는 추장이 회담을 이끌었다. 그는 매우 말이 많았으며, 네즈퍼스 족이 가진 땅 거의 대부분을 얼굴 흰 자들에게 팔아넘겼다. 아버지는 그 자리에 없었다. 아버지는 내게 말했다.

"얼굴 흰 자들과 회담하는 자리에 나가면 언제나 너의 부족을 생각하라. 부족의 땅을 넘겨줘선 안 된다. 얼굴 흰 자들은 너를 속여 집을 떠나게 할 것이다. 나는 백인 정부가 주는 돈을 한 푼도 받지 않았다. 나는 우리의 땅을 판 적이 없다."

그 회담에서 떠벌이 추장은 우리 부족에 대한 아무 권한도 없으면서 마치 자기에게 다 권한이 있는 것처럼 행동했다. 그에게는 왈로와(구불거리는 강) 지역을 팔 권리가 없었다. 그곳은 언제나 우리 아버지 부족에게 속한 땅이었으며, 다른 부족들은 우리가 가진 권리에 대해 시비를 걸 수가 없었다. 다른 어떤 인디언 부족도 구불거리는 강 부근을 자기네 땅이라고 주장할 수 없었다. 우리가 얼마만한 넓이의 땅을 갖고 있는지 모두에게 알리기 위해 아버지는 땅 둘레 곳곳에 말뚝을 박아 놓으셨다.

"이 구역 안은 우리 부족 사람들의 집이다. 얼굴 흰 자들은 저 바깥쪽 땅에서 살면 된다. 이 경계선 안쪽에서 우리 모두가 태어났다. 이 안에 우리 아버지들의 무덤이 있으며, 우리는 그 어떤 사람에게도 그 무덤들을 넘겨주지 않을 것이다."

얼굴 흰 자들은 자신들이 떠벌이를 비롯한 다른 추장들로부터 라프와이 보호구역 바깥쪽에 있는 모든 네즈퍼스 족 땅을 샀다고 주장하고 나섰다. 하지만 우리는 여덟 번의 겨울 전까지도 우리 땅에서 평화롭게 살고 있었다. 그러던 어느 날 얼굴 흰 자들이 아버지가 세워 놓은 경계선 안으로 슬금슬금 들어오기 시작했다. 우리는 그들에게 그것이 크게 잘못된 일이라고 경고했다. 하지만 그들은 들은 체도 하지 않았다. 우리 가슴속에선 나쁜 피가 들끓기 시작했다. 얼굴 흰 자들은 우리가 먼저 전투의 길에 나섰다고 주장하지만, 그것은 결코 사실이 아니다. 그들은 그것 말고도 많은 거짓말들을 지어냈다.

백인 정부는 또다시 회담을 요청했다. 아버지는 이제 눈도 안 보이고 몸이 많이 약해지셨다. 아버지는 부족을 대신해 연설을 할 수

조차 없었다. 그래서 내가 아버지를 이어 추장이 되었다. 그 회담에
서 나는 처음으로 얼굴 흰 자들 앞에서 연설을 했다. 나는 회담을
진행하는 백인 관리에게 말했다.

"나는 회담에 오는 것을 원하지 않았다. 하지만 서로가 피를 흘
리는 것을 막기 위해 이 자리에 왔다. 얼굴 흰 사람들은 이곳에 와
서 우리의 땅을 빼앗을 권리가 없다. 우리는 당신들의 정부로부터
어떤 선물도 받은 적이 없다. 떠벌이나 그밖의 다른 추장들은 이
땅을 팔 아무런 권리가 없다. 이 땅은 언제나 우리 부족 사람들에
게 속한 곳이었다. 이 대지는 명명백백히 우리 조상들로부터 물려
받은 곳이며, 심장에 한 방울의 피라도 남아 있을 때까지 우리는
이곳을 지킬 것이다."

그 관리는 자신이 워싱턴의 얼굴 흰 대추장으로부터 명령서를 갖
고 왔다고 말했다. 그 명령서에 따르면 우리는 하루 빨리 라프와이
보호구역 안으로 이주해야 한다는 것이었다. 그는 우리가 그 명령
에 따르기만 하면 여러 가지 도움을 주겠노라고 말했다. 그는 강한
어조로 말했다.

"당신들은 반드시 그곳으로 이주해야만 한다."

내가 말했다.

"우리는 그렇게 하지 않을 것이다. 그리고 우리는 당신의 도움이
필요 없다. 우리는 이미 풍족하게 가지고 있으며, 얼굴 흰 자들이
우리를 내버려 두기만 하면 더없이 만족스럽고 행복하다. 당신이
말하는 그 보호구역은 이 많은 사람들이 가축 떼를 데리고 가서
살기엔 너무 비좁다. 당신이 가져온 선물은 도로 가져가라. 필요한
것이 있으면 우리는 당신들의 도시로 가서 돈을 지불하고 사면 된
다. 우리에게는 내다 팔 말과 가축들이 충분하다. 따라서 당신으로

부터 어떤 도움도 받지 않을 것이다. 우리는 자유로우며, 원하는 곳으로 갈 수 있다. 우리 아버지들은 이곳에서 태어났다. 이곳에서 삶을 살았고, 이곳에서 생을 마쳤다. 이곳에 그들의 무덤이 있다. 우리는 결코 그들을 떠나지 않을 것이다."

관리는 떠났고, 우리는 당분간 평화롭게 지낼 수 있었다.

그 일이 있고 나서 얼마 뒤, 아버지가 나를 불렀다. 나는 아버지가 죽어 가고 있음을 알았다. 내가 아버지의 손을 잡자, 아버지가 말씀하셨다.

"아들아, 내 육신은 이제 어머니 대지의 품 안으로 돌아가려 한다. 내 영혼도 곧 대추장이신 위대한 정령을 만날 것이다. 내가 떠나면 넌 너의 부족을 생각하거라. 넌 이 사람들의 추장이다. 그들은 네가 안내해 주기를 원하고 있다. 이것을 항상 기억하거라. 너의 아버진 결코 이 대지를 남에게 팔아넘기지 않았다는 걸. 누가 와서 너에게 집과 땅을 팔라는 조약을 맺자고 해도 귀를 닫아야 한다. 몇 해가 더 지나면 얼굴 흰 자들이 더 많이 네 주위에 몰려들 것이다. 그들은 이 땅에 눈독을 들이고 있다. 아들아, 내 마지막 말을 잊지 마라. 이 땅은 네 아버지의 육신을 품 안에 간직하고 있다. 네 아버지와 어머니의 뼈를 팔아넘기지 마라."

나는 아버지의 손을 꼭 잡으며 목숨을 바쳐 아버지의 무덤을 보호하겠다고 다짐했다. 아버지는 미소를 지은 채 영혼들의 나라로 떠나셨다. 나는 아버지의 시신을 구불거리는 강의 아름다운 골짜기에 묻었다. 나는 이 세상 어느 곳보다 그곳을 사랑한다. 자기 아버지의 무덤을 사랑하지 않는 자는 짐승보다 못한 자다.

아주 짧은 기간 동안 우리는 조용히 살았다. 하지만 그것도 얼마가지 않았다. 얼굴 흰 자들이 구불거리는 강 부근의 산에서 금을 발견한 것이다. 그들은 우리에게서 수없이 많은 말들을 훔쳐갔지만, 우리가 인디언이라는 이유 때문에 그것들을 되돌려받을 수 없었다. 얼굴 흰 자들은 서로에게도 거짓말을 일삼았다. 그들은 우리의 가축 떼를 들판 가득 몰고 가 버렸으며, 어떤 자들은 자기네 것이라고 주장하기 위해 우리의 어린 소들에게 낙인을 찍어 놓았다. 백인들의 법정에 서 봤자 우리를 도와줄 사람은 세상 천지에 아무도 없었다.

내가 보기에 구불거리는 강 근처에서 그런 짓을 하는 자들은 우리에게 싸움을 걸기 위해 일부러 그렇게 하는 것 같았다. 우리가 그들의 적수가 되지 못한다는 것을 그들은 알고 있었다. 나는 대지가 피로 얼룩지지 않게 하기 위해 최선을 다했다. 우리는 일정 구역의 땅을 얼굴 흰 자들에게 무상으로 내주었다. 그렇게 하면 평화롭게 살 수 있으리라는 믿음에서였다.

그러나 그것은 우리의 실수였다. 얼굴 흰 자들은 결코 우리를 가만 내버려 두지 않았다. 우리는 수없이 복수할 수 있었지만, 한 번도 그렇게 하지 않았다. 백인 정부가 다른 인디언들을 물리칠 수 있도록 우리더러 도와달라고 했을 때도 우리는 거절했다. 얼굴 흰 자들의 숫자가 적고 우리가 훨씬 강했을 때, 우리는 그들을 모두 없애 버릴 수도 있었다. 하지만 네즈퍼스 족은 언제나 평화롭게 살기를 원했다.

우리가 잘못한 게 없다면 우리는 비난받을 이유가 없다. 옛날에 맺어진 협정치고 진실된 것은 하나도 없다. 이 땅이 옛날에도 우리 땅이었다면, 지금도 우리 땅이다. 왜냐하면 우리는 그것을 누구에게도 판 적이 없기 때문이다. 관리들은 정부가 이미 우리 땅을 사들였다고 주장한다. 어떤 얼굴 흰 자가 나한테 와서 이렇게 말한다고 가정하자.

"조셉, 나는 당신이 가진 말들이 좋아. 그 말들을 몽땅 사고 싶어."

나는 그에게 말한다.

"그런 소리 말게. 내 말들은 세상 무엇보다 소중해. 그러니 팔지 않겠어."

그러자 그 친구는 내 이웃에게 가서 말한다.

"조셉이 좋은 말들을 갖고 있는데, 내가 사겠다고 해도 막무가내로 팔지 않겠다지 뭐야."

이웃 사람이 말한다.

"나한테 말값을 지불하게. 그러면 내가 당신한테 조셉의 말들을 팔지."

그 얼굴 흰 자는 다시 나에게 다시 와서 말한다.

"조셉, 나는 당신이 가진 말들을 이미 사 버렸네. 그러니 내가 가져가야겠어."

백인 정부가 우리 땅을 돈 주고 샀다고 하는데, 그들은 바로 이런 식으로 빼앗아간 것이다. 네즈퍼스 족에 속한 다른 부족들과 맺은 협정을 근거로 얼굴 흰 자들은 우리의 땅에 대한 권리를 주장하고 나섰다. 경계선을 넘어 늑대처럼 밀려오는 얼굴 흰 자들 때문에 우리는 많은 고통을 받았다. 그들 중 어떤 이들은 좋은 사람들이었으며, 우리는 그들과 평화롭게 지냈다. 하지만 그들도 언제까지나 좋은 것은 아니었다.

거의 매년 라프와이 보호구역으로부터 관리가 찾아와 우리에게 그곳으로 이주하라고 다그쳤다. 우리는 한결같이 구불거리는 강 근처에 사는 것이 행복하다고 대답했다. 그가 제공하는 연금이나 어떤 선물도 받지 않았다. 흰 얼굴을 가진 자들이 구불거리는 강으로 들어온 그 많은 세월 동안 그들은 끊임없이 우리를 위협하고 괴롭혔다. 한 번도 우리를 편안히 내버려 두지 않았다. 우리에게는 몇 명의 좋은 백인 친구들이 있었는데, 그들은 절대로 백인들과 싸움으로 맞서지 말라고 충고했다. 나는 피 끓는 젊은이들이 성급한 행동을 못하도록 막느라 애를 먹었다.

어린 소년이었을 때부터 내 어깨에는 무거운 짐이 지워져 있었다. 우리 부족은 숫자가 적은 반면에 얼굴 흰 자들은 수없이 많기 때문에 우리가 그들과 맞서 싸울 수 없다는 것을 나는 알고 있었다. 우리는 사슴과 같았다. 그들은 회색 곰이었다. 우리의 땅은 작고, 그들의 땅은 말할 수 없이 컸다.

해를 거듭하면서 위협은 계속되었다. 그때까지만 해도 얼굴 흰 사람들이 우리 부족과 전투를 벌이진 않았다. 그런데 두 해 전 우리에게 하워드(올리버 오티스 하워드. 미 육관사관학교 출신)라는 자가 찾아와, 자기가 얼굴 흰 군대의 우두머리 추장이라고 말했다.

"나는 저쪽에 많은 군대를 거느리고 있다. 그들을 전부 이곳으로 데리고 오겠다. 그런 다음 다시 당신들과 얘길 나누겠다. 다음번에 내가 이곳에 왔을 때는 어떤 인디언도 나를 비웃지 못하게 하겠다. 이 땅은 미국 정부에 속한 곳이며, 나는 당신들을 반드시 보호구역 안으로 밀어넣고야 말겠다."

나는 그에게 네즈퍼스 족의 땅에 더 이상 군대를 끌어들이지 말라고 충고했다. 그는 라프와이 요새에 군사들로 가득한 건물 한 채를 갖고 있었다. 이듬해 봄, 한 인디언 심부름꾼이 달려와 하워드가 왈라왈라에서 나를 만나고 싶어 한다고 전했다. 나는 그곳으로 갈 수 없었기 때문에 내 남동생과 다섯 명의 인디언을 그에게 보냈다. 그들은 긴 대화를 나눴다.

하워드가 말했다.

"당신들은 솔직하게 말했다. 다 좋다. 당신들은 구불거리는 강에서 계속 살아도 좋다."

그런 다음 그는 내 남동생과 그의 동료 인디언들에게 라프와이 요새로 함께 가자고 명령했다. 일행이 그곳에 도착했을 때, 하워드는 사방으로 인디언 심부름꾼을 보내 모든 인디언들을 다 그곳에 모이게 했다. 나도 그곳에 도착했다. 내가 하워드에게 말했다.

"우리는 당신의 말을 들을 준비가 되어 있다."

그러자 그는 지금은 아무 말도 하지 않겠으며, 다음날로 회담을 미루겠다고 일방적으로 선언했다. 그때 가서 솔직하게 말하겠다는 것이었다. 내가 말했다.

"나는 오늘 말할 준비가 되어 있다. 나는 그동안 수많은 회담에 참석했지만, 그렇다고 더 지혜로워진 것도 아니다. 비록 우리가 많은 점에서 서로 다르긴 하지만 우리 모두는 똑같이 여자의 몸에서 태어났다. 우리는 다시 만들어질 수 없다. 당신은 이미 만들어진 그대로이고, 앞으로도 그럴 것이다. 우리 역시 위대한 정령이 만들어 놓은 모습 그대로 살아갈 것이다. 당신은 우리의 모습을 바꿀 수 없다. 왜 한 어머니와 한 아버지 밑에서 태어난 자식들이 서로 싸워야만 하는가? 왜 서로 속여야 하는가? 위대한 정령이 한쪽 사람들에게 다른 쪽 사람들을 마음대로 할 권리를 주었다고는 나는 생각하지 않는다."

하워드가 윽박지르듯 말했다.

"당신은 지금 내 권위에 도전하고 있는 건가? 나한테 명령을 내리겠다는 건가?"

그러자 우리 추장들 중 한 사람인 투훌훌소테가 일어나 하워드에게 말했다.

"위대한 정령이 이 세상을 지금처럼 만드셨으며, 그분은 지금 이 모습 그대로 있기를 원하신다. 그분은 또 그중 한 부분을 우리에게 살라고 주셨다. 그런데 당신이 무슨 권한으로 우리더러 위대한 정령이 정해 주신 그곳에서 살아선 안 된다고 말하는 것인가?"

하워드가 성질을 내며 말했다.

"입 닥쳐라! 위대한 정령이니 뭐니 하는 소리는 더 이상 듣기도 싫다. 법에 따라 당신들은 보호구역 안으로 이주해서 살아야 하고, 나도 그것을 원한다. 그런데 당신들은 법에 복종하지 않겠다는 건가? 만약 당신들이 가지 않겠다고 한다면, 내 방식으로 문제를 다루겠다. 명령에 복종하지 않을 때 어떤 고통이 뒤따르는지 알게 해 주겠다."

그가 말하는 '법'이란 그들이 만든 가짜 협정을 말하는 것이었다. 투훌훌소테가 말했다.

"당신은 도대체 어떤 사람인가? 우리더러 말을 하라고 해 놓고, 이제는 입을 닫고 있으란 말인가? 당신이 위대한 정령이기라도 한가? 당신이 세상을 만들었는가? 당신이 태양을 만들었는가? 당신이 우리가 마시는 저 강물을 흘려보냈는가? 당신이 이 모든 것들을 만들었기 때문에 마치 우리가 어린아이라도 되는 것처럼 우리에게 그런 식으로 말하는 건가? 만약 당신이 이 세상을 만들었다면 당신은 그렇게 말할 권리가 있을 것이다."

하워드가 화가 나서 말했다.

"정말로 건방진 인디언이군! 감옥에 가둬 버리겠다."

그는 곧바로 병사들에게 그를 체포하라고 명령했다.

투훌훌소테는 아무 저항도 하지 않았다. 다만 하워드에게 이렇게 말했다.

"이것이 당신이 내린 명령이란 말인가? 나는 상관하지 않는다. 나는 당신에게 내 가슴을 열어 보였다. 취소할 말도 없다. 나는 내 부족을 위해 말한 것이다. 당신은 마음대로 날 체포해도 좋다. 하지만 나를 바꾸거나 내가 한 말을 취소시키긴 못할 것이다."

병사들이 다가와서 내 친구를 붙잡아 감옥으로 끌고갔다. 우리 부족 사람들은 그것을 그냥 내버려 둬야 하는가를 놓고 서로 속삭였다. 나는 가만히 있으라고 충고했다. 만약 우리가 저항했다면 하워드를 포함해 그곳에 있던 얼굴 흰 자들은 모두 죽음을 면치 못했을 것이다. 그러면 모든 책임을 우리가 뒤집어쓸 것이었다. 내가 아무 말도 하지 않는다면 하워드는 다시는 내 부족 사람들에게 부당한 명령을 내릴 수 없다. 나는 위험을 알아차렸기 때문에 투훌훌소테가 감옥으로 끌려가는 사이에 자리에서 일어나 말했다.

"이제 내가 말하겠다. 나는 당신이 나를 체포하든 말든 상관하지 않는다."

나는 내 부족 사람들에게 돌아서서 말했다.

"투훌훌소테를 체포하는 건 잘못된 일이다. 하지만 우리는 이 모욕에 대해 화를 내지 않을 것이다. 우리는 우리의 가슴을 열어 보이기 위해 이 회담에 초대받았으며, 또 그렇게 했을 뿐이다."

투훌훌소테는 닷새 동안 갇혀 있다가 풀려났다. 회담은 그날로 깨어졌다. 이튿날 아침 하워드가 내 천막으로 찾아와서 자기와 함께 가자고 말했다. 그래서 나와 흰새(화이트 버드), 그리고 안경잡이(루킹 글래스)는 함께 우리 부족이 살 땅을 보러 떠났다. 우리는 말을 타고 어떤 좋은 지역에 이르렀다. 하지만 그곳에는 이미 다른 인디언들과 얼굴 흰 사람들이 살고 있었다. 하워드가 그 땅을 가리키며 말했다.

"당신들이 보호구역 안으로 옮겨 오기만 하면 당신들에게 이 땅을 주고, 이곳에 사는 사람들을 다른 곳으로 이주시키겠다."

내가 말했다.

"그건 안 될 말이다. 이미 이곳에 정착해 살고 있는 사람들을 혼란에 빠뜨리는 것은 옳지 못한 일이다. 나는 그들의 집을 차지할 아무런 권리가 없다. 나는 내게 속한 것이 아니면 가진 적이 없다. 나는 그렇게 하지 않겠다."

우리는 하루 종일 보호구역 위쪽까지 돌아다녔지만 좋은 땅을 발견할 수가 없었다. 좋은 땅에는 이미 사람들이 살고 있었다. 그날 나는 하워드가 왈라왈라에 있는 군대에 전갈을 보내 구불거리는 강 골짜기로 집결 명령을 내렸음을 알았다. 우리가 집에 도착하면 곧바로 보호구역으로 내몰기 위함이었다.

이튿날 열린 회담에서 하워드가 오만불손한 태도로 나에게 말했다. 지금부터 한 달의 여유를 줄 테니 집으로 돌아가자마자 가축 떼와 부족을 데리고 보호구역 안으로 옮기라는 것이었다.

그는 말했다.

"만약 그때까지 이곳에 도착하지 않으면, 당신들이 싸움을 원하는 것이라고 간주하고 군대를 보내 강제로 내쫓겠다."

내가 말했다.

"싸움은 피할 수 있으며, 또 피해야만 한다. 나는 전쟁을 원하지 않는다. 나의 부족은 이미 얼굴 흰 친구들과 평화롭게 지내고 있다. 왜 그토록 서두르는가? 한 달 안에 이곳으로 옮길 수는 없다. 가축 떼도 사방에 흩어져 있고, 뱀 강(스네이크 리버)은 지금 수위가 높다. 가을이 올 때까지 기다리자. 그때가 되면 강물도 줄어들 것이다. 우리에게는 가축을 불러모을 시간도 필요하고, 추운 겨울을 날 준비도 해야 한다."

하워드가 말했다.

"당신들이 하루라도 시간을 어기면 나의 군대들이 당신들을 보호구역 안으로 내몰 것이다. 그리고 그때까지 보호구역 밖에 있는 가축과 말들은 전부 백인들의 수중에 들어갈 줄 알라."

나는 내 부족의 땅을 판 적이 없으며, 라프와이에는 한 뙈기의 땅도 갖고 있지 않았다. 하지만 나는 유혈 사태가 일어나는 것을 원하지 않았다. 내 부족이 죽임을 당하는 것도 원하지 않았고, 누구도 죽이고 싶지 않았다. 우리 부족 몇 명이 얼굴 흰 자들에게 살해당했지만, 그 살인자들은 한 번도 처벌 받은 적이 없다.

나는 하워드에게 그 점을 말했고, 내가 싸움을 원하지 않는다는 것을 거듭 말했다. 또 우리가 가서 정착하게 될 라프와이 땅에 이미 살고 있는 사람들이 자신들의 농작물을 거둬 갈 때까지 기다리자고 말했다. 전투를 하느니 내 부족의 땅을 포기하겠노라고 나는 진심으로 말했다. 내 아버지의 무덤을 포기하겠노라고. 내 부족의 손에 얼굴 흰 사람들의 피를 묻히느니 차라리 모든 것을 포기하겠다고. 그러나 하워드는 단 하루도 더 줄 수 없으니 한 달 안에 내 부족과 가축 떼를 데리고 오라고 말했다. 그가 이미 전투 준비를 시작한 것이 틀림없었다.

구불거리는 강으로 돌아왔을 때 나의 부족 사람들은 군인들이 이미 구불거리는 강 골짜기에 와 있는 것을 보고 몹시 흥분했다. 우리는 당장 부족 회의를 열었으며, 비극을 피하기 위해 서둘러 이주하기로 결정했다. 감옥에 갇혔었기 때문에 몹시 기분이 상한 투훌홀소테는 도망가지 말고 싸워야 한다고 주장했다. 많은 젊은이들도 그에게 동조해 자신이 태어난 땅에서 개처럼 끌려 나가느니 목숨 바쳐 싸우자고 나섰다. 투훌홀소테는 자신이 하워드에게 당한 모욕은 오로지 피로써만 씻을 수 있다고 선언했다. 그의 그런 주장에 맞서려면 강한 가슴이 필요했지만, 나는 부족 사람들에게 흥분을 가라앉히라고 충고했다. 그리고 싸움을 시작해선 절대로 안 된다고 말했다.

우리는 눈에 보이는 가축들을 모아 이주하기 시작했다. 훨씬 더 많은 말과 가축들은 구불거리는 강에 그냥 놔둔 상태였다. 그리고 강을 건너면서 또다시 수백 마리를 잃었다. 다행히 사람들은 한 명도 빠짐없이 안전하게 강을 건넜다.

네즈퍼스 족에 속한 대부분의 인디언들이 큰 회담을 열기 위해 로키 계곡에 모였다. 나도 내 부족을 전부 이끌고 그곳으로 갔다. 회담은 열흘 동안 계속되었다. 전투에 대한 애기가 수없이 오갔고, 다들 몹시 흥분한 상태였다. 용감한 한 젊은이가 있었는데, 그의 아버지가 다섯 해 전에 얼굴 흰 사람들에게 개죽음을 당했다. 그 젊은이는 얼굴 흰 자들에 대한 증오의 감정으로 피가 들끓었다. 그는 복수를 외치며 회담 장소를 떠났다.

또다시 나는 평화를 말했다. 그리고 큰 위험은 일단 지나갔다고 나는 생각했다. 상황이 그러니만큼 당장은 하워드의 명령에 따를 수 없었지만 가능한 빨리 그렇게 하고 싶었다.

가족이 먹을 고기를 구하기 위해 내가 잠시 회담 장소를 떠난 사이에 한 가지 소식이 들려왔다. 아버지가 살해 당한 그 젊은이가 또 다른 피 끓는 젊은이들과 함께 나가서 네 명의 얼굴 흰 자들을 죽였다는 것이었다. 그는 말을 타고 회담 장소로 돌아와 외쳤다.

"왜 여기에 여인네들처럼 앉아만 있는가? 전투는 이미 시작되었다!"

나는 몹시 슬펐다. 천막이 모두 걷히고, 내 것과 내 남동생 것만 남았다. 부족의 젊은이들이 몰래 탄약을 사 모으기 시작했을 때부터 나는 곧 전투가 일어나리라는 것을 알았다. 하워드에게 감금당했던 투홀홀소테가 전사들을 모으는 데 성공했다는 얘기가 들렸다. 나는 그들이 결국 내 부족 사람들을 전부 끌어들이리라는 걸 알았다. 그때는 이미 전쟁을 막을 길이 없었다. 시간이 흘러 버린 것이다. 나는 처음부터 평화를 주장했다. 우리가 백인 정부와 싸우기엔 너무 약하다는 것을 알고 있었다. 우리는 이미 많은 불행을 겪었지만, 전투가 시작되면 더 많은 불행이 찾아올 것이 분명했다.

우리와 친한 얼굴 흰 사람들은 우리에게 절대로 전투에 나서지 말라고 충고했다. 우리가 하워드에게 항복한 이후로 채프먼(아더 잉그러햄 채프먼. 인디언 여성과 결혼했으며, 네즈퍼스 족 언어에 유창해 통역자로 활동했음)이라는 백인이 우리와 함께 지냈는데, 그는 우리에게 백인과의 전투가 어떤 식으로 끝날 것인지 지적하곤 했다. 그는 결국 우리에게 등을 돌리고 하워드를 도왔다. 나는 그렇게 한 것에 대해 그를 비난하지 않는다. 그는 비극적인 사태가 일어나는 것을 막기 위해 열심히 노력한 사람이기 때문이다.

우리는 얼굴 흰 이주민들이 군대와 손잡지 않기를 희망했다. 전투가 시작되기 전에 우리는 그 문제에 대해 깊이 얘기를 나눴다. 내 부족의 많은 사람들은 그들이 만약 전투에 개입하지만 않는다면 하워드가 시작한 전쟁이지만 결코 그들을 해치지 않겠다는 데 동의했다. 우리는 그것을 투표로 결정했다.

내 부족 사람들 중에는 얼굴 흰 자들과 다툰 적이 있는 사람들이 있었다. 그들은 얼굴 흰 자들이 행한 온갖 나쁜 짓을 말함으로써 사람들의 가슴을 흥분시켰다. 그때까지도 나는 그들이 전투를 시작하리라곤 믿지 않았다. 내 부족의 젊은이들이 큰 잘못을 저지른 것은 나도 안다. 하지만 누구에게 먼저 책임이 있는가? 그들은 수천 번도 넘게 모욕을 당했으며, 그들의 아버지와 형제들은 죽임을 당했다. 얼굴 흰 자들은 그들의 어머니와 누이들을 욕보였다. 그리고 얼굴 흰 자들이 판 위스키 때문에 그들은 미쳐 버리기까지 했다. 하워드는 그들에게 모든 말과 가축 떼를 데리고 떠날 것을 명령했으며, 한 달 안에 데리고 가지 못하면 전부 얼굴 흰 자들의 손에 넘어갈 것이라고 선언하기까지 했다. 그리고 그들은 이제 집을 잃고 절망에 빠져 있었다.

내 부족 사람들에 의해 얼굴 흰 자들이 죽는 것을 막을 수만 있다면 나는 내 목숨까지도 내놓았을 것이다. 내 부족의 젊은이들에게도 책임이 있고, 얼굴 흰 자들에게도 책임이 있다. 구불거리는 강에서 가축 떼를 데려올 충분한 시간을 주지 않은 하워드에게도 큰 책임이 있다. 이미 지적했듯이 그에게는 어느 때라도 우리에게 구불거리는 강을 떠나라고 명령할 권리가 없었다. 그곳은 아직도 우리의 땅이다. 어쩌면 그곳은 다시는 우리의 터전이 되지 못할지도 모른다. 하지만 나의 아버지가 그곳에 잠들어 계시고, 나는 어머니를 사랑하듯이 그곳을 사랑한다. 나는 단지 학살이 일어나는 것을 피하기 위해 그곳을 떠난 것이다.

하워드가 우리에게 가축 떼를 모을 충분한 시간을 주기만 했어도, 투홀홀소테를 인격적으로 대하기만 했어도, 전투는 벌어지지 않았을 것이다. 얼굴 흰 사람들 속에 있는 내 친구들은 전쟁의 책임을 내 탓으로 돌린다. 내게는 책임이 없다. 부족의 젊은이들이 얼굴 흰 자들을 죽이기 시작했을 때 내 가슴도 상처를 입었다. 그들의 행위를 정당화시킬 생각은 없지만, 그동안 내가 얼굴 흰 사람들로부터 겪었던 수많은 모욕들이 떠올랐다. 내 피도 불타올랐다. 만약 가능하기만 하다면 나는 내 부족을 이끌고 싸우지 않고 그 들소들의 땅을 향해 떠나고 싶었다.

하지만 전쟁을 피할 길은 어디에도 없어 보였다. 우리는 20킬로미터 정도 떨어진 흰새 냇물을 건너 그곳에다 천막을 쳤다. 떠나기 전에 가축 떼를 불러 모으기 위해서였다. 얼굴 흰 사람들의 군대가 먼저 우리를 공격했고, 그래서 전투가 시작되었다. 우리는 전사가 60명이었지만, 상대방 병사들은 백 명에 달했다. 전투가 벌어진 지 수 분밖에 지나지 않아서 백인 병사들이 15킬로미터 후방으로 달아나기 시작했다. 그들은 33명을 잃었고, 7명이 부상당했다.

인디언들은 전투를 할 때 목표를 겨냥하고 쏘지만, 백인 병사들은 아무렇게나 방아쇠를 당긴다. 우리는 그들의 머리 가죽을 벗기지 않았다. 우리는 결코 누구의 머리 가죽도 벗기지 않으며, 부상당한 사람을 죽이지도 않는다. 반면에 백인 병사들은 부상당한 채로 들판에 남겨진 인디언들만 골라서 죽였다.

첫 전투가 끝나고 7일이 지났을 때, 하워드가 네즈퍼스 족 지역에 도착했다. 그는 병사를 7백 명이나 데리고 왔다. 본격적으로 전투가 시작된 것이다. 우리는 하워드가 따라오기를 바라고 연어 강(새먼 리버)을 건넜다. 예상은 빗나가지 않았다. 그가 우리를 뒤쫓아 오자, 우리는 얼른 뒤편으로 돌아가 그와 그의 배급 부대 사이를 차단하고 사흘 동안 그의 부대를 고립시켰다.

그는 길을 트기 위해 2개 중대를 보냈다. 우리는 그들을 공격해 한 명의 장교와 두 명의 길잡이, 그리고 열 명의 병사를 쓰러뜨렸다. 우리는 백인 병사들이 따라올 것을 바라고 뒤로 달아났지만, 그날 그들은 더 이상 싸울 기력이 없어 보였다. 그들은 참호를 팠으며, 이튿날 우리는 다시 그들을 공격했다. 전투는 하루 종일 계속되다가 다음 날 또다시 시작되었다. 우리는 네 명을 죽이고 7,8명을 부상입혔다.

이때쯤 하워드는 우리가 자신들의 후방에 있다는 사실을 알아차렸다. 닷새 뒤 그가 이끄는 350명의 병사에 이주민들까지 가세해 우리를 공격했다. 우리는 250명의 전사들이었다. 전투는 27시간 동안 지속되었다. 우리는 네 명이 전사했고, 여러 명이 부상당했다. 하워드는 28명을 잃었고, 60명 정도가 부상당했다.

다음 날 백인 병사들이 우리를 기습 공격했다. 우리는 식구들과 가축 떼를 이끌고 급히 물러났지만, 천막 여든 채가 고스란히 하워드의 수중에 들어갔다. 수적으로 불리한 것을 알고 우리는 쇠비름 골짜기(비터루트 밸리)로 후퇴했다. 그곳에서 또 다른 군대가 우리를 공격해 오면서 항복을 요구했다. 우리는 거절했다. 그들은 말했다.

"너희들은 이곳을 지나갈 수가 없다."

우리가 말했다.

"당신들이 우리를 지나갈 수 있게 내버려 둔다면 우리도 싸우지 않고 지나가겠다. 어쨌든 우리는 지나갈 것이다."

그래서 우리는 그 군대와 협정을 맺었다. 우리는 누구도 죽이지 않겠노라고 다짐했고, 그들은 우리가 평화롭게 쇠비름 골짜기를 지나가게 하겠다고 약속했다. 우리는 그 지역에 사는 얼굴 흰 사람들로부터 생필품을 사고 가축들을 맞바꿨다. 우리는 더 이상 전투가 없을 것이라고 여겼다. 다만 평화롭게 들소의 땅으로 갈 생각이었으며, 고향으로 돌아가는 것은 나중 문제였다.

그런 마음을 안고 우리는 나흘 동안 여행을 계속했다. 고난이 이제 끝났다고 믿었기 때문에 중간에 멈춰 서서 천막을 세우는 데 필요한 장대를 구하기까지 했다. 그러고는 다시 출발했다. 이틀쯤 지났을 때 세 명의 백인이 우리 야영장 부근을 지나가는 것이 보였다. 평화협정을 맺었기 때문에 우리는 그들을 죽이지 않았다. 그들을 처형하거나 포로로 붙잡을 수도 있었지만, 우리는 그들이 첩자라고는 의심하지 않았다. 그런데 그들은 첩자들이었다.

그날 밤 백인 병사들이 우리 야영장을 에워쌌다. 새벽녘에 우리 부족 한 사람이 말을 돌보기 위해 천막 밖으로 나갔다. 병사들은 그를 보자 총으로 쏘아 코요테처럼 쓰러뜨렸다. 나는 그들이 우리가 뒤에 두고 온 병사들이 아니라는 것을 알았다. 그들은 다른 방향에서 온 군대였다. 그 백인 군대의 추장은 기번(존 기번. 미 육군사관학교 출신)이라는 자였다. 그는 우리 부족이 아직 다 일어나지도 않았을 때 우리를 덮쳤다. 우리는 거세게 저항했다. 우리 전사 몇 명이 땅바닥을 기어 빙 돌아가서는 뒤쪽에서 그들을 공격했다. 이 전투에서 우리는 거의 대부분의 천막을 잃었지만, 기번의 부대를 몰아내는 데 성공했다.

우리를 사로잡을 수 없다는 것을 안 기번은 부대를 이끌고 큰 총(대포)들이 있는 몇 킬로미터 밖으로 물러났다. 하지만 우리 전사들이 뒤쫓아가서 큰 총과 탄약들을 모두 빼앗았다. 우리는 큰 총들을 다 부수고, 화약과 납을 가지고 왔다. 기번과의 전투에서 50명의 여자들과 아이들, 그리고 30명의 전사를 잃었다. 우리는 그 지역에 머물며 그들을 땅에 묻었다. 네즈퍼스 족은 전투에서 여자와 아이들을 죽인 적이 없다. 전투가 계속되는 동안 수없이 많은 여자들과 아이들을 죽일 수 있었지만, 우리는 그것을 겁쟁이들이나 하는 행동이라 여겼다. 우리는 적의 머리 가죽을 벗긴 적도 없다. 하지만 우리를 뒤쫓아 온 하워드는 기번과 합세해 우리가 땅에 묻은 죽은 전사들의 주검까지 꺼내 머리 가죽을 벗기는 만행을 저질렀다.

우리는 가능한 한 빠른 속도로 들소들의 땅을 향해 떠났다. 엿새가 지나자 하워드가 바짝 뒤쫓아왔다. 우리는 달려 나가 그의 부대를 공격했으며, 그가 가진 말과 노새 거의 전부(250마리)를 빼앗았다. 그런 다음 옐로스톤 분지로 행군해 들어갔다.

도중에 우리는 백인 남자 한 명과 백인 여자 두 명을 사로잡았다. 하지만 사흘째 되던 날 그들을 풀어 주었다. 우리는 그들을 친절하게 대했으며, 여자들을 욕보이지도 않았다. 인디언 여자가 포로로 잡혔을 때 사흘 동안 붙들어 두고서도 백인 병사들이 그녀를 욕보이지 않았던 적이 한 번이라도 있는가? 네즈퍼스 족 여자가 하워드의 병사들 손에 넘어갔을 때 이렇게 존중받은 적이 단 한 번이라도 있는가? 네즈퍼스 족은 그런 짓을 저지른 적이 한 번도 없노라고 나는 자신 있게 말할 수 있다. 며칠 뒤 우리는 또 다른 백인 두 명을 붙잡았다. 한 명은 말을 훔쳐 갖고 달아났다. 우리는 다른 한 명에게도 부실한 말 한 마리를 주고 풀어 주었다.

9일 동안 행군한 끝에 우리는 옐로스톤의 클라크 요새 입구에 도착했다. 하워드가 어떻게 되었는지 알 수 없었지만, 말과 노새를 구하러 병사들을 보냈을 것이라고 짐작했다. 그는 더 이상 우리를 따라오지 않았다. 하지만 또 다른 백인 추장 스터기스(새뮤얼 스터기스. 미 육군사관학교 출신)가 공격해 왔다. 우리는 재빨리 반격을 가해 아녀자들과 가축 떼를 위험에서 구한 뒤, 몇 명의 전사만 남기고 길을 재촉했다.

여러 날이 흘렀지만 하워드나 기번, 그리고 스터기스에 대해 아무 소식도 들을 수 없었다. 우리는 그들을 차례로 물리쳤으며, 이제 안전하다고 느꼈다. 그때 마일즈(넬슨 애플턴 마일즈. 남북전쟁 때 북부군 출신)라는 자가 이끄는 또 다른 군대가 우리를 공격해 왔다. 지난 두 달 사이에 우리가 맞서 싸운 네 번째 군대였다. 그들은 앞선 군대들과 마찬가지로 수적으로 우리보다 월등히 우세했다.

마일즈의 군대에 대해선 알지 못하고 있다가 그들이 코앞에 다가와서야 우리는 그들의 존재를 알았다. 그들은 우리의 야영장을 두 조각으로 절단내고, 우리의 말들을 거의 다 붙잡아 갔다. 나를 포함해 70명이 고립되었다. 열두 살난 내 어린 딸도 나와 함께 있었다. 나는 딸아이에게 밧줄을 주며 지나가는 말을 붙잡아 야영장으로부터 고립당한 다른 사람들과 함께 있으라고 말했다. 그 이후로 지금까지 나는 그 아이를 볼 수 없었다. 하지만 그 아이가 살아 있으며 건강하다고 들었다.

나는 아내와 자식들을 생각했다. 그들은 적의 병사들에 포위되어 있었다. 나는 죽기를 각오하고 그들에게 가기로 결심했다. 저 위에서 통치하는 대추장 위대한 정령에게 보내는 기도문을 입 속으로 중얼거리며 무기도 들지 않은 채 백인 병사들을 향해 돌진했다. 내 앞에, 뒤에, 사방에 총이 있는 것 같았다. 내 옷은 갈기갈기 찢겨졌으며, 말도 부상당했다. 하지만 다행히 나는 다치지 않았다. 내가 천막 앞으로 다가갔을 때 내 아내가 총을 던져 주며 말했다.

"여기 당신 총이 있어요. 어서 싸워요!"

적의 병사들은 끊임없이 총을 쏘아 댔다. 내 근처에서 순식간에 일곱 명의 인디언 전사가 목숨을 잃었다. 열두 명쯤 되는 백인 병사들이 우리의 야영장 안으로 돌진해 들어와 두 개의 천막을 약탈하고 세 명의 인디언을 죽였다. 그들도 세 명이 우리의 전선 안으로 들어와 목숨을 잃었다.

나는 전사들에게 그들을 물리치라고 외쳤다. 거의 스무 걸음도 안 되는 거리를 두고 격렬히 맞서 싸운 끝에, 우리는 마침내 병사들을 전선 밖으로 밀어내는 데 성공했다. 그들은 전사자들을 남겨둔 채 퇴각했다. 우리는 그들의 무기와 탄약을 거두었다. 첫날 낮과 밤 동안 우리 편에서는 18명의 남자와 3명의 여자를 잃었다. 마일즈는 26명을 잃었고, 40명이 부상당했다.

이튿날 아침 마일즈가 흰 깃발을 들고 내 야영장으로 사신 한 명을 보냈다. 나는 내 친구 노란 황소(옐로우불)를 보냈다. 노란 황소는 그 사신이 전하는 바를 잘 이해했다. 마일즈는 내가 이 상황을 잘 살펴보기를 원하고 있었다. 그는 불필요하게 내 부족 사람들을 죽이는 걸 원하지 않는다고 했다. 노란 황소는 그것이 우리에게 더 이상 피를 흘리지 않도록 항복을 권유하는 것이라고 이해했다.

그 메시지를 내게 전하면서 노란 황소는 마일즈가 진심으로 하는 말인지 의심스럽다고 말했다. 나는 사신에게 아직 내 마음을 결정하지 못했으며 그것에 대해 생각한 후에 조만간 답을 하겠노라고 전했다. 조금 지나서 마일즈는 또 다른 샤이엔 족 인디언들을 사신으로 보냈다. 이번에는 내가 직접 나가서 그들을 만났다. 그들은 마일즈가 믿을 만한 사람이며 진심으로 평화를 원한다고 전했다. 나는 마일즈의 천막을 향해 걸어갔다. 마일즈가 나를 맞이하며 악수를 청했다. 그가 말했다.

"이리 와서 불가에 앉으시오. 우리 이 문제에 대해 함께 상의해 봅시다."

나는 그곳에서 그와 함께 밤을 보냈다. 다음 날 아침 노란 황소가 내가 아직 살아 있는지 보기 위해 찾아왔다. 그는 내가 돌아오지 않는 이유를 알고자 했다. 마일즈는 나 혼자 천막을 떠나 친구를 만나는 것을 허락하지 않았다. 노란 황소가 내게 말했다.

"이 자들이 자네를 붙잡고 있으니 다시 돌려보내 주지 않을까 봐 걱정이네. 내 천막에도 백인 관리가 한 명 와 있는데, 자네를 풀어 줄 때까지 그를 붙들어 놓겠어."

내가 말했다.

"이 자들이 그런 의도를 갖고 있는지는 모르겠어. 하지만 그들이 나를 죽인다 해도 그 관리를 죽여선 안 돼. 그를 죽임으로써 나의 죽음에 복수를 하는 것은 옳지 않아."

노란 황소는 다시 부족들에게 돌아갔다. 그날 나는 마일즈와 어떤 협상도 이끌어 내지 못했다. 내가 그와 함께 있는 동안 전투가 재개되었다. 나는 부족 사람들이 몹시 걱정되었다. 홍크파파 라코타 족 추장 앉은 소(타탕카 요탕카)의 야영장이 부근에 있다는 것을 나는 알고 있었다. 그래서 적의 포위망을 뚫고 탈출한 네즈퍼스 족 사람들이 지원 부대를 이끌고 올지도 모른다는 생각이 들었다. 그날 밤 전투에선 양측에 별다른 피해가 없었다.

바로 이튿날 아침, 나는 협정서를 들고 부족에게로 돌아왔다. 흰 깃발을 들고 왔다가 포로로 붙들려 있던 백인 관리도 그때까지 내 야영장에 머물고 있었다. 부족 사람들은 항복하는 것에 대해 의견이 갈라졌다. 부상당한 사람들과 아녀자들을 남겨 두고 떠난다면 우리는 곰 발바닥 산으로 달아날 수 있었다. 하지만 그렇게는 할 수 없었다. 우리는 부상당한 인디언이 얼굴 흰 자들의 손에 치료를 받았다는 얘기를 들어 본 적이 없었다.

네 번째 되는 날 저녁, 하워드가 작은 군대를 이끌고 내 친구였던 채프먼과 함께 나타났다. 우리는 이제 마음을 열고 대화를 나눌 수 있었다. 마일즈가 분명한 어조로 말했다.

"무기를 모두 버리고 나온다면, 당신들의 목숨을 살려 주겠소. 그리고 무사히 보호구역 안으로 보내 주겠소."

마일즈와 하워드 사이에 무슨 얘기가 오갔는지 알 수 없었다. 나는 부상당한 내 부족 사람들이 고통받는 것을 더 이상 지켜볼 수 없었다. 우리는 이미 많은 것을 잃은 상태였다. 마일즈는 우리가 남은 가축들을 데리고 우리의 땅으로 돌아가게 해 주겠다고 약속했다. 나는 우리가 다시 시작할 수 있다고 생각했다. 마일즈를 믿었다. 그렇지 않았다면 결코 항복하지 않았을 것이다.

우리를 라프와이 보호구역 안으로 보내 주겠다고 약속한 것에 대해 마일즈가 많은 비난을 받았다고 들었다. 하지만 당시 그에게는 다른 선택의 여지가 없었다. 그렇지 않았으면 우리는 지원 부대가 올 때까지 그들에게 저항했을 것이고, 지휘관이든 병사든 한 사람도 살아서 곰 발바닥 산을 빠져나가지 못했을 것이기 때문이다. 닷새 되던 날, 나는 마일즈에게 가서 총을 내려놓으며 말했다.

"하워드에게 내가 그의 마음을 알고 있다고 전하라. 그가 전에 내게 말한 것들은 모두 내 가슴에 남아 있다. 나는 싸우는 데 지쳤다. 우리의 추장들은 죽었다. 안경잡이도 죽었고, 투홀홀소테도 죽었다. 늙은이들은 모두 죽었다. 옳다 그르다 떠드는 것은 젊은이들뿐이다. 그 젊은이들을 이끌던 자도 죽었다. 날은 춥고 우리에게는 담요 한 장 없다. 어린 것들은 얼어 죽어 가고 있다. 몇몇 사람들은 산위로 달아났지만, 담요도 없고 먹을 것도 없다. 그들이 어디에 있는지 아무도 알지 못한다. 아마도 얼어서 죽어 가고 있을 것이다. 나는 내 아이들을 둘러보고 몇 명이나 살아남았는지 보고 싶다. 아마도 죽은 자들 속에서 그 아이들을 찾아야 할 것이다. 내 말을 들으라. 나는 지쳤다. 내 가슴은 슬픔으로 병이 들었다. 이제부터 태양이 떠 있는 그 어떤 곳에서도 나는 더 이상 싸우지 않을 것이다."

내 부족에게는 휴식이 필요했다. 우리는 평화를 원했다. 그들은 우리에게 마일즈 부대와 함께 혓바닥 강(텅 리버)으로 가서 봄이 올 때까지 그곳에 머물라고 했다. 그때가 되면 다시 우리의 땅으로 돌려보내 주겠다는 것이었다. 마침내 우리가 혓바닥 강으로 가는 것이 결정되었다. 우리는 그것에 대해선 아무 할 말이 없었다. 혓바닥 강에 도착했을 때 마일즈는 우리를 데리고 비스마르크로 가라는 명령을 받았다. 이유는 그곳에선 생필품을 더 싸게 구할 수 있기 때문이었다. 마일즈는 그 명령에 반대했다. 하지만 그는 말했다.

"당신들은 나를 비난해선 안 된다. 나는 약속을 지키기 위해 최선을 다해 왔다. 하지만 나를 지휘하는 대장이 이 명령을 내렸으며, 나는 그 명령에 따르든지 아니면 군복을 벗어야 한다. 그것은 당신들에게 좋을 게 못 된다. 내가 그만둔다 해도 다른 장교가 그 명령을 수행할 것이다."

할 수만 있었다면 마일즈가 자신의 약속을 지켰을 것이라고 나는 믿는다. 항복한 다음에 우리가 겪어야 했던 고난에 대해 그를 비난할 생각은 없다. 나는 누구에게 책임이 있는지도 알지 못한다. 우리는 천백 마리에 달하는 말들과 백 개가 넘는 안장들을 모두 빼앗겼으며, 그것들에 대해선 지금까지 들은 바가 없다. 누군가가 우리 말들을 다 가로챈 것이다.

마일즈는 우리 부족을 다른 장교에게 넘겼으며, 그가 우리를 비스마르크로 데려갔다. 우리를 새로 맡은 장교는 우리를 리븐워스 요새로 데려가라는 명령을 받았다. 리븐워스에 도착한 우리는 마실 물이라곤 강물밖에 없는 강 하구로 옮겨졌다.

우리는 평생 건강한 땅에서 살아왔다. 그곳에는 높은 산과 시원하고 깨끗한 물이 있었다. 그런데 우리가 옮겨 간 그곳은 전혀 그렇지 않은 곳이었다. 많은 사람들이 병들어 죽어 가기 시작했다. 우리는 그들을 그 낯선 땅에다 묻었다. 리븐워스에 있는 동안 부족 사람들을 보면서 내 가슴이 얼마나 많은 고통을 받았는가는 이루 말할 수가 없다. 저 위쪽에서 통치하고 있는 대추장 위대한 정령은 다른 쪽을 바라보기만 할 뿐, 우리 부족이 어떤 고통을 받고 있는가는 모르고 계신 듯했다.

태양이 내리쬐던 날, 우리는 우리의 땅으로부터 더 멀리 떨어진 곳으로 가라는 지시를 받았다. 그들은 우리의 의견 따위는 묻지도 않았다. 우리는 다만 열차에 올라타라는 명령을 받았을 뿐이다. 캔자스 주의 백스터 스프링스로 가는 도중에 세 명이 더 죽었다. 그런 곳에서 죽느니 차라리 산속에서 싸우다 죽는 편이 훨씬 나았다.

우리는 백스터 스프링스에서 또다시 인디언 보호구역 안으로 옮겨졌으며, 아무 천막도 없이 그곳에 정착했다. 약도 없었고, 우리 모두 병들어 있었다. 그곳으로 옮겨 간 이후에 70명이 목숨을 잃었다. 많은 사람들이 찾아와서 많은 방식으로 말을 했다. 워싱턴에서 온 어떤 백인 추장들은 우리가 살 땅을 마련해 주기까지 했다. 하지만 우리는 그곳으로 가지 않았다. 왜냐하면 그곳은 도저히 살 수 없는 형편없는 땅이었기 때문이다.

또 다른 장관 추장이 우리를 보러 왔다. 나는 언제나처럼 그에게 말했다. 마일즈가 한 약속을 지켜 달라고. 하지만 그는 말했다.

"그건 불가능한 일이오. 당신들이 살던 땅에는 이미 백인들이 살

고 있고, 땅도 다 나눠 가졌소. 당신들이 구불거리는 강으로 돌아
간다면, 그곳에선 평화롭게 살 수 없을 것이오. 전투를 시작한 당신
네 젊은이들은 법적으로 불리한 상태이고, 어떤 일이 벌어진다 해
도 정부는 당신들을 보호할 수 없을 것이오."

그 말은 무거운 바위처럼 내 가슴을 짓눌렀다. 나는 그에게 말을
해 봤자 아무것도 얻을 게 없음을 알았다. 또 다른 법률 추장(의회
의원)들이 찾아와 우리가 건강한 땅에서 살 수 있게 하겠노라고 약
속했다. 누구를 믿어야 할지 알 수가 없었다. 얼굴 흰 사람들은 너
무도 많은 추장을 갖고 있다. 그들은 서로를 알지도 못한다. 또 서
로 제각기 하는 말이 다르다.

그 장관 추장은 지금 살고 있는 곳보다 더 나은 곳을 찾아보자
며 나를 끌고 다녔다. 우리는 한 곳을 발견했는데, 그곳(오세이지 보
호구역 서쪽)은 그나마 지금까지 내가 그 지역에서 본 어떤 곳보다
나은 곳이었다. 나는 그곳이 마음에 들었다. 하지만 그곳은 건강한
곳이 아니었다. 산도 없고 강도 없었다. 물은 미지근했다. 가축을
기르기에 알맞은 곳도 전혀 아니었다. 내 부족이 그곳에서 살 수 있
을지 의문이었다. 나는 모두 죽을까 봐 두려웠다. 그 지역에서 살고
있는 인디언들도 다 죽어 가고 있었다.

하지만 나는 그 장관 추장에게 그곳으로 이주하겠다고 약속했
다. 그리고 백인 정부가 마일즈의 약속을 지킬 때까지 최선을 다해
견디겠노라고 말했다. 만족스럽진 않았지만 다른 도리가 없었다. 그
러다가 감사관 추장이 우리가 사는 곳을 찾아왔다. 우리는 긴 대
화를 나눴다. 그는 우리가 북쪽 산악 지대에서 살아야 한다고 말하
며 워싱턴의 대추장에게 편지를 쓰겠다고 말했다. 또다시 내 가슴
속에 희망이 일었다. 아이다호와 오리건의 산들을 볼 수 있을지도

모른다는 희망이.

　마침내 나는 내 친구 노란 황소와 통역자를 데리고 워싱턴으로 오라는 전갈을 받았다. 그래서 나는 이곳에 오게 된 것이다. 이곳에 올 수 있어서 나는 기쁘다. 나는 많은 훌륭한 친구들과 악수를 나눴지만, 몇 가지 설명이 안 되는 것들이 있다. 나는 이해할 수 없다. 어떻게 정부가 약속을 지키지도 않는 사람들을 우리와의 협상에 내보낼 수 있단 말인가. 그런 정부는 뭔가 잘못된 정부다.

　그리고 나는 이해할 수 없다. 왜 그토록 많은 백인 추장들이 각자 다른 방식으로 말을 하고, 서로 다른 수많은 약속을 늘어놓는가를. 나는 대추장(대통령)도 만났고, 두 번째 대추장(내무부 장관)도 만났으며, 다른 장관 추장, 법률 추장들도 만났다. 그들은 모두 우리의 친구라고 말하면서, 우리의 정의를 되찾아 주겠다고 약속했다. 하지만 그들의 입이 한결같이 옳은 것을 말하는 동안 내 부족 사람들을 위해선 아무것도 행해진 것이 없다.

　나는 그동안 수많은 말을 듣고 또 들었다. 하지만 아무것도 이루어진 것이 없다. 진심이 담겨 있지 않은 '좋은 말'은 결코 오래 가지 못한다. 좋은 말이 죽은 사람을 살려내진 못한다. 좋은 말이 얼굴 흰 사람들이 차지하고 있는 내 부족 땅을 되돌려 주진 못한다. 그것들이 내 아버지의 무덤을 보호해 주진 못한다. 내 부족의 말과 가축 떼를 보상해 주진 못한다. 좋은 말이 우리 자식들을 되돌려 주진 못한다. 당신들의 전투 추장 마일즈가 한 약속을 지켜 주진 못한다.

　좋은 말이 내 부족 사람들에게 건강을 되돌려 주어 그들을 죽음으로부터 건져 내진 못한다. 좋은 말이 내 부족 사람들을 고향으로 돌아가 그곳에서 평화롭고 스스로를 돌보며 살 수 있게 하지는 못한다. 아무 결과도 없는 '말뿐인 말들'에 나는 지쳤다. 그 많은 좋은 말들과 지켜지지 않은 약속들을 생각할 때마다 내 가슴엔 찬바람이 분다. 세상에는 말할 자격이 없는 사람들이 너무 많은 말을 떠들고 있다. 우리 인디언들은 적게 말하고 오래 듣는다. 말은 노래와 의식에서 중요한 역할을 한다. 대화를 할 때도 마찬가지다. 따라서 말을 아끼고, 필요할 때만 쓰는 것이 지혜로운 일이다.

얼굴 흰 사람들과 우리 인디언들 사이에 너무 많은 거짓, 너무 많은 오해들이 있어 왔다. 얼굴 흰 사람들이 인디언들과 평화롭게 살기 원한다면 그들은 그렇게 할 수 있다. 거기엔 아무런 문제가 없다. 다만 모든 사람을 똑같이 대하면 된다. 모두에게 똑같은 법을 적용하라. 모두에게 삶을 누릴 기회, 성장할 기회를 똑같이 주어야 한다.

모든 인간은 대추장이신 위대한 정령의 손으로 이 세상에 보내졌다. 그러므로 모두가 한 형제이다. 대지는 모든 인간의 어머니이며, 모든 인간이 대지 위에서 살아갈 동등한 권리를 갖고 있다. 자유롭게 태어난 사람을 울타리 안에 가두고서 그가 가고 싶은 곳으로 갈 자유를 막는다면 그 사람은 행복할 리 없다. 그 사람에게 행복을 강요한다면 강물을 거꾸로 되돌리려는 것처럼 어리석은 일이다. 말을 마구간에 매어 놓기만 한다면 그 말이 야생의 생명력을 갖겠는가? 인디언을 '보호구역'이라고 이름 붙인 비좁은 공간 안에 가두고 그곳에서 살기를 강요한다면 어떤 인디언도 행복하지 않을 것이다. 어떤 인디언도 삶을 누리지 못할 것이며, 성장하지 못할 것이다.

나는 몇몇 얼굴 흰 추장들에게 물은 적이 있다. 얼굴 흰 사람들은 자기들이 가고 싶은 곳으로 다 가면서 인디언들에게는 한 장소에서만 살라고 명령할 권한을 누구한테서 얻었느냐고? 그들은 아무 대답도 하지 못했다.

백인 정부에게 이 한 가지만 부탁하고 싶다. 모든 사람을 똑같이 대하라. 그리고 만약 우리 부족이 고향으로 돌아갈 수 없다면, 적어도 이토록 빨리 죽지 않는 곳에서 살게 해 달라. 나는 쓰디쓴 뿌리 골짜기로 가고 싶다. 그곳에선 나의 부족들이 건강할 것이다. 지금 있는 곳에선 모두가 죽어 가고 있다. 내가 그곳을 떠나 이곳 워싱턴으로 오는 사이에 세 명이 더 세상을 떠났다고 들었다.

우리 부족 사람들의 처지를 생각하면 나는 가슴이 무너진다. 얼굴 붉은 사람들은 언제나 천민처럼 대접받고, 여기저기 쫓겨 다녔으며, 짐승처럼 총에 맞아 죽었다. 나의 종족이 변화되어야 한다는 것을 나도 안다. 얼굴 흰 사람들이 가득한 이 세상에서 현재의 모습을 간직하기란 불가능하다. 다만 다른 사람들처럼 우리에게도 똑같이 삶을 누릴 기회를 달라고 요구하는 것이다.

나를 자유로운 사람이게 해 달라. 여행할 자유, 휴식할 자유, 일할 자유, 내가 원하는 장소에서 장사할 자유를 달라. 나의 영적 스승을 스스로 선택할 자유, 내 아버지들의 종교를 따를 자유, 내 자신을 위해 생각하고 말하고 행동할 자유를 내게 달라. 그러면 어떤 법이든 따를 것이다.

인디언들이 다른 사람을 대하듯이 얼굴 흰 사람들도 인디언을 똑같은 사람으로 대해야 한다. 그러면 더 이상의 전투는 없을 것이고, 모두가 한 하늘 밑, 한 대지 위의 형제가 될 것이다. 그때 우리를 내려다보는 대추장 위대한 정령께서도 미소를 지을 것이며, 비를 뿌려 대지에 얼룩진 핏자국을 씻어 보낼 것이다. 그렇게 될 날을 우리 얼굴 붉은 사람들은 기다리고 있다.

상처받은 여인, 상처받은 남자의 울음소리가 대추장 위대한 정령의 귀에 더 이상 들리지 않기를 나는 희망한다. 모든 종족이 인간이라는 바탕 위에 한 형제가 되기를.

지금까지 힌마투야랏케트가 자신의 부족을 위해 말했다.

*

아메리카 원주민들은 자신들이 오랜 세월 살아온 터전을 신성한 장소로 여겼다. 그들은 쉽게 손을 들어 성스러운 바위나 동굴, 나무, 언덕들을 가리켜 보일 수 있었다. 뿐만 아니라 강과 바람, 여덟 방향 등도 더할 수 없이 신성한 것이었다. 그들에게 신성하지 않은 것은 아무것도 없었다.

체로키 족 이야기에 따르면, 태초에 신은 얼굴 흰 사람에게는 돌을, 인디언에게는 은 한 덩어리를 주었다. 돌이 쓸모없다고 판단한 얼굴 흰 사람은 그것을 멀리 내던졌다. 마찬가지로 은이 쓸모없다고 여긴 인디언도 그것을 바닥에 던졌다. 훗날 백인들은 은을 물질적인 힘의 근원이라 여겨 호주머니에 넣었고, 인디언들은 돌을 신성한 힘의 근원이라며 소중히 여기게 되었다. 인디언들은 화폐 수단으로 백인들의 은 동전을 사용할 수밖에 없게 되었지만, 백인들은 평범한 돌에서 영적인 힘을 발견하는 인디언들의 감각을 끝내 이해하지 못했다. 그들은 돌뿐만 아니라 인디언들이 신성하게 여기는 모든 장소, 강과 공기까지도 더럽혔다.

1879년 한 위대한 인디언에게 매우 드문 기회가 주어졌다. 네즈퍼스 족의 지도자 조셉 추장(1840~1904)은 워싱턴 D. C.로 여행을 떠나 그곳의 의회 의원들 앞에서 자신의 부족들이 왜 백인 군대와 전투를 해야만 했는지 설명할 수 있었다. 여기에 실린 긴 연설이 바로 그것이다. 또한 그가 최후에 부족의 목숨을 건지기 위해 백인 군대에 투항할 때 한 짧은 연설도 여기에 포함했다.

하지만 의회 의원들은 귀머거리였으며, 조셉 추장은 다시는 자신의 고향 땅을 밟을 수 없었다. 그는 고향에서 멀리 떨어진 인디언 보호구역 안에 갇혀 지내다 쓸쓸히 세상을 떠났다. 그의 다섯 아이들도 어린 나이에 병으로 죽었다. 그의 생애 마지막 14년 동안 조셉 추장을 옆에서 지켜본 한 백인 의사는 그의 사인에 대해 이렇게 말했다.

"조셉 추장은 가슴에 상처를 입어 죽었다."

조셉 추장은 인디언이든 백인이든 모두의 마음속에 위대한 인디언 지도자로 기억되는 인물이다. 들소 사냥꾼이자 쇼 기획자였던 버팔로 빌은 그를 '미국이 탄생시킨 가장 위대한 인디언'이라고 말했다. 평생 동안 아메리카 인디언들의 사진을 찍어 온 에드워드 커티스(이 책에 실린 사진들이 그의 작품이다)는 조셉 추장을 '지상에 살았던 가장 훌륭한 인물'로 평가했다.

조셉 추장의 인디언 이름 힌마투야랏케트는 '높은 산으로 굴러가는 천둥(썬더 고잉 투 더 하이 마운틴)'이란 뜻이다. 그 이름에 얽힌 이야기가 있다. 그는 동굴에서 태어났는데, 그 시각에 한 무리의 말들이 골짜기 아래 물가에 모여 있었다. 그런데 그가 태어나자마자 말들이 갑자기 샛강을 가로질러 달려가며 천둥 같은 소리를 냈다. 그리고 그 소리는 그가 태어난 동굴이 있는 산 위쪽까지 굴러왔다. 그렇게 해서 그의 이름은 '높은 산으로 굴러가는 천둥'이 되었다.

그가 조셉 추장으로 불리게 된 것은 아버지 월로와가 기독교로 개종해 조셉이라는 이름을 받은 적 있기 때문이다. 힌마투야랏케트는 서른 살 무렵인 1871년 아버지 올드 조셉이 세상을 떠나자, 그 뒤를 이어 네즈퍼스 족 추장이 되었다. 그 후 그는 인디언들을 보호구역 안으로 밀어 넣으려는 백인들에 저항해 끝까지 싸운 것으로 유명하다.

네즈퍼스 족은 오리건 북동부에 있는 구불거리는 강(왈로와) 골짜기의 푸른 산(블루 마운틴)과 뱀 강(스네이크 리버) 사이에서 평화롭게 살던 원주민 부족이다. 그들의 원래 이름은 초푸니쉬인데, 초기 프랑스 상인들이 '코 뚫은 사람들'이란 뜻으로 네즈퍼스라고 이름을 붙였다. 하지만 그들이 코 장신구를 달지 않은 지는 벌써 오래된 일이었다. 그들은 구불거리는 강 유역에서 사슴과 영양, 산염소, 회색 곰 등을 사냥했고, 계절이 돌아오면 연어를 먹었다.

처음에는 백인 장사꾼들과 모피 상인들을 환영했지만, 점차 백인 이주민들이 늘어나 결국 인디언들의 땅을 다 차지했다. 여러 달에 걸친 투쟁과 이동 끝에 결국 네즈퍼스 족 인디언들은 자유의 땅 캐나다를 불과 50킬로미터 앞두고 붙잡혔으며, 지금의 오클라호마('얼굴 붉은 사람들'의 뜻)에 있는 보호구역 안으로 보내졌다. 그곳에서 많은 숫자의 인디언들이 말라리아와 더러운 물과 배고픔으로 목숨을 잃었다.

조셉 추장이 이끄는 네즈퍼스 족의 끈질긴 저항은 백인들의 역사책에도 기록될 정도로 유명하다. 그들은 백인 군대의 추격을 받으며 2,700킬로미터를 걸어서 이동했으며, 350명의 전사가 2천 명의 군대와 맞서 싸웠다. 11번의 대전투를 벌여 266명의 사상자를 냈다.

백인 장군 윌리엄 셔먼은 말했다.

"그 인디언들은 모두의 찬사를 받을 만큼 뛰어난 용기와 전투 실력을 발휘했다. 그들은 가능한 한 죽이는 것을 피했으며, 포로로 잡힌 여성들은 언제나 자유롭게 풀어 주었다. 평화로운 가정을 파괴하는 무차별적인 살인을 결코 저지르지 않았다. 그것은 그들에게는 상식에 속한 일이었으며, 그만큼 과학적인 전략을 가지고 전투에 임했다."

적이 되어 싸운 마일즈 장군도 인디언들이 '수백 명을 죽일 수 있었음에도 불구하고 뛰어난 기술적 전략으로 그것을 피했다.'라고 고백했다. 전투가 끝난 후 마일즈는 네즈퍼스 족의 문화를 보존하고 생계를 지원해 줄 것을 미국 정부에 탄원했다. 하지만 탄원은 묵살되었다.

조셉 추장은 조상들의 땅으로 자신의 부족이 돌아갈 수 있게 하기 위해 온갖 노력을 다했지만 끝내 백인들은 그의 청을 들어주지 않았다. 또한 인디언들에 대한 그의 영향력을 두려워한 백인들은 그를 멀리 워싱턴 주 콜빌 인디언 보호구역으로 강제 이송시켰다. 그곳에서 부족 사람들과 떨어져 19년을 지내면서 추장은 정부가 지어 준 집 대신 인디언 천막을 짓고 그 안에서 생활했다. 그리고 그 천막 안의 모닥불 곁에서 숨을 거두었다. 추장의 장례식 때 그의 조카 노란 늑대(옐로 울프)는 말했다.

"조셉은 죽었지만, 그가 한 말들은 죽지 않았다. 그가 한 말들은 영원히 살아남을 것이다."

그가 죽고 나서 20년 후 부족 사람들이 그의 유해를 고향땅 왈로와 호숫가로 옮겨, 그곳에다 최후의 안식처를 마련했다.

산꼭대기에 그들이 서 있다. 자부심 강하고 고귀한 붉은 얼굴을 한 사람들. 소위 문명은 저 아래 있다. 그것이 다가왔을 때 그들은 떠나야만 했다. 화살을 담요와 바꾸고, 발에는 딱딱한 신발을 신은 채로. 먹을 것조차 남지 않았다. 그들에게 생명을 주었던 들소 떼는 무자비하게 죽임을 당했다. 그들이 필요로 하는 모든 것을 대주던 어머니 대지는 거짓말과 탐욕, 지켜지지 않은 약속들이 가로채 갔다. 더 이상 자유롭게 방랑할 수도 없고, 부족은 그들의 성스러운 장소를 잃었다. 그들의 모국어조차 더 이상 들리지 않게 되었다. 얼굴 흰 사람들의 평화를 위해 그들은 모든 것을 포기해야만 했다. 너무도 많은 희생을 치러야만 했다. 그들의 집, 그들의 삶의 방식, 그들의 생명까지도. 하지만 저 산꼭대기에 그들이 서 있다. 아직도 자부심을 잃지 않고, 고귀한 붉은 얼굴을 하고서.

19세기 말 와바나키 족 추장 큰 천둥(베다기)은 기도했다.
'위대한 정령이여, 우리에게 이해할 수 있는 가슴을 주소서.
우리가 주는 것만큼만 대지의 아름다움을 가져가도록
욕심에 눈이 멀어 마구 파괴하지 않도록
대지를 아름답게 하는 일에 기꺼이 우리 일손을 빌려줄 수 있도록
우리가 사용할 수 없는 것은 대지로부터 빼앗지 않도록
우리에게 이해할 수 있는 가슴을 주소서.
대지의 음악을 파괴하는 것은 곧 혼란을 가져온다는 것을
대지의 얼굴을 엉망으로 만드는 것은 결국 우리의 눈을 멀게 해
아름다움마저 볼 수 없게 만든다는 것을
무분별하게 대지의 향기를 더럽히는 것은
집 안에 독한 냄새를 들여오는 것과 같다는 것을
우리가 대지를 보살필 때 대지가 우리를 보살핀다는 것을.
우리는 우리가 누구인지 잊었습니다.
우리는 오직 우리 자신의 안전만을 생각했습니다.
단지 우리 자신의 목적을 위해서만 대지를 착취했습니다.
우리는 우리가 가진 지식을 잘못 사용했습니다.
우리의 힘을 함부로 썼습니다.

위대한 정령이여, 당신의 메마른 대지가 목말라하고 있습니다.
우리로 하여금 당신의 대지에 새 생명을 불어넣을 수 있는
지혜로운 길을 발견하게 하소서.
당신의 아름다운 대지는 마구 파헤쳐져 흉한 모습이 되었습니다.
당신의 손으로 지으신 모든 것들에게
아름다움을 되돌려 줄 수 있는 길을 우리가 발견하게 하소서.
위대한 정령이여, 당신이 지으신 만물이 모두 파괴되었습니다.
그들을 되살릴 수 있는 길을 우리가 찾을 수 있게 하소서.
당신이 우리에게 주신 재능들은 이기심과 욕망에 물들었습니다.
우리의 인간성을 되찾을 수 있는 길을 발견하게 하소서.
위대한 정령이여, 바람 속에서 당신의 목소리를 듣습니다.
그 숨결로 세상에 생명을 주는 이여, 이 기도를 들으소서.
당신의 힘과 지혜가 필요합니다.
내가 아름다움 속에서 걸을 수 있게 하소서.'

우리는 그 관리에게 우리를 산속에 있는 우리 땅으로 돌아갈 수 있
게 해 달라고 부탁했다. 나의 부족은 소나무 숲이 있고 맑고 시원한
물이 흐르는 그곳에서 자랐다. 그곳에서 우리는 언제나 건강했다. 모
두가 먹을 식량이 풍부했기 때문이다. 얼굴 흰 군대가 우리를 이곳으
로 데려오기 전까지는 우리는 행복했다. 그런데 남쪽으로 옮겨 온 그
해에 우리들 중 많은 숫자가 목숨을 잃었다. 이곳은 우리에게 좋은 장

소가 아니다. 너무 덥고 먼지가 많으며 먹을 것도 충분치 않다. 우리는 산속에 있는 우리 고향으로 돌아가고 싶다. 당신들이 우리를 되돌려 보낼 권한이 없다면 우리가 직접 워싱턴으로 가서 사정을 설명할 수 있게 해 달라. 또 한 해를 이곳에서 보낼 수는 없다. 우리는 지금 당장 떠나고 싶다. 또 한 해가 가기도 전에 우리 모두 죽을지도 모른다. 그렇게 되면 북쪽으로 떠날 사람은 아무도 남지 않게 될 것이다.

어린 늑대(리틀 울프)_북부 샤이엔 족

   당신들은 우리가 살고 있는 나라에 와서 작은 땅에다 금을 긋고는 대통령이 우리에게 준 선물이라면서 우리더러 그 안으로 들어가 살라고 말한다. 붉은 강(레드 리버)에서 콜로라도에 이르기까지 이 나라 전체가 세세토록 우리의 땅인 걸 모두가 알고 있는데도 말이다. 하지만 당신들의 대통령이 한 번 그렇게 말하면 우리는 원하든 원하지 않든 강제로 그 좁은 울타리 안으로 쫓겨 들어가는 수밖에 없다.

샤나코_페나테카 족

   얼굴 흰 정복자들이 와서 이 나라 전체에 우후죽순처럼 자신들의 집을 짓고 있다. 이제는 이 나라가 우리에게 속한 것인지 아닌지조차 판가름하기 어렵다. 우리가 알고 싶은 것은 이것이다. 당신들의 얼굴 흰 대추장은 우리의 땅을 거저 빼앗으려는 속셈인가, 아니면 조약을 맺을 때 약속한 대로 땅값을 치를 생각인가? 그는 말했었다.

   "이곳에는 사냥감도 없고, 우리가 당신들을 포위하고 있다. 여기저기 흩어져 살면 당신들은 학교도 가질 수 없고, 농사도 지을 수 없다. 당신들은 빚도 졌으며, 해마다 연금이 필요하다. 우리가 당신들에게 그토록 많은 것을 줄 텐데, 떠나지 않겠는가?"

우리는 그 제의를 매우 친절한 것으로 받아들이고, 그렇게 하겠다고 동의했다. 그렇게 해서 우리가 갖게 된 것이 무엇인가? 우리는 조상의 흰 뼈가 묻혀 있는 우리의 땅을 갖고 있지도 못할 뿐더러, 그 어떤 것도 받지 못했다. 그러니 어쩌면 좋단 말인가?

어린 까마귀(타오야테두타)_다코타 족

우리 인디언들의 마음속에 약속은 영원한 단어이다. 약속을 어기는 것이 더 편리할 때가 종종 있다. 하지만 한 번 약속을 어기면 또다시 어기게 되고, 결국 아무것도 지켜지지 않는다는 것을 우리는 잘 안다.

인디언 결의 선언문에서_1961년 북미 인디언 시카고 회의

멀리, 멀리 사라져 갔다. 베어 넘겨진 나무들과 함께 삶의 의미까지도! 다시는 돌아오지 못할 그것들이!

검은 새(프란시스 아시키나크)_오타와 족

이쪽 바다에서 저쪽 바다 끝까지 이 드넓은 대륙 전체를 손에 넣고 마음대로 돌아다니며 자신들이 원하는 곳에서 살 수 있는 얼굴 흰 사람들은 아마도 모를 것이다. 우리가 이 비좁은 곳에서 얼마나 답답하게 살고 있는지. 하지만 우리 기억 속에는 지금 당신들이 자랑스럽게 미국이라고 부르며 돌아다니는 이 땅 구석구석이 불과 얼마 전까지만 해도 우리 얼굴 붉은 사람들의 것이었다는 사실이 생생하게 살아 있다. 당신들도 그것을 잘 알 것이다. 위대한 정령이 이 나라를 우리에게 주었으며, 그분의 모든 부족이 살 수 있을 만큼 충분히 넓었다. 모두가 자유롭고 행복하게 살았었다.

얼굴 흰 사람들은 우리가 알지 못하는 어떤 방식으로 우리가 배우

지 못한 것들을 배웠다. 그것들 중에는 월등히 좋은 도구들과 강력한 무기들이 있어서 활과 화살로는 이겨 낼 수가 없었다. 그리고 바다 건너 다른 땅에서 밀려오는 사람들의 숫자가 끊이질 않는다. 그 결과 우리의 아버지들은 끝없이 내몰리거나 죽임을 당했다. 한때 강력했던 부족의 후손인 우리들은 실제로는 모두 우리의 것인 이 땅의 작은 구석에 갇혀 살고 있다. 마치 죄지은 죄수들처럼, 총을 들고 우리를 죽이지 못해 안달하는 군인들의 감시를 받으면서.

와샤키_쇼쇼니 족 추장

　

오 태양이여, 그대는 영원하리.
그러나 우리 카이첸코는 죽어야 한다.
오 대지여, 그대는 영원하리.
그러나 우리 카이첸코는 사라져야 한다.

사탕크_카이오와 족 추장

　

우리의 땅은 당신들의 돈보다 더 소중하다. 대지는 영원한 것이다. 그것은 불길에 의해서도 멸망하지 않는다. 태양이 빛나고 강이 흐르는 한 대지는 인간과 동물에게 생명을 줄 것이다. 우리는 인간과 동물의 생명을 돈 받고 팔 순 없다. 따라서 우리는 이 땅을 팔 수 없다. 당신들은 돈을 셀 수 있고, 들소가 머리를 한 번 끄덕이는 사이에 그것들을 태워 버릴 수도 있다. 하지만 오직 위대한 정령만이 모래알의 숫자와 이 평원에 자란 풀줄기들의 숫자를 헤아릴 수 있다. 우리가 가진 것 중에 당신들이 가져갈 수 있는 것이면 무엇이든 가져가도 좋다. 그것이 우리가 당신들에게 주는 선물이다. 하지만 땅은 절대로 안 된다.

북부 블랙푸트 족 추장, 19세기

우리에게 돈은 아무 가치가 없다. 우리들 대부분은 돈이라는 것을 알지도 못한다. 그러므로 당신들이 아무리 꼬드겨도 우리는 아내와 자식들을 먹여 살리는 땅을 절대로 팔 생각이 없다. 우리는 다만 당신네 이주민들이 하루속히 이곳을 떠나 평화를 되찾기만 바랄 뿐이다. 우리가 보기에 얼굴 흰 이주민들은 찢어지게 가난한 것 같다. 그렇지 않다면 온갖 고난을 무릅쓰고 오하이오에서 이곳까지 살러 오지는 않았을 것이다. 그러니 우리에게 주겠다는 그 큰돈을 그 이주민들에게 나눠 주라. 당신들이 주려고 하는 땅 대신에 그들은 그 돈을 얼른 받아 챙길 것이다.

인디언들이 1793년에 보낸 편지_캐나다 7개 부족 연맹

형제들이여, 우리 조상들이 이루어 놓은 것들은 충분히 자랑할 만하다. 하지만 이제 나는 슬픈 눈으로 우리 고귀한 종족이 쇠퇴해 가는 것을 바라본다. 한때는 전사들의 외침소리와 얼굴에 물감 칠한 인디언들의 모습만 봐도 얼굴 흰 자들이 공포에 떨기에 충분했다. 그때는 우리의 아버지들이 강했고, 그들의 힘이 이 아메리카 대륙 전체에서 널리 인정받았다. 그러나 흰 피부를 가진 종족의 교활함과 탐욕에 의해 우리는 점차 세력을 잃고 무너지기 시작했다. 그리고 이제는 우리의 땅에 살면서, 우리의 밭을 일구고, 우리의 물을 마시며, 우리 아버지들의 뼈와 하나가 될 수 있기를 하나의 은혜처럼 갈망하는 처지가 되었다. 여러 번의 겨울 전, 우리의 지혜로운 조상들은 흰 눈을 한 큰 괴물이 동쪽에서 와서 이 땅을 다 집어삼킬 것이라고 예언했었다. 그 괴물이 바로 얼굴 흰 자들이며, 그 예언이 이제 다 실현되어 가고 있다. 그 현자들은 그들의 자식들에게 부족이 힘을 잃고 약해졌을 때 네 개의 뿌리를 가진 나무를 심으라고 일렀다. 북쪽, 남쪽, 동쪽, 서쪽

으로 가지를 뻗은 나무를. 그런 다음 그 그늘 아래 모여 조화 속에서
함께 살라고 말했다. 내가 심는 이 나무가 바로 그 장소가 될 것이다.
이제 우리는 이곳에 모여, 이곳에서 살고, 이곳에서 죽으리라.

오노사_부족 미상

할아버지여,

부서져 버린 우리를 보소서.

모든 창조물 중에서 오직 인간만이

성스러운 길에서 벗어났음을 우리는 압니다.

오직 인간만이 서로를 나눈 채

살고 있음을 우리는 압니다.

다시 하나로 돌아가

성스러운 길을 걸어야 함을 우리는 압니다.

할아버지여, 성스러운 이여,

우리에게 사랑과 자비와 존중심을 가르쳐 주소서.

우리가 이 대지를 치료하고

서로를 치료할 수 있도록.

오지브웨 족 기도문

평원에서 생을 마치다

열 마리 곰(파라와사멘)
얌파리카 코만치 족

오늘 이곳에서 당신들을 만나니 내 가슴은 기쁨으로 날아오를 듯하다. 마치 대지 위에 봄이 찾아와 눈 녹은 물이 시내를 가득 채우듯이. 또한 한 해의 시작에 새 풀이 자라나 망아지들이 기뻐하듯이……. 당신들이 온다는 소식을 여러 날 전부터 들었지만, 우리는 가난하기에 이렇게 누추한 자리밖에 마련하지 못함을 너그러이 이해해 달라.

당신들이 나와 나의 부족 사람들에게 많은 혜택을 주기 위해 이곳에 온다고 들었다. 나는 영원히 지속될 그런 좋은 선물을 원한다. 그렇기 때문에 당신들을 바라보는 내 얼굴이 기쁨으로 빛나고 있는 것이다.

나의 부족은 얼굴 흰 사람들에게 먼저 화살을 당기거나 총을 쏜 적이 한 번도 없다. 당신들과 우리들 사이에 줄곧 다툼이 있어 왔고, 나의 젊은이들은 전사의 춤을 추었었다. 하지만 한 번도 우리가 먼저 시작한 적이 없다. 맨 먼저 병사들을 보낸 것은 당신들이었고, 우리는 그다음에 보냈을 뿐이다.

두 해 전 우리는 들소들을 따라 이 길 쪽으로 왔다. 우리의 아내와 아이들은 볼이 통통해지고 몸의 냉기를 물리칠 수 있기를 기대했다. 그런데 당신네 병사들이 다짜고짜 우리에게 총질을 해 댔다. 그때 이후로 천둥소리 같은 소음들이 끊이질 않았고, 우리는 어디로 가야 할지 알 수가 없었다.

슬픔은 그것으로 끝나지 않았다. 파란 군복을 입은 병사들이 모두가 잠든 한밤중에 쳐들어와서는 모닥불을 피우듯 우리의 천막에 불을 질렀다. 그들은 동물을 사냥하는 대신 나의 용감한 젊은이들을 죽였다. 부족의 전사들은 죽은 자들을 위해 머리를 짧게 잘랐다. 얼굴 흰 자들은 우리의 천막 안에다 말할 수 없는 슬픔을 몰아넣었다. 우리는 암소를 잃은 들소들처럼 밖으로 뛰쳐나갔다. 백인 병사들을 보자 우리는 순식간에 그들을 무찔렀고, 그들의 머리를 우리 천막에 매달았다.

우리 코만치 인디언들은 허약하지 않다. 그 어떤 부족보다 강하다. 또한 난 지 열흘밖에 안 되는 강아지처럼 눈이 어둡지도 않다. 코만치 족은 야생마처럼 강하고 들판 멀리까지 볼 줄 안다. 우리는 얼굴 흰 자들의 길을 빼앗고 그 길로 걸어갔다. 얼굴 흰 자들의 여인네들은 울부짖었고, 우리의 여인들은 웃었다.

나는 이 대지의 풀들이 사람이 흘린 피로 물드는 것을 원하지 않는다. 나는 이 대지가 순수하고 순결하게 남아 있기 원한다. 따라서 누구든지 평화롭게 우리 부족과 만날 수 있고, 평화롭게 헤어질 수 있다.

그런데 오늘 당신들이 우리에게 한 말에 대해 나는 실망감을 감출 길이 없다. 그것은 설탕처럼 달지 않고 조롱박처럼 쓰다. 당신들은 우리더러 보호구역 안으로 옮겨 가서 살라고 한다. 그곳에 집을 짓고 보건소를 세우라고 한다. 우리는 그런 것을 원하지 않는다. 나는 드넓은 평원에서 태어났다. 이곳에선 바람이 자유롭게 불고 햇빛을 가로막을 것이 아무것도 없다. 가로막힌 것 없고 끝없이 자유의 숨을 들이쉴 수 있는 이곳에서 나는 태어났다. 나는 이곳에서 죽고 싶을 뿐, 벽 속에 갇혀 죽고 싶지 않다.

이곳 평원의 모든 강물 줄기와 나무들을 나는 알고 있다. 이곳에서 들짐승을 사냥했고, 그들과 함께 살았다. 나 이전에 살다간 나의 아버지들처럼 나는 살았고, 나 또한 그들과 다름없이 행복했다.

내가 워싱턴의 얼굴 흰 대추장을 만났을 때 그는 모든 코만치 족의 땅은 다 우리의 것이며 아무도 우리를 방해하지 않을 것이라고 장담했다. 그런데 왜 당신들은 우리더러 이 강과 이 태양, 이 바람을 떠나 울타리 안에 갇혀서 살라고 요구하는가? 우리는 길들인 양을 위해 야생의 들소 떼를 포기할 수는 없다. 우리의 젊은이들은 그 얘길 듣고 슬픔과 분노에 젖었다. 더 이상 그런 말은 꺼내지도 말라.

당신들 얼굴 흰 사람들이 침입해 오지 않았다면 우리는 늘 평화로웠을 것이다. 당신들은 지금 우리에게 큰 것을 버리고 작은 것을 선택하라고 말한다. 그럴 수는 없다. 당신들은 이 평원의 무성한 식물들과 삼림을 다 차지해 버렸다. 우리에게는 당신들이 대지 위의 모든 것, 숲과 새, 강과 나무, 심지어 공기까지도 미워하는 듯이 보인다.

우리가 아직도 그것들을 갖고 있다면……. 하지만 이미 늦었다는 것을 우리는 안다. 우리가 사랑하던 대지는 얼굴 흰 자들의 손에 들어가 있고, 우리는 다만 죽을 때까지 이 평원 위에서 방랑하다가 생을 마치게 되기를 바랄 뿐이다.

당신들이 내게 말한 좋은 것들을 나는 잊지 않을 것이다. 그것을 언제나 가슴속에 간직하고, 위대한 정령의 이름과 함께 자주 내 입에 올릴 것이다.

*

전사라기보다는 시인에 더 가까웠던 열 마리 곰(텐 베어즈, 파라와사멘. 1790?~1872)은 코만치 족 인디언들 사이에서 가장 큰 영향력을 지닌 지도자였다. 그는 부족의 대표자로서 1867년 캔자스 주의 메디신 로지에서 백인들과의 조약에 서명했다. 이 연설은 바로 그 자리에서 백인 장교이자 사업가인 윌리엄 테쿰세 셔먼에게 한 것이다. 아라파호 족, 샤이엔 족, 카이오와 족, 코만치 족, 평원 아파치 족을 포함해 4천 명의 인디언들이 그 자리에 모여 아메리카 인디언 역사에 길이 남을 이 연설을 경청했다. 짧지만 이 연설은 자유를 갈망하는 인간의 심오하고 우아한 연설로 평가받으며, 불의에 항복하기를 원하지 않았던 한 인간의 애절한 토로이다.

코만치 족('언제나 싸우려고 덤비는 자들'이란 뜻)은 지금의 캔자스 주와 텍사스 지역을 방랑하며 사냥을 위주로 생활했다. 그들은 아메리카 원주민들을 통틀어 가장 뛰어난 말타기 명수들이었으며, 남서부 대평원에서 따를 자가 없는 강력한 부족이었다. 그들은 수백 년 동안 이 대평원을 지배했으나 강력한 무기와 계략을 가진 셔먼의 군대에 무너졌다. 조약은 동등하지 않았다. 셔먼은 코만치 족에게 평원을 포기하고 오클라호마의 보호구역으로 이주하라고 명령하며 말했다.

"당신들이 태양과 달을 멈출 수 없는 것처럼 이 명령은 중지시킬 수 없다. 항복하고 최선을 다해 떠나라."

조약이 이루어지고 4년 후 열 마리 곰은 세상을 떠났으며 코만치 족은 보호구역으로 가축 떼처럼 떠밀려 갔다.

어려서부터 인디언들 사이에서 자란 백인 처녀 주먹 쥐고 일어서(스탠즈 위드 어 피스트)와 결혼해 인디언 전사로 변신한 백인 병사 존 듀발의 이야기를 다룬 영화 〈늑대와 함께 춤을〉의 배경이 바로 이 코만치 족 사회이다. 그 영화의 후속 이야기에서 백인들은 결국 열 마리 곰의 마을을 덮쳐 부족의 절반을 죽이고, 주먹 쥐고 일어서와 그녀의 어린 딸을 '야만인들로부터 구출'했다.

세상이 창조된 이후 대대로 그렇게 살아왔듯이, 바람이 자유롭게 부는 막힌 곳 없는 그곳에서 자신의 부족이 언제까지나 행복하게 살기를 바란 열 마리 곰의 간절한 희망과는 달리, 이 메디신 로지 조약에 의해 부족 사람들 모두 오클라호마의 보호구역 안에 갇힌 자유 잃은 신세가 되고 말았다. 옛날의 영광은 아득히 먼 것이 되었다. 현재 코만치 족 인구는 15,000명을 넘지 않는다.

미국을 중심으로 한 고고학자들에 따르면 지금으로부터 1만 년에서 2만 년 전 사이에 작은 무리의 아시아 인들이 걸어서 베링해협을 건너 알래스카로 이주해 왔다. 그 무렵은 아직 빙하기였기 때문에 육지와 물이 많이 얼고 해수면이 낮아서 시베리아와 알래스카가 육지로 연결되어 있었다. 맘모스나 땅나무늘보, 자이언트 들소 같은 동물들의 사냥에 의존해서 살아가던 이 아시아 인들은 사냥감들을 따라 해협을 건너게 되었고, 북미 대륙을 거쳐 중남미까지 내려갔다. 이것이 '인디언들은 어디서 왔는가'에 대한 모범 답안이다.

50년 전만 해도 미국 교과서는 아메리카 원주민들이 베링해협을 건너온 것은 불과 2천 년 전이라고 가르쳤다. 인디언들의 장구한 역사를 무시하고, 그 대륙에 '조금 늦게' 도착한 유럽 인들과 별 차이가 없는 이주민임을 강조하려는 의도였다.

하지만 고고학자들이 우연찮게 인디언 유적지를 발굴하면서 조금씩 시대가 거슬러올라가기 시작했다. 처음에는 5천 년에서 1만 년 전 사이로 연대가 바뀌었다. 1950년대 말에는 멕시코 인 고생물학자 후안 알멘타가 멕시코 푸에블로 근처에서 다량의 석기 연장들과 동물뼈를 발견했다. 동물뼈에는 사냥하는 장면이 새겨져 있었고, 부근에서는 인간의 생활 흔적을 보여 주는 또 다른 증거들이 발견되었다. 그 뼈와 도구들은 놀랍게도 최소한 2만 7천 년 전의 것으로 밝혀졌다. 이것은 베링해협이 육지로 연결되기 전에 이미 아메리카 대륙에 인간이 살고 있었음을 말해 주는 것이었다.

오늘날 서양의 고고학자들은 인디언들이 아메리카 대륙에 등장한 것은 약 4만 년 전의 일이라는 설을 받아들인다. 하지만 아직도 그 연대는 계속해서 바뀌고 있는 중이다. 세계적인 고고학자이며 인류학자인 루이스 S. B. 리키는 뉴멕시코 주 박쥐 동굴(배트 케이브)에서 원시적인 형태의 돌 연장을 발견했다. 그것은 화살촉이나 창끝으로 쓰이는 돌을 뾰족하게 다듬기 위한 것으로, 리키 박사는 그 돌 연장이 적어도 4만 년 전, 혹은 10만 년 전의 것일 수 있다고 추정한다. 그는 캘리포니아 칼리코 힐즈에 있는 유적지에서 또 다른 증거물들을 발견했는데, 그것들은 아메리카 원주민들이 그 대륙에서 적어도 20만 년, 혹은 50만 년 전부터 살아왔음을 말해 주는 것들이었다.

고고학자 제프리 굿맨은 캘리포니아 서니베일에서 발견된 인간 두개골을 조사한 결과, 현생 인류는 북아메리카 대륙에서 독자적으로 진화했으며 결과적으로 아시아 지역까지 건너갔다는 사실을 밝혀냈다. 물론 대부분의 고고학자들은 이 주장을 받아들이지 않았다. 하지만 뜻밖에도 혈액 검사를 통한 연구가 그 증거를 제시했다. 아메리카 인디언들은 지구상에서 가장 순수한 형태의 A형, B형, O형의 혈액을 갖고 있는 것이 밝혀진 것이다. 그것은 이동에 의해 인류의 피가 뒤섞이기 전에 이미 아메리카 대륙에 인간이 살고 있었음을 말해 주는 증거다.

인디언들의 창조 설화와 신화들도 이를 뒷받침하고 있다. 그들의 이야기 어디에도 아득한 조상이 바다 건너 다른 대륙에서 왔다는 내용은 존재하지 않는다. 이야기들은 한결같이 말하고 있다. 태초 이래로 아메리카 대륙은 단 한 번도 무인 지대였던 적이 없으며, 그곳 대지의 자궁에서 얼굴 붉은 인간이 탄생했다고.

인디언들은 묻는다.

"백인들은 우리가 빙하기 때 베링해협을 건너 아시아에서 이곳으로 이주해 왔다고 말한다. 그런데 왜 그 반대는 생각하지 않는가? 왜 우리가 아메리카 대륙에서 빙하기 때 아시아 지역으로 퍼져 나갔다고는 생각하지 않는가?"

테톤 수(라코타) 족 출신의 서 있는 곰(루터 스탠딩 베어)은 부족의 기원에 대해 이렇게 말했다.

"우리의 전설은 수백만 년 전에 이 대평원 한가운데의 흙에서 첫 번째 인간이 솟아나왔다고 말한다. 그 이야기에 따르면 아득한 옛날 어느 아침, 한 인간이 잠에서 깨어 태양을 마주보며 흙에서 솟아났다. 처음에는 그의 머리만 보였을 뿐, 나머지 몸은 아직 형성되기 전이었다. 그는 주위를 둘러보았으나 산도, 강도, 숲도 없었다. 사방에 오직 부드럽게 출렁이는 진흙뿐이었다. 그 당시는 대지 자체가 아직 어렸기 때문이다.

계속 흙 위로 솟아오른 그 최초의 인간은 마침내 달라붙는 진흙으로부터 자신의 몸을 해방시킬 수 있었다. 그리하여 대지 위에 우뚝 설 수 있었다. 하지만 흙이 단단하지 않았기 때문에 그가 내디딘 첫 번째 몇 걸음은 매우 더딜 수밖에 없었다. 해가 내리쬐어서 그는 얼굴을 계속 해 쪽으로 향하고 있었다. 그러는 사이 햇빛이 지구 표면을 굳게 했으며, 그는 자유롭고 행복한 존재가 되어 사방을 뛰어다닐 수 있게 되었다.

그 최초의 인간으로부터 라코타 족이 생겨났으며, 우리가 기억하는 한 우리 부족은 대대손손 이 평원에서 탄생하고 이곳에서 죽음을 맞이했다. 유럽 인들이 밀려오기 전에는 다른 어떤 종족도 우리들 사이에 끼어들지 않았다. 따라서 이 대평원은 라코타 족의 땅이었다. 우리는 이곳의 흙이며, 이곳의 흙이 곧 우리 자신이다. 이 흙 위에서 우리와 함께 살아가는 새와 짐승들을 우리는 사랑했다. 그들은 우리가 마시는 물을 함께 마시고, 우리가 숨 쉬는 공기를 함께 숨 쉬었다. 자연 속에서 우리 모두는 하나였다. 그런 믿음을 잃지 않았기 때문에 우리의 가슴속에는 생명 가진 것들, 성장하는 것들에 대해 샘솟는 친절함과 크나큰 평화가 간직되어 있었다."

아메리카 원주민들의 기원과 유래에 대해서는 어처구니없을 만큼 학설이 제각각이다. 1600년대에 한 유태인 탐험가는 남미 대륙을 여행한 뒤, '아메리카 원주민들은 구역 성서에 나오는 사라진 유태인 지파'라고 주장했다. 그 후 2백 년 동안 유럽 인 대부분이 이 근거 없는 주장을 사실로 받아들였다. 이번에는 이집트 인들이 갈대 배를 타고 신세계를 여행한 뒤, 아메리카 원주민들은 이집트 인들의 후손으로 바뀌었다. 멕시코에 있는 피라미드들과 거대 도시 유적군 때문이었다.

어떤 학자는 고대 페니키아의 상인들이 바다에서 풍랑을 만나 방향을 잃은 후 중앙아메리카에 도착해 원주민이 된 것이라고 주장했다. 아일랜드의 수도승들이 일찍이 아메리카 대륙으로 건너가 그곳의 미개한 토착민들에게 자연주의 사상을 심어 준 것이라는 학설도 등장했다.

사라진 대륙 아틀란티스의 주민들이었다고 주장하는 이들도 있다. 아틀란티스는 수천 년 전에 파괴되어 바닷속에 가라앉았는데, 그 생존자들이 남아메리카로 건너가 인디오가 되었다는 것이다. 어떤 이들은 그 주장에 반대하며, 태평양에 위치해 있다가 마찬가지로 바다에 가라앉은 무대륙의 후손들이 바로 그들이라고 주장한다. 뉴에이지 학파의 저자들은 시리우스와 오리온 성좌에서 온 외계 문명인들이 인디언들에게 필요한 지식을 전수했다고 단언한다. 얼굴 생김새와 몇 개의 언어가 비슷한 것으로 보아 한반도에서 건너간 민족임이 틀림없다고 주장하는 이도 있다.

이 모든 주장들에 대한 어떤 근거도 존재하지 않는다. 하지만 그런 주장들의 배경에는 한 가지 편견이 자리 잡고 있다. 무지한 야만인에 불과한 인디언들이 독자적으로 아메리카 대륙에서 탄생해 그토록 고상한 철학과 조화로운 사회를 이룩하기는 불가능하다는 것이다.

아메리카 인디언들 자신은 말한다. 자신들은 태초부터 이곳에 있었다고. 어디서도 오지 않았으며, 이 대지와 함께 이곳에서 태어났다고.

세상이 창조될 때 위대한 정령은 아메리카 대륙의 얼굴 붉은 자식들에게 다음과 같은 신성한 가르침을 주었다.

'어머니 대지와, 그곳에 사는 서로 다른 사람들을 잘 보살피라.

어머니 대지와 모든 생명체들을 존중하라.

모든 생명에 대해 마음 깊은 곳으로부터 감사하라. 우리가 살 수 있는 것은 그 모든 생명 덕분이다.

사랑하고, 그 사랑을 표현하라.

겸손하라. 겸손은 지혜와 이해의 선물이다.

친절하라. 자기 자신과 다른 사람들에게.

나누라. 자신의 느낌과 관심사들까지도.

정직하라. 자기 자신과 다른 사람들에게.'

당신들은 우리가 이곳에서 6만 년 전부터 살아왔다고 말하지만, 사실은 훨씬 더 오래 되었다. 우리는 시간이 시작되기 전부터 이곳에 있었다. 세상을 창조한 우리 조상들의 꿈의 시대에서 우리는 곧바로 나왔다. 그때부터 우리는 첫 번째 날과 똑같은 모습으로 이 대지에서 살아왔고 이 대지를 지켜 왔다.

오네이다 족의 어른

여기는 치리카후아 아파치 족의 나라이다. 이 나라는 태초부터 치리카후아 아파치 족에게 속한 나라이다. 산과 골짜기, 낮과 밤도 치리카후아 아파치 족에게 속한 것들이다. 가장 늙은 인디언이 기억하는 오랜 옛날부터 그러했으며, 그보다 앞선 세대의 가장 늙은 인디언의 기억 속에서도 그러했다.

코치세(섬꼬리풀 같은 사람)_치리카후아 아파치 족

이 새롭게 창조된 세상! 그것을 바라보는 것은 얼마나 즐거운가.

인디언 노래_위네바고 족

우리는 불이면서, 동시에 꿈이다. 우리는 이 어머니 대지 위에 나타난 미아혜윤, 완벽한 우주의 육체적 표현이다. 우리는 이곳에 경험하기 위해 왔다. 우리는 수백만 번의 계절 속의 손짓 하나, 수백만 번의 태양 속의 눈짓 하나이다.

불개(파이어 독)_샤이엔 족

큰 섬(북아메리카)에서의 우리의 역사는 그 무엇과도 비교할 수 없고, 그 무엇에도 뒤지지 않는다. 우리들 각자는 이 아름다운 대지의 원주민으로서 고개를 높이 쳐들고 자랑스럽게 말할 수 있다. '나는 인디언이다'라고. 자연과 조화를 이루고 위대한 정령의 법칙에 따라 사는 스토니 족의 철학은 미래에 이 큰 섬에서 살게 된 많은 종족, 문화, 언어들의 중요한 주제가 될 것이다.

존 스노우_스토니 족

우리는 우리의 조상들, 그리고 우리의 아이들과 하나다. 우리는 대지와 동물들과 하나다.

로시타 월_알래스카 틀링기트 족 천둥새 지파

내가 관찰한 바로는 당신들의 관점에서는 군대를 갖는 순간, 그것은 역사가 된다. 군대가 만들어지기 전에는 모든 것이 신화, 설화, 전설, 우화, 구전 문학 등으로 분류된다. 군대가 도착하는 순간부터 비로소 역사가 시작되었다고 여기는 것이다. 따라서 당신들은 우리 땅에 군대를 끌고 와서는, 그 이전의 것은 전부 전혀 역사가 아니라고 우긴다.

파울라 건 알렌_라구나 푸에블로 족

인디언들에게 가장 큰 상처가 되는 것은 우리의 옷을 아름답다고 칭찬하면서 그 옷을 입는 사람들은 이제 더 이상 세상에 존재하지 않는 것처럼 여기는 것이다.

리고베타 켄추_퀴체 마야 족

이제 우리는 발전이 무엇을 의미하는가를 이해하게 되었다. 그것은 자연을 인공적인 기술로 완전히 대체하는 것이다. 진보란 몇몇 선택된 사람들에게 삶의 편리를 제공하기 위해 진정한 세계를 파괴하고 그 자리에 기술 문명을 건설하는 일이다. 인디언들이 대지를 활용하는 방법과 얼굴 흰 사람들이 대지를 이용하는 방법에는 분명한 차이가 있다. 인디언들은 대지와 함께 살았다. 하지만 얼굴 흰 사람들은 대지를 파괴한다. 그들은 이 어머니 지구를 망가뜨린다.

바인 델로리아 주니어_서 있는 바위 수 족

때로 나는 얼굴 흰 사람들이 우리에게 돈에 대해 가르쳐 주지 않았으면 얼마나 좋았을까 하고 생각한다. 우리는 자연 속에 모든 것을 갖고 있었다. 그런데 이제 그들은 우리를 게으르다고 비난하면서 우리에게 정부 보조금을 지급한다. 하지만 나는 말한다.
"우리에게 돈을 가르쳐 준 것이 누구인가?"
그것은 얼굴 흰 사람들이다.

마거릿 시월레이스_눅소크(벨라 쿨라) 족

당신들의 땅인 어머니 대지가 죽어 가면, 당신들은 서서히 영적인 죽음을 맞이하게 된다.

캐리 댄_서부 쇼쇼니 족

심지어 막대기와 돌멩이까지도 우주를 가득 채우고 있는 신비한 힘의 표현이며, 그 자체로 영적인 본질을 지니고 있다.

수 족 인디언들의 격언

그 시절에 우리 부족은 강인했다. 겨울에 얼음 구덩이에 빠지면 그곳에서 기어나와 젖은 옷을 벗고 맨몸을 눈 위에 한 바퀴 굴린 뒤, 눈으로 몸을 문질러 따뜻하게 했다. 그러고는 옷을 짜서 그냥 입었다. 들소 사냥꾼들은 활과 화살을 다루는 데 민첩하게 손가락을 놀릴 수 있도록 눈이나 모래로 손을 문지르곤 했다. 이제 우리 부족은 장갑을 끼고, 너무 많은 옷을 껴입는다. 우리는 진흙처럼 나긋나긋해졌다.

예쁜 방패(프리티 쉴드)_크로우 족

태초에 우리는 들었다. 땅 위를 걸어 다니는 인간 존재들은 삶에 필요한 모든 것을 제공받게 되리라고. 또한 서로 사랑하고, 이 대지 위에서 살아가는 모든 존재들을 존중하라고 우리는 배웠다. 우리가 잘 사는 길은 식물들이 잘 사는 것에 달려 있으며, 우리는 네발 달린 동물들과 가까운 친척이라고 배웠다.

호데노쇼니 족

우리는 서로 연결되어 있으며 우리 모두는 하나이다. 인디언들은 이 사실을 알고 있으며, 그 결과 생명에 대한 가장 앞선 이해를 가질 수 있게 되었다. 그것은 생명은 언제나 새롭게 탄생한다는 사실이다.
생명을 구성하고 있는 모든 요소들도 언제나 새롭게 탄생할 수 있다.

팸 콜로라도_오네이다 족

어머니와 아이(압사로키 족)

내 앞에 아름다움 내 뒤에 아름다움

상처 입은 가슴(운디드 하트)
델라웨어 족

보라. 언제나 새로운 날이다!

들소 가죽 천막의 문을 열고 밖으로 나가 이른 아침의 대기와 만날 때마다 나는 그것을 깨닫는다. 눈을 뜨고 바라보기만 하면 언제나 새로운 날이라고! 한겨울의 바람, 봄을 기다리며 묵묵히 서 있는 나무들, 평원으로 난 좁은 오솔길들. 살아 있다는 것은 아름다운 일임을 나는 다시금 깨닫는다.

삶은 어디에나 있다. 나뭇가지 위에도, 작은 개미들의 굴 속에도, 북풍한설에 흩날리는 나뭇잎들 속에도 있다. 돌을 들춰 보면 그곳에서 어떤 것들이 움직인다. 그 삶들이 가만히 내 삶을 응시하고 있다. 나는 그런 삶을 언제까지나 사랑해 왔다. 내게 주어진 어떤 것도 우연한 것이 아님을 믿기 때문이다.

한때 나는 우리 얼굴 붉은 사람들에게 닥쳐온 불행을 지켜보면서 삶을 포기할까도 생각했었다. 인디언으로 태어난 나 자신이 슬펐고, 그 슬픔을 달랠 길은 어디에도 없었다. 어디를 바라봐도 희망이 보이지 않을 때였다.

그러나 나는 살아남기로 결심했다. 그리고 내게 주어진 삶을 살아가기로 마음먹었다. 이 삶은 위대한 정령이 내게 준 것이 아닌가. 그것에는 분명히 깊은 뜻이 있으리라고 나는 믿었다.

삶에서 일어나는 모든 일들에 의미가 있다. 그 의미를 깨닫지 못하면 우리는 제대로 삶을 산 것이 아니다. 이것은 우리 인디언들의 오랜 믿음이며, 나는 언제나 그 믿음에 따라 살아왔다. 늘 새로운 순간들에 마음을 쏟으려고 노력했다.

평원에 앉아 하루가 저무는 것을 바라보는 것! 우리는 바로 그런 삶을 살았으며, 우리가 잃어버린 것이 그것이다. 당신은 무엇을 위해 살아가고 있는가? 한 계절에 한 번씩이라도 그것을 자기 자신에게 물어본 적이 있는가?

우리 인디언 부족은 어려서부터 세상의 신비에 눈을 떴다. 아이들은 평원과 삼림지대에서 어린 시절을 보냈기 때문에 자연의 변화에 민감했다. 살아 있는 모든 것들을 자세히 들여다보고 그것들이 저마다 생의 의미를 지니고 있음을 알았다.

나는 결코 과장해서 말하는 것이 아니다. 해마다 봄이 오면 우리는 생의 외경심에 지나간 날들의 시름을 잊었으며, 여름은 여름대로 우리의 마음을 충만하게 만들었다. 삶 속에는 어느 것 하나 진부한 것이 없었다. 눈을 뜨고 인디언 천막 밖으로 나가면 늘 새로운 순간들이 우리를 기다리고 있었다. 세상은 언제나 변함없이 하나의 신비였다.

우리는 우리 자신 역시 하나의 신비임을 알았다. 숨 쉬고, 걷고, 앉아 있는 것이 모두 신비였다. 자연 속을 거닐거나 이른 아침 평원에 떠오르는 태양을 응시하는 일도 하나의 신비였다. 지평선을 향해 뻗어 내린 산의 곡선들, 바위의 힘찬 굴곡, 물웅덩이에 비친 그림자, 절벽에서 쏟아지는 거대한 물줄기들이 우리 자신의 신비와 마주치면 그곳에서 음악이 들리는 듯했다. 불행하게 장님이 된 사람조차도 그 신비를 잃지 않았다. 그에게는 온갖 소리들이 그 신비를 알려 주었으므로.

눈을 감고 평원의 오솔길에 앉아 있으면 다양한 형태의 소리들이 우리가 살아 있음을 일깨워 주었다. 새소리, 바람 소리, 물 흘러가는 소리, 작은 벌레들이 부스럭거리는 소리, 햇살이 나무 줄기를 부러뜨리는 소리, 나비의 날개가 부딪치는 은밀한 소리, 그리고 침묵의 소리까지도 그 속에 포함되어 있었다. 우리는 자주 평원을 뛰어다니곤 했으며, 죽는 순간까지 이런 생을 우리에게 주신 이에게 감사드리곤 했다.

인간은 삶에서 다른 어떤 것이 아니라 행복을 추구한다고 나는 생각한다. 그러나 내가 보기에 당신들 얼굴 흰 사람들은 행복과는 거꾸로 난 길을 향해 걸어가고 있다. 그래서 나무들도 없어지고 시냇물은 맑음을 잃었다. 새들과 짐승들은 갈 곳을 잃었다. 그러니 결국 인간이 갈 곳이 어디겠는가?

내가 바라는 것은, 무엇보다 이 세상에 나무가 많았으면 하는 것이다. 시냇물과 강물도 예전처럼 푸르러지고, 들녘과 산에는 키 큰 나무가 많았으면 하는 것이다. 그래서 아침과 저녁나절에 숨을 들이쉬면 내 영혼이 맑아지기를 바란다.

당신들은 문명인임을 자랑한다. 나는 당신들이 우리보다 더 지혜롭고 영리할 것이라고 짐작한다. 그런데 왜 당신들은 진정한 행복과는 거꾸로 난 길로 향해 가는가? 나로서는 참으로 이해가 가지 않는 일이다. 당신들이 나무를 쓰러뜨리고 산을 깎아 결국 손에 얻는 것이 무엇인가? 무엇으로 당신들의 영혼을 맑게 할 것인가? 한 줌의 맑고 신선한 바람이 큰 교회당보다 소중하다는 것을 당신들은 왜 모르는가?

아침에 눈을 뜨면 겨울 햇살 속에 묵묵히 서 있는 키 큰 나무들과 머리 위를 지나가는 한 떼의 구름들을 바라볼 수 있게 되기를 나는 바란다. 발에 밟히는 양치류들, 숨 쉴 때마다 느껴지는 달콤한 대기, 침묵하는 바위들, 이런 것들이 없다면 우리의 삶이 과연 무엇인가!

당신들의 문명이라는 것은 무엇인가? 그것은 진흙탕을 덮고 있는 가벼운 나뭇잎과 같은 것이다. 나뭇잎은 조금만 바람이 불어도 날아가 버린다. 당신들은 늘 최고의 문명인임을 자랑하지만 사소한 일에도 화를 내고 욕설을 서슴지 않는다. 당신들이 자랑하는 세련된 교양이나 매너 따위는 금방 날아가 버리고, 당신들은 그래야만 자신의 명예를 되찾을 수 있다는 듯 온갖 수단으로 상대방을 공격한다.

우리 인디언들은 그렇지 않다. 당신들 눈에는 우리가 야만인으로 보일지 몰라도 우리는 쓸데없이 화내는 것을 언제나 경계한다. 특히 그것이 인생의 사소한 일이라면 들소가 산들바람에 미동도 하지 않듯이 조금도 흔들리지 않는다. 당신들이 이곳에 들어오기 전까지 우리는 욕설이라는 것을 모르고 살았다. 우리는 남이 자기를 모욕해도, 그것이 진실이 아니고 오해나 어리석음에서 비롯된 것이라면 그것이 사라질 때까지 묵묵히 기다릴 뿐이다. 언젠가는 진실이 밝혀지리라는 것을 믿기 때문이다. 진실이 아닌 것이 오래 가는 것을 본 적이 있는가?

우리 인디언은 나무와 풀, 짐승과 사람, 별과 모래 같은 것들이 한결같이 위대한 정령의 품에서 나왔으며, 이 세상에서의 삶을 마치면 다시금 그 품으로 돌아간다고 믿는다. 각자의 삶은 각자의 것이고, 누구도 타인의 길을 지시하거나 명령할 수 없다는 것이 우리의 생각이다.

들쥐는 들쥐만의 세계에서 열심히 살아갈 것이고, 비록 그가 이생에서 약간의 잘못을 저질렀다 해도 위대한 정령은 그것을 하나의 배움의 과정으로 여길 것이다. 나뭇가지에서 노려보는 찌르레기는 찌르레기만의 세계에서 열심히 살아갈 것이고, 설령 그가 다른 나무에 앉은 찌르레기에게 약간의 미안한 행동을 했다 해도 그것 역시 배움의 과정에 포함될 것이다.

들쥐는 찌르레기에게 들쥐의 믿음을 강요하지 않고, 찌르레기는 들쥐에게 찌르레기의 믿음을 강요하지 않는다. 우리 아메리카 인디언들 역시 누구에게 자신의 믿음을 선전하고 강요하는 것을 금기로 삼고 있다.

위대한 정령의 뜻에 어긋나는 행동을 했을 경우, 우리 인디언은 홀로 평원의 오솔길로 나아가 그곳에서 자신을 돌아보고 명상에 잠긴다. 평원은 사방이 고요하고 가끔씩 들리는 풀벌레 소리나 풀 섶에서 동물이 부스럭거리는 소리 외에는 방해꾼이 없기 때문에 자기 자신의 내면과 가장 잘 만날 수 있는 곳이다.

우리는 어려서부터 그렇게 홀로 사방이 고요한 곳에서 자신과 만나고 위대한 정령과 대화하는 일에 익숙해 있다. 자연 속에서 자신을 되돌아볼 수 있는 사람은 결코 악한 자가 될 수 없으며, 자신의 이익을 위해 남을 이용하지 않는다. 자연 속에서 세상의 근본이 무엇인가를 배워 왔기 때문이다.

우리는 이 대지 전체가 어머니의 품이고, 그곳이 곧 학교이며 교회라고 믿는다. 대지 위의 모든 것이 책이며 스승이고, 서로를 선한 세계로 인도하는 성직자들이다. 우리는 그밖의 또 다른 교회를 원하지 않는다. 당신들이 우리를 무조건 죄인으로 몰아세우는 것에 답답함을 느낄 따름이다.

오랫동안 물을 마시지 못한 전사가 입술이 하얗게 되고 걸음을 제대로 걷지 못하듯이, 홀로 자기 자신과 만나는 시간을 갖지 못한 사람은 그 영혼이 중심을 잃고 비틀거린다. 그래서 인디언은 아이들을 키울 때 자주 평원이나 삼림 속에 나가 홀로 있는 시간을 갖도록 배려한다. 한두 시간이나 하루 이틀이 아니라 적어도 열흘씩 인디언들은 최소한의 먹을 것을 가지고 사람들과 멀리 떨어진 장소로 가서 자신의 목소리에 귀를 기울인다.

얼굴 흰 사람들은 그것을 쓸데없는 시간 낭비라고 할지도 모르지만 그것은 한 인간이 이 대지 위에서 살아가는 데 반드시 필요한 자기 확인 과정이다. 또한 그 과정에서 인간은 신 앞에서 겸허해진다. 자연만큼 우리에게 겸허함을 가르치는 것은 없다. 자연만큼 순수의 빛을 심어 주는 것은 없다. 자연과 멀어진 사람들은 문명화되는 속도만큼 순수의 빛을 잃었다.

목이 마를 때 물을 찾듯이 우리 인디언들은 영혼의 갈증을 느낄 때면 평원이나 들판으로 걸어 나간다. 그곳에서 혼자만의 시간을 갖는다. 그러고는 홀연히 깨닫는다. 혼자만의 시간이란 없다는 것을. 대지는 보이지 않는 혼들로 가득 차 있고, 부지런히 움직이는 곤충들과 명랑한 햇빛이 내는 소리들로 가득 차 있기에, 그 속에서 누구라도 혼자가 아니다. 자신이 아무리 혼자뿐이라고 주장해도 혼자인 사람은 아무도 없다.

평원의 한 오솔길에서 귀를 기울인다. 부산한 소리들 너머에서 평소에는 듣지 못하던 어떤 소리가 들린다. 우리는 그것을 강의 소리라고도 하고 신성한 산의 소리라고도 한다. 그 소리는 곧 자기 자신의 소리이며, 위대한 정령의 목소리다.

물론 우리 인디언들 사이에도 얼굴 흰 사람들처럼 자기가 그 신성한 산으로 가는 지름길을 알고 있다고 주장하는 사람이 있기는 하다. 그러나 우리는 안다. 누구나 두려움을 헤치고 자기희생을 통해 그 산에 이르러야 한다는 것을. 각자에게는 각자의 길이 있는 것이다.

그가 인디언이든 아니든, 누구나 홀로 있는 시간을 가져야 한다. 그것도 자주. 특히 이른 아침이면 홀로 깨어 평원의 어린 안개와 지평의 한 틈을 뚫고 비쳐 오는 햇빛 줄기와 만나야 한다. 어머니인 대지의 숨결을 느껴야만 한다. 가만히 마음을 열고 한 그루 나무가 되어 보거나 꿈꾸는 돌이 되어 봐야 한다.

그래서 자기가 대지의 한 부분이며, 대지는 곧 오래전부터 자기의 한 부분이었음을 깨달아야 한다. 천막을 열면 평원으로 가는 길은 누구에게나 열려 있다.

어머니 대지는 우리에게 인간으로 사는 법을 가르쳐 준다. 어머니 대지는 생명을 사랑하고, 우리에게 자신이 가진 선물을 나눠 준다. 그것에 보답하기 위해 우리는 이 대지 위에 살아 있는 모든 존재들을 잘 보살펴야만 한다. 그것이 우리의 책임이다.

바위는 수세기에 걸친 지혜를 간직하고 있으며, 가장 오래된 스승으로 일컬어진다. 그래서 인디언들은 바위를 할아버지라고 부른다. 바위로부터 우리는 내적인 힘과 인내를 배운다. 바위는 잘 움직이지 않지만, 한번 움직이면 온 세상이 주목해야 한다.

나무는 우리에게 정직함을 가르쳐 준다. 나무는 뿌리로부터 꽃물을 밀어 올려 가지 꼭대기까지 전달한다. 나무껍질 속을 수액이 흐르듯이 진리가 우리 안에 흘러야 한다. 모든 사람마다 그에게 해당하는 나무가 한 그루씩 있다고 인디언들은 믿는다. 세상 문제를 혼자 짊어지고 있다고 생각하는 사람은 잔뜩 굽은 나무와 같다. 어떤 나무는 똑바로 아름답게 서 있다. 하지만 또 어떤 나무는 겉은 그렇지만 안이 썩어가고 있다. 세상에는 그런 사람들이 많다. 우리는 똑바르고 아름답고 정직하게 서 있어야 하며, 땅에 건강하게 뿌리를 내리고 있어야 한다. 그리고 각각의 나무가 독립적으로 서 있지만 한 가족의 일원이듯이, 인간 역시 마찬가지다.

동물들은 우리에게 가장 큰 선물을 준다. 그것은 나눔의 가르침이다. 동물들은 우리가 생명을 유지할 수 있도록 자신들의 목숨을 포기한다. 인디언들은 사냥을 나갈 때면 가족을 먹일 수 있도록 동물을 한 마리 보내 달라고 위대한 정령에게 기도를 올리곤 했다. 그래서 동물과 만나면, 그것은 그 동물이 인간을 위해 자신을 희생할 준비가 되어 있다는 뜻이었다. 그 동물을 죽인 다음에는 심장을 꺼내 사냥꾼들이 한 조각씩 나눠 가진 뒤 감사의 기도와 함께 어머니 대지에 묻어 주었다.

*

아메리카 인디언들은 신 또는 창조주를 부족에 따라 다르게 불렀다. 이로쿼이 족은 오렌다, 앨곤퀸 족과 오지브웨 족(오지브와 또는 오지브웨이 족)은 마니토, 이누이트 족은 실라(할아버지), 그리고 라코타, 다코타, 오글라라 등 수 족들은 와칸탕카, 와칸실라, 타쿠 스칸스칸 등으로 불렀다. 그런가 하면 호피 족은 타이오와, 크로우 족은 아크바다데아라 불렀다. 하지만 그 뜻은 한결같이 '위대한 영', '위대한 정령' 또는 '위대한 신비'라는 뜻이었다. 영원하고, 만물 속에 존재하며, 광대한 우주를 지으신 이가 곧 그분이다.

하지만 백인들이 섬기는 신과는 달리, 인디언들의 신은 우주를 창조하고 지배하는 인격적인 신이 아니라 만물을 움직이는 법칙 혹은 힘에 가깝다. 신이 곧 자연의 법칙이며, 인간 역시 그 법칙에서 예외가 아니다. 하지만 인간의 이해로는 그 법칙을 다 설명할 수 없으며, 따라서 그는 위대한 신비일 수밖에 없다. 백인들은 이 개념을 이해하지 못했기 때문에 인디언들의 신을 '위대한 정령'으로 번역했다.

카이유스 족의 젊은 추장(영 치프)은 대지로부터 와칸탕카의 메시지를 전해 듣는다.

"대지가 우리에게 하고 싶은 말이 무엇일까 궁금하다. 우리가 하는 말을 대지가 듣고 있을까도 궁금하다. 그러나 나는 대지가 말하는 소리를 듣는다. 대지는 말한다. 나를 이곳에 있게 한 것은 와칸탕카라고. 땅과 물과 풀들을 말한다. 우리에게 이름을 준 것은 와칸탕카라고. 대지는 또 말한다. 와칸탕카가 땅 위에 나무와 열매들을 자라게 한 것이라고. 또한 자신으로부터 인간이 만들어졌노라고. 그렇다, 와칸탕카가 대지 위에 인간을 있게 했다. 따라서 인간은 대지 위에 있는 모든 것들을 잘 돌봐야 할 의무가 있으며, 서로에게 해가 되는 일을 해서는 안 된다."

위대한 정령은 경전이나 책이 아니라 자연의 숨결을 통해 인디언들과 대화했다. 동물을 보내 자신의 메시지를 전하고, 평원에 흩어진 샛강들이 그의 노래였다. 자연에서 행하는 모든 일이 아메리카 원주민들에게는 신에 대한 예배이며 기도였다. 파우니 족 독수리 추장(이글

치프. 레타코티스)은 그 메시지와 노래에 귀를 기울이는 삶을 살았다.

"태초에는 지혜와 지식이 동물들과 함께 있었다. 저 위에 계시는 티라와(위대한 정령)는 인간과 직접 말하지 않았기 때문이다. 그분은 인간에게 말을 하기 위해 특정한 동물들을 내려보냈다. 그 동물들을 통해 자신을 보여 주었다. 그 동물들에게서, 그리고 별들과 태양과 달에게서 인간은 배워야 한다. 티라와가 하는 모든 말을."

인디언들은 영원히 신비의 땅에서 살았다. 그들의 삶은 결코 끝나지 않는 하나의 긴 종교의식과 같은 것이었다. 그들은 자연을 통해 눈에 보이지 않는 것을 보았으며, 그들만이 들을 수 있는 목소리를 들었다. 나날의 삶에서 일어나는 단순한 일들조차도 그들에 의해 기도와 의식으로 바뀌었다.

모호크 족 곰 지파의 영원한 천둥(델 아쉬케웨)은 어린 시절 나무 밑에서 체험한 깨달음의 순간을 우리에게 들려준다.

"어린아이였을 때, 나는 한 나무 밑으로 걸어간 적이 있었다. 그 나무 밑에 다가갔을 때, 씨앗 하나가 공중제비를 돌며 내 발 앞으로 떨어지는 것이었다. 자연히 나는 그 씨앗에 시선이 이끌려 바닥을 내려다보게 되었고, 그곳에서 앞서 떨어진 수많은 씨앗들을 보게 되었다. 씨앗이 그토록 많은 것에 놀라지 않을 수 없었다.

나는 씨앗들을 더 자세히 보기 위해 몸을 숙였고, 그 씨앗들 하나하나에서 한 그루의 나무가 자랄 수 있다는 사실에 내 가슴은 경이로움으로 가득 찼다. 씨앗이 위에서 떨어진 것을 기억하고 나는 고개를 들어 나무를 올려다보았다. 그곳에도 수천 개의 씨앗들이 매달려 있었다.

내가 생명의 경이로움에 사로잡힌 것이 바로 그 나무 아래서였다. 그 나무 한 그루 속에 거대한 숲이 들어 있다는 것을 나는 깨달았다.

그 나무 아래 서 있으면서 나는 살아 있는 모든 존재들 속에 깃든 무한한 가능성을 실감했다. 그 나무 아래 서서, 나는 각각의 씨앗이 한 그루의 나무로 자랄 수 있으며, 그 나무는 또 하나의 숲이 될 수 있음을 이해했던 것이다. 그 한 그루의 나무로부터 나는 온통 나무들로 뒤덮인 아름다운 세상을 내다볼 수 있었다.

그날 나는 나무의 언어를 이해했으며, 나무가 나에게 가르쳐 주는 모든 것을 이해했다고 해도 지나친 말이 아니다. 나무들이 나보다 더 큰 영혼을 갖고 있음을 알았다. 그래서 평생 동안 나무들에 대해 배워야겠다고 결심했다. 나는 또한 우리가 크든 작든 위대한 힘을 부여받았다는 것을 이해했다. 편안한 나무 그늘 아래 서서 나는 겸허함을 이해했다. 내 전 생애에 걸쳐 언제나 나를 보호하고 지켜 줄 더 큰 영혼이 존재한다는 것도 이해했다.

내가 배운 모든 사실들에 기뻐하면서 나는 그 새로운 앎을 친구와 나누고 싶었다. 그래서 친구의 집으로 한달음에 달려갔지만, 친구는 집에 없었다. 새로 안 사실들을 나눌 수 없게 되어 실망한 나머지 나는 발길을 돌렸다. 그런데 바로 그때, 친구의 집 옆에도 똑같은 나무가 서 있는 것을 발견했다.

내 실망은 기쁨으로 바뀌었다. 친구 역시 내가 그 나무로부터 얻은 배움을 조만간 깨달을 수 있기 때문이다. 그리고 나는 더 큰 영혼의 뜻을 이해했다. 나무가 자라는 곳 어디에서나 사람들은 그 나무의 큰 영혼이 주는 배움을 얻을 수 있을 것이라고.

모든 큰 영혼들과 마찬가지로, 나무의 영혼 역시 모든 사람에게 자신의 앎을 나눠 준다. 큰 사람이든 작은 사람이든, 젊은이든 늙은 사람이든, 나무는 모두에게 똑같은 가르침을 베푼다. 내 친구도 틀림없이 나와 똑같은 배움을 얻으리라는 것을 나는 확신했다. 위대한 정령이 하나의 작은 씨앗 속에 그토록 많은 힘을 심어 놓았다면, 인간에게는 얼마나 더 많은 능력을 심어 놓았겠는가."

오늘 당신을 만나러 오는 도중에 아름다운 나비 한 마리를 보았다. 지금은 '추워서 견딜 수 없는 달'(1월)인데 나비를 발견한 것은 뜻밖의 일이다. 우리 부족 언어로 나비는 '카마마'이다. 카마마는 우리에게 봄의 희망을 주고, 만물이 다시 빛을 얻어 소생하는 소식을 전해 준다. 겨울 한가운데에서 나비를 발견할 수 있었던 것은 내게 큰 반가움이었다. 그것을 보는 순간 나는 가슴이 뛰기까지 했다. 모든 것이 죽은 듯해도 자세히 보면 그곳에는 생명의 움틈이 있고, 굳어 버린 땅 밑에도 물이 흐르고 있다. 오늘 아침, 당신을 만나러 오는 길에 카마마를 볼 수 있어서 무척 기뻤다.

땅을 빼앗기 위해 찾아온 백인 관리에게 늙은 나바호 족 인디언이 한 환영 인사

어떤 사람이 모두가 칭찬하는 예술 작품을 만들면 우리는 훌륭하다고 말한다. 하지만 낮과 밤의 변화, 태양과 달, 하늘에 떠 있는 별들, 그리고 열매를 익게 만드는 계절의 순환을 바라보면서 그것들이 인간보다 더 큰 능력을 가진 이의 작품이라는 사실을 깨달아야 한다.

곰에게 쫓겨(마토 쿠와피)_산티 양크톤 수 족

열 살 때, 아버지가 나를 데리고 평원으로 가서 조랑말들을 돌보게

했다. 우리는 말들에게 물을 먹인 후 저녁을 먹기 위해 오후쯤 집으로 돌아왔다. 우리가 앉아서 말들을 지켜보고 있을 때, 아버지가 말했다. "이 말들은 신과 같은 존재들이다. 신비한 존재들이지."

늑대 추장_히다차 족

당신이 만약 동물의 세계를 관찰한다면, 만약 날개 가진 것들의 세계를 들여다본다면, 그들이 인간보다 더 지혜롭다는 것을 알게 될 것이다. 그 지혜를 우리가 얻을 수 있는 유일한 길은 생명 가진 그 존재들을 존중하는 일이다. 인디언들이 어떤 동물을 사냥할 때, 그 동물은 우리가 자신을 죽여 자신의 살을 먹으리라는 것을 안다. 그는 우리를 위해 자신의 목숨을 희생한다. 나는 그 동물에게, 내가 살기 위해 그의 도움이 필요하다는 것을 설명하고 제물을 바친다. 그리고 그의 뿔과 머리뼈를 버리지 않고 아름답게 색을 칠해 보관한다. 그것이 그가 내게 준 선물을 존중하는 나의 방식이다.

하늘의 여추장(오기마 게식 그웰퀘이)_오지브웨 족

위대한 정령은 모든 것 속에, 우리가 숨 쉬는 공기 속에도 있다. 위대한 정령은 우리의 아버지이고, 대지는 어머니다. 대지는 우리를 먹여 살리며, 우리가 땅속에 심는 것을 우리에게 돌려준다. 또한 우리에게 약초를 제공해 준다. 상처를 입으면 우리는 어머니에게로 가서 상처난 부분을 기대고 눕는다. 그러면 치료가 된다. 동물들도 그런 식으로 상처를 치료한다. 상처난 부분을 땅에 대고 눕는 것이다.

큰 천둥(베다기)_와바나키 족

우리는 올빼미처럼 인내심을 갖고 관찰하는 법을 배웠다. 까마귀로부터는 영리함을 배웠으며, 어치새에게서는 용기를 배웠다. 어치새는 자신의 몸집보다 열 배나 큰 까마귀를 공격해 자신의 영역에서 몰아낸다. 하지만 우리는 무엇보다 박새로부터 굴하지 않는 정신을 배울 수 있었다.

톰 브라운 2세_『추적자』의 저자

돌은 둥글다. 돌의 형태에는 시작도 없고 끝도 없다. 돌이 가진 힘처럼 그것은 무한하다. 돌은 그 자체로 완전하며, 자연의 작품이다. 그 형태가 만들어지는 데 어떤 인위적인 수단도 사용되지 않았다. 겉에서 보면 별로 아름답지 않을지도 모르지만, 그 내부는 안전하게 머물 수 있는 집처럼 단단하다.

곰에게 쫓겨(마토 쿠와피)_산티 양크톤 수 족

거북이섬의 주민들은 네발 달린 형제자매들을 관찰함으로써 조화로운 삶의 길을 걷는 법을 배웠다. 부드러운 사슴은 그들에게 예민함을 가르쳐 주었다. 충실한 개는 봉사와 헌신의 가치를, 허물을 벗는 뱀은 재생과 성장의 힘을, 꾀바른 코요테는 영리함을 가르쳐 주었다. 겸손한 개미는 인내와 참을성의 가치를 일깨워 주었다. 이런 식으로 그들은 동물들을 통해 위대한 정령의 지혜를 배웠다. 실제로 오래전에는 동물들이 특별한 모습을 하고 나타나 인간들과 결혼해 그들이 가진 특성들을 전해 주던 때도 있었다.

거북이섬의 주민들은 나무를 '서 있는 부족'이라 불렀으며, 그들 역시 형제자매로 여겼다. 나무들은 모두가 숨쉴 수 있도록 산소를 제공해 주고, 그 가지로는 날개 달린 것들의 집이 되어 준다. 그 아래서는 다른 것들이 쉴 수 있게 한다. 거북이섬의 주민들은 서 있는 부족의 너그러운 마음씨를 존중했다. 그래서 나무가 열매를 많이 맺지 않으면 결코 그 열매를 따지 않았다. 또한 견과류를 따 모을 때도 다른 동물들이 먹을 수 있도록 각각의 나무에서 조금씩만 따 모았다.

아메리카 원주민들에게 자연은 결코 경쟁의 대상이 아니라 단지 적응해야 할 대상이었다. 자연을 정복해야 한다는 것은 유럽 사회의 가치관이었다. 거북이섬의 주민들에게 자연은 서로 이익을 주는 협력 관계였다. 그 관계 속에서 그들은 '주고받음'의 조화를 중요하게 여기며 살았다.

와나니체_오네이다 족

인디언은 기도할 때 책에 적힌 여러 말들을 외지 않는다. 인디언은 아주 간단한 말로 기도한다. 만약 당신이 긴말을 늘어놓는다면, 당신은 자신이 무엇을 말하고 있는지 모르는 것이다. 따라서 만약 당신이 나같이 배운 것 없는 가난한 늙은이에게서 배움을 얻고자 한다면, 내가 가르쳐 줄 것은 이 기도문뿐이다. 계시를 내려 달라고 간청할 때 나는 이렇게 기도한다.

"와칸탕카, 퉁카쉴라, 오스비말라……. 위대한 정령이여, 저를 불쌍히 여기소서. 나의 부족 사람들이 살아남을 수 있도록."

절름발이 사슴(존 레임 디어)_미니콘주 수 족 치료사

우리의 신들이라고 완벽한 것은 아니지만 적어도 그들은 우리 말에 귀를 기울인다. 옳게 구하기만 하면 부탁을 들어준다. 고함을 지를 필요도 없다. 하지만 내가 말한 것처럼 올바로 구해야 한다. 그것이 문제다. 왜냐하면 천주교가 퍼진 다음부터는 옳게 기도하는 방법을 우리 치페와 족 사람들이 잊어버렸기 때문이다. 지금도 나는 높으신 존재께서 등을 돌리신 것인지, 우리가 고함을 쳐야 들으시는 것인지, 아니면 우리가 신이 알아듣지 못하는 말로 기도를 하지 않는 것인지 궁금하다.

립샤 모리시_치페와 족

위대한 정령이시여, 당신 앞에 겸허한 모습으로 나아와 이 성스러운 담뱃대를 바칩니다. 눈에 어린 눈물과 가슴에 맥박치는 옛노래를 갖고서 당신에게 기도드립니다. 창조의 네 가지 힘에게, 할아버지 태양에게, 어머니 대지에게, 그리고 나의 조상들에게.

자연 속에 있는 나의 모든 친척들―걷고, 기어 다니고, 날고, 헤엄치고, 눈에 보이거나 보이지 않는 모든 친척들을 위해 기도합니다. 우리의 어른들과 아이들, 가족과 친구들, 그리고 감옥에 갇힌 형제와 자매들을 축복하소서. 술과 약물에 중독되어 있고, 거리에서 자는 이들과 의지할 데 없는 이들을 축복하소서.

또한 인류의 네 종족을 위해 기도합니다. 이 대지가 건강하고 치유의 힘을 갖게 되기를. 내 위에 아름다움이 있기를. 내 아래에 아름다움이 있기를. 내 안에 아름다움이 있기를. 내 둘레에 아름다움이 있기를.

세상이 평화와 사랑과 아름다움으로 가득하기를 기도합니다.

회색 곰(메디신 그리즐리 베어)

곰의 배꼽(베어즈 벨리, 아리카라 족 전사)

말하는 지팡이

이름이 알려지지 않은 추장
믹맥 족

당신들은 가당치 않게도 우리를 업신여기고 있다. 프랑스에 비하면 우리나라가 땅 위의 지옥과도 같다고 당신들은 말한다. 프랑스는 천상의 낙원이며 모든 종류의 물질이 풍부하게 널려 있다고 주장한다. 또한 우리가 모든 인간들 중에서 가장 비참하고 불행한 종족이라고 함부로 말한다. 우리가 종교도 없고, 예의범절도 없고, 인간으로서의 명예도 없으며, 사회질서도 없고, 한마디로 말해 아무런 규율 없이 숲과 나무들 속에서 짐승처럼 어슬렁거리며 살아가고 있다고. 이곳에는 유럽 땅에 흘러넘치는 빵과 포도주도 없고, 다른 모든 편리한 물건들도 없다는 것이다.

아무래도 당신들은 우리 인디언들이 당신네 나라와 족속에 대해 어떻게 생각하고 있는지 아직 잘 모르는 것 같다. 그러니 내가 지금 이 자리에서 그걸 설명해 주는 게 옳을 듯하다.

당신들 눈에는 우리가 불행해 보일지 모르지만, 그럼에도 불구하고 우리는 우리 자신이 당신들보다 훨씬 행복하다고 믿는다. 우리는 우리가 갖고 있는 적은 것에 만족하며 살아가고 있기 때문이다.

당신네 나라가 이곳보다 훨씬 좋은 곳이라고 우리를 설득하려 든 다면 그것은 당신들 스스로를 속이는 일이다. 당신들이 말하는 대로 프랑스가 천상의 작은 낙원이라면, 당신들은 도대체 무엇 때문에 그곳을 떠났는가? 무엇을 위해 아내와 자식과 친척들, 친구들을 떠나 해마다 목숨을 걸고 이 먼 곳으로 오는가? 무엇 때문에 세상에서 가장 가난하고 불행한 곳이라 여기는 이곳까지 오기 위해 계절을 막론하고 바다의 파도와 폭풍우와 싸우며 온갖 위험을 감수한단 말인가?

우리 인디언들은 당신들의 주장과는 정반대로 믿기 때문에 당신네 나라인 프랑스에 가려고 굳이 위험을 무릅쓰지 않는다. 그곳에서 아무런 만족을 얻지 못할까 봐 두렵기 때문이다. 해마다 당신들이 조금이라도 잘살아 보겠다고 바닷게들처럼 우리 해안으로 밀려드는 것을 보면 당신들의 처지가 어떠한지 잘 알 수 있지 않은가.

나아가 우리는 당신들이 우리보다 비교할 수 없을 정도로 가난하다는 것을 알고 있다. 당신들은 겉으로는 위대한 장군이고 주인인 것처럼 행세하지만, 사실은 평범한 날품팔이 일꾼이고 하인이며 시종이고 노예에 불과하다. 우리가 걸친 낡은 옷에 견주어 자신들이 대단한 인간들인 양 뻐기지만, 사실은 당신들을 억누르고 있는 불행과 가난을 그것으로 위안하려는 것일 뿐이다.

당신들처럼 긴 항해 속에서 끊임없이 생명의 위협에 시달리지 않으면서도 우리는 이곳에서 아무 문제없이, 그리고 아무 부족함 없이 편리함을 누리며 살아가고 있다. 우리가 평온함 속에서 당신들에 대해 자비심을 갖는 동안, 당신들은 배에 올라타기 위해 밤낮으로 불안과 초조에 시달리고 있다.

당신들은 무엇을 한 입 먹으려 해도 전적으로 우리에게 의존해야 한다. 당신들이 그토록 업신여기는 인디언들에게 기댈 수밖에 없고, 배불리 먹으려 해도 인디언들에게 사냥을 나가자고 간청해야 한다. 그러니 이 한 가지만은 말해야겠다. 당신들이 분별력이 있는 사람들이라면 우리 둘 중 누가 더 지혜롭고 행복한가 잘 알 것이다. 쉴 틈도 없이 힘들게 일하면서도 겨우 입에 풀칠하는 사람과, 즐겁게 사냥하고 낚시를 하면서 필요한 모든 것을 얻고 평화롭게 살아가는 사람 중 누가 더 행복한가?

당신들 프랑스 인들처럼 우리가 빵과 포도주를 즐겨 먹지 않는 것은 사실이다. 하지만 프랑스 인들이 이 지역에 도착하기 전에는 우리 가스페시안 족 사람들은 지금보다 훨씬 더 오래 살았다. 오늘날에 와서 옛날처럼 130세나 140세의 노인들을 찾아볼 수 없는 것은 우리가 점차적으로 당신들의 생활 방식을 받아들였기 때문이다. 경험으로 미뤄 볼 때 당신들의 빵과 포도주를 거부하고 조상들의 방식에 따라 전통적으로 먹어 오던 음식에 만족하는 사람들은 훨씬 더 오래 산다.

얼굴 흰 사람들이 얼마나 어리석은가 알고 나는 무척 놀랐다. 그들은 장대와 나무껍질로 지은 우리의 위그암(원추형의 오두막집)을 돌과 나무로 된 그들 방식의 집으로 바꾸라고 설득한다. 그 집들은 여기 이 나무들만큼이나 높고 거대하다. 그것도 좋은 일이다. 하지만 고작해야 키가 2미터 정도밖에 안 되는 인간에게 왜 10미터나 20미터가 넘는 집이 필요한가? 우리는 우리의 집 안에 당신들의 집이 갖고 있는 것과 똑같은 편리함을 다 갖추고 있다. 먹고 자고 쉴 수 있으며, 원할 때면 친구들을 불러 즐겁게 놀 수 있다.

당신들은 우리 인디언처럼 필요할 때면 언제든지 집과 위그암을 접어 들고 다른 장소로 옮겨 갈 수 있는 재간을 갖고 있는가? 우리는 어디에 있든지 그곳이 우리의 집이라고 말할 수 있다. 어느 곳으로 가든 누구의 허락을 받을 필요도 없이 쉽게 위그암을 세울 수 있기 때문이다.

형제들이여, 지금 잘 배워 두라. 나는 지금 가슴을 열고 진심으로 당신들에게 말하는 것이다. 자신이 얼굴 흰 사람들보다 훨씬 행복하고 강하다는 생각을 갖지 않은 인디언은 이 세상에 한 사람도 없다.

*

1675년 10월 프랑스 인 가톨릭 선교사 크레스티엥 르 클레르 일행이 현재의 퀘벡 주 근처의 원주민 마을에 도착했다. 여행의 주목적은 원주민들을 기독교로 개종시키고 유럽의 '문명화된' 방식을 가르치기 위한 것이었다. 그는 10년 넘게 가스페 만 지역에 사는 원주민들 속에서 살며 종교를 전파했다. 1691년 클레르 신부는 자신의 경험을 책으로 펴냈다.

클레르 일행이 찾아와 프랑스 문명에 대해 자랑을 늘어놓자, 이름이 알려지지 않은 가스페시안 족(지금의 믹맥 족) 추장은 '말도 안 되는 소리 하지 말라'고 일침을 놓았다. 그리고 위의 연설을 했다. 아메리카 인디언들이 유럽 인들을 어떤 시각으로 바라보았는지 잘 드러난다.

아메리카 원주민들은 부족 회의를 열 때 '말하는 지팡이'를 사용했다. 말하는 지팡이는 나무를 깎아 만든 것으로, 정당하고 진실되게 말하는 것의 상징이었다. 부족 회의에서는 말하는 지팡이를 손에 든 사람만이 말할 권리가 있었다. 중요한 문제가 있을 경우 맨 먼저 부족의 어른이 말하는 지팡이를 손에 잡고 회의를 시작했다. 할 말을 마치면 그는 다음 사람에게 그 지팡이를 넘겼으며, 이번에는 그 사람이 말하는 지팡이를 잡고 자신의 의견을 말했다. 이런 식으로 모든 사람이 자신의 생각을 말할 때까지 말하는 지팡이는 한 사람에게서 다음 사람으로 건너갔다. 그러고 나면 다시 부족의 어른이 그것을 손에 들고 결론을 말했다.

어떤 부족들은 말하는 지팡이 대신 '말하는 독수리 깃털'을 사용하기도 했다. 또 다른 부족은 평화의 담뱃대나 왐품 끈(조개 염주. 옛 북아메리카 원주민이 화폐 또는 장식으로 쓴 물건), 신성하게 여기는 조개 등을 사용하기도 했다. 그것이 어떤 물건이든, 그 정해진 물건을 손에 든 사람에게는 자유롭게 말할 권리가 주어졌으며, 누구도 그 권리를 빼앗거나 그를 모욕할 수 없었다.

누구든 말하는 지팡이를 잡은 사람은 그의 손안에 신성한 말의 힘을 지니고 있었다. 그가 말하는 지팡이를 손에 잡고 있는 동안은 오직 그 사람만이 말을 할 수 있었다. 나머지 사람들은 침묵하며 그의 말에 귀를 기울여야 했다. 그에게 진실되고 현명하게 말할 수 있는 용기와 지혜를 주기 위해 말하는 지팡이에 독수리 깃털을 매달기도 했다. 지팡이 끝에 매단 토끼털은 그가 하는 말이 그의 가슴에서 나오는 것이어야 하며 또한 부드럽고 따뜻한 말이어야 한다는 것을 상기시켰다. 또한 지팡이에 매단 파란색 돌은 위대한 정령이 그가 하는 말뿐 아니라 그의 가슴이 하려고 하는 말을 다 듣고 있음을 가리키는 것이었다.

무지갯빛을 지니고 있으며 수시로 색깔이 달라지는 조개는 세상이 날마다, 계절마다, 해마다 변화하며 사람들과 상황도 고정되어 있지 않다는 사실을 일깨우기 위한 것이었다. 조개 염주의 네 가지 색깔 중 노란색은 동쪽의 일출, 붉은색은 서쪽의 일몰, 흰색은 북쪽의 눈, 초록색은 남쪽의 대지를 상징하는 것으로, 가슴속에 있는 것을 말하는 순간 그가 자신의 손에 우주의 모든 힘을 쥐고 있음을 말해 준다.

말하는 지팡이에는 또 덩치 큰 들소의 머리칼을 붙였다. 말하는 사람이 이 위대한 동물이 가진 힘과 기운을 갖게 하기 위해서였다. 말하는 사람은 자신이 위대한 정령의 신성한 불꽃을 가슴속에 지니고 있음을 잊지 않아야 했다. 따라서 자신 역시 신성한 존재임을.

아메리카 원주민들은 필요한 것 이상을 갖는 것을 죄악이라 여겼다. 인간의 필요에 따라 환경을 바꾸기보다는 인간이 자연의 일부분임을 깨닫고 그 질서에 순응하는 길을 선택했다. 그것이 성숙한 '어른'의 길이었다. 반면에 유럽 인들은 자신의 욕망을 채우고 그것을 위해 다른 생명체를 파괴하는 짓을 서슴지 않는 덜 자란 '아이'의 길을 걸었다.

다른 대륙의 원주민들 역시 얼굴 흰 문명인들에 의해 오염되기 전까지는 인디언들과 마찬가지의 가치관을 지니고 있었다. 한 예로 히말라야의 작은 왕국 부탄에서는 '원하다'라는 단어와 '필요하다'라는 단어가 같다. 어떤 것을 원한다면, 그것이 필요하기 때문이라는 것이다. 필요하지도 않는데 원하는 것은 어리석은 짓이라는 것이다. 또한 그들 사회에서는 '버린다'와 '잃어버린다'는 단어가 같다. 어떤 것을 마구 버린다면 그것을 사용할 기회를 잃어버리게 된다는 뜻이다. 필요한 것과 원하는 것이 동의어인 세상이 원주민들의 세상이었다.

캐나다 앨버타 주 남쪽 활 강(보우 리버)에서 태어난 타탕카 마니(걸어 다니는 들소. 1871~1967)는 이듬해에 어머니가 죽어 백인 선교사에게 입양되었다. 백인들의 학교를 다닌 후 경찰의 정찰대원, 대장장이 등으로 일하다가 인디언 사회로 돌아와 통역자로 활동했다. 50세에는 아메리카 원주민들의 영성과 전통에 뿌리내린 사상을 가진 존경받는 원로로서 추장에 선출되었다.

1958년, 타탕카 마니는 87세의 나이에 부족 사람들을 이끌고 평화와 지혜의 철학을 전파하기 위해 넉 달 동안 27개국을 다니며 인디언들의 정신세계를 전했다. 다음의 연설은 영국 런던에서 행한 것이다.

"인디언들은 단순하고 기품 있는 삶을 살았다. 얼굴 흰 자들은 우리를 가난하다고 업신여겼지만, 그것은 인디언들의 삶의 방식을 이해하지 못한 결과였다. 인디언들은 가난한 삶을 가장 기품 있는 삶으로 여겼으며, 조금도 그것에 대해 부끄러워하지 않았다. 오히려 소유를 주장하는 삶이 인디언들에게는 하나의 수치였다.

우리는 법이 없이도 위대한 정령의 뜻에 어긋나지 않게 잘 살았다. 당신들 얼굴 흰 사람들은 우리를 야만인으로 여긴다. 당신들은 우리의 삶을 이해하려고 시도하지 않는다. 우리가 태양과 달과 바람을 찬양하는 노래를 부르면, 당신들은 우리가 우상을 숭배한다고 말한다. 아무 이해도 없이 우리를 길 잃은 영혼들이라 단정 짓는다. 우리가 예배드리는 방식이 당신들과 다르다는 그 이유 하나만으로.

우리는 태양과 달, 나무, 바람, 산, 거의 모든 것들 속에서 위대한 정령의 작업을 보았다. 이따금 우리는 그런 것들을 통해 그에게 다가가곤 했다. 그것이 그렇게 잘못된 일이란 말인가? 인디언은 자연과 가까우며, 자연을 돌보시는 이는 결코 어둠 속에서 살지 않는다.

나무가 말을 한다는 것을 당신들은 알고 있는가? 그렇다, 나무들은 말을 한다. 서로에게 말을 하며, 당신이 들을 줄 안다면 당신에게도 말을 한다. 문제는 얼굴 흰 사람들이 들으려 하지 않는다는 것이다.

인디언에게도 귀를 기울이지 않는데, 어떻게 자연의 소리를 듣겠는가? 하지만 나는 나무들로부터 많은 것을 배웠다. 때로는 날씨에 대해, 때로는 동물에 대해, 때로는 위대한 정령에 대해.

얼굴 흰 사람들은 인간이 인쇄한 종이에 너무 많이 의존한다. 나는 위대한 정령의 책에 더 눈길을 돌린다. 위대한 정령의 책이란 바로 그가 창조한 이 세상이다. 자연을 잘 공부해 보면 그 책의 많은 부분을 읽은 것이 된다. 당신이 갖고 있는 책들을 태양 아래 내다 놓고 눈과 비와 곤충들에게 잠시 동안만 맡겨 둬 보라. 그러면 아무것도 남지 않게 될 것이다. 그러나 위대한 정령은 당신과 나에게 자연계 속의 우주, 숲과 강물, 산, 그리고 우리를 포함한 동물들을 공부할 수 있는 기회를 늘 제공해 주고 있다.

산과 언덕은 도회지의 벽돌 건물보다 언제나 아름답다. 당신들도 그것을 알 것이다. 도시 속에서의 삶은 인위적이고 가식적이다. 사람들은 흙을 거의 밟아 보지도 못한 채 살아가고 있으며, 꽃나무라고 해야 화분에 심어진 것뿐이다. 그리고 보라, 별들로 수놓인 밤하늘 대신 거리의 불빛이 시야를 빼앗는다. 사람들이 자연을 만드신 이의 풍광으로부터 멀리 떨어져서 살아갈 때 그분의 법칙을 잊기란 참으로 쉬운 일이다."

오지브웨 족 추장 카게가가보우(조지 코프웨이) 역시 유럽 인들과 인디언들의 차이를 분명한 어조로 지적했다.

"영국인들은 대체로 고상하고, 너그럽고, 말과 행동이 자유로운 편이다. 그들은 자신들의 특권과 종교적인 생각, 학식, 포용력, 그리고 물건을 만들어 파는 능력을 자랑스럽게 여긴다. 그리고 자신들과 같은 민족은 없다고 생각한다. 내 생각에 영국인만큼 신기한 것을 좋아하는 민족은 또 없을 것이다. 그들은 외국인들을 마치 달나라에서 온 사람들처럼 뚫어져라 바라본다.

그들은 정말 부지런하며, 대체로 정직하고, 올바르다. 하지만 너무 사업에만 관심을 가진 나머지 내가 보기에는 지나치게 세속적이다. 그 결과 자신들의 영혼과 신에 대해서는 생각할 여유가 없다. 그들의 목표는 오직 '돈, 돈, 돈을 벌라. 부자가 되라. 그러면 신사가 된다'는 것뿐이다. 이런 정서 때문에 그들은 돈이 될 만한 것을 찾아 벌 떼처럼 사방으로 돌아다닌다. 자신의 가슴에 그토록 값진 보물이 있는 것도 모르고.

인디언 사회에는 문자로 씌어진 법이란 존재하지 않았다. 세대에서 세대로 전해진 관습이 우리를 인도하는 유일한 법이었다. 옳다고 판단되는 것과 거리가 먼 행동을 하는 것은 각자의 자유이지만, 그런 행동은 부족의 비난을 면치 못했다. 부족의 비난을 받는 것에 대한 두려움이 강한 유대감을 형성해 그 사회 전체를 명예로운 공동체로 만들었다.

자연의 넓은 품에서 나는 태어났다. 나무들을 부르면 나무들이 어린 내 팔다리에 그늘을 드리워 주었고 하늘을 부르면 푸른 하늘이 이불처럼 나를 덮어 주었다. 나는 자연의 아들이며, 언제나 자연을 사랑했다. 자연은 나의 영광이 되리라. 자연의 얼굴, 자연이 입은 옷, 그 이마에 두른 화관, 그 계절들과 위엄 있는 떡갈나무들, 그리고 대지 위에 드리워진 곱슬머리인 늘푸른나무들, 이 모든 것이 자연에 대한 나의 변함없는 사랑을 사라지지 않게 한다.

자연을 바라보노라면 내 가슴속에는 기쁨의 감정이 물결친다. 해변의 흰 파도들처럼 내 가슴 가득 기쁨의 물결이 밀려온다. 나를 자연의 품 안에 있게 해 준 이에 대한 감사의 기도가 일어난다. 많은 부에 둘러싸여 궁전에서 태어나는 것도 좋은 일이리라. 하지만 대자연의 넓은 품 안에서 태어나는 것은 더 축복받은 일이다.

아니다! 우리 인디언들이 왜 폭력적이고 야만적이란 말인가? 그것은 당신들이 우리에게 덮어씌운 누명이 아닌가? 자연 속에서 살아가고 바위와 흩날리는 나뭇잎과 고요한 시냇물에 자기 자신을 비춰 보는 사람들이 어떻게 폭력적일 수 있단 말인가?

나는 이곳에 태어나 많은 행복을 누렸으니, 넓은 하늘 지붕이 나를 감싸고, 수목의 듬직한 팔들이 나의 거처가 되었다. 황금 기둥으로 장식된 대리석 궁전에서 태어나는 것보다 훨씬 더 행복했다. 자연은 세월이 흘러도 여전히 자연 그대로이지만, 궁전은 머지않아 무너지고 폐허가 된다.

그렇다. 수천 년이 흘러도 나이아가라 폭포는 변함없이 나이아가라 폭포일 것이다. 그 이마에 드리워진 무지개 화관은 태양이 떠오르고 강물이 흐르는 한 영원할 것이다. 그러나 아무리 정교하게 보호하고 보관한다 할지라도 인간의 예술 작품은 빛이 바래 곧 먼지로 돌아가 버린다."

1965년 아메리카 인디언 전체 부족 회의에서는 다음과 같은 선언문이 채택되었다.

"처음에 우리는 자연과 가까웠다. 조화로운 대지, 파란 하늘, 거위들의 날갯짓, 그리고 바람의 변화, 자연 속에 있는 이 모든 것들을 바탕으로 시간과 날씨, 그밖의 것들을 미루어 판단했다. 우리는 그것들에게서 해답을 구하고, 안내를 받았다.

우리는 네 개의 바람에게 기도하고 감사의 말을 전했다. 새날이 밝아 오는 동쪽에게, 마음을 편안하게 해 주는 훈풍을 불어다 주는 남쪽에게, 하루가 끝나고 휴식을 취하는 서쪽에게, 살을 에는 바람으로 긴 날들을 준비하게 하는 겨울의 어머니 북쪽에게.

자연을 통해 우리는 신의 뜻을 알았으며, 바람의 변화가 우리 앞에 놓인 것들을 말해 주거나 경고해 주었다.

오늘날 우리는 또다시 바람의 변화를 느낀다. 그것이 암시하는 바를 정확히 읽어 내고 지혜롭게 풀이할 수 있었던 우리의 아버지들처럼 우리가 영적으로 강해질 수 있기를!"

위대한 정령은 얼굴 흰 사람들에게 선견지명을 주었다. 그들은 먼 거리에 있는 것까지 볼 수 있으며, 그들의 머리는 온갖 기발한 것들을 발명해 낸다. 우리 얼굴 붉은 사람은 시야가 좁다. 자기 주위에 가까이 있는 것밖에 보지 못하며, 우리 아버지들이 알던 것밖에 알지 못한다. 그러나 그들과 우리 중에 누가 더 행복하며, 누가 더 자연의 숨결에 가까운가는 얼굴을 보면 쉽게 알 수 있다. 그들의 얼굴에는 도회지의 문명이 비치지만 우리의 얼굴에는 시냇물과 나무들의 새순과 하늘을 쏘는 새가 비친다. 그들의 얼굴에는 더 많은 것을 얻기 위한 이기심과 욕망이 어른거리지만, 우리 인디언들의 얼굴에는 한낮의 고요와 눈에 보이지 않는 더 깊은 생의 의미가 어려 있다.

까마귀 배(크로우 벨리), 또는 까마귀 가슴(크로우 브레스트)_그로 반트르 족

검은 옷을 입은 당신 프랑스 인이여, 이토록 고생을 무릅쓰고 우리

를 찾아와 줘서 고맙다. 오늘처럼 대지가 아름다운 적도 없었고, 태양이
화창한 적도 없었다. 강이 이토록 조용히 흐른 적도 없었고, 당신들이
탄 배가 잘 통과하도록 돌멩이 하나 떠다니지 않은 적도 없었다. 우리
의 담배가 이토록 순한 적도 없었으며, 옥수수들이 오늘처럼 아름답
게 보인 적도 없었다.

1673년 일리노이 족의 늙은 추장 니키나피가 프랑스 인 일행을 환영하며

　　당신들이 자랑하는 문명화된 정부 조직에서는 국가의 영광을 위해
사람들의 행복이 끊임없이 희생된다. 그렇기 때문에 그토록 많은 형
사법과 민사법이 있고, 그토록 많은 감옥과 유치장이 있는 것이다. 우
리 인디언들 사회에는 감옥이 없다. 우리는 당신들과 같은 거창한 법
정이 없으며, 문자로 기록된 복잡한 법률 같은 것도 없다. 그러나 당신
들 사회에서와 마찬가지로 우리 사회에서도 재판관은 사람들로부터
존경을 받으며, 그들이 내린 결정은 더없이 존중된다.

　　재산은 잘 보호를 받았으며, 죄를 지은 자는 누구를 막론하고 처벌
을 받았다. 인디언 사회에는 법의 통제를 벗어날 만큼 못되고 악한 사
람이 없다. 이곳에는 힘없고 순진한 사람들을 이용해 배를 채우는 악
한 자가 없다. 홀로 된 여자와 고아들의 재산을 빼앗는 기업체나 사기
꾼들이 없다. 우리에게는 법을 이용해 강도짓을 하는 자들이 없다. 보
상받기를 바라고 용감한 행동과 가치 있는 일을 하는 사람은 우리 가
운데 아무도 없다. 우리가 그렇게 하는 것은 오로지 부족을 위해 봉
사하겠다는 의식 때문이다.

타옌다네게아_모호크 족

　　알게 해 주세요.

이것이 진정한 것인지.

알게 해 주세요.

내가 살고 있는 이 삶이

진정한 것인지.

모든 곳에 계시는 위대한 정령이시여,

알게 해 주세요.

이것이 진정한 것인지.

내가 살고 있는 이 삶이.

파우니 족 기도문

우리의 생에 평범한 순간이란 없다. 또한 우리가 결코 변하지 않으리라고 믿는 상황들도 사실은 매 순간 변화하고 있는 것이다. 우리가 발걸음을 내딛는 매 순간마다 길은 달라지고, 우리는 늘 새로운 길을 배워 간다. 이 세상에 영원히 변치 않는 것이란 많지 않다. 우리는 변화하기 위해 태어났으며, 변화하지 않으면 생이 멈춘다. 그러나 변하지 말아야 할 것은 우리가 생을 대하는 자세다. 매 순간 우리는 배움을 얻어야 하며, 어떤 것을 사실로 받아들이기 전에 직접 경험하고 살아야만 한다.

세퀴치 히플러_체로키 족

내 어린 시절은 온통 경이로움과 놀라운 마술들로 채워져 있었다. 하루하루가 다 마술과도 같았다. 얼굴 흰 사람들의 과학으로는 그 마술을 측정할 수가 없다. 측정이 가능하다면 그것은 이미 마술이 아니다. 삶에서 중요한 것들은 측정이 불가능하다.

앤 윌슨 스캐프_체로키 족

얼굴 흰 사람들은 자유와 정의를 이야기한다. 인디언은 자유와 정의를 갖고 있었다. 그렇기 때문에 거의 몰살당한 것이다. 얼굴 흰 사람들이 말하는 자유와 정의는 바람에 불려 가는 헛소리에 불과하다.

어느 다코타 족 인디언

당신들의 종교적인 계율은 화난 신이 불타는 손가락으로 돌판 위에 새겨 놓았다. 우리의 종교는 우리 조상의 전통에 의해 세워졌으며, 위대한 정령이 밤의 고요한 시간에 우리 어른들에게 꿈을 주었다. 그것은 우리 부족의 가슴속에 씌어져 있으며, 따라서 우리에게는 교회가 필요하지 않다. 교회는 우리로 하여금 신에 대해 논쟁만 하게 만든다. 우리는 그것을 원하지 않는다. 우리는 인간의 일들을 갖고는 논쟁을 벌이지만, 신에 대해선 이러쿵저러쿵하지 않는다. 그리고 인간이 자연을 지배해야 한다는 그런 생각 자체를 우리는 이해할 수 없다.

우리의 믿음은 위대한 정령이 인간뿐 아니라 모든 동물, 식물, 바위, 이 대지 위에 있는 것들과 별들 사이에 있는 것들까지도 창조했다는 것이다. 우리에게 생명은 신성한 것이다. 우리가 태양과 달과 바람을 향해 기도할 때 당신들은 우리의 기도를 이해하지 못한다. 우리의 기도가 당신들의 기도와 다르다는 이유만으로 당신들은 제대로 이해하지도 못하면서 우리를 판단한다. 하지만 우리는 자연 속 모든 존재들과 조화롭게 살 줄 안다. 자연 속의 존재들은 우리 안에 있고, 우리 모두는 자연의 일부분이다.

흰구름(마하스카)_라코타 족 추장

서쪽 가까운 곳에서 태양이 노래하고 있네.
구름 떼를 데리고서 그 물결이 내게로 밀려오고 있네.

이곳에서도 나는 그 소리를 들을 수 있어,
대지가 내 발밑에서 떨고 있고
내 귀에는 큰 비의 울림이 들려오네.

비를 내리는 노래_파파고 족

어린 말(리틀 호스, 오글라라 수우 족 전사)

대지가 존재하는 한

테쿰세
쇼니 족

형제여, 내 말을 잘 들으라. 당신은 아직 잘 이해하지 못한 것 같다. 얼굴 흰 자들이 우리에게 한 약속들에 대해 말해 줄 테니 잘 들으라. 당신도 알다시피, 예수를 영접한 델라웨어 족 인디언들은 얼굴 흰 자들과 한 우호 조약만 믿고 자신들이 안전하다고 생각하고는 그 이주민들 근처에서 살았다. 하지만 얼굴 흰 자들은 인디언 남자와 여자, 아이들을 모조리 죽였다. 그들이 예수에게 간절히 기도하는데도 그렇게 했다.

우리 쇼니 족에게도 당신들은 똑같은 약속을 한 적이 있다. 핀니 요새에서였는데, 그때 우리 부족 몇 사람이 강제에 못 이겨 조약에 서명했다. 당신들은 미국 깃발을 우리 부족 사람들에게 건네 주며 이제 우리도 미국의 자식들이 되었다고 선언했다. 그러면서 어떤 백인 군대든 우리를 공격하려고 할 때 이 깃발을 높이 쳐들기만 하면 안전을 보장받을 수 있다고 말했다. 우리는 그 말을 믿고 그대로 따랐다. 하지만 무슨 일이 일어났는가? 우리의 존경하는 몰룬타 추장은 한 손에는 그 깃발을, 다른 한 손에는 평화조약서를 들고 서 있었다. 하지만 백인 관리에 의해 그의 머리가 그 자리에서 날아갔다. 그런데도 그 백인 관리는 어떤 처벌도 받지 않았다.

형제여, 그런 쓰라린 사건들을 겪고 나서도 여전히 얼굴 흰 자들의 약속을 믿지 않는다고 나를 비난한단 말인가? 당신들은 수많은 쇼니 족, 수많은 위네바고 족, 수많은 마이애미 족, 델라웨어 족을 죽이고 그들의 땅을 빼앗았다. 그렇지만 단 한 명의 얼굴 흰 자도 처벌받지 않았다.

당신들 얼굴 흰 자들이 그토록 나쁜 짓을 했기 때문에 우리가 대항하는 것이다. 당신들은 우리 인디언 부족들이 연합하는 것을 원하지 않으며, 우리의 연맹을 깨려고 노력하고 있다. 어떻게든 우리를 갈라놓으려 하고 있다. 우리 인디언 지도자들이 서로 단결해 우리가 가진 땅을 공동의 재산으로 삼으려고 하자, 당신들이 그것을 가로막고 있다. 당신들은 인디언 부족들을 갈라놓고 연맹에 가담하지 말라고 충고하면서 한 부족씩 상대하려 하고 있다. 모닥불을 피워 놓고 연맹을 결성한 것은 당신들 얼굴 흰 사람들이 먼저다. 그런데 인디언들이 그 본보기를 따르려 하자 왜 가로막고 나서는가? 어떤 인디언이 당신들 얼굴 흰 사람들을 서로 갈라놓으려 한 적이 있는가?

당신들은 언제나 그런 식으로 우리 얼굴 붉은 사람들을 내몰고 있다. 마침내는 더 이상 걸을 수도 서 있을 수도 없는 거대한 호수로 우리를 내몰 것이다. 당신들이 인디언들에게 어떤 짓을 하고 있는지 스스로 깨달아야 한다. 그런 결정들은 당신들의 대통령이 내린 것인가? 참으로 나쁜 짓이 아닐 수 없다.

그 나쁜 짓을 멈추게 할 수 있는 방법은 우리 얼굴 붉은 사람들이 연합해 처음과 마찬가지로 땅에 대한 우리의 권리를 주장하는 일이다. 전에는 땅에 금을 그은 적이 없었다. 지금도 마땅히 그렇게 되어야 한다.

우리는 당신들에게 숲이 우거진 산과 사냥감 가득한 골짜기를 내주었다. 그 대가로 우리의 전사들과 여인네들에게 돌아온 것이 무엇인가? 독한 술, 시시한 장신구, 그리고 무덤뿐이다. 어떤 부족도 대지를 사고팔 권리가 없다. 서로는 물론이고 낯선 자에게는 더더구나 안 된다. 대지를 팔다니! 땅만이 아니라 공기와 바다까지 팔지 그러는가? 그것들은 모두 위대한 정령께서 그의 자식들에게 잘 사용하라고 주신 것이 아닌가?

나는 쇼니 족 인디언이다! 그리고 인디언 전사다! 나의 아버지들도 전사들이었다. 오로지 그들이 있었기에 나는 세상에 태어날 수 있었다. 내 부족으로부터 나는 아무것도 받은 것이 없다. 나는 내 자신의 운명을 스스로 만드는 자다. 그리고 얼굴 붉은 사람들의 운명도 내 손으로 만들어 나갈 것이다.

내 안에서 늙은 인디언들의 목소리가 들린다. 그들은 불과 얼마 전까지만 해도 이 큰 섬에 얼굴 흰 사람들은 존재하지도 않았다고 말한다. 이 나라는 얼굴 붉은 사람들의 땅이며, 위대한 정령이 우리에게 이 땅을 보호하고, 이곳에서 삶을 누리라고 준 것이다. 한때 이곳에는 지상에서 가장 행복한 종족이 살았다. 하지만 이제 그들은 결코 민족할 줄 모르고 끝없이 밀려들어오는 얼굴 흰 자들 때문에 말할 수 없는 비탄에 잠겨 있다.

당신들은 언제나 그런 식이다. 누구와도 약속을 지키지 않으면서, 우리더러 당신들이 한 약속을 믿으라고 말한다. 어떻게 우리가 얼굴 흰 자들을 신뢰한단 말인가? 예수 그리스도가 이 세상에 왔을 때 당신들은 자신들이 믿는 하느님의 아들마저 죽였다. 못으로 박

아 죽였다. 그를 살해한 다음에야 비로소 믿기 시작했으며, 이번에
는 그를 믿지 않는다고 우리를 죽이고 있다. 도대체 그런 종류의 인
간들을 우리더러 어떻게 신뢰하란 말인가?

(오세이지 족, 촉토 족, 치카쇼 족 인디언들을 향해) 형제들이여, 우리
모두는 한 가족이다. 모두 위대한 정령의 자식들이다. 우리는 같은
길을 걷고, 같은 샘물로 목을 축인다. 그리고 이제 더없이 중요한
공동의 일 때문에 이렇게 한 모닥불 둘레에 모여 앉아 담뱃대를 돌
렸다.

형제들이여, 우리는 친구들이며, 서로의 짐을 함께 져야 한다. 얼
굴 흰 자들의 탐욕을 채우기 위해 우리 아버지들과 형제들의 피가
이 대지를 강물처럼 적셨다. 우리 자신도 크나큰 악에 직면해 있다.
얼굴 붉은 사람들을 모두 파괴한 후에야 비로소 그들은 진정될 것
이다.

얼굴 흰 자들이 처음 이 땅에 발을 들여놓았을 때, 그들은 배가
고팠다. 모닥불을 피우거나 담요 한 장 펼칠 땅도 없었다. 너무 허
약하기 짝이 없어서 자신들만의 힘으론 아무것도 할 수 없었다. 우
리의 아버지들은 그들의 불쌍한 처지를 가엾게 여겨 위대한 정령
이 우리 얼굴 붉은 자식들에게 준 모든 것을 자유롭게 그들과 나
눠 가졌다. 배고플 때 음식을 주고, 아플 때 치료약을 주고, 들소 가
죽을 펼쳐 잠잘 수 있게 해 주었다. 또한 사냥을 하고 옥수수를 심
을 수 있도록 땅까지 내주었다.

형제들이여, 얼굴 흰 자들은 독사와 같다. 추울 때는 힘없고 꼼
짝을 못하지만, 날이 풀리면 기운이 살아나 자신들을 먹여 살린 사
람들을 물어 죽인다. 우리들 속으로 걸어 들어온 얼굴 흰 자들은

허약했었다. 하지만 우리가 그들을 강하게 만들었다. 그들은 늑대와 곰에게 하듯이 우리를 죽이고, 뒤로 내몰고 있다.

형제들이여, 얼굴 흰 자들은 인디언들의 친구가 아니다. 처음에 그들은 천막을 세울 만큼의 땅만 내달라고 부탁했다. 하지만 이제는 해 뜨는 곳에서 해 지는 곳까지 우리의 사냥터를 다 차지하고도 끝내 만족할 줄 모른다. 그들은 우리의 터전 이상의 것을 원한다. 우리의 전사들이 사라지길 원하고, 심지어 노인네들과 여자들, 어린 것들까지 죽일 것이다.

피쿼트 족은 어디로 갔는가? 오늘날 나라간세트 족은 어디로 갔는가? 모히칸 족과 파카노케트 족은? 한때 강력했던 우리의 수많은 부족들은 다 어디로 갔는가? 그들은 여름 태양에 녹는 눈처럼 얼굴 흰 자들의 탐욕과 억압 속에 빠른 속도로 사라져 갔다. 혼자의 힘으로 조상들의 재산을 지키려는 헛된 희망을 갖고 있다가 전투 한 번 제대로 못하고 쓰러졌다.

한때 아름다웠던 그들의 대지를 돌아보라. 얼굴 창백한 자들이 파헤쳐 놓은 것밖에는 아무것도 눈에 띄지 않는다. 우리도 같은 처지가 될 것이다. 그 무성한 그늘 아래서 우리가 어린 시절을 보내고 지친 팔다리를 쉬던 숲의 커다란 나무들은 다 베어져 얼굴 흰 침입자들이 자기들 소유라고 우기는 땅의 울타리로 쓰일 것이다. 머지 않아 그들의 넓은 도로가 우리 아버지들의 무덤을 갈아엎을 것이고, 조상들의 안식처는 영원히 파괴될 것이다. 그 공동의 적에 대항하기 위해 우리가 손을 맞잡지 않는 한, 우리는 조만간 이 대지 위에서 자취를 감출 것이다. 겨울 폭풍에 휘날리는 붉은 잎들처럼 우리들 역시 우리가 나고 자란 이 땅에서 내쫓길 것이다.

형제들이여! 헛된 희망을 품고 너무 오래 잠들어 있지 말라. 우리의 넓은 대지가 빠른 속도로 우리의 손에서 떠나가고 있다. 날이 갈수록 침입자들의 탐욕이 커져 가고 있다. 그들이 우리들 사이에 끼어들기 전에는 우리는 행복했고, 거칠 것 없는 자유를 누렸다.

여러 번의 겨울 전, 이곳에는 땅도 없고 태양도 뜨지 않는 온통 암흑뿐이었다. 그때 위대한 정령이 모든 것을 만들었다. 그분은 얼굴 흰 사람들에게는 큰 바다 저편에다 집을 주었다. 그리고 이곳에는 많은 사냥감을 풀어놓고 그것들을 얼굴 붉은 자식들에게 주었다. 더불어 우리 자신을 지킬 힘과 용기를 주었다.

형제들이여, 나의 부족은 평화를 원한다. 모든 인디언들이 평화를 갈망한다. 하지만 얼굴 흰 자들이 있는 곳에선 어머니 대지의 품으로 돌아가지 않고서는 평화란 없다. 얼굴 흰 자들은 인디언들을 경멸하고 속이며, 언제나 못되게 굴고 모욕을 일삼는다. 그들은 얼굴 붉은 사람들은 아예 살 가치가 없다고 여긴다.

우리는 그동안 너무 많은 상처를 받아 왔다. 이런 식으로 더 이상 고통받아선 안 된다. 나의 부족은 그렇게 하지 않을 것이다. 맞서 싸우기로 결심했다. 우리는 이미 손도끼를 꺼냈으며, 그것에 얼굴 흰 자들의 피를 묻힐 수밖에 없다.

형제들이여, 나의 부족은 용감하고 숫자가 많다. 하지만 얼굴 흰 자들은 너무 강해서 우리 부족의 힘만으론 버겁다. 그대들도 손도끼를 들고 우리와 힘을 합치기 바란다. 모두가 연합한다면 큰 바다가 얼굴 흰 자들의 피로 얼룩질 것이다. 우리가 단결하지 않으면 그들이 먼저 공격할 것이고, 그러면 우리는 쉽게 그들의 먹이가 될 것이다. 그들은 이미 수많은 인디언 부족들을 파괴했다. 우리가 단결하지 않았기 때문이다. 우리가 한 형제가 되지 않았기 때문이다.

형제들이여, 얼굴 흰 자들은 우리들 속에 첩자를 심고 우리가 서로 적이 되기를 바란다. 홍수가 닥치듯, 폭풍우가 몰아치듯, 우리의 사냥터를 다 쓸어가기 위해서다. 얼굴 흰 자들이 누구길래 우리가 그들을 두려워해야 하는가? 그들은 빨리 달리지도 못하고, 표적을 제대로 맞출 줄도 모른다. 그들은 아무것도 아니다. 우리의 아버지들은 일당백으로 수없이 그들을 무찔렀다. 우리는 연약한 아녀자들이 아니다.

위대한 정령은 지금 우리의 적에게 무척 화가 나 있다. 그래서 천둥으로 소리를 지르고, 미시시피 강을 빨아올려 마을들을 삼키고 있다. 곧 큰물이 넘쳐 낮은 지대를 뒤덮을 것이고, 그들의 옥수수는 자라지도 못할 것이다. 위대한 정령은 산 위로 피신한 자들까지 거센 숨결로 휩쓸어 버릴 것이다.

형제들이여, 힘을 합쳐야 한다. 같은 담뱃대로 연기를 피워 올려야 한다. 서로의 전투에서 함께 싸워야 한다. 그리고 무엇보다 다함께 위대한 정령을 사랑해야 한다. 그분이 우리 편에 서 있으며, 우리의 적을 물리쳐 당신의 얼굴 붉은 자식들을 행복으로 이끌 것이다. 내가 말하는 것은 다 진실이다. 위대한 정령이 내 안에서 나를 통해 말하고 있기 때문이다.

*

쇼니 족 언어로 '별똥별'이라는 뜻을 가진 테쿰세(1768~1813)는 이름 그대로 어두워져 가는 인디언들의 밤하늘에 찬란한 불꽃을 그으며 산화했다. 그의 공인된 적이고 그 지역 주지사이자, 훗날 제9대 미국 대통령이 된 윌리엄 해리슨은 테쿰세에 대해 이렇게 말했다.

"그는 인류 역사 속에 가끔씩 나타나 혁명을 일으키고 기존 질서를 뒤흔들어 놓는 그런 드문 천재들 중 한 사람이었다."

해리슨은 테쿰세가 여러 부족들을 연합해 대 인디언 제국을 건설할까 봐 두려워했으며, 실제로 테쿰세가 꿈꾼 것이 그것이었다. 해리슨은 그런 테쿰세를 면전에서 강력히 비난하고 나섰다. 여기에 실린 연설문의 앞부분은 바로 그 주지사에게 테쿰세가 한 연설이고, 뒷부분은 부족간의 연맹을 설득하기 위해 1811년 겨울, 테쿰세가 여러 부족의 인디언들에게 한 연설이다. 둘 다 대표적인 아메리카 인디언 명연설로 손꼽힌다.

테쿰세의 아버지 푸케신와는 임종의 자리에서 큰아들 치수아카에게 일곱 살 동생 테쿰세를 전사로 키울 것과 백인들과 타협하지 말 것을 유언으로 남겼다. 뛰어난 전사이며 교사였던 치수아카는 테쿰세를 잘 가르쳤고, 어머니 알 낳는 거북(메토아타스케)이 미주리('큰 배가 있는 마을'의 뜻)로 옮겨 간 후부터는 부모 역할을 대신했다. 테쿰세는 첫 전투에선 겁을 먹고 달아났지만, 그다음부터는 결코 그런 일이 없었다.

문학성과 상상력이 뛰어난 어머니 알 낳는 거북은 남편이 백인 정착민의 총에 맞아 숨지자, 어린 테쿰세를 불러 말했다.

"별똥별아, 너는 아버지의 원수를 갚아야 한다. 네 다리는 갈라지는 번개처럼 빠르고, 두 팔은 천둥처럼 강해질 것이다. 그리고 네 영혼은 산 절벽에서 뛰어내리는 폭포처럼 두려움이 없을 것이다. 오늘 너는 숲을 뛰어다니는 한 마리 사슴을 보았다. 바람처럼 날쌔고, 아름답고, 사랑스러운 사슴이었다. 그런데 갑자기 사냥꾼이 나타나 화살로 사슴의 심장을 꿰뚫었다. 내가 너를 그곳으로 데리고 가서 죽어 가는 그 동물을 보게 했다. 상처에서 흘러내린 피는 검게 변하고, 사슴은 딱딱하게 굳어져서 죽었다. 조금 전까지의 아름다움은 간 곳이 없었다. 죽음이란 그런 것이다. 네 아버지도 그런 식으로 죽었다. 시간은 멈추지 않고 흘러간다. 겨울이 빨리 지나가고, 여름이 다시 찾아올 것이다. 넌 머지않아 어엿한 남자가 될 것이고, 적들은 너의 이름을 들을 때마다 겁에 질려 떨 것이다."

어머니의 예언대로 테쿰세는 키가 크고, 체구가 장대하며, 지성적이고, 대단한 카리스마를 지닌 전략가이자 웅변가로 변해 갔다. 아마도 그는 유럽 인들의 침략이 시작된 이후 가장 뛰어난 인디언 지도자로 손꼽힐 것이다. 성경과 세계사를 공부했고, 용감무쌍한 전사이면서도 함부로 사람을 죽이는 일에 반대했다. 그는 크리크 족, 체로키 족 인디언들과 연합해, 야금야금 침입해 들어오는 백인 이주민들을 여러 차례 물리쳤다. 또한 동생과 함께 북부 인디애나 주에 '예언자 마을'이라는 이상적인 인디언 촌을 세우고, 부족 사람들에게 전통 방식으로 돌아가 열심히 농사 짓고 술을 마시지 말 것을 가르쳤다. 그리고 자신의 전사들에게 엄격한 명령을 내렸다.

'포로로 붙잡은 얼굴 흰 자들을 고문해선 안 된다. 우리가 자신을 다스릴 줄도 모르는 야생동물이나 다를 바 없는 그런 사람들인가? 아니다! 우리는 우리 아버지들의 땅을 위해 싸우는 자랑스러운 사람들이다. 그러니 남자답게 싸우자. 우리를 죽이고 땅을 빼앗으러 오는 이 얼굴 흰 자들을 물리치자. 하지만 나는 그대들에게 말한다. 포로로 잡힌 사람을 고문하지 말라!'

테쿰세는 개인적인 감정을 뛰어넘는 지성과 영혼의 소유자였다. 그를 위대하게 만든 것도 다름아닌 그것이었다.

하지만 테쿰세가 인디언들을 연합하기 위해 여행을 떠나 있는 동안 그의 예언자 마을은 윌리엄 해리슨의 군대에 의해 짓밟히고 그가 한 승리의 약속도 물거품이 되었다. 이 공로로 윌리엄 해리슨은 대통령의 자리에 올랐다.

자신이 세운 인디언 마을이 백인들에 의해 파괴되고 잿더미로 변한 것을 보며 테쿰세는 눈물의 연설을 했다.

"내 어머니의 나라를 지키려는 나의 사명은 실패로 끝이 났다. 물이 단단한 얼음으로 변하고 비가 흰 솜이 되어 구름에서 내려 시야를 가리는 이곳으로 다른 인디언 부족들을 데려오지 못했다. 이곳으로 돌아오는 동안 내내 나는 눈을 감고 있어야만 했다. 이 아름다운 대지가 머지않아 얼굴 흰 자들의 발길에 짓밟힐 것을 생각하니 가슴이 아파 차마 풍경들을 바라볼 수가 없었다. 나는 햇빛 비치는 남쪽 지방에서 눈과 얼음이 있는 북쪽 지대로 올라오고 있었다. 내 마을의 천막 위에도 깊은 눈이 쌓였겠지만, 그 안에서 타오르고 있을 모닥불을 떠올렸다. 그 따뜻한 불을 상상하면서 긴 여행의 추운 밤들을 이겨낼 수 있었다. 배가 고파도 마을에 가면 옥수수가 많다는 걸 생각하고 배고픔을 견딜 수 있었다.

하지만 지금 나는 폐허로 변한 내 집의 잿더미 위에 서 있다. 위대한 정령에게 성스러운 모닥불을 피워 올리던 내 천막이 서 있던 이곳에. 몰려드는 침입자들로부터 자신의 집과 부족을 지키기 위해 싸우다가 숨져 간 전사들의 영혼을 부르면서. 대지를 적신 그들의 선혈을 보면서, 나는 맹세한다. 반드시 복수하리라고."

그 눈물의 맹세 역시 부질없는 것이 되고 말았다. 그로부터 2년 뒤, 테쿰세는 영국군과 합세해 테임스 전투에서 미국 병사들과 맞섰지만 전날 자신이 예언한 대로 덧없이 전사했다. 그렇게 옛 인디언 제국을 다시 일으켜 세우려는 그의 꿈도 전장의 이슬로 사라졌다. 많은 미국인 병사들이 자신이 테쿰세를 맞혔다고 주장했지만, 누군지는 밝혀지지 않았고 시신도 끝내 발견되지 않았다. 어떤 이들은 테쿰세가 죽지 않았으며, 여전히 평원을 돌며 여러 인디언 부족들에게 싸울 것을 독려하고 있다고 말했다. 또 어떤 이는 위대한 정령이 기적적으로 그를 구해 저 먼 곳으로 데려갔다고 주장했다. 그렇게 별똥별은 전설만 남긴 채 자취 없이 사라졌다.

백인들의 탐욕에 대한 테쿰세의 경고는 그 자신이 상상했던 것보다 훨씬 더 정확히 들어맞았다. 평원에 밀려온 '문명의 얼굴을 한 야만' 앞에서 인디언 부족들은 힘없이 쓰러져 갔다. 오늘날 대부분의 쇼니족 인디언 가정에는 테쿰세의 초상화가 걸려 있다. 그는 인디언들의 기억 속에서 뛰어난 전사이고, 자연을 사랑한 고귀한 사람이며, 올바른 인간으로 길이 기억되고 있다.

죽기 전, 테쿰세는 자신의 부족에게 다음의 마지막 연설을 남겼다.

너의 가슴속에 죽음이 들어올 수 없는 삶을 살라. 다른 사람의 종교에 대해 논쟁하지 말고, 그들의 시각을 존중하라. 그리고 그들 역시 너의 시각을 존중하게 하라. 너의 삶을 사랑하고, 그 삶을 완전한 것으로 만들고, 너의 삶 속에 있는 모든 것들을 아름답게 만들라.

오래 살되, 다른 이들을 위해 헌신하는 삶에 목적을 두라. 이 세상을 떠나는 위대한 이별의 순간을 위해 고귀한 죽음의 노래를 준비하라. 낯선 사람일지라도 외딴 곳에서 누군가와 마주치면 한두 마디 인사를 나누라. 모든 사람을 존중하고, 누구에게도 비굴하게 굴지 말라.

자리에서 일어나면 아침 햇빛에 감사하라. 네가 가진 생명과 힘에 대해, 네가 먹는 음식, 삶의 즐거움들에 대해 감사하라. 만약 네가 감사해야 할 아무런 이유를 발견하지 못한다면 그것은 어디까지나 너의 잘못이다.

죽음이 다가왔을 때, 마음속에 죽음에 대한 두려움이 가득한 사람처럼 되지 말라. 슬피 울면서 다른 방식으로 살 수 있도록 조금만 더 시간을 달라고 애원하는 사람이 되지 말라. 그 대신 너의 죽음의 노래를 부르라. 그리고 집으로 돌아가는 인디언 전사처럼 죽음을 맞이하라.

45세의 나이에 밤하늘로 아스라히 멀어진 테쿰세, 그 별똥별을 기억하며, 여기 〈인디언들의 일곱 가지 성스러운 기도문〉을 옮겨 적는다.

'모든 것 이전에 있었고, 모든 물건과 사람과 장소를 가득 채우고 있는 위대한 정령이시여, 당신에게 울며 기도합니다. 머나먼 곳으로부터 우리의 깨어 있는 마음속으로 당신을 부릅니다.

공기 속 수분들에게 날개를 주고 자욱한 눈폭풍을 날려 보내며, 반짝이는 수정 이불로 대지를 덮어 그 깊은 고요로 모든 소리를 아름답게 만드는 북쪽의 위대한 정령이시여, 당신의 어린 자식들에게 살을 에는 눈보라를 견딜 힘을 주시고, 힘든 계절이 지나가고 따뜻한 대지가 깨어날 때 찾아오는 그 아름다움에 감사하게 하소서.

오른손에는 우리의 전 생애를, 왼손에는 하루하루의 기회를 들고서, 떠오르는 태양의 땅 동쪽에 계신 위대한 정령이시여, 우리가 받은 선물을 무시하지 않게 하시고, 게으름 속에 하루의 소망 또는 한 해의 희망을 잃지 않게 하소서.

따뜻한 자비의 숨결로 우리 가슴을 에워싼 얼음들을 녹이고, 그 향기로 머지않은 봄과 여름을 말해 주는 남쪽의 위대한 정령이시여, 우리 안의 두려움과 미움을 녹여 우리의 사랑을 진실하고 살아 있는 실체로 만들어 주소서. 진실로 강한 자는 부드러우며, 지혜로운 자는 마음이 넓고, 진정으로 용기 있는 자는 자비심 또한 갖고 있음을 우리가 깨닫게 하소서.

하늘로 치솟은 산들과 멀리 굽이치는 평원들을 가진, 태양이 지는 땅 서쪽에 계시는 위대한 정령이시여, 순수한 노력 뒤에 평화로움이 찾아오며, 오랜 수행을 한 삶 뒤에 바람 속에 펄럭이는 옷자락처럼 자유가 뒤따라옴을 알게 하소서. 끝이 처음보다 좋으며, 지는 태양의 영광이 헛되지 않음을 깨닫게 하소서.

낮에는 한없이 파랗고 밤의 계절에는 수많은 별들 속에 있는 하늘의 위대한 정령이시여, 당신이 무한히 크고 아름다우며 우리의 모든 지식을 뛰어넘을 정도로 거대한 존재임을 알게 하소서. 동시에 당신이 우리 머리 위, 눈꺼풀 바로 위에 있음을 깨닫게 하소서.

땅속에 숨겨진 자원을 주관하고 모든 광물의 주인이며 씨앗들을 싹 틔우는, 우리 발아래 있는 어머니 대지의 위대한 정령이시여, 지금 이 순간 당신이 가진 자비로운 마음에 끝없이 감사하게 하소서.

우리의 가슴속 소망과 가장 깊은 갈망 속에서 불타오르고 있는, 우리의 영혼 속 위대한 정령이시여, 당신이 주신 이 생명의 위대함과 선함을 알게 하시고, 값으로 따질 수 없는 이 특별한 삶의 가치를 깨닫게 하소서.'

어린 소년이었을 때, 나는 멀리서 얼굴 흰 사람들을 보았다. 그리고 그들이 우리의 적이라는 얘기를 들었다. 나는 여우나 곰을 쏘듯이 그들을 쏠 수 없었다. 그들이 우리에게 와서 우리의 말과 땅을 빼앗았다. 그들은 자신들이 우리의 친구라고 말하면서 우정의 악수를 청했다. 나는 그 손을 잡았다. 하지만 그들은 다른 손에는 뱀을 들고 있었으며, 그들의 혀는 두 가닥으로 갈라져 있었다. 그들은 거짓말을 하고, 우리를 물었다. 우리는 남쪽 멀리에 농사를 짓고 살 수 있을 만큼만 작은 땅을 남겨 달라고 간청했다. 내 조상들의 뼈를 묻고, 내 아내와 아이들이 살 수 있을 만큼만. 하지만 그 청은 받아들여지지 않았다. 이제 우리는 아무 잘못도 없이 영원히 플로리다를 떠나야 한다. 그곳은 나의 고향이고, 나는 그곳을 사랑한다. 그곳을 떠나는 것은 나의 아내와 아이를 땅에 묻는 것과 같다.

들고양이(코아쿠치)_세미놀 족 추장

처음에 얼굴 흰 자들은 국을 끓여 먹을 수 있게 채소를 심을 아주 작은 땅만 내달라고 부탁했다. 들소 가죽으로 덮을 수 있을 만큼의 작은 땅만. 처음부터 속임수로 가득한 그들의 영혼을 우리가 알아차렸어야만 했다.

1609년 맨해튼 섬에 처음으로 도착한 네덜란드 인들에 대한 인디언의 시각_델라웨어 족

얼굴 흰 자들 중에도 선한 사람들이 있다는 것을 나는 인정한다. 하지만 악한 인간들에 비하면 그 숫자는 극히 적다. 악한 자들이 훨씬 힘이 세어서 그들이 세상을 통치한다. 그들은 자신들이 하고 싶은 대로 한다. 우리를 창조한 똑같은 위대한 정령에 의해 창조되었음에도 불구하고 피부색이 다르다는 이유로 노예로 삼는다. 그들은 우리 인디언들도 노예로 만들고 싶지만 그렇게 할 수가 없으니까 우리를 죽이

는 것이다. 그들의 단어에는 신앙이란 존재하지 않는다. 그들은 전투할 때만 적이고 평소에는 친구로 지내는 우리 인디언들과는 다르다. 그들은 인디언들에게 "나의 친구여! 나의 형제여!" 하고 말한다. 그리고 우리의 손을 잡으면서 동시에 다른 손으로는 우리를 파괴한다. 그러니 기독교인으로 개종한 그대 인디언들도 조만간 똑같은 대접을 받을 것이다. 내 말을 잊지 말라. 오늘 나는 그대들에게 경고하는 바이다. 얼굴 흰 자들의 그런 우정을 경계하라. 나는 긴 칼을 찬 그 자들을 잘 알고 있다. 그들은 결코 믿을 수 없는 자들이다.

델라웨어 족 전사 파치간칠힐라스가 모라비아 선교사들에 의해 기독교로 개종한 인디언들에게 한 경고. 이 연설이 있은 후 정확히 11개월 뒤, 연설이 행해진 그 자리에서 그 인디언 기독교인 96명이 백인들에 의해 전부 몰살당했다. 그중 60명이 여자와 아이들이었다.

우리는 얼굴 흰 사람들에게 아무 해를 끼치지 않았고 또 그럴 마음도 없었다. 다만 그들과 친구가 되고 싶었을 따름이다. 들소는 급속히 줄어들고 있고, 2,3년 전만 해도 여기저기 널려 있던 영양 떼도 요즘은 보기 어렵다. 들짐승이 사라져 버리면 우리는 자연히 굶주림에 못 이겨 당신네 요새로 들어가지 않을 수 없을 것이다. 당신네 부하들에게 제발 총 좀 쏘지 말라고 하라. 우리를 볼 때마다 총질을 해 대니 우리라고 안 쏘고 배기겠는가?

키 큰 소(톤카하슈카)_샤이엔 족

형제들이여, 영국인들처럼 우리도 하나로 뭉쳐야 한다. 그렇지 않으면 우리는 철저히 파괴될 것이다. 그대들도 알다시피 우리의 아버지들은 풍부한 사슴과 짐승 가죽을 갖고 있었으며, 우리의 평원에는 사슴과 칠면조들이 가득했다. 바다 기슭과 강에는 물고기들로 넘쳐났다.

하지만 형제들이여, 얼굴 흰 자들이 이 나라를 움켜쥔 다음부터는 낫으로 풀들을 다 베어 버리고, 도끼로 나무들을 쓰러뜨렸다. 그들의 소와 말들이 풀이란 풀을 다 먹어치웠으며, 그들의 돼지가 대합조개들의 서식지를 망쳐 놓았다. 얼마 안 가 우리는 다 굶어 죽을 것이다.

미안투노모, 1642년 _ 나라간세트 족

이 전쟁은 우리가 먼저 시작한 것이 아니다. 얼굴 흰 대추장이 우리에게 병사들을 보내 공짜로 우리 땅을 빼앗고, 우리의 땅에서 온갖 나쁜 짓을 저질렀기 때문에 시작된 것이다. 우리의 땅을 강도질해서 빼앗으려 했기 때문에 일어났다.

점박이 꼬리(스포티드 테일) _ 라코타 족

당신들은 나를 동쪽에서부터 이곳까지 몰아냈다. 하지만 나는 이 나라에서 2천 년도 넘게 살아왔다. 친구들이여, 나를 이 땅에서 나가라고 한다면 그것은 내게 너무 가혹한 일이다. 나는 이 땅에서 죽고 싶다. 이곳에서 늙은이가 되고 싶다. 나는 얼굴 흰 대추장에게 한 뼘의 땅도 내주기 싫다. 수백만 달러를 내민다 해도 절대로 이 땅을 내주지 않을 것이다.

서 있는 곰(스탠딩 베어) _ 라코타 족

자기가 걸어 다니는 땅을 팔아먹을 미친 인디언은 세상에 없다.

미친 말(티슝카 위트코) _ 오글라라 라코타 족

나 타오야테두타는 겁쟁이가 아니다! 그리고 바보도 아니다! 전사들이여, 그대들은 어린애와 같다. 자신들이 무엇을 하고 있는지조차 모르고 있다. 그대들은 마치 한여름에 자신의 그림자를 쫓아 맹렬히 달리는 개와 같다. 우리는 이제 몇 안 남은 들소 떼나 마찬가지다. 한때 이 평원을 뒤덮었던 거대한 무리는 더 이상 사라지고 없다.

보라! 얼굴 흰 자들은 메뚜기 떼와 같아서 눈폭풍처럼 하늘을 뒤덮으며 날아오고 있다. 그대들이 하루 종일 앉아서 손가락을 꼽으며 헤아린다 해도, 총을 든 백인 병사들은 그대들이 세는 것보다 더 빠른 속도로 지나갈 것이다. 그대들이 그들을 한 대 치기만 해도 그들은 얼른 돌아서서 그대들과 그대들의 여자와 아이들을 삼켜 버릴 것이다. 메뚜기 떼가 하루 만에 나무 잎사귀들을 모두 먹어치우듯이.

그대들은 바보들이다. 그대들은 추장의 얼굴을 볼 수 없다. 그대들의 눈은 연기로 가득하다. 그대들은 그의 목소리를 들을 수 없다. 그대들의 귀는 시끄러운 물소리로 가득하다. 전사들이여, 그대들은 어린 애들이고, 어리석기 짝이 없다. 그대들은 추운 겨울에 굶주린 늑대에게 쫓기는 토끼들처럼 죽임을 당할 것이다. 타오야테두타는 겁쟁이가 아니다. 그대들과 함께 이 땅에서 죽을 것이다.

어린 까마귀(타오야테두타)_다코타 족

형제들이여, 얼굴 흰 사람들은 동쪽에서 일어나는 구름 떼와 같아서 이 나라 전체를 뒤덮을 것이다. 형제들이여, 내 얼굴에 흐르는 진땀을 보라. 나는 어찌할 바를 모르겠다.

날쌘돌이(위카스타 두자한)_다코타 족

영국인들이 처음 이 나라에 왔을 때, 그들은 숫자가 한 줌밖에 되지 않았으며, 의지가지없는 가난하고 불쌍한 자들이었다. 나의 아버지는 힘닿는 데까지 그들을 도와주었다. 또 다른 영국인들이 와서 그들의 숫자가 점점 불어났다. 아버지의 조언자들은 조심하라고 일렀다. 그들이 점점 더 강해져서 인디언들에게 법을 정하고 강제로 나라를 빼앗아 가기 전에 그들을 싹 없애 버리라고 충고했다. 나의 아버지는 영국인들에게도 아버지였다. 그래서 그들과 친구로 남아 있었다.

그런데 조언자들이 옳았음이 밝혀졌다. 영국인들은 우리 부족을 무장해제시키고, 자신들의 법을 우리에게 강요하면서 씻을 길 없는 상처를 입혔다. 영국인들의 소 떼가 우리 부족의 옥수수 밭으로 넘어들어 오기 일쑤였다. 우리 부족은 영국인들처럼 울타리를 하지 않았기 때문이다. 그러면 그들은 적반하장격으로 우리가 자신들에게 큰 손해를 입혔다면서 우리가 그 땅을 자기네들에게 팔 때까지 우리를 감옥에 잡아 가뒀다. 그렇게 해서 한 마지기 두 마지기씩 다 빼앗겼다. 하지만 내 조상들이 살던 작은 터는 아직 남아 있다. 내 나라가 사라지는 것을 내 눈으로 보진 않을 것이다.

메타콤(킹 필립), 1676년_왐파노그 족

그들이 처음 왔을 때 우리는 기뻤다. 우리는 처음에 그들이 빛으로부터 왔다고 생각했다. 하지만 그들은 동틀 녘처럼 오지 않고 해 질 녘처럼 왔다. 이미 지나간 한낮처럼 왔다. 그들과 함께 우리의 미래에는 깜깜한 밤이 찾아왔다.

어느 평원 인디언 추장, 1870년

내 가슴을 열고 당신들에게 말한다. 그러니 당신들도 가슴을 열고 들으라. 우리의 추장은 죽어 가면서 우리에게 절대로 땅을 내주지 말라고 말했다. 우리가 무엇 때문에 이 먼 곳까지 왔는가? 우리의 대지를 팔고 고향에 있는 여자들과 아이들에게 선물을 들고 가기 위해서

가 아니다. 그들에게 오래 가는 행복을 마련해 주기 위해서다. 나는 무기를 땅에 묻었다. 그러나 당신들도 그래야 한다. 나는 지금 진심을 말하는 것이니, 내 말을 믿으라.

나는 내가 태어난 대지를 사랑한다. 그 위에 자란 나무들과 풀들을 사랑한다. 그것들이 있기에 우리는 지금까지 살아왔다. 나는 선물을 받으려고 이곳까지 온 게 아니다. 나는 아직 젊고, 원하는 것을 내 땅에서 사냥해 여자들과 아이들을 먹여 살릴 수 있다. 나는 우리를 제발 가만 내버려 두라고 부탁하러 온 것이다.

조지 워싱턴 대통령에게, 코모_포타와토미 족 추장

한 뼘의 땅일지라도 소중한 것을 지키라.

홀로 서 있는 한 그루 나무일지라도 그대가 믿는 것을 지키라.

먼 길을 가야 하는 것이라도 그대가 해야만 하는 일을 하라.

포기하는 것이 더 쉬울지라도 삶을 지키라.

내가 멀리 떠나갈지라도 내 손을 잡으라.

푸에블로 족의 축복

지카릴라 아파치 족 소녀

우리가 잃어버린 것들

텐스콰타와

쇼니 족 예언자

나의 형제자매들이여! 나는 위대한 능력을 부여받았다. 그대들을 구원하라고 위대한 정령이 내게 그 능력을 허락했다. 내 이름은 이제부터 텐스콰타와(문을 여는 자)이다. 행복에 이르는 문을 여는 법을 위대한 정령이 내게 가르쳐 주었다.

나는 죽어서 저 위쪽 세상에 가서 직접 보았다. 그동안 나는 나 자신과 내 부족 사람들에게 많은 죄를 지었다. 당신들도 나를 잘 안다. 나는 죄인이며 술주정뱅이였다. 전에 나는 다른 이름을 갖고 있었지만, 온갖 죄로 더럽혀져 내 입으로 다시는 그 이름을 부르지 않을 것이다. 하지만 지금 내 입은 깨끗하다! 텐스콰타와는 절대로 거짓말하거나 나쁜 말을 하지 않으며, 앞으로도 그럴 것이다. 나는 죽었다가 완전히 깨끗해져서 돌아왔다. 우리가 처음에 그랬던 것처럼 나는 이제 정결하며, 내 안에는 빛나는 힘이 있다.

처음에 우리는 그 빛나는 힘으로 가득했으며, 누구보다 강했다. 그 무렵엔 우리 모두가 순수했기 때문이다. 우리는 조용히 숲 속을 지나다녔다. 소리 없이 화살을 날려 동물을 잡아 순수한 고기를 먹었다. 물고기들은 침묵 속에 순결한 강에서 헤엄쳤으며, 우리도 침묵 속에 그것들을 잡아먹었다. 옥수수와 콩과 호박 또한 침묵 속에서 대지로부터 자라났으며, 그것들을 우리는 먹었다. 우리는 오직 맑은 물만 마셨으며, 어머니 대지의 가슴에서 나는 젖만 먹었다.

우리가 잃어버린 그 침묵의 소리를 나는 듣고 왔다. 그대들은 죽어 본 적이 없기 때문에 그 침묵의 소리를 듣지 못했을 것이다. 저 하늘의 지붕 아래 그 순수한 침묵이 있다! 처음에 우리 부족은 오직 위대한 정령에게 기도할 때나, 지혜롭게 부족 회의를 열 때, 혹은 우리의 아이들과 어른들에게 부드러운 말을 건넬 때만 그 침묵을 깼다. 혹은 잘못된 일을 바로잡기 위해 전투에 나설 때만 그렇게 했다.

만물을 지으신 위대한 정령은 우리 인디언들을 이 넓고 풍성한 땅에 내려보내면서 사냥감이 있거나 곡식을 심을 기름진 흙이 있는 곳이면 어디든 자유롭게 가도 좋다고 말했다. 그것이 우리의 진정한 행복이었다.

위대한 정령은 우리에게 나무와 식물과 동물과 돌로부터 필요한 모든 것을 발견하고 배우는 법을 가르쳐 주었다. 우리는 나무껍질로 집을 짓고, 짐승 가죽으로 옷을 해 입었다. 위대한 정령은 일상생활과 성스러운 의식에서 불을 사용하는 법도 가르쳐 주었다. 나무껍질과 약초 뿌리로 병을 치료하는 법과 체리 열매들과 과일들, 포포나무 열매와 단풍나무 시럽으로 달콤한 음식을 만드는 법을 가르쳐 주었다.

위대한 정령은 또 우리에게 가루 담배를 주면서 그 향기로운 연기에 실어 우리의 기도를 올려 보내라고 말했다. 그분은 또 우리의 배우자를 사랑하는 법을 가르쳐 주었으며, 우리가 서로에게 고통을 주지 않고 함께 도우며 살 수 있도록 법을 내려 주었다. 바람을 통해, 달려가는 시냇물과 새들의 노래를 통해, 아이들의 웃음을 통해 그분은 음악을 가르쳐 주었다. 우리는 그 노래를 귀 기울여 들었다. 우리의 뱃속은 결코 더러워지지 않았으며, 한 번도 문제를 일으킨 적이 없었다.

그렇게 우리는 창조되었다. 그렇게 오랫동안 자랑스럽고 행복하게 살았다. 우리는 결코 더러운 돼지고기를 먹지 않았으며, 위스키라고 부르는 독을 마시지도 않았고, 양털로 짠 옷도 입지 않았다. 쇠로 불을 뒤적거리거나 땅을 파지도 않았으며, 냄비에 음식을 요리하지도 않았다. 시끄러운 총을 갖고 사냥하거나 싸우지 않았고, 전염병이 우리의 피를 더럽히거나 장기를 썩게 한 적도 없었다. 그만큼 우리는 순수했고, 그만큼 강하고 행복했다.

하지만 태양이 떠오르는 큰 호수 저편에는 온갖 더럽고 인위적인 물건들과 쇠를 가진 자들이 살고 있었다. 그들이 사는 세상에는 숱한 질병이 들끓었고, 그들은 신의 이름을 놓고 죽을 때까지 싸움을 벌였다. 인구가 너무 많고 자신들이 사는 섬을 너무 많이 더럽혔기 때문에 그들은 그 섬을 탈출했다. 온갖 배설물과 오물이 무릎까지 차올랐기 때문이다. 그래서 그들은 우리의 섬으로 건너왔다.

우리의 예언자들은 얼굴 창백한 자들이 큰 호수를 건너와 우리를 파괴할 것이라고 예언하곤 했다. 하지만 우리는 그것을 잊었다. 그들이 악한 자들이라는 것을 몰랐기 때문에 우리는 그들을 환영하고 먹을 것을 베풀었다. 우리의 할머니들이 우리에게 가르쳐 준 것을 그들에게도 가르쳐 주었으며, 사냥하는 법과 옥수수 심는 법, 담배 기르는 법, 숲에서 좋은 것을 발견하는 법을 일러 주었다.

그들은 우리가 많은 땅을 갖고 있는 것을 보고는 그것을 갖기를 원했다. 그들은 쇠붙이와 돼지와 양털과 술, 그리고 질병을 가져왔다. 그들은 점점 숫자가 불어나서 우리를 산 위쪽으로 내몰았다. 마침내 바다 기슭까지 우리의 옛 땅을 모두 차지하고 더럽힌 뒤, 그들은 산 중턱에 살고 있는 우리의 땅까지 기웃거렸다. 이제 우리는 너무 늙었기 때문에 그들이 언제부터 산으로 쳐들어왔는지조차 기억나지 않는다. 다만 기억하는 것은 해마다 우리의 마을들이 불탔으며, 매년 가을마다 우리가 키운 곡식이 짓밟혔고, 겨울마다 우리의 아이들이 굶주렸다는 사실이다. 이 모든 것을 우리는 똑똑히 기억하고 있다.

여러 해 동안 우리는 영국인들과 프랑스 인들에게 모피를 건네주고, 그 대신 양털로 짠 담요와 총, 거울, 구슬과 은으로 만든 예쁜 장신구들, 그리고 송곳과 바늘과 도끼 같은 쇠로 만든 물건들을 받았다. 또한 술을 건네받았다. 실로 어리석은 짓이었지만, 우리는 그것을 알지 못했다. 우리는 위대한 정령에게 귀를 닫았으며, 우리가 어리석다는 얘기를 듣고 싶어 하지 않았다.

얼굴 흰 자들이 가져온 그 물건들은 우리를 점점 나쁘게 물들이고, 더 나약하고 물건에 의존하게 만들었다. 우리 남자들은 시끄러운 총 없이는 사냥하는 법을 잊었다. 여인들도 라이터가 없으면 불 피울 생각을 않고, 냄비 없이는 음식을 만들려 하지 않는다. 쇠로 만든 송곳이나 바늘 없이는 옷을 지으려고도 하지 않는다. 어느새 쇠로 된 낚싯바늘 없이 물고기 잡는 법도 잊어버렸다. 여인들은 하루 종일 거울만 들여다보면서 딸들에게 가죽옷 만드는 법이나 기름 짜는 법을 가르치지 않는다. 얼굴 흰 자들의 물건에 길들여진 나머지, 한때 어떤 것도 구걸하지 않던 우리가 지금은 모든 것을 구걸하고 있다!

어떤 인디언 여자들은 얼굴 흰 자들과 결혼해 혼혈아를 낳았다. 그리고 많은 이들이 술에 중독되어 있다. 내 입으로 부를 수 없는 추한 이름을 갖고 있던 나 자신도 지독한 술주정뱅이 중 하나였다. 거의 모든 인디언 집안마다 술주정뱅이들이 한 명씩은 있다. 이것이 얼마나 잘못된 일인지 그대들도 알 것이다.

우리에게 어떤 일이 일어났는지 그대들도 알고 있다. 우리를 허약하게 만드는 그 모든 것들을 넘름 받아들인 것은 실로 어리석은 짓이었다. 그 당시 우리는 그것들이 필요 없었다. 하지만 지금은 그것들 없이는 살 수 없다고 우리는 말한다. 우리는 옛날 방식에 등을 돌렸다. 우리가 갖고 있던 것들에 대해 위대한 정령 웨세모네토에게 감사하는 대신, 얼굴 흰 자들에게 매달려 더 많은 물건을 부탁하고 있다. 그래서 우리를 파괴하는 바로 그 사람들에게 의존해서 살아가고 있는 것이다.

이것이 바로 우리의 허약함이다! 우리는 잘못 물이 들었다! 우리를 지으신 이가 나를 비난하며 말했다.

'내가 가르쳐 준 대로 살았다면, 얼굴 흰 자들이 결코 너희를 발 아래 굴복시키지 못했을 것이다!'

위대한 정령이 나를 정화시켜 빛나는 힘으로 채운 후 그대들에게 내려보낸 것도 그 때문이다. 그대들을 이전의 삶으로 되돌려 놓기 위해서다!

내 앞에 앉아 있는 그대들이여, 위대한 정령이 내게 내리신 많은 계율을 말해 주리라. 나는 저세상에 가서 죄 지은 이들이 어떤 벌을 받는지 다 보았다. 말할 수 없이 무시무시한 벌이었다. 잘 들으라. 내가 그대들을 위해 열어 주는 문으로 나를 따라 들어오지 않는 자는 누구나 그 벌을 받게 될 것이다.

이 시간 이후부터 얼굴 붉은 자는 누구도 술을 마셔선 안 된다. 그렇지 않으면 뜨거운 납물이 그의 입에 부어지리라. 그대들도 알다시피 나는 처음 술을 입에 댄 이후 지금까지 술의 노예가 되어 살아왔다. 하지만 지금부터는 한 방울도 입에 대지 않을 것이다. 앞으로 내가 다시 술을 마시는 것을 본다면, 그대들은 지금 내가 하는 말이 전부 거짓이라 여겨도 좋다.

우리를 지으신 이는 또 내게 말했다.

얼굴 붉은 자는 이제부터 한 명의 아내만 가져야 한다. 얼굴 붉은 자는 결코 여자 뒤를 따라다녀선 안 된다. 혼자인 경우에만 여자를 아내로 맞아들이고, 함께 잠자리에 들어야 한다. 여자가 나쁘게 행동할 때는 남편이 매를 들 수도 있지만, 서로 얼굴을 바라보며 웃는다면 더 이상 나쁜 일이 없을 것이다. 얼굴 흰 자들과 살고 있는 인디언 여인들은 아이를 남편에게 맡기고 서둘러 자신의 부족에게 돌아와야 한다. 모든 부족의 피가 순수하게 지켜지도록.

우리를 지으신 이는 지금 이 세상에 주술을 행하는 자가 너무 많고, 거짓된 믿음을 위해 치료 도구를 사용하는 일이 너무 잦다고 말했다. 모두가 한자리에 모여 개인적인 주술 도구들을 없애야 한다. 이제부터는 우리가 가진 빛나는 힘이 우리를 치료할 것이다.

나는 지금 내가 들은 대로 말하고 있는 것이다. 쉽고 작은 일들만 해선 우리 자신을 타락에서 건질 수 없다. 잘 들으라! 주술 도구들을 없애면서 동시에 자신이 저지른 잘못된 행위들을 모두의 앞에서 고백하고 용서를 구해야 한다. 나 역시 그대들 앞에서 그렇게 했다. 내가 지은 죄는 그대들의 것보다 훨씬 나쁜 것이었다. 내가 스스로 죄를 고백한 것은 위대한 정령이 그렇게 요구하기 때문이다. 우리는 조만간 이 자리에 다시 모일 것이다. 그때 내가 열어 주는 선한 문으로 들어가기 원하는 사람은 그렇게 해야 한다. 그렇지 않으면 심판을 면치 못할 것이다.

이제 얼굴 흰 자들에 대해 내가 들은 말을 들려주겠다. 잘 들으라. 우리를 오염시킨 그들로부터 우리 자신을 정화하기 위해 반드시 이렇게 해야 한다.

우리의 음식은 신성한 것이다. 우리의 할머니들은 우리에게 곡식을 구해 기르는 법과 질 좋은 씨앗을 골라 좋은 품종을 유지하는 법을 가르쳐 주었다. 그 식량은 우리들만을 위한 것이다. 우리의 어떤 곡식도 얼굴 흰 자들에게 팔지 말라. 얼굴 흰 자가 배가 고파서 찾아오면 기운을 차릴 만큼만 먹여서 돌려보내라.

얼굴 흰 자들이 재배하거나 요리한 음식은 입에 대지 말라. 그것은 우리에게 좋은 음식이 아니다. 밀가루로 만든 빵을 먹지 말라. 위대한 정령은 우리에게 빵을 만들어 먹을 옥수수를 주셨다. 더러운 돼지고기나 집에서 기른 닭과 소를 먹지 말라. 그 동물들은 사람이 길들였기 때문에 정기가 어려 있지 않다. 그 음식들이 그대들의 허기진 배를 채울진 몰라도, 그것은 속임수에 불과하다. 정기가 어려 있지 않은 음식은 아무 영양이 없기 때문이다.

얼굴 흰 자들은 두 종류가 있다. 미국인들이 있고, 또 다른 자들이 있다. 프랑스 인과 스페인 사람, 영국 사람들에게는 우정의 손을 내밀어도 좋다. 하지만 미국인들은 그들과 다르다. 미국인들은 손톱과 발톱에 흙과 갈대 줄기를 잔뜩 묻힌 채 진흙투성이인 바다에서 왔다. 그들은 가재 발을 한 뱀처럼 우리의 땅을 움켜잡고 절대로 놓지 않는다.

이제부터는 짐승 가죽과 끈으로 바느질한 옷만 입으라. 여기도

양모로 만든 양복과 모자를 걸친 이들이 있는데, 그것들을 처음 만나는 백인들에게 돌려주라.

그렇다, 나는 이제 다 말했다. 우리 자신을 정화하기 위한 몇 가지 과정은 매우 어려울 것이다. 얼굴 흰 자들의 라이터로 붙인 불은 성스러운 불이 아니다. 그대들은 이제부터 옛날 방식에 따라 천막 안에서 불을 피워야 한다. 그 불만이 성스러운 불이다. 그 성스러운 불을 꺼뜨려선 안 된다. 그것은 그대들의 거듭난 영혼들이기 때문이다. 그 불이 꺼지면 그대들의 생명도 꺼지는 것이다. 한 장소에서 다른 장소로 옮겨 갈 때는 과거에 그랬던 것처럼 성스러운 불씨를 갖고 가서 도착하는 즉시 불을 피워야 한다.

그리고 이제부터는 위대한 정령의 명령에 따라 옛날 방식으로 사냥을 해야 한다. 더 이상 총을 사용해선 안 된다. 화살과 창과 올가미만 써서 조용히 사냥해야 한다. 옛날 방식으로 사냥하게 되면, 더 이상 얼굴 흰 자들에게 의존하지 않아도 될 것이다. 총과 화약을 구걸하거나, 고장난 총을 수리할 일도 없을 것이다. 위대한 정령은 우리가 얼굴 흰 자들과 더 이상 거래하지 않기를 원하신다. 전통적인 사냥꾼으로 돌아가려면 시간이 걸릴 것이다. 그대들의 할아버지에게 좋은 활과 화살촉 만드는 법을 배우라. 그러면 금방 옛날의 사냥 기술을 익힐 것이다. 그것이 위대한 정령이 내게 말한 내용이다.

내 말을 들으라, 나의 부족 사람들이여.

얼굴 붉은 자들 모두가 머지않아 내가 전하는 이 메시지를 듣게 될 것이다. 인디언들에게는 지금 하늘로부터의 안내가 필요하다. 나는 만나는 사람마다 이 메시지를 전할 것이며, 그대들 역시 그렇게 해야 한다.

자도 아니라고 그대들의 귀에 속삭이기 시작할 것이다. 그들이 바로 나쁜 주술사들이다.

　이제 나는 할 말을 다했다.

*

　인디언들의 종교에는 메시아 사상이 없었다. 그것이 인디언들의 종교와 세상의 다른 종교들을 구분짓는 독특한 점이다. 인디언들은 자신들을 구원해 줄 초자연적인 인물의 등장을 갈구하지 않았다. 지금 이 순간의 삶이 그들에게는 천국이고, 최선의 선택이었다. 그들은 이 대지 위에서 살라고 위대한 정령이 자신들을 내려보냈음을 이해했다.

　백인들이 친구를 가장해 거의 무방비 상태로 있던 그들을 침략하고 파괴하고 삶의 터전을 빼앗기 전에는 인디언들은 굳이 구세주를 기다릴 필요가 없는 행복한 삶을 누렸다. 인디언들의 종교에 최초로 메시아 사상이 등장한 것은 그들의 모든 것이 다 파괴되고 더 이상 희망이 남아 있지 않던 마지막 무렵의 일이었다.

　인디언 부족들 사이에서 널리 이름을 떨친 쇼니 족 예언자 텐스콰타와(1768~1836)는 잘생긴 호수(핸섬 레이크), 워보카 등과 함께 대표적인 인디언 예언자다. 그는 쇼니 족 전사 테쿰세의 동생이며, 세 쌍둥이 중 막내로 태어났다. 어려서는 너무 나부댔기 때문에 날라웨티카라는 이름을 갖게 되었다. 그것은 '너무 나부대'라는 뜻이었다. 형 테쿰세와 달리 재주도 없고 사냥도 할 줄 몰랐으며, 전사가 되기엔 틀린 노릇이었다. 다시 말해 인디언 사회에 어울리지 않는 심각한 단점을 지니고 있었다. 어려서 사냥을 나갔다가 오른쪽 눈까지 잃은 그는 나이를 먹으면서 술을 좋아하게 되었고, 금세 알코올 중독자가 되었다.

여러 단점에도 불구하고 날라웨티카는 자신의 형 테쿰세에게 헌신적이었으며, 테쿰세는 그의 보호자 역할을 했다. 그러다가 놀라운 사건이 일어났다. 술과 절망에 빠져 살던 어느 날, 날라웨티카는 병에 걸려 깊은 혼수 상태에 빠졌다. 그리고 며칠 뒤에 깨어나 위대한 정령으로부터 받은 강력한 메시지를 전하기 시작했다. 여기에 실린 연설문이 바로 그 메시지다. 그 후 그는 자신의 이름을 텐스콰타와, 즉 '문을 여는 자'로 바꾸고 역사에 길이 남는 예언자로 변신했다. 어느덧 테쿰세보다 더 큰 명성을 떨쳤으며, 백인들의 신문에 자주 이름이 오르내릴 정도가 되었다. 성경 속에 등장하는 선지자들을 능가할 만큼 뛰어난 통찰력과 계시 능력을 지닌 그는 테쿰세와 함께 '예언자 마을'이라는 이상적인 인디언 촌을 세우고, 자신들의 옛 생활 방식을 되살리기 위해 최선을 다했다.

백인들에게 6백억 평에 달하는 광활한 땅을 빼앗겼지만, 텐스콰타와가 더욱 슬프게 여긴 것은 인디언들의 정신적 실종이었다. 백인들의 연장에 의존하고, 시시한 장신구에 현혹되며, 위스키에 중독된 나머지 자신들의 영혼을 서서히 잃어 가고 있었다. 이에 텐스콰타와는 백인들의 문화를 전부 거부할 것을 요구했다. 옷과 기술 문명, 술, 종교까지도. 또한 더 이상 땅을 내주지 말 것을 선언했다. 누구도 땅을 소유할 수 없으며, 대지는 위대한 정령이 모두에게 준 선물이라는 옛 인디언들의 전통을 그는 일깨웠다.

유럽 인들은 아메리카 원주민들에 대해 두 개의 상반된 감정을 가지고 있었다. 그들의 눈에 인디언들은 문명으로 나아가는 길에 방해가 되는 시대에 뒤처진 미개인들에 불과했다. 반면에 자연 속에서 살아가는 단순한 삶의 표본, 혹은 고상한 야만인으로 여기는 이들도 많았다. 프랑스 철학자 몽테뉴는 인디언들을 원시 상태의 순수함을 지닌 사람들로 묘사하면서, 야만인으로 부르는 편견에 반대했다.

"교통 수단도 없고, 문자에 대한 지식도 없으며, 숫자에 대한 이해도 없다. 경찰이나 정치인이라는 단어조차 없으며, 부와 가난의 차별도 없다. 계약도 없고, 왕위 계승도 없으며, 경계선도 없다. 직업도 없이 한가하며, 옷도 걸치지 않고 자연 그대로이다. 땅을 갈지도 않고, 술도 마시지 않는다. 그들 사회에는 거짓, 허위, 배신, 탐욕, 시기, 욕설을 의미하는 단어 자체가 존재하지 않는다. 매우 쾌적하고 온화한 환경 속에서 살아왔기 때문에, 내가 알고 있는 한 그들 중에는 병든 육체를 갖고 있는 경우가 매우 드물다. 그들은 하루 종일 춤추면서 보낸다. 젊은이들은 활과 화살을 둘러메고 들짐승을 사냥하러 나가고, 여인들은 나름대로 바쁘다. 우리는 우리의 이성에 근거해 그들을 야만인이라 부를 수 있을 것이다. 하지만 야만적인 면에서는 우리가 모든 면에서 그들을 훨씬 능가한다."

네덜란드의 신학자 에라스무스는 자신의 대표작 『우신예찬』에서 인디언을 '지상에서 가장 행복한 종족'으로 묘사했다.

"황금 같은 시절을 살아온 이 단순한 종족에게는 학교의 지식이 필요 없다. 자연만으로도 그들을 안내하기에 충분하며, 어떻게 살아야 할 것인가를 본능이 일깨워 준다. 나쁜 행위가 전혀 존재하지 않는 그들에게 법 지식을 심어 주는 것이 무슨 의미가 있는가? 좋은 법률이 많다는 것은 그만큼 나쁜 행위들이 많다는 뜻이다. 따라서 분명한 것은 그들에게 지식을 심어 줌으로써 우리는 그들을 세상에서 가장 불행한 인간으로 만들고 있는 것이다. 불멸의 신들에 대고 분명히 맹세하건대, 세상이 바보, 얼간이, 숙맥이라고 부르는 그들보다 더 행복한 인간 계층은 세상에 존재하지 않는다."

프랑스의 철학자 루소, 영국의 소설가 골드스미스, 시인 윌리엄 워즈워스, 새뮤얼 콜리지, 퍼시 셸리 등도 자연과 더불어 살아온 이 평화롭고 순수한 '참다운 인간'들에 대한 찬사를 아끼지 않았다.

아메리카 대륙의 마지막 석기시대인으로 불린 야니 족 인디언 이쉬는 1911년 선사 시대의 숲에서 걸어 나와 놀라운 신세계를 맞이했다. 5년 후 그가 세상을 떠났을 때, 그의 친구였던 색스턴 포프는 말했다.

"그는 우리를 매우 영리하고 많은 것을 알고 있지만 지혜는 갖지 못한 어린아이로 바라보았다. 우리는 많은 것들을 알고 있었지만, 그만큼 거짓됨이 많았다. 그는 자연을 알았으며 언제나 진실했다. 그의 인격은 영원히 변치 않는 것이었다. 그는 친절하고, 용기 있으며, 감정을 절제할 줄 알았다. 모든 것을 빼앗겼음에도 불구하고 그의 가슴에는 분노나 원한의 감정이 없었다. 그의 영혼은 어린아이의 영혼이었지만, 그의 지성은 철학자의 지성이었다."

인디언들에게 법은 공평하고 자비로운 것이었다. 백인들이 자신들의 법을 들고 아메리카 대륙에 들어서기 전까지 인디언 사회에는 감옥이 없었다. 푸에블로 족 인디언들에게는 부족의 일을 책임지는 사람에게 부족 사람들 전체가 낭독해 주는 일종의 취임 선서가 있었다. 푸에블로 족 출신의 역사학자이며 작가인 조 산도에 의해 그것이 세상에 알려졌다. 그것은 다음과 같다.

'우리는 그대의 보호 아래 우리의 땅과 부족 사람들을 맡긴다. 그대가 비록 가난할지라도, 혹은 그대 자신을 유창하게 표현하는 연설 솜씨가 부족할지라도, 그대는 자신의 능력을 다해 공정하게 그대의 부족을 보호할 것이다. 우리 땅으로 들어오는 외지인들은 종족과 피부색과 신앙에 상관없이 우리 부족과 하나가 될 것이며, 그대는 자신의 부족에게 하듯이 그들에게도 똑같은 보호와 권리를 제공할 것이다. 또한 그대는 땅바닥을 기어 다니는 미물에서부터 인간에 이르기까지 생명을 담고 있는 모든 것을 소중히 여기고 보호할 것이다. 성급한 말과 행동으로 정신적으로나 육체적으로 부족 사람들의 마음을 상하게 하지 않을 것이다. 그대가 최선을 다해 모든 수단을 써서 바로잡으려고 했음에도 불구하고 여전히 고집스럽게 그대의 권위에 저항하고 동료 인간들에게 나쁜 본보기가 되는 사람이 있을 경우, 네 번에 걸쳐 그에게 평화롭고 지성적인 마음으로 돌아올 것을 권유해야 한다. 그럼에도 불구하고 그가 계속 '싫다'고 대답한다면, 그때는 그를 주먹으로 한 대 때려도 된다. 필요한 경우에는 넉 대까지 때릴 수 있다."

문명의 돌개바람 앞에 스러져 간 인디언들의 운명을 슬퍼하며 포타와토미 족 사이먼 포카곤 추장은 말했다.

"내 주위의 모든 만물이 잠든 것처럼 보이는 한밤중의 정적 속에서 종종 누군가가 부드럽게 내 가슴의 문을 두드린다. 내가 문을 열면 한 목소리가 내게 묻는다.

'포카곤아, 너의 부족은 어떻게 되었느냐? 그들의 미래는 무엇이지?'

그러면 나는 대답한다.

'유한한 인간은 자기 종족의 미래를 알기 위해 아직 태어나지도 않은 시간의 장막을 걷을 힘이 없습니다. 그런 재능은 오직 신만이 갖고 있습니다.'

그렇더라도 인간은 과거와 현재를 통해 미래를 내다볼 수는 있다. 어렸을 때 나는 미시간의 거대한 삼림이 문명의 돌개바람 앞에서 무참히 무너지는 것을 보고 큰 상처를 받았다. 우리의 할아버지들이 그 나무 그늘들 속에서 삶을 살고 생을 마쳤었다. 그런데 그 나무들이 평원에 번지는 불길에 쓰러지듯 전부 쓰러져 갔다. 그것들은 다시는 되찾을 수 없는 것이 되어 버렸다. 그것들을 잃었을 때 삶은 공허한 것이 되고 말았다.

그 시절에 나는 구불거리는 오솔길을 따라 수천 킬로미터를 여행하곤 했었다. 사람들의 손에 파괴되지 않은 야생의 고적한 숲들을 지나, 삼림지대에서나 볼 수 있는 새들의 노래를 들으면서 끝없이 걸었다. 내 주변과 머리 위의 우거진 나뭇잎들 속에서 새들의 노랫소리가 쉼 없이 들려왔다.

이제 나는 귀에 익은 숲 속의 새들의 곡조를 거의 들을 기회가 없다. 그것들은 모두 지상에서 사라졌다. 그 대신 이제 문명의 발전과 함께 찾아온 다른 새들의 지저귐을 듣는다. 우리의 아버지들이 숨죽이고 듣던 야생 숲의 새들처럼 그들도 일제히 노래를 부른다. 숲에서든 들판에서든, 인디언 천막 앞에서든 돌담 앞에서든, 야만인 앞에서든 현자 앞에서든, 추장 앞에서든 왕 앞에서든 그들은 잘난 체하거나 서로를 질투함 없이 노래 부른다."

나는 내 부족 사람들이 나와 함께 이곳에 머물기를 바란다. 머지않아 죽은 이들은 모두 새 생명을 얻게 될 것이다. 그들의 영혼이 다시 몸을 갖고 태어날 것이다. 우리는 우리 아버지들의 집인 이곳에서 기다려야 한다. 우리 어머니 대지의 가슴속에서 그들을 맞을 준비를 해야 한다. 인디언은 모두들 춤춰야 한다. 언제 어디서나 계속 춤을 춰야 한다. 봄이 오면 곧 위대한 정령께서 온갖 들짐승들을 데리고 오시리라. 들짐승은 어디서나 가득 뛰놀고, 죽은 인디언은 모두 다시 살아나 젊은 사람처럼 튼튼해지리라.

워보카_인디언들의 희망이었던 파이우트 족의 마지막 예언자

저 높은 곳에 계시는 우리 아버지,
우리의 가슴에 당신의 이름을 좋게 기억하게 하시고
모든 부족의 추장이 되어 주시고
위쪽에 있는 당신의 나라처럼 우리 부족도 그렇게 되게 하시고
우리에게 날마다 먹을 양식을 주옵시고
얼굴 흰 자들이 우리에게 저지른 수많은 죄를 우리가 용서하듯이
우리가 잘못한 것도 더 이상 기억하지 마소서.
모든 악의 무리들을 우리로부터 멀리 내던지소서. 아멘.

치누크 족의 주기도문

우리는 이 세상 모든 것이 위대한 정령이 만든 것임을 알아야 한다. 우리는 그분이 나무와 풀들, 강과 산, 네발 달린 것과 날개 달린 것들, 이 세상의 모든 것들 속에 존재하고 계심을 알아야 한다. 우리는 그것을 가슴 깊이 이해하지 않으면 안 된다. 그때 비로소 우리 자신의 삶에 충실할 수 있다.

검은 큰사슴(헤하카 사파)_오글라라 라코타 족

당신이 감사를 드려야 할 시간과 장소가 있다. 어떤 것을 요청하고,

또 어떤 것을 주어야 하는 장소와 시간이 있다. 받고, 주고, 나누는 것, 그것이 삶의 호흡이다. 우리가 따라야 할 어떤 커다란 신비나 공식이 있는 것이 아니다. 당신의 가슴이 느끼는 장소, 자연에 대해 당신이 느끼는 감정, 다른 사람을 대하는 태도 등이 곧 그것이다.

소게 트랙_타오스 푸에블로 족

우주의 영혼은 결코 눈에 보이지 않는다. 오직 그 목소리만이 들릴 뿐이다. 우리가 아는 것은 그것이 여자의 목소리처럼 매우 부드러운 목소리라서 아이들조차도 두려워하지 않는다는 것이다. 그 목소리가 말하는 것은 이것이다.

'우주를 두려워하지 말라.'

나즈넥_알래스카 샤먼

형제들이여, 그대들은 조상들의 전통과 관습을 잊었다. 왜 그대들은 아버지들이 그러했던 것처럼 가죽옷을 입지 않으며, 활과 화살과 창을 사용하지 않는가? 그대들은 얼굴 흰 자들로부터 총과 칼과 담요를 샀다. 그리하여 이제는 그것들 없이는 살 수 없게 되었다. 게다가 불타는 독한 물을 마시기 시작했다. 그것들을 전부 던져 버려라. 그리고 그대들의 아버지들이 살았던 방식대로 살라.

폰티악 추장, 1763년_오타와 족

아메리카 원주민들의 영적인 세계는 영어나 다른 종교적인 용어로 쉽게 설명될 수 있는 것이 아니다. 그것은 세상에서 공통되게 받아들이고 있는 의미의 종교가 아니다. 그것은 오히려 그들 삶의 방식이었으며, 그들의 삶 깊숙이 스며들어가 있었기 때문에 일상생활과 그것을 분리하는 것이 불가능하다. 그들이 말하는 신 마니토는 절대 존재라기보다는 오히려 자연 속 어디에나 존재하는 우주의 신비한 힘을 표현한 것에 가깝다.

유니스 바우만 넬슨_페놉스코트 족

라코타 족 언어에는 '종교'라는 말 자체가 없다. 삶의 방식이 곧 라코타 족 신앙이다.

바라보는 말의 아내_라코타 족

그대의 눈은 그대의 영혼이다. 그대의 눈이 반짝일 때, 그대가 자신이 아름답다고 생각하든 그렇지 않든, 그대는 아름답다.

예웨노데(트윌라 니치)_세네카 족

인디언들의 종교의식에 대해 기억해야 할 중요한 점은, 그것이 늘 받기만 하는 에너지를 신에게 돌려주는 한 가지 방식이라는 사실이다. 어머니 대지는 우리 두 발 달린 존재들에게 두 발을 딛고 설 땅을 언제나 제공해 준다. 아버지 태양은 우리를 온화하게 덥혀 주고, 할머니 달은 우리에게 꿈을 준다. 지구의 요소들은 우리에게 곡식을 기를 장소와 집을 짓고 연장을 만들 재료들을 준다. 물은 생기를 주고, 불은 집을 따뜻하게 하고 음식을 만들 수 있게 한다. 공기는 우리에게 생명의 신성한 숨결을 준다. 종교의식을 통해 우리는 되돌려 주는 법을 배운다.

태양 곰(선 베어)_치페와 족

이 땅에 지금까지 많은 종교가 들어왔다. 그런데 나의 종교가 과거에 내게 가르쳤고 현재도 가르치고 있는 것은 모든 종교를 존중하라는 것이다. 나는 지금도 그렇게 하고 있다. 앞으로도 마지막 눈을 감을 때까지 그렇게 할 것이다. 누군가가 자신의 창조주를 믿을 때, 우리는 함께 서서 기도할 수 있다.

호레이스 액스텔_네즈퍼스 족

우리 인디언 부족은 추운 겨울을 마다하지 않았다. 추운 겨울 역시 봄이나 여름과 마찬가지로 만물의 존재에 꼭 필요한 것임을 깨닫고 있었기 때문이다. 강이나 나무들도 자신들을 얼어붙은 침묵과 고요 속으로 데리고 가는 혹한의 겨울이 없다면 눈부신 봄의 탄생도 없다는 것을 잘 알고 있다. 하물며 인간의 삶에 그런 과정이 없을 리 있겠는가.

푸른 윗도리(블루 재킷)_쇼니 족

모든 것이 아름답다.
내 앞의 모든 것이 아름답고,
내 뒤의 모든 것이 아름답다.
내 아래의 모든 것이 아름답고,
내 둘레의 모든 것이 아름답다.

인디언 노래_나바호 족

작은 햇빛(리틀 데이라이트, 크로우 족 전사)

대지를 사랑한 것이 죄인가

검은 매(마카타이메쉬키아키악)

소크 족과 폭스 족

바로 이 자리에서 나는 처음으로 깃털 달린 펜으로 얼굴 흰 사람들과의 조약서에 서명을 했다. 그것이 우리 마을을 넘겨주는 데 동의하는 행위임을 알지도 못한 채! 그것이 무슨 내용인지 제대로 설명해 주었다면 나는 분명히 그것에 반대했을 것이다. 또한 최근에 내가 행동으로 입증했듯이 어떤 조약에도 서명하지 않았을 것이다.

얼굴 흰 사람들의 법과 관습에 대해 우리가 무엇을 알겠는가? 그들이 우리의 몸을 해부용으로 사겠다고 해도 우리는 무슨 일인지조차 모른 채 깃털 펜을 잡고 종이에 서명했을 것이다. 나와 우리 부족이 처음 깃털 펜을 잡았을 때의 사정이 바로 그런 식이었다.

얼굴 흰 사람들은 평생 동안 나쁜 짓을 하다가 죽을 때가 되어 미안함을 느낀다면 그것으로 충분하다고 생각한다. 그러나 우리 인디언들은 다르다. 우리는 전 생애에 걸쳐 우리가 옳다고 알고 있는 것만을 행할 뿐이다. 만약 우리에게 옥수수와 고기가 충분한데 그것을 갖지 못한 집이 있다면 우리는 기꺼이 나눠 준다. 만약 필요 이상으로 담요를 갖고 있는데 다른 사람은 그렇지 못하다면 우리는 여분의 것을 그들에게 나눠 줘야만 한다. 그렇게 하지 않으면 인디언도 아니고 사람도 아니다.

옳은 것을 틀리다고 말하고 틀린 것을 옳다고 말할 수 있으니, 얼굴 흰 사람들이 사용하는 말에는 얼마나 기름칠이 잘 되어 있는가!

나의 이성에 비춰 보면, 대지는 남에게 팔 수 있는 것이 아니다. 위대한 정령이 그것을 그의 자식들에게 살라고 주었으며, 사람들은 그 대지 위에 살면서 자신들의 생을 유지하는 데 필요한 만큼만 그것을 경작할 수 있다. 거기에 정착해 살면서 그것을 경작하는 동안은 그 땅에 대한 권리가 그들에게 있다. 그러나 만약 그들이 자발적으로 그곳을 떠난다면 이번에는 다른 사람이 그곳에 정착할 권리를 갖는다. 손으로 들고 다닐 수 있는 것을 제외하고는 어떤 것도 사람들 마음대로 팔아 버릴 수 없다.

사람은 위대한 정령이 정해 주신 자리에 만족해야 한다고 나는 믿는다. 그리고 그분이 주시는 것들에 감사해야 하며, 다른 사람들이 사는 나라가 더 좋아 보인다고 해서 그들을 그곳에서 몰아내선 안 된다. 얼굴 흰 사람들의 방식은 우리와는 다르다. 나는 그들과 접촉하면서 그들의 종교에는 '자기가 받고자 원하는 대로 남에게도 행하라'는 큰 원칙이 있음을 알았다. 그러나 그들의 행동으로 미루어 보건대 그들은 그런 것 따위는 안중에도 없다.

우리 인디언은 우리 나름의 이성을 갖고 있으며, 그 이성에 따라 옳고 그름을 판단할 권리가 있다. 우리는 우리가 옳다고 믿는 길을 따라야만 한다. 우리 자신의 기준에 따라 무엇이 옳은 것이고 그른 것인지 판단할 수 있을 뿐이다. 만약 위대한 정령이 우리가 얼굴 흰 사람들처럼 믿고 행동하기를 바라셨다면 쉽게 우리의 의견을 바꿔놓았을 것이다. 그래서 우리 또한 그들처럼 보고 생각하고 행동했을 것이다. 우리는 그분의 힘에 비하면 아무것도 아닌 존재들이다. 우리는 그것을 느끼고, 그것을 안다.

인디언들 중에도 얼굴 흰 자들과 마찬가지로 자기가 올바른 길을 알고 있다고 주장하면서, 돈을 내지 않으면 그 길을 가르쳐 줄 수 없다고 말하는 자들이 있다. 나는 그들의 길에 신뢰가 가지 않는다. 사람마다 각자 자신에게 주어진 길을 걸어야 한다는 것이 나의 믿음이다.

우리는 언제나 모든 것이 풍족했다. 아이들은 배고픔으로 운 적이 한 번도 없었고, 부족 전체가 늘 부족함 없이 살았다. 물살 빠른 바위 샛강(록 크리크)이 우리에게 풍부한 물고기들을 공급해 주었으며, 땅은 더없이 비옥해서 해마다 어김없이 잘 익은 옥수수, 콩, 호박이 풍성하게 열렸다. 그곳에 우리 마을은 수백 년도 넘게 자리 잡고 있었다. 그 세월 동안 우리는 미시시피 골짜기의 당연한 주인으로 살아왔다. 마을은 건강했으며, 우리가 가진 사냥터보다 더 나은 곳은 세상에 없었다. 그 시절에 우리 마을에 예언자가 나타나 앞으로 우리가 겪게 될 일을 말했다면, 아무도 그의 말을 믿지 않았을 것이다.

한 해의 행복한 계절이 찾아오면 콩과 호박 등 곡식도 많고, 말린 고기와 물고기를 비롯한 다른 양식도 풍부했다. 우리는 옥수수가 황금빛으로 익을 때까지 서로를 방문하며 잔치를 열었다. 적어도 마을의 한 집에서는 날마다 위대한 정령을 위한 잔치가 열리곤 했다. 내가 아무리 설명해도 당신들 얼굴 흰 사람들은 이것을 이해하지 못한다. 우리에게는 어떤 정해진 방식이 없다. 누구나 자신이 생각하는 최선의 방식으로 위대한 정령을 기쁘게 하는 잔치를 열었다. 위대한 정령은 자신이 낳은 모든 존재들을 보살펴 주신다.

나 검은 매의 눈은 많은 해를 봐 왔다. 하지만 이제 그 눈은 더 이상 해를 바라볼 수 없게 될 것이다. 등은 더 이상 젊었을 때만큼 꼿꼿하지 않고 나이와 함께 굽어졌다. 아침이나 저녁이면 나무들 꼭대기에서 위대한 정령이 속삭인다. 검은 매의 날들이 얼마 남지 않았다고. 영혼들의 땅으로 건너올 때가 되었다고. 나 검은 매는 이제 반쯤 죽은 거나 다름없다. 손은 떨리고 더 이상 강하지 않다. 전투에 나설 때 그의 발걸음은 거북이처럼 느리다.

당신들은 나의 모든 인디언 전사들을 감옥에 가두었다. 당신들을 물리칠 수가 없다면 끝까지 버텨 항복하기 전까지 당신들을 괴롭혔어야 하는데, 그렇게 하지 못해 슬프다. 나는 당신들을 매복 공격하려고 했지만, 당신들의 마지막 장교가 인디언들의 전술을 알아차렸다. 처음의 장교는 그다지 현명하지 못했다.

인디언 식으로 당신들을 물리칠 수 없음을 알았을 때 우리는 당신들에게로 달려가 일대일로 싸우기로 결정을 내렸다. 우리 모두는 최선을 다해 싸웠다. 하지만 당신들의 총은 목표를 정확히 겨눴다. 총알들이 새처럼 공중을 날고, 나무들 사이로 휙휙 부는 겨울 바람처럼 우리 귓가에서 울어 댔다.

나는 내 최후의 날이 목전에 닥쳤음을 보았다. 태양은 아침 나절에는 흐리게 뜨더니 저녁에는 불덩어리처럼 검은 구름 속으로 가라앉았다. 그것이 검은 매를 비춘 마지막 태양이다. 그의 심장은 죽었고, 더 이상 그의 가슴 안에서 빨리 뛰지 않는다. 그는 이제 얼굴 흰 사람들에게 사로잡힌 몸이 되었다.

하지만 나 검은 매는 모든 고문을 견뎌 내고, 죽음을 두려워하지 않을 것이다. 그는 겁쟁이가 아니다. 검은 매는 인디언이니까. 그는 인디언으로서 부끄러울 짓은 한 번도 한 적이 없다. 그는 자기 부족 사람들, 여자와 젖먹이들을 위해 싸웠다. 얼굴 흰 자들은 해마다 찾아와서 우리를 속이고, 우리의 땅을 야금야금 빼앗아 갔다. 왜 전투가 벌어졌는지 그 원인을 당신들은 잘 알 것이다. 얼굴 흰 자들 모두가 그것을 알고 있다. 당신들은 인간으로서 부끄러운 줄 알아야 한다.

얼굴 흰 자들은 인디언들을 업신여기고 집도 없이 떠돌게 만들었다. 하지만 우리 인디언들은 결코 남을 속이지 않는다. 얼굴 흰 자들은 인디언들에 대해 나쁘게 말하고, 악의를 품고 우리를 쳐다본다. 하지만 인디언들은 거짓말하지도 않고, 남의 물건을 훔치지도 않는다.

만약 얼굴 흰 자들처럼 나쁜 짓을 하는 인디언이 있다면, 그는 자신의 나라에서 살아남지 못했을 것이다. 당장 사형 언도를 받아 늑대들에게 먹혔을 것이다. 얼굴 흰 자들은 못된 학교 교장과 같다. 그들은 가짜 교과서를 들고 다니고, 거짓된 행동을 일삼는다. 가난한 인디언을 속이기 위해 면전에서는 미소를 흘리고, 믿음을 얻고자 악수를 청한다. 그러고는 독한 술을 먹여 취하게 한 뒤, 속임수를 쓰고 우리의 아내들을 욕보인다.

우리는 그들에게 제발 우리를 내버려 두라고, 우리로부터 멀리 떨어지라고 말했다. 하지만 그들은 끝없이 우리를 따라오면서 우리의 길을 가로막고, 뱀처럼 우리의 다리를 휘감았다. 그들이 우리를 건드리기만 하면 우리도 따라서 나쁘게 물들었다. 우리는 그런 위험 속에서 살았다. 우리 역시 그들처럼 위선자, 거짓말쟁이, 간음하는 자, 그리고 늘 시끄럽게 떠드는 자들이 되어 갔다. 일도 하려고 하지 않게 되었다.

우리는 위대한 정령을 올려다보았다. 우리는 얼굴 흰 대추장을 만나러 갔으며, 그 자리에서 많은 용기를 얻었다. 그들은 위원회를 열어 우리에게 많은 공정한 말들과 큰 약속들을 했다. 하지만 상황은 더 나빠져 갔다. 숲 속에서는 사슴들이 사라지고, 주머니쥐와 비버들은 멀리 달아났다. 우물은 바닥이 드러나도록 메말라 버렸다. 그리고 우리의 아내와 젖먹이들은 양식이 떨어져 굶어 죽기 시작했다.

마침내 우리는 큰 모닥불을 피우고 부족 회의를 열었다. 그 자리에서 우리 아버지들의 영혼이 일어나더니 우리에게 복수를 하든지, 아니면 죽음을 택하라고 말했다. 부족 회의의 모닥불 앞에서 다들 한마디씩 의견을 말했다. 따뜻하고 유쾌한 회의였다. 마침내 각자 전투의 함성을 지르고, 땅속에 묻어 두었던 손도끼를 꺼냈다. 전사들을 이끌고 나아가면서 검은 매의 심장은 가슴속에서 부풀어올랐다.

나 검은 매는 이것으로 만족한다. 그는 만족한 채 정령들의 세계로 떠날 것이다. 그는 자신의 의무를 다했다. 그의 아버지가 그곳에서 그를 맞이하리라.

검은 매는 진정한 인디언이다. 그는 아녀자처럼 울음을 터뜨리는 것을 경멸한다. 그는 자신의 아내와 아이들, 친구들을 생각할 뿐, 자기 자신에 대해선 염려하지 않는다. 자신의 부족과 인디언들이 걱정스러울 뿐이다. 그들은 고통받을 것이다. 그들의 운명을 검은 매는 슬퍼한다.

얼굴 흰 사람들은 인디언들에게 머리 가죽을 벗긴다고 비난하지만, 그들은 더 나쁘다. 그들은 가슴을 오염시킨다. 그들과 함께 있으면 가슴이 못 쓰게 되어 버린다. 그들과 함께 살면 머리 가죽은 보존이 되겠지만, 2,3년 안에 그들처럼 도저히 신뢰할 수 없는 인간이 되어 버린다. 그리고 얼굴 흰 정착민들이 그렇듯이 온갖 법과 경찰이 있어야만 비로소 질서를 지킨다.

얼굴 흰 사람들의 집은 나무 잎사귀들처럼 많고, 그들의 젊은 병사들은 우리 앞에 펼쳐진 큰 호숫가의 모래알처럼 숫자가 많다. 하지만 우리 얼굴 붉은 사람들의 집은 몇 채 안 되고, 전사들도 손꼽을 정도다. 하지만 얼굴 붉은 사람들의 심장은 아직도 뜨겁게 뛰고 있다.

위대한 정령이 우리에게 사냥터를 주셨으며, 우리가 잡는 사슴 가죽은 그분이 가장 좋아하는 것이다. 그것이 흰색이기 때문이다. 이 사냥옷과 독수리 깃털은 둘 다 흰색이다. 나의 형제여, 이것들을 받으라. 검은 매에 대한 기억으로 이것을 간직해 달라. 그가 멀리 떠나면 이것들이 그를 기억하게 할 것이다.

영광으로 가는 길은 거칠고 험하다. 많은 암울한 시간들이 그 길을 어둡게 한다. 위대한 정령이 당신들의 길에 빛을 던져 주기를 나는 바란다. 그래서 당신들은 미국 정부가 나에게 준 것 같은 모욕을 당하지 않게 되기를 바란다. 이것이 한때 자기가 태어난 삼림 속을 누비고 다니면서 당신들 못지않게 자존심 강하고 당당했던 한 인간의 바람이다. 당신들과 당신들의 아이들에게 위대한 정령의 축복이 내리기를 기원한다.

잘 가라, 나의 부족이여! 검은 매는 그대들을 구하려고 노력했다. 하지만 그는 이제 감옥에 갇혔으며, 더 이상 아무것도 할 수 없다. 그의 생은 이제 끝에 이르렀다. 그의 태양은 지고 있고, 그는 다시는 떠오르지 않을 것이다. 검은 매여, 잘 가라.

*

　얼굴 흰 자들의 공격을 받아 날개가 꺾이고, 패배로 인해 자존심이 무너진 한 인디언 매의 심금을 울리는 연설이다. 그의 이름을 따서 검은 매 전투(블랙 호크 워)라고 이름 붙여진 석 달에 걸친 전투에서 패배한 뒤, 그 매는 두 번 다시 날지 못했다.

　이 인디언 전사의 원래 이름은 마카타이메쉬키아키악(큰 검은 새 매. 1767~1838)이었다. 그는 바위 샛강(록 크리크) 하류에서 태어났으며, 다른 인디언 아이들처럼 어렸을 때부터 사냥과 물고기 잡는 법을 배웠다. 검은 매는 강하고 독립적인 성격이었다. 젊었을 때 백인들이 가져다주는 술의 위험성을 깨닫고 그 '불타는 물'을 절대로 마시지 않기로 결심했으며, 한 번도 그 결심을 깨지 않았다. 또한 노래하는 새(아쉐와 쿠아)와 결혼해 평생토록 한 여자에게 충실했다.

　남다른 지성, 주문을 거는 듯한 웅변, 다른 부족을 연합하는 탁월한 능력 등으로 인해 검은 매는 아메리카 인디언 역사에서 가장 뛰어난 전사 추장의 한 명으로 자리매김되었다. 종교에 있어서도 검은 매는 전통적인 인디언이었다. 기독교를 거부하고, 조상 대대로 내려온 그들만의 종교의식을 따랐다. 소크 족 인디언들은 전투에 참가해서도 위대한 정령의 지시에 의지했다. 검은 매는 잘생긴 얼굴에, 영락없이 매처럼 긴 코와 굳게 다문 입술, 빛나는 검은 눈을 갖고 있었다. 머리도 이마 훨씬 위쪽까지 깎고 정수리 부분에서 뒤로 묶었기 때문에 한 눈에 전사임을 알아볼 수 있었다. 부족 회의 때면 말없이 앉아 있었지만, 사람들은 곧 그가 입을 열어 모든 논쟁을 한마디로 매듭지으리라는 것을 알았다.

백인 이주민들과 장사꾼들이 점점 더 밀려들면서 충돌이 일었다. 1804년 백인들과 소크 족 사이에 싸움이 벌어져 세 명의 백인 이주민이 숨졌다. 결국 소크 족 지도자들은 영구적인 평화 정착을 위해 백인 관리들과 만났다. 이 자리에서 백인들은 소크 족 지도자들에게 강제로 술을 먹인 뒤 만취한 상태에서 조약서에 서명하게 했다. 미국 중서부 일리노이 주, 위스콘신 주, 미주리 주에 걸친 2백억 평에 달하는 소크 족 땅을 백인 정부에게 고스란히 넘겨 준다는 내용이었다.

검은 매와 다른 소크 족 추장들이 그 조약이 무효라고 항의했지만 백인 정부는 귀머거리였다. 결국 검은 매는 무기를 높이 쳐들었다. 젊은이들은 검은 매를 따랐지만, 이미 사태를 파악한 늙은 인디언들 중에는 싸움에 반대하는 이도 있었다. 인디언 부족들이 연합해 백인들을 물리치자는 검은 매의 요청에 포타와토미 족 지도자 샤보니는 부족 회의에서 다음과 같이 말했다.

"나는 70년 넘게 이 숲에서 사냥을 하고, 이 샛강에서 물고기를 잡았다. 수많은 세월을 이 땅에서 기도를 올렸다. 우리의 아버지들이 이 숲과 평원을 돌아다니며 사냥을 했고, 그들이 이곳을 우리에게 영원한 유산으로 물려주었다. 나만큼 자신의 고향땅에 애착을 갖는 사람도 드물 것이고, 이곳을 떠나는 것을 슬피 여기는 이도 없을 것이다.

내가 젊었을 때 이 평원에는 수많은 들소 떼가 있었으며, 숲마다 큰 사슴들을 볼 수 있었다. 하지만 이제 그것들은 더 이상 이곳에 없다. 지는 해 쪽으로 모두 사라졌다. 그때는 수백 킬로미터를 가도 얼굴 흰 사람들을 볼 수 없었지만, 이제는 이 나라 전역에서 얼굴 흰 이주민들과 상점들을 볼 수 있다. 그리고 몇 년 안에 어느 숲에서나 그들의 집에서 연기가 피어오르고, 이 평원은 그들의 옥수수 밭으로 뒤덮일 것이다.

때가 눈앞에 이르렀다. 숲의 아들들인 우리 얼굴 붉은 사람들은 자신이 태어난 이 땅을 떠나야만 한다. 그리고 해가 지는 쪽에다 집을 마련해야 한다. 동쪽의 얼굴 흰 사람들은 바다의 모래알처럼 숫자가 많으며, 그들이 곧 파도처럼 밀려와 이 나라를 차지할 것이다. 이 나라 곳곳에 그들의 위그암을 짓고 마을을 세울 것이다. 그들의 영토는 이쪽 바다에서 저쪽 바다까지 뻗어 갈 것이다.

어렸을 때 나는 평원을 뛰어다니며 들소를 쫓고, 숲에서는 큰 사슴을 사냥했다. 하지만 그것들은 지금 어디로 갔는가? 오래전에 그것들은 우리 곁을 떠났다. 얼굴 흰 사람들이 다가오자 놀라서 달아나 버렸다. 작은 사슴들과 칠면조도 곧 사라질 것이고, 그다음에는 숲의 아들들인 우리 차례가 될 것이다.

얼굴 흰 자들의 탐욕과 맞서 싸우는 것은 부질없는 일이다. 이 공정하지 못한 싸움은 결국 우리 모두를 죽음으로 몰아넣을 것이다. 그러므로 우리의 운명을 받아들이고, 악을 악으로 대해선 안 된다. 그것은 위대한 정령의 기분을 상하게 하는 일이고, 우리를 망치는 일이다. 우리의 종족이 사라질 날이 가까워 오고 있다. 머지않아 우리가 한때 이곳에 존재했었다는 증거조차 남지 않을 것이다. 하지만 나는 안다. 내 가슴속에서 위대한 정령의 목소리가 들린다. 좋은 인디언은 보상을 받을 것이고, 나쁜 인디언은 벌을 받게 되리라고. 형제들이여, 검은 매가 하는 말을 따르지 말라. 그대들의 손에 피를 묻히지 말라. 이미 다 끝난 일이다."

하지만 검은 매는 부족의 운명을 가만히 앉아서 받아들일 수만은 없었다. 그는 피끓는 전사들을 이끌고 그 후 15년 간 백인 군대에 맞서 끈질기고도 영웅적인 저항 운동을 벌였다. 그와 맞서 싸운 백인 병사들 중에는 당시 자원 입대한 홀쭉한 상점 점원 에이브러햄 링컨도 있었다. 검은 매는 뛰어난 지략을 앞세워 여러 차례 백인 군대를 곤경에 몰아넣었다. 하지만 결국 나쁜 도끼(배드 액스) 대학살에서 여자와 아이, 노인들까지 백인들에게 처참히 목숨을 잃은 뒤, 검은 매를 포함해 겨우 150명만 살아남아 무기를 내려놓을 수밖에 없었다.

검은 매와 그의 아들 회오리치는 천둥(휠링 썬더)을 비롯해, 포로로 잡힌 소크 족 인디언들은 미국 대통령 앤드루 잭슨의 명령에 따라 동부 도시들로 퍼레이드를 벌이며 짐승처럼 밧줄에 묶여 끌려다녔다. 하지만 시민들은 오히려 그를 '용감하고 낭만적인 인디언 전사'라며 영웅처럼 환영했다.

아이오와로 돌아온 검은 매는 그 지역 백인 이주민들로부터 찬사와 존경을 한몸에 받으며 남은 생애 몇 달을 보냈다. 종종 주 의회에 초대받기도 했다. 죽기 전 대중 앞에 마지막으로 모습을 나타낸 검은 매는 다음과 같은 연설을 남겼다.

"형제들이여! 위대한 정령의 보살핌 덕분에 오늘 나는 이 자리에 섰다. 나의 얼굴 흰 친구들과 함께 식사도 했다. 대지는 우리의 어머니이며, 우리는 그 위에 살고 있다. 위대한 정령이 우리를 내려다보신다. 이 모두가 좋은 일이다. 이곳에 모인 우리들 모두 친구가 되기를 나는 희망한다.

몇 번의 겨울 전까지 나는 당신들과 맞서 싸웠다. 그것이 잘못된 일이었는지 모르지만, 어쨌든 다 지난 일이다. 무기는 이미 땅속에 묻혔다. 우리 그것을 잊어버리자. 내 고향 바위 샛강은 아름다운 곳이다. 그 마을과 옥수수 밭, 그리고 부족 사람들의 집을 나는 사랑했다. 하지만 이제 그곳은 당신들 차지가 되었다. 우리가 그랬던 것처럼 그곳을 잘 지켜 달라.

나는 한때 뛰어난 전사였으나, 지금은 볼품없는 늙은이다. 이제 나는 늙었다. 어렸을 때부터 나는 미시시피 강을 바라보며 자랐다. 그 강을 나는 사랑한다. 태어나서 줄곧 그 강둑에서 살았다. 이제 다시 흐린 눈으로 그 강을 바라본다. 당신들에게 악수를 청한다. 당신들이 우리의 친구로 남기를 바라는 것이 나의 마지막 소망이다."

그로부터 석 달 후 검은 매는 아내 노래하는 새를 뒤에 남기고 세상을 떠났다. 하지만 백인들은 그를 편히 쉬게 내버려 두지 않았다. 전통에 따라 평원의 움막 아래 놓인 그의 시신을 백인이 도굴해 간 것이다. 나중에 시신을 되찾긴 했지만, 도로 파묻는 대신 그들은 그의 유골을 아이오와의 한 박물관에 진열했다. 20년 뒤, 그 박물관에 화재가 일어 검은 매의 시신을 포함해 모든 것이 불탔다. 그리하여 큰 검은 새 매, 마카타이메쉬키아키악은 더 이상 백인들의 손길이 닿지 않는 세상으로 떠날 수 있었다.

오글라라 라코타 족의 검은 큰사슴(헤하카 사파)은 기도한다.

"할아버지 위대한 정령이시여, 다시 한번 대지 위에 서 있는 나를 보시고 몸을 굽혀 나의 가냘픈 목소리를 들어 주소서.

당신은 가장 먼저 살고 먼저 계신 분이시며, 모든 욕망과 기도보다도 더 오래된 분이십니다. 모든 것이 당신께 속합니다. 두 발 달린 것들, 네발 달린 것들, 공중에 날개 달린 것들과 땅 위에 살아 있는 모든 푸른 것들이.

당신은 대지 위에서 동서남북의 힘이 서로 교차하도록 만드셨습니다. 당신은 나로 하여금 좋은 길과 어려운 길을 지나게 하셨습니다. 그 길들이 교차하는 곳, 그곳이 성스러운 곳입니다. 날이 새나 날이 지나 영원히 당신은 모든 것의 생명이십니다.

그러므로 내가 이렇게 목소리를 보내고 있는 것입니다. 위대한 정령이시여, 당신께서 만드신 어떤 것도 나는 잊지 않았습니다. 당신이 만드신 것은 우주의 별들과 땅 위의 풀잎들입니다."

나는 죽음을 걱정하기 위해 세상에 온 것이 아니다. 살기 위해 이 세상에 왔으며, 내게는 그 어떤 것보다 삶이 중요하다. 그리고 나는 나 아닌 다른 존재들의 삶에 대해서도 생각한다. 떡갈나무의 삶, 새들의 삶, 바람의 삶……. 그 모두가 나의 삶과 다르지 않다. 그것들의 삶이 지상에서 사라진다면 나의 삶 역시 무의미한 것이다.

오솔길(리틀 로드)_체로키 족

삶의 어려운 일에 닥칠 때마다 나는 햇빛 비치는 평원으로 나가 한적한 곳에 앉아 있곤 했다. 그리고 나 자신에게 말했다.

'용기를 잃지 말자. 이 세상에서 내가 할 수 있는 일을 하나씩 해나가자. 나는 결코 쓸모없는 인간이 아니니까.'

그것은 곧 어머니 대지가 내게 해 주는 말이기도 했다. 나는 알 수 없는 곳으로부터 용기를 얻어 어려운 날들을 헤쳐 나갈 수 있었다. 나는 또 이렇게 말하곤 했다.

'모든 것이 사라진다 해도 영혼의 순수함을 잃어선 안 된다. 순수함을 잃는 것은 곧 내 자신을 잃어버리는 일이다.'

다른 어느 곳보다 대자연의 품 안에서 나는 삶에 필요한 많은 것들을 얻었다. 나만의 그 시간들은 어떤 것과도 바꿀 수 없는 소중한 것이었다. 힘들고 외로울 때 평원에서의 홀로 있는 시간을 통해 얼마나 많은 위안과 용기를 얻었는지 모른다.

곰에게 쫓겨(마토 쿠와피)_산티 양크톤 수 족

전사처럼 살게! 내가 이미 말하지 않았나. 전사는 자기 행동에 책임을 진다고 말야. 아주 하찮은 행동 하나도 전부 책임을 지지. 그대가 그것을 잘 이해하리라고 믿네.

돈 후앙_야키 족 치료사

슬퍼하지 말라. 가장 현명하고 훌륭한 인간에게도 불행은 닥치는 법이다. 계절이 다하면 죽음이 찾아오게 마련이다. 그것은 위대한 정령의 명령이며, 모든 나라와 모든 사람들은 그 명령에 복종해야 한다. 이미 지나간 일이나, 인간의 힘으로 막을 수 없는 일에 대해서는 슬퍼하지 말아야 한다. 불행이 특별히 우리의 삶에만 일어나는 것은 아니다. 어느 곳에나 불행은 있게 마련이다.

덩치 큰 사슴(빅 엘크), 1811년 검은 들소(블랙 버팔로) 추장의 죽음에 대해_오마하 족

나는 그대들의 추장일 뿐 아니라 어른이고 늙은이다. 그러므로 그대들에게 충고하는 것이 나의 의무다. 젊은 사람들이 나이 먹은 사람의 말을 듣기가 얼마나 어려운지 나도 잘 안다. 나이 먹은 사람의 피는 달팽이처럼 기어 다니지만 젊은이의 피는 급류처럼 뛰어다닌다. 아

들들아, 한때 나 역시 젊었으며 지금의 그대들과 같은 생각을 가졌었다. 그때는 우리 부족이 강했고 나의 목소리는 언제나 전투를 외쳤었다. 하지만 그대들은 얼굴 흰 자들과 싸우지 말아야 한다. 이것은 나의 충고일 뿐 아니라 명령이다.

와샤키_쇼쇼니 족 추장

나는 여기에 있다. 나를 보라. 나는 태양이다. 나를 보라.

인디언들의 아침 인사_라코타 수 족

이슬은 마치 아름다운 거미줄과도 같다. 마냥 빛나고 반짝인다. 이른 새벽녘 이슬은 살아 있는 모든 것들 속으로 살금살금 기어든다. 그 누구도 이슬이 오는 소리를 들을 수가 없다. 찬란하지 않은가. 햇살이 그 이슬 위로 내리비칠 때는. 그러고는 어느새 사라져 버린다! 우리의 삶도 마찬가지다.

셀리 베도카_카도 족

체기히!
새벽으로 만든 집
저녁 빛으로 만든 집
먹구름으로 만든 집
남자 비로 만든 집
어두운 안개로 만든 집
여자 비로 만든 집
꽃가루로 만든 집
메뚜기로 만든 집

문 앞은 먹구름

문 앞으로 난 길은 먹구름

갈라진 번갯불이 그 위에 높게 서 있으니.

위대한 정령이시여!

당신의 제물을 바칩니다.

당신을 위해 담배 연기를 준비했습니다.

저의 발에 기운을 불어넣어 주시고

저의 다리에 기운을 불어넣어 주시고

저의 몸에 기운을 불어넣어 주시고

저의 마음에 기운을 불어넣어 주시고

저의 목소리에 기운을 불어넣어 주십시오.

기쁨으로, 풍성한 검은 구름과 함께 걸을 수 있도록.

기쁨으로, 풍성한 소나기와 함께 걸을 수 있도록.

기쁨으로, 풍성한 식물들과 함께 걸을 수 있도록.

기쁨으로, 꽃가루 길을 따라 걸을 수 있도록.

오래전에 그랬듯이, 그렇게 걸을 수 있도록.

인디언들의 밤노래 _ 나바호 족

콜럼버스의 악수

쳐다보는 말(루킹 호스)
이로쿼이 족

편견이 사람들에게 상처를 준다는 것을 우리 모두가 알고 있다. 그리고 대부분의 편견은 실제로 상대방을 상처 입히고 깎아내리기 위한 것이다. 당신들이 우리 인디언들에 대해 갖고 있는 가장 나쁜 편견은 우리를 '붉은 피부'라고 부르는 것이다. 그것은 단순히 우리의 피부가 붉다는 뜻만이 아니라 더럽고 불결하다는 나쁜 고정관념을 그 안에 담고 있다.

당신들은 우리에 대해서 '속임수를 쓴다, 잘 둘러댄다, 귀찮다, 무지하다, 우둔하다, 게으르다' 등등의 형용사들을 써 대는데, 그중에서도 가장 많이 쓰는 단어가 '더럽다'는 것이다. 그 말을 들을 때마다 나는 가슴이 무너진다. 왜냐하면 순수 혈통의 인디언으로서 내 부족 사람들이 얼마나 청결하고 깨끗한 사람들이었는지 알기 때문이다.

기원전(인디언들은 콜럼버스가 나타나기 전Before Columbus을 기원전 B.C.이라고 부른다) 인디언 부족들은 날마다 마을 근처의 흐르는 물에 가서 몸을 씻는 것이 하루 일과의 시작이었다. 마을의 목청 큰 사람이나 부족의 어른들은 새벽이 밝아오기 훨씬 전에 젊은이들과 아이들을 잠에서 깨웠다. 일찍 목욕을 하고 나서 태양을 맞이할 수 있도록 하기 위해서였다.

우리의 종교에서 태양은 매우 중요한 부분을 차지하고 있으며, 몸을 씻지도 않은 채 아침 기도를 올리는 것을 불경스러운 행위로 여겼다. 태양이 떠오를 때 모든 인디언들은 그 자리에 멈춰 서서 기도를 올렸다. 그것이 몸과 마음의 건강을 유지하는 길이라고 믿었기 때문이다. 할아버지 태양이 지평선 위로 모습을 나타내기 전 어슴푸레하게 동이 터오면 여인들은 아이들을 물가로 데려가 몸을 씻겨, 차가운 물에서 건강한 기운을 얻을 수 있게 했다.

그 시간은 인디언들에게 더없이 즐겁고 유쾌한 시간이었다. 사람들은 몸을 씻으면서 웃고, 농담하고, 얘기를 나누고, 장난을 쳤다. 아이들은 물장난을 하고, 개는 짖어 대고, 할머니들은 소리를 질렀다. 병이 들었거나 몸을 움직이지 못하는 사람들도 아침 시간에는 반드시 강으로 데려가 몸을 씻겼다. 흐르는 깨끗한 물은 최고의 약이며, 치료의 일부분이기 때문이었다. 인디언들의 삶은 종교적인 믿음에 의해 움직였으며, 우리가 인디언의 방식이라고 부르는 전통에 따라 방향이 정해졌다.

의식과 축제와 기도는 우리 삶에 큰 의미를 가져다주었다. 그것들은 개인이나 부족 전체에 일어나는 사건들을 축복하기 위함이었다. 태어나서 죽을 때까지 한 개인의 삶이나 부족의 삶에 일어나는 중요한 일들은 낱낱이 기억되고 축하받았다.

인디언들의 의식은 몸과 마음을 깨끗이 하기 위해 무엇보다 먼저 땀천막에서 정화 의식을 거치는 것으로부터 시작되었다. 온몸을 정화하는 데 우리 인디언들의 땀천막만큼 좋은 것이 없다. 땀천막 안에서 한두 시간 강한 증기를 쏘이면 온몸의 땀구멍이 열리고 몸속 깊은 곳까지 청결해진다. 이것은 몸의 안팎에 있는 이물질과 분비물들을 제거하기 위한 것이다. 신성한 원소들인 물, 식물, 불, 돌을 이용하고, 거기에 그 사람이 견뎌 내야만 하는 고통과 희생이 결합함으로써 몸과 마음의 정화가 완성되는 것이다.

땀천막 밖으로 나오면 그 즉시 차갑고 시원한 물속에 몸을 던진다. 내가 알기론 이것만큼 정신을 맑게 하는 것도 없다. 오직 그때만이 의식에 참가해도 부족함이 없을 만큼 정화가 되었다고 말할 수 있다. 겨울에 모든 것이 얼어붙는 북쪽 지방에서는 물속에 뛰어드는 대신 눈 위에 몸을 굴리는 것으로 대신했다!

유전 과학자들이 최근에 발표한 기사를 읽으면서 나는 이런 의문을 갖지 않을 수가 없었다. 우리 인디언들에게 걸핏하면 '더러운 붉은 피부'라는 별명을 던진 그 유럽의 이주자들은 과연 얼마나 깨끗했을까? 몇몇 인종학자들은 인디언과 유럽 인의 접촉에 관련된 한 가지 수수께끼에 의문을 던지기 시작하고 있다. 얼굴 흰 사람들이 처음으로 우리의 해변에 도착했을 때, 그들은 몸속에 파괴의 씨앗을 운반하고 왔다. 이것은 우리 모두가 알고 있는 사실이다. 역사 기록에 따르면, 백인들의 총과 칼과 십자가에 희생된 인디언 숫자보다 그들이 옮긴 병 때문에 목숨을 잃은 인디언의 수가 훨씬 많다. 말 그대로 수백만 명이 전염병에 걸려 죽었고, 그 결과 부족 전체가 사라지고 문화 전체가 말살되었다.

때로는 백인 정부의 교묘한 정책에 의해 병원균이 전파되기도 했지만, 대개는 얼굴 흰 자들과의 일시적인 접촉만으로도 인디언 부족 전체에 물결처럼 죽음의 경련이 퍼져 나갔다. 말하자면 악수에 의한 대량학살이었던 것이다!

나는 그것을 '콜럼버스의 악수'라고 부른다.

그런데 유전 과학자들이 수수께끼로 여기는 것은 이것이다. 만약 면역력을 갖고 있지 않던 병원균이나 박테리아, 바이러스 때문에 수백만의 인디언들이 목숨을 잃었다면, 왜 그 반대 현상은 일어나지 않았을까? 백인들이 저항력을 갖고 있지 않은 돌연변이 바이러스 같은 병원균들을 인디언들은 왜 몸속에 키우지 않았을까? 백인들에게 병이 옮아 수많은 인디언들이 죽었다면, 백인들 역시 인디언들로부터 낯선 병원균이 옮아 목숨을 잃을 수도 있지 않았을까? 그런데 왜 그런 일은 일어나지 않은 것일까? 단순히 백인들이 훨씬 더 강한 신체 조건을 갖추고 있었기 때문일까? 그것은 아마도 얼굴 흰 자들이 늘 주장하듯이, 백인 우월주의에 딱 어울리는 해석일 것이다.

여러 세대에 걸쳐 수많은 병원균들에 둘러싸여 살다 보면 그것에 대한 면역력이 생겨난다. 이것은 지극히 간단한 논리이다. 그런데 우리 인디언들은 애초부터 그런 병원균들을 갖고 있지 않았기 때문에 그것에 대한 면역력도 없었던 것이다. 어떤가! 이것이 수수께끼에 대한 간단하고 명쾌한 해답이 아닌가.

어쩌면 그것이 아닐지도 모른다. 그래서 몇몇 과학자들은 이 문제에 대해 더 추구해 들어갔다. 그들은 인종 간에 이런 식으로 병원균이 전파되는 것은 매우 드물고 일어나기 힘든 일임을 역사를 통해 알고 있었다. 그래서 어떻게 그런 일이 일어날 수 있었는지 조사하기 시작했다. 마침내 그들은 기원전(콜럼버스 이전) 유럽 인들의 생활 조건과 삶의 방식을 살펴보기에 이르렀다. 신께서 그 유전 과학자들을 축복하시기를! 그들 중에 어려서부터 '더러운 붉은 피부'라고 놀림받았던 인디언이 단 한 명이라도 있으면 좋으련만!

드러내 놓고 말하지는 않지만, 중세 시대의 유럽 인들이 목욕을 끔찍히도 멀리했다는 것은 잘 알려진 사실이다. 그들은 목욕이 온갖 질병과 심지어 죽음까지도 초래하는 건강에 매우 해로운 것이라는 믿음을 갖고 있었다. 그래서 어떻게든 씻는 것을 회피했다.

그들 중에서 가장 깨끗하다고 할 수 있는 귀족들조차도 그런 믿음에 사로잡혀 있었다. 그런 믿음의 당연한 결과로 생긴 더러움과 불결함을 감추기 위해 귀족 계급들은 화장과 가발을 개발했다. 물론 주로 일반인들 사이에서 돌연변이 세균이 나돌았을 것이다. 과학자들은 병원균과 박테리아, 바이러스 등의 온상이 된 곳은 다름 아닌 그들의 배설물(더 직접적으로 말해 똥)이라는 사실을 밝혀냈다. 그들 건강한 백인들은 사실은 똥(더 공손하게 말해 배설물) 속에서 살았던 것이다. 그리고 돼지, 닭, 소들이 사람들과 한 집에서 살았다. 그들의 마을은 실제로 넓은 돼지우리 혹은 닭장이나 다를 바 없었다. 사람의 배설물, 소똥, 돼지 오줌, 닭똥 등이 한데 뒤섞여 수백 년 또는 수세대 동안 거대한 반죽을 이루고 살았다.

한마디로 말해 유럽은 세균들의 천국이었으며, 평민이 전체 인구의 99퍼센트를 차지하고 있었기 때문에 거의 모든 일반인이 돌연변이 병원균의 온상 역할을 했다. 그 시대는 파리와 구더기와 촌충의 황금 시대였다.

유럽 전체가 이처럼 오물 더미 속에서 헤엄을 쳤다. 물론 나는 울화통이 치밀어 약간 거칠게 이 말을 하고 있지만, 어떤 과학자라도 조금만 연구하면 내가 하는 얘기가 사실이라는 것을 밝혀낼 수 있을 것이다.

나는 누구도 다른 사람에 대해 잘못된 고정관념을 갖고 상처를 입히지 않기를 바란다. 물건이든 말이든 함부로 집어던지면, 그것은 언젠가는 부메랑이 되어 처음에 던진 사람에게로 돌아오게 마련이다. 그러니 나의 좋은 백인 친구들이여, 당신들이 원한다면 나를 '더러운 인디언'이라고 불러도 좋다. 하지만 제발 부탁하건대, 절대로 내 몸에 손을 대진 말아 달라.

*

체로키 족의 이야기에 이런 것이 있다.

"오래전 한 유명한 사냥꾼이 있었는데, 그는 늘 사방을 돌아다니며 먹을 것을 잡아 집으로 가져오곤 했다. 하루는 그가 새 몇 마리를 들고 집으로 돌아오는데, 오솔길에 어린 뱀 한 마리가 누워 있었다. 몸 전체가 예쁜 색깔을 띠고 있고, 또 착하게 보이는 뱀이었다. 사냥꾼은 걸음을 멈추고 잠시 그 뱀을 들여다보았다. 뱀이 배가 고플지도 모른다는 생각이 들어서 그는 자신이 잡은 새 한 마리를 던져 주었다.

보름 뒤, 그는 토끼 몇 마리를 잡아 같은 장소를 지나치다가 다시 그 뱀을 만났다. 뱀은 여전히 색깔이 아름답고 착하게 보였지만 약간 자라 있었다. 그는 토끼 한 마리를 던져 주고는 집으로 돌아왔다.

얼마 후 사냥꾼은 그 뱀과 다시 마주쳤다. 뱀은 매우 커져 있었지만 여전히 우호적이고 배가 고파 보였다. 사냥꾼은 칠면조 몇 마리를 잡아 집으로 돌아오던 길이었기 때문에 그중 한 마리를 던져 주었다.

한번은 사냥꾼이 사슴 두 마리를 잡아 등에 메고 돌아오는 길이었다. 그 예쁜 색깔의 뱀은 몸집이 굉장히 커져 있었다. 너무 배가 고파 보였기 때문에 사냥꾼은 동정을 느껴 사슴 한 마리를 통째로 던져 주었다. 집으로 돌아온 사냥꾼은 마을에서 춤의식을 거행한다는 얘기를 들었다. 밤이 되어 부족 사람들이 모두 모닥불 주위에 모여 오래된 노래를 부르고 춤을 추는데 그 뱀이 와서 사람들이 춤추는 바깥에서 원을 그리며 맴돌기 시작했다. 뱀은 너무 커서 사람들을 다 에워싸고도 남았다. 그리고 몹시 배가 고파 보였다. 뱀이 서서히 조여들자 부족 사람들이 아이들더러 활과 화살을 가져오게 해서 그 뱀을 쏘았다. 그러자 뱀은 꼬리를 후려쳐 사람들을 거의 다 죽여 버렸다. 얼굴 흰 사람들이 바로 그 뱀과 같다."

종족 말살에 대해 옥스퍼드 영어 사전은 '어떤 인종이나 자연의 종을 의도적이고 조직적으로 멸종시키는 행위'라고 정의하고 있다. 아메리카 대륙에서 일어난, 한 인종이 다른 인종을 의도적으로 제거하려는 행위는 어제오늘의 일이 아니다. 하지만 미국 정부는 인종 말살을 조사하기 위해 위원회를 만들자는 유엔 본부의 제안에 반대했다.

아메리카 원주민들에게 가해진 백인들의 인종 말살 정책은 그 유례를 찾기 힘들다. 대량 학살 외에도 독한 술, 생물학전, 강제 이주, 투옥 구금, 백인들의 가치관 주입, 원주민 여성의 강제 불임, 아동 납치, 종교의식 금지 등 실로 다양하게 행해졌다.

콜럼버스가 도착했을 때 북아메리카 인디언들의 인구가 얼마였는지는 아무도 알 수 없다. 1960년대까지의 백인 학자들의 계산에 따르면 백만 명이 고작이었다. 하지만 오늘날 대부분의 학자들은 그것이 지나치게 축소된 것이라는 데 동의한다. 유럽 인들이 전염시킨 질병이 원주민들에게 미친 영향이 정확히 밝혀지면서 오늘날 인류학자들과 역사가들은 당시 북아메리카의 인구가 적어도 5백만 명은 되었으리라고 추정한다. 이에 대해 아메리카 인디언 역사 교수 데브 A. 미헤수아는 아무리 적게 잡아도 천만 명이 넘었을 것이라고 추정한다. 지금도 그 숫자는 계속해서 달라지고 있다.

어쨌든 거북이섬을 누비고 다니던 그 많던 인디언들이 4세기 뒤인 1910년에는 고작 22만 명이 전부였다. 어떻게 그런 일이 일어날 수 있었을까?

1492년, 콜럼버스와 그의 선원들은 바다에서 길을 잃고 이질 설사에 걸려 고생하다가 마침내 육지에 이르렀다. 그리고 그곳 사람들에 의해 구조되었다. 사실 그는 아메리카 대륙을 발견한 것이 아니라 대륙이 그를 '발견'한 것이었다. 콜럼버스의 표현을 빌리면, 그곳 원주민들은 '피부가 검지도 희지도 않고, 키가 무척 크고 잘생겼으며, 건강한 몸을 지니고' 있었다. 인도 동쪽에 도착했다고 믿은 그는 그곳 사람들을 인디언이라고 불렀다. 얼마 후 그는 그곳이 인도가 아니라는 사실을 알았음에도 불구하고 계속해서 원조를 받기 위해 본국의 여왕에게 보낸 편지에서 자신이 인도땅에 도착했음을 거듭 강조했다. 그렇게 아메리카 대륙의 '발견'은 착오와 거짓말로부터 시작되었다.

콜럼버스 일행이 처음 맞닥뜨린 카리브 해의 타이노 족 원주민들은 두 팔 벌려 그들을 환영했다. 집으로 데려가 휴식을 취하게 하고, 음식과 선물을 대접했다. 뜻밖의 환대를 받은 콜럼버스는 이방인을 친절하게 대접하는 것이 인디언들의 오랜 전통이라는 사실을 모르고 그들이 자신을 신으로 여기고 있다고 오해했다. 타이노 족의 친절이 어느 정도였는가를 짐작할 수 있는 대목이다.

콜럼버스는 첫 도착 후 페르디난도 왕과 이사벨라 여왕 앞에 전시하기 위해 인디언 10명을 붙잡아 스페인으로 보냈다. 그리고 2년 뒤에는 인디언 5백 명을 노예로 팔기 위해 배에 실어 보냈다. 하지만 그들 모두 항해 도중에 병으로 죽었다. 그것이 종족 말살의 신호탄이었다.

1493년 콜럼버스는 17척의 배에 무기와 병사들을 가득 싣고 아메리카 대륙으로 다시 왔다. 사람을 붙잡아 노예로 파는 스페인 상인들을 이미 경험한 카리브 해 원주민들은 더 많은 배가 도착했다는 소식을 듣고 공포에 질렸다. 몇몇은 내륙의 열대우림으로 달아나고, 나머지는 자신들이 살던 섬을 떠나 필사적으로 섬에서 섬으로 몸을 피했다. 하지만 누구도 그들 앞에 놓인 비극적인 운명을 피할 수가 없었다.

히스파니올라 섬(하이티와 도미니카 섬)의 추장 하투아이 역시 가족들을 데리고 쿠바로 피신하다가 스페인 병사들에게 붙잡혔다. 그리스도교로 개종하기를 거부했다는 '죄'로 그는 화형에 처해졌다. 화형대 위에 섰을 때 그에게 마지막 기회가 주어졌다. 프란치스코 교단의 사제가 그에게 로마가톨릭교로 개종하면 영생을 보장할 것이며, 그렇지 않으면 지옥에 떨어져 온갖 고문을 받게 될 것이라고 선언했다. 그렇게 말하고 나서 사제는 대답을 기다렸다.

하투아이는 차분한 어조로 물었다.

"그럼 천국에도 스페인 사람들이 있는가?"

사제가 물론 그렇다고 대답하자 하투아이는 말했다.

"그 잔인무도한 종족이 한 명이라도 살고 있는 곳에는 나는 결코 가지 않을 것이다."

그러고는 기꺼이 화형대의 연기로 사라졌다.

1494년 그 지역에서 황금이 발견되면서부터 사태는 더 악화되었다. 금광을 차지하기 위해 더 많은 군대가 들어왔고, 타이노 족의 저항이 만만치 않자 콜럼버스는 유럽 인 한 명이 죽으면 타이노 족 백 명을 죽이라는 포고령을 내렸다. 14년 동안에 무려 3백만 명이 넘게 죽임을 당했다. 50년 후 스페인 관리가 행한 인구 조사에 따르면 불과 2백 명만 살아남아 있었다. 콜럼버스 시대의 중심적인 역사학자 라스 카사스는 스페인 정복자들이 토착민들에게 저지른 잔인한 행위들을 생생하게 기록하고 있다. 그들은 집단으로 목을 매달고, 불태우고, 아이들의 시체를 개에게 던져 주었다.

금광에 끌려간 원주민 노동자들은 호미에 불과한 도구로 갱도를 파야 했고, 수천 명이 병과 굶주림으로 사망했다. 여자들 역시 스페인 정복자들의 양식을 대기 위해 들판에서 하루 종일 힘든 노동을 해야만 했다. 그 결과 유아 사망률이 급증했다. 석 달 만에 7천 명의 아이가 사망했다. 라스 카사스는 자신이 기록한 것은 '내 눈으로 목격한 참상의 100분의 1도 안 된다'고 고백했다.

아직 유럽 인들을 경험하지 못한 내륙의 원주민들은 스페인 병사와 상인들이 밀려오자 전통에 따라 그 외지인들에게 음식을 대접했다. 그리고 그들이 무엇보다 황금을 좋아한다는 사실을 알고 기꺼이 자신들이 갖고 있는 금붙이들을 선물했다. 스페인 정복자들은 뜻밖의 횡재에 눈이 멀었다. 인디언들은 흐르는 물에서 손쉽게 사금을 채취해 왔으며, 그것은 장식 이상의 아무것도 아니었다. 그런데 스페인 병사와 상인들이 그것을 서로 많이 갖겠다고 다투자, 원주민들은 크게 실망했다. 추장의 아들 폰치아코가 벌떡 일어나 그들이 사용하고 있는 저울을 발로 차 쓰러뜨리고, 금조각들을 사방에 흩뿌리며 말했다.

"당신들 그리스도교인들이여, 무엇 때문에 이 작은 금붙이를 자신의 마음의 평화보다 더 소중히 여기는가? 황금에 대한 욕망으로 수많은 사람들을 혼란과 비극에 빠뜨릴 생각이라면, 나를 따라오라. 당신들이 만족할 수 있도록 금이 물처럼 흐르는 곳으로 안내할 테니."

아즈텍의 수도로 진군한 코르테스의 군대 역시 원주민들로부터 금은으로 된 장신구들을 선물받고 거의 광적으로 변했다. 아즈텍 연대기가 그 광경을 생생하게 전하고 있다.

"원주민들이 스페인 사람들에게 황금으로 된 깃발과 목걸이 장식들을 선물했다. 그러자 그들은 기쁨에 넘쳐 벌린 입을 다물지 못했다. 그들은 원숭이들처럼 금붙이를 높이 쳐들고 펄쩍펄쩍 뛰는가 하면 아예 그것들을 깔고 앉기까지 했다. 마치 그것들이 그들에게 새 생명을 주고 가슴에 빛을 주는 것처럼. 그들은 마치 굶주린 돼지처럼 그것들에 덤벼들었다. 황금 깃발을 뜯어 공중에 펄럭이며 바보처럼 소리를 질러 댔다. 그들이 내지르는 소리는 야만인 그 자체였다."

곧이어 아즈텍 인들이 소유한 모든 금과 은을 빼앗기 위해 대량 학살이 저질러졌음은 두말할 필요가 없다. 불과 이틀 만에 아즈텍의 수도는 폐허로 변했다. 황금에 미쳐 날뛰는 유럽 인들의 잔악 행위에 시달리다 못한 다리엔(지금의 파나마) 해안의 한 부족은 정복자들을 습격해 몇 명을 포로로 붙잡았다. 그들의 팔과 다리를 밧줄로 묶은 원주민들은 마지막으로 그들의 입에다 금 녹인 물을 부으며 소리쳤다.

"자, 먹어라, 금이다! 이 기독교인들아!"

비극은 끝나지 않았다. 스페인 사람들에 이어 속속 도착한 유럽 이주자들과 새로 들어선 미국 정부 역시 똑같은 잔학 행위를 계속했다. 북남미 전역에서 인디언들을 제거하기 위해 마을을 불사르고, 인디언 머리 가죽을 잘라온 자에게는 상금을 내리고 생화학전까지 펼쳤다.

크리크 족은 한때 미국 남부에서 가장 큰 부족에 속했다. 1800년에 한 지역에 사는 부족의 인구가 2만 명이 넘었다. 하지만 그들은 앤드루 잭슨(미국 7대 대통령)이 이끄는 군대에 의해 철저히 파괴되었으며, 그것은 인디언 역사에서 가장 피비린내 나는 학살이었다. 불과 두세 달 사이에 백인 군대는 2천 명의 남자, 여자, 아이들을 죽이고 마을과 들판을 불질렀다. 그리고 탈라푸사 강에서 또다시 7천 명을 죽였다.

인간과 자연이 균형을 이루며 살아가던 조화로운 세계 속으로 백인 정착민들은 전염병을 선물했다. 그것들은 원주민들이 전혀 알지 못하는 새로운 질병들이었다. 백인 침입자들이 들어가기도 전에 그들의 훌륭한 우군인 전염병이 먼저 대륙을 휩쓸었다. 그래서 막상 두 종족간의 접촉이 이루어졌을 때는 인디언들의 숫자가 이미 10분의 1로 줄어들어 있었다.

아메리카 원주민들은 백인들이 가져온 신무기뿐 아니라 그들 몸에 묻어온 질병들에도 완전 무방비 상태라는 사실이 밝혀졌다. 백인들이 전파한 천연두균은 이미 1514년에 파나마 군도에서 수많은 인디언들의 목숨을 앗아갔다. 이 전염병은 19세기까지 연속적으로 대륙을 휩쓸고 지나갔다. 영국 관리들은 인디언 부족들에게 천연두균이 묻은 담요들을 의도적으로 배급했다. 그 결과 밍고 족, 델라웨어 족, 쇼니 족과 오하이오 강 연안의 또 다른 인디언 백만 명 이상이 목숨을 잃었다. 미국 병사들도 평원 인디언들에게 똑같은 방법을 사용해 비슷한 성공을 거뒀다. 천연두는 1616년 뉴잉글랜드 해안에 거주하는 인디언들을 거의 전멸시켰고, 1837년에는 평원 인디언들을 강타했다.

포와탄 족이 천연두에 걸려 거의 전멸 위기에 놓이자 플리머스 식민지의 통치자 윌리엄 브랫포드는 "원주민들을 천연두로 쓰러뜨림으로써 하느님은 우리가 소유한 것의 정당성을 인정하셨다."고 말했다. 백인 이주자들은 자신들이 들여온 전염병으로 원주민들이 죽어 가는 것을 비극으로 여기기보다는 하느님이 정한 운명으로 여겼다. 하지만 어떤 의미에서 그들의 하느님은 동작이 느리다고 할 수 있다. 왜냐하면 아직도 아메리카 원주민들이 다 죽은 것은 아니니까.

어쨌든 질병과 전염병은 1492년과 1900년 사이에 인디언들의 숫자를 90퍼센트나 감소시킨 주된 원인이었다. 1492년경, 중앙아메리카와 북아메리카의 접경 지대에 살던 인구는 5백만 명을 웃돌았는데, 이들은 전염성 질병으로 인해 1620년에 이르렀을 때 25만 명으로 숫자가 줄었다. 역사가 입증하듯이, 지금의 플로리다와 조지아 주에 살던 티무쿠안 족들, 텍사스의 코아후일테칸 족은 1770년이 되었을 때 완전히 자취를 감추었다.

1837년의 천연두균이 묻은 담요에 의한 대량 학살은 당시 백인 모피 상인이었던 프랑수아 샤르동의 일기에 잘 묘사되어 있다. 그 일기에는 만단 족 추장 네 마리 곰(마토 토페)의 고통에 찬 연설 전문이 실려 있다. 천연두는 1천6백 명의 만단 족 인디언들 90퍼센트를 죽음으로 몰아넣었다.

"나의 형제들이여, 내가 하는 말을 잘 들으라. 나는 언제나 얼굴 흰 자들에게 잘해 주었다. 어렸을 때부터 그들과 함께 지냈으며, 내가 기억하는 한 한 번도 그들을 잘못 대한 적이 없다. 오히려 다른 사람들로부터 그들을 보호해 주었다. 이 점은 그들도 부인할 수 없을 것이다. 네 마리 곰은 얼굴 흰 자들이 배고픈 것을 그냥 두고 본 적이 없다. 필요할 때마다 그들에게 먹을 것과 마실 것을 주었으며, 깔고 잘 들소 가죽을 주었다. 언제나 그들을 위해 죽을 준비가 되어 있었다. 그들도 그것을 아니라고 말할 수 없을 것이다. 얼굴 붉은 사람이 할 수 있는 모든 것을 나는 그들에게 해 주었다.

그런데 그들이 내게 어떻게 보답했는가를 보라! 이 얼마나 배은망덕한 짓인가! 나는 얼굴 흰 자들을 개라고 부른 적이 없다. 하지만 오늘 나는 그들을 검은 심장을 가진 개들이라고 선언한다. 그들은 나를 속였다. 내가 형제로 여겼던 그 자들이 알고 보니 가장 나쁜 적이었다. 나는 많은 전투에 참가했으며, 부상도 입었고, 그 부상을 자랑스럽게 여겼었다. 그런데 오늘 내가 입은 이 부상은 누구에 의해선가? 내가 형제로 여기고 후한 대접을 아끼지 않았던 자들이 남긴 것이다.

형제들이여, 나는 죽음이 두렵지 않다. 그대들도 그것을 알 것이다.

하지만 지금 나는 늑대들이 봐도 겁을 먹을 만큼 얼굴이 썩어서 죽어 가고 있다. 얼굴 흰 자들의 친구였던 이 네 마리 곰이 말이다. 내가 말하는 것을 잘 들으라. 앞으로는 내 말을 들을 수도 없을 테니까. 그대들의 아내와 형제자매와 친구들, 그대가 사랑하는 모든 이들을 생각하라. 그들 모두 얼굴 흰 개들이 퍼뜨린 균에 의해서 얼굴이 썩어 죽어 가고 있다. 형제들이여, 그것을 잊지 말라. 모두 일어나 저들을 한 명도 살려 보내지 말라. 네 마리 곰은 몸을 바쳐 싸울 것이다."

백인과 샤이엔 족 혼혈인 조지 벤트는 1849년에 인디언 부족들을 차례로 쓰러뜨린 끔찍한 콜레라 전염병에 대해 회고한 바 있다. 뉴욕과 뉴올리언스 항구에서 백인 이주자들로부터 시작된 이 전염병은 황금을 찾아 몰려드는 백인들에 의해 대평원 지역까지 번져 갔다.

"1849년 얼굴 흰 정착민들에 의해 플래트 골짜기에 콜레라가 들어와서는 이주민 열차에 실려 인디언 야영장들로 전파되었다. 인디언들은 그 병을 단순히 복통이라 불렀는데, 그 병으로 순식간에 수백 명이 목숨을 잃었다. 플래트 골짜기의 인디언 천막들은 남자, 여자, 어린아이 할 것 없이 죽은 시체들로 가득해 완전히 폐허가 되었다. 기찻길 가까이 살던 수 족과 샤이엔 족들은 가장 큰 타격을 입었다. 그리고 수 족을 통해서는 북쪽의 블랙푸트(검은 발) 족에게로, 샤이엔 족을 통해서는 남쪽의 카이오와 족과 코만치 족에게로 병이 전파되어 모든 야영장을 황폐하게 만들었다. 우리 부족도 심한 손실을 입었다. 늙은 인디언들의 말에 따르면 부족의 절반이 목숨을 잃었다. 백 명이 넘는 샤이엔 족 전사들이 플래트 골짜기로 내려가 사냥을 하고 돌아오는 길에 한 백인 정착민 야영장에서 잠시 멈췄는데, 그곳 역마차 안에서 백인 남자들이 콜레라로 죽어 가고 있는 것을 발견했다. 그것을 본 인디언들은 당장에 그곳을 빠져나와 전속력으로 달려 집으로 향했다.

하지만 이미 그 끔찍한 병균은 그들의 발목을 잡았고, 집에 도착하기도 전에 그들 중 많은 숫자가 숨졌다. 나의 삼촌과 숙모도 처음 콜레라에 희생된 사람들 중 하나였다. 그 샤이엔 족 전사들은 서로 다른 야영장에 속해 있었기 때문에, 그들이 콜레라 균을 묻혀 야영장으로 돌아가자마자 모든 마을들이 초토화되었다. 사람들은 공황 상태에 빠졌다. 큰 야영장은 작은 지파들로 나뉘고, 식구들이 저마다 작은 무리를 이루어 뿔뿔이 흩어졌다. 나의 할머니(흰 천둥의 아내)와 엄마는 자식들을 샤이엔 야영장에서 빼내 캐나다로 갔다. 그곳에서 카이오와 족과 코만치 족이 약을 만들고 있었기 때문이다. 그런데 치료의 춤을 추는 사이에 한 오세이지 족 인디언이 배를 움켜쥐고 쓰러졌다. 당장에 야영장은 폐쇄되고 모두 사방으로 달아났다. 샤이엔 족은 밤새 걸어 치마론으로 갔다. 그곳에 지금은 이름을 잊었지만 유명한 전사가 있었다. 그는 무기를 들고 말 위에 올라타더니 야영장을 돌며 소리쳤다. '이 자(콜레라)를 볼 수만 있다면, 이 자가 어디에 있는지 알 수만 있다면 내가 당장에 쳐부쉈을 것이다!' 하지만 말 위에서 그는 복통을 일으켰고 말등에 쓰러져 자신의 천막 앞까지 가서는 땅바닥에 떨어졌다. 사람들은 놀라서 당장에 야영장을 버리고 큰 모래 언덕을 넘어 또다시 밤새 걸었다."

콜럼버스 이후 지금까지 인디언들은 전투나 노환으로 사망한 숫자보다 백인이 전염시킨 천연두, 결핵, 결막염, 인플루엔자, 성홍열, 홍역, 콜레라 등으로 목숨을 잃은 숫자가 압도적으로 많았다. 전염병은 백인들의 가장 큰 지원군이었던 셈이다. 1980년대에는 인디언들 사이에 에이즈(이누이트 족 언어로는 '영원한 병'의 뜻)가 번지기 시작했다. 후파 족 인디언 의사 에메트 체이스는 그 위험성을 지적했다.

"에이즈는 소수 부족에게 훨씬 더 치명적이어서 그들을 멸종의 위기로 몰아넣을 수 있다."

2000년 10월에는『엘도라도의 어둠』이라는 제목의 책이 출간되어 충격적인 사실이 알려졌다. 미국인 유전학자 제임스 닐이 이끄는 일단의 과학자들이 1960년 중반 베네수엘라에 사는 원주민 야노마미 족을 대상으로 악성 홍역균을 살포했음이 밝혀진 것이다. 원시 상태에 있는 사람들에게 전염병이 미치는 효과를 관찰하기 위한 것이 그 목적이었다. 그 결과 수천 명의 부족민이 목숨을 잃었다. 연구팀은 죽어가는 환자들에게 어떤 의료 지원도 하지 않았다. 팀장인 제임스 닐이 연구원들에게 오직 과학자로서 냉정하게 관찰만 할 뿐 의료 행위를 해선 안 된다고 엄명을 내렸기 때문이다. 코넬 대학의 테리 터너 교수는 미국 인류학 협회 회장에게 보낸 편지에서 이 사건이 '그 규모와 파급 효과, 범죄성, 파렴치함에 있어서 인류학 역사에서 유례를 찾아볼 수 없는 사건'이라고 못 박았다.

위스키를 포함한 독한 술 역시 인디언들에게는 치명적이었다. 백인들은 처음부터 인디언들에게 술을 먹였으며, 조약서에 서명하지 않을 때는 추장들 모두에게 술을 먹여 서명을 받아 내기까지 했다. 1677년 델라웨어 족 추장 오카니콘은 몇몇 술 취한 인디언들의 행동에 대해 백인들이 비난하자, 이렇게 답변했다.

"독한 술을 처음 우리에게 판 것은 네덜란드 인들이었다. 그때 그 술이 우리에게 얼마나 해로운 것인가를 알지도 못했다. 그다음에는 스웨덴 사람들이 와서 술을 팔기 시작했다. 우리는 이미 술맛에 익숙해졌기 때문에 그것을 거부할 수도 없었다. 술은 우리를 난폭하게 만들었다. 우리는 우리가 무슨 행동을 하는지도 모른 채, 서로에게 욕설을 퍼붓고 서로를 모닥불 속에 집어던졌다. 그 결과 술 때문에 우리 부족의 7할이 목숨을 잃었다."

백인들의 언론도 인디언 말살 정책에 큰 몫을 했다. 네즈퍼스 족의 노란 늑대(옐로 울프)는 말한다.

"얼굴 흰 자들은 자기들 기분 내키는 대로 동전의 한쪽만 이야기한다. 그런 것은 진실이 아니다. 자기들이 잘한 행동만을 떠벌이고, 인디언의 나쁜 행동만을 꼬집어내는 게 그들이다."

1863년 〈로키 마운틴〉 신문의 사설은 인디언들을 '방탕한 떠돌이들이며, 잔인하고, 감사할 줄 모르는 인종들이기 때문에 지구상에서 쓸어 없애야 한다'고 못 박고 있다. 같은 해에 이 신문에 실린 아메리카 인디언들에 대한 27건의 기사 중 20건이 동일한 논조로 인디언을 없애 버릴 것을 요구하고 있다. 그 결과 백인 이주자들은 샤이엔 족과 아라파호 족 인디언을 죽음으로 몰아넣어야 한다고 확신하기에 이르렀다. 1864년 8월 〈로키 마운틴〉 지는 '그들을 끝까지 추적해 천막을 불태우고 아녀자들을 포함해 모두를 없애 버릴 것'을 요구하고 있다. 언론의 이런 주장은 무차별적인 학살에 대해 아무런 양심의 가책을 느끼지 못하도록 만들었다.

모래 샛강(샌드 크리크) 대학살을 앞두고 존 치빙턴 대령은 "어서 빨리 피비린내를 맛보고 싶다."고 신문 인터뷰에서 말했다. 그는 1864년 11월, 5개 대대 7백 명의 병사를 이끌고 모래 샛강에서 샤이엔 족과 아라파호 족 인디언을 전멸시켰다. 〈로키 마운틴〉 지는 그것이 가장 피비린내 나는 인디언 전투였음을 알리면서 "샤이엔 족의 머리 가죽이 이집트의 두꺼비들처럼 두껍게 쌓여 있다."라고 승전보를 알렸다.

뉴펀들랜드에 살던 보에툭 족은 전투를 피해 달아났음에도 불구하고 백인들이 끝까지 추격해 부족 자체를 멸종시켰다. 1868년 인디언들과의 전투를 지휘한 셔먼 장군은 "올해 가능하면 많은 인디언을 죽여야 한다. 내년에 덜 죽여도 되도록." 하고 말했다.

남부 샤이엔 족 추장 검은 주전자(모티바토)는 부족의 안전을 지키기 위해 자신의 천막 앞에 미국 국기를 꽂았다. 그 전에 이미 그 부족은 평화의 표시로 스스로 무기를 버렸다. 그들이 갖고 있는 무기라곤 사냥에 필요한 것들뿐이었다. 백인들의 사격이 시작되는 것을 본 검은 주전자는 미국 국기가 매달린 장대에 백기를 함께 내걸고 부족 모두를 그 깃발 아래 모여 앉아 있게 했다. 6백 명의 부족민 중에 전사는 35명에 불과했다. 나머지는 늙은이, 여인, 아이들이었다. 그들 중 몇 명만이 살아남았다. 검은 주전자의 아내는 여러 발의 총알을 맞았지만 가까스로 목숨을 건졌다. 그 학살에서 죽음을 맞이하며 흰 영양(화이트 앤틸롭) 추장은 외쳤다.

"오래 살아남는 것은 아무것도 없다. 이 대지와 산 외에!"

말로 표현할 수 없는 끔찍한 살육의 현장을 한 상원 의원이 방문했다. 여인네들과 아이들은 모두 갈기갈기 찢겨져 있었으며, 어른 아이 할 것 없이 거의 모두 머리 가죽이 벗겨진 상태였다. 그 상원 의원은 이 잔혹한 학살에 대해 조사 위원회를 열었다. 콜로라도 주지사와 일반 시민들이 초청되었다. 토론이 오가던 도중 한 참석자가 "인디언들을 문명화시키는 것이 더 나은 길인가, 아니면 단순히 멸종시키는 것이 더 나은 길인가?" 하고 질문을 던지자, 백인 군중들은 일제히 "없애 버리라! 없애 버리라!" 하고 소리쳤다. 청문회가 열린 덴버 오페라 하우스 지붕이 들썩일 정도의 함성이었다고 신문은 전했다. 그 조사 위원회가 한 일은 그것 말고는 아무것도 없었다.

나중에 시어도어 루스벨트 미합중국 대통령은 모래 샛강 학살에 대해 '다른 사건들과 마찬가지로 정당하고 미국민에게 이익을 주는 행위'라고 발표했다. 루스벨트는 또 다른 언급에서 "나는 죽은 인디언만이 좋은 인디언이라고까지는 생각하지 않지만 그것과 거의 비슷한 의견을 갖고 있다."라고 말했다.

1877년 〈덴버 트리뷴〉지는 '유트 족 인디언들은 사실상 공산주의자나 다름없으며, 그들이 게으르게 토지를 놀리는 것을 그냥 두고 보는 것은 정부의 수치'라는 논설을 실었다. 자신은 하느님의 형상으로 만들어졌지만 인디언들은 그렇지 않다는 확고한 믿음을 가진 인디언 담당국 관리는 "정부가 이들을 내쫓거나 반드시 멸종시켜야 한다."라고 주장하면서 자기가 24시간 내에 2만 5천 명의 병사를 모집할 수 있다고 장담했다. 덩달아 주지사는 "인디언 문제를 해결하는 데 드는 비용을 우리 주가 기꺼이 부담하겠다. 그들을 내쫓아서 얻는 2백억 평의 땅은 광산업자들과 이주자들에게 매우 유용하게 쓰일 수 있다."라고 주장했다. 그 결과 1881년 유트 족 인디언들은 콜로라도 주에서 쫓겨나 560킬로미터나 떨어진 유타 주의 황폐한 땅으로 강제 이주당했다. 그곳은 몰몬교도들조차 살 수 없다고 포기한 땅이었다.

남미 아마존 강 유역에 살던 전통적인 인디오들에게도 똑같은 일이 일어났다. 최근에 일어난 비극은 1981년의 일이다. 브라질 아마존 밀림에서 수천 년 동안 외부와 단절된 채 살아온 신비한 원시 부족 우르유의 존재가 1981년 마침내 세상에 알려졌다. 황금 사냥꾼들이 아마존에 몰려들자 정글 훼손을 우려한 브라질 정부는 먼저 탐사에 나섰다가 이 미지의 인디오들과 만나게 된 것이다.

그 결과 부족의 운명은 순식간에 종말을 맞이했다. 석기시대에 살던 이 인디오들은 며칠 만에 수천 년의 진보를 이루었고, 그 결과는 허무하기 짝이 없었다. 부족의 추장 타리는 결핵에 걸렸으며, 1년도 안 돼 부족 사람들 대부분이 감기와 수두로 목숨을 잃었다. 미처 면역력을 키울 사이도 없이 수천 년을 건너뛰었기 때문이다. 흠잡을 데 없는 생명력으로 빛나던 그들의 눈동자는 빛을 잃고, 풍요롭던 삶도 종말을 맞이했다.

미국의 정치가이자 과학자인 벤자민 프랭클린과의 대화에서 한 델라웨어 족 인디언은 말했다.

"얼굴 흰 사람이 이 나라를 여행하다가 우리의 천막 안으로 들어오면 우리 모두는 그를 잘 대접했다. 옷이 젖었으면 말려 주고, 추워서 떨면 따뜻하게 덥혀 주었다. 그러나 내가 알바니에 있는 얼굴 흰 자의 집으로 가서 음식이나 마실 것을 청하면, 그들은 '썩 꺼져 버려!' 하고 소리질렀다. 그들은 그런 작은 선행조차도 배우지 못한 것이다. 하지만 우리는 어려서부터 어머니에게서 그것을 배웠다."

1786년, 벤자민 프랭클린은 프랑스 인 친구에게 보낸 편지에서 다음과 같이 고백했다.

"지금까지 인디언들과 백인들 사이에 일어난 모든 전투는 백인이 인디언에게 가한 부당한 일들 때문이다."

1609년 강을 따라 상륙한 헨리 허드슨(그 강은 이 사람의 이름을 따 허드슨 강이 되었다)은 둥글게 천막을 세우고서 살아가는 인디언들과 마주쳤다. 그 인디언들이 얼마나 친절하고 다정한 사람들이었는지 허드슨 자신의 기록을 통해 알 수 있다.

"우리가 집 근처로 다가가자 두 개의 돗자리가 펼쳐졌으며, 즉각적으로 잘 만든 밥그릇에 음식이 담겨져 나왔다. 남자 둘은 당장에 활과 화살을 메고 떠났는데, 잠시 후에 한 쌍의 산비둘기를 잡아 가지고 돌아왔다. 그들은 좋은 사람들임에 틀림없었다. 내가 자리에서 일어서자 그들은 내가 겁을 먹어서 그러는 줄 알고 얼른 활과 화살을 부러뜨려 불 속에 던져 넣었다."

1607년 겨울에는, 혹독한 추위 속에서 버지니아 주 제임스타운의 백인 이주자들이 굶주림과 전염병으로 죽어 가고 있었다. 이웃에 있는 30개 부족들로 구성된 포와탄 인디언 연맹의 도움이 없었다면 그 영국인들은 전부 죽고 말았을 것이다. 하지만 기껏 살려 놓자 백인들은 군대를 만들어 인디언들을 공격하기 시작했다. 1609년 포와탄 연맹의 지도자 와훈소나쿡(영국인들은 그를 포와탄 왕이라 불렀다)은 제임스타운의 이주자들에게 다음과 같이 경고했다.

"당신들은 사랑으로 얻을 수 있는 것을 왜 꼭 힘으로 빼앗으려고 하는가? 왜 당신들에게 먹을 것을 제공해 준 우리들을 파괴하려고 하는가? 전쟁으로 당신들이 얻을 수 있는 것이 무엇인가? 우리는 우리가 가진 식량을 전부 감추고 산속으로 달아날 수도 있다. 그렇게 되면 당신들은 자신들의 친구인 우리에게 잘못한 대가로 결국 굶어 죽고 말 것이다. 왜 우리를 그토록 질투하는가? 우리는 무기도 갖고 있지 않으며, 당신들이 필요로 하는 것을 기꺼이 줄 준비가 되어 있다. 당신들이 다정한 마음을 잃지만 않는다면, 그리고 적이 되어 칼과 총을 들고 다가오지만 않는다면 말이다. 나 또한 질 좋은 고기를 먹고 편안한 잠자리를 갖는 것이 좋다는 걸 모를 만큼 야만인이 아니다. 내 여자와 아이들을 데리고 조용히 살면서 영국인들과 즐겁게 웃고 지내고 그들의 친구가 되어 그릇과 도끼 등 내가 필요로 하는 것을 얻는 것이 좋다는 걸 잘 안다. 그들로부터 달아나 추운 산속에서 자고 도토리나 뿌리로 연명하면서 제대로 쉴 수도 먹을 수도 잠잘 수도 없이 쫓기며 사는 것은 큰 고통이다. 그런 상황에서 내 부족의 남자들은 늘 사방을 경계하며 나뭇가지 하나만 부러져도 '얼굴 흰 자들이 온다!'라고 소리칠 것이고, 그런 식으로 우리의 불행한 삶을 마치게 될 것이다. 하지만 당신들 역시 경솔하고 성급하게 행동함으로써 우리와 똑같은 운명을 맞이하게 될 것이다. 그러므로 우리와 평화롭게 만나라. 무엇보다도 그 총과 칼을 치우라. 그것은 우리의 감정을 건드리고 마음을 불편하게 만들 뿐이다."

하지만 인디언 처녀 포카혼타스의 아버지 와훈소나쿡 추장의 경고는 먹히지 않았고, 백인들은 전쟁을 포기하지 않았다.

영화 〈포카혼타스〉에서 인디언들은 노래부른다.

'당신들은 자신들이 발을 딛고 선 땅이면 어느 곳이든 소유할 수 있다고 생각한다.

대지는 당신들이 마음대로 할 수 있는 죽은 것이라고.

하지만 나는 안다. 모든 바위와 나무와 동물들이 저마다 하나의 삶과 영혼과 이름을 갖고 있음을.

당신들은 당신들처럼 생각하고 당신들처럼 생긴 사람들만이 사람이라고 생각한다.

하지만 낯선 이의 발자국을 따라갈 때 당신들은 배우게 되리라. 결코 알지 못했던 것들을.

늑대가 푸른 달을 보며 우는 소리를 들은 적이 있는가?

살쾡이가 왜 이를 드러내고 웃는지 물어본 적이 있는가?

산의 모든 목소리들과 함께 노래한 적이 있는가?

바람의 색깔들을 갖고 그림을 그려 본 적이 있는가?

바람이 가진 모든 색깔들을 갖고.

감춰진 소나무 숲 오솔길로 달려오라.

흙에서 난 달콤한 열매들을 맛보라.

당신 주위의 모든 풍요로운 세계 속으로 들어오라.

단 한 번도 가치 있다고 여기지 않던 그것들 속으로.

폭풍우와 강은 나의 형제, 왜가리와 수달은 나의 친구.

우리 모두는 서로 연결되어 있다. 결코 끝나지 않는 하나의 원, 하나의 둥근 고리 속에.

무화과나무가 얼마나 높이 자라는지 당신은 아는가?

당신이 그 나무를 잘라 버리면 결코 알 수 없지.

푸른 달을 향해 우는 늑대의 울음소리를 당신은 결코 들을 수 없으리라.

우리가 얼굴 흰 사람이든 얼굴 붉은 사람이든

우리 모두는 산의 모든 목소리들과 함께 노래해야 하기에.

바람의 모든 색깔들로 그림을 그려야 하기에.

당신은 대지를 소유할 수 있겠지만 당신이 소유한 것은 그저 땅일 뿐.

당신이 바람의 모든 색깔들로 그림을 그릴 수 있기까지는.'

당신들과 함께 병이 따라왔으며, 우리 인디언들 수백 명이 그 자리에서 죽었다. 그토록 강하던 우리가! 옛날에 우리는 더없이 강했다. 그 시절에는 사냥하고 물고기를 잡았다. 옥수수와 수박을 심고, 콩을 먹었다. 하지만 이제는 모든 것이 달라졌다. 우리는 얼굴 흰 사람들의 음식에 의존하며, 그것이 우리를 약하게 만들었다. 옛날에는 여름이든 겨울이든 날마다 강으로 가서 목욕을 했다. 그것이 우리의 단단한 피부를 강하게 만들어 주었다. 그런데 얼굴 흰 정착민들이 벌거벗은 인디언들을 보고 충격을 받았기 때문에 우리는 멀리 쫓겨났다. 전에는 나무껍질과 골풀로 만든 작은 옷을 허리에 걸치고 겨울철에도 바람 속을 걸어 다녔다. 맨팔, 맨다리를 하고서도 결코 감기에 걸리는 법이 없었다. 그러나 지금은 산에서 바람만 불어와도 콜록거린다. 그렇다, 당신들이 가까이 다가오면 우리는 죽는다.

치파로파이_유마 족

우리는 너무 비좁은 장소에 갇혀 있었기 때문에 전염병이 번져 밤낮으로 아이들이 죽어 가고 있었다. 별 두 개(투 스타)의 어린 맏딸도 땅에 묻혔다. 그때 만카토에서 백인들이 인디언들의 목을 매달았다는 소식이 들려왔다. 이 모든 전염병과 걸핏하면 열리는 재판 때문에 우리는 밤에 살아 있다고 해도 아침까지 살아 있을지 의문이었다. 파리 목숨보다 못한 신세들이었다.

가브리엘 렌비유_다코타 족

크리스토퍼 콜럼버스는 한 개인이 아니라 식민주의의 상징이다. 식민주의는 수십 년 전, 혹은 여러 세대 전에 일어난 일이 아니다. 지금이 순간도 사람들을 착취하면서 일어나고 있는 일이다. 오래전 원주민들의 땅을 빼앗고 그들을 생활 경제에서 시장 경제 속으로 몰아넣은 그 일이 오늘도 일어나고 있다.

존 모호크, 1992년_세네카 족

프랑스 인들이 신대륙을 발견한 직후 실무다와라는 이름의 인디언이 호기심의 대상이 되어 강제로 플랜찬(프랑스)으로 끌려갔다. 그는 그곳에서 인디언들의 사냥하는 방식을 시범 보여야만 했다. 아름다운 공원에서 소와 사슴이 그 인디언 앞에 끌려왔다. 그리고 필요한 도구들도 건네졌다. 수많은 군중이 지켜보는 가운데 그는 둥글게 울타리가 쳐진 원 안에서 야만인이 짐승을 도살하는 장면을 연출하는 수밖에 없었다.

그는 활로 동물을 죽인 뒤, 피를 내고, 가죽을 벗겨 그 자리에서 걸쳐 입었다. 그리고 고기를 잘라 말리기 위해 사방에 늘어놓았다. 일부는 즉석에서 요리해 먹었다. 그런 다음 모든 과정을 완벽하게 보여 주기 위해, 그리고 자기를 구경거리로 만든 그들에게 복수하기 위해, 그 원 한구석으로 가서 엉덩이를 내리고 똥을 누었다.

1870년, 어느 믹맥 족 인디언이 전한 실화

금을 긋는 마음, 지배하려는 마음이 세상 어디서나 원주민들을 종족 말살 정책의 희생자가 되게 했다. 유럽에서 일어난 나치에 의한 유태인 학살, 아시아에서의 문화와 땅과 부족의 파괴, 지구에 사는 모든 인간을 스무 번이나 죽이고도 남는 무기의 발명 등이 그것이다. 짤라기(체로키) 족 가르침에서는, 그런 고통은 실로 무의미한 것이다. 그것들은 한쪽이 다른 쪽보다 더 우월하고 중요하다는 헛된 자만심에서 생겨난 것이다. 사실 올바른 관계에서는 위도 없고 아래도 없으며, 안이나 밖도 없다. 모두가 성스러운 원 속에서 동등한 것이다.

디야니 위아후_체로키 족 에토와 지파

인디언들에 대한 세 가지 탄압이 있다. 첫 번째는 백인 정부이다. 그들은 물질적인 가치관에 기초를 두고 있으며, 영적인 가치관에 대해선 생각조차 하지 않으며 국민을 위하지도 않는다. 두 번째는 그들의 종교다. 그들의 종교는 사람들의 마음속에 두려움을 심어 놓는다. 세상의 대부분의 종교가 신과의 단단한 연결보다는 신에 대한 두려움에 기초하고 있다. 세 번째는 할리우드이다. 그들은 우리에 대해 끔찍한 이미지를 심어 놓았다. 그 이미지에 따르면 우리는 야만인이고, 더럽고, 믿음이 안 가는 존재들이다. 모두 부정적인 이미지 일색이다.

레 도 조지_브리티시 콜럼비아 주의 추장 조언자

어떤 사람들은 우리가 과거에 갇혀 있다고 생각한다. 사회는 아직도 우리가 보호구역 안에서 건초만 먹고 살기를 원한다. 아직도 우리가 사라지기를 원한다. 우리는 너무도 오랫동안 연방 정부와 싸워 왔다. 그들은 누가 인디언인가를 그들이 정한다. 그것은 우리를 존재하지 않는 인간들로 만들려는 시도일 뿐이다. 백인 정부를 상대하면서 우리는 사람들을 신뢰하는 것이 어렵다는 것을 알게 되었다. 너무도 오랜 세대에 걸쳐 우리는 끝없이 이용당하고, 비난받고, 누명을 쓰고, 속아 왔다. 그래서 이제는 인디언들끼리도 서로를 믿지 않게 되었다.

후아니타 에스피노사, 인디언 이름은 타테와칸윈(성스러운 바람 여인)_오지브웨 족

큰 배의 뱃머리에, 스미스소니언 박물관에, 담배 광고 속에, 위스키 술병에 그가 서 있다. 무표정하고, 근엄하고, 웃음이라곤 찾아볼 수 없이, 입을 다물고 있는 인디언 얼굴이. 무언의 인디언이. 그에게는 이름조차 없다.

셜리 힐 위트_이로쿼이 족 출신의 인류학자

모두에게 생명을 주신 이는 사람들이 서로를 억압하는 것을 원하지 않는다. 따라서 인류 사회는 한 인간이 다른 인간에게 억압당하는 것을 막고 국가와 종족 사이에 평화를 실현할 수 있는 정부 구조를 탄생시켜야만 한다. 평화는 정의롭고 합리적인 판단을 추구하는 사회

의 결과물이다. 또한 정의는 사람들이 가장 순수하고 이기적이지 않은 마음을 나눠 가질 때 실현된다.

모든 인간은 생존에 필요한 일을 할 권리가 있다. 설령 일을 하지 않거나 할 수 없는 사람들일지라도. 어떤 민족이든 개인이든 그들에게서 음식과 옷, 집, 보호 받을 권리 등을 빼앗을 순 없다. 인간 존재는 한자리에 모여 서로의 차이점을 인정하고 받아들이기 위해 노력하지 않으면 안 된다. 무력은 오직 상대방의 무력을 방어하기 위해서만 사용되어야 한다.

위대한 평화의 법_이로쿼이 6개 부족 연맹

그들은 다시 돌아올 것이다.

대지 위 모든 곳에서 그들이 다시 돌아오고 있다.

대지의 오래된 가르침,

대지의 오래된 노래가.

나의 친구여, 그들이 돌아오고 있다.

그대에게 그들을 소개한다.

그들을 통해 그대는 이해할 것이다,

그들이 다시 돌아오고 있다.

대지 위 모든 곳에서.

미친 말(티슝카 위트코)_오글라라 라코타 족

미들 건(부족 미상)

말과 침묵

서 있는 곰(루터 스탠딩 베어)

테톤 수 족

얼굴 흰 사람들은 "인디언을 길들이는 것은 방울뱀을 길들이는 것보다 힘이 든다." 라고 말한다.

내가 바로 그 인디언이다. 나는 테톤 수 족 추장이다. 우리 수 족에는 여러 지파가 있었으며, 강 서쪽에 사는 지파를 통틀어 라코타 족이라 불렀다. 수 족이란 말은 얼굴 흰 사람들이 붙인 이름으로, '목을 베어 가는 사람'이란 뜻이다. 그것은 크게 잘못된 이름이다. 우리는 누구의 목도 함부로 베지 않으며, 오히려 그것은 얼굴 흰 사람들에게나 어울리는 이름이다.

우리 라코타 족은 언제나 매우 강한 부족이었다. 여러 해 전 그들은 이 대륙의 서부 지역을 여행하면서 사냥을 하고 야영을 하며 최대한으로 생을 누렸다. 많은 아름다운 장소들에서 그들은 최고의 삼림과 때묻지 않은 물을 발견했다.

야영장을 해체한 해, 나무껍질이 갈라지는 달인 추운 겨울에 나는 서 있는 곰(스탠딩 베어) 추장의 첫째 아들로 태어났다. 그 시절에 우리에게는 달력도 없고, 지금처럼 날짜를 세는 방식도 없었다. 단지 달과 해를 관찰할 뿐이었다. 자연히 해마다 중요한 일들이 일어나게 마련이어서, 그것들을 기준으로 연도를 꼽았다. 나중에 학교에 들어가 날짜 계산하는 법을 배우고 나서 보니, 야영장을 해체한 해는 1868년이고, 나무껍질이 갈라지는 달은 12월이었다. 따라서 나는 1868년 12월에 태어난 것이다.

나의 어머니는 아버지와 결혼할 당시 라코타 족 전체에서 가장 아름다운 처녀였으며, 이름은 예쁜 얼굴(와스테윈)이었다. 어머니는 얼굴이 크지 않으면서 둥근 편이었다. 밝은 피부색에 부족의 다른 여인들처럼 긴 머리를 두 갈래로 땋아 얼굴 양쪽으로 내려뜨렸다. 나의 친할아버지는 추장이고, 매우 용감한 사람이었다. 그는 전투를 벌일 때 다른 부족의 점박이 말들을 여러 마리나 사로잡았다. 그래서 나의 아버지가 태어났을 때 점박이 말(순켈레 스카)이라는 이름이 붙여졌다. 아버지는 훗날 성인이 되어 서 있는 곰(마토 나진)이라는 이름을 얻을 때까지 줄곧 점박이 말로 불렸다.

그 무렵 라코타 족 인디언들은 얼굴 흰 사람을 죽이는 것을 매우 불명예스러운 일로 여겼다. 얼굴 창백한 이들을 죽이는 것을 아무도 용감한 행동으로 보지 않았다. 왜냐하면 우리는 얼굴 흰 자들이 우리보다 훨씬 허약한 사람들이라고 배웠기 때문이다.

내가 태어난 직후, 정찰을 나갔던 남자가 어느 날 야영장으로 돌아와 매우 흥분한 목소리로 거대한 뱀이 평원을 가로질러 기어가고 있다고 소리쳤다. 그 일로 마을에 큰 소동이 일었다. 그 뱀을 자세히 관찰해 보니 머리 꼭지에서 검은 연기를 내뿜고 있었다. 그것이 바로 유니언 퍼시픽 철도 회사의 첫 번째 열차였다.

인디언들에게 그것은 매우 볼 만한 구경거리였다. 우리는 언덕 위로 올라가 열차가 달리는 것을 지켜보고 그것이 내는 우스운 소리를 듣곤 했다. 그 뱀이 정해진 선로 위로만 달린다는 사실을 안 인디언들은 조금씩 용감해져서 그 이상한 물건을 살펴보기 위해 더 가까이 다가갔다.

하루는 우리 부족의 전사 몇 명이 집으로 돌아오는 길에 목이 말라 물을 얻어마시기 위해 철도역에 들렀다. 역의 관리를 맡은 백인은 물 한 모금 주지 않고 불쾌하게 소리를 지르며 인디언들을 내쫓았다. 아마도 그는 인디언들을 보고 겁을 먹었거나, 아니면 자신들이 잘못한 일에 대해 인디언들이 벌을 주러 왔다고 생각했는지도 모른다. 어쨌든 그의 야박한 행동에 인디언들은 몹시 분개했다. 얼굴 흰 자들은 남의 들판에 철도를 놓아 기차가 지나다니게 하면서도 그 땅의 주인들에게 물 한 모금조차 주지 않으려 한다고 그들은 생각했다.

그 인디언들이 마을로 돌아와 얼굴 흰 자들에게서 받은 무례한 대접을 전했다. 곧 부족 회의가 열리고, 무슨 조치를 취해야 한다는 결정이 내려졌다. 엄마는 남자들이 말하는 내용을 듣고 있다가 나를 할머니에게 맡기고 작은 손도끼를 들고 그들을 따라나섰다.

철로가 있는 곳에 이른 우리 부족 인디언들은 선로를 분해하고 침목들도 떼어 내기로 방침을 정했다. 엄마가 침목을 붙들어 맨 밧줄을 끊어 내면 남자들이 그것들을 들고 멀리 내다 버렸다. 그런 다음 그들은 1킬로미터쯤 물러나서 무슨 일이 일어나는가를 지켜보았다.

이윽고 기차가 오고, 승무원들은 멀리서 인디언들을 보자마자 총질을 해대기 시작했다. 그러자 인디언들은 조랑말에 채찍을 가하며 달아나는 시늉을 했다. 승무원들은 인디언들을 조롱하고 뒤쫓는 데만 열을 올리느라 앞쪽의 선로가 없어진 줄도 눈치채지 못했다. 그들은 함정을 파놓을 정도로 인디언들이 영리하다곤 생각하지 않았다. 그 결과 철로가 끊어진 지점에 이르렀을 때 기차는 트랙에서 벗어나 완전히 망가져 버렸다.

갓난아기 시절에 나는 라코타 부족의 여느 아이들과 똑같은 방식으로 컸다. 들소의 암소 가죽으로 만든 부드럽고 따뜻한 옷으로 감싸여, 엄마 품에 안겨 있지 않을 때는 단단한 생가죽으로 만든 요람에 눕혀졌다. 요람은 내 몸보다 약간 커서, 다리 아래와 머리 위로 한 뼘 정도 더 나와 있었다. 스프링도 달려 있지 않았고, 딱딱해서 구부러지지도 않았다. 하지만 그것은 내 연약한 척추를 곧게 세워 주고, 목이 머리를 지탱할 수 있을 만큼 튼튼하게 자라게 하는 데 큰 도움이 되어 주었다.

밤이 되면 엄마는 나를 요람에서 꺼내 옷을 모두 벗기고 불가에 눕혔다. 그리고 들소 기름으로 온몸을 문질렀다. 그때 나는 다리를 차고 팔을 휘두르면서 운동을 할 수 있었다. 내 갈색 피부는 그렇게 공기를 숨 쉬면서 옷 없이 생활하는 데 익숙해져 갔다. 모든 기후 조건에 적응하도록 내 신체를 단련시키려고 하는 것이 엄마의 의도였다. 태어난 직후부터 아무리 추운 달에도 그런 훈련이 이어졌다. 그것은 마치 종교적인 의식과도 같아서 엄마는 단 한 번도 거르지 않고 들소 기름으로 내 몸을 청결히 닦고 마사지한 다음에야 잠자리에 눕혔다.

이 사려 깊은 보살핌은 자라나는 내 신체를 건강하고 균형잡힌 몸매로 만들기 위함이었다. 다시 말해 어떤 오점이나 흠 없이 허리가 똑바르고 곧게 뻗은 팔다리를 가진 아이로 키우기 위한 것이었다. 몸동작은 유연하고 날렵하면서 동시에 우아해야만 했다. 나는 길을 걷듯이 자연스럽고 편안하게 달리고, 오르고, 헤엄치고, 말을 타고, 뛰어오르는 법을 배웠다.

내 생애의 첫 6년 동안, 엄마는 그렇듯 오로지 나한테만 집중하고 시간을 쏟기 위해 아버지와도 가까이 하지 않았다. 허약하고 발육이 덜 된 아이는 라코타 족 어머니에게 매우 불명예스러운 일이었다. 부족 사람들의 눈에는 그것이 엄마가 아이를 올바른 때에 낳지 않았으며 또한 제대로 주의를 기울이지 않았다는 증거였다. 나아가 그녀가 부족의 오랜 전통을 어기고 사회적인 규범을 따르지 않은 증거이기도 했다. 아이가 태어나면 6년 동안 무제한으로 주의를 쏟아야 하며, 그 6년 동안에는 다른 아이를 임신하지 않아야 한다는 것이 라코타 족의 법이었다. 그 법을 어기면 부족의 존경을 받을 수 없을 뿐더러 부모는 처벌을 감수해야만 했다. 따라서 건강하고 잘생긴 아이는 자부심과 존경의 상징이었다.

라코타 부족에 불구자나 장애아가 태어난 경우를 나는 알지 못한다. 이따금 몸에 붉은색 반점이나 푸른색 반점을 갖고 태어나는 아이들이 있긴 했으나, 그것은 아이의 건강과는 아무 관계 없는 것이었다. 어른들 중에는 다리를 절뚝거리는 사람들이 있었지만 그것은 전투에서 부상을 입었거나 살면서 사고를 당한 경우였다.

모든 아이는 한 가정에만 속한 것이 아니라 부족 전체에 공동으로 속해 있었다. 따라서 아이가 걷기 시작하면 어느 집으로 들어가든 환영을 받았다. 왜냐하면 부족 전체가 한 식구나 마찬가지였기 때문이다. 엄마의 말에 따르면 나는 걸음을 떼어 놓기 시작하면서부터 마을의 천막을 다 돌아다니느라 낮에는 가끔씩밖에 얼굴을 볼 수 없었다고 했다.

라코타 족 아이들은 얼굴 흰 사람들의 가정에서와 마찬가지로 어려서부터 말하는 법을 배웠다. 한 가지 두드러진 차이는, 인디언들 사회에서는 '아이들의 언어'가 따로 있지 않았다는 것이다. 아이들 앞이라 해도 어른들은 완전하고 완벽한 문장으로 말을 했다.

소년기에 접어들면 삶은 더 생동감이 있고 흥분된 일들로 채워졌다. 나 역시 천막의 보호로부터 벗어나 차츰 멀리까지 활동 범위를 넓혀 갔다. 하지만 갓난아기 때와 마찬가지로 여전히 보고, 듣고, 흉내냄으로써 배움을 얻었다. 단지 엄마를 지켜보는 일에서 아버지를 더 많이 지켜보는 일로 바뀌었을 뿐이다.

라코타 족 사회에서는 모든 부모가 자신들의 지식을 아이에게 전하는 것이 의무였다. 부모 각자가 한 사람의 교사였으며, 당연히 부족의 어른들은 자신들보다 나이가 어린 사람들의 스승 역할을 했다. 그들의 가르침은 말이 아니라 주로 행동을 통해 전해졌다. 우리는 관찰하고 행동을 따라함으로써 배워 나갔다. 라코타 족 아이들은 관찰과 기억을 통해 서서히 그리고 자연스럽게 훈련이 되었으며, 긴장하거나 의식적인 노력 없이도 부족의 관습과 전해져 오는 지식을 배울 수 있었다.

생의 매우 이른 시기부터 라코타 족 아이들은 사방 어디에나 지혜가 있으며, 배워야 할 것들이 많이 있음을 깨닫기 시작했다. 세상에는 텅 빈 곳이 한 군데도 없었다. 하늘조차도 비어 있는 공간이 아니었다. 눈에 보이든 보이지 않든 어디에나 생명이 있었으며, 모든 사물은 우리에게 도움이 되는 어떤 지식을 소유하고 있었다. 심지어 딱딱한 돌멩이조차도 그러했다. 삶은 흥미로움으로 가득했다. 동료 인간이 없는 곳에서도 사람은 결코 혼자가 아니었다. 세상은 생명과 지혜로 넘쳐나는 곳이었다. 라코타 족 인디언에게는 완전한 홀로 있음이란 존재하지 않았다.

우리가 배워야 할 한 가지는 강한 의지를 갖는 일이었다. 인디언 아이들은 어렸을 때부터 베푸는 법을 배웠다. 남아돌기 때문에 주는 것은 결코 베푸는 것이 아니었다. 인디언들은 자신이 가진 물건이 하나도 남지 않을 때까지 베풀었다. 그래서 기쁨과 순수한 즐거움만 남을 때까지. 도움이 필요하고 의지할 데 없는 이들을 돕는 것은 인디언들에게는 절대적인 의무 사항이었다. 어머니들은 허약하고 늙은 사람들에게 음식을 베풀 때 반드시 아이들도 그 일에 동참시켰다. 어려서부터 자신의 손으로 직접 어려운 사람을 돕는 일을 배우도록 하기 위해서였다. 그래서 어린 라코타 족 아이들은 힘없고 늙은 사람들이 우연히 지나가는 것을 보면 그들의 손을 이끌고 자신들의 천막으로 데려오기 일쑤였다. 아이가 그렇게 하면 엄마는 그 즉시 음식을 준비했다. 아이들의 너그러운 마음씨를 무시하는 것은 용서받을 수 없는 일이었다.

라코타 족 사람들은 언제 어느 곳에서든 주는 법을 배웠으며, 그것은 용감하고 강한 사람이 되는 데 필수적이었다. 가장 용감한 전사는 자신이 가장 소중히 여기는 소유물들을 기꺼이 나눠 주면서도 기쁨의 노래를 부를 수 있는 사람이었다. 주는 것이 라코타 족 사람들에게는 가장 큰 기쁨이었다.

그런 교육은 결코 일정 기간에만 국한되고 몇 학기가 지나면 끝나는 그런 것이 아니었다. 그것은 인격에 관련된 훈련이기 때문에 태어나면서부터 시작되어 생을 마칠 때까지 이어졌다. 진정한 인디언 교육은 개인이 지닌 능력의 개발과 권리를 깨닫게 하는 데 있었다. 라코타 족의 교육 방식에는 얼굴 흰 사람들처럼 규율이나 제도 같은 것이 없었다. 어떤 제도 속에서 배우는 것이 아니기 때문에 '오늘까지 이것을 배운다'거나 '올해까지 이 책을 끝낸다'는 것이 없었다. 인디언의 교육은 교실 안에서의 배움이 아니라, 각 개인에게 진정으로 성장할 기회를 주는 그런 교육이었다. 아이가 한 개인으로 성장할 수 있다면 그를 교실에 가둬 두거나 다른 아이들 속에 줄세워 둘 필요가 없는 것이다.

라코타 족은 아이들이 공부를 잘했다고 보상을 하거나 메달을 걸어 주는 일이 없었다. 최선을 다하라고 물질로 격려하거나 상을 주는 법도 없었다. 누구도 아이에게 '이것을 잘하면 상을 주겠다'고 말하지 않았다. 어떤 것을 잘 해내는 것 자체가 큰 보상이며, 물질로 그것을 대신하려는 것은 아이의 마음속에 불건전한 생각을 심어 주는 일에 다름아니다. 위협이나 처벌로써 아이를 가르치는 일도 없었다. 라코타 족에게는 회초리라는 것이 없었다. 아이들을 매로 다스리는 것은 아주 수준 낮은 사람이나 하는 짓으로 여겨졌다. 우리 부족의 어떤 아이도 부모의 명령을 어기거나 불만을 품고 집을 나간 경우가 단 한 번도 없었다. 그 어느 곳에도 우리만큼 자유를 누린 사람들이 없었다. 또한 나는 인디언 사회에서 자신들에게 주어진 의무나 공부를 견뎌 내지 못해 자살을 한 젊은이들에 대해 들어 본 적이 없다. 연인들은 때로 너무 사랑한 나머지 함께 목숨을 끊을 생각을 했지만, 아이들은 결코 그런 적이 없었다.

배움의 과정에서도 어리석기 짝이 없는 시험으로 한 어린 가슴을 다른 아이들과 경쟁시키는 일을 인디언들은 하지 않았다. 등수라는 것도 존재하지 않았으며, 아이는 자신의 단점에 대해 전혀 신경쓸 필요가 없었다. 칼리슬 인디언 학교에 들어가 그곳의 경쟁 체제 아래 놓이기 전까지 나는 자라면서 한 번도 모욕을 당하거나 무시당한 적이 없었다.

얼굴 흰 사람들의 기준에 따르면 책을 통해 배우지 않는 것은 전혀 배움이 아니다. 그들에게는 책이 곧 배움의 상징이며, 어떤 교과서를 배웠느냐고 서로에게 묻곤 한다. 라코타 족 사람들은 인간과 동물의 동작, 몸짓, 자세, 움직이는 모습 등을 통해 배움을 얻었다. 처음에 얼굴 흰 교사들이 우리를 가르치러 왔을 때, 그들은 책을 읽을 줄은 알았지만, 도무지 환경에 적응할 줄은 몰랐다.

나를 가르칠 때 아버지는 엄마가 한 것과 비슷한 방식을 사용했다. 아버지는 결코 '넌 이걸 해야만 한다'거나 '이걸 하지 않으면 안된다'라고 말하지 않았다. 아버지 자신이 직접 어떤 일을 하면서 종종 내게 '아들아, 너도 어른이 되면 이 일을 하게 될 거다' 하고 말했다. 따라서 아버지가 어떤 일을 시작하면 나는 매우 주의 깊게 가까이서 그것을 지켜보았다.

자연은 그곳에 사는 사람을 환경에 적응하게 만든다는 말이 있다. 그렇다면 그 지역을 설명하는 것은 곧 그곳에 사는 사람들에 대해 말하는 것과 같을 것이다. 미주리 강이 흐르는 드넓은 땅이 한때는 전부 우리 라코타 족의 고향이었다. 그곳엔 작고 좁은 지역이란 없었다. 우리의 고향은 지금의 노스다코타, 사우스다코타 전체와 네브래스카, 와이오밍의 일부를 포함하는 대초원과 큰 강들, 우거진 산맥들로 이루어져 있었다. 평원이 어찌나 넓은지 해가 이쪽에서 떠서 저쪽 가장자리로 질 정도였다.

그곳은 매우 아름다운 곳이었다. 봄과 여름에는 눈길이 가닿을 수 있는 먼 곳까지 평원 전체가 온통 풀들로 뒤덮였다. 구불거리는 언덕들도 초록의 향연을 벌이고, 군데군데서 작은 시냇물들이 생겨났다. 언덕배기 너머에는 들소들이 거닐고, 시냇물을 경계로 양쪽에 늘어선 숲에는 우리가 따 먹을 달콤한 열매들로 넘쳐났다.

겨울이 찾아오면 온 세상이 흰 눈을 뒤집어썼다. 기온이 영하로 내려가고, 살을 에는 바람이 불어닥쳤다. 하지만 우리는 늘 이듬해 봄까지 겨울을 날 수 있는 풍부한 식량을 갖고 있었다. 여름은 무덥고 빛깔들로 넘쳐났다. 비가 퍼부어 샛강을 이루고, 태풍 전사들이 번개의 창들을 지상에 던지고 천둥으로 우리의 흰 천막들을 뒤흔들었다. 그런 가운데 우리는 강함과 높이, 넓이, 그리고 많은 힘들에 익숙해져서 자라났다.

자연은 라코타 족 사람들을 거칠게 다뤘다. 따라서 거의 벌거벗은 우리의 육체는 강인해질 수밖에 없었다. 몸이 적응하면 마음도 따라서 적응했으며, 신체의 단련은 영적인 수련으로 이어졌다. 우리 안에 두려움이란 없었다. 라코타 족 사람들은 거대한 자연의 힘들과 하나 되어 살았으며, 두려워하기보다는 기꺼이 도전들을 받아들였다. 나는 인디언 전사가 허리에 두른 옷 하나만 걸친 채 한 치 앞을 내다볼 수 없을 정도로 퍼붓는 폭우 속으로 걸어 들어가는 것을 자주 보았다. 그는 그렇게 혼자서 비와 하나가 되었다. 그것이 자연에 대한 진정한 사랑이다.

우리 부족의 삶은 행복과 만족감으로 가득 차 있었다. 라코타 부족은 이 땅에서 그런 식으로 오랜 세월 동안 살아왔다. 얼마나 오랜 세월인지 아무도 모를 만큼. 그 무렵 우리는 자연과 아주 가까이서 살았으며, 자연 외에는 아무것도 알지 못했다. 천막 밖에 있는 모든 사물들을 관찰했으며, 그런 식으로 우리에게 도움이 되고 쓸모 있는 많은 것들을 배울 수 있었다. 인디언들은 자연이 지혜롭다는 사실을 안다. 그래서 눈을 크게 열고 자연의 지혜를 배우려고 노력했다.

예를 들어, 우리는 세상이 잠들 때 우리도 잠자리에 들라고 배웠다. 어둠이 찾아와 새와 동물들이 잠을 자면 우리도 금방 잠들었다. 그것은 우리를 강하고 건강하게 만들었으며, 그럼으로써 강인하고 튼튼한 가슴을 가진 인간으로 자라났다.

매일 아침 우리는 각자 침묵 속에서 경건한 자세로 태양을 맞이했다. 그리고 저녁에도 지는 해를 지켜보았다. 다음 날의 날씨에 대한 비밀이 그 속에 숨어 있기 때문이었다. 샛강들과 나무들은 노래와 이야기들을 들려주었으며, 우리는 그것을 마음의 책 속에 받아적었다.

모든 아름다운 곳들 중에서도 우리는 검은 산(블랙 힐즈)을 가장 사랑했다. 라코타 족은 그 산을 헤사파(검은색 산)라고 부른다. 그 산이 가진 색깔 때문이다. 산의 비탈진 곳과 봉우리들이 짙은 소나무들로 빽빽이 우거져 있어 멀리서 보면 실제로 검은색으로 보였다. 숲이 우거진 깊은 곳에서는 수를 헤아릴 수 없을 정도로 많은 샘이 있어서 순수한 물이 흘러나오고, 또 작은 연못도 수없이 많다. 나무뿐 아니라 사냥감도 풍부하며 평원의 폭풍을 피할 장소도 제공해 준다. 라코타 족 사람들만이 아니라 들소들에게도 그곳은 겨울을 나기에 이상적인 장소이다. 부족에 전해져 오는 전설에 따르면 그 산은 여성의 형상을 하고 있어서 그 가슴으로부터 생명을 주는 힘이 흘러내리며, 라코타 족 사람들은 엄마 품에 안기는 아이처럼 그 산으로 들어가곤 했다.

산으로 향하는 많은 길들은 거칠고 험했다. 하지만 한 군데 쉬운 통로가 있어서 들소들과 라코타 족 사람들은 그 길을 이용했다. 그 길은 좁은 샛강을 따라 나 있었으며, 샛강은 넓어졌다가 좁아졌다를 반복하며 계곡으로 이어졌다. 키 큰 소나무들이 길게 가지를 늘어뜨리고 있어 바람이 불 때면 거의 수면에 닿을 정도였다. 매년 가을이면 수천 마리의 들소 떼와 라코타 족 사람들이 겨울을 나기 위해 이 협곡을 지나 산의 품 안으로 들어갔다. 우리는 그 길을 프테타 티요파, 즉 '들소의 문'이라 불렀다. 오늘날 그 아름답던 협곡의 나무들은 모두 잘려 나가고, 들소들은 자취를 감추었다. 얼굴 흰 사람들이 그 길을 단순히 들소 골짜기라고 부를 뿐이다.

라코타 부족에게 그 장엄한 숲과 수천 종의 동물들은 가치를 따질 수 없는 것이었다. 하지만 얼굴 흰 사람들에게는 그 산에 묻힌 황금을 제외하고는 모든 것이 무가치한 것이었다. 얼굴 흰 사람들은 감정 없이 인디언들을 대한다. 감정이 없는 상태에서는 연민심도 생겨날 수 없다. 그렇게 해서 검은 숲은 잘려지고, 태초 이래로 라코타 족의 친구였던 고상한 동물 들소 떼도 다 죽임을 당했다. 황금을 찾는 자들은 숲과 들소들처럼 그곳의 흙과 하나인 원주민들에 대해 아무것도 이해하지 못했다. 무자비하게 들소들이 죽어 가는 모습을 보면서 라코타 족 사람들이 얼마나 당황하고 슬퍼했는지 얼굴 흰 사람들은 결코 알 수 없을 것이다.

온갖 거짓된 조약과 속임수 때문에 검은 산을 잃었을 때 라코타 족 사람들의 가슴은 무너져 내렸다. 얼굴 흰 사람들이 오기 전에 라코타 족 사람들이 검은 산을 경계로 한 중서부 지방의 대평원에서 얼마나 오래 살았는가는 부족의 기록에도 적혀 있지 않다.

라코타 족 사람들은 자신들의 몸이 고기, 열매, 채소 같은 음식뿐 아니라 바람, 비, 햇빛을 통해서도 영양분을 얻는다고 믿었다. 음식, 순결한 대기, 물, 햇빛 등 몸을 유지하는 데 필요한 모든 것이 다 약이었다.

우리 라코타 족은 날마다 태양에게 인사하는 것으로 하루를 시작했다. 얼굴이 드러나 있든 구름에 가려져 있든 태양은 세상 만물에 빛을 가져다주는 감사한 존재이다. 일찍 일어나 태양이 떠오르기를 기다리는 것이 인디언들의 습관이자 전통이었다. 우리는 그렇게 잠시 침묵으로 서서 태양을 맞이했다. 무릎을 꿇거나, 기도를 하거나, 손을 올려 합장하지도 않았다. 다만 모두의 가슴속에서 태양에 대해 경의를 표했다. 야영장을 옮길 때를 제외하고는 부족 전체가 모여 아침 의식을 거행하지도 않았다. 각자 자신의 방식대로 태양을 맞이하는 경건한 시간을 가질 뿐이었다. 홀로 있을 때도 라코타 족 사람들은 경건한 침묵의 순간을 결코 잊지 않았다.

생애 전체를 통틀어 라코타 족은 태양이 건강과 모든 생명체에 필수적이라는 사실을 알고 있었다. 봄, 여름, 가을, 겨울 할 것 없이 햇빛은 언제나 환영을 받았다. 봄에는 다정한 햇살을 받아 새로운 싹이 움트고, 여름에는 그 열기가 피부를 치료해 주고 들소 고기를 말려 주고 음식을 저장할 수 있게 해 주었다. 겨울이 되면 라코타 족 사람들은 강에서 수영할 때처럼 옷을 다 벗고 햇빛으로 몸을 씻었다. 생명을 주는 이 빛들이 없다면 세상 만물은 죽음을 맞이할 뿐이었다. 그러므로 라코타 족 인디언들은 매일 아침 일어날 때마다 위대한 정령의 빛을 전하는 존재로 태양을 맞이했다.

라코타 족 사람들은 태양을 향해 서서 순수한 아침 공기를 가슴 가득 들이마시곤 했다. 맨발로 대지를 딛고 서서 의식적으로 깊은 숨을 들이쉬었다. 태양에 덥혀지기 전에 공기는 훨씬 더 신선하고 상쾌했다. 그것은 우리 부족이 일찍 일어나는 이유이기도 했다. 늦게 일어나 태양의 첫 광선과 함께 신선한 공기를 들이마시지 못하는 사람은 그날의 모험을 맞이할 열정이 부족한 자였다. 아침은 몸의 기운과 신경을 일깨우는 유일한 시간이며, 신선한 아침 공기는 감각을 깨우는 유일한 자극제였다. 그 어떤 약초, 물, 풍성한 음식도 그것을 따라가지 못했다. 아침 공기는 식욕을 돋우고 몸속의 피를 건강하게 순환시키는 데 필요한 모든 것을 제공해 주었다.

라코타 족 인디언들은 공기만이 아니라 바람 역시 좋아했다. 바람은 다정한 힘, 위대한 정령의 메시지를 전하는 존재로 여겨졌다. 라코타 족 세계에서는 어떤 것도 쓸모없거나 무의미한 것이 없었다. 거대한 돌개바람도 자신의 의무를 다하기 위해 바쁘게 이곳저곳을 돌아다니며 신의 메시지를 전하는 것이었다. 그 바람이 좋은 의도를 갖고 있기 때문에, 내 누이동생 중 하나는 이름이 왐니옴니, 곧 돌개바람이었다. 이따금 돌개바람이 불어 들소 웅덩이에서 흙먼지를 가득 끌어당겨 하늘을 온통 까맣게 뒤덮곤 했다. 하지만 라코타 족 사람들은 그것을 바람이 대기를 청소하는 과정이라고 말했으며, 며칠이 지나면 하늘이 전보다 더 맑고 투명해졌다.

한 해의 가장 좋은 시절은 열매가 익는 계절이었다. 그때가 되면 샛강을 따라 숲 속마다 초크체리(북아메리카산 벚나무), 포도, 자두, 청포도, 딸기, 구즈베리 등이 흘러넘쳤다. 우리는 그 맛있는 열매들을 곰, 너구리, 사향뒤쥐, 비버 등과 나눠 먹었다. 코요테들도 익어서 바닥에 떨어진 야생 자두들을 주워 먹었다. 한 해에 맨 먼저 익는 열매는 딸기였으며, 그 뒤를 이어 야생 청포도들이 익어 갔다. 우리는 특히 가시덤불 숲에서 자라는 버팔로 베리를 좋아했다.

낮은 땅의 모래밭 덤불에서 열리는 딸기처럼 생긴 작은 열매를 나는 기억한다. 완전히 익었을 때 그것은 버찌처럼 까맣게 되며, 그래서 얼굴 흰 사람들은 그것을 '모래 버찌'라고 부른다. 그 버찌에는 한 가지 특징이 있다. 우리는 그것을 딸 때 언제나 바람을 등지고 서서 땄다. 바람을 안고 서서 따면, 그 열매는 맛이 달아나 버렸다. 제대로만 따면 훨씬 달고 맛있었다.

그것은 인디언들이 자연에 대해 알고 있는 수많은 비밀 중 한 가지에 불과하다. 그런 것을 알고 있는 백인을 나는 한 사람도 본 적이 없다. 자연은 얼굴 흰 사람들에게보다 우리 얼굴 붉은 사람들에게 자신의 비밀스러운 지식을 더 많이 열어 보였다. 아마도 그것은 우리가 자연과 훨씬 가까이서 살고 자연을 더 많이 느끼며 살아왔기 때문일 것이다.

또 다른 이유는 보고 듣고 냄새 맡는 인디언들의 감각이 얼굴 흰 사람들보다 훨씬 더 예민하기 때문일 것이다. 우리 얼굴 붉은 사람들의 삶은 우리를 둘러싸고 있는 수많은 존재들과 조화를 이루는 것이었다.

라코타 족 사람들은 자연 속에서 끊임없이 활동적인 삶을 살았기 때문에 몸이 마르고 가늘었다. 늙은 사람들만이 자주 앉아서 지낼 뿐, 나머지 사람들에게는 삶이 너무도 생동감으로 가득 차 있어서 앉아서 시간을 보내거나 너무 먹어 살이 찔 겨를이 없었다.

라코타 족은 건강한 신체의 소유자들이었다. 건강과 관련된 모든 규칙을 지키며 살았기 때문에 그것은 당연한 결과였다. 내가 기억하는 한, 우리에게는 전염병이라는 것이 없었다. 그런데 생활 양식이 바뀌고 가축으로 사육된 소고기를 먹고, 빵과 설탕과 과자, 깡통에 든 음식 등을 먹기 시작하면서부터 우리는 병이 무엇인지 알게 되었다. 특히 기숙학교에서 지내다 돌아온 학생들은 말할 수 없이 건강이 나빠지고 젊어서 죽는 경우가 허다했다. 내가 어렸을 때 이미 연세가 많았던 나의 할아버지는 옛날에는 인디언들이 병에 대해 말한 적이 거의 없었다고 했다. 그것은 대화의 주제도 아니었을 뿐더러 삶에서 그다지 중요한 경험이 아니었던 것이다.

치료가 필요한 가장 심각한 경우는 활동적인 생활과 부족간의 전투로 생긴 부상, 상처, 부러진 팔다리나 혹은 겨울철 혹한으로 발생하는 동상 등이 전부였다. 피가 오염되는 경우는 없었다. 나의 아버지는 동상으로 발가락 하나를 잃었지만, 아무 치료도 없이 상처가 아물었다. 아버지의 사촌 중에 서 있는 소(스탠딩 불)라는 젊은이가 있었는데, 그는 백인 병사들과 전투를 벌이다가 총알이 배 위쪽을 뚫고 등 뒤로 관통해서 지나갔다. 상처가 완전히 아물지는 않았지만 활동에 아무런 지장 없이 30년을 더 살았다. 서 있는 소는 가슴과 등에 난 구멍 주위에 피를 흘리는 것처럼 물감으로 붉은색 칠을 하고 춤추는 장소에 나타나 곧잘 사람들을 놀래키곤 했다. 그런 식으로 그는 춤도 추고, 말도 타고, 사냥도 하면서 조금도 기력을 잃지 않았다. 단지 냄새 맡는 기능이 약해지고 밭은기침을 할 뿐이었다.

부상당한 팔이나 다리는 결코 절단하는 법이 없었다. 신체가 가진 회복력은 놀라운 것이었다. 어린 달(리틀 문)은 전투에서 왼쪽 다리에 부상을 입어 다리가 덜렁거리는 채 돌아와서는 누구의 부축도 받지 않고 혼자서 말에서 내려 껑충거리며 천막 안으로 들어갔다. 그 후 약간 절룩거리긴 했지만 별다른 치료 없이도 완전히 회복되었다.

청결함에 대해 말하자면, 나는 하나의 의무감처럼 라코타 족을 대신해 목소리를 높일 수밖에 없다. 많은 백인 작가들은 여러 인디언 부족들이 동물의 썩은 내장을 즐겨 먹는다고 마치 사실인 양 적어 놓았다.

그 글들을 읽으면서 나는 혐오감을 참을 길이 없었다. 라코타 족에 대해 쓴 그런 식의 글들은 순전히 모독이나 다름없다. 라코타 족은 음식을 고를 때, 특히 육류에 대해선 매우 신중을 기했다. 신선한 음식뿐 아니라 신선한 물과 깨끗한 공기를 원했다. 말 그대로 우리 인디언들은 순수함을 최고로 여겼으며, 그것 때문에 깨끗한 피를 유지할 수 있었다. 라코타 족 평원에 불고 지나가는 공기는 순수했으며, 그것들은 폐 깊숙이 들어와 온몸을 신선한 정기로 가득 채웠다. 총에 맞아 쓰러진 수천 마리의 들소 썩는 냄새들이 들판을 가득 채우기 전까지는 그 순수함이 오염된 적이 한 번도 없었다.

늘 동물 가죽을 사용했지만, 우리는 세상 사람들이 퇴치하려고 애를 쓰는 그런 해충들에 둘러싸인 적이 없다. 나방, 빈대와 벼룩, 바퀴벌레, 바구미 등은 얼굴 흰 사람들과 함께 우리를 찾아왔다. 그 벌레들도 아메리카 대륙을 '발견'한 것이다. 우리는 모피들이 다 헐을 때까지 사용했으며, 가끔 바람과 햇볕에 말리는 것이 전부였다. 그리고 여름이면 날마다 천막 가장자리를 우산처럼 말아올려 공기가 통하게 했다.

라코타 족의 생활과 환경은 듣고, 보고, 냄새 맡는 감각에 크게 의존하는 것이었다. 활짝 깨어 있는 감각은 자신을 보호해 주고 식량을 구하는 데도 도움을 주었지만, 생을 더 활력 넘치는 것으로 만들었다. 라코타 족 인디언의 감각은 먹이를 찾아 뛰어가는 야생 동물이나 다름없었다. 또한 수많은 형태의 생명체들에 대해 예민하게 깨어 있었기 때문에 그 자신의 삶도 풍요롭고 흥미로 가득 찬 것이었다. 반쯤 잠들어 있는 감각은 반쯤 죽은 삶을 의미한다.

그런 훈련은 어렸을 때부터 시작되었다. 아이들은 가만히 앉아서 관찰하는 법을 배웠다. 아무것도 보이지 않는 곳에서 냄새를 통해 무엇인가를 발견하고, 아무것도 들리지 않는 곳에서 어떤 소리를 찾아내는 연습을 했다. 조용히 앉아 있지 못하는 아이는 미성숙한 아이였다.

라코타 족 사회에서 아이를 제대로 돌보지 않는 여성이란 존재하지 않았다. 고아라는 것도 없었다. 불행히도 부모를 잃은 아이는 변함없이 부족 사람들의 보살핌을 받았으며, 어떤 경우는 더 세심한 보호를 받았다. 부모가 없기 때문에 그 아이에게는 특별한 관심을 기울였다. 나는 우리 부족의 전사들이 부모 잃은 아이들의 보호자를 자처하며 멋진 말을 선물하는 것을 여러 차례 목격했다. 우리에게는 자선 단체라는 것도 없었고, 아예 자선이란 말 자체가 없었다. 단지 따뜻한 인간성을 갖고 서로에게 친절을 베풀 뿐이었다.

라코타 족 사람들은 늘 겸손했으며, 위대한 정령 앞에서 자신의 보잘것없음을 잊지 않았다. 겸손하되 비굴하지 않고, 온화하되 기상을 잃지 않았다. 그리고 언제나 기도를 통해 전지전능한 힘들과 마주했다.

라코타 족 사람들은 결코 땅에 엎드려 빌지 않았다. 그 대신 하늘을 향해 얼굴을 똑바로 쳐들고 위대한 신비에게 직접 말했다. 그를 대신해 기도해 줄 다른 누군가가 전혀 필요하지 않았다. 위대한 신비는 이곳, 저곳, 모든 곳에 있었다. 라코타 족 사람들은 그냥 말을 하면 되었다. 그러면 그 기도가 곧바로 전달되었다.

인디언들은 타고난 자연 보호주의자였다. 크든 작든 어떤 것도 파괴하지 않았다. 인디언들의 생각과 행동 속에는 파괴라는 것이 존재하지 않았다. 만약 얼굴 흰 사람들이 주장하는 대로 우리가 정말로 야만적이고 호전적인 민족이라면 얼굴 흰 사람들이 오기 훨씬 전에 이 대륙의 자연 생태계는 다 파괴되었을 것이다. 우리 인디언들은 넘치는 가운데서도 검소함을 지켰다. 들소 떼가 평원을 지나가도 오직 먹을 만큼만 잡았으며, 머리에서 발 끝까지 하나도 버리지 않고 이용했다.

얼굴 흰 자들이 오기 전에는 식물이든 새든 동물이든 이 대륙에서 멸종된 것이 한 가지도 없었다. 들소 떼가 사라지고 몇 년이 흘러서도 여전히 거대한 영양 떼가 살아 있었다. 하지만 들소를 다 죽인 백인 사냥꾼들이 이번에는 그 사슴들에게 눈독을 들였다. 이제는 보호 지역에서만 영양들을 볼 수 있다. 얼굴 흰 사람들은 자연 속에 있는 동물들의 삶을 이 대륙에서 살아온 자연스러운 인간의 삶과 마찬가지로 '해로운 것'으로 여겼다. 인디언들이 유익하다고 여긴 풀들도 그들에게는 '잡초'일 뿐이었다. 라코타 족의 언어에는 그런 의미를 가진 단어가 애초부터 존재하지 않는다.

인디언들과 코카서스 인(백색 인종)들의 자연을 대하는 시각에는 큰 차이가 있다. 그 차이가 한쪽을 자연 보호주의자로 만들고, 다른 쪽을 자연 파괴주의자로 만들었다. 생명을 받아 태어난 모든 피조물들과 마찬가지로 인디언들은 한 어머니의 젖을 먹고 자랐다. 그 어머니는 다름 아닌 대지이다. 따라서 인디언들은 모든 생명체들의 친척이었으며, 다른 피조물들은 인간과 똑같은 권리를 나눠 가졌다. 대지에 있는 모든 존재가 똑같이 사랑받고 존경받았다.

반면에 백색 인종들의 철학에 따르면 '땅에서 난 것들은 미개한 것들'이다. 그래서 하찮고 무시해도 좋은 것들이다. 그들은 자신들을 가장 우월한 위치에 올려놓고, 나머지 생명체들은 자연계의 서열에서 자신들보다 열등한 위치에 갖다 놓았다. 이런 태도가 세상 만물에 대한 그들의 행동을 결정짓는다. 살아갈 권리와 가치가 있는 것은 그들 자신뿐이고, 나머지는 무자비하게 죽여도 상관없는 것이다.

숲이 베어 넘어지고, 들소들은 멸종에 처했으며, 비버들이 사는 아름다운 둑도 다이너마이트로 파괴되었다. 그 결과 홍수 때면 물이 넘쳐 사방이 황폐해졌다. 대기 속에 울려 퍼지던 새소리도 간데 없이 사라졌다. 공기를 달콤하게 하던 풀들이 뒤덮인 초원도 다 갈아엎어졌다. 내가 어렸을 때까지만 해도 풍성하게 흘러넘치던 샘물과 샛강과 연못들이 이제는 다 말라 버리고, 부족 전체가 사라질 위기에 처했다. 얼굴 흰 사람들은 이 대지에 본래부터 살고 있던 모든 존재들에게 멸종의 상징이 되었다. 그들과 동물들 사이에는 기쁨의 관계란 간 곳 없고, 그들이 다가오면 동물들은 질겁을 하고 달아나기 바쁘다. 왜냐하면 그들과는 같은 땅에서 살아갈 수 없기 때문이다.

인디언들이 얼굴 흰 사람들을 불신하게 된 이유 중 하나는 그들의 탐욕 때문이다. 한 개인이 자신이 벌어들인 것을 모두 쌓아 두고, 땅에 울타리를 치고, 동물들을 잡아 가뒀다가 팔고, 일가 친척들과 다투고, 단지 더 많이 소유할 욕심으로 땅을 경작하는 것은 인디언들의 전통과는 거리가 멀다.

인디언들의 공동체에선 어떤 물건이든 필요에 따라 부족 전체가 나눠 써야만 했다. 어떤 사람이 말이 없으면 그가 말을 구할 수 있도록 힘써 주는 것이 추장의 위치였다. 한 가족이 천막이 없으면, 부족 전체가 일손을 보태 천막을 만들어 주는 것이 모두의 의무였다. 어떤 이유로든 재산을 축적하는 것은 납득이 되지 않았다. 그것은 이기심과 자기 절제의 부족함으로 여겨질 뿐이었다. 축적된 물건과 재산은 모두가 나눠 쓰기 위한 것이었다. 얼굴 흰 사람들은 그것과는 정반대되는 시각을 갖고 있기 때문에 인디언들의 재산을 넘보고, 빼앗고, 마침내는 탐욕의 결과로 인디언들을 고통 속으로 몰아넣었다. 그런데 놀랍게도 인디언들이 잔인하다는 평가를 받고 있다.

어떤 형태로든 사람이나 동물을 노예로 만드는 것은 라코타 족으로서는 생각조차 못한 일이었다. 각자가 주어진 일을 열심히 했으며, 동물조차도 인간에게 종속시키지 않았다. 오늘날 가장 슬픈 일은 야생동물들을 우리에 가둬 게으르게 만드는 일이다. 때로는 동물을 연구한답시고 그렇게 하지만, 인디언들은 자연환경 속에서 그 동물이 어떻게 행동하는가를 관찰하며 많은 배움을 얻었다. 나아가 동물들을 향한 인디언들의 접근은 친해지기 위한 자연스러운 과정, 우정과 혜택을 나누기 위한 것이지 객관적으로 연구하기 위한 것이 아니었다. 라코타 족은 울타리, 새장, 철조망, 우리, 감옥 같은 것을 세운 적이 없다. 태초 이래로 들소에 의지해 삶을 영위해 왔지만, 내가 기억하는 한 들소들을 우리에 가두고 가축으로 사육한 적이 한 번도 없었다. 때로는 동물들을 높은 절벽으로 내몰기 위해 차단막 등을 설치하기도 했지만, 그것들은 일시적인 구조물에 불과했다.

우리는 천막 밖으로 나가 어느 곳으로든 자유롭게 갈 수 있었다. 그 당시엔 '출입 금지'라거나 '접근 금지'라는 팻말을 어디서도 찾아볼 수가 없었다. 모든 것이 무상으로 주어졌고, 우리는 그것들을 그냥 가지면 되었다.

인디언들은 자연에 자신을 맞추고, 자연을 이해하고자 노력했다. 자연을 정복하고 자기 마음대로 다스리려고 하는 대신에. 그럼으로써 우리는 얼굴 흰 사람들은 결코 알 수 없는 많은 배움으로 보상받았다. 우리 주변의 생명 가진 것들에 대해 형제와 친척의 감정을 갖고 살아갈 때, 삶은 큰 만족을 얻는다.

얼굴 흰 사람들은 야생동물들을 적으로 여기지만, 우리는 그들을 친구이며 우리에게 혜택을 주는 존재들로 여긴다. 그들은 위대한 신비와 한 몸이며, 그 점에선 우리 역시 마찬가지다. 또한 우리 발에 닿는 부드러운 풀들과 머리 위 푸른 하늘에서 우리는 위대한 신비의 힘과 평화를 느낄 수 있었다. 그 모든 것들이 우리 안에 깊은 감정을 심어 주었고, 늙은 현자들은 그것에 대해 많은 생각을 했다. 그리고 그것을 통해 우리 자신의 종교를 갖게 되었다.

나는 나의 아버지들 외에는 누구로부터도 가르침을 받지 않았으며, 나의 아버지들은 대지로부터 가르침을 받았다. 얼굴 흰 사람들이 그들의 신을 갖고 있듯이 나의 부족은 위대한 정령 와칸탕카를 믿었다. 와칸탕카는 이 세상이 시작되었을 때 우리 라코타 족의 신이었다.

인디언의 대지에 뿌리내린 이 위대한 신비를 얼굴 흰 사람들은 좋아하지 않는다. 어떤 것도 그들의 파괴의 손길을 막을 수 없다. 베어 넘기지 않은 숲, 우리 안에 가둬 넣지 않은 들짐승, 네발 달린 인간에게 착취당하지 않은 대지에 대해 그들은 참지 못한다. 얼굴 흰 사람들에게는 그것들이 '길들여지지 않은 야생'으로만 보인다. 하지만 나의 라코타 족에게 야생이란 없었다. 나의 라코타 족에게 자연은 위험한 것이 아니라 더없이 우호적인 것이었으며, 금지된 구역이 아니라 한 형제였다. 라코타 족의 철학은 그만큼 건강했다. 두려움과 독단적인 생각으로부터 자유로웠다.

여기서 나는 인디언 부족과 백인 부족의 신앙의 큰 차이를 발견한다. 인디언 신앙은 인간과 환경의 조화를 추구했다. 반면에 백인들의 신앙은 환경에 대한 지배를 추구했다. 나눔으로써, 모두를 사랑함으로써 인디언 부족은 자연스럽게 자신이 추구하는 것을 얻었다. 그러나 백인 부족은 대상을 두려워함으로써 정복의 필요성을 느끼게 되었다.

인디언 부족에게 세상은 아름다움으로 가득 찬 곳이었다. 하지만 백인 부족에게는 이 세상이 다른 세상으로 갈 때까지 참고 견뎌야 하는, 온갖 죄와 추악함으로 가득 찬 곳이다. 다른 세상에 가면 그들은 날개를 달고서 반은 인간처럼 반은 새처럼 살게 된다고 믿는다.

백인 부족은 신에게 이 세상을 바꿔 달라고 끝없이 요구하지만, 이 세상을 누가 만들었는가? 신이 만들지 않았는가? 그럼에도 그들은 그렇게 요구한다. 그리고 그들은 자기 부족 중의 악한 사람을 벌하라고 신에게 끊임없이 애원한다. 또한 지상으로 신의 빛을 보내 달라고 조른다. 우리 라코타 족은 이 지상이 늘 와칸탕카의 빛으로 가득 차 있음을 알았다. 새벽의 빛, 낮의 빛, 밤의 빛으로 가득 차 있음을. 우리가 눈을 열기만 하면 언제든지 그 빛을 신비롭게 바라볼 수 있었다. 따라서 백인 부족은 인디언 부족을 조금도 이해하지 못한다.

우리 라코타 족의 어른들은 지혜로웠다. 그들은 자연에서 멀어진 인간의 마음은 금방 딱딱해지고 만다는 것을 알고 있었다. 자연에 대한 존경심을 잃으면 자연 속에 살아 있는 것들 역시 인간을 존중하지 않게 된다는 것을 알았다. 그래서 라코타 족은 아이들을 늘 자연에 가까이 가도록 해서 딱딱하지 않은, 부드러운 가슴을 갖도록 했다.

인디언들은 동료 피조물들에 대해 적대감을 가질 틈이 없었다. 라코타 족에게 산과 호수, 강, 실개천, 계곡, 덤불숲은 모두 그 자체로 완성된 아름다움이었다. 바람, 비, 눈, 햇빛, 낮, 밤, 계절의 변화

등은 끝없는 매혹 그 자체였다. 새, 벌레, 들짐승들은 인간에게 조금도 뒤지지 않는 놀라운 지식과 이해로 자기들의 세계를 가득 채우고 있었다.

우리 인디언들이 결코 한 적 없는 일 중 하나가 동물의 몸에 쇠붙이로 낙인을 찍는 일이다. 얼굴 흰 사람들은 자기의 소유라는 것을 밝히기 위해 그렇게 한다. 처음으로 낙인 찍는 광경을 보았을 때 우리 인디언들은 역겨움을 참을 수 없었다. 네다섯 명의 남자들이 가련한 동물의 몸에 올라타고 앉아 뜨겁게 달군 쇠붙이로 그 떨고 있는 동물의 살을 타는 냄새가 나도록 지져 대고 있었다. 차마 눈 뜨고 볼 수 없는 슬픈 광경이었다. 우리에게는 동물보호협회라는 것이 없었지만 인디언들은 동물을 인간처럼 사랑했고, 얼굴 흰 사람들이 하는 잔인한 행동을 보고 당황하지 않을 수 없었다.

새와 동물들의 세계뿐 아니라 풀과 나무, 약초들도 인디언들의 삶에 매우 중요한 것이었다. 인디언들은 어떤 존재도 하찮게 여기지 않았다. 한해살이풀의 삶 속에서도 가능성을 발견했다. 얼굴 흰 사람들이 잡초라고 부르는 단순한 풀들조차도 우리에게는 더없이 가치 있는 것이었다. 어떤 것들은 건강한 식품을 제공해 주고, 또 다른 것들은 건강을 되찾게 하는 약이었다. 얼굴 흰 사람들은 비싼 돈을 내고 쓴 알약을 사서 먹는다. 그들이 만약 우리 인디언처럼 단순한 삶에 만족한다면 훨씬 더 건강해질 것이다. 그들은 자연을 업신여기고, 그 결과 힘들게 번 돈을 약을 사느라 탕진한다. 그래서 우리의 인디언 치료사들은 가난하지만, 백인 의사들은 아주 배가 부르다.

라코타 족은 진정한 자연주의자, 자연을 사랑하는 사람들이었다.

우리 라코타 족 인디언은 대지를 사랑했으며, 대지 위의 모든 것을 사랑했다. 그 애착은 나이를 먹음에 따라 더 깊어졌다. 늙은 사람들은 말 그대로 흙을 사랑했다. 그들은 땅 위에 앉거나 땅에 기대곤 했다. 어머니의 힘에 더 가까이 다가간다는 느낌으로. 대지에 맨살이 닿는 것은 좋은 일이다. 늙은 라코타 족 사람들은 모카신을 벗고 맨발로 신성한 땅 위를 걷는 것을 좋아했다.

우리는 천막을 흙 위에 세웠으며, 제단 역시 흙으로 만들었다. 하늘을 나는 새들도 대지 위에 내려와 날개를 쉬듯이, 대지는 모든 산 것들의 최종적인 휴식처이다. 흙은 부드럽고, 힘이 있으며, 정화의 힘과 치료의 힘을 갖고 있다.

늙은 인디언들은 의자에 앉기를 거부했다. 흙 위에 그대로 앉았다. 의자에 앉으면 생명을 주는 대지의 힘으로부터 그만큼 멀어지기 때문이었다. 땅 위에 앉거나 눕는 일이 인디언에게는 더 깊이 생각하고, 더 깊이 느끼기 위함이었다. 그렇게 함으로써 삶의 신비를 더 자세히 볼 수 있었으며, 자기 주위의 다른 생명들에게 더 가까운 혈족임을 느낄 수 있었다.

위대한 정령 와칸탕카가 이 세상의 모든 산 것들에게 생명의 힘을 불어넣었다. 평원에 핀 꽃, 그곳에 불어가는 바람, 바위와 나무와 새, 들짐승, 이 모두가 똑같은 생명의 힘을 나눠 갖고 있다. 그리고 똑같은 힘이 최초의 인간에게도 숨을 불어넣었다. 우리는 그것을 위대한 신비라 불렀다.

모두가 한 부족이었다. 대지와 하늘 사이에서 숨 쉬는 모든 생명체가 한 친척이었다. 우리는 이른 새벽마다 미명을 헤치고 평원으로 나가서 지켜보곤 했다. 들짐승과 새의 세계에는 형제의 감정이 존재했다. 그들 사이에서 우리 라코타 족이 안전하게 살 수 있었던 것도 그 때문이었다. 라코타 족은 날개 달리고 털 달린 이 친구들에게 언제나 형제애를 갖고 가까이 다가갈 수 있었으며, 그들과 하나의 언어로 말했다.

동물들은 권리를 갖고 있었다. 인간의 보호를 받을 권리, 삶을 누릴 권리, 번식할 권리, 자유로울 권리, 그리고 인간의 어깨에 기댈 권리를. 그런 권리를 자각하고 있었기 때문에 라코타 족은 결코 동물을 노예처럼 부리지 않았으며, 음식이나 의복에 필요한 것만 제외하고는 함께 삶을 공유했다.

라코타 족은 늘 그런 마음을 갖고 있었다. 생명과 생명의 관계를 그런 마음으로 바라보았다. 그 마음은 라코타 족에게 변치 않는 사랑을 심어 주었다. 그것은 그의 존재 안을 삶의 기쁨과 신비로 채웠다. 그것은 그로 하여금 모든 생명을 경이에 찬 눈으로 보도록 만들었다. 라코타 족 인디언들과 함께라면, 생명 가진 모든 것들은 이 대지와 하늘의 틀 안에서 저마다 똑같은 중요성을 갖고 저마다의 살 장소를 차지할 수 있었다.

라코타 족은 어떤 창조물도 무시할 줄 몰랐다. 모두가 같은 손에 의해 만들어지고, 위대한 신비로 채워진 한 친척이기 때문이었다. 라코타 족은 영혼이 겸허하고 온유했다. '온유한 자는 복이 있나니, 그는 하늘나라를 물려받을 것이다.' 이것이 우리 라코타 족에게는 진실이었다. 그리고 대지로부터 그들은 오래전에 잊혀진 비밀들을 물려받았다. 그들의 종교는 지극히 건강하고, 자연적이며, 인간적이었다.

생의 의미에 대해 사색하고 경이감을 느끼고 다른 생명들의 세계를 관찰하는 일은 어려서부터 시작되었다. 아이들에게 말할 때 라코타 족의 어른들은 땅 위에 한 손을 얹고 이렇게 설명하곤 했다.

"우리 어머니의 무릎 위에 앉자. 어머니로부터 우리 모두가 나왔으며, 다른 모든 생명체들도 나왔다. 우리는 곧 떠날 것이지만 우리가 지금 앉아서 쉬고 있는 이 장소는 영원할 것이다."

그런 식으로 우리는 땅 위에 앉거나 눕는 법을 배웠으며, 수만 가지 모습으로 우리 주위에 있는 생명들에 대해 자각했다. 때로 부족의 소년들은 가만히 앉아서 새들을 지켜보곤 했으며, 작은 개미들을 관찰하곤 했다. 또는 작업중인 작은 동물을 지켜보면서 그들로부터 근면함과 지혜를 배웠다. 아니면 바닥에 누워 멀리 하늘을 응시하곤 했다. 별들이 나타나면 여러 집단으로 모양을 만들어 보기도 했다.

나는 자연을 대하는 얼굴 흰 사람들의 자세가 인디언들과 다르다는 것을 알게 되었다. 그리고 그것은 근본적으로 어렸을 때 받은 교육의 차이 때문이라고 믿게 되었다. 나는 종종 백인 소년들이 도시 골목에 모여 서로를 떼밀며 어리석은 행동을 하는 것을 보곤 한다. 그들은 자신을 둘러싼 세상을 보고, 듣고, 느끼는 자연스러운 기능으로부터 멀어진 채 그런 식의 무의미한 짓을 하며 대부분의 시간을 보낸다. 깨어 있음도 예민함도 없이, 주위 환경에 둔감한 채로 어리석은 놀이를 되풀이한다. 자연이 주는 균형 감각이나 자극을 상실한 것이다.

이와는 반대로, 자연 속에서 자란 인디언 아이들은 주위 세상에 민감하게 반응했다. 그들의 감각은 서로에게만 국한되어 있지 않았으며, 아무것도 보지 않고 듣지 않고 생각조차 없이 멍하게 시간을 보내는 것이 불가능했다. 관찰은 분명히 그 보상을 가져다주었다. 흥미와 놀라움과 경탄의 마음이 커지고, 생명 현상이 단순히 인간에게만 있는 것이 아닌, 수천수만 가지의 모습으로 표현되는 놀라운 그 무엇임을 깨닫게 해 주었다. 그런 깨달음은 라코타 족의 삶을 풍요롭게 했다. 삶은 생동감 있게 맥박 쳤으며, 세상에는 우연하거나 진부한 것이 하나도 없었다. 인디언들은 진정한 의미에서 삶을 살았다. 첫 숨부터 마지막 숨까지.

무엇보다도 인디언들은 얼굴 흰 사람들이 생각하듯이 시끄러운 존재들이 아니다. 인디언들은 조용하고 늘 위엄을 잃지 않았다. 어렸을 때부터 인디언들은 사냥을 통해 침묵의 가치를 배웠다. 게다가 우리 라코타 족 언어에는 욕이 없다. 어떤 라코타 족 아이도 욕이나 상스러운 말을 쓰지 않고 자라났다. 얼굴 흰 사람들이 어떤 일을 할 때 욕을 하지 않고 하는 것을 나는 본 적이 없다. 그들은 자신들의 혀를 사용하는 법을 전혀 배우지 못한 사람들 같다.

칭찬이나 아첨, 과장된 매너, 또 교양 있는 체 꾸미고 목청이 높은 말 따위를 나의 라코타 족은 더없이 무례한 것으로 여겼다. 지나친 예절은 진실하지 못한 것으로 여겼으며, 말을 많이 하는 사람은 야만적이고 사려 깊지 못한 사람으로 취급되었다.

침묵은 라코타 족에게 매우 의미 깊은 것이었다. 라코타 족은 대화를 시작할 때 잠시 침묵의 시간을 갖는 것을 진정한 예의로 알았다. '말 이전에 생각이 먼저다'라는 것을 잊지 않았던 것이다. 만나자마자 곧바로 대화가 시작되는 법이 없었다. 바쁘게 시작되는 대화는 금물이었다. 먼저 침묵의 대화가 앞섰다. 아무리 중요한 경우라도 성급히 질문을 하지 않았으며, 대답을 강요하는 법이 없었다. 생각할 시간을 주는 것이 대화를 시작하거나 진행하는 인디언 부족의 예의였다.

아이들에게 진정한 예의는 말보다 행동에 있는 것이라고 가르쳤다. 모닥불 앞이나 나이 먹은 어른들과 방문객 앞을 가로질러 다니는 것을 금지시켰다. 또한 불구자나 못생긴 사람을 놀리지 않도록 가르쳤다. 만약 한 아이가 생각없이 그렇게 하는 경우엔 부모가 조용한 목소리로 그 자리에서 아이를 바로잡았다.

백인 부족이 너무도 가볍게, 또 쓸데없이 자주 사용하는 '미안하다' '고맙다' '실례한다' 등의 말이 라코타 족의 언어에는 없었다. 모르고서 다른 사람을 치거나 가로막았으면 '와눈헤쿤'이라고 말했다. 그것은 '모르고 한 일'이라는 뜻이다. 일부러 무례하게 군 것이 아니며, 우연한 실수임을 나타내는 말이었다.

라코타 족의 예의범절 아래서 자란 젊은이는 절대로 오늘날의 사람들처럼 끝없이 떠들어 대거나 상대방과 동시에 떠들어 대지 않았다. 그렇게 하는 것은 무례한 일일 뿐 아니라 바보스러운 일이었다. 나의 라코타 족은 마음의 조화를 가장 큰 덕목으로 여겼으며, 침묵은 조화로운 마음의 표현이었다.

라코타 족은 침묵을 언제나 우아한 것으로 여겼으며, 결코 불편하거나 당황스러운 것이 아니었다. 슬픈 일이 닥쳤거나, 누가 병에 걸렸거나, 혹은 누가 죽었을 때 나의 부족은 먼저 침묵하는 것을 잊지 않았다. 어떤 불행 속에서도 침묵하는 마음을 잃지 않았다. 유명하거나 위대한 사람 앞에서도 침묵이 곧 존경의 표시였다. 우리 라코타 족에게는 말보다 더 힘있는 것이 침묵이었다.

라코타 족이 말과 행동을 엄격히 절제하는 것을 보고 얼굴 흰 사람들은 그것을 극기라고 잘못 해석했다. 그들은 라코타 족 사람들을 벙어리이고, 어리석고, 무감각하고, 느낌이 없는 사람으로 판단했다. 사실은 라코타 족이야말로 가장 느낌이 풍부한 사람들이었다. 다만 우리는 감정의 깊이와 진실한 마음의 조화를 잃지 않았다. 라코타 족은 침묵에 대해 이렇게 생각했다.

"침묵은 진리의 어머니다."

침묵하는 사람은 신임받을 수 있지만, 언제나 입을 열어 말할 준비가 되어 있는 사람은 진실한 사람으로 여겨지지 않았다.

당신들도 알다시피 얼굴 흰 사람들은 인디언들을 조롱하고 비웃는다. 머리에 깃털 장식을 하고 있는 인디언들을 보면 얼굴 흰 사람들은 웃기는 모습이라고 생각한다. 인디언들이 머리에 새의 깃털을 꽂는 것은 그가 가진 용기의 상징이라는 것을 이해하지 못한 것이다. 깃털로 몸을 장식한 인디언을 보면 웃지 말라. 그 대신 그것들이 그에게 어떤 의미가 있는가를 생각하라. 그 인디언은 아름다운 새에게서 많은 것을 배웠으며, 또한 자연 속 모든 존재들을 깊이 사랑하고 있음을 기억하라.

얼굴 흰 사람들에게서 이해할 수 없는 어떤 것을 발견해도 우리 인디언들은 웃지 않는다. 그것이 아무리 우스꽝스럽게 보인다 해도 인디언들은 그것의 숨은 의미를 생각한다. 설명할 수 없는 그것에 대해 하나의 해답을 찾고자 노력한다.

만약 이와 같은 자세로 인디언에게 다가간다면, 당신은 그에게서 당신이 알지 못하는 세계에 대한 많은 비밀을 발견할 것이다. 감히 말하건대, 자신의 천막 앞 땅바닥에 앉아 생의 의미에 대해 명상하면서 세상에 존재하는 모든 것들이 하나로 연결되어 있음을 받아들이는 인디언이야말로 참된 문명의 본질을 자신의 존재 속에 밝히고 있는 사람이다.

삶에 대한 인디언들의 접근 방식으로부터는 큰 자유를 얻을 수 있었다. 나아가 자연에 대한 강한 애정과 주위 세상과의 하나됨, 생명을 존중하는 마음, 절대적인 힘에 대한 강력한 믿음, 그리고 진실과 정직과 자비와 평등의 원리들을 얻을 수 있었다. 그것들은 세속적인 관계들의 안내자가 되어 주었다.

우리 라코타 족 인디언들에게는 모든 생명체가 인격을 갖추고 있었다. 오직 모습만 우리와 다를 뿐이었다. 모든 존재들 속에 지혜가 전수되어 왔다. 세상은 거대한 도서관이었으며, 그 속의 책들이란 돌과 나뭇잎, 풀, 실개천, 새와 들짐승들이었다. 그들은 우리와 마찬가지로 대지의 성난 바람과 부드러운 축복을 나눠 가졌다. 자연의 학생만이 배울 수 있는 것을 우리는 배웠으며, 그것은 바로 아름다움을 느끼는 일이었다. 우리는 결코 폭풍이나 난폭한 바람, 차가운 서리와 폭설에 악담을 퍼붓지 않았다. 그렇게 하는 것은 인간의 어리석음을 드러내는 일에 지나지 않았다. 무엇이 우리 앞에 닥쳐오든지 우리는 필요하다면 더 많은 노력과 힘으로 우리 자신을 적응시켰다. 하지만 불평하지 않았다.

번개조차도 우리에게 아무런 해를 끼치지 않았다. 그것이 가까이 올 때마다 모든 천막의 어머니와 할머니들은 모닥불 속에 삼나무 이파리를 던졌으며, 그 마술의 힘이 위험으로부터 우리를 지켰다. 밝은 날과 어두운 날은 둘 다 위대한 신비의 표현이며, 우리 인디언 부족은 위대한 신비에 가까이 다가가는 것을 기뻐했다.

오직 얼굴 흰 사람들의 눈에만 자연이 '야생'으로 보인다. 오직 그들에게만 이 대지가 야생동물들과 야만인들이 떼지어 몰려다니는 곳으로 여겨진다. 우리 인디언들에게 자연은 길들여져 있는 온순한 것이었다. 대지는 기름지고, 우리는 위대한 신비가 내려 주는 가득한 축복 속에 있었다. 동쪽으로부터 털 많은 사람들이 와서 광기 어린 잔인함으로 우리와 우리가 사랑하는 형제자매들에게 수많은 불의를 저질렀을 때, 우리들에게는 그것이야말로 야만적인 일이었다. 얼굴 흰 사람들이 다가가자 동물들은 달아나기 시작했고, 그때부터 무법천지의 시대가 시작된 것이다.

아메리카 인디언은 흙과 하나이다. 그곳이 숲이든, 평원이든, 고원이든, 인디언은 그 풍경과 하나이다. 왜냐하면 이 대륙을 만든 손이 그곳에 사는 인간도 만들었기 때문이다. 인디언은 야생 해바라기처럼 자연스럽게 성장했으며, 들소처럼 자연에 속한 존재였다.

백인 부족은 강제로 나의 인디언 부족을 변화시켰다. 그 결과 큰 혼란이 찾아왔다. 이유가 무엇인가? 대지의 근본 법칙, 영적인 법칙을 백인 부족이 따르지 않았기 때문이다. 인디언 보호구역 안에 몰아넣어진 날로부터 문명이라는 것이 우리를 덮쳤다. 그것은 우리가 가진 정의감, 삶의 권리에 대한 존경심, 진리와 정직과 자비에 대한 애정, 또는 라코타 족의 신 와칸탕카에 대한 믿음 그 어떤 것에도 보탬이 되지 않았다.

모든 위대한 종교들이 끝없이 설교하고 해설을 하지만, 위대한 학자들이 수없이 들춰내지만, 또 좋은 책에 아름다운 언어와 멋진 표지로 인쇄되지만 인간은, 인디언뿐 아니라 모든 인간은, 여전히 설명이 불가능한 위대한 신비 앞에 서 있을 뿐이다.

얼굴 흰 사람들은 아메리카 대륙을 이해하지 못한다. 아메리카 대륙과 인디언 부족의 오랜 역사에 비하면 얼굴 흰 부족이 이 땅에 들어온 것은 불과 하루이틀의 시간에 지나지 않는다. 얼굴 흰 사람들의 나무뿌리는 아직 바위와 흙을 움켜쥐지 못했다. 얼굴 흰 사람들은 여전히 떨고 있다. 뜨거운 사막과 낯선 산꼭대기 위에 서 있던 자신의 조상들의 기억 때문에 몸을 떨고 있다. 유럽에서 이 대륙으로 건너온 사람들은 아직도 외국인이고 이방인이다. 아직도 그들은 이 대륙을 횡단하려고 길을 묻는 자들을 경계의 눈초리로 바라본다.

하지만 인디언은 여전히 대지의 혼과 하나가 되어 있다. 다른 종족들이 그 혼의 맥박을 느끼고, 그것을 신성하게 여기기까지는 오랜 세월이 걸릴 것이다. 그 땅의 사람이 되려면 인간은 그곳에서 탄생과 죽음을 무수히 많이 반복해야 한다. 그리하여 그들의 육체가 그들 조상의 뼈와 먼지로 이루어져야 한다.

만약 내 앞에 이제 막 삶의 여행을 시작하려는 젊은이가 있어서 내가 그를 위해 내 아버지들이 살았던 자연스러운 방식과 문명의 방식 중 하나를 선택해 줘야 한다면, 나는 조금도 망설임 없이 그 젊은이의 발걸음을 내 아버지들의 길로 인도할 것이다. 그를 한 사람의 인디언으로 키울 것이다.

*

서 있는 곰(루터 스탠딩 베어. 1868~1939)은 사우스다코타 주의 수 족 지파인 인디언 보호구역에서 태어났다. 아버지의 이름 서 있는 곰(스탠딩 베어)을 그대로 물려받았으며, 아버지는 부족의 추장이었다. 어려서는 부족의 전통에 따라 자라났고, 평원 인디언들의 삶에 필요한 기술을 배웠다. 하지만 열두 살이 될 무렵, 인디언 고유의 삶은 끝이 나고 부족은 미국 정부의 지배를 받는 보호구역 안으로 이동했다.

그 무렵 인디언 소년 소녀들에게 읽고, 쓰고, 백인들처럼 옷 입는 법을 가르치기 위해 학교 교사들이 도착했다. 그들은 아이들을 펜실베이니아의 칼리슬 인디언 기숙학교로 데려가 머리를 자르고, 영어식 이름을 주었으며, 인디언 말을 하는 것을 금지시켰다. 이때 서 있는 곰이 받은 이름이 루터였다. 그래서 그는 그 후 '서 있는 곰 루터'가 되었다. 서 있는 곰은 1879년에 개교한 칼리슬 학교의 첫 입학생 중 한 명이었다.

학교를 마친 서 있는 곰은 인디언 보호구역에서 교사 생활을 하다가, 버팔로 빌이 주도하는 와일드웨스트쇼에서 인디언들의 통역자 겸 보호자로 일하기로 계약을 맺었다. 그리고 1912년 영화배우로 데뷔했다. 그 이후 그는 줄곧 할리우드에서 일하며 더 많은 아메리카 인디언 배우들이 등장하도록 힘썼다. 훗날에는 수 족 인디언의 생활을 소개하는 책을 여러 권 썼으며, 매우 중요한 그림들을 그렸다. 거기에는 앉은 소, 미친 말, 검은 큰사슴 등의 초상화가 포함되어 있다.

생애 마지막에 접어들면서 서 있는 곰은 백인들의 문화를 차츰 멀리하게 되었다. 하지만 보호구역 안에서 일할 수 있도록 인디언들 사이에서 교사, 기술사, 의사, 변호사 등이 많이 나와야 한다는 신념을 잃지 않았다. 76세를 일기로 세상을 떠난 그는 로스앤젤레스 할리우드 포에버 공동 묘지에 다른 영화 스타들과 함께 나란히 묻혔다.

나바호 족 인디언들은 기도문을 외거나 인사를 할 때 '호조니'라고 말한다. 그것은 조화, 평화, 아름다움, 균형을 뜻하는 단어다. 아메리카 원주민들은 삶이 한 곡의 긴 노래와 같으며, 각각의 요소들은 그 노래 속에서 서로 완벽한 조화를 이뤄야 한다고 믿었다. 나바호 족이 땀천막에서 부르는 노래는 이렇게 시작한다.

'대지, 그것의 삶과 나는 하나

호조니, 호조니

대지의 발은 곧 나의 발

호조니, 호조니

대지의 몸은 곧 나의 몸

호조니, 호조니

대지의 생각은 곧 나의 생각

호조니, 호조니

대지가 하는 말이 곧 내가 하는 말

호조니, 호조니!'

이 노래가 말해 주듯이, 아메리카 원주민들은 자연과 더불어 살고, 대지의 법칙에 순응하는 삶을 살았다. 또 무엇보다 자유로운 정신의 소유자들이었다. 그들은 어떤 제도나 종교로도 인간의 정신을 가두지 않았다. 누군가가 정해 놓은 규칙에 맹종하지 않고 각자의 방식으로 신에게 다가갔고, 아침을 명상과 기도로 시작하는 것을 가장 중요한 일과의 하나로 여겼다.

현대인들은 많은 그럴듯한 말들을 늘어놓지만, 그 말들은 인디언들의 말처럼 가슴 깊이 울려 오지 않는다. 삶이 곧 진리이며, 진리가 곧 삶인 것과 거리가 멀다. 인디언들이 지적하듯이 소유와 욕망에 기초한 삶, '인간의 기품을 잃어버린 삶'을 살고 있기 때문이다.

인디언들은 소유를 놓고 왈가왈부하지 않았으며, 한곳에서 적당한 기간 동안 살고 나면 훌훌 털고 다른 곳으로 떠날 줄 알았다. 사람을 포함해 들소와 사슴, 바위, 재잘거리는 물을 모두 형제와 누이로 여기고, 생명 가진 것들 모두가 한 식구였다. 그래서 그들은 자신들의 성조차 갖고 있지 않았다. 인디언들의 이름에는 성이 없다. 그들에게는 남과 자신을 구분짓는 성이 구태여 필요 없었다. 모두가 한 가족이었기 때문이다.

한 인류학자가 호피 족 인디언 노인을 찾아와 부족의 노래를 녹음하고 싶다고 말했다. 노인은 그를 데리고 메사(꼭대기가 평평한 산) 가장 자리로 가서 노래 한 곡을 불렀다. 그 인류학자는 그것을 녹음한 후 메모할 준비를 하며 물었다.

"방금 이 노래가 무엇에 대한 노래인가요?"

노인이 말했다.

"비구름이 사막 너머에서 몰려와 우리의 밭에 비를 뿌리니, 우리 자식들을 먹일 곡식이 잘도 자란다는 내용이오."

그런 다음 노인은 다른 노래를 불렀다. 그 학자가 물었다.

"이번 노래는 무슨 내용인가요?'

노인이 대답했다.

"내 아내가 성스러운 샘으로 가서 물을 길어와 우리를 위해 음식을 준비하고 약을 만드니, 그 성스러운 샘 없이는 우리는 오래 살 수 없다는 내용이오."

그런 식으로 오후가 다 흘러갔다. 노인이 노래 한 곡을 부를 때마다 인류학자는 무슨 내용의 노래인지 물었고, 그럴 때마다 노인은 강에 대한 노래, 비에 대한 노래, 물에 대한 노래라고 설명했다. 그 인류학자는 약간 성질이 급한 사람이었다. 그는 말했다.

"당신 부족들이 부르는 노래는 온통 물에 대한 것뿐인가요?"

그러자 그 인디언 노인이 말했다.

"그렇소. 우리는 수천 년에 걸쳐 이곳에서 살아남는 법을 배웠소. 우리에게 가장 부족한 것은 물이기 때문에 우리의 노래는 물에 대한 것일 수밖에 없소. 그런데 당신들 미국인들의 음악을 들으면 전부 사랑 노래뿐이오. 그건 왜 그렇소? 당신들에게 가장 부족한 것이 사랑이기 때문이 아니오?"

인디언들에게 앎과 생각은 다른 것이었다. 앎은 자기 자신, 그리고 자연과 평화와 조화를 유지하는 것이고, 반면에 생각은 부조화와 이기심을 뜻했다. 체로키 족 인디언들은 인간이 자연과 부조화를 이룰 때 가장 나쁜 결과가 찾아온다고 믿었다. 자연의 정상적인 흐름을 방해하고 방향을 바꾸는 행위는 개인의 욕망과 파괴적인 감정으로 주위에 나쁜 영향을 미치고 해로운 결과를 낳는다고 여겼다. 인디언들에게 있어서 생각에 의존하는 사람은 해로운 욕망을 품은 사람이며, 자연과 부조화를 가져오는 사람이다. 생태학 관점에서 보면, 인디언들은 앎의 사람들이었고 현대인들은 생각에 의존하는 사람들이다.

2002년 여름 캘리포니아 미션 비에호에서 인디언들의 춤의식인 조촐한 파우 와우(치료사와 영적인 지도자들의 모임)가 조촐하게 열렸다. 그곳에서 나눠 준 인디언 소식지에는 다음의 글이 실려 있었다.

'인디언을 생각하라, 그러면 당신은 언제나 동료 인간들을 예의 바르고, 공손하고, 다정하게 대할 것이다.

인디언을 생각하라, 그러면 당신은 언제나 자신의 조상에 대해 감사와 자부심을 느낄 것이다.

인디언을 생각하라, 그러면 당신은 결코 함부로 낭비하지도, 더럽히거나 파괴하지도 않을 것이다.

인디언을 생각하라, 그러면 당신은 결코 생각 없고 무분별하고 어리석게 남의 문화를 짓밟지 않을 것이다.

인디언을 생각하라, 그러면 당신의 어머니인 이 자비로운 대지를 어떻게 존중하고 어떻게 사랑해야 하는지 알 것이다.

인디언을 생각하라, 그러면 당신은 언제나 가치 있는 대화를 나눌 것이다.

인디언을 생각하라, 그러면 당신은 결코 얼굴 흰 사람들이 만든 영혼을 파괴하는 약물을 가까이하지 않게 될 것이다.

인디언을 생각하라, 그러면 당신은 인디언들이 '얼굴 흰 사람들이 만든 독한 물을 지나치게 마시지 말라. 그것은 좋은 사람을 비틀거리는 바보로 만든다'라고 한 말을 더 잘 이해할 것이다.

인디언을 생각하라, 그러면 당신은 생명이 선하고 아름다운 것이며, 심지어 바위와 돌들 속에도 생명이 있음을 깨달을 것이다. 대지 속에, 대지 위에, 그리고 대지 둘레에도 생명이 있으며, 그 모든 생명을 창조한 이가 곧 위대한 정령임을 깨달을 것이다.

인디언을 생각하라, 그러면 당신은 자신의 종교와 유산을 지키고 보존하려고 노력하게 될 것이다.

인디언을 생각하라, 그러면 당신은 자연과 더 많이 대화할 것이고, 자연 역시 당신과 더 많이 대화할 것이다.

인디언을 생각하라, 그러면 당신은 인류 속에 새로운 형태의 조화와 형제애와 평화가 싹트도록 도울 것이다.'

인간은 삶에 대해 아주 빈약한 이해를 갖고 있다. 인간은 지식과 지혜를 혼동한다. 위대한 정령의 성스러운 비밀을 파헤치려고 노력하며, 자신들이 만든 법을 어머니 대지의 방식에 적용하려고 시도한다. 그 자신이 자연의 일부분인데도 불구하고, 눈앞에 보이는 당장의 이익을 위해 그 사실을 무시한다. 하지만 자연의 법은 인간이 정해 놓은 법보다 훨씬 위대하다. 인간은 언젠가는 깨어나야 한다. 자신이 초래한 결말의 시간이 얼마 남지 않았음을 알아야 한다.

인간이 배워야 할 것은 아직도 너무 많다. 마음의 눈으로 보는 법을 배워야 하고, 무엇보다 어머니 대지를 존중하는 법을 배워야 한다. 우리의 형제이자 자매인 동물과 식물, 강, 호수, 바다와 바람에게 생명을 주는 어머니 대지를. 그리고 이 지구별이 자신들에게 속한 것이 아님을 깨달아야 한다. 우리의 아이들과 다가오는 미래 세대를 위해 섬세한 자연의 균형을 유지하고 잘 돌봐야 한다는 것을 깨닫지 않으면 안 된다. 위대한 정령이 지으신 이 모든 창조물들과 어머니 대지를 잘 보존하는 것이 인간의 의무다. 인간은 생명계 전체를 에워싸고 있는 신성한 원 속의 작은 모래 알갱이에 지나지 않는다.

흰구름(마하스카)_라코타 족 추장

우리 체로키 인디언들은 침묵을 무엇보다 소중하게 여긴다. 우리는 말을 적게 하고, 오래 배운다. 노래를 부를 때나 의식을 행할 때는 말이 중요한 역할을 한다. 일반적인 대화에서도 마찬가지다. 하지만 말을 아끼고, 필요한 말만 하는 것이 더 지혜로운 일이다.

세퀴치 히플러_체로키 족

선교사들이 오기 전까지는 우리 사회에 아무 문제가 없었다. 그런데 그들이 우리더러 '죄악 속에서 살고 있다'고 말했다. 자연과 더불어 사는 것이 어떻게 죄악일 수가 있단 말인가?

흰 말(에미 화이트 호스)_나바호 족 화가

인디언 사회에서 추장은 부족 사람들의 뜻에 따를 때만 그 지위가 보장되었다. 만약 그가 혼자서 모든 것을 결정해 버리려고 하면, 밤에 잠든 사이에 부족 사람들은 천막을 챙겨 다른 곳으로 떠나 버렸다.

그래서 아침에 눈을 떴을 때 추장은 자기 혼자 남겨진 것을 발견하곤
했다. 인디언들은 추장을 바꾸기 위해 문명인들처럼 구태여 4년 동안
기다릴 필요가 없었다.

태양 곰(선 베어)_치페와 족

어머니 대지 위에 앉아 있을 때 우리는 힘과 용기, 사랑, 겸허함을
얻는다. 모든 아름다운 것들이 어머니 대지로부터 얻어진다. 그러므로
서로에게 손을 내밀라. 서로 사랑하고, 존중하라. 어머니 대지를 존중
하라. 대지에 흐르는 강을 존중하라. 그것은 생명 그 자체이니까.

필 레인 1세_양크톤 수 족

진실로 아름답구나, 진실로 아름답구나.
나는 대지 속에 있는 정령
대지의 발이 곧 나의 발
대지의 다리가 곧 나의 다리
대지가 가진 육체의 힘이 곧 나의 힘
대지의 목소리가 곧 나의 목소리
대지의 깃털이 나의 깃털
대지에게 속한 것은 모두 내게 속한 것
대지를 에워싸고 있는 모든 것이 나를 에워싸고 있네.
나는 대지가 하는 성스러운 말
진실로 아름답구나, 진실로 아름답구나.

나바호 족 노래

태양은 힘을 갖고 있다. 바람은 힘을 갖고 있다. 우리는 새로운 생명

을 탄생시키는 힘을 갖고 있다. 어머니 대지가 가진 힘이 그것이다. 거기 사랑의 힘이 있다. 당신의 자식을 선한 사람으로 키운다면 미래는 당신의 것이다. 그것이 큰 회사의 대표가 되는 것보다 더 중요한 일이다. 아이들을 정직하고 사려깊고 사랑이 넘치는 사람으로 키우는 일보다 더 큰 성취감이 어디 있는가?

잉그리드 와시나와토크_메노미니 족

다른 모든 사람과 마찬가지로, 그대 안에 자연의 힘이 있다. 그대에게는 의지가 있다. 그것을 사용하는 법을 배우라. 칼을 갈듯이 그대의 감각을 날카롭게 다듬으라. 우리는 그대에게 아무것도 줄 것이 없다. 그대는 이미 위대해지는 데 필요한 모든 것을 갖고 있다.

전설적인 난쟁이 추장_크로우 족

귀 기울여 들으라. 그렇지 않으면 그대의 혀가 그대를 귀머거리로 만들 것이다.

오래된 인디언 격언

위대한 사람이 된다는 것은 단지 훌륭한 사냥꾼이나 유명한 전사가 되는 것을 의미하지 않는다. 위대한 정령은 우리가 서로 사랑하고 서로를 친절하게 대하는 것을 훨씬 더 중요하게 여긴다. 따라서 우리는 다른 사람을 무시해서는 안 되며, 사랑과 이해로 그들을 도와야 한다.

달콤한 약(스위트 메디신)_샤이엔 족

옛날에는 모든 걸 나누면서 살았다. 우리 부족 사람들은 집과 음식을 다른 사람과 나눌 줄 알았다. 우리 언어에는 도둑질이나 훔친다는 단어가 없었다. 왜냐하면 모든 것을 함께 나눠 가졌기 때문에 훔칠 필요가 없었던 것이다.

플로렌스 케니_알래스카 이누피아트 족

얼굴 흰 사람들의 사회에 붙잡혀 버리면 내면이 시들어 버릴 수밖에 없다. 영혼에게 양식을 주지 않기 때문에 사람들은 약물과 술에 의존하는 것이다.

자넷 맥클라우드_툴라립 족

가르침은 단지 인디언만이 아니라 모두를 위한 것이다. 얼굴 흰 사람들은 전에는 배움을 거부했다. 그들은 우리를 야만인으로 생각했다. 이제 그들은 다르게 이해하고 있고, 우리로부터 특별한 배움을 얻고 싶어 한다. 우리 모두는 신의 자식들이다. 가르침은 배우기를 원하는 사람이면 누구에게나 열려 있다. 하지만 진정으로 배우고자 하는 자가 과연 누구인가?

돈 호세 마추와_휘촐 족

자신이 누구인가를 제대로 알면 그대는 삶의 방향을 정할 수 있고, 물질주의로부터 등을 돌릴 수 있다. 그대 혼자서 그렇게 할 수 있는 힘이 있다는 것을 확신해야 한다. 문명 전체가 나아가고 있는 방향에 과감히 맞설 수 있어야 한다.

유니스 바우만 넬슨_페놉스코트 족

우리 안의 자연으로 가는 데 가장 큰 걸림돌이 되는 것은 바로 생각이다. 얼굴 흰 사람들의 생각처럼 논리에만 의존하면 자신 안에 있는 자연에게 다가갈 수 없다. 단순한 사실은, 인간은 위대한 신비의 지혜에 결코 도전할 수 없다는 것이다.

거북이 가슴(터틀 하트)_테톤 수 족

아무것도 하지 않는 것은 잘못이 아니다. 서구 문명 속에서 우리는 늘 계획을 세우고, 실행에 옮기고, 정해진 일정표에 따라 행동하도록 강요당한다. 그것은 잠꼬대 같은 소리다! 아무것도 하지 않는 것은 전혀 잘못이 아니다.

진 켈루체_원투 족

앉은 소(타탕카 요탕카, 훙크파파 라코타 족 전사)

가난하지만 자유롭다

앉은 소(타탕카 요탕카)
훙크파파 라코타 족

내가 이곳에 존재하는 것은 위대한 정령의 뜻에 의해서다. 그분의 뜻에 따라 나는 추장이 되었다. 위대한 정령이 저 위에서 나를 내려다보고 있음을 나는 안다. 그리고 그분은 내가 말하는 것을 듣고 있을 것이다.

보라, 나의 형제들이여! 봄이 왔다. 대지는 태양의 포옹을 기쁘게 두 팔로 맞이했다. 우리는 머지않아 그 사랑의 결과를 보게 될 것이다. 씨앗들이 잠에서 깨어나고, 들짐승들의 삶도 새롭게 시작되었다. 이 신비한 대자연의 힘에 의해 우리 역시 존재하게 되었다. 그러므로 우리는 우리의 이웃과, 우리의 또 다른 이웃인 동물들에게 이 대지를 차지할 똑같은 권리를 나눠 줘야만 한다.

내 말을 들으라, 형제들이여! 우리의 아이들을 위해 우리가 어떤 세상을 만들어야 하는가를 마음을 모아 생각해 보자. 우리는 이제 또 다른 사람들을 상대하게 되었다. 우리의 할아버지들이 그들을 처음 만났을 때, 그들은 숫자가 적고 보잘것없었다. 그런데 이제는 숫자가 많아지고 말할 수 없이 건방져졌다. 이상하게도 그들은 땅을 파헤치기를 좋아하고, 마치 병에 걸린 듯 소유에 대해 집착한다. 그들에게는 많은 법률이 있으나 가난한 자들만 할 수 없이 그것을 지킬 뿐, 부자들은 쉽게 법을 어긴다. 또한 그들의 종교는 가난한 사람들만 따를 뿐, 부자들은 안하무인이다. 심지어 가난하고 힘없는 사람들에게서 십일조를 걷어 돈 많고 권력 가진 자들의 배를 채운다.

그들은 우리의 어머니인 이 대지를 자신들만 차지하겠다고 주장하면서 아무도 들어오지 못하게 철조망을 친다. 그리고 온갖 건물들과 쓰레기들로 땅을 더럽힌다. 그들은 계절에 맞지도 않는 곡식들을 생산하라고 땅을 윽박지르며, 땅이 힘을 잃었는데도 계속해서 약을 뿌리며 생산을 강요한다. 이 얼마나 벌 받을 짓들인가.

이 얼굴 흰 자들은 봄의 홍수와 같아서, 둑을 넘어 도중에 있는 것들을 모두 휩쓸어 간다. 우리는 이들과 한곳에서 살 수 없다. 불과 일곱 해 전에 우리는 조약을 맺었으며, 그들은 우리에게 들소들의 땅을 영원히 남겨 주겠다고 약속했다. 그런데 이제 또다시 그것들을 내놓으라고 협박하고 있다.

형제들이여, 우리가 굴복해야 하는가? 아니면 그들에게 이렇게 말해야 하는가?

"먼저 나를 죽여라. 그런 다음 내 아버지의 땅을 가져가라!"

얼굴 흰 사람들이 지킨 조약을 우리 얼굴 붉은 사람들이 어긴 적이 있는가? 한 번도 없다. 우리와 함께 맺은 조약을 얼굴 흰 사람들이 지킨 적이 있는가? 단 한 번도 없다.

내가 어린 소년이었을 때 세상은 수 족의 것이었다. 태양은 수 족 땅에서 뜨고 졌다. 전투가 일어나면 만 명의 전사들이 출동했다. 그 전사들은 지금 다 어디로 갔는가? 누가 그들을 죽였는가? 우리 땅은 어디에 있는가? 누가 그것들을 차지했는가?

내가 얼굴 흰 사람들의 땅을 한 뙈기라도 빼앗고, 그들의 돈을 한 푼이라도 훔친 적 있는가? 그런데도 그들은 나더러 도둑이라고 한다. 백인 여자가 혼자 있다고 해서 내가 그 여자를 꾀거나 모욕을 준 적 있는가? 그런데도 그들은 나더러 나쁜 인디언이라고 한다. 내가 술 취해 비틀거리는 것을 본 사람이 있는가? 배고픈 사람이 찾아왔을 때 내가 그를 그냥 돌려보낸 적 있는가? 내가 아내를 때리거나 아이들을 학대하는 것을 본 사람이 있는가? 내가 어떤 법을 어겼단 말인가?

내 것을 사랑하는 것이 잘못이란 말인가? 내 피부가 붉은색이라서 사악하단 말인가? 내가 수 족이라서 그러는가? 내 아버지가 살던 곳에서 내가 살고 있기 때문에? 내 부족과 인디언들을 위해 죽으려는 것이 잘못이란 말인가?

형제들이여, 얼굴 흰 대추장이 보낸 대리인들, 인디언 담당국 직원들, 소인배들과 혼혈아들, 영리한 통역자들, 그리고 배급받아 먹는 추장들 때문에 우리는 또다시 혼란에 빠졌다. 이번에 그들은 우리에게서 무엇을 원하는가? 우리 부족의 넓은 땅덩어리를 내어 달라고 요구하고 있다. 이것이 처음도 아니고 마지막도 아니다. 그들은 우리가 가지고 있는 마지막 한 평까지 다 빼앗아 갈 것이다.

우리가 자신들의 소원을 들어주기만 하면 많은 것들을 해 주겠다고 그들은 또다시 감언이설을 늘어놓고 있다. 우리가 우리 땅을 내주고 한 푼이라도 받은 적이 있는가? 전혀 그런 적이 없다. 우리가 전에 받은 조약서에는 온갖 약속들이 적혀 있을 뿐이었다. 그들은 우리가 지금 소유하고 있는 땅에서 평화롭게 살게 할 것이며, 새로운 삶의 방식을 보여 줄 것이며, 심지어 죽어서 천당에도 갈 수 있게 하겠다고 약속했다. 하지만 우리는 그 약속들이 지켜지기만 기다리며 죽어 가고 있다.

그런데 또다시 얼굴 흰 대추장의 대리인들이 그럴싸한 말들로 포장된 서류를 갖고 와서 우리한테 내밀고 있다. 그 서류에는 우리가 소원하는 것은 싹 무시된 채 그들이 원하는 것만 적혀 있다. 그런 식으로 그들은 우리를 이 땅에서 내쫓으려 하고 있다.

우리 부족은 지금까지 장님처럼 속아서 살아왔다. 어떤 자들은 그들의 제안을 좋게 생각하지만 우리의 아이들과 자손들을 걱정하는 사람들은 더 멀리 내다보고 그들의 제안을 단호히 거절해야만 한다. 지금까지의 경험으로 얼굴 흰 대추장은 사기꾼임을 스스로 밝혔다.

따라서 나는 우리 부족의 땅을 한 뼘도 얼굴 흰 대추장에게 양보할 생각이 없다. 만약 내가 우리 땅의 한 귀퉁이라도 얼굴 흰 사람들에게 내준다면, 그것은 우리 아이들의 입에서 먹을 것을 빼앗는 것과 같다. 나는 그런 짓을 할 마음이 조금도 없다. 그들은 듣기에 좋은 말들을 우리에게 하고 있지만, 일단 목적을 달성하고 나면 집으로 돌아가 우리와 한 약속 따위는 까마득히 잊어버릴 것이다. 얼굴 흰 자들은 뭐든지 잘 만들어 내지만, 그걸 어떻게 나눠 갖는가에 대해선 전혀 알지 못한다.

(땅을 넘기라고 요구하는 백인 관리에게) 나는 이 땅의 한 조각도 당신들에게 팔 생각이 없다. 이 점을 당신들이 알았으면 좋겠다. 또한 당신들이 우리의 강가에 늘어선 아름다운 나무들을 자르지 않기를 바란다. 특히 떡갈나무를!

나는 떡갈나무를 특별히 좋아한다. 떡갈나무를 바라보노라면 생의 외경심이 느껴진다. 그들은 겨울의 매서운 바람과 여름의 열기를 견뎌 냈기 때문이다. 우리처럼 그들도 자기들의 힘으로 꿋꿋이 살아왔다.

저쪽 기슭의 들소들도 얼마 못 가 다 사라지리라는 것을 우리는 안다. 왜인가? 그곳은 이미 피로 물들어 있기 때문이다. 들소들은 끝없이 죽임을 당하고 이 땅에서 내몰리고 있다. 얼굴 흰 자들은 우리가 들소를 잡는다고 불평한다. 다른 동물들도 그렇듯이 우리가 들소를 잡는 것은 음식과 옷을 얻고, 우리의 집을 따뜻하게 하기 위해서다.

하지만 당신들은 무엇 때문에 들소를 죽이는가? 이 나라 전역을 돌아다녀 보라. 평원마다 썩어 가는 들소 시체들로 가득하다. 당신들의 젊은이들은 재미로 들소를 사냥한다. 들소를 죽여서 그들이 가져가는 것은 꼬리나 머리, 뿔 정도다. 자신들이 들소 사냥을 했음을 과시하기 위해 그것들을 가져가는 것이다. 그것이 대체 무엇이란 말인가? 그것은 강도짓이나 다름없다. 당신들은 우리를 야만인이라고 부르는데, 그렇다면 그 친구들은 무엇인가? 들소들이 북쪽으로 떠났기 때문에 우리들도 온갖 거짓말이 난무하는 곳을 떠나 들소들을 따라 이곳 북쪽까지 왔다.

나는 오래 살았으며 많은 것을 보았다. 그리고 언제나 정당한 이유를 갖고 행동해 왔다. 삶에서 내가 하는 모든 행동은 분명한 목적이 있었다. 누구도 내가 진실을 외면하고 분별없이 행동했다고 비난할 수 없다.

나는 독립된 수 족의 마지막 추장 중 한 사람이며, 내 부족들 속에서 내가 차지하고 있는 이 위치는 내 앞의 조상들이 갖고 있던 위치이다. 이 세상에 내게 주어진 위치가 없다면, 나는 이곳에 존재하지 않을 것이다. 내가 하나의 목적을 갖고 이 삶 속에 태어났다는 사실에 나는 만족을 느낀다. 그렇지 않다면 내가 왜 이곳에 있겠는가?

이 대지는 우리에게 속한 것이며, 위대한 정령이 우리를 이곳에 태어나게 하면서 이 땅을 우리에게 주었다. 우리는 자유롭게 이 대지 위를 돌아다녔으며, 우리 방식대로 삶을 누렸다. 그런데 다른 땅에 속한 얼굴 흰 사람들이 우리에게로 와서는 자신들의 생각에 따라 살라고 우리를 윽박지르고 있다. 이것은 공정하지 못한 일이다. 우리는 얼굴 흰 사람들에게 우리가 사는 방식대로 살라고 강요할 생각이 꿈에도 없다.

얼굴 흰 사람들은 식량을 얻기 위해 땅을 파헤치는 걸 좋아한다. 내 부족 사람들은 우리의 아버지들이 그랬듯이 들소 사냥을 더 좋아한다. 얼굴 흰 사람들은 한 장소에 눌러 사는 것을 좋아하지만, 우리는 천막을 들고 매번 다른 사냥터를 찾아 이동하기를 원한다.

우리 눈에는 얼굴 흰 사람들의 삶이 노예의 삶과 같다. 그들은 도회지나 농장에 갇혀 산다. 하지만 내 부족이 원하는 삶은 자유로운 삶이다. 얼굴 흰 사람들이 갖고 있는 집과 철도와 옷과 음식들은 더할 나위 없이 좋은 것들이다. 그러나 가로막힌 곳 없는 나라를 자유롭게 돌아다니면서 우리 식대로 살 권리 역시 그것 못지않게 중요한 것이다. 왜 우리가 당신들의 병사들 때문에 피를 흘려야 하는가?

(앉은 소는 엄지손가락으로 땅바닥에 네모칸을 그렸다. 인디언들이 그가 그린 것을 보기 위해 목을 빼고 몰려들었다.) 당신들은 우리 땅에 이런 식으로 금을 긋고는 우리더러 이 안에서 살라고 말한다. 먹을 것을 주고 병이 들면 의사를 보내 주겠다고 하고, 이제부터는 일할 필요

도 없다고 말한다. 하지만 그 대신 우리더러 이쪽 방향으로만 가야 한다고 말한다. 우리에게 고기를 주지만, 당신들은 우리의 자유를 빼앗아 갔다.

얼굴 흰 사람들은 우리가 원하는 많은 것들을 갖고 있지만, 우리가 가장 좋아하는 것 한 가지는 갖고 있지 못하다. 그것은 곧 자유다. 나는 얼굴 흰 사람들이 가진 모든 것을 갖게 될지라도 자유로운 인디언으로서의 특권을 포기하기보다는 사냥감 없는 천막에서 고기 없이 사는 쪽을 택할 것이다.

우리가 보호구역 경계선을 넘어 이동하자, 당신들의 병사들이 우리를 추격해 왔다. 그들은 총칼로 우리의 마을을 공격했다. 그래서 우리가 그들을 쳐부쉈다. 만약 당신들의 마을이 공격당했다면 당신들은 어떻게 할 것인가? 당신들도 용감하게 일어나 맞서 싸울 것이다. 우리도 그렇게 했을 뿐이다.

나는 내 부족 사람들에게 이렇게 말해 왔다. 얼굴 흰 자들이 다니는 길에서 좋은 것을 발견하면 그것을 주우라고. 하지만 나쁜 것이거나 조만간 나쁜 것으로 밝혀지는 것들이라면 얼른 땅에다 내려놓고 그 자리를 떠나라고.

우리의 종교가 당신들에게는 어리석게 보일 테지만, 우리에게는 당신들의 종교가 그렇다. 침례교와 감리교의 신이 다르고, 장로교와 가톨릭의 신이 다르다. 그런데 우리라고 해서 우리만의 신을 갖지 못하란 법이 어디 있는가?

당신들은 우리가 위대한 정령 와칸탕카를 믿는다고 우리를 야만인이라 생각하는데, 우리가 믿는 와칸탕카와 당신들이 믿는 하느님의 차이가 무엇인가? 나는 도무지 그 차이를 알 수 없다.

당신들은 잡초를 뽑듯 우리의 종교를 뿌리채 뽑으려고 한다. 그러나 걱정할 필요 없다. 우리 부족은 생명을 다해 가고 있다. 우리의 신도 머지않아 우리와 함께 죽을 것이다. 인디언? 인디언이라곤 이제 나 한 사람밖에 없다.

당신들은 내가 누군지나 아는가? 신이 나를 인디언으로 만들었다. 나는 위대한 정령의 뜻에 따라 이 세상에 왔으며, 그의 뜻에 따라 추장이 되었다. 내 심장의 피는 붉고 순수하다. 당신들은 우리와 대화를 나눈다며 와선 내가 누군지도 모른다고 말하고 있다. 위대한 정령이 나를 이 땅의 추장으로 뽑았다는 것을 당신들은 알아야 한다.

나를 보라. 당신들은 나를 바보로 여기지만, 내가 보기엔 당신들이 더 어리석다. 만약 위대한 정령이 내가 얼굴 흰 사람이 되기를 바랐다면 애초부터 나를 그렇게 만드셨을 것이다. 그분은 당신들의 가슴속에 어떤 소망과 계획을 심으셨고, 내 가슴속엔 또 다른 소망을 심어 놓으셨다.

어렸을 때부터 나는 열심히 배우고 일했으며, 그 결과 많은 것을 빨리 배웠다. 위대한 정령의 눈에는 모든 사람이 소중하다. 독수리가 까마귀로 될 필요는 없다. 지금 우리는 가난하지만 자유롭다. 어떤 얼굴 흰 사람도 우리의 발걸음을 마음대로 조종할 수 없다. 만약 우리가 죽어야만 한다면 우리는 우리의 권리에 따라 자유롭게 죽을 것이다.

64년 동안 당신들은 나의 부족을 고통 속으로 몰아넣었다. 나는 묻는다. 자신의 땅에서 쫓겨나야 할 만큼 우리 부족이 잘못한 것이 대체 무엇인가? 우리는 더 이상 갈 곳도 없다. 그래서 이곳에다 천막을 친 것이다. 이 땅에서 나는 처음으로 활 쏘는 법을 배웠고 이곳에서 남자가 되었다. 그 이유 때문에 이곳으로 되돌아온 것이다. 부족의 땅을 포기한 채 우리는 수많은 세월을 떠돌아야 했다.

우리는 당신들에게 땅을 주지 않았다. 당신들이 빼앗아 간 것이다. 당신들은 거짓말을 하기 위해 이곳으로 우리를 찾아왔다. 더 이상 그 말을 듣고 싶지 않다. 이제 나는 할 말을 다했다. 당신들은 돌아가라. 더 이상 말하지 말라. 당신들의 거짓말을 갖고 떠나라. 나는 이곳에서 머물 것이다. 우리가 떠나온 그 땅은 대대로 우리의 터전이었다. 당신들이 그것을 빼앗아 간 것이다. 우리는 이곳에서 살 것이다.

*

이런 이야기가 있다.

한 인디언이 기독교인으로 개종했다. 그는 매우 열렬한 기독교인이 되었다. 교회를 다니고, 술담배도 일체 끊었으며, 모두에게 착하게 행동했다. 그는 매우 좋은 사람이었다. 그러다가 그는 죽었다. 처음에 그는 인디언들의 영혼의 세계로 갔지만 받아들여지지 않았다. 그가 기독교인이었기 때문이다. 그래서 천국으로 갔지만, 그곳에서도 인디언이라는 이유로 그를 받아들이지 않았다. 그는 너무 선한 사람이었기 때문에 지옥에서조차 그를 거부했다. 그는 하는 수 없이 다시 살아났다. 그러고는 들소 춤과 인디언 춤을 추면서 자식들에게도 그것을 가르쳤다.

'독수리가 까마귀가 될 필요는 없으며, 우리는 가난하지만 자유롭다'라는 유명한 말을 남긴 라코타 족 홍크파파 지파의 추장이며 현자인 앉은 소(타탕카 요탕카. 시팅 불. 1831~1890)는 날카로운 재치와 시적 감수성을 지닌 웅변가였다. 그의 생애는 곧 인디언들의 마지막 역사이기도 했다. 그가 태어날 무렵, 로키 산맥 동쪽의 대평원은 라코타 족에게 더없이 살기 좋은 곳이었다. 대지가 모든 것을 주었다. 들판을 검게 뒤덮은 들소 떼는 식량으로 쓸 고기, 집과 옷을 지을 가죽, 도구로 사용할 뼈를 제공했다. 심지어 질긴 힘줄은 들소 사냥꾼들에게 활을 매는 끈으로 이용되었다.

그리고 부근에는 자신의 용맹을 시험할 수 있는 훌륭한 적들이 있었다. 까마귀(크로우) 족, 납작머리(플랫헤드) 족, 아시니보인 족, 오마하 족, 치페와 족, 파우니 족이 그들이었다. 바로 그곳, 오늘날 그랜드 리버라고 불리는 큰 강 근처의 마을에서 앉은 소는 뛰어오르는 소(점핑 불)의 아들로 태어났다. 아버지는 홍크파파 라코타 족의 이름난 전사였으며, 크로우 족 추장과 전투를 벌이다가 장렬하게 전사했다.

앉은 소의 어린 시절은 행복했다. 아버지가 여러 마리의 얼룩말들을 소유하고 있었기 때문에 눈만 뜨면 말 등에서 살다시피했다. 어린 시절 내내 말을 타고 다닌 나머지 다리가 말의 갈비뼈처럼 안으로 굽었다는 농담을 들을 정도였다. 그에게 홍케스니, 즉 '느림보'라는 별명이 붙은 것도 그 때문이었다. 땅에서 걸어 다닌 적이 드물었던 탓에 빨리 달릴 수가 없었던 것이다. 나이를 먹어서도 앉은 소는 상황을 파악하는 데는 빨랐지만, 서둘러 결정을 내리지 않는 것으로 유명했다. 그래서 백인들은 그를 타고난 외교가로 평가했다.

어려서 놀이를 할 때도 앉은 소는 주로 노인 역을 맡았다. 그렇다고 소극적이거나 용감하지 않은 것이 아니었다. 어른들의 들소 사냥이 한바탕 끝이 나면 아이들은 어린 암소들을 상대로 사냥 흉내 놀이를 하곤 했다. 그때 덩치 큰 암소가 사납게 달려드는 바람에 앉은 소는 말에서 떨어지고 말았다. 하지만 그 암소의 두 귀를 잡고 끝까지 밀어붙여 웅덩이에 주저앉혔다. 그러자 아이들이 소리쳤다.

"암소를 굴복시켰다! 소를 주저앉혔어!"

그 사건 이후로 그의 이름이 '앉은 소'가 되었다.

앉은 소를 비롯해 다른 인디언 전사들이 살인자의 기질을 갖고 있었다는 것은 크게 잘못된 편견이다. 백인 장사꾼들이 위스키와 총과 칼 등을 들여온 이후로 전투가 점점 거칠고 잔인해졌다. 하지만 이 무렵까지도 인디언들은 전투를 하나의 놀이로 여겼으며, 젊은이들에게 남자다움을 일깨워 주는 수단으로 삼았다. 사람을 얼마나 많이 죽이는가가 아니라 얼마큼 위험을 무릅썼는가가 명예의 기준이었다. 전투가 일어나도 영토를 확장하거나 상대방 부족을 말살시키고 노예로 만들려는 것과는 거리가 멀었다. 포로에게 친절하게 대하는 것이 그들의 오랜 전통이었다.

인디언들이 천성적으로 잔인하고 복수심에 불타 있다는 일반적인 편견은 그들의 철학과 기질에 완전히 반대되는 것이었다. 남을 속이고 비열하게 행동하는 것은 인디언들의 성품이 아니었다. 인디언들이 복수를 하게 된 것은 전적으로 백인들 탓이었다. 아메리카 대륙에 백인들의 도시가 들어서기 전에는 인디언들은 최고의 이상과 정의에 따라 부족 회의를 열고 그곳에서 모든 결정을 내렸다. 매일 낮과 밤, 범죄가 끊이지 않는 뉴욕과 시카고가 자리 잡은 그 자리에 전에는 인디언들의 자연 공동체가 있었다. 진정한 도덕성은 자연을 가까이 하며 단순한 삶을 살아갈 때 더 지키기 쉽다.

한번은 크로우 족과의 전투에서 앉은 소가 상대편 전사와 일대일로 맞서게 되었다. 그런데 그 전사에게 총알이 떨어졌다는 것을 안 그는 총알이 장전된 자신의 총을 그에게 던져 주며 외쳤다.

"용감한 전사는 무장하지 않은 적과는 싸우지 않는 법이다!"

그러고는 막대 창만으로 상대편 전사와 맞서 싸웠다. 결국 앉은 소는 자신이 건네준 총에 맞아 심한 부상을 입었다. 백인들과의 리틀 빅혼 전투에서 그가 여자들과 아이들을 데리고 먼저 피신한 것을 두고 그를 겁쟁이로 몰아세우는 사람들이 있지만, 이 사건이 말해 주듯이 그는 누구보다도 용맹한 전사였다.

앉은 소는 어떤 전투에서도 여자들과 아이들을 해치지 않은 것으로 유명했다. 아시니보인 족과의 전투에서는 포로로 잡힌 소년의 목숨을 구해 주고, 자신의 동생으로 입양했다. 호헤이라는 이름의 이 소년은 죽을 때까지 앉은 소에게 헌신했으며, 최후를 함께했다.

리틀 빅혼 전투 이후, 백인 정부는 앉은 소를 체포하는 데 주력했다. 결국 그는 부족을 이끌고 캐나다 국경 너머로 이동했으나, 이미 들소들도 사라져 굶어 죽어 가는 부족을 보다 못한 나머지 백인 군대에 투항했다. 백인들의 막강한 군사력에 굴복한 것이 아니라, 부족의 굶주림에 항복한 것이다. 그 후 앉은 소는 '버팔로 빌'로 알려진 코디 대령의 손에 넘겨져 '와일드웨스트쇼'의 상품으로 이용당했다. 그 유명한 흥행업자에게 끌려다니며 몇 년 동안 유럽을 여행한 뒤, 앉은 소는 자신의 부족과 함께 노스다코타 주의 스탠딩 록 보호구역에 정착했다. 그곳에서 그들은 말과 소를 키우며 생활했다.

1888년 백인 관리들이 찾아와 앉은 소의 부족에게 땅을 더 내놓을 것을 요구했다. 아무도 그 요구에 응하지 않자, 그들은 온갖 속임수를 써서 여러 명의 인디언들로부터 서명을 받아 내는 데 성공했다. 그 여러 명이란 여자들과 아이들이었다. 동시에 식량 배급이 반으로 줄었으며, 많은 불이익이 가해졌다.

그 무렵 이상한 일이 일어났다. 백인과 인디언 사이에서 태어난 한 혼혈인 남자가 네바다 주에서 새로운 메시아 사상을 전파하기 시작했다. 로키 산에서 메시아가 토끼 가죽을 입고 자신에게 나타나 얼굴 붉은 사람들에게 메시지를 전했다는 것이었다. 그 메시아는 자신이 처음 세상에 왔을 때 백인들이 그를 십자가에 못 박아 죽였기 때문에, 이번에는 인디언들을 구하기 위해 세상에 왔으며 땅을 뒤흔들어 백인들의 도시를 파괴할 것이라고 주장했다. 그리고 들소들이 되돌아올 것이고, 이 땅은 영원히 얼굴 붉은 사람들의 소유가 될 것이라고 선언했다. 앞으로 2년 안에 그런 일들이 일어나리라는 것이었다. 따라서 모든 인디언들은 그 메시아를 맞이할 준비를 해야 하며, 그 준비란 쉬지 않고 춤을 추는 것이라고 그 예언자는 말했다.

이 흥미로운 이야기가 평원의 불길처럼 대륙 전체로 퍼져 나가 고통받는 인디언들의 마음을 사로잡았다. 이미 기독교 선교사들이 인디언들에게 메시아 사상을 불어넣은 뒤였고, 춤을 추는 의식은 인디언들의 전통과도 잘 맞는 것이었다. 많은 부족의 추장들은 그 인디언 예언자에게 사람을 보내 자세한 이야기를 듣게 했으며, 그들이 돌아오면 즉각적으로 춤 의식이 시작되었다.

처음에는 그것이 비밀리에 진행되었다. 하지만 얼마 안 가 모두에게 알려져 백인 관리들을 불안하고 불쾌하게 만들었다. 그들은 이 모든 종교적인 열광 뒤에는 백인에 대한 적대적인 음모가 자리 잡고 있다고 판단했다. 사실 그것은 민중 봉기와는 관계 없는 것이었다. 춤은 순수한 희망의 표현이었으며, 인디언들의 절망적인 상황을 생각할 때 동정심 많은 구세주가 나타나 압제자들을 물리치고 옛날의 행복한 시절을 되돌려 주기 바라는 것은 당연한 일이었다.

'유령 춤'을 중지하라는 명령에도 불구하고 인디언들이 계속해서 춤을 추자, 백인 관리들은 홍크파파 족 추장 앉은 소를 의심하기 시작했다. 그들은 인디언들로 구성된 경찰 40명을 보내 앉은 소를 체포하게 했다. 그리고 문제가 발생할 경우에 대비해 백인 군대가 뒤를 따랐다.

1890년 12월, 회색의 겨울 새벽, 그들은 곤히 잠든 추장을 깨워 옷을 입히고 밖으로 데려갔다. 무장한 경찰이 자신을 에워싸고 있는 것을 본 앉은 소는 큰 소리로 외쳤다.

"이 자들이 나를 데려가려 한다! 다들 무얼 하고 있는가?"

순식간에 부족 남자들이 뛰쳐나와 경찰들을 에워쌌다. 흥분한 군중은 몇 분 사이에 더욱 늘어났다. 경찰들은 그들을 해산시키려 했지만 헛수고였다. 앉은 소는 피 끓는 목소리로 부족 사람들을 독려했다. 오래전 그가 목숨을 구해 주고 동생으로 입양한 호혜이가 첫 발을 쏘았다. 그는 앉은 소의 팔을 붙잡고 있는 소대가리(볼 헤드) 소위의 머리를 맞혀 거꾸러뜨렸다. 짧지만 날카로운 총성이 오갔다. 앉은 소를 포함해 그를 지키려던 인디언 여섯 명, 그리고 경찰 여섯 명이 그 자리에서 죽고 많은 수가 부상당했다. 추장의 어린 아들 까마귀 발(크로우 푸트)과 충성스러운 동생 호혜이도 전사했다. 공포에 질린 부족 사람들은 황급히 강 건너로 달아났으며, 언덕 능선에 나타난 백인 군대는 이미 쑥대밭이 된 인디언 마을에 대고 기관총을 난사하기 시작했다.

그렇게 파란만장한 앉은 소의 생이 막을 내렸다. 그는 아무 장례식도 없이 그 지역 공동 묘지에 묻혔으며, 몇 해 동안 팻말 하나만이 덩그러니 무덤을 지켰다. 훗날 인디언 여인 몇 명이 존경과 추모의 표시로 그곳에 돌무더기를 쌓아 놓았다. 앉은 소가 죽고 3년 뒤, 미국 정부는 콜럼버스의 신세계 도착 4백 주년을 축하하기 위해 앉은 소가 살던 통나무집을 시카고로 싣고 가 승리감에 도취한 군중들 앞에 전시했다.

앉은 소의 연설과 더불어, 그것에 버금가는 치리카후아 아파치 족 인디언 제로니모(1829 ~1909)의 유명한 연설을 여기에 싣는다. 어렸을 때의 이름이 고야틀레(하품하는 자)인 제로니모는 키가 150센티미터에 불과했지만 미국 남서부 지역에서 타의 추종을 불허하던 인디언 전사였다. 이름만 들어도 모두가 겁을 먹던 전사 중의 전사로, '아파치 전쟁'이라 불리는 수십 년의 전투에서 부족의 땅으로 침입해 들어오는 백인들과 멕시코 군에 맞서 치열한 투쟁을 벌였다. 스페인 어로 제로니모는 가톨릭의 수호성인이다.

'아파치'라는 이름은 미국 남서부 지역에 살던, 문화적으로 연결된 아메리카 원주민 그룹들을 일컫는 통칭이다. 제로니모는 베돈코헤 지파 출신이다. 당시에는 멕시코 영토의 일부였으며 오늘날은 뉴멕시코 주에 속한 힐라 강(콜로라도 강의 지류로, 사막에서 흐르는 강 중 세계에서 가장 큰 강) 유역에서 태어난 제로니모는 어려서 아버지가 죽은 후 어머니를 따라 샤이엔 족 사회로 가서 성장했다. 17세에 치리카후아 아파치 족 처녀와 결혼해 세 명의 아이를 두었다.

제로니모는 십 대 후반에 전사가 되었으며, 첫 번째 전투에서 큰 공을 세워 말 여섯 마리를 수여받았다. 그러나 부족이 물건을 팔기 위해 이동하던 중에 멕시코 군의 습격을 받아 어머니와 아내, 아이 셋이 죽임을 당했다. 이 비극으로 제로니모는 평생 동안 멕시코 군을 증오하게 되었다.

부족의 추장은 복수심에 불타는 제로니모에게 전투 지휘를 맡겼으며, 이를 계기로 영웅이 탄생했다. 제로니모는 전사들에게 외쳤다.

"내가 앞장설 테니 그대들은 내 뒤만 따르라. 남자는 전투에서 죽을 수도 있고 돌아올 수도 있다. 나는 죽어도 슬프지 않다. 내 가족은 모두 살해당했다. 원수를 갚을 수 있다면 기꺼이 죽을 것이다."

그는 전사들을 이끌고 다니며 모든 멕시코 군을 공격했다. 빗발치는 총알들을 전혀 개의치 않았으며 칼로 공격했다. 첫 전투에서 막강한 병력을 가진 멕시코 군을 탁월한 지휘력과 용맹한 정신력으로 전멸시킨 제로니모는 아파치 족 전체의 전시 추장으로 임명되었다. 그리고 이후 30년 동안 백인들을 겁에 떨게 하는 가장 강력한 인디언 지도자가 되었다.

제로니모는 두 번째 아내를 맞아 두 명의 아이를 두었으며, 다시 세 번째 아내를 맞아 한 명의 아이를 낳았다. 그렇게 계속 결혼해 아홉 번째 아내까지 두었으나 다섯 명은 멕시코 군에게 살해당하고 네 명은 미국 정부에 억류되었다.

전시 추장으로서 제로니모는 멕시코 군과 남서부의 미국 군대를 끊임없이 습격해 악명을 떨쳤다. 16명의 전사로 500명이 넘는 적군을 죽인 경우도 있었다.

1873년 멕시코 군이 다시 아파치 족을 공격했으며, 몇 달 동안 산악 지대에서 전투가 이어진 끝에 아파치 족과 멕시코 군은 평화조약을 체결했다. 그러나 아파치 족이 술에 취한 틈을 타 멕시코 군이 기습 공격을 해 20명의 전사를 죽이고 더 많은 부족민을 포로로 붙잡았다. 아파치 족은 다시 산악 지대로 달아나야 했다.

1874년 미국 정부는 4천 명의 아파치 족을 애리조나 중동부의 불모지 산칼로스 보호구역으로 강제 이주시켰다. 제로니모는 자신들의 땅으로 돌아가고 싶어 하는 부족민들을 설득해 추격해 오는 백인 군대와 전투를 벌이며 달아났다. 부족민들과 전사들은 계속해서 죽어갔지만 제로니모는 여성과 아이를 포함해 36명에 불과한 부족민을 이끌고 1년 넘게 저항하며 도주했다. 1886년 토벌대의 사령관 넬슨 마일스는 애리조나로 되돌아가게 해 주겠다고 약속하면서 제로니모에게 공식적인 항복을 받아냈다. 그것으로 제로니모의 전사로서의 삶이 마감되었다. 미국 정부는 끝내 약속을 지키지 않았다.

1909년 2월, 자신이 만든 활과 화살을 팔기 위해 떠났다가 집으로 돌아오던 제로니모는 술에 취해 마차에서 떨어졌고, 차가운 비를 맞으며 땅바닥에서 잠이 들었다. 친구가 그를 발견해 병원으로 옮겼으나 폐렴으로 곧 숨을 거두었다. 임종 직전에 그는 조카에게, 자신이 미국 정부에 항복한 것을 두고두고 후회한다고 고백했다.

"나는 절대로 항복하지 말았어야 했다. 내가 마지막 한 명이 될 때까지 싸웠어야 했다."

시신은 오클라호마 포트실에 있는 아파치 족 인디언 포로 공동묘지에 매장되었다.

다음은 제르니모의 명연설이다.

"바람이 자유롭게 불고 아무것도 햇빛 줄기를 부러뜨리지 않는 그곳 평원에서 나는 태어났다. 아무 울타리도 없는 그곳에서 나는 태어났다. 다른 인디언 아이들처럼 햇살은 나를 따뜻하게 감싸 주었고, 바람이 요람을 흔들어 주었으며, 나무들은 그늘이 되어 주었다. 얼굴 흰 사람들이 나에 대해 나쁜 말을 하기 전까지 나는 평화롭고 만족스럽게 살았다.

어린아이였을 때, 어머니는 내게 우리 부족의 전설을 들려주었다. 태양과 하늘, 달과 별, 구름과 폭풍에 대해서도 말해 주었다. 어머니는 또 무릎을 꿇고 우센(위대한 정령)에게 기도하는 법을 가르쳐 주었다. 힘과 건강과 지혜와 보살핌을 달라고. 우리는 결코 누군가에 대해 나쁜 기도를 하지 않았다. 위대한 정령은 사람들 사이의 속좁은 싸움에는 관여하지 않는다고 우리는 배웠다.

세상에는 오직 한 분의 신만이 계신다. 그 신이 우리 모두를 내려다보고 있다. 우리 모두는 신의 자식들이다. 신이 지금 내 말을 듣고 있다. 태양과 어둠과 바람 모두가 지금 내가 말하는 것을 듣고 있다. 나는 우리가 쓸모없는 존재들이라고 생각할 수 없다. 우리가 쓸모없다면 신이 왜 우리를 창조했겠는가?

우리에게는 교회도 없고, 아무 종교 조직도 없고, 안식일도 없으며, 휴일도 없었다. 하지만 우리 얼굴 붉은 사람들에게는 언제나 예배가 있었다. 때로 부족 전체가 모여 노래하고 기도했다. 두세 명이 모여 그렇게 할 때도 있었다. 노래에는 가사가 있었으나 형식적인 것이 아니었다. 노래하는 사람 자신이 정해진 가사 대신 자신의 말을 집어넣기도 했다.

때로 우리는 침묵 속에서 기도했으며, 때로는 큰 소리로 기도했다. 우리 모두를 위해 나이 든 사람이 기도하기도 했다. 또 어떤 때는 한 사람이 일어나 서로에 대해, 그리고 위대한 정령에 대해 우리가 해야 할 일을 말하기도 했다. 우리의 예배는 길지 않았다. 하늘이 무너진다 해도 나는 옳은 일만 하고 싶다. 결코 이유 없이 잘못된 일을 하지 않을 것이다. 바람에 귀를 기울이라. 바람이 말할 것이다. 침묵에 귀를 기울이라. 침묵이 말할 것이다. 마음을 갖고 귀를 기울이라. 그러면 당신은 이해할 것이다.

내가 왜 인디언 보호구역을 떠났는가에 대해 말하겠다. 나는 조용히 만족한 채 살고 있었다. 누구에게 피해를 줄 마음도 없고, 행동도 하지 않았다. 내가 무엇을 잘못했는지 알 수 없다. 내 가족과 함께 잘 자고 잘 먹으면서, 내 부족을 돌보며 만족하게 살아가고 있었다. 어디서부터 나에 대한 나쁜 이야기가 흘러나왔는지 알 수 없다. 나는 사람이든 말이든, 얼굴 흰 사람이든 인디언이든 죽인 적이 없다. 나를 비난하는 사람들이 무슨 문제를 갖고 그러는지 나는 알지 못한다. 그들도 그것을 잘 알면서 나를 나쁜 인디언으로 몰아세운다. 내가 무슨 피해를 입혔단 말인가? 나는 평화롭게 살아가고 있었다. 따라서 나는 나 스스로 그곳을 떠난 것이 아니다.

내가 떠나기 얼마 전 우디스케라는 인디언이 내게 '얼굴 흰 자들이 당신을 체포하려 한다'고 말해 주었다. 하지만 나는 아무것도 잘못한 것이 없기 때문에 그의 말을 귀담아 듣지 않았다. 그런데 몽구스의 아내가 또 '그들이 당신과 몽구스를 붙잡아 감옥에 집어넣으려 한다'는 것이었다. 다른 많은 사람들로부터도 얼굴 흰 자들이 나를 붙잡아 목을 매달려고 한다는 말을 들었다. 그래서 떠난 것이다.

얼굴 흰 사람들의 정부와 우리 아파치 족 사이에 큰 의문이 하나 있다. 지난 20년 동안 우리는 그들과 맺은 조약 아래 전쟁 포로로 살아왔다. 하지만 그들은 조약에 적힌 내용을 제대로 이행하지 않았다. 조약에서 그들은 우리가 애리조나 밖의 다른 장소로 떠나 그들의 방식을 배우는 데 동의했다. 이제 우리 부족은 미국의 법률에 따라 살 수 있는 능력을 갖게 되었다고 나는 생각한다. 그리고 물론 우리는 신이 준 권리에 따라 우리의 땅인 애리조나로 돌아가기를 원한다.

우리는 이제 남은 숫자도 얼마 되지 않고, 농사짓는 법도 배웠기 때문에 전처럼 그렇게 넓은 땅이 필요 없다. 신이 애초에 우리에게 준 그 넓은 땅을 다 요구하지도 않는다. 단지 농사지을 만큼의 땅만 있으면 족하다. 우리에게 필요 없는 땅은 얼굴 흰 사람들에게 기꺼이 내주겠다. 우리는 지금 코만치 족과 카이오와 족의 땅에 붙잡혀 살고 있다. 이곳은 우리 아파치 족에게 적합하지 않다. 우리 부족은 이곳에서 점점 숫자가 줄어들고 있고, 고향 땅으로 돌아가지 못하면 결국 한 사람도 남지 않을 것이다.

내게는 애리조나의 흙과 기후와 견줄 만한 곳이 어디에도 없다. 신이 아파치 족을 위해 창조한 그 대지에는 씨앗을 뿌리기에 적합한 드넓은 땅과 충분한 풀, 넉넉한 목재, 그리고 풍부한 광물자원이 있었다. 그곳은 나의 땅, 나의 집, 내 아버지의 땅이다. 나를 그곳으로 돌아갈 수 있게 해 달라. 내 생의 마지막 날들을 그곳에서 보내고 싶다. 그래서 그곳의 산들에 묻히고 싶다. 그렇게 할 수만 있다면 나는 평화롭게 죽을 것이다. 나의 부족이 본래 살던 자리로 돌아가, 지금처럼 점점 줄어드는 대신 숫자가 많아지기를 나는 희망한다. 그리고 우리의 이름이 사라지지 않게 되기를.

큰 강이 흐르는 그 산악 지대로 돌아간다면 나의 부족은 미국 대통령의 뜻에 따라 평화롭게 살 것이다. 땅을 일구면서 얼굴 흰 사람들의 문명을 배우며 풍요롭고 행복하게 살 것이다. 그것을 내 눈으로 볼 수만 있다면 지금까지의 모든 부당한 일들을 잊고 만족스럽고 행복한 늙은이로 눈을 감을 것이다. 하지만 그것은 우리의 힘으로 할 수 있는 일이 아니다. 당신들이 나서서 그것을 허락할 때까지 우리는 기다려야만 한다. 만약 내 생전에 그런 일이 일어날 수 없다면, 만약 내가 굴레에 갇힌 채 눈을 감아야 한다면, 내가 세상을 떠난 뒤에라도 우리 아파치 족의 남은 사람들이 애리조나로 돌아갈 수 있게 해 달라. 진심으로 부탁하는 바이다."

형제여, 당신은 마음이 선하며 언제나 진실된 말만 한다. 하지만 언제나 더 부자가 되기를 원하는 많은 사람들이 있다는 걸 우리는 안다. 그런 자들은 만족할 줄 모른다. 보라, 우리는 부자가 되기를 원하지 않고 다른 사람이 가진 것을 빼앗지도 않는다. 신은 당신들에게 길들인 짐승을 주었으며, 우리는 당신들에게서 그것들을 빼앗을 마음이 없다. 신은 우리에게 사슴과 다른 야생동물들을 주었다. 우리더러 그것들을 먹고 살라고. 프랑스 인들과 영국인들이 모든 인디언들을 죽이고 이 땅을 나눠 갖기로 했다는 말을 들었다. 형제여, 내 말을 들으라. 당신들은 우리의 머릿속에는 두뇌가 들어 있지 않다고 생각한다. 당신들은 위대하고 힘이 세다. 그래서 걸핏하면 우리에게 싸움을 걸어온다. 당신들의 숫자에 비하면 우리는 한 줌밖에 되지 않는다. 그러나 이것을 잊지 말라. 당신들이 방울뱀을 잡으러 갔을 때 항상 방울뱀이 눈에 띄는 것은 아니다. 어쩌면 당신들이 발견하기도 전에 방울뱀이 먼저 당신들을 물지도 모른다.

싱기스_델라웨어 족 추장

오래전 이 땅에는 인디언 말고는 아무도 없었던 시절이 있었다. 그런 뒤에 사람들은 흰 피부를 가진 자들에 대한 이야기를 듣기 시작했다. 멀리 동쪽 지역에 그들이 나타났다는 것이다. 내가 태어나기 전에 그들이 우리가 사는 곳까지 찾아왔다. 그때 우리를 찾아온 남자는 정부에서 보낸 관리였다. 그는 우리와 조약을 맺기를 원하면서, 우리에게 담요와 총, 라이터, 쇠그릇, 칼 등을 선물로 내밀었다.

우리의 추장은 그런 것들이 필요 없다면서 말했다.

"우리에게는 들소와 옥수수가 있다. 위대한 정령이 우리에게 그것들을 주었으며, 우리는 그것들만으로 충분하다. 들소 가죽으로 만든 이 옷을 보라. 이 옷만으로도 나는 겨울을 따뜻하게 지낼 수 있다. 우리에게는 담요가 필요 없다."

얼굴 흰 자들은 소들을 데리고 왔다. 그 파우니 족 추장이 말했다.

"어린 암소 한 마리를 이쪽 들판으로 데려다 놓으라."

그들이 암소 한 마리를 데려다 놓자, 추장은 활을 들어 단번에 암소의 어깨를 정확히 명중시켰다. 암소는 그 자리에 쓰러져 죽었다. 추장이 말했다.

"보라, 내 화살로도 충분하지 않은가? 난 당신들의 총이 필요하지 않다."

그러더니 그는 돌칼을 꺼내 암소의 가죽을 벗기고, 살찐 고기 한 점을 떼어 냈다. 그가 말했다.

"왜 내가 당신들의 칼을 받아야 하는가? 위대한 정령은 내게도 물건 자를 칼을 주었다."

그런 다음 그는 불 만드는 막대기를 꺼내 금방 불을 지핀 뒤 그 고기를 구웠다. 고기가 익는 동안 추장이 다시 말했다.

"형제여, 보았는가? 위대한 정령은 우리에게 사냥을 하고 땅을 일굴 모든 도구를 주었다. 이제 당신들의 나라로 돌아가라. 우리는 당신들의 선물을 원하지 않으며, 당신들이 우리 땅에 들어오는 것도 바라지 않는다."

곱슬머리 추장(컬리 치프), 1800년-1820년 사이에 있었던 유럽 인들과
파우니 족의 접촉을 이야기하며 _ 파우니 족

아니다, 나는 당신들의 종교를 절반만 받아들일 것이다. 절반만 기독교인이 되고 절반은 인디언으로 남아 있을 것이다. 결국에는 당신들이 틀렸고 인디언들이 옳았다는 사실이 밝혀질 것이기 때문이다.

하늘의 섬광(피아포트) _ 크리 족

당신들이 우리의 땅에 들어왔을 때 우리는 당신들에게 손을 내밀었다. 그러자 당신들은 그 보답으로 우리의 땅을 빼앗았다. 당신들은 우리들더러 야만인이라 하고, 우리가 하느님을 믿지 않는다고 나무랐다. 우리가 신에게 예배하는 방식이 아주 이상하다고 말하면서 우리의 종교를 금지시켰다.

태양이 떠오를 때, 우리는 동쪽을 향하고 앉아 새들에서부터 짐승에 이르기까지 모든 생명들을 위해 기도한다. 또 하루의 성스러운 날을 주신 것에 대해 우리를 지으신 이에게 감사드린다. 왜냐하면 모든 날들은 성스러운 날들이기 때문이다. 당신들이 인디언 식으로 예배를 드린다면 당신들도 그것을 느낄 것이다.

이그모 탕코_남부 캐롤라이나, 치코라 족 추장

당신들은 나의 피부색을 바꿀 수 없다. 내 눈의 색깔을 바꿀 수 없으며, 내 머리카락을 바꿀 수도 없다. 나는 아메리카 원주민으로 태어났고 인디언으로 죽을 것이다. 우리는 당신들의 체제를 거부해 왔고, 우리의 존재를 증명해 왔다. 우리가 아직도 인간으로서 존재하고 있다는 사실을 알리기 위해 우리는 이 자리에 왔다.

립 디레_무스코기 크리크 족

그 이누이트 족이 선교사에게 물었다.

"만약 내가 하느님과 원죄에 대해 전혀 알지 못했다면 나는 지옥에 가는가?"

선교사가 말했다.

"꼭 그런 건 아니다."

그러자 그 이누이트 족이 진지하게 물었다.

"그럼 대체 왜 나한테 그것들에 대한 이야기를 해 주는가?"

극지방에서 전해지는 이야기

우리는 당신들의 노예가 아니다. 이 호수, 이 나무와 산들은 조상들이 우리에게 물려준 것들이다. 그것들은 우리의 유산이며, 우리는 그것들 중 어느 것과도 헤어지지 않을 것이다. 당신들은 우리가 얼굴 흰 사람들과 마찬가지로 빵과 고기와 맥주 없이는 살 수 없다고 생각한다. 하지만 생명의 주인이신 위대한 정령께서 우리를 위해 이 드넓은 호수와 우거진 삼림을 주었음을 알아야 한다.

폰티악_오타와 족 추장

동쪽 하늘에서 새벽이 밝아오면 이곳에서는 새로운 생명의 숨결이 시작된다. 맨 먼저 깨어나는 것은 어머니 대지다. 대지는 기지개를 켜고, 깨어나고, 몸을 일으키면서 새로 태어난 새벽의 숨결을 느낀다. 나뭇잎들과 풀잎들도 깨어난다. 모든 사물이 새날의 숨결과 함께 움직이기 시작한다. 모든 곳에서 생명이 새롭게 거듭난다. 이것은 더없이 신비로운 일이다. 비록 그것이 날마다 일어나는 일이지만, 우리는 지금 매우 신성한 것에 대해 말하고 있는 것이다.

파우니 족

하늘, 물, 바람, 그리고 내가 서 있는 이 대지!

인디언 땀천막에서 부르는 노래 _ 나바호 족

서양 교육을 받은 사람에게는 나무의 영혼이라는 것이 이해하기 어려운 개념이다. 우주는 살아 있다. 따라서 원주민들이 나무와 대화를 나누는 것은 그들에게 정신적인 문제가 있어서가 아니다. 오히려 그것은 매우 과학적인 일이다.

팸 콜로라도_오네이다 족

우리는 우리의 땅을 사랑한다. 이곳은 아름다운 곳이기 때문이다. 그리고 우리가 이곳에서 태어났기 때문이다. 낯선 자들이 이 땅을 탐내고 있고, 조만간 그들은 이곳을 빼앗으려 들 것이다. 그것은 내일 태양이 떠오르는 것처럼 확실한 일이다. 그렇게 되면 전쟁을 피할 길이 없으리라. 우리가 겁쟁이가 되어 자신이 난 땅을 가슴 깊이 사랑하지 않는다면 몰라도.

여러 번의 일격(알릭치아 아후쉬)_크로우 족

성스러운 어머니 대지, 나무들과 모든 자연이 그대의 생각과 행동을 지켜보는 증인들이다.

위네바고 족 현자

이 세상에서 가장 소중한 것! 그것은 바로 이 대지다.

하얀 천둥(화이트 썬더)_수 족

제로니모(치리카후아 아파치 족 전사)

당신들은 만족할 줄 모른다

메테아
포타와토미 족

얼굴 흰 형제여, 당신이 말한 것을 잘 들었다. 이제 우리는 천막으로 돌아가 그것에 대해 심사숙고할 것이다. 현재로선 우리로부터 더 이상 들을 말이 없을 것이다.

(얼마 후 회의가 다시 열렸을 때, 메테아 추장이 다시 말했다) 약속한 대로 오늘 우리는 당신에게 우리의 생각과 우리가 결정한 바를 전하기 위해 이곳에 모였다. 마음을 열고 우리에게 귀를 기울이고, 우리가 하는 말을 믿으라.

당신도 알다시피 우리 인디언들은 오래전 이 땅에 처음으로 정착했다. 그때부터 우리는 많은 어려움과 힘든 시기를 지나왔다. 그때는 우리의 땅이 끝도 없이 넓었다. 하지만 지금은 보잘것없는 넓이로 줄어들었다. 당신은 그것마저 넘기라고 요구하고 있다. 당신이 우리에게 말한 것에 대해 우리는 깊이 생각했다. 부족의 모든 추장과 전사들, 젊은이들과 여인들과 아이들까지 다 한자리에 모여 토론했다. 어느 한 사람도 반대하는 결정을 내리지 않기 위해서였다. 또한 모두가 이 결정의 증인이 되도록 하기 위해서였다.

당신은 우리에 대해 잘 알고 있다. 당신들이 처음 이곳에 왔을 때부터 우리는 귀를 세우고 당신들이 하는 말을 들었으며, 당신들의 조언을 마음에 새겼다. 당신들이 우리에게 어떤 제안을 하고 부탁을 할 때마다, 언제나 마음을 열고 변함없이 그것을 들어주었다.

우리가 이 대지 위에서 살기 시작한 것은 아주 오래전부터의 일이다. 우리 부족 사람들 모두 대대로 이곳에 잠들어 있다. 그들은 이성과 판단력을 지닌 사람들이었다. 우리는 젊고 어리석지만, 그들이 살아 있다면 동의하지 않았을 그런 일은 하고 싶지 않다. 우리가 우리의 땅을 팔아 버린다면 그들의 영혼이 매우 화를 낼 것이다. 그리고 만약 팔지 않는다면 당신들이 화낼 것이다. 우리는 이런 생각 때문에 밤잠을 이루지 못할 만큼 괴롭다. 머리를 맞대고 의논해 보았지만, 우리의 땅과 헤어지고 싶지 않은 게 솔직한 심정이다.

이 땅은 위대한 정령이 우리에게 준 땅이다. 사냥하고, 옥수수를 심고, 삶을 살고, 죽어서는 이곳에 묻히라고 이 땅을 주었다. 그런 땅을 팔아넘긴다면 위대한 정령은 결코 우리를 용서하지 않을 것이다. 당신이 우리에게 세인트 마리의 땅을 처음 말했을 때, 그때도 이미 땅이 얼마 남지 않았지만 우리는 그 땅의 일부를 당신들에게 떼어 주었다. 그러면서 이제 더 이상은 나눠 줄 수 없다고 분명히 말했었다. 그런데 당신은 또다시 요구하고 있다. 당신들 문명인들은 결코 만족할 줄 모른다!

우리는 이미 엄청난 넓이의 땅을 내주었다. 그런데도 아직 충분하지 않단 말인가! 당신들은 이미 자식을 키우고 농사를 지으며 살기에 부족함이 없는 넓은 땅을 가졌다. 우리에게 남아 있는 땅도 얼마 없다. 이 땅만큼은 우리가 갖고 싶다. 우리가 얼마나 이곳에서 살게 될지는 모르지만, 자식들이 사냥을 할 수 있을 만큼은 땅을 물려주고 싶다. 당신들은 우리를 내쫓으려 하고 있다. 우리는 심히 마음이 불편하다. 이미 가진 땅은 당신들이 가지라. 하지만 우리에게는 더 이상 팔 땅이 남아 있지 않다.

당신은 내가 나쁜 감정을 갖고 말한다고 여길지도 모른다. 하지만 나는 당신에 대해 좋은 마음을 갖고 있다. 나는 인디언이며, 얼굴 붉은 사람이고, 사냥과 낚시에 의존해서 살아왔다. 하지만 내 부족의 땅은 이미 당신들의 손에 넘어갈 대로 다 넘어갔다. 이 나머지 땅마저 다 내준다면 내 자식들을 무슨 수로 키운단 말인가. 우리는 이미 세인트 마리의 좋은 땅을 당신들에게 넘겼으며, 그것만으로도 당신들의 자식들을 키우기에 충분할 것이라고 우리는 말했었다. 그리고 그것이 우리가 팔 수 있는 마지막 땅이라고. 우리는 정말로 당신들이 더 이상은 요구하지 않을 줄 알았다.

이제 우리가 할 말은 다했다. 이상이 우리의 부족 회의에서 결정한 내용이다. 우리 부족 사람들 모두 내가 하는 말을 듣기 위해 이 자리에 모여 앉았다. 하지만 우리가 당신에 대해 나쁜 마음을 먹고 있다고는 여기지 말아 달라. 왜 우리가 그런 마음을 갖겠는가? 우리는 친구와 같은 좋은 감정을 갖고 당신에게 말하는 것이다.

당신은 우리가 살고 있는 이 작은 땅에 대해 잘 알고 있다. 정말로 우리가 이 땅을 내줘야만 하겠는가? 생각해 보라. 이 땅은 아주 작은 땅이다. 이곳마저 내준다면, 우리는 어디로 가서 살란 말인가? 위대한 정령이 이 땅을 우리에게 사용하라고 주었으며, 이곳을 잘 지키고, 이곳에서 어린 것들을 키우고 가족들을 먹여 살리라고 하셨다. 다시 말하지만 만약 우리가 이곳을 팔아넘긴다면 위대한 정령의 분노를 피할 길이 없을 것이다.

우리에게 땅이 더 있다면 기꺼이 내주었을 것이다. 하지만 얼굴 흰 사람들이 우리의 이웃이 된 이후로 땅은 점점 줄어만 갔으며, 이제는 겨우 우리 부족의 뼈를 묻을 만큼밖에 남지 않았다. 당신이 우리에게 응당 치러야 할 돈은 지금 달라. 그 이상은 원하지 않는다. 당신에게 악수를 청하는 바이다. 우리의 전사와 여인들, 아이들을 보라. 우리를 불쌍히 여겨 달라.

*

이런 간절한 부탁에도 불구하고 결국 메테아(?~1827) 추장은 미시간 주(미시가나, 즉 '아주 넓은 호수'라는 뜻)의 나머지 땅을 넘겨 주는 조약에 서명할 수밖에 없었다. 메테아는 19세기 초 포타와토미 족의 중요한 추장이자 대변인 중 한 명으로 미국 정부와의 조약 체결에 부족 대표로 여러 차례 참가했다. 결단력 있는 성격으로 부족을 이끌었으며, 웅변가이고 전사였다. '나에게 키스해 줘'라는 뜻의 여성적인 이름과는 다르게 부족의 이익을 위해 많은 투쟁과 협상에 나섰다. 1812년의 대전투에서는 테쿰세의 휘하에서 용맹을 떨치며 싸웠다. 이때 부상을 입어 오른팔을 쓸 수 없게 되었다.

말년에 메테아는 부족의 젊은이들을 교육시키는 데 힘을 쏟았다. 그러나 1827년 포트 웨인에서 열린 협상에 참가하여 백인들이 준 술에 취해 마을을 배회하다가 상점에 놓인 질산병을 위스키로 착각하고 마시는 바람에 곧바로 숨졌다. 인디애나 주 세인트조지프 강 유역에 그의 마을이 있었다. 이 추장의 이름을 딴 도시와 공원들이 현재 그 지역에 있다.

아메리카 인디언들의 방식은 잘못된 것이 아니라 단지 백인들과 다를 뿐이었다. 그들은 유럽 인들처럼 위선적이고, 편리함만을 추구하고, 종교인인 체하고, 소유와 신분에 따라 사람을 차별하며, 소란스럽게 유행을 쫓아다니는 그런 야만인들이 아니었다. 문명의 가면을 쓴 얼굴 흰 야만인들이 밀려들었을 때 인디언들이 그토록 필사적으로 저항한 이유가 거기에 있었다. 그들은 단순히 자신들의 땅을 지키기 위해 싸운 것만이 아니었다. 도저히 받아들일 수 없는 잘못된 가치관을 가진 자들과 그들의 삶의 방식을 거부한 것이다.

인디언들의 연설은 주로 백인들과 조약을 맺는 자리에서 행해졌다. 1866년 한 백인 관리가 미네소타의 치페와 족 인디언들과 한 가지 조약을 맺고자 시도했다. 조약서에는 그 부족이 가치 있게 여기는 터전과 대대로 물려받은 사냥터, 논과 시냇물이 있는 땅을, 농사짓는 것마저 불가능한 그야말로 미네소타 주에서 가장 형편없는 땅과 조건 없이 맞바꾸자는 내용이 담겨 있었다. 모여 있는 인디언들에게 조약서를 내밀며 백인이 말했다.

"나의 얼굴 붉은 형제들이여, 쉰다섯 번의 겨울 동안 바람이 불어 내 머리를 희게 만들었소. 그동안 나는 단 한 사람에게도 잘못된 짓을 한 적이 없소. 당신들의 친구로서, 지금 당장 이 조약서에 서명하라고 충고하는 바요."

그러자 치페와 족 추장이 일어나 말했다.

"얼굴 흰 형제여, 나를 보시오! 나 역시 쉰다섯 번의 겨울 동안 바람이 불어 내 머리를 희게 만들었소. 그렇다고 그 바람이 내 머릿속까지 텅 비게 만든 건 아니오!"

오글라라 라코타 족 전사 붉은 개(레드 독)는 조약을 맺으러 온 백인들의 위선을 신랄하게 지적했다.

"친구들이여, 나는 당신들에게 할 말이 많지 않다. 위대한 정령이 우리를 키울 때, 우리에게나 당신들에게나 좋은 조언자가 되라고 가르쳤다. 우리는 그렇지 않은데 당신들은 언제나 나쁜 조언자 역할을 한다. 여기 나와 함께 온 사람들은 우리 부족의 젊은이들이고, 나는 그들의 추장이다. 이들을 보라. 이들 중 어느 누구도 부자가 아니다. 이들 모두가 정직하기 때문에 하나같이 가난한 것이다. 내가 부족 회의를 소집하면 이들 젊은이들은 내가 말하는 것에 귀를 기울인다. 이제 당신들은 우리와 회의를 하러 왔으니 내가 말하는 것을 잠자코 들으라. 처음에 워싱턴의 얼굴 흰 대추장이 우리에게 대표자를 보냈을 때 나는 가난하고 말랐었다. 그런데 이제는 살이 찌고 뚱뚱해졌다. 왜인가? 너무나 많은 거짓말쟁이들이 와서 거짓말로 나를 가득 채웠기 때문이다. 그들은 너무 빈털털이들이라서 오직 자신들의 호주머니 채울 생각만 한다. 우리는 그런 사람을 더 이상 원하지 않는다."

카유가 족 추장 타가유테(제임스 로건) 역시 백인 관리에게 쓰라린 심정을 토로했다.

"어떤 얼굴 흰 사람이라도 내 천막에 배가 고픈 채 찾아와 음식을 얻어먹지 못하고 나간 적이 있는가? 춥고 헐벗은 채 찾아와 옷을 얻어 입지 못하고 나간 적이 있는가? 다른 인디언들이 얼굴 흰 자들과 전투를 벌일 때도 나의 부족은 평화를 주장하며 천막을 떠나지 않았다. 얼굴 흰 자들에 대한 나의 사랑이 그만큼 컸었다. 사람들이 지나가면서 나를 손가락질하며 '타가유테는 얼굴 흰 자들의 친구이다'라고 말할 정도였다. 나는 심지어 당신들과 함께 살 생각까지 했었다. 그런데 지난봄, 당신들은 내 부족을 전부 죽였다. 여자들과 어린 것들까지 살려 두지 않았다. 나는 어떤 살아 있는 것도 해친 적이 없다. 당신들의 그런 잔인한 행동이 내게 복수심을 불러일으켰다. 그래서 수많은 백인들이 내 손에 죽은 것이다. 내 부족은 평화를 사랑한다. 하지만 그렇다고 우리를 겁쟁이로 여기지 말라. 타가유테는 결코 두려움을 모른다. 자신의 목숨을 건지기 위해 비겁하게 돌아서지 않을 것이다. 그의 죽음을 슬퍼할 자가 누구인가? 이제는 아무도 남지 않았다."

1893년 9월 16일 정오, 오클라호마. 출발 신호를 알리는 총성과 함께 수백 명의 백인들이 말과 마차를 타고 맹렬히 앞으로 질주해 나갔다. 그 드넓은 땅에 먼저 말뚝을 박으면 그곳이 곧 자신의 토지가 되기 때문이었다. 그런 식으로 백인 정착민들은 집과 농사지을 땅을 분배받았다. 하지만 그곳은 사실 인디언들의 땅이었다. 백인들에게 인디언들이 사는 땅은 곧 임자 없는 땅이나 다름없었다.

쿠파 족 인디언 첼사 아파파스는 땅을 내놓으라고 요구하는 백인 관리들에게 검은 이빨(세실리오 블랙 투쓰) 추장을 대신해 말했다.

"당신들이 이곳까지 우리를 찾아와 우리가 이해할 수 있는 방식으로 대화를 해 주는 것에 감사드린다. 당신들은 우리에게 지금까지 살아온 이곳 말고 그다음으로 좋은 장소가 어딘지 생각해 보라고 요청했다. 저쪽 언덕에 있는 무덤들이 보이는가? 그것들은 우리의 아버지들과 할아버지들의 무덤이다. 저쪽 독수리 둥지 산과 토끼 굴 산이 보이는가? 위대한 정령이 그것들을 만들었을 때, 그분은 우리에게 이 장소를 주었다. 우리는 언제나 이곳에서 살아왔다. 다른 장소에 대해선 관심조차 없다. 우리는 언제나 여기서 살아왔으며, 이곳에서 죽을 것이다. 우리의 아버지들도 그러했다. 그들을 두고 떠날 수는 없다. 우리의 아이들도 여기서 태어났다. 그러니 우리가 어디로 가겠는가? 당신들이 우리에게 세상에서 가장 좋은 장소를 준다고 해도 이곳만 못하다. 이곳이 우리의 집이다. 다른 곳에서는 살 수 없다. 우리는 이곳에서 태어났고, 우리의 아버지들은 이곳에 묻혔다. 이 장소 말고는 다른 어떤 곳도 원하지 않는다. 우리에게는 다른 곳이 있을 수 없다. 우리에게 다른 장소를 구해 주려고 애쓸 필요 없다. 만약 당신들이 이곳을 빼앗으면 우리는 메추라기처럼 산속으로 들어가 그곳에서 죽을 것이다. 노인이든 여자든 아이들이든 그렇게 죽을 것이다. 그러면 당신들의 정부는 무척 기뻐하고 자랑스럽게 여길 것이다. 당신들은 언제든지 우리를 죽일 수 있다. 우리는 싸우지 않는다. 당신들이 요구하는 대로 내줄 것이다. 그리고 이곳에서 살 수 없다면 우리는 산으로 들어가 죽을 것이다. 우리는 다른 어떤 집도 원하지 않는다."

1785년 7월, 평화조약을 맺기 위해 찾아온 백인 관리들에게 체로키 족 추장 늙은 옥수수수염(올드 타셀)은 정곡을 찌르는 연설을 했다. 연설 끝부분에서 추장은 두 종족의 서로 다른 삶의 방식을 받아들일 것과 인디언을 백인으로 바꾸려는 시도를 중지할 것을 요구했다.

"우리의 얼굴 흰 형제들과 조약을 맺을 때마다 우리는 놀랄 수밖에 없다. 언제나 그들이 한결같이 요구하는 것은 '더 많은 땅을 내놓으라!'는 것이다. 우리가 감히 거절할 수 없다는 것을 알기 때문에 어찌 보면 그들의 그런 요구는 그저 형식 치레에 불과했다. 오늘 조약을 맺으면서 우리는 서로 자유의지를 갖고 있고 평등하다는 사실을 재확인할 수 있었다. 따라서 나는 당신들의 요구를 단호히 거부하는 바이다. 당신들 요구의 본질을 살펴볼라치면 나는 이런 물음을 던질 수밖에 없다. 당신들은 도대체 무슨 권한으로, 또 어떤 법에 의거해서 우리의 모든 땅을 다 내놓으라는 터무니없는 주장을 하는 것인가?

당신들은 우리 인디언들에게도 문명이라는 것이 필요하다고 많은 이야기를 한다. 우리에게 당신들의 법률, 당신들의 종교와 생활 습관, 당신들의 관습을 받아들이라고 끝없이 들이댄다. 하지만 우리는 그렇게 바뀌어야 할 이유를 찾지 못하고 있다. 우리는 그것들에 대해 당신들이 하는 말을 듣거나 신문 기사를 읽는 것보다는, 그것들이 당신들 사회에서 얼마만큼 좋은 영향을 미치고 있는가를 눈으로 직접 볼 수 있다면 기쁘겠다. 예를 들어 당신들은 이렇게 말한다.

'왜 인디언들은 우리처럼 땅을 경작하면서 살지 않는 걸까?'

그렇다면 우리 역시 당신들에게 똑같은 질문을 할 수 있다.

'왜 얼굴 흰 사람들은 우리처럼 사냥을 하며 살지 않는 걸까?'

위대한 자연의 신은 당신들과 우리를 서로 다른 환경에서 살게 했다. 당신들이 많은 우월한 기술들을 물려받은 것은 사실이다. 하지만 그렇다고 해서 신이 우리를 당신들의 노예가 되라고 창조한 것은 아니다. 우리는 서로 다를 뿐이다! 신은 각자 독특한 환경과 조건 속에서 살도록 서로 다른 땅을 우리에게 주었다. 당신들에게는 소를 주었고, 우리에게는 들소를 주었다. 당신들에게는 돼지를, 우리에게는 곰을 주었다. 당신들에게는 양을, 우리에게는 사슴을 주었다. 분명히 당신들은 많은 유리한 점들을 신으로부터 물려받았다. 당신들의 가축은 잘 길들여져서 집에서 기르지만, 우리의 동물들은 야생 그대로 살아가기 때문에 넓은 지역이 필요할 뿐 아니라, 우리는 사냥을 해서 그것들을 잡아야만 한다. 가축들이 당신들의 것이듯이 그것들은 우리의 재산이며, 따라서 우리의 동의 없이 마구 동물들을 죽여선 안 된다."

잠시 후, 두 명의 백인 장사꾼이 인디언들을 소집해 부족 회의를 열었다. 착한 별 여자의 아버지는 그곳에 가지 않았다. 인디언들이 회의를 마치고 돌아오자, 그가 물었다.

"그들이 뭐라고 하던가?"

부족 사람들이 말했다.

"그 장사꾼들에게 빚을 진 사람들은 모두 서류에 서명을 하라는군. 그러면 자기들이 그 서류를 가지고 가서 정부로부터 대신 돈을 받아내겠다는 거야. 그것이 어떤 서류인지 우리한테는 보여 주지도 않고 무조건 서명만 하라지 뭔가. 정부가 매년 인디언 한 사람에게 20달러를 원조하기로 되어 있기 때문에 그 돈을 빚 대신 받으면 된다는 거야. 그러면 우리는 더 이상 힘들게 사냥을 하지 않아도 된다는군."

그런 식으로 그 사기꾼들은 우리에게서 땅을 다 빼앗아 갔다.

착한 별 여자(위칸크피 와스테 윈)_다코타 족

당신들은 나더러 땅을 갈아엎으라고 한다. 나더러 칼을 들고 내 어머니의 가슴을 파헤치란 말인가? 그렇게 하면 내가 죽었을 때 대지는 자신의 가슴에 나를 맞아들여 편안히 쉴 수 있게 하지 않을 것이다. 당신들은 나더러 돌들을 파내라고 한다. 나더러 어머니의 살갗 속에 있는 뼈들을 파내란 말인가? 그렇게 하면 내가 죽었을 때 나는 어머니의 몸속으로 들어가 다시 태어날 수 없을 것이다. 당신들은 나더러 풀들을 자르고 건초를 만들어 내다 팔라고 한다. 그래서 얼굴 흰 사람들처럼 부자가 되라고 말한다. 하지만 어떻게 내가 어머니의 머리카락을 자른단 말인가?

스모할라_네즈퍼스 족

얼굴 흰 대추장이여! 당신은 나와 내 자식들에게 많은 약속을 했다. 만약 별 볼일 없는 사람들이 그 약속을 한 것이라면 나는 그것들이 지켜지지 않는다 해도 별로 놀라지 않을 것이다. 그러나 당신처럼 많은 부와 권력을 가진 사람이 약속을 지키지 않으니 놀라움을 감출 수 없다. 약속을 한 다음에 지키지 않는 것보다 처음부터 아예 약속을 하지 않았더라면 더 좋았을 것을!

어린 소나무(싱과콘세)_샤이엔 족

우리는 우리의 땅이 많은 가치를 지니고 있음을 안다. 당신들은 우리가 그 가치를 모른다고 생각한다. 하지만 우리는 다 알고 있다. 대지는 영원하지만, 우리가 대지와 맞바꾼 몇 가지 물건들은 얼마 지나지 않아 닳아 없어지고 사라져 버린다. 게다가 우리가 아직 팔지도 않은 땅에 대해 당신들은 어떻게 하고 있는가? 날마다 당신들이 이 땅으로 들어와 집을 짓고, 우리의 사냥터를 망쳐 놓는다.

조약을 맺을 때마다 가죽으로 만든 선물을 교환하는 것이 우리 부족의 오랜 전통이다. 오늘 당신들에게 그 선물을 많이 마련하지 못해 미안하다. 당신들의 말과 소 떼가 풀을 다 먹어치우는 바람에 우리의 사슴들이 사라져 버렸다. 따라서 선물을 충분히 만들 수 없었다. 더 만들 수 있었다면 기꺼이 그렇게 했을 것이다. 하지만 우리는 이제 정말로 가난하다. 그러니 당신들이 양에 신경쓰지 않기만 바랄 뿐이다. 비록 몇 개 안 되지만, 이번 조약의 증거로 여기고 받아 달라.

카나사테고_오논다가 족

신은 나를 인디언으로 만들었지, 보호구역 안의 인디언으로 만들지는 않았다.

앉은 소(타탕카 요탕카)_훙크파파 라코타 족

우리는 오랫동안 기다려 왔다. 그 돈은 우리 것인데도 우리한테 오지 않고 있다. 우리는 먹을 것이 아무것도 없다. 그런데도 여기 이 가게들은 음식들로 넘쳐나고 있다. 그러니 당신들이 손을 좀 써서 우리가 이 가게에서 먹을 걸 살 수 있게 해 달라. 아니면 굶어 죽지 않도록 우리 스스로 뭔가 방법을 찾을 수 있게 해 달라. 사람이 굶주리면 무슨 짓이든 할 수 있다.

어린 까마귀(타오야테두타)_다코타 족

지금까지 백인 보안관은 새의 깃털이 겨울 추위를 막아 주는 만큼만 우리를 보호해 주었다.

까마귀 발(크로우 푸트)_블랙푸트 족 추장

이 땅을 떠나고 싶지 않다. 내 친척들은 모두 여기 이 땅속에 누워 있다. 내 몸이 산산이 부서지더라도 여기서 부서질 것이다.

늑대 목걸이(슐카하 나핀)_수 족 전사

그 돈을 도로 집어넣으라. 차라리 당신들이 우리에게 돈을 주지 않았으면 기쁘겠다. 그러면 우리의 땅을 돌려받을 수 있을 것 아닌가. 이제 흰 눈이 천지를 뒤덮었고, 우리는 돈을 받게 되기를 오랫동안 기다려 왔다. 우리는 헐벗고, 먹을 것이 아무것도 없다. 하지만 당신들은 풍족하다. 당신들의 벽난로는 따뜻하고, 집은 추위를 물리치기에 충분하다. 우리는 우리의 사냥터와 조상들의 무덤을 팔았다. 이제 우리는 죽어서도 묻힐 곳이 없다. 그런데도 당신들은 끝끝내 우리한테 줄 땅값을 갚지 않을 것이다.

붉은 쇠막대기(마자샤)_다코타 족

나는 해마다 큰돈을 받기로 되어 있었다. 그런데 그 돈이 워싱턴 대추장의 손을 떠나는 순간부터, 이놈 저놈 도중에서 한 뭉텅이씩 집어 가는 바람에 정작 나한테는 1달러도 전달되지 않았다. 그리고 나는 많은 양의 담요를 받기로 되어 있었다. 얼굴 흰 대추장이 그것들을 나한테 보냈지만, 도중에서 저마다 자기 몫을 챙긴 탓에 나한테는 손바닥만한 천쪼가리 하나밖에 도착하지 않았다. 이 모든 일들 때문에 나는 가슴이 무너졌다.

서 있는 들소(타탕카 나진)_다코타 족

까마귀 샛강(크로우 크리크)에서 우리의 처지는 말이 아니었다. 인디언들은 거의 벌거벗은 상태였다. 겨우 다리에 삼베를 둘러 추위를 막을 뿐이었다. 여성들도 대부분 전사들에게서 얻은 삼베천을 두르고 있었고, 소매 달린 옷은 하나도 없었다.

착한 별 여자(위칸크피 와스테 윈)_다코타 족

우리는 고요를 좋아한다. 이곳에선 쥐들이 떠드는 소리 때문에 괴롭다. 숲의 나무들이 바람에 서걱이는 소릴 들을 때는 이렇지 않았다.

1796년 펜실베이니아 주지사에게 인디언 추장이 한 말

나는 한때 전사였으나, 이제 모든 것이 끝났다. 이제 내게는 힘든 시기만이 남았다.

앉은 소(타탕카 요탕카)_홍크파파 라코타 족

와바사여, 당신은 나를 속였다. 당신은 우리가 백인 장교의 충고를 따라 그들에게 항복하면 모든 것이 다 잘될 것이라고 말했다. 죄 없는

사람은 다치지 않을 것이라고. 그런데 오늘 나는 사형 언도를 받아 며칠 안에 죽임을 당해야만 한다. 내 아내는 당신의 딸이고, 내 아이들은 당신의 손주들이다. 그들을 당신의 손에 맡길 테니 잘 보호해 주길 바란다. 아내와 아이들은 내게 더없이 소중한 존재들이다. 그들이 나 때문에 슬퍼하지 않게 하라. 인디언 전사는 언제든지 죽음을 맞이할 준비가 되어 있음을 그들에게 전해 달라. 나 역시 그렇게 죽을 것이다. 당신의 사위가 말했다.

발 빠른 자(히다인양카)_다코타 족

　당신들은 우리가 이 땅에서 영원히 살아도 좋다고 약속했었다. 그런데 이제 와서 그 땅의 절반만 떼어 달라고 요구하고 있다. 당신들은 내 주위 사방에 서류 뭉치를 늘어놓고 있다. 그걸 보아 하니, 머지않아 우리한테는 아무것도 남지 않을 게 뻔하다. 당신들이 가져온 그 서류를 내 대리인에게 보여 주겠다. 그래서 좋은 내용이 적혀 있으면 당신들을 다시 만나겠다. 그때가 되면 내가 어린아이가 아니라 한 사람의 어른으로서 말하는 걸 듣게 될 것이다.

어린 까마귀(타오야테두타)_다코타 족

　모든 사람들이 말한 대로만 행동한다면 우리들 사이에 평화의 태양이 영원히 빛날 것이다.

사탕크_카이오와 족

　얼굴 흰 사람들은 죽은 동물을 먹지 않는다. 그런데 보라, 여기 이렇게 죽은 동물들이 산더미처럼 쌓여 있다. 그것들이 전부 우리 밥상으로 올라온다. 그들은 큰 통에다 그 시체들을 담은 뒤, 삶아서 수프로 만든다. 그런 다음, 적당히 소금과 후추를 쳐서 우리한테 배급한다. 여기 이 언덕에 우리 아이들의 무덤이 널려 있는 이유가 그것이다. 그들은 아무래도 우리를 다 죽이려고 작정한 것 같다.

돌아다니는 우박(와수 오이시마니야)_다코타 족

얼굴 흰 형제들은 자기들이 메디신 로지에서 우리에게 내밀었던 손을 거두려 하고 있다. 그러나 우리는 그 손을 붙잡기 위해 노력할 것이다. 워싱턴의 얼굴 흰 대추장은 자기가 한 약속을 지켜야 한다. 그가 약속을 지키는지 지켜볼 것이다.

검은 주전자(모타바토)_남부 샤이엔 족

나는 이 얼굴 흰 사람들의 길을 따르겠다. 그들과 친구가 되겠다. 하지만 그렇다고 해서 그들의 짐을 지기 위해 내 등을 굽히진 않을 것이다. 나는 코요테처럼 영리하게 행동할 것이다. 얼굴 흰 사람들에게 그들의 방식을 이해할 수 있게 도와 달라고 청하겠다. 그런 다음 내 아이들을 위해 길을 준비하겠다. 어쩌면 그 아이들은 저들의 신발을 신고 저들보다 더 빨리 달리게 될지도 모른다. 우리에게는 두 가지 길이 놓여 있다. 하나는 배고픔과 죽음으로 가는 길이고, 다른 하나는 저 얼굴 흰 사람들의 삶으로 가는 길이다. 하지만 그 너머에는 저들이 도저히 갈 수 없는 '행복한 사냥터'가 있다.

여러 마리 말(매니 호시즈)_오글라라 라코타 족

전형적인 네즈퍼스 족 남자

강은 이제 깨끗하지 않다

명사수(오쿠테)
테톤 수 족

모든 살아 있는 존재들과 식물들은 태양에게서 생명을 얻는다. 태양이 없다면 어둠만이 있을 뿐, 어떤 것도 자랄 수 없을 것이다. 대지 위에선 생명이 사라질 것이다. 하지만 태양도 대지의 도움을 받지 않으면 안 된다. 태양이 혼자서 동물들과 식물들을 비춘다면 너무 뜨거워져 금방 다 죽어 버릴 것이다. 비를 내리는 구름이 있기 때문에 태양과 대지가 협력해 생명에 필요한 수분을 공급하는 것이다.

나무가 성장할수록, 그 뿌리는 더 깊이 내려가 더 많은 수분을 발견한다. 이것이 자연의 법칙이며 와칸탕카의 지혜이다. 식물들은 와칸탕카의 명령에 따라 세상에 나타나, 땅 위에서는 태양과 비의 영향을 받고 땅 아래에서는 뿌리가 수분을 발견하기 위해 깊이 내려간다.

동물과 식물들은 와칸탕카에게서 모든 것을 배운다. 와칸탕카가 새들에게 둥지 만드는 법을 가르쳐 주지만 새들의 둥지는 똑같은 것이 하나도 없다. 왜냐하면 와칸탕카는 대충의 윤곽만을 가르쳐 주기 때문이다. 그래서 어떤 새들은 다른 새들보다 둥지를 더 잘 짓는 것이다. 마찬가지로 어떤 동물들은 매우 거친 환경에서도 만족하며 살아가지만, 또 다른 동물들은 자신이 살 장소를 신중하게 선택한다. 또 어떤 동물들은 다른 동물들보다 새끼를 잘 돌본다.

숲은 많은 새들과 동물들의 거처이며, 물은 물고기와 파충류들의 집이다. 같은 종류의 새라 할지라도 똑같은 새는 존재하지 않는다. 동물이나 인간도 마찬가지이다. 위대한 정령께서 새든 동물이든 인간이든 똑같이 만들지 않는 것은 각자 독립된 존재로 살아갈 수 있도록 하기 위해서다.

어떤 동물들은 땅 위에서 살도록 만들어졌으며, 어떤 돌과 광물들은 땅속에 배치해 놓았고, 또 다른 돌들은 다른 돌들보다 더 많이 땅 밖으로 나와 있다. 인디언 치료사가 성스러운 돌들과 대화할 수 있는 것은 땅속에 있는 성분들 때문이며, 그것들이 종종 꿈속에 나타나 인간과 대화하는 것이다.

어렸을 때부터 나는 잎사귀들과 나무, 풀들을 관찰해 왔다. 나는 그 어떤 것도 똑같지 않다는 것을 발견했다. 대충 보면 똑같이 생긴 듯하지만, 자세히 보면 조금씩 다 다르다. 풀들은 서로 다른 식구들이다. 동물과 인간도 마찬가지다. 서로에게 좋은 장소가 있고, 나쁜 장소가 있다.

풀씨들은 바람에 날려 적당한 장소에 도착하면 그곳에서 최선을 다해 자란다. 적당한 햇빛과 수분의 공급을 받아 뿌리를 내리고 키가 커간다.

모든 살아 있는 동물들과 식물들은 무엇엔가 도움이 된다. 어떤 동물들은 특별한 행동으로 자신들이 이 세상에 온 목적을 다한다. 까마귀, 말똥가리, 날파리들도 마찬가지이며, 뱀들조차도 목적을 갖고 존재한다.

초기에는 동물들이 아마도 자신에게 적절한 장소를 찾기 위해 이 넓은 대륙을 돌아다닌 듯하다. 동물은 자신을 둘러싼 자연조건에 크게 의존한다. 오늘날 이곳에 들소가 있다 해도 옛날의 들소들과는 많이 다를 것이다. 모든 자연조건이 바뀌었기 때문이다. 똑같은 음식, 똑같은 환경을 발견하기가 어렵다. 조랑말들도 많이 변화했다. 과거에는 매우 힘든 일도 견디고 물 없이도 먼 거리를 여행할 수 있었다. 특정한 음식만 먹고 맑은 물만 마셨다. 그런데 지금의 말들은 음식을 섞어서 줘야 하고, 인내심도 없을 뿐더러 끝없이 돌봐 줘야 한다.

인디언들도 마찬가지다. 이전에 누리던 자유를 다 잃어버려 쉽게 병의 노예가 된다. 과거에는 담요처럼 생긴 옷만 두르고도 건강했으며, 순수한 물만 마시고 들소 고기만 먹었다. 그 들소들도 오늘날처럼 우리 안에 갇혀서 길러지는 가축소가 아닌 들판에 자유로이 돌아다니는 소들이었다.

미주리 강은 이제 더 이상 깨끗하지 않다. 전에는 맑았지만, 이젠 그곳으로 흘러드는 많은 샛강들은 더 이상 마실 수 있는 물이 아니다. 인간은 인위적인 것 대신 자연에서 나온 것을 가까이하지 않으면 안 된다.

*

테톤 수 족 추장 명사수(오쿠테)는 사냥에도 뛰어났지만 연설에도 뛰어난 치료사였다. 1911년 그는 자연을 통해 모습을 나타내는 위대한 힘에 대해 위의 명연설을 남겼다.

자연에 깃든 신성에 대한 아메리카 인디언들의 자각은 모든 부족에게 공통된 것이었다. 파파고 족에 전해 내려오는 나비에 대한 이야기가 있다. 그들은 나비가 어떻게 탄생하게 되었는가를 이렇게 설명한다.

어느 날 하늘에 사는 대추장이 휴식을 취하고 앉아 마을의 아이들이 노는 모습을 바라보고 있었다. 아이들은 웃고 노래하면서 뛰어놀고 있었다. 그러나 아이들을 바라보고 있는 사이에 대추장은 마음이 슬퍼졌다. 그는 생각했다.

"저 아이들은 머지않아 늙을 것이다. 그들의 피부에는 주름살이 생길 것이다. 그들의 머리는 희게 변할 것이다. 치아도 다 잃을 것이다. 젊은 사냥꾼의 두 팔은 사냥감을 놓치게 될 것이고, 사랑스러운 소녀들은 머지않아 추하고 뚱뚱해질 것이다. 지금은 즐겁게 뛰어노는 강아지들도 머지않아 눈먼 늙은 개로 전락할 것이다. 그리고 저 아름다운 꽃들, 노랗고 파랗고 붉은색 꽃들은 시들어 떨어질 것이다. 나무의 이파리들도 가지에서 떨어져 말라 버릴 것이다. 벌써 노란색으로 변해 가고 있지 않은가!"

하늘의 대추장은 점점 더 슬퍼졌다. 어느덧 가을이었고, 사냥감과 풀들이 사라지는, 곧 다가올 추운 겨울에 대한 걱정으로 그의 마음은 더욱 무거웠다.

하지만 아직 날은 따뜻했고 태양이 비치고 있었다. 대추장은 대지 위 인디언 마을에서 펼쳐지는 햇빛과 그늘의 놀이를 지켜보았다. 나뭇잎들은 바람에 날려 여기저기로 흩날리고 있었다. 그는 푸른 하늘을 바라보고, 여인들이 갈아 놓은 하얀 옥수수 가루를 바라보았다. 문득 그는 미소를 지었다.

"저 색깔들이 세상에서 사라지지 않도록 해야 한다. 내 마음을 가볍게 해 주고, 저 아이들이 즐겁게 구경할 수 있는 어떤 것을 만들어야 한다."

대추장은 자루를 꺼내 그곳에다 하나씩 주워 담기 시작했다. 햇빛 한 조각, 하늘의 파란색 한 움큼, 옥수수 가루의 흰색 약간, 뛰어노는 아이들의 그림자, 아름다운 소녀의 머리카락에 있는 검정색, 흩날리는 나뭇잎의 노란색, 소나무 이파리의 초록색, 주위에 피어난 꽃들의 붉은색과 자주색과 오렌지 빛깔……. 그는 이 모든 것들을 자루에 담았다. 잠시 생각한 뒤, 그는 새들의 노랫소리도 함께 넣었다.

그런 다음 아이들이 놀고 있는 풀밭으로 갔다.

"얘들아, 다들 이리 와 보렴. 너희를 위해 내가 멋진 선물을 가져왔단다."

그는 아이들에게 자루를 건네주며 말했다.

"그것을 열어 보렴. 멋진 것이 그 안에 들어 있어."

아이들이 자루를 열었다. 그러자 순식간에 수천수만 마리의 나비들이 펄럭이며 공중으로 날아올랐다. 나비들은 아이들의 머리 주위에서 춤을 추고 이 꽃에서 저 꽃으로 날아다녔다. 아이들은 신비한 눈길로 나비를 바라보면서, 이토록 아름다운 것은 처음 본다고 말했다.

나비들이 노래를 부르기 시작했다. 아이들은 미소를 머금고 그 노랫소리에 귀를 기울였다. 이때 새 한 마리가 날아와 대추장의 어깨 위에 앉았다. 새는 말했다.

"우리의 노래를 새로 태어난 저 나비들에게 주는 것은 옳지 않아요. 당신은 우리를 만들 때 모든 새들이 자기만의 노래를 갖게 될 것이라고 말했어요. 그런데 이제 그 노래를 새가 아닌 다른 것들에게 주다니요! 나비들에게는 아름다운 무지개 색깔을 준 것만으로도 충분하지 않은가요?"

"네 말이 옳다."

대추장은 말했다.

"나는 모든 새들에게 자기만의 노래를 선물했다. 그것들을 다시 빼앗으면 안 되겠지."

그래서 대추장은 나비들에게서 노래를 거둬 갔다. 그리하여 나비들은 침묵하게 되었다.

"그렇더라도 나비들은 얼마나 매혹적인가!"

대추장은 그렇게 말했다.

어디서 신을 발견할 것인가는 인간의 마음속에 늘 하나의 숙제로 남아 있다. 신은 어디에 존재하며, 어떻게 해야 그를 체험할 수 있는가? 그래서 사람들은 경전을 만들고 돌과 나무를 깎아 사원과 신전을 짓는 한편, 무릎 꿇고 종교의식을 행하기에 이르렀다.

인디언들은 신을 발견하는 가장 순수한 장소로 자연을 선택했다. 그들은 문자로 쓰여진 책을 단 한 권도 갖고 있지 않았지만, 대지 전체가 살아 있는 경전이었다. 그 경전 속에서는 강이 흐르고, 바람이 불고, 새벽의 미명과 저녁의 한숨짓는 석양이 각각의 페이지들을 장식했다. 우뚝 솟은 바위, 중얼거리는 샛강, 천막들을 에워싸고 둥글게 휘어지는 평원이 곧 신의 사원을 구성하는 살아 있는 풍경이었다.

인디언들에게는 이런 이야기가 전해 내려온다. 어느 날 한 사람이 속삭였다.

"위대한 정령이시여, 저에게 말씀을 해 주소서."

그러자 종달새가 노래했다. 그러나 그는 듣지 않았다. 그 사람이 소리쳤다.

"위대한 정령이시여, 저에게 말씀 좀 해 주세요!"

그러자 천둥이 하늘을 굴러다녔다. 하지만 그는 듣지 않았다. 이번에는 사방을 둘러보며 말했다.

"위대한 정령이시여, 저에게 당신의 모습을 좀 보여 주세요."

그러자 별 하나가 밝게 빛났다. 하지만 그는 쳐다보지 않았다. 그 사람이 다시 소리쳤다.

"위대한 정령이시여, 저에게 부디 기적을 보여 주세요!"

그러자 한 생명이 탄생했다. 하지만 그는 알지 못했다. 그래서 그 사람은 절망에 차서 울부짖었다.

"당신이 이곳에 존재한다는 걸 알 수 있도록 제발 저를 한 번만 만져 주세요!"

그러자 위대한 정령이 내려와 부드럽게 그 사람을 만졌다. 하지만 그는 손을 내저어 그 나비를 쫓아 보내고 떠나갔다.

유트 족(피부가 검은 사람들) 인디언들은 이렇게 기도했다.

'풀잎들이 햇빛 속에 고요히 있듯이
대지는 내게 침묵을 가르쳐 주네.
오래된 돌들이 기억으로 고통받듯이
대지는 내게 고통을 가르쳐 주네.
꽃들이 처음부터 겸허하게 피어나듯이
대지는 내게 겸허함을 가르쳐 주네.
어미가 어린 것들을 안전하게 돌보듯이

대지는 내게 보살핌을 가르쳐 주네.

나무가 홀로 서 있듯이

대지는 내게 용기를 가르쳐 주네.

땅 위를 기어가는 개미들처럼

대지는 내게 한계를 가르쳐 주고,

하늘을 쏘는 독수리처럼

대지는 내게 자유를 가르쳐 주네.

가을이면 떨어져 생명을 마감하는 잎사귀들처럼

대지는 내게 떠남을 가르쳐 주고,

봄이면 다시 싹을 틔우는 씨앗처럼

대지는 내게 부활을 가르쳐 주네.

눈이 녹으면서 자신을 버리듯이

대지는 내게 자신을 버리는 법을 가르쳐 주네.

마른 평원이 비에 젖듯이

대지는 내게 친절을 기억하는 법을 가르쳐 주네.'

위대한 정령이 모두를 모아 놓고 말했다.

"나는 인간이 준비될 때까지 어떤 것을 감춰 놓고 싶다. 그것은 그들 스스로 자신들의 현실을 창조한다는 깨달음이다."

독수리가 말했다.

"저에게 그걸 주십시오. 제가 그걸 달에 갖다 놓지요."

위대한 정령이 말했다.

"아니다. 언젠가는 그들이 그곳으로 가서 그걸 발견할 것이다."

연어가 말했다.

"제가 그걸 바다 밑바닥에 감춰 놓지요."

"아니다. 인간은 그곳까지 내려갈 것이다."

들소가 말했다.

"그걸 큰 평원 한가운데 파묻어 놓겠어요."

위대한 정령이 말했다.

"그들은 땅을 파헤쳐 그 안에 있는 것까지 꺼낼 것이다."

그때 어머니 대지의 가슴속에서 살아가는 할머니 두더쥐가 앞으로 나왔다. 육체적인 눈이 아니라 마음의 눈으로 볼 줄 아는 할머니 두더쥐가 말했다.

"그걸 내 안에 감춰 두세요."

그러자 위대한 정령이 말했다.

"그렇게 하자."

수 족 전설

우리가 살고 있는 이 세계의 아래쪽에는 또 다른 세계가 있다. 물이 솟아나는 수로를 따라 내려가면 당신들은 그 세계에 도달할 수 있다. 하지만 그곳에 가기 위해서는 지하세계 사람들의 안내와 보호를 받아야만 한다. 땅속의 세계 역시 우리가 사는 이 세계와 조금도 다르지 않다. 우리가 겨울이면 그곳은 여름이고, 우리가 여름이면 그곳이 겨울이라는 것만 다를 뿐이다. 우리는 그것을 쉽게 알 수 있다. 겨울에 샘물을 만져 보면 따뜻하고, 여름에는 차갑지 않은가.

1975년 뉴욕 시 인디언 모임에서 행해진 연설_체로키 족

나는 언제나 생명이 소중한 것이라고 생각해 왔다. 생명보다 더 고귀한 것을 나는 알지 못한다.

킨트푸애쉬(캡틴 잭)_모독 족

신성한 마음을 잃어버린 상태에서는 어떤 것도 신성하지 않다. 모든 것이 상품이 되어 버린다.

오렌 라이온스_오논다가 족

대지를 신성한 대상으로 바라보는 원주민들의 통찰력이 이 사회의 근본적인 자세가 되지 않고서는 환경에 관한 법률은 조금도 나아지지 않을 것이다.

바인 델로리아 주니어_서 있는 바위 수 족

우리는 대지의 소유자가 아니었다. 우리는 대지를 지키는 자들이었다. 우리가 걸어 다니는 길만이 우리 것이었다.

곱슬머리 곰(컬리 베어 와그너)_블랙푸트 족

아버지는 내게 말했다.
"이 세상에 있는 모든 것들은 영혼이나 정신을 갖고 있다. 하늘도 영혼을 갖고 있고, 구름도 영혼을 갖고 있다. 태양도 달도 영혼을 갖고 있다. 동물과 풀, 물, 돌들, 모든 것이 영혼을 갖고 있다."

좋은 새(에드워드 굿버드)_히다차 족

삼촌은 내게 말하곤 했다.
"넌 숭크토케차(늑대)의 본보기를 따라야 한다. 늑대는 놀라서 필사적으로 달아날 때도 자기 굴로 들어가기 전에 잠시 걸음을 멈추고 뒤를 돌아본다. 너도 네가 보고 있는 모든 것을 또다시 바라볼 수 있어야 한다."

오히예사_다코타 족

어떤 돌들은 땅속에 묻혀 있지 않고 높은 고지대 위에 놓여 있다. 그것은 중요한 의미를 담고 있다. 그것들은 해와 달처럼 둥글며, 모든 둥근 것들은 서로 연결되어 있음을 우리는 안다. 비슷한 모습을 한 사물들은 서로 닮게 마련이며, 그 돌들은 태양을 바라보며 아주 오랜 세월 동안 그곳에 놓여 있었다. 많은 자갈들과 조약돌들은 물살의 힘에 의해 둥글게 다듬어진다. 하지만 고원 지대에 놓인 그 돌들은 강에서 멀리 떨어진 곳에 있으며, 오직 태양과 바람에만 노출된 채 세월을 보냈다. 이 대지는 그런 돌들을 수없이 땅속에 품고 있다.

용감한 들소(타탕카 오히티카)_수 족 치료사

저 산 가장자리에 구름이 걸려 있네.
그곳에 구름과 함께 내 가슴도 걸려 있네.
저 산 가장자리에서 구름이 떨고 있네.
그곳에 구름과 함께 내 가슴도 떨고 있네.

비를 내리는 노래_토호노 오오담 족

밭에 곡식을 심을 때 나는 어머니 대지에게 선물을 바친다. 그러면서 좋은 수확을 얻게 해 달라고 기도한다. 모두가 자신의 방식대로 그렇게 할 수 있다. 씨앗을 뿌릴 때 나는 마음속에 어떤 분노도 갖지 않는다. 왜냐하면 내가 어떻게 느끼는가에 따라 그 에너지가 씨앗과 함께 땅속으로 들어가기 때문이다. 급한 약속이 있거나 마음이 심란한 상태에서 씨앗을 심어서는 안 된다. 평온한 마음 상태를 유지해야만 한다. 그것은 거의 명상과 같다. 당신은 기도한다. 좋은 결실을 얻을 것이고, 부드러운 비가 내릴 것이며, 곡식이 아름답게 자라 당신의 가족과 친구들에게 훌륭한 양식이 되어 줄 것이라고. 또한 대지가 기분 좋게 느끼기를 기도한다.

소게 트랙_타오스 푸에블로 족

아버지가 커다란 카누를 만들기 위해 삼나무 한 그루를 자르던 모습을 나는 기억한다. 아버지는 그 나무에 대해 깊은 존경심을 갖고 그 일을 했다. 마치 동료 인간에게 하듯이 아버지는 나무에게 말을 했다. 나무에게 자기를 해치지 말 것을 부탁하고, 인간이 유용하게 쓸 아름다운 물건으로 바꿀 것이라고 설명했다. 그런 다음 아버지는 나무를 잘랐다.

피터 웹스터_아호사트 족

우리 부족은 원래 위스콘신 주의 120억 평의 땅에 살고 있었다. 사냥과 낚시를 했고, 야생 쌀을 수확해 먹었다. 우리 부족의 이름인 '메노미니'는 '야생 쌀을 먹는 사람들'이란 뜻이다. 우리가 지금 살고 있는 보호구역은 산악 지대이다. 기이한 형태의 바위들이 많고, 여든두 개의 자연 호수가 있다. 북반구에서 가장 훌륭한 소나무 숲이 있는 곳이 이곳이었다. 우리의 조상들은 자연의 가치를 잘 이해했다. 어른들은 우리에게 말하곤 했다.

"서쪽에서 동쪽 끝까지 이 숲을 잘 보호하면 너희들의 아이들이 먹을 양식은 언제까지나 끊어지지 않을 것이다."

그것은 그다지 복잡한 계획이 아니다. 매우 간단한 일이다. 한쪽 지역에서 목재를 베면 우리는 그곳에 나무를 심고 다른 지역으로 옮겨 갔다. 그런 식으로 우리는 숲을 이용하면서도 잘 보존할 수가 있었다. 그런데 몇 해가 지나 그 땅이 얼굴 흰 사람들의 손에 넘어가면서 자원 대부분을 잃고 말았다.

잉그리드 와시나와토크_메노미니 족

　교배시켜 만든 옥수수는 맛이 없으며, 씨앗을 심어도 이듬해에 작고 엉성한 옥수수가 열릴 뿐이다. 내가 자연의 종자를 간직하는 이유가 거기에 있다. 하지만 다른 사람들은 더 이상 그렇게 하지 않는다. 내가 내다보건대, 만약 자연의 씨앗을 보호하지 않는다면 결국 식량 생산은 쇠퇴할 수밖에 없을 것이다. 해마다 수확하는 곡식의 질은 급격히 나빠질 것이고, 우리는 결국 교배한 씨앗들에 의존할 수밖에 없게 될 것이다.

카시미로 산체로_소노란 족

　우리는 우리가 자연의 일부라고 믿는다. 우리는 자연 그 자체이다. 네발 달린 동물과 두 발 달린 동물이 있다. 그런데 우리 두 발 달린 동물이 우연히 더 많은 지능을 갖게 되었다. 하지만 우리 모두는 이곳에서 살아야만 한다. 우리 모두 서로를 존중하고 대지를 존중하며 살아야 한다. 그것이 우리의 세계관이며, 우리의 세계관이 곧 우리 자신이다.

소게 트랙_타오스 푸에블로 족

미소 지은 여인(나바호 족)

나는 왜 거기 있지 않고 여기 있는가

어느 인디언 여자
블랙푸트 족

나는 본래 블랙푸트(검은 발) 족 인디언 전사의 아내였으며, 남편을 잘 섬긴 여자였다. 그 사람만큼 자기 아내로부터 섬김을 받은 남자가 세상에 또 있는가? 그 사람의 티피(인디언 천막)만큼 깨끗하고 잘 정돈된 티피가 또 있었는가?

이른 새벽이면 나는 누구보다 일찍 일어나 불 피울 나뭇가지를 주워 모으고 집 안에는 항상 물이 떨어지지 않게 했다. 그 사람이 외출하면 들판 멀리까지 나가 그가 귀가하기를 기다렸으며, 집으로 돌아오는 즉시 음식을 대령했다. 그의 손짓 하나, 눈짓 하나에도 신경을 썼다. 또 그의 마음속에 있는 생각을 미리 알아, 굳이 그가 말하는 수고를 덜도록 했다.

그의 심부름으로 다른 인디언 부족을 만나러 가면 그 부족의 추장과 전사들이 내게 유혹의 미소를 지어 보이고, 어떤 용기 있는 자는 은밀히 들꽃과 부드러운 말을 바치기도 했다. 그러나 내 발은 한 번도 길 아닌 길로 들어선 적이 없으며, 내 눈에는 그 사람 외에 다른 남자가 얼씬거린 적이 없다.

그가 사냥을 떠나거나 전투에 나설라치면 나 말고 누가 그 모든 채비를 맡았는가? 그가 돌아올 때면 문간에 기다리고 있다가 총을 받아들었다. 그는 뒷마무리를 할 필요도 없이 곧바로 쉴 수 있었다. 그가 앉아서 담배를 피우는 사이에 나는 말을 마구간으로 데려가 묶어 놓고 장비를 내린 다음 곧바로 그에게 달려갔다. 그의 모카신이 젖었으면 벗기고 다른 따뜻한 신발을 신겼으며, 늘 새 옷을 대령했다. 그는 아무런 말도 할 필요가 없었다.

그는 사슴과 영양과 들소를 사냥했으며, 적이 오는지를 관찰했다. 그밖의 일은 모두 내가 도맡아서 했다. 우리 부족이 다른 야영장으로 대이동할 때도 천막을 거두고 말들을 관리하는 것은 나의 몫이었다. 그 사람은 그냥 자기 말 위에 올라타고 앞서서 떠날 뿐이었다.

그는 마치 하늘에서 떨어진 사람처럼 자유로웠다. 집안일에 대해선 손 하나 까딱하지 않았다. 대이동 중에 저녁이 되어 휴식을 취할 때면 그는 다른 어른들과 담배를 피울 뿐, 천막을 세우는 것은 나였다. 그러면서도 나는 늦지 않게 식사를 대령하고 잠자리를 정리했다. 나는 그야말로 최선을 다해 남편을 섬겼다.

그렇게 해서 나한테 돌아온 보상이 무엇인가? 그는 언제나 눈썹에 비구름을 달고 살았고, 입에서 나오는 것은 날카로운 번갯불뿐이었다. 나는 그 사람의 개였지, 그의 아내가 아니었다. 내 몸의 멍과 흉터는 누가 만들었는가? 바로 그 사람이 만들었다.

내 남동생이 내가 어떤 대접을 받으며 사는지 보고는 나를 가엾게 여겨 당장에 그 독재자를 떠나라고 간절히 말했다. 하지만 내가 어디로 갈 수 있었겠는가? 도망가다 붙잡히면 누가 나를 보호해 줄 것인가? 내 남동생은 추장이 아니라서, 내가 맞아 죽어도 나를 구할 수 없었다.

하지만 마침내 나는 마음을 단단히 먹고 남동생을 따라 마을을 빠져나왔다. 남동생은 내게 네즈퍼스 족이 사는 마을을 가리켜 보이며, 그곳으로 가서 평화롭게 살라고 말했다. 그리고 우리는 헤어졌다. 사흘을 말을 타고 달린 끝에 멀리 네즈퍼스 족 마을이 나타났다. 나는 잠시 망설였다. 그곳에 들어갈 용기가 나지 않았다. 하지만 내 말이 히힝 하고 울었기 때문에 그것을 좋은 징조라 여기고, 최대한 빠른 속도로 말을 달려 마을로 들어섰다.

잠시 후 나는 천막들 한가운데 서 있었다. 내가 말 위에 앉아 가만히 있자, 사람들이 내 주위로 몰려와 어디서 왔느냐고 물었다. 나는 그들에게 내 얘기를 들려주었다. 한 추장이 담요를 어깨에 두르고 나타나서 나더러 말에서 내리라고 명령했다. 나는 그 명령에 따랐다. 그는 아무 설명도 없이 내 말을 끌고 멀어져 갔다. 심장이 오그라드는 것만 같았다. 말과 헤어진다고 생각하니 내 마지막 친구가 떠나가는 것 같은 심정이었다. 나는 아무 말도 할 수 없었고, 눈물조차 말라붙었다.

그가 내 말을 끌고 가자, 한 젊은 전사가 앞으로 나와 외쳤다.

"당신 같은 사람이 우리 부족의 추장이란 말인가? 우리는 부족회의 때 당신의 말에 귀를 기울였고, 당신을 따라 전투에 나섰다. 그런데 보라! 블랙푸트 족의 개들을 피해 한 여인이 우리에게 도망쳐 보호를 요청하고 있는데 당신은 무슨 행동을 하고 있는가? 부끄러운 줄 알라. 이 사람은 여자이고 게다가 혼자 아닌가! 만약 여자가 아니고 전사라면 혹은 옆에 다른 전사들을 데리고 나타났다면, 당신이 감히 그녀의 말을 빼앗을 수 있었겠는가? 좋다, 그것이 당신의 권리라면 말을 가져가라. 하지만 보라!"

그 젊은 인디언 전사는 화살을 꺼내 활을 매기며 외쳤다.

"당신은 절대로 그 말을 탈 수 없을 것이다!"

화살은 정확히 말의 심장을 꿰뚫었으며, 말은 그 자리에 쓰러졌다. 한 늙은 여인이 내게 다가와 자기가 나의 엄마가 되어 주겠다고 말했다. 그러면서 나를 자신의 천막 안으로 이끌었다. 그 여인의 친절함에 나는 얼었던 가슴이 녹고, 눈물이 복받쳤다. 마치 봄이 되어 얼었던 샘물이 녹아 흐르듯이.

그 여인의 친절함은 변치 않았다. 날이 지나도 여전히 내게 엄마로 남아 있었다. 부족 사람들은 그 젊은 용사를 높이 칭찬했으며, 추장은 부끄러워 차마 고개를 들지 못했다. 나는 그들과 평화롭게 살았다.

*

인디언 사회에서 여성의 위치는 백인 사회에서보다 훨씬 우월했다. 대부분의 부족들은 오랫동안 모계 중심 사회였으며, 출신 부족을 말할 때도 드문 경우를 제외하고는 어머니의 부족을 따랐다. 재산의 관리와 유산도 여성 중심이었다. 인디언 가정에서 폭력이나 여성 학대는 찾아보기 힘들었다. 문제는 백인들이 '독한 물'을 들여 오면서부터 시작되었다.

자신을 무시하고 학대하는 남편을 떠나 네즈퍼스 족으로 도망친 이 블랙푸트 족 여인은 그 후 그 마을을 찾아온 한 백인과 재혼했다. 모피를 얻기 위해 덫을 놓는 백인 사냥꾼들이 있었는데, 그녀의 백인 남편도 그중 한 명이었다. 그는 그녀에게 잘해 주었으며, 그녀는 꽤 행복하게 살았다. 새 남편에게 자기 부족의 언어를 가르치며 남편과 함께 두루 여행을 다녔다.

나바호 족 인디언들은 결혼식 때 신랑 신부에게 다음과 같이 선언했다.

이제 두 사람은 하나의 불을 피울 것이다.
이 불은 꺼지지 않을 것이다.
두 사람은 사랑과 이해와 지혜를 상징하는
하나의 불꽃을 갖게 될 것이다.
이 불이 두 사람에게 따뜻함과 음식과 행복을 가져다주리라.
이 새로운 불은 새로운 시작을 의미한다.
새로운 삶과 새로운 가정을.
이 불은 언제까지나 타올라야 한다.
두 사람은 언제까지나 함께 있으리라.
이제 두 사람은 새로운 삶을 위한 불을 밝혔다.
이 불은 꺼지지 않으리라.
늙음이 그대들을 갈라놓을 때까지.

이로쿼이 족 인디언 사회에서는 식구들에게 음식을 나눠 주는 것이 여자들의 고유한 권한이었다. 그것은 그들 사회에서 여자들이 상당한 정치적 경제적인 힘을 지니고 있었음을 뜻한다. 예를 들어 그들은 남자들에게 말린 옥수수와 고기 주는 것을 거부함으로써 전투에 나서는 것을 막을 수가 있었다. 그것은 남자들이 전투에 나갈 때 부족 여자들의 허락을 받아야만 했음을 말해 준다. 전투에서 남자를 잃으면 여자 혼자 가족 부양의 책임을 떠맡아야 했기 때문에 그런 허락을 받는 것이 합당한 일이었다.

결혼 후에 생긴 모든 물건은 아내의 소유였다. 또한 결혼 생활이 원만하지 못하다고 판단이 서면 여자는 결혼 담요를 둘로 찢어 한쪽에 남자의 옷가지를 얹어 사냥 도구들과 함께 집 밖에 내다놓았다. 그러면 남자는 두말없이 자기 부모의 집으로 돌아가야 했다. 그것은 남자로선 몹시 부끄러운 일이었다. 좋은 남편과 아버지가 되지 못했다는 인상을 사람들에게 심어 주는 결과가 되기 때문이다.

담요를 둘로 가르고 결혼 생활을 끝내는 결정이 가볍게 내려지진 않았지만, 그 결정은 여자의 몫이었다. 여자가 자신의 의무를 다하지 않을 때는 남자 역시 자유롭게 떠나갈 수 있었다. 하지만 개인 소지품 외에는 아무것도 가져갈 수 없었다.

인디언 부족들의 창조 설화 속에 등장하는 여성상은 그들 사회에서 여자의 위치가 어떠했는지 잘 보여 준다. 대표적으로 체로키 족 사이에는 '셀루'라는 이름을 가진 '옥수수 어머니'의 이야기가 전해진다. 그녀가 가슴을 잘라 열었더니 그 안에서 옥수수가 튀어나왔고, 그리하여 부족이 삶을 얻었다는 것이다. 푸에블로 족 최초의 어머니는 푸른 옥수수 여인과 하얀 옥수수 처녀이다. 또 이로쿼이 족은 자신들이 거북 할머니의 등 위에 있는 진흙에서 탄생했다고 믿는다. 라코타 족은 흰 암소 여인이 전해 주었다는 평화의 담뱃대를 부족의 가장 성스러운 물건으로 간직한다.

얼굴 흰 사람들의 침략은 특히 인디언 여자들에게 씻을 수 없는 상처와 아픔을 안겨 주었다. 아메리카 대륙의 백인 여자들이 인디언 문제는 남자들의 일이라 여기고 무관심 속에서 살아가는 동안, 인디언 여자들은 남편과 자식을 잃었으며 식구들을 먹일 곡식을 잃었다. 옥수수 여인은 더 이상 풍요롭게 가슴을 열어 자식들을 먹일 수가 없었다. 치페와 족의 일레인 샐리나스는 인디언 여인들이 당한 고통을 이렇게 말했다.

"여자들은 참으로 많은 것을 잃었다. 보호구역의 오염된 물 때문에 유산이나 조산을 하는 경우가 많았다. 많은 인디언 여자들은 불임을 강요당했는데, 국가가 운영하는 병원에서 그런 일들이 벌어졌다. 또한 어머니한테서 아이를 빼앗아 가는 경우도 빈번했다. 너나없이 너무도 많은 상처를 입었다."

샤이엔 족 격언은 말한다.

"여자들의 영혼이 땅에 떨어지면 아무리 전사들이 용감하고 뛰어난 무기를 지녔다 할지라도 그 부족은 정복되고 만다. 그러나 여자들의 영혼이 살아 있는 한 그 부족은 결코 정복되지 않는다."

모호크 족 인디언 여자 잎사귀 들고 다녀(카나라티타케)는 모계사회의 전통은 결코 사라지지 않을 것이며, 아이를 임신하는 순간부터 그 전통이 되살아난다고 말한다.

"뱃속의 아이가 여자아이든 남자아이든, 그 아이를 가르치는 첫 번째 교사가 누구인가? 바로 어머니이다. 그 아이에게 누가 걸음마를 가르치는가? 어머니이다. 아이가 배우는 언어, 행동, 모든 것이 여자의 어깨에 달려 있다. 남자가 그 일을 하는 경우는 극히 드물다. 씨앗을 심는 것도 마찬가지다. 감자를 심을 때, 작년에 남은 씨감자를 잘라 땅에 심는다. 그 씨감자 역시 여자 감자이다. 그곳에서 싹이 트기 때문이다. 여자가 아이를 임신하듯이 여자 감자는 다달이 성장하면서 아이를 키우는 것이다."

아파치 족 인디언들은 결혼식 때 새로운 삶의 여행을 시작하는 두 사람에게 다음의 축시를 읽어 주었다.

이제 두 사람은 비를 맞지 않으리라.

서로가 서로에게 지붕이 되어 줄 테니까.

이제 두 사람은 춥지 않으리라.

서로가 서로에게 따뜻함이 될 테니까.

이제 두 사람은 더 이상 외롭지 않으리라.

서로가 서로에게 동행이 될 테니까.

이제 두 사람은 두 개의 몸이지만

두 사람의 앞에는 오직

하나의 인생만이 있으리라.

이제 그대들의 집으로 들어가라.

함께 있는 날들 속으로 들어가라.

이 대지 위에서 그대들은

오랫동안 행복하리라.

갓 결혼한 인디언 부부는 결혼 첫해 동안 자신이 과연 상대방을 받아들일 수 있을지, 앞으로도 행복하게 살 수 있을지를 곰곰이 생각한다. 그래서 만약 그럴 수 없다는 판단이 서면 서로 헤어져 다른 짝을 찾는다. 서로 뜻이 맞지 않으면서도 함께 산다는 것은 얼굴 흰 사람들처럼 어리석은 일이다. 어떤 부모도 남편과 헤어지고 돌아온 딸을 천막에서 내쫓지 않는다. 딸이 몇 명의 자식을 데리고 오든 상관하지 않는다. 딸은 언제나 환영받는다. 아이들을 먹일 솥은 늘 불 위에 올려져 있다.

검은 매(블랙 호크)_소크 족

아들아, 결혼을 하거들랑 네 아내를 우상처럼 떠받들지 마라. 네가
아내를 떠받들면 떠받들수록 네 아내는 더 많이 떠받들어지길 바랄
것이다. 내 아들아, 나는 또 이것을 말해 주고 싶다. 여자들을 지나치
게 감시해선 안 된다. 네가 아내를 감시하면 할수록 너는 질투심만 늘
어나게 되고, 그러면 네 아내는 너를 버리고 달아날 것이다. 그것은 다
네 책임이다.

샘 블로우 스네이크_위네바고 족 현자

나는 남편을 찾을 수가 없었다. 나중에 남편을 만났을 때, 그는 두
명의 백인 여성을 호위해 밤새 걸어 계곡까지 데려다 주었다고 말했
다. 그런데 한 여성이 겁을 먹고 자신의 결혼 반지를 빼어 내 남편에게
주었다는 것이었다. 하지만 내 남편은 이렇게 대답했다.
"그럴 필요가 없소! 나는 당신의 결혼 반지가 필요 없소. 내 얼굴을
똑바로 보시오. 만약 무슨 일이 일어나면 내 얼굴을 기억하시오."

파란 하늘 여자(마피야토윈)_다코타 족

저는 당신의 딸을 사랑합니다. 그녀를 제게 주십시오. 그녀 가슴의
잔뿌리들이 제 것과 함께 엉킨다면, 아무리 거센 바람이 불어도 우리
를 떼어 놓지 못할 것입니다. 저는 진실로 그녀만을 사랑합니다. 그녀
의 가슴은 사탕단풍나무에 흐르는 달콤한 수액 같고, 그녀는 언제나
생기 있게 반짝이는 미루나무 잎과 자매입니다.

어느 캐나다 인디언의 청혼

결혼은 두 사람이 카누를 타고 여행하는 것과 같다. 남자는 앞에 앉아 노를 젓는다. 여성은 뒤에 앉아 있지만, 방향타를 잡고 있다.

이름이 알려지지 않은 인디언

여자에게 잘해야 한다. 왜냐하면 우리는 태어날 때와 죽을 때 여자의 팔에 안기기 때문이다.

숫개(히 독)_오글라라 라코타 족

남자는 꿈을 갖고 있지만, 여자는 아이를 갖고 있다.

애들린 와나티_메스콰키 족

아이는 수많은 정성스러운 기도 끝에 와칸탕카께서 우리에게 주는 최고의 선물이라는 것을 우리 수 족 인디언들은 믿고 이해했다. 따라서 아이는 인간이라는 자연을 통해 와칸탕카께서 이 세상에 보내는 존재로 여겨졌다.

높이 나는 독수리(로버트 하이 이글)_20세기 초 테톤 수 족

꽃가루 여자아이를 낳게 하소서.
옥수수 딱정벌레 여자아이를 낳게 하소서.
오래 삶을 누릴 여자아이를 낳게 하소서.
행복한 여자아이를.
나를 둘러싼 행복 속에서
축복을 받으며 낳게 하소서.
아이가 더디게 나오지 않게 하소서.

딸을 낳기를 원하는 엄마의 기도_나바호 족

우리 인디언들은 얼굴 흰 사람들이 갖지 못한 기억을 갖고 있다. 나는 한 사람의 여자로서, 여자가 수천 년 전에 생각했던 것을 지금 생각할 수 있다. 우리 에스키모 인들을 통해 그것들이 고스란히 전해진 것이다. 나는 늙은 에스키모 여인들이 옷을 다 벗고 실오라기 하나 걸치지 않은 채로 눈 속으로 걸어 나가 얼어죽은 이야기들을 듣곤 했다. 겨울에는 먹을 것이 부족했기 때문에 그들은 먹을 입을 하나라도 줄이기 위해 그렇게 자신을 희생했던 것이다. 남자들도 그렇게 했을지 모르지만, 그것에 대해선 들은 바가 없다. 여자들은 자신들의 할머니들이 그렇게 한 것을 기억했으며, 그 이야기가 세대에서 세대로 전해졌다. 우리는 그것이 사실이라는 걸 알기 때문에 그것에 대해선 조금도 의문을 갖지 않았다.

플로렌스 케니_알래스카 이누피아트 족

여자에게는 특별한 마술과 성스러움이 있다. 그들은 생명을 가져다주는 이들이며, 어린이를 가르치는 교사들이다.

달콤한 약(스위트 메디신)_샤이엔 족

부족의 영광은 여인들의 모카신 발자국에 놓여 있다. 나의 딸들아, 선한 길을 걸으라. 언제나 의무에 충실하고, 부드럽고, 겸손하라. 강하고, 따뜻하고, 대지의 가슴이 되어라. 여인들이 땅 위에 쓰러지기 전에는 어떤 부족도 쓰러지지 않는다. 네 안에, 네 주위에 있는 위대한 힘의 노래를 부르라.

마을의 현자_수 족

우리 집에서는 여자가 모든 것을 소유하고, 모든 것을 운영했다. 여자들이 토지와 가축을 소유했다. 가족을 먹이고 이끌어 가는 것도 그들이었다. 부족의 생존은 여자의 책임이었다. 여자가 남편과 사이가 좋지 않으면 어떻게 했는가? 옛날에는 훨씬 쉬웠다. 여자가 남자의 물건을 싸서 집 밖에다 내놓으면 그만이었다. 그것으로 끝이었다. 남자는 그것에 대해 항의할 수 없었다. 그냥 떠나야만 했다.

흰 말(에미 화이트 호스)_나바호 족 화가

우리는 여성이 중심인 모계사회다. 우리가 사용하는 언어조차도 여성을 존중하는 여성적인 언어다. 춤을 출 때 남자들이 원 바깥에서 춘다. 원 안은 여성들을 위한 자리다. 지구에서 울려 퍼지는 의식 소리에 맞춰 춤을 출 때 당신은 우리가 살아갈 수 있도록 모든 것을 주는 어머니 대지를 간지럽히고 기쁘게 해 주는 것이다.

잎사귀 들고 다녀(카나라티타케)_모호크 족

오네이다 족에게는 모계사회의 전통이 있다. 여자가 모든 점에서 우월하다. 1940년에 선출된 우리 부족의 최초의 의장은 여자였다. 지금도 부족의 대표는 여자다. 실제로 9명의 부족 위원회 중 6명이 여성이다. 오네이다 족 남자들은 정치적인 문제에 있어서 여성이 목소리를 낼 수 있도록 기꺼이 자리를 내준다.

로베르타 힐 화이트맨_오네이다 족

옛날에는 여자들이 교사였다. 따라서 나의 어머니와 할머니가 우리의 교사였다. 우리가 정도에서 벗어난 어떤 행동을 하면 어머니와 할머니는 "아무도 그렇게 하지 않는다."라고 말씀하시곤 했다. 그러면 우리는 이렇게 말했다.

"아무도 그렇게 하지 않는다면 내가 할 거예요."

하지만 아무리 그렇게 말해 봐야 소용이 없었다. 그들은 매우 엄격한 교사들이었다. 할머니가 이렇게 말씀하신 것이 기억난다.

"불 속을 지나가지 마라. 화상을 입을 것이다. 불을 돌아가는 많은 길이 있다."

매(마거릿 호크)_오글라라 라코타 족

생명을 탄생시키는 것은 여자들이다. 태초 이래로 여자들이 우주와 맺어 온 관계를 남자들이 이해한다면, 세상은 더 좋은 곳으로 바뀔 것이다.

잎사귀 들고 다녀(카나라티타케, 로레인 카누)_모호크 족

여자의 역할이 무엇인가에 대해 다른 여자들을 가르치는 것이 인디언 여자들의 일이 될 것이다. 여자들이 주위를 둘러봐야만 한다. 그렇게 하지 않으면 모든 생명의 미래가 위협받고 위험에 처해지기 때문이다. 어떤 피부색, 어떤 지위의 여자든 상관없다. 우리 모두에게 영향을 미치는, 어머니 대지 위에서 일어나는 변화에 대해 여자들이 더 많이 걱정해야 한다.

예트 시 블루_툴라립 족

이 땅의 원주민에게 흰 암소 여인이 전한 메시지의 핵심은 모든 존재 속에 위대한 정령이 살고 있으며, 창조의 영역 안에 있는 모든 형태에게 언제나 생명의 에너지를 주고 있다는 사실이다. 오래된 가르침들은 우리에게 생명의 성스러운 그물에 관심을 돌리라고 촉구한다. 우리는 그 그물의 일부이며, 의심할 여지없이 다른 그물들과 연결되어 있

다. 전체에 관심을 갖는 그 정신을 우리 부족 사람들은 '성스러움'이라
고 표현한 것이다.

부르크 메디신 이글_크로우 족

너는 세상의 네 방향으로 달려갈 것이다.
땅이 큰 물과 맞닿는 곳까지,
하늘이 땅과 맞닿는 곳까지,
겨울이 머물고 있는 곳까지,
비가 머물고 있는 곳까지.
달려라!
그리고 강해져라!
너는 부족의 어머니이니까.

생리를 시작한 소녀의 기도_메스칼레로 아파치 족

이름으로 가득한 세상

느린 거북(슬로우 터틀)
왐파노그 족

열네 살 때 나는 인디언 이름을 받는 의식을 거쳤다. 와시피 왐파노그 족의 어른들은 내게 '느린 거북(슬로우 터틀)'이라는 이름을 주었다. 그것은 내가 사람들과 대화할 때 반응이 느리고 동작 또한 굼뜨기 때문이었다. 인디언들은 그것을 무척 지혜로운 행동이라 여긴다. 거북이는 앞으로 나아가기 전에 항상 목을 빼어 주위를 살핀 다음 걸음을 옮긴다.

인디언들은 사람이나 사물의 이름을 정할 때 그런 식으로 한다. 그 사람의 성격, 그 사물이 세상에서 차지하고 있는 위치 등을 기준으로 이름을 정한다. 따라서 인디언 세계에서는 어떤 사람의 이름을 기억하는 일이 한결 쉽다. 그 사람의 성격과 특징이 곧바로 이름과 연결되기 때문이다. 그것에 비하면 당신들의 이름은 기억하기도 어렵고 별다른 의미도 없다.

인디언에게는 이름이 매우 특별한 의미를 지닌다. 그것은 한 개인을 부르는 호칭일 뿐 아니라, 그 사람의 고유한 영혼을 나타내는 것이기 때문이다. 세상은 그런 이름들로 가득 차 있다.

나는 여덟 명의 자식을 낳았고 열두 명의 손자를 보았는데, 맨 마지막으로 나온 손자에게는 '오타쿠웨이'라는 이름을 붙여 주었다. 그것은 우리 인디언 말로 '이젠 끝'이란 뜻이다. 어떤 사람은 비를 싫어하지만, 비를 유난히도 좋아한 어느 인디언은 '빗속을 달려(러닝 인 더 레인)'라는 이름을 갖게 되었고, 그는 늘 비만 오면 소리를 지르며 평원을 내달리곤 했다. 그래서 우리는 천막 안에 앉아서도 그 비명소리를 듣고 밖에 비가 내리기 시작하는구나 하는 것을 알 수 있었다.

　이름이 그러하듯, 사람은 저마다 영혼을 갖고 있으며 그 삶의 길 역시 각자 다르다는 것이 우리 인디언들의 믿음이다. 당신들은 민주주의를 말하면서 한편으로는 우리에게 똑같은 길을 걸으라고 하고, 똑같은 기도문을 외라고 한다. 당신들의 교회에 가 보면 그걸 알 수 있다. 당신들은 다른 사람이 만들어 준 똑같은 기도문을 왼다. 하지만 우리는 다르다. 우리는 저마다의 영적인 길이 따로 있기 때문에 각자 자신의 기도를 말한다. 스스로 자신의 기도문을 만들어야 하는 것이다.

　예를 들어 당신이 내 기도문을 사용해선 안 된다. 그것은 나를 모독하는 일이기 때문이다. 내 기도문이 아니라, 당신 자신의 언어로, 당신 자신의 생각과 느낌을 넣어서 스스로의 기도문을 만들어야 한다. 인디언은 또한 남이 써놓은 경전을 읽으면서 "이것 봐! 이 사람이 이렇게 말했어!"라고 말하지 않는다. 우리에게는 그런 경전이 필요하지 않다. 우리는 우리 자신의 방식으로 모든 날이 새로운 날임을 이해한다. 그리고 생명은 영원한 것이며 결코 멈추지 않는다는 사실을 자각한다.

　당신들은 힘의 구조를 갖고 있다. 당신들의 정부는 피라미드 형태로 이루어져 있다. 그러나 이 땅에 살아온 원주민인 우리에게는 정부라는 것이 언제나 하나의 원으로 이루어져 있었다. 결코 계급 구조라는 것이 없었다. 따라서 우리는 언제 어디서나 서로를 평등한 존재로 깨닫고 있었으며, 어느 누구도 다른 사람보다 높거나 낮다고 생각해 본 적이 없었다. 직업이 무엇이고 하는 일이 무엇인가는 전혀 중요하지 않았다. 내가 추장이라고 해서 다른 사람보다 위대할 게 하나도 없었으며, 나 스스로도 그것을 알고 있었다. 그것은 단지 하나의 위치일 뿐이었다.

따라서 우리에게는 신분이나 계급의 차이라는 것이 존재하지 않았고, 자연히 질투나 경쟁 심리도 없었다. 저마다 하나의 이름을 갖고 있듯이 이 세상에서 하나의 위치를 갖고 있었으며, 그것이 전부였다. 그러니 두려움이라는 것도 없었다. 자기가 어떤 위치에 있다고 해서 그 위치에 오르지 못한 대다수의 사람들이 언젠가는 자기를 밀쳐 내리라는 두려움에 시달릴 필요가 없었다.

우리는 바로 그런 사회를 이루고 살았다. 얼굴 흰 사람들이 처음으로 이곳에 왔을 때 그들 중 몇몇은 우리가 살아가는 방식에 매혹되었다. 어떤 사람도 다른 사람을 지배하거나 통제하지 않고 모든 구성원이 공동체 안에서 동등한 목소리를 갖고 있는 사회제도를 그들에게 가르쳐 준 것도 우리였다. 그것이 인디언들의 삶의 방식이었다. 모두가 자신이 속한 공동체 안에서 동등한 의사표시를 할 수 있었다. 그러나 얼굴 흰 사람들은 그런 경험이 없었기 때문에 통제하는 사람이 없는 사회제도를 견뎌 내지 못했다. 그들에게는 그것이 너무나 새로운 일이었고, 그래서 결국 또다시 계급사회로 돌아가고 말았다.

원을 그리고 앉아 대화를 나누는 것이 우리 인디언들의 전통이

다. 원을 그리고 앉아 가슴속 말들을 나누는 것이다. 그것은 얼굴
흰 사람들이 즐겨 하는 워크숍이나 세미나와는 성격이 다르다. 원
은 우주의 상징이며, 모든 생명체를 이끌어가는 힘을 상징한다.

우리는 그 원 속에서 큰 배움을 얻는다. 자기 자신과 함께 있는
법, 그리고 타인과 함께 있는 법을 배운다. 자기 자신과 함께 있지
못하는 사람은 당연히 타인과도 함께 있지 못한다. 자기 자신과 함
께 있다는 것은 스스로에게 정직하고 솔직하다는 뜻이다.

원을 그리고 앉아서 우리는 솔직하게 자신의 문제를 털어놓는다.
그러면 모든 사람이 다양한 각도에서 그 특별한 문제에 대해 토론
을 벌인다. 따라서 원을 그리고 앉는다는 것은 매우 특별한 의미를
지니고 있다. 우리는 함께 앉아서 누군가의 문제를 이야기하며 각
자의 관점에 따라 의견을 내놓는다.

그 자리에서는 장황한 이론을 늘어놓을 필요가 없다. 다만 자신
이 보는 대로 진실을 이야기하면 된다. 사람들은 진실을 이야기하
지 않고 상대방을 속이는 연습을 어려서부터 해 왔기 때문에 처음
에는 진실을 말하는 것이 힘들 것이다. 눈물을 보이거나 당황한 표
정을 짓는 것이 자신의 약점을 드러내는 일이라고 사람들은 생각
한다. 그러나 인디언 사회에서는 남자든 여자든 눈물을 흘리는 것
이 전혀 약점이 아니다. 우는 것은 웃는 것과 똑같은 것이며, 우는
것이 전혀 나쁠 이유가 없다. 그것은 자연적인 현상이며 부끄러워
할 일이 아니다.

우리에게는 모든 사람이 독특한 존재이며 누구도 모방할 수 없
는 개성을 지니고 있다. 따라서 인간을 네 가지 형태라거나 열 가지
형태로 나누는 것은 불가능한 일이다. 나는 당신을 바라본다. 당신
의 얼굴과 목소리는 많은 것을 말해 준다. 당신이 아무리 그럴싸한

말을 꾸며 낸다고 해도 자신의 있는 그대로의 모습을 감출 수는 없는 일이다. 따라서 자연 그대로, 있는 그대로의 모습에 두려움을 가질 필요가 없다. 그것이 곧 당신의 독특함이기 때문이다.

우리가 이해할 수 없는 것은, 당신들은 어떤 사람을 따르고 같이 행동함으로써 자신들도 그와 같은 우월한 입장이 되었다고 착각한다는 것이다. 그래서 패거리를 만들고, 다른 패거리에 속한 사람들을 비난하고 공격하는 것이다.

사람에게 가장 필요한 일은 자신이 누구인지 아는 일이다. 인디언 창조 설화에서는 사람은 저마다 여행할 길이 다르다고 말한다. 그 다른 여행길에서 자기만이 가진 선물을 나눠 갖는 것이야말로 가장 가치 있는 일이라고 설화는 가르치고 있다.

우리는 말한다. 신은 각자에게 특별한 선물을 주었으며, 모든 존재가 다 특별하다고. 또한 모든 사람은 다른 사람에게 있어서 가장 특별한 선물이라고. 왜냐하면 사람마다 나눠 가질 특별한 어떤 것을 갖고 있기 때문이다. 우리의 정부 형태가 원으로 되어 있어서 모든 사람이 똑같은 기여를 하게 된 것도 이런 깨달음에서 비롯된 것이다.

대부분의 사람들은 자기 자신이 되려고 진정으로 노력해 본 적이 없고, 또 자기 자신이 되게끔 허용하지도 않는다. 항상 누군가에게 자신을 통제하도록 내맡긴다. 부모가 당신을 위해 학교와 교회를 선택하고, 삶의 모든 방식과 규칙을 정해 놓는다. 따라서 당신은 결코 당신 자신이 될 수가 없었다. 그런 다음에는 사회가 당신이 이탈하지 못하도록 금을 그어 놓는다. 그러면서 당신들은 자유를 이야기한다. 그것은 스스로를 위로하는 것에 불과하다.

당신들은 아침에 일찍 일어나기 위해 끝없이 시계를 보며 생활하고, 배고프지 않아도 시간이 되면 밥을 먹는다. 그런 부자유는 우리로서는 상상하기도 힘든 일이다. 자기 자신이 될 수 없다는 것은 곧 삶을 포기하는 것과 다르지 않다는 것이 우리 인디언들의 방식이다.

*

이름은 그 자체로 힘을 갖고 있다. 그것은 무에서 나와 소리와 의미를 만들어 낸다. 그것은 모든 사물의 기원이 된다. 이름을 통해 인간은 세상과 동등하게 만날 수 있다. 그리고 이름은 신성하다. 한 인간의 이름은 그 자신의 것이다. 그는 자신이 원하는 대로 그것을 자신의 것으로 간직할 수도 있고, 아니면 내버릴 수도 있다. 인디언들은 죽은 사람의 이름을 함부로 입에 올리지 않았다. 그렇게 하는 것은 고인을 존중하지 않는 것으로 여겨졌기 때문이다.

죽은 사람은 세상을 떠나면서 자신의 이름도 가지고 간다. 사람이 죽으면 그 이름도 죽는다. 따라서 그 이름을 입에 올려선 안 된다는 것이 인디언들의 신앙이었다. 이름을 부르면 그 영혼이 지상에 묶이게 되고 물질세계를 떠돌게 된다는 것이다. 영혼을 자유롭게 보내 주고, 그것의 길을 찾아갈 수 있게 도와주는 것이 살아 있는 사람들의 도리이다.

거꾸로 이제 막 태어난 아이는 젖을 물리는 순간 엄마가 이름을 불러 주어야 한다. 그것은 조금도 지체되지 말아야 할 중요한 의식이었다. 이름 없이 죽은 아이는 우주의 정기 속으로 영원히 사라져 버리기 때문이다.

이름은 곧 위대한 신비의 반영이기도 했다. 위대한 신비가 가진 특징은 원이었다. 태양과 지구도 원을 그리며 순환하고, 인디언들의 천막과 부족을 상징하는 성스러운 고리도 둥근 원이었다. 그 원이 끊어지지 않는 한 부족은 번성할 것이었다. 신성한 힘은 언제나 원 속에서 이루어졌다. 위대한 신비의 전령인 독수리도 원을 그리며 날고, 인디언들의 세계에서는 바람도 둥글게 회오리쳤다. 태양은 원을 그리며 뜨고 지고를 반복했다. 인간이 그것을 의식하지 못할지라도, 그의 삶 역시 모든 생명 가진 것들과 마찬가지로 큰 원의 일부였다.

오글라라 라코타 족의 검은 큰사슴(헤하카 사파)은 말한다.

"인디언이 하는 모든 일이 원 속에서 이루어진다는 사실을 당신은 눈여겨보았을 것이다. 그것은 이 세상의 힘이 항상 원의 형태로 일을 하기 때문이다. 세상 만물은 원에 가까워지려고 노력한다. 그 옛날 우리가 행복하고 힘센 부족이었을 때 우리의 모든 힘은 부족의 신성한 원으로부터 나왔고, 그 둥근 원이 부서지지 않는 한 부족은 풍요롭게 살았다. 꽃을 피우는 나무가 그 원의 중심에 심어져 있었고, 동서남북의 원이 그것에 영양분을 주었다.

동쪽은 평화와 빛을 주었고, 남쪽은 따뜻함을 주었다. 서쪽은 비를 주었으며, 차갑고 힘센 바람이 있는 북쪽은 기운과 인내심을 주었다. 이 지식은 우리의 종교로서 세상이 우리에게 준 것이다. 세상의 힘이 하는 모든 일은 원 속에서 이루어진다. 하늘은 둥그렇고, 듣기에는 땅덩어리도 공처럼 둥글다고 한다. 별들도 모두 마찬가지다. 바람도 힘이 가장 셀 때는 소용돌이를 친다. 새들이 집을 짓는 것도 둥그렇다. 새들의 종교도 우리 인디언의 종교와 같기 때문이다.

태양이 뜨고 지는 것도 원 속에서 이루어진다. 심지어 계절의 바뀜도 원 속에서 이루어지고 그들이 있던 자리로 항상 둥글게 되돌아온다. 사람이 사는 것도 어린 시절에서 다시 어린 시절로 되돌아가는 원의 형태다. 이렇게 세상의 힘이 작용하는 모든 것은 항상 원 속에서 이루어진다. 우리 인디언의 천막은 새 둥지처럼 원의 형태였고, 천막을 칠 때도 원형으로 둘러쳤다. 그 속에서 위대한 정령은 우리에게 자식들을 키우게 했던 것이다.

그러나 얼굴 흰 사람들은 우리를 이런 사각형 상자 안에 집어넣었다. 세상의 힘은 사라지고, 세상의 힘이 이제 우리 안에 없으므로 우리는 시들어 죽어 가고 있다. 당신도 우리 아이들을 보면 우리 사는 꼴이 어떤지 알 수 있을 것이다. 우리가 우리 식으로 원의 힘에 의해 살았을 때는 소년들이 열두 살이나 열세 살만 되어도 어른의 모습을 갖추었는데, 지금은 그만큼 자라려면 세월이 훨씬 더 지나야 한다.”

아메리카 원주민들이 ‘인디언’이라고 불리게 된 것은 콜럼버스가 이들을 인도 사람들이라고 착각했기 때문이었다. 하지만 인디언들의 이야기는 다르다. 콜럼버스는 이들을 ‘인디오Indios’라고 부른 것이 아니라 ‘인 디오In Dios’라고 불렀다는 것이다. 그것은 ‘신 안에서 살아가는 사람들’이란 뜻이다.

5백 년의 불행한 역사를 거치면서 인디언 부족들의 이름 역시 혼란에 빠졌다. 예를 들어 오지브웨 혹은 치페와 족으로 불리는 사람들은 자신들을 아니시나베 족이라 불렀으며, 전 세계에 에스키모로 알려진 북극지방의 사냥꾼들은 원래는 이누이트라는 이름이고 지금도 그렇게 불려지길 원하고 있다. 아니시나베와 이누이트 등은 단순히 ‘사람들’이란 뜻이다. 특히 아니시나베는 ‘원래부터 있던 사람들’이란 뜻이다. 반면에 백인들이 부르는 에스키모라는 이름은 ‘날고기를 먹는 자들'이라는 경멸 섞인 뜻이며, 그것은 사실과도 거리가 멀다. 백인들이 코를 뚫은 사람들(네즈퍼스 족)이라고 부른 사람들의 원래 이름은 니미푸였다. 그것은 '사람들인 우리'라는 뜻이다. 이렇듯 대부분의 부족이 단순히 '사람들', 또는 '두 발 달린 동물', '이곳에 사는 사람들'이란 뜻의 이름을 갖고 있었다.

나라간세트 족 인디언 키 큰 참나무(톨 오크)가 말한다.

"콜럼버스와 그의 뱃사람들이 도착한 이후로 우리는 '인디언'이라고 불리게 되었다. 그렇다면 콜럼버스가 오기 전에는 우리는 우리 자신을 무엇이라고 불렀을까? 이것은 자주 등장하는 질문 중 하나이다. 그 당시 아무리 작은 부족일지라도 우리는 우리 자신을 '니누옥'이라고 불렀는데, 그것을 당신들의 말로 번역하면 '사람' 또는 '참사람'이라는 뜻이다. 그리고 우리가 알지 못하는 다른 사람을 만나면 우리는 그들을 '아와우나기숙'이라고 불렀다. 그것은 단순히 '모르는 사람'이란 뜻이다. 그렇게 우리는 서로를 '사람'이라고 불렀을 뿐이다."

짤라기(체로키) 족 인디언들 역시 그들 자신을 '아니윤위야'라고 불렀다. 그것은 중심되는 사람들, 가장 중요한 사람들, 선택받은 사람들이란 뜻이었다. 또한 그들은 체로키 족이 아닌 이방인이나 적들을 단순히 '다른 사람들'이라고 불렀다.

체로키 족 사람들은 자신의 이름을 매우 신성하고 비밀스러운 것으로 여겼다. 그래서 최초로 미국 인구 조사를 실시했을 때 그들은 백인 관리에게 자신들의 비밀스러운 이름을 밝히기를 거부했다. 이름을 말하지 않으면 감옥에 보내겠다는 협박이 이어졌다. 결국 한 가지 타협이 이루어졌다. 백인 관리가 아무것이나 영어 이름을 말해 체로키 족 사람이 고개를 끄덕이면 그것이 그 사람의 이름으로 기록되었다. 이것은 엉뚱한 결과를 낳았다. 그 후 체로키 족 사람들은 모두 이름이 로저스 아니면 스미스였고, 여자 이름을 가진 남자들도 생겨났다.

콜럼버스의 실수를 바로잡기 위해 백인들은 오늘날 인디언이란 이름 대신 아메리카 원주민, 캐나다 원주민, 첫 번째 원주민 등의 호칭을 사용한다. 하지만 대부분의 원주민들은 자신들의 부족 이름으로 불리길 원하며, 그것이 아니면 그냥 '인디언'으로 불러 주길 바란다.

아메리카 대륙에 꽃피어나던 헤아릴 수 없이 많은 인디언들의 언어와 문화는 자취를 감췄지만, 아직도 숱한 장소와 샛강, 큰 강, 산과 언덕들이 인디언들의 언어로 불려지고 있다. 인디언들이 그들 뒤에 남겨 놓은 것에 대해 세네카 족의 독수리 날개(케타아히)는 말한다.

"나의 형제들이여, 이 땅에서 인디언들은 영원토록 기억되어야 한다. 우리는 우리의 언어로 수많은 아름다운 것들에 이름을 붙였다. 그 이름이 언제까지나 불려지리라. 미네하하 강('웃는 물' 강)이 우리를 보고 웃을 것이고, 세네카 호수('서 있는 바위' 호수)가 우리의 모습으로 빛날 것이다. 미시시피('물들의 아버지')가 우리의 고뇌를 중얼거릴 것이다. 드넓은 아이오와('이곳이 그곳' 또는 '아름다운 땅'), 굽이치는 다코타('모두 연결된 사람들'), 비옥한 미시간('큰 호수')이 그들과 입맞춤하는 태양에게 우리의 이름들을 속삭일 것이다. 천둥처럼 우르릉거리는 나이아가라('천둥처럼 구르는 물'), 한숨짓는 일리노이즈('잘난 사람들'), 노래하는 켄터키(이로쿼이 어로 '내일의 땅')가 쉼 없이 우리의 타와에('죽음의 노래')를 부를 것이다. 당신들과 당신들의 아이들이 그 영원한 노래를 들을 때마다 무엇인가가 가슴을 칠 것이다. 우리에게는 단 한 가지 죄밖에 없었다. 얼굴 흰 사람들이 몹시 탐내는 것들을 우리가 갖고 있었다는 것이다. 그리하여 우리는 해 지는 쪽으로 쫓겨났고, 우리의 집을 얼굴 흰 자들에게 내주어야만 했다.

나의 형제들이여, 우리 부족에 전해 내려오는 전설에 따르면 한 추장이 부족을 이끌고 큰 강을 건너와 천막 말뚝을 땅에 박으며 '앨러 바마!' 하고 소리쳤다. 그것은 우리 부족의 언어로 '이곳에서 우리는 쉴 것이다!'라는 뜻이다. 하지만 그는 미래를 내다보지 못했다. 얼굴 흰 자들이 오는 바람에 그와 그의 부족은 그곳에서 쉴 수가 없었다. 그들은 내쫓겼고, 어둡고 축축한 땅에 내던져져 죽임을 당했다. 그리 고 그가 외쳤던 그 단어는 얼굴 흰 사람들이 사는 주의 이름이 되었 다. 우리에게 미소를 보내고 있는 저 별들 아래 이제는 어떤 한 장소 도 인디언이 발을 딛고 서서 '앨러바마!' 하고 소리칠 수 있는 곳이 존 재하지 않는다. 어쩌면 와칸다께서 우리에게 그런 장소를 주실지도 모른다. 하지만 그것은 우리가 그분 곁으로 갔을 때만이 가능한 일일 것이다."

장소와 강과 언덕배기에 남아 있는 인디언들의 이름은 때로 크나큰 상처의 결과이기도 하다. 1850년 황금을 찾아 서쪽으로 내달리던 백 인 정복자들은 마침내 캘리포니아를 차지하고, 원래 그 땅의 주인이 었던 인디언들을 사정없이 죽이고 내쫓기 시작했다. 세비지 대령이 이 끄는 마리포사 기병대는 소몰이하듯 시에라네바다산맥의 인디언들을 몰아갔다. 인디언들은 네바다산맥의 가장 험준한 산 요세미티로 숨어 들었다. 우뚝 솟은 암벽으로 둘러싸인 요세미티의 천연 요새에서 인 디언들은 기병대와의 마지막 일전을 기다리고 있었다. 마침내 백인 군 대의 최후 공격이 시작되었다.

기병대가 쳐들어오자 절벽 위에서 망을 보던 인디언이 "요세미티!" 하고 외쳤다. 그것은 인디언 말로 '핏발이 선 곰'이라는 뜻이었다. 평 화롭게 살아가던 인디언들에게는 '침략자', '살인마'와 같은 단어가 없 었다. 그래서 그들은 백인 군대를 핏발 선 곰에 비유해 "요세미티!" 하 고 외쳤던 것이다. 다시 말해 그것은 "저기 살인마가 나타났다!"라는 뜻이었다. 인디언들은 마지막 한 사람까지 저항하다 모두 그 산에서 쓰러졌으며, 인디언들의 피가 한동안 계곡의 폭포를 붉게 물들였다. 잔인한 대학살극이 끝난 후 백인 군대는 그 산에 이름을 붙였다. 인디언에게 들은 대로 '요세미티'라고.

이로쿼이 6개 부족 인디언 연맹이 공식 행사 때 드리는 기도문이 있다. 이것은 인디언 아이들이 아침마다 드린 기도문이기도 하다.

'인간으로 태어난다는 것은 영광스러운 일, 따라서 우리는 생명의 모든 선물에 대해 감사드립니다.

우리에게 필요한 모든 것을 주시는 어머니 대지에게 감사드립니다.

살아 있는 모든 것들의 갈증을 해결해 주는, 어머니 대지를 에워싸고 있는 깊고 푸른 물에게 감사드립니다.

우리의 맨발에 부드러운 감촉을 주고, 어머니 대지의 얼굴에 아름다움을 가져다주는 초록색 풀들에게 감사드립니다.

우리의 생명을 지탱해 주고, 우리가 배가 고플 때 우리를 행복하게 해 주는, 어머니 대지로부터 나오는 모든 곡식들에게 감사드립니다.

다양한 색깔과 달콤한 맛을 주는 열매들과 딸기들에게, 우리가 아플 때 우리를 치료해 주는 약초들에게, 우리 모두는 감사드립니다.

소중한 숲을 깨끗하게 지켜 주는 세상의 모든 동물들에게, 우리에게 그늘과 따뜻함을 주는 세상의 모든 나무들에게, 모두가 즐거워할 수 있도록 자신들의 아름다운 노래를 불러 주는 세상의 모든 새들에게 감사드립니다.

우리가 숨 쉴 수 있도록 맑은 공기를 불어다 주는 부드러운 네 방향의 바람들, 어머니 대지에게 빛과 온기를 주는 큰 형 태양에게, 밤하늘을 아름답게 수놓고 새벽에는 풀과 나무들에게 이슬을 뿌려 주는 반짝이는 별들에게, 우리 모두는 감사드럽니다.

우리가 서로 평화롭고 조화롭게 살아갈 수 있도록 우리를 안내해 주는 과거와 현재의 모든 영적인 수호자들에게 감사드럽니다.

그리고 무엇보다도 우리에게 이 모든 아름다운 선물을 주시고, 우리가 밤낮으로 행복하고 건강하게 살 수 있게 해 주시는 위대한 정령에게 감사드럽니다.'

너 자신을 알고, 너 자신이 되는 법을 배워라. 너는 너 자신과 가장 가까운 친구가 되는 법을 배워야 한다.

인디언들이 아이들에게 주는 가르침_체로키 족

다른 사람의 모카신을 신고 두 달 동안 걸어 보지 않고서는 그를 판단하지 말라.

샤이엔 족 격언

태초에 모든 존재는 모습을 바꿀 능력을 갖고 있었다고 우리는 믿는다. 동물에서 사람으로, 사람에서 동물로 바뀔 수가 있었다. 동물들도 말을 했다. 하지만 그들은 자신들이 가진 특권을 함부로 썼기 때문에 그 재능을 빼앗겼다. 그래서 말할 때 조심해야 한다는 것을 배웠다. 당신이 말할 때 사람이 듣고 있는지 혹은 동물이 듣고 있는지 알 수 없기 때문이다. 세상이 언제나 눈에 보이는 그대로인 것은 아니다.

우리는 천둥처럼 자연 속에서 우리를 지켜보는 누군가가 있다고 배웠다. 모든 것이 자연계 질서의 한 부분이다. 우리는 또 신이 존재한다고 배웠다. 그렇다고 그에게 무엇을 달라고 기도해야 한다는 것이 아니다. 나는 기도할 필요가 없다. 나 스스로 할 수 있는 일은 내가 한다. 하지만 나는 그분이 저곳에 있다고 믿는다. 그 믿음으로부터 힘을 얻는다.

버지니아 풀_세니놀 족

부족의 어른들은 우리에게 중요하다. 그들은 우리에게 이야기를 들려준다. 그들은 예로부터 전해져 오는 이야기들을 믿는다. 이야기에 따르면 올빼미가 찾아오면 누군가가 죽을 것이다. 또한 어떤 동물은 인간이 생존할 수 있도록 자신의 생명을 희생하기로 결정하기도 한다. 나는 그 이야기들 속에 어떤 진실이 담겨 있다고 생각한다. 그것은 우리 모두가 서로 연결되어 있음을 보여 준다.

로이스 스틸_아시니보인 족

나는 오글라라 라코타 족 지파의 라코타 사람이다. 아버지의 이름은 검은 큰사슴(헤하카 사파)이었으며, 아버지의 아버지도 같은 이름이었고, 그 앞선 세대 즉 아버지의 아버지의 아버지의 이름도 마찬가지였다. 나는 이 이름을 네 번째 사용하는 셈이다. 아버지는 치료사였다. 아버지의 형제들도 몇 명은 치료사였다. 또한 아버지와 미친 말(크레이지 호스)의 아버지와는 사촌간이었다. 어머니의 이름은 하얀 암소가 보네(화이트 카우 시즈)였고, 어머니의 아버지는 가기 싫다(리퓨즈 투 고)였다. 그리고 어머니의 어머니는 풍성한 독수리 깃털(플렌티 이글 페더즈)이라고 불렸다.

검은 큰사슴(헤하카 사파)_오글라라 라코타 족

오클라호마 대평원에는 작은 산 하나가 솟아 있다. 우리 카이오와 족 사람들에게 그곳은 아주 오래된 이정표이다. 우리는 그 산에 '비를 내리는 산'이라는 이름을 붙였다. 그곳의 기후는 세상에서 가장 혹독 하다. 겨울철에는 강한 눈보라가 몰아치고, 봄이면 엄청난 회오리바람 이 밀려온다. 그리고 여름에는 혹독한 더위가 기승을 부린다. 풀들이 갈색으로 변해 발아래서 바삭거리며 부서질 정도다. 큰 강과 샛강들 을 따라 허리띠처럼 초목이 자라고, 히코리 나무와 피칸 나무(둘 다 북 아메리카산 호두나무의 일종), 버드나무, 조롱나무들이 줄지어 서 있다. 7 월과 8월에 멀리서 바라보면 뜨거운 열기를 내뿜는 이파리들이 마치 불길 속에서 몸을 뒤척이는 것 같다. 큰 풀들이 자란 곳이면 어디나 초록색과 노란색의 커다란 메뚜기들이 있어서 불에 튀겨지는 옥수수 알갱이들처럼 튀어오르며 살을 찌르고, 붉은색 흙 위로는 시간은 많 고 마땅히 갈 곳 없는 거북이들이 기어 다닌다. 외로움이 그 땅의 한 부분이다. 평원의 모든 것들이 외따로 떨어져 있다. 시선 속에서 사물 들이 서로 뒤섞이지도 않는다. 산 하나, 나무 한 그루, 사람 하나가 그 렇게 서 있을 뿐이다. 이른 아침에 태양을 등지고 서서 그 풍경을 바 라보면 균형 감각을 잃게 된다. 그곳에서는 상상력이 생명을 얻는다. 바로 그곳에서 신의 창조가 시작되었다.

퓰리처 상을 수상한 대표적인 인디언 작가 스코트 모마데이가

할머니의 무덤으로 순례를 떠나서 쓴 글_카이오와 족

얼굴 흰 사람들은 우리를 세미놀 족이라 불렀다. 그것은 '야생의' 혹은 '야만적인'이란 뜻이다. 우리는 결코 우리 자신을 야생에서 사는 야만인이라고 생각한 적이 없다. 우리는 단지 자유로웠을 뿐이다. 우 리 눈에는 그들이야말로 야만인이었다. 그들은 무자비하게 죽이고 파

괴했다. 그들이 한 짓을 보라. 지구에 있는 수많은 종족을 멸종시켰으며, 지금도 그렇게 하고 있다. 그것이 그들이 자랑하는 문명인 것이다!

버지니아 풀_세미놀 족

유럽 인들의 언어가 명사를 중심으로 이루어진 것과는 달리 아메리카 원주민들의 언어는 매우 복잡한 체계를 지닌 동사 중심이다. 한 예로 앨곤퀸 족의 어떤 단어들은 동사 변화가 천 가지가 넘는다. 이 언어들은 끝없이 변화하고 흐르는 세상의 표현이다. 물건들은 끊임없는 에너지의 흐름이 일시적으로 모여 있는 것에 불과하다. 따라서 인디언들에게는 이름들도 고정되어 있지 않다. 동물들의 이름도 계절마다 다르다. 인간의 삶 역시 삶의 여러 과정을 거치면서 달라질 수밖에 없다.

와나니체_오네이다 족

우리 조상들은 문자가 아니라 이야기를 통해 말한다. 그 지혜들이 모두 사라진 것은 아니다. 다만 잠자고 있을 뿐이다. 때가 되면 그것들은 우리 안에서 다시 깨어날 것이다.

바이 힐버트_스카기트 족

크로우 족 전사

우리는 언제나 이곳에 있었다

샤리타리쉬
파우니 족

얼굴 흰 대추장이여, 당신을 만나기 위해 먼 거리를 여행했다. 당신을 직접 만나니 내 가슴이 기쁨으로 벅차오른다. 당신이 하는 말을 잘 들었다. 그 말들은 절대로 내 한 귀로 들어와 다른 귀로 빠져나가지 않을 것이다. 당신의 입에서 나온 그대로 한 글자도 틀림없이 내 부족에게 가서 전할 것이다.

얼굴 흰 대추장이여, 나는 당신에게 진실만 말할 것이다. 위대한 정령이 지금 우리를 내려다보고 계시며, 오늘 우리들 사이에 오간 모든 이야기의 증인이 돼 주실 것이다. 나는 이곳에 와서 위대한 정령이 당신들에게 준 놀라운 능력들을 내 눈으로 똑똑히 볼 수 있었다. 당신들의 집, 거대한 호수에 떠다니는 배, 수많은 경이로운 물건들은 내 이해를 훨씬 뛰어넘는 것들이다. 이 모두가 당신이 나를 초청해 주고, 당신의 날개 아래 보호해 준 덕분이다.

그렇다, 나는 당신이 보내 준 백인 추장의 안내를 받으며 이곳까지 올 수 있었다. 그와 함께 여행하고, 그의 뒤를 따랐다. 하지만 나는 또 다른 추장의 보호를 받고 있다. 그분은 우리 모두의 추장이

신 위대한 정령이다. 그분이 우리를 만들고, 이 대지 위에 살게 했다. 내게 준 이 생명을 지킬 수 있도록 내 가슴에 힘과 용기를 불어넣으신 위대한 정령에게 감사드린다.

위대한 정령이 우리 모두를 만들었다. 그분은 내 피부를 붉게 만들고, 당신의 피부는 희게 만들었다. 우리를 이 대지 위에 갖다 놓되, 서로 다르게 살도록 했다. 그분은 얼굴 흰 당신들에게는 땅을 경작하고 가축을 기르게 했다. 하지만 우리 얼굴 붉은 사람들은 경작되지 않은 숲과 평원을 돌아다니게 하고, 야생동물들로 생명을 유지하고 그 가죽으로 옷을 해 입게 했다.

이 대지 위에서 위대한 정령을 믿지 않는 종족은 없으리라고 나는 확신한다. 우리 역시 그분에게 예배드리지만, 당신들처럼은 아니다. 우리는 생김새와 생활 방식뿐 아니라 문화에서도 당신들과 다르고, 종교도 차이가 있다. 당신들처럼 신을 숭배하는 거대한 건물을 갖고 있지 않다. 오늘 그 건물을 지으면, 우리는 내일 또다시 그것을 지어야 할 것이다. 왜냐하면 우리는 당신들처럼 한곳에 정착해 살지 않기 때문이다. 우리에게도 정해진 마을이 있지만, 1년에 두 달밖엔 그곳에 살지 않는다. 우리는 야생동물들처럼 이 나라 전체를 방랑하며 산다. 하지만 우리는 위대한 정령을 사랑하며, 그분의 절대적인 힘을 믿는다. 우리의 평화, 건강, 행복, 모든 것이 그분에게 달려 있으며, 우리의 삶도 그분에게 속해 있다. 그분이 우리를 만들었고, 언제든지 우리를 거두어 갈 수 있다.

얼굴 흰 대추장이여, 선교사들로 불리는 당신의 추장들은 우리의 습관을 바꿔 얼굴 흰 사람들처럼 살 수 있도록 우리에게 좋은 사람들을 보내 주겠다고 제안했다. 나는 거짓말을 하지 않겠다. 진실만을 말하겠다. 당신은 당신의 나라를 사랑하고, 국민을 사랑한다. 당신들의 삶의 방식을 사랑하며, 자신의 국민이 용감하다고 믿는다. 나도 마찬가지다. 나도 내 나라와 내 부족 사람들을 사랑한다. 그리고 우리가 살아가는 방식을 사랑하며, 내 자신과 우리의 전사들이 용감하다고 믿는다.

그러니 얼굴 흰 대추장이여, 나로 하여금 내 나라에서 즐겁게 살도록 내버려 두라. 들소와 비버와 야생동물들을 쫓으며, 그들의 가죽을 당신들에게 팔게 해 달라. 나는 그런 식으로 성장했고, 오랫동안 그렇게 살아왔다. 그런 삶이 아니면 고통 속에 죽어 갈 것이다. 우리에게는 들소와 비버, 사슴, 그밖의 다른 야생동물들이 아직 많다. 말들도 충분하고, 우리가 원하는 모든 것을 갖고 있다. 땅도 충분하다. 당신들이 우리를 가만히 내버려 둔다면 말이다.

얼굴 흰 대추장이여, 아직 우리에게 당신의 좋은 사람들(선교사들)을 보내기에는 이르다. 우리의 사냥감이 다 떨어질 때까지, 야생동물이 다 사라질 때까지, 우리를 이대로 살게 해 달라. 우리가 현재 가진 것들이 다 없어질 때까지는 우리를 훼방하지 말고 우리의 행복을 방해하지 말아 달라. 지금까지 우리가 살아온 방식대로 앞으로도 살게 해 달라. 내가 이 삶을 마치고 선한 영혼들이 기다리고 있는 곳으로 간 뒤에, 어쩌면 나의 자식들이 당신들의 도움을 필요로 할지도 모르겠다.

우리가 얼굴 흰 사람들을 전혀 모르고 살아갈 때가 있었다. 그때는 지금보다 필요한 것이 훨씬 적었다. 그때는 원하는 것을 충분히 얻을 수 있었고, 얻을 수 없는 것은 원하지도 않았다. 얼굴 흰 사람들이 우리의 사냥감들을 잡아 죽이기 전에는 우리는 편안히 잠을 자고, 아침에 일어나서 곧바로 야영장 근처에서 어슬렁거리는 들소를 사냥할 수 있었다. 그런데 지금은 가죽을 얻기 위해 들소들을 죽이며, 그 살은 늑대들이 먹어치우고 우리의 아이들은 뼈만 뜯고 있다.

얼굴 흰 대추장이여, 여기 내가 당신에게 선물하는 담뱃대가 있다. 우리 얼굴 붉은 사람들은 평화를 상징하는 담뱃대를 서로에게 선물하는 전통이 있다. 얼굴 흰 사람들을 알기 전에 우리는 이 담뱃대로 담배를 피웠었다.

여기 이 옷가지들과 발에 차는 정강이받이와 모카신과 곰발톱 따위들이 당신들에게 아무런 가치가 없는 물건들이라는 것을 나는 잘 안다. 하지만 그것들을 당신들이 지은 건물의 잘 보이는 장소에 다 보관해 주기 바란다. 그래서 우리가 떠나고 풀들이 우리의 뼈를 뒤덮었을 때, 지금의 우리처럼 우리의 아이들이 이 장소를 방문해 자기의 아버지들이 사용한 물건을 알아보고는 지나간 시절들을 잠시나마 회상할 수 있도록.

*

파우니 족(사람들 중의 사람) 전사 샤리타리쉬는 부족의 추장인 형 타레카와와호(긴 머리)가 제임스 먼로 대통령의 초청을 받았을 때 형을 대신해 부족 대표자들과 함께 1822년 2월 워싱턴 D. C.를 방문했다. 이 연설은 그때 한 것이다. 백인 정부는 대평원의 여러 강력한 부족들이 서부 개척의 걸림돌이 될 것을 우려해 아메리카 원주민 지도자들을 여럿 초청해 동부의 주요 도시들과 요새들을 구경시켰다. 그들의 의도는 인디언 지도자들에게 자신들의 군사적인 힘과 놀라운 발전상에 대해 깊은 인상을 심어 주려는 것이었다. 화려한 선물과 성대한 환영 의식까지 베풀고, 미국인 화가 찰스 버드 킹이 이들의 초상화를 그렸다. 때마침 미국을 여행중이던 영국인 W. 폭스는 이들을 만난 인상을 이렇게 적었다.

"그들은 체구가 크고 건장했으며, 모든 동작에 위엄이 서려 있었다. 그리고 평화롭고 조용했다. 주위의 백인들과 비교할 때 그 기상과 품위에 있어서 확연히 차이가 났다."

파우니 족, 오마하 족, 칸사 족, 오토 족 등 여러 인디언 부족의 지도자들이 워싱턴 D.C에 도착하자 상인들이 몰려들어 온갖 군인 복장과 장식으로 그들을 치장해 대통령 맞을 채비를 시켰다. 먼로 대통령은 붉은 카펫 깔린 방에서 통역의 도움을 받아 이 인디언 지도자들에게 백인의 힘에 대해 설명하고 동시에 평화를 말했다. 그리고 기독교와 농사짓는 법을 가르치기 위해 선교사들을 보내겠다고 말했다.

추장들은 깊은 인상을 받긴 했지만, 입고 있는 새 옷 때문에 몹시 불편했다. 그들은 자신들이 본 많은 것들에 대해 진지하게 찬사의 말을 한 뒤, 그럼에도 불구하고 곰을 잡고 들소를 사냥하는 자신들의 삶이 더 좋다고 말했다. 그들의 인솔자격인 샤리타리쉬는 '당신들이 우리를 가만 내버려 두기만 하면, 우리에게는 먹고 살 충분한 땅이 있다'고 덧붙였다.

각각의 인디언들은 한마디씩 연설을 한 뒤, 대통령의 발아래 선물 하나씩을 갖다 놓았다. 독수리 깃털 달린 머리 장식, 들소 가죽으로 만든 옷, 평화의 담뱃대, 인디언들이 신는 모카신 등이었다. 케이크와 와인이 준비된 옆방으로 옮겨 가기 전에 샤리타리쉬는 먼로 대통령에게 그 선물들을 이 건물의 잘 보이는 장소에다 보관해 줄 것을 부탁했다. 훗날 자신들이 이 지상에서 사라지고 없을 때 그들의 후손이 이곳을 찾아와 잠시나마 지나간 시절을 회상할 수 있도록. 하지만 불행히도 그 선물들은 온데간데없이 사라졌으며, 대평원의 부족들도 백인들과의 마지막 전투를 피할 길이 없게 되었다.

뉴멕시코 산타페의 한 인디언 학생은 문학상 수상 연설에서 이렇게 말했다.

"우리 인디언에게는 시인이 없다. 인디언은 모두가 시로써 말하니까."

인디언들에게 도서관은 그들의 기억 속에 있었다. 그들은 고정된 문자에 의존하는 대신 기억 속에 저장된 사실과 상상력에 더 의존했다. 인디언 사회에서 연설은 매우 중요한 의미를 갖고 있었다. 그들에게 그것은 하나의 예술이었다. 종종 예언자라고까지 불린 뛰어난 연설가들이 역사 속에 그 이름을 남겼다. 그들이 바로 이 책에 실린 빨간 윗도리, 테쿰세, 검은 매, 앉은 소, 시애틀, 제로니모 등이다. 토머스 제퍼슨은 카유가 족 추장 타가유테의 탁월한 연설에 대해 "희랍의 웅변가 데모스테네스나 키케로가 이 추장보다 더 뛰어난 연설을 했을지 의심스럽다."고 말했다.

인디언들의 연설은 대부분 통역자의 입을 거쳤기 때문에 통역자에 의해 다듬어졌다고 주장하는 백인 학자들도 있다. 하지만 빨간 윗도리(사고예와타)의 연설을 듣고 난 옥덴 토지 회사의 소유주는 말했다.

"가장 뛰어난 통역자라 할지라도 인디언 연설이 가진 아름다움과 단순함을 표현하기에 역부족이다. 비록 무지한 통역자를 거쳐 전달되긴 했지만, 빨간 윗도리의 연설이 내 마음속에 심어 준 강한 인상은 어떤 말로도 표현하기 어렵다. 토막 나고 발음조차 알아듣기 힘든 통역이었음에도 불구하고 더할 나위 없이 감동적인 웅변이었다."

인디언들이 쓴 글 역시 단순한 문장이 아니라, 그들의 목소리로 쓰여진 웅변이나 다름없다. 인디언들에게 손으로 쓰는 글은 생소하다. 그들은 '목소리'로 쓴다. 이 책에 실린 글들도 눈이 아니라 '목소리'로 읽힌다. 따라서 이 책을 읽는 이들은 독자라기보다는 그들의 연설을 듣는 청중에 가깝다.

이 책에 실린 것보다 훨씬 많은 훌륭한 연설들이 그 얼굴 붉은 연설자들과 청중들이 세상을 떠남으로써 아무 기록도 남기지 않은 채 사라졌을 것이다. 하지만 인디언들의 연설은 그것으로 끝난 것이 아니다. 그들의 감동에 찬 연설은 지금도 대지 위에서 계속되고 있다.

인디언 역사를 이야기할 때마다 한 번씩은 이름이 등장하는 오글라라 라코타 족의 위대한 전사 미친 말(터슝카 위트코, 1840?~1877)은 몹시 수줍음을 타는 사람이었다. 그는 리틀 빅혼 전투의 영웅이며, 평생 동안 사진 찍히기를 거부했다. 1877년 네브래스카 로빈슨 요새에서 미친 말은 다음과 같은 연설을 남겼다.

"우리는 얼굴 흰 사람들더러 이곳으로 오라고 요청하지 않았다. 위대한 정령은 이 나라를 우리에게 삶의 터전으로 물려주셨다. 당신들에게는 당신들의 나라가 있다. 우리는 당신들을 간섭하지 않았다. 위대한 정령은 우리에게 넉넉한 땅과 들소, 사슴, 영양 등 온갖 사냥감을 주었다. 하지만 당신들이 이곳에 와서 내 땅을 빼앗고, 우리의 사냥감을 죽여 없애고 있다. 그래서 우리는 살기가 무척 힘들어졌다.

당신들은 우리에게 땅을 파면서 먹고 살라고 말한다. 하지만 위대한 정령은 우리더러 일하라고 하지 않았다. 사냥을 하면서 살라고 말했다. 당신들 얼굴 흰 사람들은 원한다면 땅을 파라. 우리는 당신들에게 간섭할 생각이 없다. 또한 당신들은 우리에게 왜 문명화된 길을 걷지 않느냐고 말한다. 한마디로 말해 우리는 당신들의 문명을 원하지 않는다. 우리의 아버지들과 그 아버지의 아버지들이 살았던 방식대로 살기를 원할 뿐이다.

나는 당신들 얼굴 흰 자들이 싫다. 이 인디언 보호구역에서 빈둥거리며 사는 것보다 사냥하며 사는 삶이 더 좋다. 어떤 때는 먹을 것도 충분치 않은데 사냥마저 할 수 없다. 우리가 원하는 것은 다른 게 아니다. 평화를 원하며, 우리를 제발 그냥 내버려 두라는 것이다. 한겨울에 병사들이 와서 우리의 마을을 파괴했다. 그런 다음 백인 장교 커스터가 병사들을 몰고 쳐들어왔다. 당신들은 우리가 그를 죽였다고 하지만, 그렇지 않았으면 그가 우리들을 죽였을 것이다. 우리는 처음에는 달아나려 했다. 하지만 그들이 우리를 포위하는 바람에 맞서 싸울 수밖에 없었다.

그다음에 나는 부족 사람 몇을 이끌고 혓바닥 강(텅 리버)으로 올라가 평화롭게 살았다. 그런데 백인 정부가 나를 가만히 내버려 두지 않았다. 조용히 살고 싶어도 그럴 수가 없었다. 나는 싸우는 데 지쳤다. 그들이 나를 잡아 가두려 했고, 한 병사가 총검을 들고 나를 찔렀다. 나는 할 말을 다했다."

타슝카 위트코는 글자 그대로의 의미는 '그의 말이 미쳤어'이다. 그는 라코타 족의 영토와 삶의 방식을 집어삼키려는 미국 정부에 저항해 무기를 들었다. 아메리카 원주민을 상징하는 가장 주목받는 인물 중 한 명이며, 그를 존경하는 의미에서 미국 정부는 1982년 '위대한 아메리카 인 시리즈 우표'에 그의 얼굴을 인쇄했다.

미친 말은 1860년 사우스다코타의 빠른 샛강(래피드 크리크) 유역에서 같은 이름을 가진 오글라라 족 주술사와 미니콘주 족 출신의 멋진 담요 여인(래틀링 블랭킷 우먼) 사이에서 태어났다. 정확한 출생 연도에 대해선 논란이 있지만 1840년과 1845년 사이에 태어난 것은 확실하다. 미친 말의 영적 조언자였던 오글라라 족 치료사 프테혜 워프투하 (뼛조각)의 기억에 따르면 '오글라라 족이 백 마리 말을 훔친 해의 가을'에 태어났다. 그것이 오글라라 부족의 달력 작성 방식이었다. 태어났을 때의 이름은 차오하('야생 속에서', 혹은 '숲 속에서'의 의미로 자연과 함께하는 사람이라는 뜻)였다. 별명은 곱슬머리였는데, 어머니로부터 옅은 곱슬머리를 물려받았기 때문이다. 어머니 멋진 담요 여인은 아들이 불과 네 살 때 세상을 떠났기 때문에 아버지는 아내의 여자 형제를 아내로 맞아들여 곱슬머리를 키웠다.

열두 살이 되기도 전에 곱슬머리는 사냥을 나가 들소를 잡았으며, 그 공로를 인정받아 자신의 말을 탈 수 있게 되었다. 아들이 성장해서 기운 넘치는 청년이 되자 아버지는 자신의 이름을 아들에게 주었다. 어느 날 꿈에서 폭풍 속에 길게 풀어헤친 머리를 하고 귀에는 작은 돌, 얼굴에는 지그재그 번개 무늬를 그린 전사가 점박이 무늬 찍힌 말을 타고 달리는 광경을 본 미친 말은 자신도 그 모습을 따라 하기 시작했다.

미친 말은 검은 들소 여인(블랙 버팔로 우먼)을 사랑했으나 그녀는 물 없어(노 워터)라는 이름의 남자와 결혼했다. 한번은 미친 말이 검은 들소 여인을 설득해 둘이서 달아났다. 물 없어는 권총을 빌려 아내를 추격했다. 자신의 아내가 미친 말과 함께 있는 것을 본 물 없어는 미친 말을 향해 방아쇠를 당겼고, 그래서 미친 말은 얼굴에 큰 흉터를 갖게 되었다. 미친 말은 두 번 결혼했다. 하지만 두 번째 아내는 백인 군대가 미친 말을 감시하기 위해 투입한 스파이인 것이 드러났다.

미친 말은 백인 군대와 벌인 여러 차례의 전투에서 용맹과 지략으로 이름을 떨쳤다. 백인들이 금을 채굴하기 위해 파우더 강 유역에 도로를 건설함으로써 시작된 1866년의 보즈먼 트레일 전투에서 붉은 구름(레드 클라우드) 추장의 휘하에서 큰 공을 세웠으며, 같은 해 12월에 시작된 페터맨 전투에서도 승리를 이끌었다.

1868년에 맺은 래러미 요새 조약으로 백인 정부는 보즈먼 트레일을 포기하고, 붉은 구름이 이끄는 오글라라 족은 보호구역으로 이주하는 데 합의했다. 그러나 미친 말은 추종자들을 이끌고 저항을 중단하지 않았다. 1876년 백인들의 골드러시로 인해 시작된 리틀 빅혼 전투에서 미친 말은 홍크파파 라코타 족의 앉은 소(시팅 불) 추장 등과 연합해 인디언들이 두려워하는 장발의 커스터 중령이 지휘하는 제7기병대를 리틀 빅혼 강에서 전멸시켰다.

그러나 이듬해 가을과 겨울에 벌어진 전투에서는 기관총을 앞세운 넬슨 마일즈 대령의 제5보병대의 무자비한 추격을 이기지 못하고 도주를 계속했다. 마침내 굶주리는 부족을 보다 못한 미친 말은 항복하고, 파우더 강 유역에 거주지를 마련해 주겠다는 평화조약에 서명했다. 그러나 약속은 지켜지지 않았다.

1877년 미친 말이 반란을 꾸미고 있다는 근거 없는 소문이 돌자 백인 병사들이 보호구역 안에 있는 그를 체포했으며, 이에 저항하자 한 병사가 칼로 찔렀다. 상처는 깊었고, 그날 저녁 미친 말은 짧은 생을 마감했다.

우리는 이제 늙었기 때문에 당신들은 우리가 가진 기억들이 우리와 함께 사라져 버릴 것이라고 생각할지 모른다. 우리는 당신들처럼 문자로 기록해서 보존하는 기술을 갖고 있지 못하니까. 하지만 우리 나름대로 이 모든 중요한 것들을 아버지로부터 아들에게 전하는 방법을 갖고 있다. 그 기억들이 남김없이 보존되는 것을 당신들은 지켜보게 될 것이다. 우리의 다음 세대들은 지금의 일들을 전부 기억할 것이며, 그것은 대지가 존재하는 한 영원히 잊혀지지 않을 것이다.

카니쿵고_6개 부족 동맹 협상에서

이 대지 위에서 누린 우리의 생은 행복했다. 더 이상 후회가 없다.

한 인디언 추장이 백인들에게 처형당하면서 남긴 말

인디언들이 백인 정부와 맺은 조약은 수많은 화살을 맞은 들소가 사냥꾼과 맺은 조약이나 다를 바 없다. 결국 그 들소가 할 수 있는 일이라곤 모든 것을 내주고 쓰러지는 것밖에 없다.

오레이 추장_유트 족

나는 우리 부족을 대표하는 입이다. 당신들이 내 말에 귀를 기울일 때, 당신들은 모든 이로쿼이 부족의 얘기를 듣고 있는 것이다. 내 가슴속에는 나쁜 마음이 없다. 내 노래는 평화의 노래다. 우리는 그동안 많은 전투의 노래를 불렀지만, 지금은 그것들을 모두 던져 버렸다.

키오사톤, 1645년_이로쿼이 족 추장

우리는 와칸탕카에게 말을 하며, 그분은 우리가 하는 말을 듣는다고 믿는다. 그것을 설명하기는 무척 어렵다. 사람이 죽으면 그의 영혼이 땅 위나 하늘 어느 곳에 머물러 있다는 것이 인디언들의 일반적인 믿음이다. 그곳이 어딘지는 정확히 모르지만, 그 영혼이 아직도 살아 있다고 우리는 확신한다. 위대한 정령 와칸탕카 역시 마찬가지다. 그 분은 어디에나 있다. 우리는 그 영혼의 목소리를 들을 수는 없지만 그들은 친구들의 영혼과 함께 있다.

곰에게 쫓겨(마토 쿠와피)_산티 양크톤 수 족

인생이란 잠시 동안만 자기 것일 뿐이다.

캡틴 잭(킨트푸애쉬)_모독 족

형제여, 그대는 변함없이 우리들 사이에 있다. 단지 행동하는 힘을 잃었을 뿐, 여전히 예전 모습 그대로 우리와 아무 차이가 없다. 하지만 불과 몇 시간 전만 해도 위대한 정령에게 성스러운 담배 연기를 보내던 그 숨결은 어디로 갔는가? 며칠 전까지 기분 좋은 말로 우리에게 자신을 표현하던 그 입술은 왜 침묵하고 있는가? 얼마 전만 해도 저 산에서 사슴보다 더 날쌔게 달리던 두 다리는 왜 움직이지 않는가? 가장 높은 나무도 오르고, 가장 강한 활도 당기던 두 팔은 왜 힘없이 매달려 있는가? 우리가 그토록 놀라워하고 경탄해 마지않던 그대 몸의 모든 부분들은 마치 3백 년이나 된 것처럼 생기가 사라졌다.

하지만 우리는 그대를 영원히 잃은 것처럼, 그대의 이름이 망각 속에 묻혀 버린 것처럼 그렇게 슬퍼하지는 않으리라. 그대보다 먼저 떠난 부족 사람들과 함께 지금 그대는 정령들의 위대한 나라에서 살고 있으므로. 그대의 불꽃을 영원히 간직하기 위해 이곳에 남아 있지만, 우리 역시 머지않아 그대의 뒤를 따라갈 것이므로.

살아 있는 동안 그대를 존경했기 때문에 우리는 지금 그대에게 우리가 할 수 있는 마지막 친절을 베풀기 위해 이곳에 모였다. 그대의 육신은 평원에 홀로 버려지거나, 들판의 짐승 또는 하늘을 나는 새들의 먹이가 되지 않을 것이다. 그대보다 먼저 세상을 떠난 사람들 곁에 정성껏 그대의 육신을 누일 것이다. 그대의 영혼이 그들의 영혼과 함께 먹고, 우리 역시 그 정령들의 나라에 도착했을 때 그대가 우리를 반갑게 맞이할 수 있도록.

한 인디언이 장례식 때 행한 연설_노도웨시 족

뭐라고? 당신은 지금 이 넓은 숲 속에 말라죽은 나무가 한 그루도 없기를 바라고, 늙어 가는 커다란 나무에 죽은 가지가 하나도 없기를 바라는 것인가?

죽음을 부정적으로 이야기하는 백인에게 어느 70세 인디언이_휴론 족

호카헤이! 오늘은 죽기에 참으로 좋은 날이 아닌가!

미친 말(티슝카 위트코)_오글라라 라코타 족

산들과 나는 하나가 되네.
약초들과 전나무와 하나가 되네.
이른 아침의 안개, 구름, 불어나는 물결과 하나가 되네.
야생의 들판, 이슬방울, 꽃가루와 하나가 되네.

나바호 족 노래

붉은 구름(마히피우아 루타, 오글라라 라코타 족)

나는 왜 너가 아니고 나인가

붉은 구름(마히피우아 루타)
오글라라 라코타 족

　오늘 내 앞에 있는 친구와 형제들! 위대한 정령이 우리 모두를 만들었으며, 그분 역시 지금 이곳에서 내가 하는 말을 듣고 계시다. 위대한 정령은 우리 부족에게도 대지의 한 조각을 주었고, 당신들에게도 대지의 한 조각을 주었다. 그런데 당신들이 우리 부족이 가진 대지로 낯선 자처럼 걸어 들어왔고, 우리는 당신들을 형제처럼 반갑게 맞이했다.

　위대한 정령이 당신들을 만들 때, 그분께서는 당신들을 흰색으로 만들었으며 좋은 옷을 해 입혔다. 하지만 우리를 만들 때는 붉은색 피부와 가난을 주었다. 처음 당신들이 이곳에 왔을 때 우리는 숫자가 무척 많았고 당신들은 손에 꼽을 정도였다. 그러나 이제 당신들은 숫자가 많고, 우리는 적다. 그리고 가난하다.

　당신들은 지금 당신들 앞에 서서 연설하는 이 사람이 누구인지 잘 모를 것이다. 이 사람은 이 대륙의 첫 주민인 아메리카 종족의 대표로 이 자리에 서 있다. 우리는 좋은 사람들이지 나쁜 사람들이 아니다. 당신들이 그동안 우리에 대해 들어 온 소문들은 전부 사실이 아니다. 우리는 좋은 마음씨를 지닌 사람들이다. 그런데도 당신들은 우리를 살인자나 도둑으로 알고 있다. 우리는 결코 그런 사람들이 아니다.

우리는 이미 우리가 가진 땅 거의 전부를 당신들에게 내주었다. 우리에게 땅이 더 있다면 기꺼이 주었겠지만, 이제 우리에게 남은 땅은 아무것도 없다. 우리는 당신들에게 내쫓겨 섬처럼 작은 땅에서 죄수같이 생활하고 있다.

위대한 정령은 우리 부족을 가난하고 무지한 종족으로 만들었지만, 당신들에게는 지혜와 부와 우리가 이해하지 못하는 여러 가지 기술을 주었다. 당신들에게는 길들인 동물을 주었고, 우리에게는 야생의 사냥감을 주었다.

서부 지역으로 여행한 적이 있는 사람들에게 물어보라. 우리는 그들에게 너무도 친절하게 대해 주었다. 당신들에게 아이들이 있듯이, 우리에게도 아이들이 있으며, 우리는 아이들을 잘 키우고 싶다. 그러니 우리를 도와달라.

1852년에 말 샛강(호스 크리크) 아래쪽에서 당신들의 대추장과 우리는 평화조약을 맺었다. 우리는 앞으로 50년 동안 당신들이 우리 땅을 무사히 통과하게 하겠다고 약속했다. 우리는 그 약속을 지켰다. 우리는 누구도 죽이지 않았고, 약탈도 하지 않았다. 그런데 당신들의 군대가 쳐들어왔다. 군대가 오면서 많은 문제와 혼란이 일어났다. 그들은 우리 인디언들을 죽이고 함부로 대했다. 군대가 오기 전에는 조용하고 평화롭게 살았으며 아무 문제가 없었다.

조약을 맺은 이후로 당신들 정부는 우리에게 약속한 대로 많은 물자를 보냈지만, 단 한 번만 우리 손에 도착했을 뿐이다. 그리고 그것마저도 도로 빼앗아가 버렸다. 그 물자들이 제대로 처리되도록 당신들이 좀 협조해 달라.

당신들의 정부 관리는 우리더러 농장으로 가라고 명령했다. 당신들의 농장에 끌려가서 일한 우리 인디언들은 말할 수 없이 나쁜 대접을 받았다. 나는 오직 평화를 원한다. 그것은 위대한 정령도 알고 계신다. 당신들과 우리 둘 다를 만드신 위대한 정령도 우리가 평화를 지키기를 원하신다.

재작년에 당신들의 대추장이 보낸 관리가 우리를 찾아와 또다시 서류를 내밀었다. 우리는 무지해서 거기에 무엇이 적혀 있는지조차 알 수가 없었다. 그 관리는 그것이 백인 군대를 철수시킬 것이고 더이상 싸움을 하지 않겠다는 내용이라며 우리더러 서명할 것을 요구했다. 하지만 나중에서야 통역자가 거짓말을 한 것임이 밝혀졌다. 우리가 서명을 하자 그들은 우리에게 미주리 강 저쪽으로 이주하라고 명령했다.

내가 원하는 것은 정의와 약속의 이행이다. 나는 그것을 얻기 위해 워싱턴의 대추장에게 여러 번 연락을 시도했지만 번번이 실패했다. 당신들이 나를 좀 도와주기 바란다. 나는 수 족 인디언들을 대표하는 사람이며, 모두가 내 말을 따를 것이다.

참으로 이상한 일이다. 우리는 약속을 지키는데 당신들은 지키지 않는다. 나는 오늘 이 말을 하고 내일 저 말을 하는 점박이 꼬리(스포티드 테일)가 아니다. 나를 보라. 나는 가난하고, 몸에 걸친 옷가지도 많지 않다. 하지만 한 부족의 추장이다.

우리는 부를 원하지 않는다. 우리가 원하는 것은 우리의 아이들을 바르게 키우는 일이다. 사람답게 키우는 일, 그것 말고 바르게 키우는 일이 또 있겠는가? 우리 인디언에게 있어서 사람답게 키우는 일이란 인디언답게 키우는 일이다. 우리가 원하는 것은 우리 자신이 되는 일이지 당신들처럼 되는 일이 아니다. 우리가 원하는 것은 당신들의 자유, 당신들의 깨달음이 아니라 우리 자신의 자유와 우리 자신의 깨달음이다.

부라는 것은 좋은 것이 못 된다. 우리는 그것을 저 세상까지 갖고 갈 수도 없다. 우리는 부가 아니라 평화와 사랑을 원한다. 당신들의 목사 한 사람도 우리에게 말하기를, 우리가 이 세상에서 갖고 있는 재산은 다음 세상으로 갈 때 갖고 갈 수 없노라고 했다. 그런데 이상하지 않은가. 그 목사를 포함해 얼굴 흰 사람들 모두가 이 세상의 부를 우리에게서 강탈하는 일에만 몰두하고 있으니 무슨 까닭인가?

나는 어린 시절을 상인들 틈에서 보냈다. 처음에 상인들이 이 대륙에 들어왔을 때 그들은 우리와 좋은 여름을 보냈다. 그들은 우리에게 옷 입는 법과 담배 피우는 법, 총과 화약 다루는 법을 가르쳐 주었다. 그러나 워싱턴 대추장은 서서히 종류가 다른 사람들을 우리에게 보내기 시작했다. 그들은 끝없이 속임수를 쓰고 술에 취해 살았다. 너무 질이 나빠서 대추장이 다른 마을로 추방한 자들처럼 보였다.

나는 얼굴 흰 대추장에게 많은 이야기를 전했지만, 그것이 제대로 전달되었는지조차 의문이다. 가는 도중에 이야기가 다 곁길로 새어 버린 것 같다. 아무리 기다려도 답이 오지 않았다. 그래서 오늘 이 말을 직접 전하기 위해 먼 길을 찾아온 것이다.

왜 문제가 일어났는지 내가 말해 주겠다. 처음 얼굴 흰 사람들과 조약을 맺을 때 우리의 처지는 이러했다. 우리 고유의 삶의 방식과 전통들은 끝나가고 있었고, 우리가 의존해서 살아가는 사냥감들은 자취를 감추고 있었다. 그리고 얼굴 흰 사람들이 사방에서 우리를 죄어 오고 있었다. 따라서 우리 자신을 건지기 위해선 그들의 방식을 받아들일 수밖에 없었다.

얼굴 흰 사람들의 정부는 우리가 땅을 일궈 먹고 살 수 있도록 모든 연장을 주고 농사짓는 법도 가르쳐 주겠다고 약속했다. 그리고 우리 스스로 자립할 수 있을 때까지 충분한 식량을 보내 주겠다고 말했다. 우리는 얼굴 흰 사람들처럼 독립적이 되어 미국 정부에 대해 목소리를 낼 수 있게 되기를 희망했다.

누구보다도 군대 관리들이 우리를 도와줄 수 있었지만, 우리는 그냥 보호구역 안에 홀로 내버려졌다. 인디언 담당국이 생겨 관리들의 숫자가 늘어나긴 했어도 그들은 많은 액수의 봉급만 챙겨 갈 뿐이고, 오히려 문제의 발단이 되었다. 그들은 우리가 아니라 그들 자신 챙기기에 바빴다. 그들을 통해 정부와 이야기한다는 것은 거의 불가능했다. 그들은 우리를 앞으로 내세우기보다는 뒷전에 처박아 둠으로써 더 많은 이익을 가로챘다.

우리는 땅을 일굴 어떤 농사 도구도 받지 못했다. 그들이 우리에게 준 서너 가지 연장도 전혀 쓸모없는 것들이었다. 식량 배급도 현저히 줄었다. 그들은 우리가 게으른 탓이라고 나무랐다. 그것은 순전히 거짓말이다. 대체 이 많은 사람들이 아무 도구도 없고 농사법도 배우지 못한 채 어떻게 땅을 갈란 말인가? 머리가 있는 사람이라면 그것을 판단하지 못할 리 없다.

그들은 더 큰 말과 황소로 바꿔 주겠다고 약속하고는 우리가 가진 조랑말들을 다 끌고 가 버렸다. 그것이 한참 전 일인데도 아직 말과 황소 얼굴조차 구경하지 못했다. 그나마 우리가 가진 연장으로 농사를 지으려고 시도했었다. 하지만 매번 이런저런 이유로 그들은 우리를 이 장소에서 저 장소로 내몰았다. 아니면 조만간 또 옮길 테니 그리 알라고 통보하는 식이었다. 우리의 문화를 없애기 위해 전심전력을 기울이면서도, 자신들의 문화를 우리에게 소개하지 않았다.

우리의 진정한 추장들이 가진 힘을 빼앗기 위해 얼굴 흰 자들은 수단과 방법을 가리지 않았다. 그 추장들은 우리 인디언들이 더 나은 삶을 살기를 진정으로 원한 사람들이었다. 하지만 추장이라는 이름만 가진 소인배들이 나타나 우리를 혼란과 불행으로 이끌었다. 예를 들어, 점박이 꼬리 추장 같은 자는 얼굴 흰 자들의 방식을 원했다가 한 인디언으로부터 암살당했다. 그들은 내 영향력이 사라지게 하기 위해 말도 안 되는 비난과 욕설을 퍼뜨렸다. 정부로부터 돈을 받고 매수된 인디언들은 우리에게 얼굴 흰 자들의 방식을 가르치려 들었다.

나는 다른 많은 부족들도 방문해 보았지만, 그들 역시 우리와 똑같은 불행을 겪고 있었다. 모든 것이 우리의 기운을 꺾는 일만 있을 뿐, 용기가 될 만한 일은 아무것도 없었다. 정부의 돈을 받고 일하는 관리들은 모두 돈벌기에만 바쁠 뿐, 우리를 위해선 아무 일도 하지 않았다.

당신들은 우리가 이 모든 일을 모르고 있다고 생각하는가? 물론 우리는 알고 있다. 하지만 우리가 무엇을 할 수 있겠는가? 우리는 죄수들이다. 군인들이 아니라 강도들의 손에 붙들린 포로들인 걸 어찌하겠는가. 군인들은 어디에 있는가? 그들은 우리를 감시하기만 할 뿐, 일을 바로잡으려고 하지 않는다. 그들은 우리를 위해 말하지 않는다. 우리를 대변하는 사람들은 우리의 처지에 대해 몹시 분개하는 척하면서 이렇게 사는 것은 기적에 가깝다고 말한다. 우리는 그 기적에서 벗어나려고 목소리를 냈지만, 그들은 들은 척도 하지 않았다.

그러고는 또 다른 조약들이 맺어졌다. 하지만 달라진 것은 아무것도 없었다. 배급은 전보다 더 줄어들었고, 충분한 식량을 받지 못한 우리는 굶기를 밥 먹듯 했다. 땅을 갈아 곡식을 얻을 연장도 씨앗도 없었다. 그런데도 식량 배급은 자꾸만 줄어들었다. 일주일 먹어도 모자랄 양을 갖고 이 주일 넘게 버텨야 했다. 양식이 떨어지면 대체 무얼 먹으란 말인가? 사람들은 굶주림과 절망에 빠졌고, 아무 희망도 가질 수 없게 되었다. 우리가 싸울 생각을 하지 않은 것은 아니다. 하지만 그래서 좋을 게 무엇인가? 남자들은 싸우다가 떳떳하게 죽을 수 있지만 여자와 아이들은 어떻게 하란 말인가?

어떤 이들은 신의 아들을 보았다고 말한다. 나는 그를 본 적이 없다. 그가 이 세상에 온다면 아마도 전에 그랬던 것처럼 많은 위대한 일들을 행할 것이다. 하지만 우리는 그를 만난 적도 없고 그가 하는 일을 본 적도 없기 때문에 그것에 대해 의심이 간다. 그 무렵 또 다른 관리가 찾아왔다. 그가 하는 말들은 무척 그럴싸하게 들렸지만, 새로운 조약을 맺는다고 해서 옛날과 달라질 것이 무엇인가? 그렇기 때문에 우리는 조약서에 서명하지 않은 것이다.

그러자 그는 최소한 자기만은 약속을 지킬 것이며 절대로 우리를 속이지 않겠노라고 다짐에 다짐을 거듭했다. 그의 말이 우리 부족 사람들에게 희망을 주었다. 그래서 우리는 서명을 해 주었다. 우리는 희망을 잃지 않았다. 그런데 그 관리가 죽었다. 그와 함께 우리의 희망도 죽어 버렸다. 또다시 절망이 밀려왔다. 식량 배급은 더 줄어들었고, 우리가 그 관리에게 서명을 해 주었기 때문에 얼굴 흰 자들이 우리 땅을 다 차지해 갔다. 그 조약서에는 땅값을 지불하겠다고 분명히 적혀 있었지만 돈을 받기란 이미 틀린 일이다.

우리가 처한 상황을 조사하러 나온 관리는 우리의 굶주림을 종교적인 금식이라고 말하는가 하면, 식량을 낭비하고 있다고까지 비난했다. 도대체 어디서 그런 것을 보았단 말인가? 갖고 있지도 않은 식량을 어떻게 낭비한단 말인가? 우리를 절망 속에 빠뜨려 놓고 그런 식으로 조롱해도 되는가? 우리에게는 신문도 없고, 아무도 우리를 대변해 줄 사람이 없다. 그 결과 어처구니없게도 배급이 또다시 줄어들었다.

당신들은 하루 세 끼 밥을 먹고 행복하고 건강하게 자라는 아이들을 보면서 살기 때문에 인디언들이 얼마나 굶주리고 있는지 이해하지 못한다. 우리는 거의 굶어 죽기 직전이며, 절망감으로 미쳐 버릴 것만 같다. 죽어 가는 아이들을 손에 안고 있으면 영혼이 떠나가면서 전율하는 어린 것이 느껴진다. 그러면 이내 우리의 두 팔엔 죽은 육신만이 놓여 있다. 사방 어디를 둘러봐도 희망이 보이지 않는다. 신마저도 우리를 잊은 듯하다.

처음에 워싱턴의 얼굴 흰 대추장이 우리에게 관리를 보내 우리의 사냥터를 지나갈 수 있게 해 달라고 부탁했을 때, 우리는 그것을 순수한 마음으로 받아들였다. 그들은 바다와 산들이 있는 서쪽으로 기차가 갈 수 있도록 길을 낼 것이며, 자기들은 금을 캐러 가는 것이기 때문에 우리 부족들이 있는 곳엔 전혀 머물지 않고 그냥 통과만 하겠다고 말했다.

우리의 추장들은 우정과 선의의 표시로 그 위험한 뱀이 우리 땅 한가운데로 지나가는 것을 허락했다. 우리는 여행자들의 안전을 보호하겠다고 약속했다. 하지만 협정 문서의 잉크가 채 마르기도

전에 얼굴 흰 자들은 우리 땅에다 요새를 쌓기 시작했다. 작은 소나무 골짜기에서 나무를 넘어뜨리는 그들의 도끼 소리를 당신들도 들었을 것이다. 그것은 우리 조상들의 영혼에 대한 모독이 아닐 수 없다. 얼굴 흰 자들이 옥수수를 심기 위해 우리의 신성한 무덤들을 파헤치는 것을 그냥 보고만 있으란 말인가?

얼굴 흰 자들을 받아들인 것은 우리의 불행이었다. 우리는 계속 속아 왔다. 그들은 우리의 눈을 즐겁게 하는 몇 가지 반짝이는 것들을 가져왔다. 우리 것보다 훨씬 성능이 좋은 무기들을 가져왔다. 그리고 무엇보다 늙음과 허약함과 슬픔을 모두 잊게 만드는 독한 술을 가져와 우리에게 마시게 했다.

누구의 목소리가 이 땅에 맨 먼저 울려 퍼졌는가? 활과 화살을 지닌 얼굴 붉은 사람들의 목소리가 맨 먼저 이 땅에 울려 퍼졌다. 이 나라에서 일어난 일들을 우리는 원하지 않았다. 그런 것을 요구하지도 않았다. 얼굴 흰 사람들이 이 나라 전역을 돌아다니고 있다. 그들은 지나가면서 언제나 뒤에 피로 얼룩진 발자국을 남긴다.

그들은 내가 기억할 수도 없는 수많은 약속을 했다. 하지만 그들은 오직 한 가지 약속만 지켰다. 우리 땅을 먹겠다고 약속했고, 우리 땅을 먹었다. 얼굴 흰 자들이 우리가 사는 모든 땅을 다 탐낸다는 것은 불을 보듯 뻔한 일이다. 그들은 탐욕스럽기 짝이 없다. 인디언이 발을 딛고 서 있는 마지막 한 뼘의 땅마저도 그들은 손에 넣기를 원한다. 오직 땅을 차지하겠다는 일념만으로 그들은 우리 인디언들을 못살게 굴고, 그것을 위해서라면 어떤 범죄도 서슴지 않는다.

우리 조상들의 손바닥만 한 땅을 지키기 위해 맺어진 조약들도 모두 헛된 것이 되고 말았다. 그 조약들은 담뱃대의 연기와 함께 맺은 성스러운 것이다. 하지만 얼굴 흰 자들에게는 아무것도 성스럽지 않다. 조금씩 조금씩, 어떤 동물도 능가할 수 없는 탐욕과 잔인함을 갖고서 모든 것을 손에 넣는다. 이미 떡을 다 차지하고도 떡고 물마저 가지려 하고 있다.

이곳에는 두 개의 산이 있다. 검은 산(블랙 힐즈)과 큰 뿔 산(빅 혼 마운틴)이 그것이다. 나는 얼굴 흰 대추장이 그 산들에 도로를 내지 않기를 희망한다. 나는 이것을 세 번이나 말했으며, 네 번째로 그것을 말하기 위해 이곳에 온 것이다.

우리를 내려다보고 있는 하늘에 계신 위대한 아버지께서 우리 부족 모두에게 축복을 내리시기를 기원한다. 우리가 평화롭게 나아가고, 우리의 모든 날들을 평화 속에서 보낼 수 있도록. 하늘에 계신 위대한 아버지는 자신의 얼굴 흰 자식들만이 아니라 우리 얼굴 붉은 자식들도 굽어보고 계실 것이다. 그리고 마침내 우리를 이 지상으로부터 들어 올리실 거라고 나는 믿는다. 우리 역시 그분의 자식이니까. 오늘 우리가 이 드넓은 평원에서 악수를 함으로써 우리는 영원히 평화롭게 살 것이다.

오늘 나는 나의 집으로 돌아간다. 우리 부족이 믿을 수 있는 사람들을 당신들이 보내 주기를 나는 희망한다. 아무것도 모르는 사람들을 보내진 말라. 어떻게 된 것이 당신들은 온통 가난한 사람들만 우리에게 보내기 때문에, 그들은 우리를 보자마자 자신들의 호주머니 채울 생각만 한다.

오늘 여기에 올 수 있어서 나는 기쁘다. 당신들은 대지의 동쪽에 속해 있고 나의 부족은 대지의 서쪽에 속해 있다. 내가 이곳에 와서 말함으로써 우리가 서로를 이해할 수 있게 되어 기쁘다. 또한 내 얘기를 들어 주어서 대단히 감사하다. 오후에 나는 집으로 돌아간다. 내가 말한 것에 대해 당신들이 잘 생각해 보기 바란다. 우리는 곧 이 대지를 떠날 것이지만 대지 자체는 영원하다. 우리가 그 영원함을 파괴해선 안 된다. 마음을 다해 작별 인사를 남기는 바이다.

*

모든 시대, 모든 종족에게는 그들만의 지도자가 있고 영웅이 있다. 아메리카 대륙에는 2천 개가 넘는 독립된 인디언 부족들이 살고 있었으며, 부족들마다 위대한 인물을 탄생시켰다. 그들의 이름과 삶은 아메리카 대륙의 흙과 하나가 되어 영원토록 살아 있을 것이다. 시애틀 추장, 조셉 추장, 앉은 소, 테쿰세, 검은 매, 무딘 칼, 열 마리 곰, 사람들이 그의 말을 두려워해(맨 어프레이드 오브 히즈 호스), 납작머리 등이 그들이다. 오글라라 라코타 족의 붉은 구름(마히피우아 루타. 1822~1909) 추장 역시 태양에 그을린 얼굴을 하고서 그들과 함께 우뚝 서 있다.

1870년 6월, 붉은 구름은 미국의 발명가이며 최초로 기관차를 만든 피터 쿠퍼의 초청을 받아 뉴욕 시 쿠퍼 유니온 협회에서 뉴욕의 지식인들을 앞에 놓고 연설을 했다. 피터 쿠퍼는 그 연설에 대한 인상을 이렇게 묘사했다.

"연설할 시간이 되자 붉은 구름은 자리에서 일어나 위엄 있게 담요를 어깨에 두른 채 청중을 향해 섰다. 그는 강당이 떠나갈 듯한 박수와 손수건까지 흔드는 환영을 받았다. 박수소리가 가라앉자 그는 약간 높고 빠른 톤으로 연설을 시작했다. 각 문장마다 통역이 진행되는 동안 잠시 말을 멈추고서 고요히 청중을 둘러보며 서 있었다. 그런 다음 또다시 큰 목소리로 빽빽이 들어찬 청중들에게 연설을 재개했다. 거의 모든 문장을 말할 때마다 모인 사람들은 박수로 화답했고, 함께 온 다른 추장과 전사들도 낮고 굵은 목소리로 '어' 하며 동의를 표시했다."

미국 북서부 와이오밍('산과 골짜기가 굽이치는 곳'의 뜻)의 한적한 곳에 강하고 용감한 수 족 인디언들이 살고 있었다. 그들은 자신들을 라코타 족이라고 불렀지만, 그들이 전혀 예상할 수 없는 방식으로 공격을 해 오기 때문에 그들과 맞서 싸우는 상대방들은 그들을 나두와수 족이라 불렀다. 그것은 '뱀 같은 사람들'이란 뜻이었다. 그런데 프랑스 인들이 그것을 수 족이라고 잘못 옮긴 것이다. 이 수 족 중에서도 가장 큰 지파인 오글라라 부족에 추장이 되고 싶어 하는 한 용감한 젊은 이가 있었다. 열여덟 살이 되었을 때 그는 이미 말을 달리고 활을 쏠 줄 알았으며, 미주리 강과 옐로스톤 강을 헤엄쳐 건널 수가 있었다. 그리고 뛰어난 들소 사냥꾼이었다. 하지만 일상생활에선 언제나 부드럽고 정중한 남자였다. 이런 성격은 음악소리 같은 호감 어린 음성과 함께 평생 동안 그의 특징으로 자리 잡았다.

이 무렵 엉클 샘(미국 정부)이 인디언들에게 좋은 담요를 선물하겠다고 약속했다. 인디언들은 기쁜 마음으로 그것을 받으러 나갔다. 담요는 모두 밝은 빛깔의 붉은색이었다. 그 젊은 인디언과 그를 따르는 청년들은 각자 붉은 담요를 몸에 두르고 나는 듯이 평원으로 달려갔다. 그 광경을 지켜보던 한 시적인 인디언이 외쳤다.

"보라, 마치 붉은 구름이 날아가는 것 같다!"

그때부터 그 젊은 지도자는 '붉은 구름'으로 불리기 시작했으며, 평생 그것 말고는 다른 이름을 가진 적이 없다. 서른 살 무렵에 붉은 구름은 이미 주목받는 전사가 되었으며, 엉클 샘조차도 그를 두려워해 '모든 살아 있는 수 족 인디언들의 지도자'로 여겼다. 그 이후 30년 동안 붉은 구름은 인디언들의 삶과 문화를 파괴하려는 백인들에 맞서 백 차례가 넘는 전투를 벌였다. 다른 수 족 추장들이 백인들에게 땅을 내주고 보호구역 안으로 들어가 살려고 할 때도 붉은 구름은 손을 내저으며 "아니다, 나는 전쟁을 원한다!" 하고 외쳤다. 젊은이들은 기꺼이 그를 따랐다.

마침내 백인 관리들은 '긴 대화'를 하기 위해 붉은 구름의 인디언들을 군대 막사 안으로 초청했다. 한 기독교인 신사가 기도로써 대화의 장을 열었다. 그가 기도를 마치자, 붉은 구름은 인디언들도 위대한 정령에게 기도를 드린다면서 자기도 기도를 하겠다고 말했다. 이윽고 그는 평원에 울려 퍼지는 웅장한 목소리로 위대한 정령에게 기도했다. 인디언들의 땅을 빼앗고 조상들이 살아온 집과 터전을 온갖 못된 방법으로 파괴하는 얼굴 흰 자들을 용서해 달라고. 아름다운 기도였다. 붉은 구름이 기도를 마치고 자리에 앉자, 아무도 입을 열지 못했다. 무슨 말을 해야 할지 알 수 없었기 때문이다.

결국 인디언들은 자신들이 목숨을 바쳐 싸우던 땅을 백인들에게 넘겨주기로 동의하고, 레드 클라우드 보호구역으로 들어갈 수밖에 없었다. 그 후 몇 차례 저항하는 몸짓으로 전투를 벌였지만, 옛 시절을 되찾을 수 없음을 깨닫고 붉은 구름은 손도끼를 땅에 묻었다.

이제 붉은 구름은 늙었으며, 돈도 없고 무기도 없이 엉클 샘에 의지해 살아가는 수밖에 없었다. 여든 살이 넘자 생애 처음으로 병에 걸렸다. 차츰 시력을 잃어 장님이 되었고, 너무 허약해져 움직일 수조차 없게 되었다. 아흔 살이 가까워서는 귀도 들리지 않았으며, 정신도 어린아이처럼 변해 갔다. 평생 동안 한 여자와 자식들에게 충실했으며 단순하고 직설적인 연설, 용기 있는 행동, 부족에 대한 변함없는 사랑으로 누구에게나 존경받던 붉은 구름 추장은 그렇게 자신이 사랑하던 붉은 흙의 품으로 돌아갔다. 1903년 7월 4일 붉은 구름은 라코타 족 사람들에게 마지막 작별의 연설을 했다.

나의 태양은 지고, 나의 낮은 저물었다. 어둠이 나를 에워싸고 있다. 나는 이제 자리에 누우면 다시 일어나지 못할 것이다. 그러기 전에 내 부족 사람들에게 이 말을 전한다.

친구들이여, 내 말을 들으라. 지금은 내가 그대들에게 거짓말을 할 때가 아니기 때문이다. 위대한 정령이 우리를 인디언으로 만들었고, 우리더러 살라고 이 땅을 주었다. 그분이 우리에게 들소와 영양, 사슴을 주어 음식과 옷을 얻게 했다. 우리는 미시시피 강에서 대산맥까지, 미네소타에서 대평원까지 사냥터를 옮겨 다녔다. 아무도 우리에게 금을 긋고 이곳은 자기 땅이니 더 이상 넘어오지 말라고 하지 않았다. 우리는 바람처럼, 그리고 독수리처럼 자유로웠으며, 누구의 지시도 받지 않았다.

나는 라코타 족으로 태어났으며 라코타 족으로 죽을 것이다. 얼굴 흰 자들이 이 대지에 나타나기 전에 우리 라코타 족은 자유로운 사람들이었다. 우리들 스스로 법을 정했고, 우리에게 어울리는 방식으로 살았다. 하지만 얼굴 흰 목사들과 성직자들은 우리의 삶의 방식이 아주 잘못되었다고 말한다. 과연 그런가? 우리는 옳다고 배운 대로 살았다. 그런데도 우리가 처벌받아야 하는가? 나는 그 자들이 말하는 것이 과연 진리인지 확신이 서지 않는다.

어렸을 때 나는 타쿠와칸(초자연적인 힘)이 매우 강력하며, 모든 것을 행할 수 있다고 배웠다. 현자들과 치료사들이 그것을 내게 가르쳐 주었다. 그들은 내게, 사람들에게 친절을 베풀고 적 앞에서 용감해야 하고, 진실을 말하고 똑바르게 살며, 내 부족과 우리의 사냥터를 지키기 위해 싸워야만 와칸탕카의 신뢰를 얻을 수 있다고 가르쳤다.

이것들을 믿으며 살았을 때 라코타 족은 더없이 행복했고, 또한 만족스럽게 세상을 떠났다. 얼굴 흰 사람들이 그 이상의 어떤 것을 우리에게 줄 수 있겠는가?

내 영혼은 위대한 정령을 잘 알며, 죽었을 때 그와 함께 떠날 것이다. 그리하여 나는 내 조상들과 함께 있게 될 것이다. 길고 어두운 그림자가 내 앞에 놓여 있다. 이제 곧 자리에 쓰러져 다시 일어나지 못할 것이다. 내 영혼이 육신과 함께 있는 동안 내 숨결의 연기가 태양을 향해 올라갈 것이다. 위대한 정령은 모든 것을 알고 계시며, 내가 변함없이 그분에게 충실하다는 것을 아실 것이다. 지금까지 붉은 구름이 말했다.

인디언들에게 장소란 대지에 대한 소속감, 대지와 함께 존재함을 의미했다. 인디언들은 친척 관계를 그들 주위에 살아 있는 모든 것, 때로는 바위와 강, 하늘의 해와 달에까지 넓혀서 생각했다. 인디언들이 자신들이 살고 있는 장소와 이 세상을 얼마나 사랑했는가는 다음의 연설에서도 잘 알 수 있다. 모피를 사러 온 백인 장사꾼에게 크로우 족 추장 아라푸쉬는 신이 자신들을 얼마나 정확한 장소에 배치해 놓았는지 설명했다.

"크로우 족이 사는 땅은 좋은 땅이다. 위대한 정령은 정확한 장소에다 우리 부족을 뿌려 놓으셨다. 이곳에 있을 때 당신은 좋은 대접을 받을 수 있다. 하지만 이곳을 떠나 다른 곳으로 여행을 하면 당신은 나쁜 대접을 받게 될 것이다.

남쪽으로 가면 거대한 황무지를 만나게 될 것이다. 그곳의 물은 미지근하고 냄새가 나며, 그것을 마시면 열과 오한에 시달린다. 반면에 북쪽은 춥고 겨울이 길어 풀들이 자라지 않는다. 말을 기를 수도 없으며, 개들을 데리고 다녀야 한다. 말 없이 어떻게 산단 말인가.

콜럼비아 쪽은 가난하고 더러우며, 작은 배를 저어 물고기를 잡아 먹어야 한다. 그곳에 사는 부족들은 이에 때가 꼈으며, 입에서 항상 물고기뼈를 꺼낸다. 물고기는 형편없는 음식이다. 동쪽에 사는 부족들은 마을을 이루고 산다. 그럭저럭 살긴 하지만, 미주리 강의 진흙탕 물을 마셔야 한다. 그곳의 물은 정말 형편없다. 크로우 족의 개조차도 그런 물은 마시지 않을 것이다.

미주리 강 아래쪽에는 좋은 지역이 있다. 물도 좋고 풀들도 괜찮다. 들소도 많다. 여름에는 우리 크로우 족의 땅만큼 꽤 좋은 곳이다. 하지만 겨울이면 추위가 밀려오고 풀들이 사라져 말들을 먹일 수 없다.

보다시피 우리 부족은 아주 적당한 곳에서 살고 있다. 눈 덮인 산이 보이는가 하면 햇빛 비치는 평원이 있다. 사계절이 있고, 철마다 좋은 것들이 있다. 여름의 열기가 평원을 달구면 산 밑으로 가면 된다. 그곳은 공기가 달콤하고 시원하며, 풀들도 신선하다. 눈 덮인 산에서는 맑은 물줄기가 휘돌아 흘러내린다. 그곳에서 사슴과 영양들을 사냥해 그 가죽으로 옷을 해 입을 수 있다. 흰곰과 산양들도 얼마든지 있다.

산의 목초지에서 말들이 살찌고 튼튼해지는 가을이 찾아오면 다시 평원으로 내려와 들소를 사냥하거나 강에다 덫을 놓아 비버를 잡을 수 있다. 겨울철에는 강을 따라 내려가 숲이 우거진 곳에다 천막을 치면 된다. 그곳에서 들소 고기로 겨울을 나고, 말들에게는 사시나무 껍질을 먹이면 된다. 아니면 말들에게 먹일 풀이 충분한 바람 샛강 골짜기(윈드 리버 밸리)에서 겨울을 날 수도 있다.

정말이지 크로우 족은 너무도 적당한 곳에서 살고 있다. 모든 좋은 것이 이곳에 있다. 세상 어디에도 크로우 족의 땅만한 곳이 없다."

치리카후아 아파치 족 추장 코치스(섬꼬리풀 같은 사람)는 평화 정착과 보호구역 안으로 이동할 것을 설득하기 위해 찾아온 백인 관리 고든 그랭거 일행에게 다음과 같은 명연설을 남겼다.

"태양이 뜨겁게 내 머리를 내리쬐어 나는 머리가 불타는 듯했다. 내 피도 들끓었다. 하지만 이 골짜기로 와서 시원한 물을 마시니 내 머리도 식었다. 이제 마음이 시원해졌기 때문에 나는 당신들과 평화롭게 살기 위해 두 팔을 벌리고 이렇게 당신들을 맞이했다. 나는 당신들에게 거짓말을 하지 않을 것이다. 그러니 당신들도 나한테 거짓말을 하지 말라. 나는 영원토록 깨어지지 않을 평화를 원한다.

신이 이 세상을 만들 때 한 부분은 얼굴 흰 자들에게 주었고 다른 한쪽은 아파치 족에게 주었다. 그런데 왜인가? 왜 당신들이 이곳으로 왔는가? 지금 내가 하는 말을 태양과 달, 대지, 공기, 물, 새와 짐승들, 심지어 아직 태어나지 않은 아이들까지 듣고 있다. 얼굴 흰 사람들은 오랫동안 나를 찾아다녔다. 나는 이곳에 있다. 그들은 무엇을 원하는가? 그들은 오랫동안 나를 찾았다. 왜 내가 그토록 가치가 있는가? 그토록 가치가 있다면 왜 내가 발을 딛고 선 곳을 바라보지 않는가?

코요테들이 밤에 나타나 물건을 훔치고 목숨을 빼앗는다. 나는 그들을 볼 수 없다. 나는 신이 아니다. 나는 더 이상 아파치 족의 추장이 아니다. 나는 더 이상 부자가 아니며, 가난한 사람에 불과하다. 세상은 이렇지 않았었다. 나는 동물들에게 명령할 수 없다. 내가 명령을 해도 그들은 내 말을 듣지 않을 것이다.

신은 우리를 당신들과 다르게 만들었다. 우리는 당신들처럼 침대에서가 아니라 마른 풀 위에서 동물들처럼 태어났다. 그렇기 때문에 동물들처럼 살고 있는 것이다. 내가 이곳에 나타난 것은 신이 그렇게 하라고 지시했기 때문이다. 신은 평화롭게 살아야 한다고 말했다. 그래서 나는 당신들을 만난 것이다. 나는 구름처럼, 공기처럼 돌아다니고 있었다. 그런데 신이 내 마음속에 들어와 이곳에 와서 모두를 위해 평화조약을 맺으라고 말했다.

젊었을 때 나는 동에서 서로 이 나라 전역을 돌아다녔다. 어딜 가나 인디언들뿐이었다. 그런데 몇 번의 여름 뒤 다시 여행을 떠났다가 또다른 종족이 땅을 차지하고 있는 것을 보았다. 아파치 족은 한때 강한 부족이었으나 지금은 한 줌밖에 안 된다. 그래서 다들 죽기를 희망하며 풍전등화처럼 흔들리고 있다. 많은 숫자가 당신들에게 목숨을 잃었다.

당신은 솔직하게 말해야 한다. 당신의 말이 햇살처럼 우리의 가슴에 내리꽂힐 수 있도록!

나는 어머니도 아버지도 없다. 이 세상에 나 혼자다. 아무도 나 코치스에 대해 신경 쓰지 않는다. 그렇기 때문에 나는 죽고 사는 문제에 매달리지 않으며, 차라리 바윗돌들이 떨어져 내려 나를 덮어 주기를 바랄 뿐이다. 당신들처럼 내게도 어머니와 아버지가 있다면, 나는 그들과 함께 살았을 것이다.

내가 세상을 돌아다닐 때 모두가 코치스에 대해 물었다. 지금 그가 여기에 있다. 당신들이 그를 보고 있고 그의 목소리를 듣고 있다. 그래서 기쁜가? 나는 어떤 것도 숨기고 싶지 않으며, 당신들도 내게 숨기지 말라. 나는 이 산속에서 살기를 희망한다. 툴라로사 보호구역 안으로 가고 싶지 않다. 그곳은 여기서 멀리 떨어져 있고, 물도 미지근하며, 파리들이 들끓는다. 나는 이곳의 시원한 물을 마셨으며, 그 물이 내 영혼을 시원하게 해 주었다. 다시 말하지만, 나는 이곳을 떠나고 싶지 않다."

지리적 상황 때문에 아파치 족은 1600년 경 중앙아메리카에서 스페인 식민 통치가 시작된 무렵부터 유럽 이주민들과 영토적 긴장 상태를 반복해 왔다. 이 갈등은 1846년 미국과 멕시코 간에 벌어진 멕시코 전쟁의 결과로 미국 정부가 그 지역 대부분을 차지하면서 더 심화되었다.

'체이스'라는 이름으로도 불린 코치스는 제로니모와 함께 가장 주목받은 아파치 족 지도자 중 한 명이었다. 체격이 크고 근육질에다 아파치 족 전통에 따라 긴 검은 머리를 한 그는 이름답게 '참나무처럼 단단하고 강한' 남자였다. 코치스가 속한 치리카후아 아파치 족의 초코넨 지파는 유럽 인들이 도착하기 전에는 지금의 뉴멕시코와 애리조나 북부 지역에 거주했다. 스페인 정복자들과 멕시코 군대가 치리카후아의 땅들을 넘보자 원주민 집단은 점점 강하게 저항했다. 전투가 반복되었고 거의 매번 아파치 족이 승리했다.

그러나 스페인 침략자들의 계략과 멕시코 군의 무자비한 공격으로 아파치 족은 자주 궁지에 몰렸다. 아버지가 전투에서 목숨을 잃자 코치스는 멕시코 인들에 대한 복수를 다짐했다. 반면에 코치스는 미국 인들과는 오랫동안 평화를 유지했으며, 자신의 영토에 미국인들이 정착하는 것을 허용했다. 그러다가 1861년 백인 목장 한 곳이 습격을 당하고 목장주의 어린 아들이 납치되었다. 코치스를 주범으로 오인한 미군 장교 조지 바스콤이 코치스를 불러 책임을 추궁하며 아이의 행방을 물었다. 미국인들과 평화적으로 교류해 온 코치스는 아이에게 무슨 일이 일어났는지 알아보겠다고 대답했다. 그러나 의심에 찬 바스콤은 아이가 돌아올 때까지 동행한 코치스의 가족들을 감금하겠다고 선언했다.

바스콤의 행동에 충격을 받은 코치스는 칼로 막사를 찢고 탈출했으나 가족들은 포로로 잡혔다. 코치스는 즉각적으로 백인들을 인질로 잡고 협상을 벌였다. 그러나 경험 부족인 초보 장교 바스콤의 비타협적인 태도 때문에 협상이 결렬되고 양쪽 인질들이 모두 살해되었다. 코치스의 동생과 두 명의 조카가 목숨을 잃었다. 분노에 찬 코치스는 이후 11년간 끈질긴 습격을 계속해 애리조나 남부의 백인 정착지들을 불에 탄 폐허로 만들었다. 5천 명의 백인이 살해되었다는 기록이 있으나 수백 명에 불과하다는 주장도 있다.

코치스는 자신의 장인이기도 한 치헨네 지파의 아파치 족 추장 망가스 콜로라다스(칸다지스 틀리시센. 빨간 소매)와 손을 잡고 계속해서 백인 정착민들과 목장들을 습격했다. 전사들도 목숨을 잃긴 했지만 대부분 아파치 족이 우세했다. 미국 정부는 이 지역에 군사력을 집중했지만 남서부의 거친 지형에 고도로 적응한 아파치 족을 당할 재간이 없었다.

전세를 바꾼 것은 1862년 아파치 협곡에 진을 친 코치스와 망가스 콜로라다스의 전사들 앞에 나타난 미국 기병대의 대포였다. 처음으로 이 무기를 맞닥뜨린 인디언들은 몇 시간 동안 완강하게 버텼지만 바위들 위로 퍼부어 대는 곡사포를 배겨 낼 수 없었다. 아파치 족은 주로 협곡에 매복해 있다가 공격하는 게릴라 전법을 썼는데 전투 양상이 달라진 것이다.

1863년 흰 깃발을 내걸고 휴전을 제안한 백인 장교 조셉 웨스트가 의심 없이 협상 테이블에 나타난 망가스 콜로라다사를 체포해 살해했다. 아파치 족의 적대감은 더욱 불타올랐다. 백인들의 비열함을 절실히 깨달은 코치스는 바위 투성이인 드래군 산을 본거지 삼아 1872년까지 줄기차게 백인 이주민과 여행자를 습격했다.

그러나 이미 대세는 기울었다. 결국 코치스는 아파치 족의 유일한 백인 친구였던 톰 제퍼즈의 중재로 평화조약에 서명하고 인디언 보호구역으로 들어갔다. 그리고 그곳에서 고난에 찬 생을 마감했다. 시신은 그가 생전에 사랑했던 드래군 산의 바위틈에 매장되었다. 정확한 매장 위치는 부족 사람들과 그의 친구 톰 제퍼즈만 알았으며, 그들은 그것을 비밀로 간직했다. 1947년 미국 작가 엘리엇 아놀드가 톰 제퍼즈와 코치스의 우정을 소재로 한 소설 『피를 나눈 형제』를 썼으며, 이 것은 〈부러진 화살〉이라는 제목으로 영화화되었다. 인디언의 입장에 동조하는 시각을 담은 최초의 영화였다.

여기 라코타 족 추장 노란 종달새(옐로 라크)의 기도문이 있다. 가장 널리 애송되는 인디언 기도문 중 하나인 이 기도문은 1889년에 만들어진 것으로, 미국 교과서에도 실렸다.

'위대한 정령이시여, 바람 속에서 당신의 목소리를 듣습니다. 당신의 숨결은 세상 모두에게 생명을 줍니다.

위대한 정령이시여, 나는 당신의 많은 자식들 가운데 작고 힘없는 아이입니다. 내게는 당신의 힘과 지혜가 필요합니다.

나로 하여금 아름답게 걸을 수 있게 하시고, 내 두 눈이 오래도록 저녁노을을 지켜볼 수 있게 하소서.

당신이 만든 물건들을 내 손이 존중하게 하시고, 내 귀가 당신의 목소리를 들을 수 있게 하소서.

내게 지혜를 주소서. 그리하여 당신이 나의 부족 사람들에게 가르쳐 준 것들을 나 또한 알게 하시고, 당신이 모든 나뭇잎, 모든 돌 틈에 감춰 둔 삶의 교훈을 나 또한 알게 하소서.

나는 내 형제들 위에 군림하기 위해 힘을 원하는 것이 아닙니다. 다만 나의 가장 큰 적인 나 자신과 싸울 수 있도록 힘을 원하는 것입니다.

나 자신이 삶 속에서 언제나 깨끗한 손, 똑바른 눈을 갖도록 도와주소서. 그리하여 저녁노을처럼 내 삶이 스러질 때 내 영혼이 한 점 부끄러움 없이 당신에게 다가갈 수 있도록!'

얼굴 흰 추장이여, 당신이 보다시피 우리의 형편이 이렇다. 우리는 가난하고 담요와 옷가지도 거의 없다. 위대한 생명의 아버지가 우리를 만드셨고, 이 땅에서 살게 하셨으며, 우리가 살아남을 수 있도록 들소와 그밖의 다른 사냥감들을 주셨다. 그들의 고기가 우리에게는 유일한 식량이고, 그들의 가죽으로 우리는 옷과 천막을 짓는다. 그들이 우리가 가진 유일한 삶의 수단이다. 우리는 곧 그들을 잃을 것이다. 굶주림과 추위가 우리를 덮칠 것이다. 들소들은 빠른 속도로 사라져 가고 있다. 얼굴 흰 사람들의 숫자가 불어나는 만큼 우리의 생계 수단은 빠르게 줄어든다. 이 대륙을 가로질러 큰 도로를 닦는다는 얘기를 들었다. 그것이 무엇을 위한 것인지 우리는 모른다. 그것을 이해할 수조차 없다. 하지만 우리가 생각하기에 도로를 닦으면 들소들이 겁을 먹고 달아날 것이다.

늙은 전사(올드 브레이브)_아시니보인 족

476

백인 관리들은 자신들이 인디언에게 잘못한 것은 절대로 보고하지 않으면서, 인디언들이 조금만 잘못해도 즉각 보고서를 작성한다.

제르니모(고야틀레)_치리카후아 아파치 족

형제들이여, 나와 내 부족은 당신들과 악수를 하기 위해 이곳에 왔다. 우리가 떠날 시간이 다가왔다. 그토록 오랜 세월 살아온 이 땅을 떠나는 것이 우리는 기쁘지 않다. 여러 달과 햇빛 비치는 날들을 우리는 여기서 살았다. 그 날들은 우리에게 오래도록 기억될 것이다. 위대한 정령이 우리에게 미소를 보냈으며 우리는 기뻤다. 하지만 우리는 떠나기로 약속했다. 알지 못하는 곳을 향해 우리는 떠나야만 한다. 우리의 집은 태양이 지는 저쪽 강 건너편이 되리라. 그곳에 우리의 위그암을 지을 것이다. 이곳에서 그랬던 것처럼 그곳에서도 위대한 정령이 우리에게 미소 짓기를 희망한다. 그리고 이곳에 살게 될 당신들에게도 그분이 미소를 보내기를. 우리는 당신들을 생각할 것이며, 당신들도 우리를 생각해야 한다. 훗날 당신들이 우리를 보러 온다면 우리는 기쁜 마음으로 당신들을 맞이하리라.

케오쿠크_소크 족

몇 번의 해가 더 지고 나면 우리는 더 이상 이곳에 없으리라. 우리의 살과 뼈는 이 평원의 흙과 영원히 하나가 될 것이다. 내 눈에는 마지막 불꽃과 함께 꺼져 가는 우리의 모닥불과, 차갑게 식은 흰 재가 보인다. 우리의 천막 꼭대기에서 피어오르던 연기도 더 이상 볼 수가 없다. 밥을 지으면서 여인네들이 부르던 노랫소리도 더 이상 들리지 않는다.

영양 떼는 사라지고, 들소들이 거닐던 물웅덩이는 텅 비었다. 코요테의 울부짖음만이 가냘프게 들려온다. 얼굴 흰 자들의 약품은 우리의 약만큼 효과가 없고, 그들의 철마가 들소들이 거닐던 길 위로 요란하게 달려온다. 그들은 속삭이는 귀신(전화)에 대고 이야기한다. 들판에서 들소들이 사라졌을 때 우리 부족 사람들의 가슴은 철렁 내려앉았다. 그리고 다시는 그것을 회복할 길이 없었다. 그 이후로 아무 일도 일어나지 않았다. 어디서도 노랫소리가 들려오지 않았다. 우리는 날개가 부러진 새와 같다. 내 심장은 몸속에서 차갑게 식었다. 내 눈은 점점 침침해져 간다.

여러 번의 일격(알릭치아 아후쉬)_크로우 족

우리는 소나무들이 우거진 북쪽 산악 지대에서 살았다. 그곳에서 우리는 언제나 건강했다. 병에 걸리지도 않았고, 도중에 죽는 일도 없었다. 그런데 이곳 인디언 보호구역으로 이주한 다음부터 우리는 날마다 죽어 가고 있다. 이곳은 우리에게 좋은 곳이 아니다. 우리는 산악 지대에 있는 우리들의 집으로 돌아가고 싶다.

한 해를 더 이곳에서 기다릴 순 없다. 지금 당장 떠나고 싶다. 만약 한 해를 더 기다려야 한다면 그 사이에 우리 모두는 죽을지도 모르고, 북쪽으로 여행 떠날 사람이 한 명도 안 남을지 모른다. 지금 내가 하는 말을 잘 들어 달라. 나는 여기를 떠나겠다. 산악 지대에 있는 내 집으로 돌아가겠다. 이곳은 사람 살 곳이 아니다.

무딘 칼(타멜라 파슈메)_북부 샤이엔 족

나는 늙었으며 더 이상 우아하지 않다. 내 뼈는 무겁고, 발은 넙적해졌다. 하지만 나는 정의가 무엇인가를 알며, 평생 동안 올바르게 살려고 노력해 왔다. 너무도 좋았던 우리의 옛 삶을 빼앗아 간 자들에게

조차도. 내 머릿속은 오직 내 부족에 대한 생각으로 가득 차 있다. 그들이 건강하고, 과거에 그랬던 것처럼 다시 하나의 부족이 되기를 나는 희망한다. 얼굴 흰 자들로부터 배울 수 있는 모든 것을 배우게 되기를. 왜냐하면 얼굴 흰 자들이 이곳에 있고 결국 영원히 그들과 함께 살 수밖에 없으므로.

우리의 아이들을 그들의 학교에 보내야 한다. 그곳에서 그들이 말하는 것을 주의 깊게 들어야만 한다. 그래서 그들과 똑같은 기회를 갖고 삶을 만들어 갈 수 있어야 한다.

여러 번의 일격(알릭치아 아후쉬)_크로우 족

우리 부족에서는 지혜로운 이들을 아버지라고 부른다. 그들은 그 호칭에 어울리는 진정한 인격을 갖추고 있다. 당신들은 스스로를 그리스도교인이라 부르는가? 그렇다면 당신들이 구세주라고 부르는 그 사람이 당신들의 정신에 영감을 주고 당신들의 삶을 인도하는가? 내가 보기에는 전혀 그렇지 않다.

기록에 의하면 그 사람은 상한 갈대 하나 꺾지 않았다고 되어 있다. 그렇다면 당신들 자신을 그리스도교인이라고 부르지 말라. 당신들의 위선을 세상에 알리기 위한 것이 아니라면 몰라도. 또한 다른 나라 사람들을 더 이상 야만인이라고 부르지 말라. 당신들은 열 배나 더 잔인하고 이기적인 사람들이기 때문이다.

타엔다네게아_모호크 족

대지 위로 나는 오네.
대지 위로 나는 오네.
나는 인디언 전사

대지 위로 나는 오네.
나는 인디언 유령.

다코타 족 노래

올드 화이트 맨(아파치 족 치리카후아 지파 전사)

자유롭게 방랑하다 죽으리라

사탄타
카이오와 족 추장

이곳은 내 나라다. 우리는 언제나 여기서 살아왔다. 대지는 들소들로 가득했기 때문에 언제나 먹을 것이 풍부했다. 이곳에서 우리는 더없이 행복했다. 그러다가 당신들 얼굴 흰 사람들이 왔다. 처음에는 장사꾼들이 왔다. 우리에게도 담요와 주전자가 필요했기 때문에 그것은 좋은 일이었다. 그러다가 군인들이 왔다. 우리는 그것까지도 이해했다. 우리에게도 전사들이 있었으니까.

그다음에 또 다른 사람들이 왔다. 그들은 농부들이었으며, 나무를 자르고 땅을 파헤치기 시작했다. 그것은 좋지 않은 일이다. 대지는 마구 파헤쳐지는 것을 원하지 않는다. 대지는 당신들이 필요로 하는 모든 것을 거저 준다. 당신들이 그것을 잘 받기만 하면 된다.

이곳은 좋은 땅이며 우리의 땅이다. 이 땅이 우리에게 주는 것을 우리는 잘 받을 줄 안다. 또한 당신들이 우리의 대지를 여기저기 파헤치는 걸 우리는 원하지 않는다. 당신들은 땅속에서 자신들이 원하는 것을 꺼내기 위해 대지를 다 죽이고 있다. 우리 것을 보호해야 한다. 우리 땅을 지켜야 한다. 우리의 것을 위해 싸워야 한다.

나는 내가 서 있는 이 대지를 사랑한다. 이 평원과 들소들을 사랑한다. 나는 정말이지 이것들과 헤어지고 싶지 않다. 내가 말하는 것을 당신들이 이해할 수 있었으면 좋겠다. 내 말을 종이에 받아적으라. 그동안 나는 워싱턴의 얼굴 흰 대추장이 보낸 신사 양반들로부터 그럴싸한 말들을 귀가 아프도록 들어 왔다. 하지만 그들의 행동은 말과 일치하지 않는다.

나는 이 지역에 어떤 학교와 교회도 원하지 않는다. 내가 자란 방식대로 내 자식들을 키우고 싶은 것이 나의 꿈이다. 당신들이 우리를 산악 지대의 인디언 보호구역 안에 정착시키려고 한다는 이야기를 들었다. 나는 한군데 정착하기를 바라지 않는다. 나는 평원 위를 방랑하는 것을 좋아한다. 그곳에서 나는 자유롭고 행복하다. 만약 어느 한곳에 정착해서 산다면 그 순간부터 우리는 당신들처럼 얼굴이 창백해져서 죽고 말 것이다.

나는 창과 화살과 방패를 내려놓았다. 더 이상 당신들과 싸우고 싶지 않다. 이것이 나의 진실이다. 나는 어떤 거짓도 등 뒤에 감추고 있지 않다. 하지만 당신들 정부 관리들은 어떠한가? 그들도 나처럼 오직 하나의 입만을 갖고 있는가?

오래전 이 대지는 우리의 아버지들에게 속해 있었다. 그러나 지금은 강 위쪽으로 올라갈 때마다 군인들의 막사가 보인다. 그곳에서 그들은 우리의 나무들을 자르고 재미삼아 들소를 죽이고 있다. 그런 것을 볼 때마다 내 가슴이 터질 것만 같다. 왜 얼굴 흰 사람들은 어린애처럼 분별없이 동물들을 마구 죽이는가? 우리 인디언이 들짐승을 죽일 때는 굶어 죽지 않으려고 부득이 죽이는 것이다. 당신들이 들소를 한 마리 죽일 때마다 인디언이 한 명씩 사라지는 것과 마찬가지다.

이제 자유롭고 행복하게 평원을 거닐 수 있다면 그걸로 나는 족하다. 이것으로 내 말을 마친다.

*

평원의 웅변가로 일컬어지던 카이오와 족의 추장 사탄타(1820~1878)는 이 연설을 하고 10년 후 감옥에 수감되었다. 백인들은 그곳에서 그가 자살을 했다고 발표했다. 하지만 카이오와 족 인디언들은 진실을 알고 있다. 누구도 사탄타의 영혼을 꺾을 수 없었다.

사탄타는 카이오와 족(중심이 되는 사람들) 언어로 흰곰(혹은 흰곰 사람)이란 뜻이다. 그는 코만치 족, 샤이엔 족, 아라파호 족 형제들과 함께 1874년 들소들과 인디언들의 삶의 방식이 지상에서 사라지는 것을 막기 위해 백인들과 대전투를 벌였다. 그것이 유명한 붉은 강(레드 리버) 전투다. 1867년 〈뉴욕 타임스〉는 '영리한 외교관 기질을 지닌 사탄타는 그 대담함과 잔인성에 있어 누구와도 비교할 수 없다'고 비난했다. 하지만 동시에 '이 얼굴 그을린 추장에게는 칭찬할 만한 좋은 점들이 몇 가지 있음을 부인할 수 없다'고도 고백했다.

사탄타는 북부 대평원에서 태어났으며, 아버지 빨간 천막(레드 티피)은 카이오와 족의 치료 및 주술 도구들을 지키는 사람이었다. 어렸을 때 사탄타는 가슴이 워낙 커서 큰 갈비뼈(구아톤바인)라는 이름으로 불렸다. 젊은 시절에는 뛰어난 전사 검은 말(블랙 호스)에게 방패를 물려받았으며, 이때부터 수많은 전투에 참가했다. 그리고 가는 곳마다 그의 웅변이 평원에 메아리쳤다. 네 개의 인디언 부족어, 스페인 어,

그리고 영어까지 웬만큼 할 줄 알았다.

철없는 어린아이처럼 아무것이나 죽이고 자연에 대한 존경심도 갖지 않은 백인들을 볼 때마다 사탄타는 분노했다. 들소들은 이유 없이 죽임을 당하고, 강가에서는 오래 자란 나무들이 베어지고 있었다.

'자유롭고 행복하게 평원을 방랑하다가 죽게 해 달라'는 사탄타의 외침은 문명과 도시의 노예가 되어 평생을 '보호구역' 안에 갇혀 살아가는 우리들 마음의 외침에 다름 아니다. 사탄타의 지적대로 우리는 나무들과 동물들이 사라진 땅에서 '얼굴이 창백해진 채' 살아가고 있다. 우리가 자랑하는 것들은 사실 순수함과 자연스러움으로부터 멀어진 한낱 인위적인 것들에 불과하다. 그것들은 인디언들의 표현대로 '들소의 콧김처럼' 덧없음 그 자체다.

죽어서 이 대지와 하나가 된 이들이 있다. 만물을 지으신 위대한 신비의 품으로 돌아간 이들이 있다. 그리하여 붉은 구름과 함께 태양이 지고 밤이 밀려오면 어슴푸레한 산 능선에서 이 대지를 굽어보며 옛날을 회상하는 주름진 얼굴들이 있다. 그들의 혼은 아직도 대지에 뿌려져 있던 들소 떼와 사슴들, 겨울을 이겨낸 떡갈나무들, 어김없이 돌아오던 반짝이는 연어들과 함께 있다. 천막을 들고 이동하던 겨울의 설원과 햇빛 부스럭거리던 여름의 평원이 아직도 그들의 눈동자에 어른거리고 있다.

나무 뒤에서, 바위 위에서, 계곡에 부서지는 폭포 아래서 그 얼굴 붉은 사람들의 혼이 밤이면 이 대지를 가득 채운다. 따라서 우리가 혼자라고 느껴도 우리는 결코 혼자가 아니다. 그 얼굴 붉은 혼들은 기도하고 있다. 우리가 이 대지의 신성함을 잃지 않기를. 더 이상 우리의 형제자매인 힘없는 동물과 식물들을 망각의 어둠 속으로 내몰지 않기를. 더 이상 어머니 대지를 파괴하지 않고, 바다가 하루 두 번의 운동을 멈추는 일이 없게 되기를, 그래서 어느 날 사방을 둘러봐도 기쁨을 나눌 일 없어 후회로 흐느껴 울지 않게 되기를.

코브 대령으로 알려진 촉토 족 추장은 미국을 도와 영국군과 맞서 싸웠다. 하지만 그의 부족 역시 땅을 포기하는 강제 조약에 서명하지 않을 수 없었다. 마지막으로 부족의 추장은 백인 관리에게 슬픔에 찬 작별의 인사를 했다.

"형제여, 당신을 통해 워싱턴에 있는 얼굴 흰 대추장의 말을 잘 전해 들었다. 나의 부족을 대신해 내가 답변하는 바이다. 형제여, 우리는 당신들의 친구로서 당신들이 독립 전쟁을 할 때 당신들 편에 서서 싸웠다. 하지만 이제 우리의 팔이 부러졌다. 당신들은 커졌고 우리 부족은 작아졌다. 이제 우리를 불쌍히 여기는 사람도 없다.

형제여, 나의 목소리는 약해져서 당신의 귀까지 전해지지도 않는다. 그것은 전사의 외침이 아니라 어린애의 구슬픈 울음소리에 지나지 않는다. 나의 부족이 입은 상처와 고통을 슬퍼하느라 나는 목소리를 잃었다. 이곳에 흩어져 있는 것이 그들의 무덤들이다. 이 늙은 소나무들 사이를 지나가는 바람 속에서 우리는 떠나간 혼령들의 울음소리를 듣는다. 그들의 유해가 이곳에 누워 있으며, 우리는 그들을 지키기 위해 이곳에 있다. 우리의 전사들은 거의 모두 저세상으로 떠나고, 그들의 유해만이 이곳에 남았다. 그들의 뼈를 늑대들에게 주고 우리가 이곳을 떠나길 바라는가?

형제여, 내 가슴은 터질 것만 같다. 열두 번의 겨울 전에 우리는 추장들이 우리의 땅을 팔았다는 얘기를 들었다. 이 주위에 누워 있는 모든 전사들이 그 조약에 반대했다. 만약 우리 부족의 목소리를 들었다면 그 조약은 결코 이뤄지지 않았을 것이다. 하지만 그들이 주위에 있어도 그들의 모습은 보이지도 않았고 목소리도 들리지 않았다. 그들의 눈물이 비처럼 쏟아졌으며, 그들의 탄식이 바람에 실려 흩어졌다. 얼굴 흰 사람들은 그들을 거들떠보지도 않았고, 우리의 땅은 우리에게서 떠나갔다.

형제여, 당신은 강력한 국가의 목소리로 말한다. 나는 하나의 그림자이며, 당신의 무릎에도 미치지 못한다. 나의 부족은 뿔뿔이 흩어졌다. 내가 외칠 때 나는 숲 속에서 울려 퍼지는 내 목소리를 듣는다. 하지만 대답하는 목소리는 하나도 들리지 않는다. 내 주위에는 온통 침묵뿐이다. 따라서 나는 할 말이 많지 않다. 이제 더 이상 말하는 것이 무의미하다."

코브 대령과 마찬가지로 부족의 삶을 보호하기 위해 백인들 편에 서서 인디언들을 물리쳐야만 했던 크로우 족의 뛰어난 추장 여러 번의 일격(알릭치아 아후쉬) 역시 보호구역의 울타리 안으로 물러나면서 다음의 작별 연설을 남겼다.

"마흔 살이 되었을 때, 나는 내 부족이 빠른 속도로 변화해 가고 있음을 보았다. 그리고 그런 변화는 우리의 삶을 매우 다르게 바꿔 놓았다. 이제 머지않아 평원에서 들소들이 사라지리라는 것을 누구라도 알 수 있었다. 들소들이 사라진 뒤에 우리가 어떻게 살아갈 수 있을까 모두 근심에 찼다. 얼굴 흰 자들이 가져다주는 모든 변화에도 불구하고 우리는 그들과 친하게 지내려고 마음을 먹었다. 하지만 그것이 쉽지 않다는 것을 알았다. 얼굴 흰 자들은 너무도 자주 어떤 약속을 하고, 행동은 전혀 다르게 하기 때문이다.

그들은 자신들의 법이 모두를 위해 만들어졌다고 큰 소리로 떠들었다. 하지만 얼마 안 가 우리는 알게 되었다. 그들은 우리들더러는 그 법을 지키라고 하면서 자신들은 일삼아 그 법을 어긴다는 것을. 그들은 우리들더러 술을 마시지 말라고 하면서 우리의 모피와 맞바꾸기 위해 끊임없이 위스키들을 안겨 주었다. 지혜롭다고 하는 선교사들은 우리들더러 그들의 종교를 믿어야 한다고 말했지만, 그 종교에 대해 알려고 해 보니 얼굴 흰 자들 사이에는 너무도 많은 종교가 있음을 발견했다. 그것을 우리는 도무지 이해할 수 없었다. 얼굴 흰 자들은 둘만 모여도 서로의 종교에 대한 의견이 달라 어느 쪽이 옳은지 판가름이 나지 않는다. 우리는 그것 때문에 많은 시달림을 당했다. 마침내 우리는 얼굴 흰 자들이 법과 마찬가지로 종교에 대해서도 진실하지 않다는 것을 알게 되었다. 그들은 이방인들과 상대할 때 자신들이 좋은 사람들인 양 돋보이기 위해 법과 종교를 들먹일 뿐이다.

이것들은 우리 인디언의 길이 아니다. 우리는 우리가 만든 법을 지켰으며, 우리의 종교에 따라 삶을 살았다. 얼굴 흰 사람들의 방식은 결코 이해가 가지 않는다. 그들은 단지 스스로를 바보로 만드는 사람들이다.

박새가 귀를 기울여 배움을 얻듯이 나 또한 내 평생 동안 배움을 얻고자 노력해 왔다. 다른 부족의 실수를 교훈삼아 내 부족을 도우려고 애써 왔다. 얼굴 흰 자들은 더 이상의 전쟁은 없을 것이라고 말한다. 하지만 그것은 사실이 아니다. 또 다른 전쟁이 있을 것이다. 인간은 아직 변화되지 않았으며, 의견이 다를 때마다 싸울 것이다. 지금까지 그래 왔던 것처럼.”

아메리카 대륙에 발을 들여 놓은 그 순간부터 백인들은 인디언들과 함께 들소들을 죽이기 시작했다. 그들은 인디언과 들소가 떼려야 뗄 수 없는 관계라는 것을 알았다. 인디언들은 들소에서 고기를 얻고,

옷과 천막을 만들 가죽을 얻었다. 들소가 자신들 삶의 전부라는 것을 알고 있었기 때문에 인디언들은 꼭 필요한 만큼만 들소 사냥을 했으며, 언제나 대열에서 처지는 약한 놈만을 골랐다. 하지만 사탄타가 슬픔에 찬 목소리로 말하고 있듯이, 백인들은 재미삼아 들소를 죽였다. 그들은 아예 마차나 기차를 타고 가면서 들소들에게 총질을 해댔다. 들소 썩는 냄새가 들판에 진동할 정도였다.

1800년대 중반에는 0.5구경 엽총으로 무장한 전문 사냥꾼들이 로키 산맥 동쪽 대평원의 들소들에게 심각한 타격을 가했다. 한 사람이 하루에 무려 150마리의 들소를 죽였다. 인디언들에게 들소의 사라짐은 곧 그들 삶의 방식이 사라짐을 의미했다. 1872년에서 1874년 사이에만 350만 마리의 들소가 백인들의 사냥총에 쓰러졌다. 그들은 가죽만 벗겨 가고, 나머지는 그냥 평원에 던져 두었다. 인디언들을 유럽까지 데리고 가 쇼를 펼친 백인 흥행업자 버팔로 빌은 자신이 8개월 동안 혼자서 4,862마리의 들소를 죽였음을 자랑하기도 했다.

이런 들소 학살은 처음부터 무자비하고 무분별하게 행해졌으며, 인디언들로선 도저히 납득하기 힘든 일이었다. 나아가 미국 정부는 사냥꾼들을 가득 태운 완행열차를 대평원으로 가로질러 가게 하는 정책까지 폈다. 들소를 죽이기 위한 것이 아니라 평원 인디언들의 의식주의 주된 원천을 제거하기 위한 것이었다. 원주민들에게 들소는 생태계의 상징이고 생명의 그물망 그 자체였다. 백인들은 들소들을 죽임으로써 마지막 남은 원주민들을 보다 손쉽게 무릎 꿇릴 수 있었다.

비단 정복 초기의 일만이 아니다. 지금도 아메리카 대륙에서는 끊임없이 들소 죽이는 일이 저질러지고 있다. 한 예로 1997년에 몬타나 가축 협회는 옐로스톤 국립 공원 안에 있는 전체 들소 떼의 3분의 1인 1,084마리를 도살했다. 전염병이 돌기 때문이라는 것이 표면적인 이유였지만 90퍼센트의 들소가 전염병 테스트에서 이상 없음이 드러났고, 그 전염병이라는 것도 6달러짜리 간단한 주사약으로 치료될 수 있는 것이었다. 하지만 미국 정부는 죽이는 쪽을 택했다.

불과 2백 년 전까지만 해도 아메리카 대륙에 6천만 마리가 넘었던 들소 떼가 2000년대에 들어설 무렵에는 불과 천 마리 정도만 살아남았다. 들소는 풀과 넓은 나뭇잎, 사초풀, 이끼류를 먹는 초식동물이며, 겨울철에는 강한 발굽과 머리를 이용해 쌓인 눈을 헤치고 풀을 찾아낸다. 몬타나 주 정부가 들소들을 죽였을 때도, 들소들은 먹이를 찾아 낮은 지대로 내려온 것이었다.

천 마리가 넘는 들소들의 영혼이 위대한 정령의 품으로 돌아간 그 해 봄, 라코타 족 출신의 제럴드 밀러드는 워싱턴 D.C.에 있는 미 의회 의사당 계단에서 다음과 같은 연설을 했다.

"나는 두 다리로 걷는 인간들의 나라를 대표하기 위해 이 자리에 선 것이 아니다. 총과 죽음 앞에서 침묵하며 죽을 수밖에 없는 네발 달린 동물을 위해 이 자리에 선 것이다. 모래 샛강(샌드 크리크)과 운디드니 대학살에서 울려 퍼지던 슬픈 목소리들이 아직도 우리 인디언들의 귓가에 들려오고 있다. 아이들은 울고 있고, 어머니들은 자식들이 죽임당하는 것을 보며 함께 죽어 가고 있다. 그런데 또다시 흰 눈이 피로 물들어가고 있다. 이미 정령들의 세계로 떠난 천 마리의 들소들과 아직도 위험한 처지에 놓인 나머지 들소들을 위해 나는 말한다. 나의 형제 국가인 타탕카 오야테, 더 이상 들소 나라를 멸망시키지 말 것을 요구하는 바다.

우리의 할머니 대지가 흰옷을 입고 있으면 삶은 힘들어진다. 들소의 나라도 그러했다. 겨울 날씨는 혹독하고 먹을 것이 없다. 그래서 우리의 형제 들소들은 살아남기 위해 먹을 것을 찾아나섰다. 배고픈 게 죄인가? 살아남으려고 하는 게 죄인가? 아니다. 더 이상 들소들을 죽여선 안 된다. 나는 클린턴 대통령과 몬타나 주 정부에 강력하게 요구한다. 들소 죽이는 일을 중단하라고. 당신들은 충분히 그렇게 할 수 있다.

우리 인디언 원주민들에게 들소의 나라는 언제나 영적인 생존의 상징이었으며, 우리는 하나로 연결되어 있다. 들소들은 성스러운 존재들이며 언제나 그래 왔다. 흰 암소가 태어나면 인디언들은 순례를 떠나 기도를 올리곤 했다. 그 성스러운 동물은 우리 원주민들에게 희망과 생존의 상징이기 때문이다. 라코타 족의 이야기에 따르면, 흰 암소 여인이 우리에게 성스러운 담뱃대, 평화의 담뱃대를 전해 주었다고 되어 있다. 나도 이 자리에 들소의 나라에서 가져온 평화의 담뱃대를 들고 왔다. 대통령이 이 담뱃대를 받아 자신이 선택한 신에게 기도하기를 바란다. 우리 모두를 내려다보는 신은 결국 한 분이시다.

대통령이 이 담뱃대를 들고 신에게 길을 안내해 달라고 기도하기를 나는 바란다. 그리고 네발 달린 우리의 친척을 위해 자비를 베풀기를! 나 역시 그를 위해 기도할 것이다. 미국인들이 돈지갑이 아니라 가슴으로 들소들을 바라보기를 나는 간절히 바란다. 다시는 이런 학살이 일어나지 않도록 도덕적인 사람들이 함께 일하게 되기를 나는 기도할 것이다. 네발 가진 우리의 친척들을 위해 대통령과 내무성은 인디언 부족의 어른들과 의논해야 한다. 들소 돌보는 일을 우리 인디언들에게 맡겨 달라. 그것은 우리의 의무이다. 우리가 오늘날 살아남은 것은 바로 그 네발 달린 친척들 덕분이기 때문이다.

세계에서 가장 강력한 국가로서 미국은 가난하고 고통받는 이들을 해방시키기 위해 싸우고 있다. 들소의 나라를 굶주림과 고통으로부터 해방하는 것도 우리의 성스러운 의무가 아닌가? 미국은 우리의 날개 달린 친척 독수리를 국가의 상징으로 삼고 있다. 우리 원주민들도 항상 독수리를 성스러운 동물로 존경해 왔다. 우리의 들소 친척도 마찬가지다. 위험에 처한 그들을 구하기 위해 법이 만들어져야 한다.

우리 라코타 부족은 한 번도 정복당한 적이 없다. 사실 우리는 백인 정부를 두 번이나 무찔렀다. 백인 정부와 조약을 맺은 것은 우리의 홀륭한 지도자 미친 말과 앉은 소가 부족의 고통과 굶주림을 보다 못해 조약서에 서명을 했기 때문이다. 우리의 양식이 되는 모든 들소 떼가 사라졌던 것이다. 그때와 마찬가지로 지금도 들소 나라의 생존은 곧 우리 인디언들의 생존과 직결되어 있다. 타탕카 오야테, 들소 나라는 성스러운 나라이다. 위대한 정령 와칸탕카가 들소와 우리를 친척으로 만들었다.

제발 들소를 그만 죽이라. 정신적이고 문화적인 말살 정책을 중단하라. 그것이 미합중국 대통령과 미국인들의 의무다. 우리는 미타쿠예 오야신('우리 모두 하나로 연결되어 있다')이라는 말로 기도를 끝맺는다. 그것은 들소와 독수리뿐 아니라 모든 생명 가진 것들이 우리가 드리는 기도의 증인이라는 뜻이다. 모든 생명은 신성하며, 위대한 정령이 주신 선물이라고 우리는 배웠다. 미국이여, 들소 나라를 위해 기도하라. 또다시 그들을 죽인다면 우리의 친척인 그들은 다시는 이 대지 위에 돌아오지 않을 것이다. 미타쿠예 오야신!"

이 사건이 있은 직후 라코타 부족의 한 인디언은 미합중국 대통령에게 한 통의 메시지를 보냈다.

"내 이름은 작은 천둥(로잘리 리틀 썬더)이다. 나는 라코타 족의 시칸구 지파에 속한 인디언이다. 나는 아무 권력도 재산도 없는 사람이지만, 당신에게 전할 중요한 메시지가 있다. 내 말을 잘 들으라.

역사적으로 들소는 우리 인디언들의 생존에 필수적인 것이었으며,

우리 문화의 중심에 있었다. 우리는 들소를 성스러운 존재로 여긴다. 들소뿐만 아니라 우리는 자연계의 질서와 신성함을 굳게 믿는 사람들이다. 많은 인디언들에게, 특히 우리의 어른들에게 당신들의 이번 들소 학살은 무서운 비극이다. 그것은 멀지 않은 과거에 당신들이 우리 인디언들을 죽인 일을 떠올리게 한다.

나는 두 번의 대학살에서 살아남은 인디언의 후손이다. 한번은 1855년에 네브래스카에서 일어난 작은 천둥 대학살이고, 또 하나는 그 10년 뒤에 일어난 모래 샛강 대학살이다. 하지만 그것은 특별한 것이 아니다. 이 땅의 모든 원주민들이 대학살의 악몽을 간직하고 있다. 1800년대에 6천만 마리가 넘던 들소들을 당신들은 잔인하게 죽였다. 그것은 원주민들을 굶겨 죽이고 정복하기 위해 교묘하게 계산된 행동이었다. 들소가 죽으면 우리가 죽고, 그러면 또다시 들소가 죽었다. 한쪽 면에는 인디언이, 다른 쪽 면에는 들소가 그려진 동전처럼 들소와 우리는 동의어이다. 동전의 양면인 것이다. 인디언과 들소는 도저히 잊을 수 없는 공통된 역사를 지니고 있다. 우리는 어쩌면 들소들로부터 멀리 떨어진 세대일지 모른다. 하지만 수만 년 동안 자연 속에서 함께 의존하며 살아온 지혜를 통해 우리는 한 가지 믿음을 갖고 있다. 들소와 우리는 뗄 수 없는 운명이라는 것이다.

당신은 미합중국의 지도자로서 지금 이곳에 사는 사람들뿐만 아니라 다가오는 세대를 위해서도 책임을 져야 한다. 인디언 지도자들은 전통적으로 지금의 일이 미래의 일곱 세대에게 어떤 영향을 미치게 될 것인가를 고려해 결정을 내려야 한다는 생각을 갖고 있었다. 들소가 성스러운 동물이라는 우리의 믿음을 정 받아들이기 어렵다면 이것을 생각해 보라. 과학자들은 들소가 생태계에서 중요한 역할을 하고 있으며 우리 모두의 생명을 유지하는 데 크게 기여하고 있다고 말한다. 한때 이 대지에 6천만 마리가 넘는 들소 떼가 있었다는 것을 감안한다면 그들이 사라진 것이 얼마나 큰 공백인가를 이해할 수 있을 것이다. 그들 모두가 죽임을 당하고 겨우 몇천 마리만 옐로스톤 공원으로 피신했다.

그런데 또다시 잔인한 들소 학살이 저질러지고 있다. 전염병에 걸렸다는 연막 전술 아래 당신들은 다시금 잔인한 들소 죽이기를 시도하고 있다.

대통령이여, 이것은 단지 한 사람의 잘못된 기억이 아니다. 나는 옐로스톤에 갔었고, 내 눈으로 직접 목격했다. 당신이 그 명령서에 서명을 했고 그 문제와 관련해 해당 주민들과 상의하라고 지시를 내렸다. 들소는 우리 인디언들에게 역사적이고 문화적이고 종교적인 중요성을 지니고 있다. 하지만 그 점에 대해 당신들은 우리와 어떤 의미 있는 대화도 해 본 적이 없다. 우리는 환경 평가팀에 참석해 본 적도 없다. 당신이 지배하는 이 나라의 국가적인 상징인 성스러운 들소의 운명을 결정하는 데 마땅히 우리 인디언들과 상의해야 한다. 우리는 옐로스톤에 많은 친구들을 갖고 있다. 그들은 들소를 지키는 평화롭고 용감한 수호자들이다. 호 헤케투!"

얼굴 흰 사람들은 땅이나 곰을 전혀 돌보지 않는다. 우리 인디언들은 동물을 죽이면 남김없이 먹고, 식물의 뿌리를 캘 때는 가능한 한 작은 구멍을 판다. 집을 지을 때도 거의 땅을 파지 않는다. 메뚜기 떼를 물리치기 위해 초원에 불을 지를 때도 다른 것들은 전혀 망가뜨리지 않는다. 우리는 나무를 흔들어 도토리와 소나무 열매를 얻는다. 꼭 필요한 경우가 아니면 나무에 도끼를 대지 않는다. 오직 죽은 나무만 땔감으로 쓸 뿐이다. 그러나 얼굴 흰 사람들은 땅을 갈아엎고, 나무를 쓰러뜨리고, 모든 것을 죽인다. 나무들은 말한다.

"그렇게 하지 마! 아프단 말야. 나한테 상처를 주지 마."

그러나 그들은 나무를 찍어 넘기고 잘라 낸다. 대지의 정령은 그들을 미워한다. 인디언들은 결코 어떤 것에 상처를 주지 않는데, 얼굴 흰 사람들은 죄다 파괴한다. 그들은 거대한 바위를 폭파해서 바닥에 흩어지게 한다. 바위는 말한다.

"그렇게 하지 마! 나한테 아픔을 주고 있잖아."

그러나 그들은 들은 체도 하지 않는다. 인디언들이 돌을 사용할 때는 요리하는 데 쓰기 위해 작고 둥근 돌을 가져올 뿐이다. 어떻게 대지의 정령이 얼굴 흰 사람들을 좋아할 수 있단 말인가? 모든 장소에서 그들이 손을 대기만 하면 대지는 아파서 신음한다.

20세기 초 백인들이 금을 채굴하는 캘리포니아 지역에 살던 어느 윈투 족 여인

들판에서 들소들이 사라졌을 때 우리 부족 사람들의 가슴은 철렁 내려앉았다. 그리고 다시는 그것을 회복할 길이 없었다. 그 이후로 아무 일도 일어나지 않았다. 어디서도 노랫소리가 들려오지 않았다.

여러 번의 일격(알릭치아 아후쉬)_크로우 족

얼굴 흰 사람들은 물고기가 돈이 된다는 것을 알자 그것을 차지해 버렸다. 인디언들에게서 다른 모든 것을 빼앗았듯이 그냥 빼앗아 버린 것이다. 그것이 그들의 방식이다. 그들이 인디언들에게 물고기 잡

는 것을 금지시킨 이유도 그것 때문이다. 물고기에 큰돈이 걸려 있기 때문이다. 얼굴 흰 사람들에게 인디언은 아무것도 아니다. 그냥 아무것도 아닌 존재들이다.

이제 우리 인디언은 산에서나 사막에서 열매를 구하고 약초 뿌리라도 캐기 위해서는 그들의 허가를 받아야 한다. 나무들은 그들이 심은 것이 아니다. 사슴들은 그들이 데려온 것이 아니다. 물고기들도 그들이 가져온 것이 아니다. 그런데도 그들은 말한다.

"우리가 너희에게 준다. 우리가 너희에게 낚시할 허가증을 준다. 우리가 준다."

그들은 그렇게 할 아무런 권리가 없다. 그들은 애초에 거지들이었고 떠돌이들이었다. 그들은 언어의 자유와 종교의 자유를 찾아 이 땅에 온 것이다. 그런 그들이 똑같은 자유가 인디언들에게도 있다는 사실을 망각해 버렸다.

이 나라는 이기주의와 탐욕을 기초로 세워졌다. 그들은 우리가 갖고 있던 모든 것을 빼앗았다. 우리의 종교를 빼앗고, 우리의 동질성을 빼앗았다. 모든 것을 빼앗은 것이다.

어느 두 명의 인디언, 1960년대 후반

우리는 그들에게 말했다. 위대한 정령 타쿠와칸이 라코타 족에게 식량과 옷으로 사용하라고 들소를 주었다고. 들소가 돌아다니는 구역이 곧 우리의 땅이라고. 우리는 그들에게 말했다. 들소들도 그들의 나라가 필요하며, 라코타 족에게는 들소들이 필요하다고.

붉은 구름_오글라라 라코타 족

존중한다는 것은 이곳에서 살아가는 대지와 물과 식물과 동물들이

우리 자신과 똑같이 이곳에 있을 권리를 갖고 있음을 인정하는 일이
다. 우리는 진화의 맨 꼭대기에서 살아가는 가장 우월하고 전능한 존
재가 아니라, 사실은 나무와 바위, 코요테, 독수리, 물고기, 두꺼비들
과 함께 각자의 목적을 완성하면서 삶이라는 성스러운 고리를 구성하
고 있는 일원일 뿐이다. 그들 모두가 그 성스러운 고리 안에서 주어진
일을 해내고 있으며, 인간 역시 다르지 않다.

늑대의 노래_아베나키 족

삶에서 내가 줄곧 지켜봐 왔지만, 혼자의 힘으로만 할 수 있는 큰일
이란 존재하지 않는다.

외로운 남자(이스나 라위카)_테톤 수 족

우리는 먹거나 쓸모 있게 사용할 것이 아니면 절대로 죽이지 말라
고 배웠다. 하지만 얼굴 흰 사람들은 다른 형태를 가진 생명을 존중하
지 않는다. 이 대지에는 언제나 풍성한 야생동물들이 있었다. 사슴과
야생 칠면조, 여우와 그밖의 다른 동물들이 있었다. 하지만 지금은
눈을 씻고 봐도 없다. 작은 달팽이들도 수없이 많았다. 당연히 그들의
거주지를 바꿔 놓으면 그들은 사라질 수밖에 없다. 오수가 흐르는 개
천에 사는 물고기들은 수은에 중독되어 있기 때문에 먹을 수도 없다.
전에는 이렇지 않았다.

버지니아 풀_세니놀 족

얼굴 흰 사람들이 찍는 사진은 세월이 지나면 모두 희미해지고 말
지만, 우리 인디언들의 기억은 영원히 변치 않는다.

사진을 찍는 톰 윌슨에게 어느 인디언 관광 가이드가 한 말

우리 인디언들은 상징과 이미지들의 세계 속에서 살았으며, 그곳에서는 영적인 것과 일상생활이 하나였다. 얼굴 흰 사람들에게는 상징이 단지 책에 쓰여진 말일 뿐이다. 우리에게 그것은 자연의 일부분, 우리의 일부분이다. 땅, 해, 바람, 비, 돌, 나무, 동물, 심지어 개미와 메뚜기까지 우리와 하나였다. 우리는 그것들을 머리가 아니라 가슴으로 이해했다. 따라서 그것들의 의미를 가르쳐 줄 또 다른 상징 같은 것이 우리에게는 필요하지 않았다.

절름발이 사슴(존 레임 디어)_미니콘주 수 족 치료사

마침내 눈이 내려
모든 것을 덮어 버렸네.

어린 사슴(조셉 콘차)_푸에블로 족

지카릴라 아파치 족 남자

겨울 눈으로부터 여름 꽃에게로

구르는 천둥(롤링 썬더)
체로키 족

방금 전에 소개받은 대로 나는 체로키 족의 치료사 구르는 천둥이다. 영적인 문제를 놓고 얼굴 흰 사람들과 대화를 나누는 것이 나로서는 이번이 처음이다. 내가 여기 오는 것을 망설인 이유도 그 때문이다. 내가 사는 곳의 인디언들은 영적인 문제들을 놓고 밤새워 대화를 나눈다. 그러나 미리 말해 두지만, 오늘 나는 비밀로 지켜야 할 절차나 성스러운 의식에 대해선 한마디도 하지 않을 것이다. 그것은 다른 이유에서가 아니다. 아직 때가 되지 않았기 때문이다. 인디언들은 아직 세상에 드러내지 않은 많은 비밀들을 간직하고 있다.

10년 전만 해도 나는 아메리카 인디언에 대해선 어떤 영적인 것도 말할 수 없었다. 얼굴 흰 사람들이 이 대륙을 차지한 이후로 우리 인디언 부족들 사이에서는 영적인 진리에 대해 대화를 나누는 것이 금지되었다. 당시 우리는 암호를 써서만 그것들을 주고받았고, 암호는 시간과 장소에 따라 달랐다.

하지만 삶의 양식은 변하게 마련이어서 6년 전 우리는 비로소 얼굴 흰 사람에게서 약간의 가능성을 발견했다. 그래서 우리는 그들의 세계로 여행을 떠나고 그들과 함께 섞이기도 했다. 그러면서 함께 대화를 나눌 수 있는 가슴을 지닌 사람들을 찾곤 했다. 처음에 말한 대로 나로선 외부 세계에 나와서 영적인 문제에 대해 얘기하는 것이 이번이 처음이다. 그만큼 상황이 나아졌다고 할 수 있다. 젊은 백인들은 과거 세대와 많이 다르다. 그들은 인디언을 좋아하고, 인간을 좋아하며, 우리에게로 다가와 대화를 나누고 싶어 한다.

나는 본래 인디언 치료사로 태어난 사람이다. 인디언 세계에서 치료사는 단순히 병을 치료하는 사람이 아니라 신비한 영적인 힘을 가진 사람을 뜻한다. 의사이며 동시에 영적인 상담자인 것이다. 많은 사람들은 내게 어떻게 하면 치료사가 될 수 있냐고 묻는다. 치료사란 아무나 마음먹는다고 될 수 있는 것이 아니다. 책을 읽거나 학교에 다녀서 될 수 있는 것도 아니다. 치료사는 그런 식으로 되는 것이 아니다. 치료사가 되고 싶어 하는 사람을 몇 명 만나 본 적이 있는데, 그들에게 이 점을 분명히 밝혀 두고 싶다. 치료사가 되려면 무엇보다도 치료사로 태어나야 한다.

그러면 사람들은 묻는다. 자신이 치료사로 태어났는지 어떻게 아느냐고. 꿀벌에게 물어보라, 어떻게 여왕벌을 아느냐고. 인디언들은 그냥 알 뿐이다. 우리는 우리 것을, 당신들은 당신들 것을 아는 것이다.

우리 인디언들은 남에게 보이기 위해 어떤 행동을 하지는 않는다. 구경거리로 무엇을 하지는 않는다. 세상에 있는 돈을 다 갖고 와도 인디언 치료사를 살 수는 없다. 오래전에 한 백인 친구가 비행기를 타고 내가 사는 곳까지 날아왔다. 그는 뉴욕에 있는 큰 회사의 사장 아들이었는데, 전용 비행기를 타고 와서 내게 만 달러를 내밀었다. 자신의 등 전체에 난 붉은 피부병 반점을 치료해 달라는 것이었다.

그는 내게 치료할 수 있느냐고 물었다. 그래서 내가 말했다.

"그렇다, 치료할 수 있다."

그는 그렇다면 병을 치료해 주겠느냐고 물었다. 내가 말했다.

"지금은 안 된다. 1년 후에 다시 찾아오라. 그리고 다시 올 때는 선물로 파이프 담배를 가져와 나의 협력자들에게 먼저 도움을 청해야 한다."

그러고 나서 나는 말했다.

"당신이 꺼내 놓은 만 달러는 도로 집어넣으라."

백인들은 돈이면 무엇이든 다 될 것이라고 생각하지만, 세상은 그렇지 않다. 삶에는 돈으로 살 수 없는 몇 가지의 것들이 있다. 우리 인디언들은 그 기준에 따라 살고 있다.

약국에 가서 인디언들이 사용하는 약을 살 수 없듯이 인디언 치료사를 돈으로 살 순 없다. 그는 환자를 받을 수도 받지 않을 수도 있다. 그는 이 세상에서 가장 독립적인 사람이다. 이것은 전혀 과장된 말이 아니다. 그는 전투가 한참 벌어지고 있는 들판을 혼자서 걸어 나갈 수도 있고, 누구와 대화를 나누다가도 언제든지 떠날 수 있는 사람이다. 그는 사람들을 불쾌하게 만들려고 그렇게 행동하는 게 아니다. 그것이 그의 행동 방식이기 때문에 그렇게 행동하는 것뿐이다.

우리는 오직 하나의 지배자에게만 대답한다. 그분은 모든 자연 속에 있는 위대한 정령이다. 우리는 그분이 인도하는 길만을 따라간다. 그것이 우리 스스로를 지키고, 다른 사람을 도울 수 있는 유일한 길이기 때문이다. 따라서 내가 원했다 해도 나는 만 달러를 꺼내 놓은 그 사람을 치료할 수 없었을 것이다. 치료를 시도했다면 내 스스로 대가를 치러야 했을 것이고, 내가 잘못된 행위를 했다는 것을 알기 때문에 큰 고통을 겪었을 것이다.

하지만 바로 다음 날 나는 전신마비에 걸린 한 노인을 치료했다. 그는 몇 해 동안 그 병을 앓았으며 의사들도 포기한 환자였다. 노인은 치료의 대가로 내 이름이 새겨진 이 목걸이를 선물했다. 나는 이것을 만 달러보다 더 소중한 것으로 여기고 있다.

사람은 누구나, 그가 인디언이든 아니든 마음을 순수하게 하고 자기를 정화하는 과정을 거쳐야 한다. 또 무엇보다도 자기 자신이 누구인가를 깨닫지 않으면 안 된다. '나는 누구인가?'를 알지 못하면 그는 인디언도 아니고 사람도 아니다. 우리 인디언은 자기가 누구인가를 알기 위해 자연에 자신의 모습을 자주 비춰 보곤 한다. 자연의 숨결과 자신의 숨결을 동일시하고, 대지의 맥박과 자신의 심장을 한 박자로 여긴다.

백인들은 인간의 힘이 자연을 다스리고 변형시키는 데 있다고 여기며 그것이 곧 생존의 길이라 믿는다. 하지만 인간의 힘과 진정한 생존은 자신을 자연의 한 부분으로 여겨 대지의 모든 생명들과 조화를 이루는 일에 있다.

우리가 기억할 수 있는 시간의 초기에는 대지가 마구 흔들리고 열기로 가득 차서 사람들이 걸어 다닐 수가 없었다. 그 당시에도 인간이 존재했지만 오늘날과는 다른 모습이었다. 그 첫 번째 부족의 후손들이 아직까지 남아 있는데, 그들은 바로 북부 캘리포니아에서 발견되는 큰발(빅 푸트) 족이다. 어떤 부족은 남태평양의 바닷속으로 침몰하는 대륙에서 배를 타고 피난해 오기도 했다. 그들의 후

손이 아직도 이곳 아메리카 대륙에 살고 있으며, 우리는 그들이 누구인지 안다.

인디언들의 얼굴 모습이 제각기 다르고 유럽 인이나 어떤 민족과도 비슷하지 않은 까닭이 여기에 있다. 우리는 아직도 1년에 한 차례씩 호피 족의 키바(푸에블로 인디언에게서 볼 수 있는 반지하 형식의 구조물. 대개 둥근 형태로 되어 제사 의식이나 회의 장소로 쓰임)에서 모임을 갖는다. 모든 부족의 대표들, 치료사와 추장들이 그곳에 모여 우리의 신성한 문서들을 돌려 읽고 뜻을 풀이한다.

우리 인디언들은 부족도 다르고 언어도 많이 다르다. 하지만 인디언들 사이에는 의사소통의 문제가 전혀 없다. 우리 역시 우리 나름대로의 대화 방법을 갖고 있다. 나는 캐나다의 퀘벡 주에서 온 인디언 치료사를 만난 적이 있다. 하지만 우리는 아무 말도 하지 않았다. 그럴 필요가 없었다. 우리 두 사람은 대화 없이 서로의 의사를 전달할 수 있었던 것이다. 영적 차원이 비슷한 수준에 이르면, 굳이 대화가 필요 없다.

옛날에는 두 인디언이 들판의 오솔길에서 몇 번이나 마주쳐도 아무 말이 오가지 않았다. 내 어린 시절 기억으로는 노인들 몇 명이 하루 종일 햇볕 아래 앉아 있어도 말이 필요하지 않았다. 언어 없이도 그들은 마음으로 서로 소통할 수 있었던 것이다. 때로는 오늘날의 우리보다 훨씬 잘 통했다. 그들은 서로를 깊이 이해하고 있었기 때문이다.

우리 인디언은 우리가 사용하는 약초를 '협력자'라고 부른다. 약초를 캐러 가면 우리는 약초를 발견하기 전에 이미 그것이 어디쯤에 있다는 것을 안다. 때로는 약초들이 스스로 모습을 드러내기도 한다. 얼굴 흰 사람들은 자신들의 마음에 들지 않는 식물을 잡초라 부르는데, 세상에 잡초라는 것은 없다. 이 세상의 모든 풀들은 마땅히 존중되어야 할 목적을 갖고 태어났으며, 쓸모없는 풀이란 존재하지 않는다.

식물들도 인간처럼 가족을 이루며 살고 있고, 부족과 추장을 갖고 있다. 따라서 약초를 캐러 가는 사람은 그 약초의 추장에게 선물을 바쳐 존경심을 표해야 한다. 그런 다음 실제로 그 풀에게 꼭 필요한 만큼의 풀만 뜯어 갈 것이고, 그것도 좋은 목적에 사용하리라는 것을 밝혀야 한다. 풀을 채취할 때는 그 필요성과 목적을 반드시 생각해야 한다. 약초는 좋은 목적에 쓰일 때는 도움을 주지만, 잘못하면 더 큰 문제를 일으킬 수가 있다.

음식과 옷을 얻기 위해 동물을 죽일 때는 생명을 빼앗는 것에 대해 그 동물에게 사과하고, 동물의 모든 부분을 잘 사용해야 한다. 인디언들은 아무 이유 없이 동물을 죽이지 않는다. 얼굴 흰 사람들은 그런 것을 잊어버렸다. 그들은 목적만을 추구한 나머지 인간과 자연의 관계를 무시하고, 나아가 '자기를 아는 일'로부터 멀어지고 말았다.

우리 인디언 부족의 아이들은 열두 살이 되면 집을 떠나, 신성한 장소가 있는 산으로 가서 명상을 한다. 그동안 인디언 노인이 산 아래서 아이들을 기다린다. 아이들은 옷도 입지 않은 채 담요만 걸치고, 음식과 물도 없이 그곳으로 올라가 3일 동안 머문다. 그들은 깜박 잠에 빠지기도 하지만, 다시 정신을 차리고 일어나 기도를 한다. 그러면 곧 그들이 장차 무엇을 해야 하는가를 보여 주는 환영이 나타난다. 아이들은 대체로 그 의미를 모르기 때문에 산 아래로 내려와 노인에게 자신이 본 환영에 대해 말한다. 그런 다음 아이들은 함께 치료사에게로 가서 그 환영에 대해 다시 한 번 이야기하고, 치료사는 그 의미를 곰곰이 풀이한다. 그러고 나서 아이들에게 이름 지어 주는 의식을 행하는데, 이때 치료사는 아이들이 본 환영의 의미가 무엇이며 그것을 어떻게 해석할 것인가를 결정한다. 치료사는 영감에 따라 아이들의 이름을 지어 주며, 그럼으로써 아이들은 자기 삶의 목표를 알게 된다.

여러 해 전 얼굴 흰 사람들은 인디언 추장과 치료사들을 모두 죽이려고 했다. 이것은 절대 꾸며 낸 말이 아니다. 그들이 그 일을 역사책에 기록하지 않았을 뿐이다. 내 할아버지도 그렇게 돌아가셨다. 하지만 아들이나 손자가 있다면, 다음 세대는 물론 7대까지 그 씨앗을 보존할 수 있다. 인디언들은 그런 일이 벌어졌을 때 아이들 숨기는 법을 오래전부터 배워 왔다. 심지어 오늘날에도 아이들이 납치당하거나 백인들 학교로 강제로 끌려가는 것을 막기 위해 인디언들은 자신의 아이들을 숨겨 놓는다. 따라서 치료사가 될 사람이 바로 다음 세대가 아니라 3,4대 뒤에 나타날 수도 있다. 그러니 7대에 걸친 모든 인디언들을 죽여야만 치료사들을 완전히 제거할 수 있었지만, 불행 중 다행으로 얼굴 흰 사람들은 그런 결정을 내리진 않았다.

내게는 치료사가 되려는 아들이 하나 있다. 또한 곁에서 나를 돕고 있는 다른 인디언들의 아들들도 있다. 이 청년들은 내 아들이나 마찬가지이고, 나와 함께 일하고 있다. 이들은 모두 치료사가 될 것이다. 그것은 일종의 학교와 같은 것으로 우리는 늘 같은 수의 학생들만 받아들인다. 우리는 결코 아무나 받아들이지 않는다. 그리고 무엇보다도 우리가 선택한 사람만을 받아들인다.

그리 오래전 일은 아닌데, 다른 지역에 사는 한 백인 남자가 치료를 받기 위해 나를 찾아온 적이 있다. 인디언들의 관습을 알지 못하는 사람은 문제에 부딪칠 수가 있고, 우리까지 문제에 빠뜨릴 수가 있다. 그런 사람은 매우 주의 깊게 살펴봐야 한다. 그는 담배 선물도 가져오지 않았다. 그것은 무척 중요한 일이다. 하지만 나는 그 친구가 젊은 사람이었기 때문에 병으로 고통받는 것이 안쓰러웠다. 그래서 치료를 해 주었고, 그는 병이 나았다.

그러자 청년은 자신도 치료사가 되겠다고 고집을 부렸다. 물론 그럴 수도 있는 일이다. 그래서 나는 그에게 3일 간 시간을 두고 생각해 보자고 말했다. 인디언들은 어떤 것을 결정할 때 대개 3일의 시간을 갖는다. 어쨌든 나는 그를 도와주고 싶은 마음이 생겼고, 그래서 그에게 3일의 여유를 준 것이다. 하루 하고 반나절이 채 지나지 않아서 청년이 나를 찾아와 자기에게 의술을 전수할 것인지 물었다. 대단히 참을성 없는 친구였다. 지금은 세상 사람 모두가 이처럼 끝없이 서두른다. 그래서 나는 그에게 말했다.

"아니다. 나는 당신에게 인디언 의술을 가르치지 않을 것이다. 배운다 해도 당신은 나쁜 주술사 정도밖에 못 될 것이고, 결국 당신 자신과 주변 사람들을 해칠 것이다."

청년은 무척 화를 냈다. 그의 머릿속에는 오직 치료사가 되겠다는 생각뿐이었다. 그래서 그는 우리가 사용하지 않는 여러 가지 방법들을 시도하기 시작했다. 그는 먼저 자신을 준비해야 한다는 사실도 잊었다. 어쨌든 그는 내 집을 떠나 다른 인디언에게로 갔으며, 그곳에서 내가 치료하는 방식을 모방하기 시작했다. 누구도 내 의술을 훔쳐 갈 수는 없다. 결국 그는 몸속의 기운이 치받쳐 머리카락과 눈썹이 다 빠졌다. 그것은 하나의 경고였다.

마침내 사람들은 그가 더 심각한 문제에 빠지기 전에 그를 비행기에 태워 서둘러 다른 나라로 보내 버렸다. 그는 일자리를 잃었으며 그동안 유지해 오던 관계들도 다 끊어지고, 그밖에도 많은 나쁜 일들이 일어나기 시작했다. 그는 다시는 그런 실수를 되풀이하지 않을 것이다.

얼굴 흰 사람들은 모든 것을 서둘러 원하며, 많은 노력 없이 그것을 얻고자 한다. 그렇기 때문에 오히려 그들은 더 많은 것을 놓친다. 무엇보다도 사물에 대한 이해를 놓치게 되는데, 그것은 그들이 이해에 필요한 만큼 충분히 그 세계에 몸담고 있지 않기 때문이다. 그들은 지금 당장 쉽고 빠른 대답을 원한다.

삶의 가르침은 그런 식으로 찾아오지 않는다. 단순히 자리에 앉아 진리에 대해 토론한다고 해서 진리가 얻어지는 것은 아니다. 진리는 그런 것이 아니다. 당신은 진리를 살아야 하고, 당신 자신이 진리의 한 부분이 되어야 한다. 그렇게 한다 해도 진리를 깨닫기가 어렵다. 진리는 아주 천천히, 한 걸음 한 걸음씩 다가오며 결코 쉽게 오지 않는다.

나는 스스로 행동하는 것을 좋아한다. 정부와 법, 그리고 소위 체제라는 것도 사람들이 스스로 만든 것이어야 한다. 사람은 저마다 자신만의 모습을 갖고 있으며, 이 세상에 온 그만의 목적을 갖고 있다. 그리고 그만의 모습, 그만의 목적을 발견하는 데 필요한 자신만의 방식과 길을 갖고 있다. 따라서 누구도 그 길을 방해해선 안 된다.

미국 전역의 모든 인디언들을 두 부류로 나눌 수 있다. 그것은 다름 아닌 전통을 지키는 인디언들과 미국 정부의 인디언들이다. 미국 정부의 인디언들은 인디언에 대한 모욕적인 대우를 그대로 받아들이고, 자신들이 무능력하다고 믿는 자들이다. 그런 생각을 가진 많은 인디언들은 실제로 무능력해졌다. 왜냐하면 자립심과 삶의 방향이 없는 사람은 누구라도 길을 잃고 헤매기 때문이다. 이들 중에는 알코올 중독자가 많으며, 미국 내에서 자살률이 가장 높은 집단이 바로 이들 인디언 집단이다. 이런 상황은 인디언들에 대한 착취를 부채질하고 있다.

반면에 전통적인 인디언들은 오랫동안 이어져 온 자신들의 행동양식에 따라 살고 있다. 그것은 본질적으로 서로를 존중하는 삶이며, 따라서 자유로운 삶을 보장한다. 또한 모든 사람이 삶의 방향을 갖고 스스로 목적을 추구하도록 돕는 것이 그들 삶의 중요한 부분을 차지한다. 전통적인 인디언은 정부를 인정하지 않는다. 그들은 어떤 정치 체제에도 참여하지 않는다.

얼굴 흰 사람들이 우리가 사는 땅을 침략했을 때, 그것은 매우 억압적인 행동이었다. 지금 그런 억압이 점점 더 확대되어서 인디언들뿐만 아니라 소수 집단, 저개발국가의 국민들, 새로운 생각을 가진 신세대, 그리고 정부의 뜻에 따르지 않는 모든 사람들이 고통받고 있다.

우리 전통적인 인디언들은 백인들의 체제에 참여하지 않는다. 그것으로부터 억압을 받고는 있지만, 그 일부분이 되려고 하지 않는다. 사람들이 살고 있는 땅에 함부로 들어가서 아무 데도 갈 곳이 없는 자들을 그 땅에서 몰아내고, 그들 대부분을 죽이고, 남은 자들에게 자기네 울타리 안에 들어와야 한다고 말하는 것은 있을 수 없는 일이다. 두말할 필요 없이 그것은 크게 잘못된 일이다. 우리는 그들의 울타리를 좋아하지 않고, 그래서 들어가지 않을 것이다. 만약 그들이 올바른 사람들이라면, 우리가 자기들 울타리 안으로 들어오기를 바라는 대신 우리 삶의 방식을 그대로 놔둬야 할 것이다. 다른 부족들이 그들의 땅에서 따로 살도록 허용해야 할 것이다.

좋은 체제는 절대로 자신의 몸집을 불리려고 애쓰지 않는다. 사람들을 도와주는 것은 좋은 일이지만, 체제를 확산시키려는 것은 잘못이다. 믿음을 확산시키려는 것도 잘못된 일이다. 기독교든 다른 종교든, 혹은 세상에서 가장 좋다고 생각되는 종교라 할지라도 그 종교에 대해 알고 싶어 하는 사람에게만 그것을 말해야 한다. 물론 세상에서 가장 좋은 종교라는 것은 없지만 말이다. 기독교, 사회주의, 자본주의, 민주주의, 그밖에 어떤 이데올로기든 사람들을 위협해 자신들의 생각을 확산시키려는 것은 옳지 않다.

어쨌든 우리는 정복당한 사람들이 아니다. 식민지 백성이 아니다. 백인들과 동등한 조약을 맺었다. 백인들은 대부분의 조약을 깨뜨렸고, 우리는 그토록 무례하게 행동하는 그들에게 한 번도 굴복한 적이 없다.

문명인들은 자연에 고삐를 채우고, 자연을 정복하고, 자연을 인간의 노예로 만드는 일에 대해 이야기한다. 이것은 문명인들이 자연의 방식에 대해 얼마나 모르고 있는가를 말해 준다. 또한 오늘날의 자연환경이 그것을 증명한다. 이제 모든 사람들이 두려워하고 있다. 대기오염을 두려워하고, 방사능과 더러워진 물을 두려워한다. 대지는 오염되고 자원은 사라졌거나 무용지물이 되어가고 있으며, 사람들은 너무 늦은 게 아닐까 걱정하고 있다.

자연을 길들이려는 어떤 장치도 불가능하다. 그것은 인간 내면의 자연인 본성에 대해서도 마찬가지다. 사람마다 느끼고 생각하는 게 있는데, 그런 인간 본래의 의식 세계를 통제하려 든다면 그것은 비극이 아닐 수 없다. 개인이나 집단이 어떤 한 개인의 본성과 존재 목적에 반해서 그 사람의 길을 결정짓거나 통제할 수는 없는 일이다. 처음에는 가능할 것처럼 보이나 결과는 비극적이다. 결국 모두가 두려워하고 위험스럽게 여기는 길로 나아갈 것이다.

치료 행위에 있어서도 우리는 그 점을 중요하게 여긴다. 진정한 치료사는 치료받는 사람의 업보와 운명을 충분히 고려한다. 더불어 진정한 치료사는 사람의 영혼이 걸어 나가야 할 길에 대한 깊은 통찰력을 갖고 있다. 그것만이 한층 더 실제적인 치료를 가능케 하며, 인간을 그가 처한 고통으로부터 구원할 수 있다.

자연은 고귀한 것이며, 인간 내면 역시 고귀하다. 자연은 언제 어디서나 존중되어야 한다. 모든 생명, 세상의 살아 있는 모든 존재는 존중되어야 한다. 이것만이 유일한 해답이다.

인간이 한 장소를 더럽히면 그 더러움은 사방으로 퍼진다. 마치 암과 종양이 몸 전체로 번지는 것과 같다. 대지는 지금 병들어 있다. 인간이 대지를 잘못 대했기 때문이다. 머지않아 많은 문제가 일어날 것이다. 가까운 미래에 크나큰 자연재해가 일어날지도 모른다. 그런 것들은 대지가 자신의 병을 치료하기 위한 필수적인 과정이다. 이 대지 위에 세워진 많은 것들은 대지에 속한 것들이 아니다. 그것들은 신체에 침투한 바이러스처럼 대지에게는 참을 수 없는 이물질들이다. 당신들은 아직 문제의 심각성을 느끼지 못할지도 모르지만, 머지않아 대지는 자신의 병을 치료하기 위해 몸을 크게 흔들기 시작할 것이다. 이것은 사실 열병을 앓거나 먹은 것을 토하는 것과 같으며, 당신들은 이것을 신체가 스스로를 바로잡는 과정이라고 부를 수도 있다.

사람들이 이 사실을 깨닫는 것이 무엇보다 중요하다. 지구는 하나의 살아 있는 생명체다. 인간과 마찬가지로 그 자체의 의지를 가진 보다 높은 차원의 인격체다. 따라서 지구 역시 육체적으로나 정신적으로 건강할 때가 있고 병들 때가 있다. 사람이 자신의 신체를 존중해야 하듯이 지구도 마찬가지다. 지구에 상처를 주는 것은 곧 자기 자신에게 상처를 주는 일이며, 자기 자신에게 상처를 가하는 것은 곧 지구에게 상처를 가하는 일이다. 하지만 너무도 많은 사람들이 그것을 깨닫지 못하고 있다.

환경에 관심을 가진 일부 사람들이 지구를 보호하려고 노력하고 있다. 하지만 그들마저도 신성한 약초를 함부로 사용한다. 내가 협력자라고 부르는 어떤 약초들은 신중하게 사용될 때는 인간에게 매우 유익하다. 하지만 그것은 반드시 올바른 방식으로 사용해야 한다. 그렇지 않으면 약초들은 아무 쓸모가 없고 오히려 인간에게 해를 끼칠 것이다. 대부분의 사람들이 이 사실을 잘 모르고 있다. 이 모든 것을 이해하지 않으면 안 된다.

문명인들이 이것을 이해하는 일은 쉽지 않을 것이다. 이해란 책이나 교사를 통해 어떤 사실을 아는 것과는 다르기 때문이다. 이해는 사랑과 존중하는 마음에서 비롯된다. 그것은 위대한 정령을 존중하는 마음에서부터 시작된다. 위대한 정령은 그야말로 모든 것들 속에서 살아 움직이는 생명 그 자체이다. 모든 존재들, 풀들, 심지어 바위들과 광물질 속에도 위대한 정령이 깃들어 있다. 모든 존재는 자신만의 의지와 삶의 방식, 그리고 자신만의 목적을 갖고 있다. 우리 모두는 그것을 존중해야만 한다. 생명을 존중하는 마음은 하나의 느낌이나 자세가 아니다. 삶의 방식이다. 우리 자신과 주위 생명체들에 대한 인간의 의무인 것이다.

외부인이 자신들의 땅에 처음으로 발을 들여놓았을 때부터 인디언들은 그들에게 모든 것을 나눠 주었다. 집 지을 땅을 내주었으며, 농사짓고 사냥하고 물고기 잡는 법까지 가르쳐 주었다. 그리고 자신들에게 전통적으로 전해져 온 영적 지식과 치료법 등에 대해서도 일러 줄 생각이었다. 하지만 그 얼굴 흰 자들은 땅을 빼앗고 땅속의 것을 캐가는 일 외에는 아무것에도 관심이 없는 침략자들이었다. 그들은 차츰 인디언들을 쓸모없는 땅으로 내몰았으며, 땅을 독차지하기 위해 어떤 거짓말도 서슴지 않았다.

인디언들의 눈으로 볼 때 얼굴 흰 사람들은 단지 사물의 그림자에만 관심이 있을 뿐 그 뒤에 있는 실체는 애써 무시하거나 부정하기 일쑤였다. 내가 살고 있는 사냥 금지 구역까지 가끔씩 얼굴 흰 사냥꾼들이 올라오는데 그들은 참으로 탐욕스럽고, 경솔하고, 파괴적인 인간들이다. 사람 사냥꾼과 다를 바가 없으며, 사냥 트로피에 눈이 멀어 닥치는 대로 동물을 죽인다. 때로 그들은 길가에다 죽은 동물의 몸통만 버리고 가기도 하고, 쓰레기장에 동물의 시체가 쌓여 있는 모습도 흔히 볼 수 있다.

인디언들은 그런 식으로 사냥하지 않는다. 나는 분명히 말할 수 있다. 우리는 필요한 것보다 많이 사냥하지 않으며, 따라서 아무것도 버리는 것이 없다. 우리 인디언들은 적절한 방법을 이용해 동물을 존중하는 마음으로 사냥한다. 나는 사냥할 때 한 마리 이상 잡지 않으며, 내가 사냥할 동물은 미리 정해져 있다. 나는 절대로 사슴을 찾아서 뛰어다니거나 뒤를 쫓지 않는다. 내가 잡을 사슴에게 곧장 다가간다. 내가 언덕으로 올라가면, 사슴이 그곳에 서서 나를 기다릴 것이다. 왜냐하면 그것은 미리 정해져 있는 일이며, 사슴도 나도 그것을 알기 때문이다.

우리 인디언은 모든 일에는 필요한 때와 장소가 있다고 말한다. 그것을 말하기는 쉬워도 이해하기는 어렵다. 삶을 통해서 그것을 이해해야 한다. 인디언은 그런 이해를 바탕으로 삶을 살고 삶 속에서 그것과 조화를 이룬다. 그렇게 해서 우리는 약초를 구하는 때와 장소를 안다. 그것이 약초가 필요할 때 우리가 그것을 구하는 방법이다.

약초는 여름철에 가장 상태가 좋다. 물론 조금 일찍, 혹은 늦게 채취하는 약초도 있다. 약초를 캐는 것은 시간이 많이 걸리고, 손이 많이 가는 일이다. 그리고 때맞춰 채취하는 것이 중요하다. 주의를 기울이지 않으면 여름이 그냥 지나가 버릴 것이고, 그러면 약초를 전혀 얻지 못하게 된다. 하지만 겨울철에 약초가 필요할 경우, 나한테 약초가 없다면 나는 밖으로 나가서 그것을 구해 올 것이다. 한겨울에 눈 속에 있는 여름 꽃을 따온 적도 몇 번 있었다. 약초가 꼭 필요할 때만 나는 그렇게 했다. 우리 인디언들은 이유 없이 어떤 일을 하지 않는다.

약초뿐 아니라 해와 땅, 구름, 모기, 식물, 사람과 동물들도 그 법칙에서 벗어나지 않는다. 우리는 해가 떨어진 다음에는 약초를 채취하지 않으며, 필요한 때만 약초를 수집한다. 그리고 주기 전에는 어떤 것도 받지 않는다. 어떤 풀을 뽑아서 그냥 내버리는 일이 없으며, 재미로 무엇을 죽이는 법도 없다. 우리는 이유 없이 일을 하지 않으며, 반면에 해야 할 이유가 있는 일을 하지 않고 놔두지도 않는다. 우리에게는 잡초라는 것도, 이유 없이 모기에 물리는 것도, 원하지 않는 비도 없다. 위험한 식물이나 동물도 없다. 우리는 두려움도 갖고 있지 않다. 바람과 비, 모기와 뱀이 모두 우리 자신 안에 있다. 우리는 그것들을 자신의 존재 속에 포함시킨다.

자신의 진정한 모습을 알고 나면, 꾸며 낸 모습이 아니라 진정한 자신의 모습을 알고 나면, 겨울의 눈도 우리 자신이고 여름의 꽃도 우리 자신임을 깨닫게 된다. 생명의 모든 표현이 곧 우리 자신임을.

인간의 본질은 우주의 본질과 하나이며, 따라서 인간은 자연으로부터 자신의 본성을 배울 수 있다. 기술과 물질에 기초한 생활은 인간이 시도한 것 중에서 가장 자연스럽지 못한 생활 방식이다. 얼굴 흰 사람들의 삶은 자연이 아닌 것에 너무 길들여져 있다. 나무와 새로부터, 곤충과 동물로부터, 변화하는 날씨로부터 아득히 멀어져 있다. 그렇기에 그들은 자신의 참된 본성으로부터도 멀어졌다. 그 결과 자연스러운 것들과 마주치면 낯설어하고 어색해한다.

변치 않는 영원한 진리라는 것이 얼굴 흰 사람들에게는 마치 새로 배워야 하는 것처럼 되어 버렸다. 하지만 늦기 전에 그것을 배워야만 한다. 그래서 외떨어진 개인이 아니라 전체 속에서 서로 의지하며 일하고, 눈덩이처럼 불어나는 삶의 문제들에 대처할 수 있어야 한다.

우리는 대지를 믿는다. 우리는 자연과 친밀한 관계를 갖고 있지만, 얼굴 흰 사람들은 자연으로부터 우리를 떼어 놓으려고 한다. 대지는 식량과 집과 약을 주고 인간을 정화시킨다. 인디언들은 그런 것들이 자신들에게 속해 있음을 안다. 대지는 생명에 속해 있고, 생명은 대지에 속해 있으며, 대지는 그 자신에 속해 있다.

하지만 얼굴 흰 사람들은 이렇게 말한다.

"이 땅은 내 것이고, 저 땅은 당신들을 위해 우리가 남겨 놓은 것이다. 이 문서에 서명하라."

그럼에도 불구하고 그들은 결국 모든 땅을 차지했다. 그들은 협정 문서에 서명했지만, 그것에 별로 개의치 않았다. 이것은 처음부터 완전히 잘못된 일이었기 때문에 그들은 어떤 이유나 설명도 하지 않았다. 단지 이렇게 말할 뿐이었다.

"당신들은 걸을 수 있다. 그렇게 걸어 다닐 수 있다면, 살아 나갈 수도 있을 것이다."

지금 그들은 이 땅을 공유지라고 부르며 이렇게 말한다.

"인디언은 이곳에 출입할 수 없다. 이 땅은 공공의 것이다. 이 땅은 토지 관리국이 관리하며, 당신들은 인디언 담당국이 관리한다. 그러니 출입을 삼가라."

따라서 인디언들은 죄의식과 두려움을 느끼며 눈에 띄지 않게 돌아다녀야 한다. 백인들은 우리가 그렇게 하는 것을 좋아한다.

1863년 쇼쇼니 부족이 살 수 있는 땅의 경계선을 확정하는 협정이 네바다 주의 루비 계곡에서 맺어졌다. 인디언 추장들과 사형 집행인들이 그 협정에 서명했고, 미국 의회가 그것을 승인했다. 하지만 우리가 맺은 조약은 피의 대가를 치른 것이었다.

당시 얼굴 흰 사람들은 인구도 많지 않았고, 인디언보다 세력이 약했다. 평화 협정을 맺자고 우리에게 온 자들은 바로 백인들과 그들의 정부였다. 얼굴 흰 사람들은 자기들끼리 남북 전쟁을 치르고 있었으며, 미합중국의 링컨 대통령은 전쟁 비용을 대기 위해 캘리포니아 주에서 금을 가져오기를 원했다. 금을 운반하려면 네바다 주를 가로질러 가야 했는데, 백인 정부는 금을 운반하는 모든 역마차를 안전하게 지킬 만큼 충분한 군인을 갖고 있지 않았다. 그래서 그들은 역마차가 지나가는 땅에 사는 사람들과 평화 협정을 맺기를 원했다. 우리 쇼쇼니 족이 바로 그들이었고, 우리가 그 땅의 주인이었다.

얼굴 흰 사람들과 미합중국 대표자들은 협정을 맺기 위해 쇼쇼니 족 추장들과 부족 사람들을 꼭 만나고 싶다는 전갈을 보내왔다. 결국 만날 날짜가 정해졌다. 인디언들은 그날 축제를 열기로 결정했고, 모든 인디언들이 그곳에 모이기로 했다. 말 잔등에 실려 그 소식은 사방으로 전해졌다. 인디언들은 풍성한 음식을 차려 놓고 큰 축제를 열 생각이었고, 그 자리에서 양측이 평화 협정에 서명하면 더 이상의 싸움은 없을 터였다. 그런 자리에는 총이 필요 없다고 여겼기 때문에 인디언들은 무장도 하지 않고 가기로 했다.

약속된 시간에 쇼쇼니 족 사람들과 추장들이 루비 계곡의 약속 장소에 모였다. 그들은 전부 비무장 상태였다. 백인 정부의 대표자들은 병사들과 함께 나타났는데, 그들 뒤로 총이 무리지어 세워져 있었다.

인디언들이 모두 모이자, 갑자기 백인 병사들이 총을 들고 미리 잡아온 한 인디언을 쏴 죽였다. 그들은 그 인디언이 역마차를 강탈한 혐의로 체포되었으며, 백인들이 인디언 땅을 통과하는 것을 방해하려는 모든 인디언들에게 본보기가 될 것이라고 말했다. 그들은 그 인디언의 사지를 찢어서 커다란 검은 솥에 넣고 끓였다. 그리고 그곳에 모인 인디언들의 머리에 총을 겨누며, 죽은 사람의 인육을 먹으라고 강요했다. 병사들이 총을 겨누고 있는 동안 남자, 여자, 어린아이 가릴 것 없이 그곳의 모든 인디언들은 동족의 인육을 먹어야 했다.

그렇게 끔찍한 만행을 저지른 후 얼굴 흰 사람들은 우리 부족 사람들에게 협정에 서명하게 했다. 우리가 맺은 협정은 피의 대가를 치른 것이다. 우리는 우리가 맺은 협정과 우리의 땅을 지킬 것이다. 언젠가는 얼굴 흰 사람들도 그 협정을 지켜야 할 것이고, 우리에게 진 빚을 갚아야 할 것이다. 그래야 모든 것이 공평해지기 때문이다.

사람은 자신의 생각에 책임을 져야 하며, 생각을 다스리는 법을 배우지 않으면 안 된다. 쉬운 일은 아니지만 가능한 일이다. 무엇보다도 어떤 특정한 생각을 하고 싶지 않을 때 인디언은 그것에 대해 말하지 않는다. 눈에 보이는 것마다 먹을 필요가 없듯이, 떠오르는 생각을 모두 말할 필요는 없는 법이다. 그래서 우리는 자신이 하는 말을 잘 관찰하며, 오직 좋은 목적을 위해서만 말을 한다. 원하지 않는 생각을 비우고 마음을 맑게 가져야 할 때가 있다. 그때를 위해 우리는 꾸준히 자신을 훈련시켜야 한다.

우리는 원하지 않는 생각이나 말을 하지 않을 수 있어야 한다. 우리는 그것을 선택할 수 있으며, 따라서 그 점을 깨닫고 선택하는 연습을 해야 한다. 당신들의 마음속에 떠오르는 꿈과 생각들에 대해 자신을 비난할 필요는 없다. 자신을 억압하거나 생각들과 싸울 필요가 없다. 다만 자신이 생각과 말을 선택할 수 있다는 사실을 깨닫는 일이 중요하다. 자신이 원하지 않는 생각이 줄곧 떠오를 경우 그것에 대해 관심을 갖지 말라.

"나는 이런 생각들을 선택하지 않겠다."라고 말한 뒤, 그 생각을 혼자 내버려 두면 곧 사라져 버린다.

굳은 결심으로 꾸준히 수련한다면, 마침내 생각을 선택하고 자신의 의식을 통제하는 법을 터득할 것이고 원하지 않는 생각들은 더 이상 떠오르지 않을 것이다. 그렇게 하면 올바른 방법으로 완전히 정화된 자신을 경험할 수 있고, 어떤 불순물도 몸과 마음에 남아 있지 않게 된다. 인디언 전사와 같은 인내심으로 그것을 해 나가면 언젠가는 몸과 마음이 정결한 상태에 이르게 될 것이다. 이 대지 위에서의 삶을 충분히 살고 나면 우리는 다시는 이곳으로 돌아오지 않을 것이다. 그러나 아직 우리에게 할 일이 있고 이뤄야 할 목적이 있는 한 우리는 이곳의 삶을 계속해야 한다.

따라서 세상을 등지고 산으로 떠나는 것은 자신에게 거짓된 일이고, 어머니인 대지에게도 거짓된 일이다. 어떤 일이 우리에게 일어나는 것은 그것이 아직 우리의 성장에 필요하기 때문이다. 따라서 그 일이 그곳에 있는 한 우리는 그것을 무시하지 말 것이며, 그길을 따르고 그 길을 존중하고 그 길과 직접 대면해야 한다.

모든 것은 내가 선택한 것이고, 때로 나는 비싼 값을 치러야만 한다. 모든 병과 고통은 나름대로 이유가 있다. 그것들은 늘 지나간 어떤 것, 다가올 어떤 것에 대한 보상이다. 그렇다고 우리가 병과 고통에 대해 아무런 치료 행위도 할 필요가 없다는 뜻이 아니다. 다만 왜 그 일이 일어났는가를 깊이 이해하는 일이 중요하다. 문명인 의사들은 그것을 이해하고 있지 않다. 인디언 치료사의 역할이 바로 거기에 있다.

우리는 모든 것이 어떤 것의 결과이며, 또 다른 것의 원인임을 안다. 그것은 하나의 사슬처럼 이어진다. 때로 어떤 병과 고통은 그것이 최선의 방법이기 때문에 일어나는 것이다. 따라서 그것을 그냥 사라지게 하면 더 큰 대가를 치르게 된다. 그 자신은 그것을 모를지라도 그의 영혼은 알고 있다. 그래서 우리는 어떤 환자를 치료하기 전에 3일 동안 시간을 갖는 것이며, 그 결과 치료를 거부하기도 한다.

육체적인 고통은 좋든 나쁘든 어떤 이유를 갖고 있으며, 그것은 언제나 영적인 차원에서 시작된다. 예를 들어 어떤 질병에 감염된다는 것은 영적으로 순수하지 못했음을 뜻한다. 육체에 일어나는 일은 그것으로 전부가 아니며, 따라서 의사는 육체 이상의 것을 알고 있어야 한다.

문명인 의사들은 환자가 찾아오면 질병만 관찰할 뿐 사람을 관찰하지 않는다. 그래서 문제가 무엇인지 이해하지도 못한 채 약을 주어 통증을 느끼지 못하게 하든지 신체의 어떤 부위를 잘라 쓰레기통에 버린다. 어쩌면 그것은 불필요한 일일 수도 있고 전혀 치료가 아닐 수도 있다.

인디언인 나는 신체적인 고통에 무척 관심이 많으며, 자연적인 수단으로 고통을 없애는 데 관심이 크다. 우주 안에는 매우 다양한 형태의 영적 차원이 있다. 자연 속의 모든 물질은 그 나름의 영적 차원을 갖고 있으며, 우리가 어떤 약초로부터 도움을 구하는 것은 바로 그 약초의 영적 차원의 협력을 얻는 것이다. 단순히 화학물질의 합성만으로 치료가 가능하진 않다. 한 번도 본 적이 없는 풀이라도 한번 손에 쥐어 보면, 나는 그것이 어떤 영적인 차원을 갖고 있는지 이해할 수 있다.

우리 인디언들은 여전히 하나의 민족으로 살아가고 있다. 우리는 우리끼리 우리의 삶의 방식대로 살아가기를 원한다. 우리의 삶을 누리고 싶고, 오랫동안 전해져 온 삶의 방식을 지키기를 희망한다. 옛날에 우리는 바람직한 삶을 살았다. 서로를 존중하고 서로 어울려서 조화롭게 지냈다. 아주 옛날에는 그렇게 살았다.

우리는 종교의식을 통해 피부색에 상관없이 모든 사람들을 위해 기도한다. 동물들과 어머니 대지 위에 있는 모든 것들을 위해 기도한다. 나는 우리 모두가 가슴 안에 자기만의 교회를 갖고 있다고 믿는다. 당신들도 자기만의 교회를 가슴 안에 갖고 있다. 당신들이 그 교회를 따를 때 당신들은 위대한 정령의 가르침에 따라 올바른 길을 걷고 있는 것이다. 당신들이 세상의 교회를 다니지 않는다 해도 자기 가슴속의 교회를 잃지 않으면 된다. 그것이 우리 인디언이 가르침을 받은 방식이다.

얼굴 흰 사람들이 인디언들과 악수할 날이 올 것이다. 하지만 지금 얼굴 흰 사람들과 인디언들 사이에 필요한 것은 단지 악수를 하는 것이 아니다. 현재 필요한 것은 얼굴 흰 사람들이 자신들이 저지른 잘못과 죄에 대해 어느 정도 보상을 해야 한다는 것이다. 또한 이미 맺은 협정과 합의를 성실하게 지켜야 한다. 오늘날 많은 사람들이 인디언들과 친구가 되려 하고, 우리를 이해하고 배우려 한다. 하지만 백인 정부는 반대 방향으로 나가고 있다. 그들은 계속 거짓말을 하면서 인디언의 땅을 빼앗고, 인디언들의 권리를 박탈한다. 그 결과 상황은 더욱 나빠지고 있다.

지금 이 시간에도 우리는 여전히 땅을 빼앗기고 있고, 얼굴 흰 사람들은 여전히 우리 인디언들을 죽이고 있다. 심지어 젊은 청년들까지 죽인다. 죽임을 당한 많은 인디언들의 시신이 인디언 보호구역에서 발견되고 있다. 때로는 감옥에서 죽은 채 발견되기도 한다. 우리는 이런 사건들을 증명할 수 없을 뿐더러 백인들의 재판정에서는 아무것도 할 수 없다. 또한 누가 그런 일을 저질렀는지 알더라도, 범인의 유죄를 입증하거나 그를 조사할 수 없다.

인디언 가정으로부터 아이들을 빼앗는 일이 미국 전역에서 일어나고 있다. 얼굴 흰 사람들은 아이들을 돌보고 종교 프로그램에 참여시킨다는 명목으로 아이들을 인디언 보호구역에서 납치해 간다. 어떤 백인 가정이 아이를 원하거나 누군가가 인디언을 개종시키고 싶다면, 어떤 이유를 둘러대도 개의치 않는다. 그들은 복지부 공무원과 경찰, 인디언 대리인들과 손발을 맞춘 후 인디언 보호구역으로 가서 아이를 빼앗아 올 것이다. 인디언 가정이 생활보호 대상자에 해당된다거나, 아이들이 너무 많다는 등의 그럴듯한 핑계를 대면서 아이를 데려가는 것이다. 아무 증빙 서류도 제출하지 않는 경우도 흔하다.

모르몬교 같은 종교 단체들이 이런 납치에 깊이 관련되어 있다. 사실 그들은 우리와 가장 친한 친구가 되어야 할 사람들일 뿐 아니라, 그들 스스로 인디언들이 선택받은 사람들이라고 주장하는 자들이다. 일반인들은 인디언 보호구역 안에서 무슨 일이 일어나고 있는지 전혀 모를 뿐더러 상상도 할 수 없다.

많은 사람들이 오늘날과 같은 경쟁을 받아들이고 타인을 희생시켜 이익을 챙기면서 그것이 좋은 일이라고 믿고, 이와 같은 착취의 관습을 계속 해나가는 한, 다시 말해 다른 사람들과 모든 생명체, 그리고 자연을 이기적이고 부자연스러운 방법으로 이용하는 한, 이 언덕에서 술에 취해 돌아다니며 재미로 다른 생명체를 죽이는 사냥꾼들이 있는 한, 영적인 기술과 힘은 언제든지 나쁜 목적으로 사용될 수 있다. 그래서 많은 것을 알고 있는 치료사들과 전통 인디언들은 지금은 많은 것을 밝혀선 안 된다는 것을 알고 있다.

얼굴 흰 사람들은 자신들이 대단히 앞선 문명을 갖고 있다고 여긴다. 기술적인 면에서는 그럴지도 모른다. 하지만 우리가 갖고 있는 문명의 기준으로 볼 때 그들은 훨씬 뒤떨어진 문명을 살고 있다. 그들은 기본적인 진리조차 깨닫지 못하는 사람처럼 보인다.

삶의 기본 진리란 남을 해치지 않아야 한다는 것이다. 여기에는 사람뿐 아니라, 모든 형태의 생명이 포함된다. 자신의 이익을 위해 남을 간섭하거나 억압하고 지배하지 않는다는 뜻이다. 다른 사람들의 땅으로 마구 넘어들어가, 그곳에 사는 사람들을 죽이지 말라는 의미다. 종교적, 정치적, 군사적인 어떤 이유로도 그런 일을 해서는 안 된다.

어떤 존재도 다른 존재를 해치거나 통제할 권리를 갖고 있지 않다. 어떤 개인이나 정부도 사람들을 강제로 어떤 조직이나 체제에 편입시키거나, 학교나 교회로 보내거나, 전쟁터에 내보낼 권리가 없다. 모든 존재는 자신의 방식으로 자신의 삶을 살아갈 권리가 있다. 모든 존재는 고귀한 것이고 또한 생의 목적을 갖고 있다. 그 목적을 실현하기 위해서 스스로 자기를 다스리는 힘이 필요한 것이며, 그것이 곧 영적인 힘이다. 사람들이 이런 기본적인 원칙들을 깨달을 때 더욱 많은 것을 밝힐 때가 오고 영적인 힘도 다시 한 번 이 땅을 찾을 것이다.

의술이든 다른 무엇이든 완벽한 지식을 가졌다고 주장해선 안 된다. 그리고 모든 지식이 책 속에 담겨 있을 수도 없다. 지식에는 자연과 생명에 관한 모든 것이 포함되며, 그런 지식은 너무도 광범위하다. 얼굴 흰 사람들이 잘 아는 것이 있듯이 우리 얼굴 붉은 사람들이 잘 아는 것이 있다. 이런 까닭에 우리는 서로 지식을 나눠야 한다. 서로 지식을 나눌 수 있다면, 우리는 더욱 나아질 것이다.

우리 인디언은 대지를 지키는 자다. 우리는 우리가 대지를 소유했다고 주장하지 않는다. 인간은 대지를 소유할 수 없다. 오히려 대지가 인간을 소유한다. 어떤 사람은 문서를 작성해 자신이 그 땅의 소유자라고 주장하지만 그것은 아무 의미도 없는 일이다. 우리는 대지의 소유자가 아니며, 누구도 그렇게 될 수 없다.

대지의 소유자는 위대한 정령 한 분뿐이며, 우리는 대지를 보호하는 자이다. 이 대지의 어느 곳을 여행하든지 그곳에 아직도 인디언들이 생존해 있다면 당신들은 삶과 땅과 공기의 이치를 깨달은 사람을 만나게 될 것이다. 그것이 우리의 일이다.

우리 인디언은 어머니 대지 위에서 살아가고 있는 모든 생명체들의 편에 서서 일할 뿐 아무것도 요구하지 않는다. 우리는 얼굴 흰 사람들에게 유럽으로 돌아가라고 요구하지 않는다. 어떤 인디언도 그렇게 말하지 않는다. 우리는 누구에게나 자리를 내주고 함께 삶을 누릴 준비가 되어 있다. 그들도 그렇게 하기를 우리는 바랄 뿐이다. 그것이 우리가 사는 방식이다.

우리는 당신들이 생각하는 그런 야만인들이 아니다. 미국의 헌법은 뉴욕에 살던 이로쿼이 족 인디언의 민주적인 헌법을 기초로 작성되었으며, 얼굴 흰 사람들이 사용하는 중요한 약품들도 대부분 인디언들에게서 얻어 간 것이다. 테레핀, 키니네, 장뇌, 코카인 등이 그것이다. 페니실린조차도 우리가 참나무에서 추출한 것이며, 얼굴 흰 사람들이 대륙에 들어오기 훨씬 전부터 우리는 그것을 사용해 왔다. 그밖의 많은 비법들을 우리는 아직까지 비밀로 간직하고 있다. 그중에는 책에 적혀 있는 것도 있지만, 지금은 그것을 밝힐 때가 아니다. 우리는 그것을 밝힘으로써 문제가 일어나는 것을 원하지 않는다.

우리는 사람들 사이에 다툼을 일으키고 싶지 않을 뿐더러 그런 경쟁이 옳다고도 믿지 않는다. 우리는 자연과 더불어 살아가며, 형제애와 모든 것을 함께 나누는 정신이 우리를 인도한다. 하지만 우리 모두가 그런 정신을 가질 때까지 밝힐 수 없는 것들이 있다.

얼마 전에 태양춤(선댄스)이라는 이름을 가진 늙은 인디언 치료사가 살았었다. 그는 문명인 의사들도 고치지 못하는 암과 당뇨병 치료의 일인자였다. 모르몬교 목사들을 비롯해 유타 주 전역에서 환자들이 그를 찾아왔으며, 그는 많은 사람들을 치료했다. 그러자 미국의학협회에서 소송을 걸어 그에게 다른 주로 떠나든지 감옥에 가든지 둘 중 하나를 선택하라고 판결을 내렸다. 당시 그는 여든일곱 살이었다.

법정에는 그를 변호하기 위해 구름 떼처럼 사람들이 모였지만 판사는 단 한 사람도 증언대에 세우지 않았다. 이제 그 노인은 세상을 떠났으며, 백인들은 노인이 사용하던 약품을 전부 수거해 두 군데의 대학에서 연구와 실험에 몰두하고 있다. 그의 비결을 발견해 환자들을 치료하려는 것이다.

우리 인디언들이야말로 이 어머니 지구를 다루는 법을 알고 있는 사람들이다. 이 사실은 예나 지금이나 변함이 없다. 우리는 대지와 자연의 법칙을 알고 있다. 우리 주위에 있는 모든 것, 모든 식물, 바위와 조약돌에 이르기까지, 나아가 숲 속에서 움직이는 모든 것들에도 의미가 있으며 우리는 그 의미를 알고 있다. 그런 것들은 파괴되는 대신 소중히 지켜져야 할 것들이다.

공해의 원인은 원래 인간의 마음에 있다. 적어도 초기 단계, 즉 맨 처음에는 인간들이 생각하는 것처럼 기계에 원인이 있는 것이 아니다. 만약 어느 인간이 어떤 기계를 발명했다고 해도 그 시점에서 잘못된 생각을 하나라도 갖고 있다면, 그 기계는 연기를 내어 어느새 공해를 내뿜게 될 것이다. 그 기계는 불완전한 채로 있게 된다. 고대의 인간들은 많은 사람이 순수한 마음을 갖고 있었기 때문에, 공해 따위는 걱정할 필요가 없었다.

사람들은 한편으론 자연보호에 대해 말하면서 다른 한편으론 여전히 자연에 대항해 싸우고 있다. 아니면 최소한 자연을 무시한다. 당신들이 첫 번째 할 일은 날마다 당신들의 어머니에게 감사드리는 일이다. 음식을 먹을 때마다, 풀 위를 걸을 때마다 어머니 대지에게 감사를 드리는 단순한 일이다. 아니, 어쩌면 당신들에게는 그것이 첫걸음이 아닐지도 모른다. 당신들이 맨 처음으로 할 일은 중단하는 일이다. 대지를 약탈하는 일을 중단하는 일 말이다.

당신들은 명상에 대해 말하지만, 그것은 어두운 방 안에 앉아 있는 것을 의미하는 것이 아니다. 우리는 사람들에게 그런 것은 하지 말라고 말한다. 사실 우리는 당신들에게 경고할 수 있다. 단순히 눈을 감고 앉아서 수동적인 상태가 되지 말라.

당신이 지금 대지를 약탈하고 땅을 착취하고 있다는 생각을 하지 않는다면 아마 당신은 자신이 어떻게 살고 있는가에 대해 주의를 기울이지 않는 것이다. 그것이 첫걸음이다. 그렇게 되면 당신은 무엇을 한 입 먹을 때마다, 심지어 공기를 들이쉴 때마다 감사하게 된다. 그것은 어떤 차원에서 매 순간 진행된다. 하나의 습관이 되는 것이다. 당신이 대지로부터 무엇을 취할 때마다, 그것이 음식이든 공기든 옷이든 그 무엇이든, 당신은 그 답례로 무엇이든 대지에게 주게 된다. 명상은 바로 그런 것이다. 당신의 작고 낡은 자아를 위해 개인적인 어떤 것을 얻는 것이 명상이 아니다. 명상은 일종의 눈뜸이고, 되돌려 주는 것이다.

자리에 앉아서 명상하기를 원한다면, 적어도 당신은 당신의 머리가 어디에 있는지는 알 것이다. 자리에 앉아서 마음을 중립적인 상태에 놓으려고 하는 이유가 무엇인가? 그런 다음 당신은 자리에서 일어나 시계를 보고는 자신이 얼마 동안 앉아 있었는가를 확인한다. 그러면서 사람들에게 말한다.

"나는 명상을 많이 해. 아주 정기적으로 하고 있지."

그래서 뭐가 어쨌단 말인가? 그런 다음 당신은 평소의 습관으로 돌아간다. 소위 중립적인 상태에 잠시 머물렀다가 다시 무의식적인 삶의 방식으로 돌아간다.

당신들이 명상에 대한 우리의 생각을 물을 때, 우리는 명상이 더 깨어 있는 상태로 가는 것이라고 답한다. 명상은 무의식 상태가 아니다. 우리 인디언들은 걸을 때나 서 있을 때나 앉아 있을 때나 아무 차이가 없다. 언제나 대지 위에 서 있으며, 진정한 세계 속에 존재한다. 그것이 진정한 연결이다. 모든 것이 그것에서 출발한다.

바로 그곳으로부터 당신의 작은 자아에서 해방되는 길이 찾아진다. 당신이 지금 한 나무 아래 앉아 있고, 머리 위에서는 독수리가 원을 그리며 날고 있다. 당신은 고개를 들어 하늘을 올려다본다. 그 다음 순간, 누군가가 저 위에서 내려다보고 있다. 당신은 끝없이 펼쳐진 산들과 평원들과 수많은 나무들을 내려다본다. 그리고 그 나무들 중 한 그루 아래 작은 사람이 앉아 있는 것이 보인다. 따라서 거기 '나'라는 것은 없다. 당신의 그 작고 낡은 개인적인 경험이란 사라지는 것이다. 그것이 바로 명상이다.

원은 우리 인디언들에게 많은 의미를 갖고 있다. 우리의 육체를 구성하는 원자도 무수한 원의 모양을 하고 있다. 만약 당신이 무한히 도달할 수 있는 광선을 우주의 어느 한 점을 향해 발사한다면, 그것은 수백만 킬로미터를 여행한 끝에 그 광선을 발사한 지점으로 돌아오게 되어 있다. 당신들은 그 점에 주의해야 한다. 나는 학교의 과학 시간에 그것을 배운 것이 아니다. 게다가 그다지 학교에도 다니지 못했다.

만약 좋은 꿈을 꾸고 싶다면 어머니인 달을 향해 기도하라. 만약 훌륭한 인디언의 길을 걷고 싶다면 새벽이 시작되기 전에 일어나 떠오르는 태양을 향해 기도하라. 나는 하루 24시간 기도하고 있다. 삶의 모든 것이 성스러운 의식인 것이다.

대지의 법칙은 우리에게 말한다. 우리 모두는 한 형제라고. 우리는 가치 있는 것들을 나누기 위해 이 세상에 왔다고. 때가 되면 우리는 우리가 알고 있는 비법들을 세상과 나눌 것이다. 얼굴 흰 사람들이 어리석은 법률로 더 이상 우리를 억압하지 않는다면, 그 시기는 더욱 빨리 찾아올 것이다. 얼굴 흰 사람들의 법에는 어처구니없게도 인디언 치료사가 자신의 땅에서 의술을 행할 수 없다고 적혀 있다. 그것은 당신들의 법이지 우리의 법이 아니다. 우리는 그런 법들을 만들지 않았다. 우리는 다른 법을 갖고 있다. 우리는 오직 하나의 지배자만을 알고 있다. 그것은 바로 저 위에 계신 위대한 정령이다.

우리는 생의 목적을 갖고 태어났으며, 그 목적을 실현해야 한다. 인간은 한 번의 생이 아니라 수많은 생을 산다. 수많은 전생을 거치며 다양한 형태의 생을 산다. 때로는 지나온 과거의 생들을 다 보게 되는 경우도 있다. 우리는 한 생에서 다른 생으로 흘러가며, 따라서 육체의 죽음을 두려워할 필요가 없다. 죽음이란 형태를 바꾸는 일에 불과하다. 자신이 살던 땅에서 바다를 건너 이곳으로 온 당신들의 조상들은 천국과 지옥을 만들어 냈다. 전에는 그런 것이 존재하지 않았는데, 그들이 그렇게 믿음으로써 천국과 지옥이 존재하게 되었다.

그것이 자연의 이치다. 어떤 것을 줄곧 믿으면 그것은 하나의 현실로 나타나게 된다. 그런 식으로 그들은 천국과 지옥이라는 믿음을 이 대륙에 가져왔지만 우리 인디언은 아무도 그것을 믿지 않는다. 그런 것들을 우리는 거짓된 가르침이라 부른다. 그들은 우리에게 내세에 대한 두려움을 심으려 한다. 두려움이 깊어지면 결국 정신병자밖에 되지 않는다.

이것이 인디언들이 세상을 보는 방식이다. 모든 것은 일어날 필요가 있기 때문에 일어나는 것이고, 존재할 가치가 있기 때문에 존재하는 것이다.

*

뛰어난 치료사이며 비를 내리는 인디언으로 유명한 구르는 천둥 (1916~1997)은 미국 남동부의 그레이트 스모키 산맥에서 태어났다. 이 무렵은 백인 정부가 인디언들을 황무지나 다름없는 보호구역 안으로 내몰던 시기였다. 하지만 인디언 원주민들 중에는 그런 '백인의 길'을 걷는 것을 거부하고 산이나 숲 속에 숨어 전통적인 방식으로 살아가려는 사람들이 많았다. 구르는 천둥은 타고난 산사람으로 홀어머니 밑에서 자랐다. 십 대 후반이 되었을 때, 구르는 천둥은 수년간 숲에 들어가 지내는 수행을 하게 되었다. 홀로 숲 속에서 살아가던 중에 어느새 식물이나 동물들과의 신뢰를 쌓을 수 있었다고 그는 말한다. 그 때 이후로 구르는 천둥은 자신에게 동물이나 식물과 의사소통을 할 수 있는 능력이 생겼음을 알게 되었다.

이윽고 숲을 나와 사람들이 사는 세계에 돌아온 구르는 천둥은 긴 여행을 하며 돌아다녔다. 그리고 몇몇 인디언 치료사들의 제자로 입문해 가르침을 받았다. 그 후 구르는 천둥은 태평양 철도 회사에서 제동수로 일하며 가족을 먹여 살렸고 동시에 인디언들의 치료사로서, 영적 조언자로서, 또한 부족의 대변자로서, 개인과 사회, 그리고 지구의 건강 문제에 대해 적극적으로 참여해 나갔다.

그는 인디언들의 전통적인 방식에 따라 환자를 치료할 뿐 아니라,

많은 서양 의학자들이 모인 자리에서 특별 강연을 하고 기적적인 치료를 행했다. 지구를 하나의 살아 있는 유기체로 보고, 인간 역시 그것과 조화를 이루며 살아야 한다는 인디언들과 구르는 천둥의 시각은 새로운 세대의 관심을 끌기에 충분했다.

1950년대의 비트 세대의 정신을 이어받아 60년대 후반에 머리에 꽃을 꽂고 샌프란시스코에 등장해 어느새 전 세계로 퍼져 나간 히피 운동, 그 의식 혁명의 폭풍 속에서 아메리카 인디언의 사물을 보는 방식과 삶의 방식은 큰 주목을 받았다.

구르는 천둥에게 정신적인 것을 얻기 위해 찾아온 유명한 음악가나 예술가들 중에는 샌프란시스코를 중심으로 전 세계 히피들에게 영향을 끼친 록 그룹이나 밥 딜런, 존 바에즈, 영화배우 존 보이트 등이 있다. 특히 록 음악의 신으로 추앙받던 밥 딜런은 직접 구르는 천둥을 만나러 와서, 비트 세대를 대표하는 시인이자 히피들의 대부격인 알렌 긴스버그, 존 바에즈 등과 함께 2년 동안 자신의 밴드를 이끌고 '롤링 썬더 리뷰'라는 이름의 콘서트 투어를 미국 전역에서 가졌다.

뉴에이지 세대들은 정말 중요한 것이 무엇인가를 생각하게 되었고, 그리하여 그 이전 세대에서는 차별의 대상, 혹은 적이었던 인디언 원주민들의 목소리에 귀 기울이기 시작했다. 인디언들의 순수한 정신과 메시지를 받아들여 지구를 하나의 생명으로 보는 사람들이 생겨나기 시작한 것이다. 반전(사랑), 반권력(평화), 반공해(단순한 삶), 반원자력(비핵), 반체제(자유), 거기에다 새로운 가치관(조화와 균형)이 생겨났으며, 당연히 자연보호(어머니 대지)에 대한 의식도 높아져 갔다.

뉴에이지라는 단어가 무슨 암호처럼 속삭여지기 시작하던 무렵, 구르는 천둥이 맡은 역할은 실로 중요한 것이었다. 뉴에이지, 즉 '새로운 의식의 시대'를 시작하는 데 구르는 천둥이 전하는 아메리카 인디언의 우주관과 세계관은 중요한 주춧돌이 되었다(더글라스 보이드가 쓰고 류시화가 번역한 『구르는 천둥』 참고. 2002년 김영사 펴냄).

　인디언들이 치료 행위를 하기 시작한 것은 약 만 년 전부터였으리라고 추정된다. 치료에 주로 사용된 것은 잎사귀와 뿌리로 이루어진 약초, 마사지, 그리고 심신의 안정이었다. 치료 행위는 부족 안에서 공인된 치료사가 맡았으며, 치료사는 대대로 이어지는 경우가 많았다. 인디언들은 치료사는 아무나 될 수 있는 것이 아니고, 위대한 정령의 계시를 받은 사람만이 가능하다고 믿었다.

　백인들은 이 인디언 치료사들을 메디신 맨, 또는 샤먼이라고 불렀다. 그리고 그것은 우리에게 '주술사'라는 부정적인 단어로 번역돼 왔다. 그렇게 부른 것은 기독교적인 편견이 가장 큰 이유였다. 실제로 인디언 치료사들은 전통적으로 수없이 실험되어 그 효능이 입증된 약초들만을 엄선해서 사용했고, 그것은 이미 단순한 민간요법의 차원을 넘어선 체계적인 의학이었다. 그것이 책으로 기록되지만 않았을 뿐, 인디언 치료사는 구르는 천둥이 설명하고 있듯이 2, 30년에 걸친 배움의 과정을 통과해야만 비로소 의술에 참여할 수 있었다. 그들은 어떤 서양 의사보다 탁월한 능력을 지닌 치료사들이었다.

　오늘날 우리의 병을 치료해 주는 약 가운데 4백 종류가 인디언 의학에서 그 정보를 얻은 것이며, 백인들은 아메리카 대륙에 들어와 인디언들이 아직 모르고 있는 약을 지금까지 한 종류도 발견하지 못했다. 평범한 아스피린에서 기적의 치료약까지 아메리카 원주민들이 서양의학에 끼친 영향은 실로 막대하다. 2차 세계대전 중에는 인디언들의 약 한 가지만으로 수천 명의 미군 병사들이 생명을 건졌다. 키니네라고 불리는 그 약이 없었다면 미국은 전쟁에서 패배했을지도 모른다고 역사가들은 말한다. 키니네는 말라리아 치료약이다.

1800년대 초기의 백인 이주자들에게는 인디언들의 치료약과 진통제가 널리 사용되었다. 인디언들은 매우 건강한 종족이었으며, 백인들과 접촉하기 전에는 큰 질병들이 거의 없었다. 그 한 가지 이유는 목욕에 있다고 학자들은 말한다. 인디언들은 최소한 하루에 한 번은 목욕을 했다. 하루라도 목욕을 하지 않으면 불결하게 여겼기 때문이다. 할리우드 영화마다 인디언들을 더럽고 지저분한 야만인으로 묘사하는 것은 사실과 너무 거리가 먼 왜곡이다.

북부 샤이엔 족(다코타 족 어로 '얼굴 붉은 이야기꾼들'이란 뜻) 추장 쿠몬크 퀴비오크타(존 우든레그스)는 약초에게 어떤 마음 자세로 다가가야 하는가를 이야기하고 있다.

"인디언들은 약초를 구하기 전에 금식과 기도 의식을 거쳤다. 또한 자연에 대한 감사의 마음을 갖고 자기를 비우는 연습을 게을리하지 않았다. 그 전 과정이 매우 진지하게 이루어졌다. 그 목적은 육체의 욕망을 자제하고 영적인 자아를 키우기 위한 것이었다. 고결한 생각에 바탕을 둔 금욕과 정신 집중은 몸과 영혼 둘 다를 정화시키고 건강하게 해 준다. 그때 그 개인의 의식은 저 위에 존재하는 '위대한 약초의 정령'에 한층 더 가까워지는 것이다.

대지 위에서 자라고 있는 것이면 어떤 것이든 그 장소에서 뽑아 버려선 안 된다는 것이 인디언들의 오래된 가르침이다. 칼로 자르거나 꺾을 수는 있어도 뿌리째 뽑아서는 안 된다는 것이다. 나무들과 풀들은 그 자체의 영혼을 가지고 있다. 좋은 목적에 쓰기 위해 자라나는 식물을 불가피하게 뽑아야만 할 경우에는 그 식물의 영혼에게 용서와 이해를 구한 후 뽑아야 한다."

또한 살리쉬 족 인디언 산비둘기(크리스틴 퀸태스킷)는 말한다.

"대지 위에 있는 모든 것들은 목적을 갖고 있으며, 모든 병에는 반드시 그것을 치료할 약초가 있다. 그리고 모든 사람은 자신만의 사명을 갖고 태어난다. 이것이 인디언의 존재관이다."

서양의학과 인디언들의 치료 행위를 구분짓는 것은 약초에 대한 지식뿐만이 아니라, 삶과 우주 전체를 바라보는 시각이다. 인디언 치료사들은 단순히 인간의 질병만을 고치는 것을 뛰어넘어 어머니 대지의 수호자로 나섰다.

인디언 치료사가 되기 위해서는 모든 것을 경험해야 한다. 삶을 최대한으로 경험해야 한다. 인간의 모든 것을 경험하지 않고서 어떻게 남을 치료하고 가르치겠는가? 좋은 치료사가 되기 위해서는 무엇보다 겸허해야 한다. 당신은 한 마리 벌레보다도 낮고 독수리보다도 높은 존재가 되어야 한다.

불같은 절름발이 사슴(파이어 레임 디어)_라코타 족 치료사

우리 부족의 전통은 아버지로부터 아들에게로 전해진다. 추장은 가장 아는 게 많고 부족을 이끌 수 있는 사람이다. 반면에 치료사는 영감이 발달한 사람이다. 영혼들과 소통할 수 있는 사람이라 여겨진다. 그는 환자의 몸에 손을 얹거나 기도와 천상의 노래를 통해 치료를 하며, 그럼으로써 환자에게 새 생명을 불어넣는다. 치료할 때 그는 새끼 사슴 같은 순진무구한 동물의 가죽을 몸에 걸치고, 비둘기나 벌새

같은 해롭지 않은 새들의 깃털로 몸을 장식한다.

사라 위네무카_파이우트 족

와칸탕카, 그 위대한 신비로부터 모든 힘이 나온다. 인디언 치료사
가 지닌 지혜와 치료의 힘도 그 위대한 신비로부터 나온다. 약초들도
위대한 신비가 주신 것이다. 따라서 그것들은 신성하다. 들소 역시 신
성하다. 그것도 위대한 신비가 주신 선물이니까.

다리미(마자 블라스카)_오글라라 라코타 족 추장

그대가 식물과 대화할 수 있을 때, 식물이 살아 있으며 영혼을 갖고
있음을 알 때, 그대는 식물을 먹고 식물은 그대에게 굴복하는 것이다.
그때 비로소 그대는 식물의 영혼으로부터 힘을 얻을 수가 있다.

속삭이는 큰사슴(아그네스 휘슬링 엘크)_크리 족

나는 위대한 정령이 보낸 청소부일 뿐이다. 내가 하는 것이라곤 유
리창을 닦아, 그대가 자신을 좀 더 바라볼 수 있게 하는 것이다.

고드프리 칩스_라코타 족 치료사

젊었을 때 나는 내 미래에 대해 조언을 구하고자 인디언 치료사를
만나러 갔다. 그 치료사가 말했다.

"나는 그대에게 해 줄 말이 많지 않다. 다만 그대가 살고 있는 이 대
지를 이해하라고 충고하고 싶다. 사냥이나 전투에서 성공을 거두고자
한다면 자신의 성향에 의존할 것이 아니라, 먼저 동물들의 방식이나
주변 환경을 잘 이해해야 한다. 대지는 무한히 넓고, 그 위에는 수많
은 생명체들이 살고 있다. 그리고 대지는 어떤 존재의 보호를 받고 있

는데, 때로 우리는 그 존재를 눈으로 목격할 수가 있다."

외로운 남자(이스나 라윈)_테톤 수 족

내 삶에서 한 가지 알게 된 것은, 모든 사람에게는 각자 특별히 좋아하는 동물이나 나무, 식물, 또는 장소가 하나씩 있다는 것이다. 자신도 모르게 이끌리는 것에 더 깊은 관심을 기울이고 그것들을 가치 있게 이용하는 방법을 찾는다면, 그것들이 꿈에 나타나 당신의 삶을 정화시켜 줄 것이다. 자신이 좋아하는 동물에 대해 더 관심을 갖고 그 동물의 순수한 방식을 배우라. 그 동물이 내는 소리와 동작을 더 많이 이해하려고 노력하라. 동물들은 인간들과 대화하기를 원한다. 하지만 위대한 정령은 동물들이 직접 인간과 대화하도록 만들지 않으셨다. 그 대화는 인간 쪽에서 노력할 때만이 가능하다.

용감한 들소(타탕카 오히티카)_테톤 수 족 치료사

인간으로서 우리의 숙명은 배우는 것이며, 참다운 지식을 배우려는 자세는 마치 전쟁터에 나가는 전사와 같아야 한다. 참다운 지식을 찾아 떠나거나 전쟁터로 향할 때, 우리는 외경심을 갖고 전쟁터에 나간다는 사실을 분명히 깨달으면서, 자기 자신에 대한 절대적인 확신을 품고 나아가야 한다. 그대는 나를 신뢰할 것이 아니라 자기 자신을 신뢰해야 한다.

돈 후앙_야키 족 치료사

우리는 생명 가진 것들이 성스러운 어머니 대지로부터 나온다고 믿는다. 살아 있는 모든 것들, 초록색인 것들, 하늘의 날개 가진 것들, 네 발 가진 것들, 기어 다니거나 두 발로 걷는 것들 모두가. 하지만 우리의 중요한 철학은 우리 인간이 이 대지에서 가장 약한 존재라는 것이다. 두 발 가진 인간은 나아갈 방향을 모르기 때문에 지상에서 가장 허약한 존재다. 우리는 가장 약한 존재이기 때문에 우리의 형제자매들을 착취하거나 마음대로 할 아무런 권한도 갖고 있지 않다. 들소나 다른 모든 친척들로부터 배움을 얻기 때문에 우리는 우리의 문명을 세울 수 있었던 것이다.

데니스 뱅크스_치페와 족

그대는 자신에게 두 개의 세계, 두 개의 길이 있다고 생각한다. 하지만 실제로는 하나밖에 없다. 그대를 위한 세계는 인간 세계이며, 그 세계로부터 떠난다는 것은 있을 수 없는 일이다. 그대는 한 사람의 인간이다! 그리고 인간이 된다는 것은 숙명적으로 이 세계에 발을 붙이고 살아가야 한다는 뜻이다.

돈 후앙_야키 족 치료사

마음이 담긴 길을 걸으라.
모든 길은 단지 수많은 길 중의 하나에 불과하다.
그러므로 그대가 걷고 있는 그 길이
단지 하나의 길에 불과하다는 사실을
언제나 기억하고 있어야 한다.
그대가 걷고 있는 그 길을 자세히 살펴보라.
필요하다면 몇 번이고 살펴봐야 한다.
만약 그 길에 그대의 마음이 담겨 있다면
그 길은 좋은 길이고,
만약 그 길에 그대의 마음이 담겨 있지 않다면

그대는 기꺼이 그 길을 떠나야 하리라.
마음이 담겨 있지 않은 길을 버리는 것은
그대 자신에게나 타인에게나
결코 무례한 일이 아니니까.

돈 후앙_야키 족 치료사

우리는 숲 속에서 살았다. 그곳은 평원 지대였는데, 구불거리는 샛
강들과 늑대, 곰, 큰사슴, 족제비, 많은 종류의 새들이 있었다. 우리는
작은 새들을 사냥해 먹었다. 그리고 언덕배기로 올라가 베리 열매들
을 땄다. 그곳에는 여러 야생초들도 있었는데, 그것들을 밑둥만 잘라
다가 차를 끓여마시곤 했다. 그 드넓은 지역 전체가 하나의 약국이었
다. 배가 살살 아프면 집 밖으로 나가 적당한 약초를 구했고, 잠이 오
지 않을 때는 래브라도 풀을 뜯어다 차를 끓여 마셨다. 두통이 있을
때는 야생 아네모네를 뜯어다가 가루로 만든 후 약간의 물에 타서 마
셨다. 그러면 금방 효과가 있었다. 이를 뽑아야 할 경우에도 그것을
좀 더 강하게 타서 마시면 진통 효과가 있었다.

플로렌스 케니_알래스카 이누피아트 족

위대한 정령은 우리가 기도와 명상과 의식을 통해 이 대지와 뭇 생
명들을 보살피고 대지에 가까운 단순한 삶을 살라고 우리를 이곳에
있게 하셨다. 우리 인디언들이 지금까지 해 온 것이 그것이다. 미국 정
부는 언제나 인간 권리와 평등, 정의 같은 것들을 말한다. 하지만 이
땅의 원주민들을 위해서는 절대로 아무것도 하지 않는다. 이제는 그
들이 말하는 대로 행동할 시간이다. 그렇지 않으면 자연이 그 일을 대
신할 것이다. 지진, 홍수, 화산 폭발, 해일 같은 것들이 일어날 것이다.

그것은 이미 일어나고 있으며, 돈과 권력으로 이 땅을 다스리고 지구로부터 다만 모든 것을 착취하려 드는 수많은 사람들을 정신차리게 할 것이다. 그들은 위대한 정령의 법과 자연의 법칙에 어긋나는 행동을 하고 있다.

토머스 반야시아_호피 족 지도자

만물에 생명을 주는 것은 바람
지금 우리의 입에서 나오면서 우리에게 생명을 주는 것은 바람
그 바람이 멈출 때 우리는 죽네.
우리의 손가락 끝 피부에서
우리는 바람의 흔적을 보네.
우리의 조상들이 창조되었을 때 불었던
그 바람의 흔적을.

나바호 족 노래

더 안락한 삶을 위해 치료사의 길을 걷고자 하는 사람은 실망할 수밖에 없다. 힘의 길에서는 한 가지 능력을 얻을 때마다 그에 버금가는 고통과 희생을 치러야 한다. 힘의 우주에는 거저가 없다.

파울라 건 알렌_라구나 푸에블로 족

만약 내가 파나마 시의 한 약국 앞에 가서 약이 필요하다는 이유로 돌멩이로 유리문을 부수고 약을 훔쳐간다면, 당연히 나는 감옥에 끌려갈 것이다. 나한테는 이 숲이 나의 약국이다. 다리가 쑤시면 나는 숲으로 가서 필요한 약을 구한다. 숲은 또한 거대한 식품 저장고와 같다. 내가 필요로 하는 식량을 신선하게 유지해 준다. 멧돼지 고기가

필요하면 나는 총을 들고 숲으로 가서 나와 내 가족이 먹을 음식을 구해 온다. 하지만 우리는 당신들이 하는 것과는 달리 모든 것을 파괴하지 않고서도 필요한 것을 구할 수 있다.

라파엘 해리스_쿠나 족

자신을 치유하라. 그러면 그대는 가족을 치유할 수 있을 것이다. 그 가족이 공동체를 치유할 것이고, 공동체가 나라를, 나라가 세상을 치유할 것이다. 지금은 우리 모두가 서로에 대한 비난을 중단하고, 우리의 상처를 치료하고, 앞으로 나아가야 할 시간이다. 세상이 살아남을 수 있을 것인가는 우리의 손에 달려 있기 때문이다.

게후_믹맥 족 영적 조언자

시간이 우리를 데려다주리라

불타는 화살(제임스 페이티아모)
아코마 푸에블로 족

나는 우리 마을에 살던 늙은 인디언들이 기억난다. 늙음은 그저 유쾌한 시기이다. 늙으면 햇살 비치는 문가에 앉아 태양 아래 뛰노는 아이들을 구경하다가 꾸벅꾸벅 졸기 시작한다. 그러고는 마침내 그 졸음에서 영원히 깨어나지 않게 되는 것이다.

그 노인들은 얼굴 흰 사람들이 밀려올 것을 예언하곤 했다. 그들은 지팡이로 흙집 바닥을 두들기며 우리들을 불러 말했다.

"내 말을 들어라! 잘 들어라! 회색 눈을 한 자들이 점점 가까이 다가오고 있다. 그들이 쇠로 만든 길(철길)을 건설하고 있다. 그들이 날마다 조금씩 다가오고 있다. 머지않아 너희들이 이 사람들과 뒤섞여서 살 날이 올 것이다. 그때 회색 눈들은 너희에게 뜨거운 검은 물을 마시게 할 것이며, 너희는 식사 때마다 그것을 마실 것이다. 그래서 너희는 이가 물렁물렁해질 것이다. 그들은 너희에게 젊었을 때부터 담배를 피우게 할 것이다. 그래서 너희의 눈은 바람 부는 날이면 눈물이 날 것이고, 시력도 형편없이 떨어질 것이다. 너희 몸의 관절들은 걸을 때마다 삐걱거릴 것이다.

너희는 부드러운 잠자리에서 잘 것이고, 일찍 일어나는 것을 싫어할 것이다. 두꺼운 옷을 입고 두꺼운 이불 속에서 잠을 자기 시작하면서부터 한없이 게을러질 것이다. 그렇게 되면 골짜기에서 들려오는 새소리조차 더 이상 듣지 못하고 살아갈 것이다.

쇠스푼으로 밥을 먹기 시작하면서 너희는 목소리가 커질 것이다. 부모에게조차 언성을 높이고 큰 소리로 떠들 것이다. 너희는 점차 누구의 말도 듣지 않게 될 것이다. 저들 회색 눈을 가진 사람들과 어울려 그들의 방식을 배우게 될 것이다. 가정을 깨뜨리고, 도둑질과 살인을 배울 것이다."

그리고 그런 일들이 실제로 일어났다. 나는 나의 세대와 그 늙은 인디언들의 세대를 비교하지 않을 수 없다. 우리는 더 이상 그들처럼 순박하지 않고, 더 이상 그들처럼 건강한 인간이 아니다.

그 늙은 인디언들은 어떻게 그런 일이 일어나리라는 것을 미리부터 알았을까? 내가 알고 싶은 것이 그것이다.

*

불타는 화살(플레이밍 애로) 혹은 산티아고 페이티아모로도 불린 제임스 페이티아모(1891~1965)는 뉴멕시코 주 아코마 푸에블로에서 루치아노와 마리아 페이티아모의 장남으로 태어났다. 어렸을 때 이름은 아쉬라흐네(밀싹)였다. 그의 집안은 많은 소와 양을 소유하고 있었다.

전통적인 푸에블로 족의 소년 시절을 보낸 밀싹은 캔자스 주 로렌스에서 학교를 다녔으며, 졸업 후 뉴멕시코 소코로 카운티로 돌아와 한동안 양치기로 일했다.

밀싹은 전통 방식으로 노래하는 빼어난 실력을 가지고 있었다. 여행객들의 많은 찬사에 힘입어 정식으로 노래 수업을 받고 인디언 음악들을 배웠다. 이때 자신의 음악 교사 라루 시몬스와 결혼했으며, 그의 이름을 제임스로 바꿔 준 것이 그녀였다. 1932년 제임스는 『불타는 화살의 부족』이라는 제목의 책을 쓰고 직접 삽화를 그려 넣었다. 책에는 자신의 어린 시절에 대한 추억, 어렸을 때 들은 이야기, 자신이 목격한 인디언 의식들을 담았다. 푸에블로 인디언이 쓴 최초의 책 『불타는 화살의 부족』은 언론에서 많은 호평을 받았다. 이후 제임스 페이티아모는 푸에블로 족 사람들과 동부 지역을 순회하며 부족의 노래와 춤들을 공연하고, 대학에서 인디언의 지혜를 강의했다.

뉴멕시코 주 발렌시아 카운티의 옛 아코마 푸에블로 거주 지역은 꼭대기가 평평하게 잘린 높이 107미터의 거대한 바위산 위에 있다. 오늘날 대부분의 아코마 족 인디언들은 그곳에서 100킬로미터쯤 떨어진 고속도로 변에 살고 있지만, 아직도 여름이면 많은 사람들이 그 바위산 메사 위에 지어진 흙집으로 돌아간다. 그때가 되면 좁고 먼지 이는 거리가 거의 옛 시절처럼 북적댄다. 제임스 페이티아모는 그곳에서 어린 시절을 보냈으며, 여기에 실린 글은 그가 그 당시 늙은 인디언들로부터 들은 예언이다.

유럽 인들이 거북이섬에 오기 훨씬 이전부터 인디언들 사이에는 그것을 경고하는 예언들이 숱하게 있어 왔다. 각 부족마다 그런 예언을 찾아내기는 어려운 일이 아니다.

존경받는 호피 족의 영적 지도자 지평선에 걸린 흰구름(단 카총바)은 애리조나 주에 있는 열두 개의 호피 족 마을 중 하나인 호테빌라 출신이다. 80대에 접어든 그는 1955년 워싱턴 의회 의사당에서 행한 연설 도중 옛부터 자신의 부족에게 전해져 내려오는 예언을 들려주었다. '평화로운 사람들'이란 뜻의 호피 족 인디언들은 자신들을 인류의 미래를 예언하는 사람들로 여긴다.

"고대에 우리의 조상들은 이렇게 예언했다. 인디언 부족들이 이 땅을 차지하고 살다가 어디선가 얼굴 흰 사람들이 올 것이다. 그들은 위대한 정령이 그들에게 준 강한 신념과 정의로운 종교를 갖고 올 것이다. 그들은 위대한 삶의 법칙을 버리고, 이곳에 오기 전에 그들 스스로 만든 개인적인 사상들에 대한 믿음을 들고 올 것이다. 얼굴 흰 자들은 매우 영리하며, 많은 언어들을 발명하고, 달콤한 말솜씨로 사람들을 사로잡는 법을 아는 자들이다. 이곳에 와서도 그들은 그것들을 잘 사용할 것이다.

우리는 우리 발아래 있는 땅속에 우리가 언젠가 쓰게 될 광물자원 같은 많은 것들이 묻혀 있는 것을 알고 있었다. 그것이 이 대지의 가장 큰 재산임을 알고 있었다. 위대한 정령이 이곳에 살고 있기 때문이다. 우리는 얼굴 흰 자들이 자신들에게 이익을 가져다줄 그것들을 찾아내리라는 것을 알고 있었다. 그리고 욕망하는 것을 손에 넣기 위해 그들이 수많은 구상을 내놓으리라는 것을 알았다. 일단 위대한 정령의 뜻에서 멀어지면 그들이 원하는 것을 얻기 위해 어떤 수단이든 사용하리라는 것을 우리는 알고 있었다.

이런 것들을 조심하라고 우리는 먼 조상들로부터 경고를 받았다. 그리고 오늘날 우리는 안다. 그 예언들이 너무도 정확했다는 것을. 얼마나 많은 새롭고 이기적인 계획과 구상들이 우리 앞에 놓여지는지 볼 수 있기 때문이다. 우리가 그것들을 받아들이지 않으면 우리의 땅을 모조리 잃고 우리의 삶까지도 포기해야만 한다는 것을 우리는 알고 있다."

북부 캘리포니아의 윈투 족 여인 루시 영은 1840년대 골드러시가 일어나기 전, 자신의 할아버지가 한 예언을 들려준다. 그녀의 할아버지가 세상을 떠난 직후, 그 예언대로 캘리포니아 지역에는 황금을 찾는 백인들이 홍수처럼 밀려들어 1848년과 1870년 사이에만 50만 명의 인디언 원주민들이 목숨을 잃었다.

"얼굴 흰 사람들이 오기 전, 나의 할아버지는 꿈을 꾸었다. 그는 너무 늙어 허리가 땅에 닿을 정도로 꼬부라져 있었다. 턱이 무릎에 닿고, 눈은 파란색이었다. 다 큰 아들이 그를 커다란 바구니에 담아 등에 메고 온갖 곳을 돌아다녔다.

할아버지는 말했다.

'흰 토끼들이 우리의 풀, 우리의 곡식, 우리의 삶을 게걸스럽게 먹어치울 것이다. 이 세상에 아무것도 남지 않게 될 것이다. 얼굴 흰 자들이 똑바른 뿔을 가진 덩치 큰 사슴(소)을 데리고 올 것이다. 또 사슴보다 더 크고, 다리가 둥글며, 목 뒤에 머리카락이 자란 동물(말)도 함께 올 것이다.'

고모가 말했다.

'아버지, 정신이 어떻게 되신 거 아녜요? 그런 얘길랑 그만하세요.'

그러면 할아버지는 말했다.

'딸아, 나는 미치지 않았다. 너희 젊은 애들은 곧 그것을 보게 될 것이다.'

사람들은 할아버지의 꿈 얘기를 듣기 위해 먼 길을 왔다. 그러면 할아버지는 꿈을 꾸고 나서 아침마다 그런 식의 예언을 하곤 했다. 사람들이 떠나면 아이들이 할아버지 곁에서 놀았다. 할아버지는 시력이 좋았다. 큰 지팡이를 흔들며 뱀을 쫓아내곤 하셨다. 치아도 좋으셨다. 그 당시는 노인들도 모두 치아가 건강했다.

한번은 바구니에 얹혀 여행을 하다가, 장작이 산더미처럼 쌓인 곳에 이르렀다. 할아버지는 걸음을 멈추게 하고 그것을 한참 바라보다가 말했다.

'좋은 나무들이다. 내가 죽으면 저 나무들로 시신을 화장해 재를 땅에 뿌려라. 이곳에 큰 배가 나타나 사방을 돌아다니면서 얼굴 흰 자들의 물건을 실어 나를 것이다. 그 흰 토끼들이 모든 것을 먹어치울 것이다.'

우리가 물었다.

'어떻게 배가 마른 땅 위를 돌아다닌다는 거예요?'

'모르는 소리 마라. 그렇게 될 것이다.'

할아버지가 말한 배는 마차였던 것이다.

나는 별로 많이 자라지 못했다. 사람들은 나를 '꼬맹이'라고 불렀다. 하지만 그 무렵 나는 거의 모든 걸 알고 있었다. 할아버지는 내 머리에 이마를 맞대고 내 머리카락을 쓰다듬으며 말했다.

'넌 오래 살 것이다, 애야. 이 세상에서 오래 살 거야.'

그 말대로 나는 참 오래 살았다. 올 여름이면 나는 아흔다섯 살이 된다. 그때까지 살아 있다면 말이다. 할아버지는 얼굴 흰 사람들을 한 번도 본 적이 없다. 다만 매일 밤 그들에 대해 꿈을 꾸었고, 사람들이 멀리서 찾아와 그 꿈 얘기를 듣곤 했다. 어느 날 할아버지는 일어나지 못했다. 그는 말했다.

'나는 오늘 너희들을 떠날 것이다. 나는 좋은 사냥꾼이었다. 곰과 사슴을 잡아 내 자식들을 먹였다. 하지만 이제 더 이상 어린 것들을 먹여 살릴 수 없다. 늙은 뿌리처럼 곧 죽게 될 것이다. 이것으로 할 말을 다했다.'

모든 것이 내게는 꿈처럼 느껴진다. 오래전, 아주 오래전의 꿈처럼.

밤이 되어 할아버지는 숨을 거두셨다. 그리고 아침이 되자 사람들이 할아버지의 시신을 앉은 자세로 턱을 무릎에 대게 하고 밧줄과 사슴 가죽으로 묶었다. 너무도 빨리 할아버지를 묶었다. 그런데 할아버지가 한 바퀴 구르더니 되살아나는 바람에 모두가 질겁을 하고 놀랐다. 할아버지는 물과, 언제나 타고 다니던 바구니를 묶을 때 쓰는 가죽끈을 달라고 했다. 할아버지는 벌컥벌컥 물을 마신 뒤 말했다.

'목이 말라 죽을 뻔했다. 그리고 이 가죽끈이 필요했다. 그래서 돌아온 것이다.'

그러고는 다시 숨을 거두었다. 부족 사람들이 큰 구덩이를 파서 그 위에 막대기들을 가로지른 뒤, 그 위에 장작들을 얹고 시신을 얹고 다시 그 위에 더 많은 장작을 얹었다. 그리고 재가 될 때까지 태웠다. 그들은 바구니와 가죽끈도 할아버지와 함께 태웠다. 그리하여 마침내 할아버지는 모든 사람들이 가는 곳으로 떠나갔다."

서양의 예언들이 대부분 지구의 파멸과 최후 심판을 이야기하는 반면, 인디언들의 예언은 결국 인간이 지구의 건강함을 회복하고 평화와 조화 속에 살게 될 것을 내다보고 있다. 오글라라 라코타 족 전사 미친 말(티슝카 위트코)의 친척인 말을 뒤쫓는 조(조 채이싱 호스) 추장은 자신의 할머니로부터 들은 이야기를 전한다. 그 내용은 이러했다.

백인들에게 암살 당하기 4일 전 미친 말은 파하 사파에서 앉은 소(타탕카 요탕카) 추장과 앉아 평화의 담뱃대를 물고 생애 마지막 시간을 보냈다. 그때 미친 말이 갑자기 이런 예언을 남겼다.

"참을 수 없는 고통의 세월들이 지나고 나면 얼굴 붉은 사람들이 다시 일어날 것이다. 그것은 병든 세상에 하나의 축복이 될 것이다. 세상은 지켜지지 않은 수많은 약속들과 이기적인 마음들로 가득 차 있을 것이다. 그래서 새로운 빛을 갈망하게 될 것이다. 일곱 세대가 지나면 모든 피부색의 인간들이 성스러운 생명 나무 아래 모일 것이고, 대지는 다시 조화로운 순환을 되찾을 것이다. 그날이 되면 라코타 족 사람들이 모든 생명 가진 존재들에 대한 지식과 이해를 세상에 전할 것이다. 그리고 얼굴 흰 젊은이들이 우리 부족을 찾아와 지혜를 구할 것이다. 나는 당신의 눈동자 속에 있는 빛을 찬양한다. 그 안에 우주 전체가 담겨 있다. 당신이 당신 안의 중심에 머물고 나도 내 안의 그 장소에 머물 때, 우리는 하나가 될 것이다."

그의 예언대로 몇 세대가 지나자 인디언들의 지혜에 귀를 기울이는 백인들과 환경 단체들이 많아지기 시작하고, 세상의 모든 존재가 서로 연결되어 있다는 것을 자각하기 시작했다.

1920년대에 한 아파치 족 현자는 매일의 삶 속에서 우리가 위대한 정령의 뜻에 따르지 않으면 인류는 파국을 맞이할 수밖에 없다고 예언했다. 단순히 '할아버지'라고 불렸던 이 인디언의 이름은 늑대에게 몰래 다가가는 자(스토킹 울프)로, 백인들의 영향을 전혀 받지 않는 곳에서 성장한 것으로 알려졌다. 모든 인류에게 전하는 할아버지의 예언은 다음과 같다.

"한 사람이 올바른 선택을 할 수 있다. 그렇게 되면 미래의 방향을 중요하게 바꿔 놓을 수 있다. 어떤 사람도 자신이 중요하지 않다고 생각해선 안 된다. 모든 만물 속에서 움직이는 위대한 정령을 통해 인간의 의식을 바꾸는 데는 한 사람만으로도 충분하기 때문이다. 실제로 한 사람의 생각이 다른 사람에게 영향을 미치며, 그 사람은 또 다른 사람에게 영향을 준다. 그 생각이 만물을 통해 드러날 때까지. 전체 새들의 무리가 방향을 바꾸는 것은 똑같은 생각, 똑같은 힘 때문이다.

세 떼 전체가 한 가지 마음을 갖는 것이다. 지구는 지금 죽어 가고 있다. 인간의 파멸도 매우 가까이 다가오고 있다. 그 파멸의 길을 바꾸기 위해 우리 모두가 힘써야 한다."

할아버지는 나아가 인류의 죽음과 파멸을 예고하는 네 가지 현상을 예언하면서, 우리가 아직 그 방향을 바꿀 수 있지만, 세 번째 현상이 일어나고 난 뒤에는 그것이 불가능하다고 말했다. 그는 환영을 통해 그 네 가지 징조를 보았다.

"나는 전에는 한 번도 본 적이 없는 세계 속에 서 있었다. 그곳은 식물이 거의 없는 메마른 장소였다. 멀리 마을이 보였는데, 대지에서 난 재료가 아니라 천막과 옷가지들로 지어진 집들이었다. 그 마을로 가까이 다가가자 죽음의 냄새가 역겹게 풍겨 왔다. 아이들이 울고 있었고, 어른들은 흐느끼고 있었으며, 병든 자와 비탄에 빠진 자들의 신음 소리가 들렸다. 마을 앞에는 미처 땅에 묻지도 못한 주검들이 널려 있었다. 모두가 굶어 죽은 사람들이었다. 마을로 들어가자 더 충격적인 현장이 나타났다. 아이들은 겨우 걸어 다니고, 어른들은 누워서 죽어 가고 있었으며, 어디에나 고통과 두려움의 비명이 가득했다.

그때 한 부족의 어른이 다가와 처음에는 내가 이해할 수 없는 언어로 말하기 시작했다. 그의 말을 들으면서 나는 그가 살아 있는 사람이 아니라 한 인간의 영혼이라는 사실을 깨달았다. 그는 한때 영적인 길을 걷던 그 부족의 치료사인 듯했다. 그제야 나는 그가 하는 말을 알아들을 수 있었다. 그가 나지막한 목소리로 내게 말했다.

'굶주림의 나라에 온 것을 환영하네. 세상은 언젠가 이런 모습에 맞닥뜨릴 것이지만, 그때 사람들은 이 모든 것을 날씨와 대지 탓으로 돌릴 것이다. 이것은 인간이 자연의 법칙을 벗어나서는 살 수 없으며, 자연과 대적할 수도 없음을 알려 주는 첫 번째 경고가 될 것이다. 만약 인간이 이 굶주림의 재앙을 맞아 자신들의 잘못을 깨닫는다면 큰 배움을 얻게 될 것이다. 하지만 유감스럽게도 인간은 자신의 탓으로 돌리지 않고 모든 책임을 자연에 떠넘길 것이다. 대지가 지닌 자연의 법칙이 깨어질 때 인간은 굶주릴 수밖에 없다. 그것은 대지가 수용할 수 있는 능력을 넘어설 만큼 숫자가 많아졌을 때 자연이 겨울철에 사슴을 굶어 죽게 하는 것과 마찬가지다.'

그 부족의 어른이 계속해서 말했다. 이 사람들은 한때 대지에 순응해 삶을 살아가는 법을 이해하고 있었으며, 행복과 사랑과 평화를 자신들이 가진 최고의 가치로 여겼었다고. 그런데 세상이 그들의 삶의 방식을 야만적인 것이라 여겨 그 모든 것을 그들에게서 빼앗아가 버렸다. 세상은 그들에게 훨씬 야만적으로 사는 법을 가르쳤다. 그렇게 해서 그들은 자연의 법칙을 벗어나 살게 되었고, 이제는 죽어 가고 있는 것이다. 이것이 첫 번째 징조라고 그 어른은 말했다. 이 굶주림이 지나가면 또 다른 굶주림이 밀려올 것이라고. 하지만 세상은 그것을 오직 가뭄과 자연재해로만 볼 것이고, 자신들을 탓하기보다 자연을 비난할 것이라고."

할아버지가 예언하는 두 번째 징조는 하늘에 구멍이 뚫리는 현상이고, 세 번째는 하늘이 핏빛으로 변해 밤과 낮 할 것 없이 세상이 온통 붉은색으로 가득 차 있게 되는 일이다. 하늘이 불타고 별들은 피를 흘릴 것이며, 인간이 만든 세상은 어느 곳도 안전하지 않기 때문에 야생의 숲으로 가서 숨어야 할 것이라고 그는 경고한다. 그리고 네 번째는 대지가 스스로 자신을 정화하는 기간이다. 인간이 상상할 수도 없는 끝없는 자연재해가 세상을 휩쓸 것이다. 물이 사방에서 범람하고, 농작물은 자라지 않을 것이며, 온갖 질병이 집단으로 인간들의 목숨을 앗아갈 것이다. 물과 대기가 다 오염되어 인간은 어디서도 살아남지 못할 것이다. 도시에서든, 자연 속에서든.

인간은 오랫동안 기회가 주어졌었지만, 그 기회를 지구를 파괴하는 일에만 사용했다. 그리하여 조상들이 저지른 죄를 그 후손들이 고스란히 갚게 될 것이라고, 이 아파치 족 인디언은 예언하고 있다.

증조 할아버지는 우리들을 위해 손수 지으신 집에서 우리에게 말씀하셨다. 그리고 이것은 '생의 주인'이 그분에게 하신 말이기도 하다. "언젠가 너희들에게 한 낯선 자가 찾아올 것이다. 그는 너희들이 알아들을 수 없는 언어로 말할 것이다. 그는 너희로부터 땅을 사들이려고 할 것이다. 하지만 너희는 절대로 그것을 팔지 말아라. 잘 간직했다가 너희의 자식들에게 유산으로 물려주어라."

작은 바위(아시네우브)_레드 레이크 오지브웨 족

도시들이 번성할 것이며, 삶은 저 밑바닥으로 추락할 것이다. 검은 술을 마시는 자들이 거리를 어슬렁거리며 무의미한 말들을 지껄일 것이다. 그러면 종말이 가까우리라. 사람들이 불어나 땅이 그들을 더 이상 지탱할 수 없게 될 것이다. 부족들이 서로 뒤섞이리라. 그들이 마시는 검은 술이 그들을 서로 싸우게 만들 것이다. 가정은 무너지고, 아버지는 자식과 등을 돌리고, 자식들은 또 서로에게 등을 돌릴 것이다.

사람들이 서로를 이기게 되었을 때, 어쩌면 그때 별들이 땅으로 떨어지거나 뜨거운 물방울들이 지구 위로 비가 되어 퍼부을지 모른다.

아니면 이 대지가 뒤집힐 것이다. 또는 우리의 아버지인 태양이 아침을 시작하지 않을지도 모른다. 그렇게 되면 우리가 소유했던 것들이 야수로 변해 우리 모두를 집어삼킬 것이다. 그렇지 않으면 이상한 냄새가 나는 가스들이 우리가 숨 쉬는 대기를 가득 채우리라. 그때 우리는 끝을 맞이하리라. 사람들은 자신들이 받아야 할 것을 받으리라. 미래가 우리를 위해 어떤 것을 준비하고 있는지는 시간만이 말해 줄 수 있으리라.

뉴멕시코 주의 주니 족 인디언들이 조상들로부터 전해 들은 예언

흰 눈을 한 괴물들이 동쪽 큰 물을 건너 우리에게 올 것이다. 그들은 무시무시하고 사악한 힘을 지니고 있으며, 그 힘으로 동물들의 영혼을 파괴하고, 심지어 나무들조차 죽이기 시작할 것이다. 어머니 대지는 마구 파헤쳐져 맥박이 약해질 것이다. 그들은 거북이섬의 자식들을 부족마다 집어삼킬 것이며, 누구도 달아날 수 없을 것이다. 겨우 살아남은 자들도 죽은 것이나 다를 바 없으며, 영혼을 잃어버려 자신의 조상들에 대한 기억으로부터 단절될 것이다. 거북이섬을 지킬 자들은 하나도 남지 않게 되리라.

어느 날인가는 상황이 더욱 나빠져서 어머니 대지는 죽음의 노래를 부르기 시작할 것이다. 흰 눈을 한 자의 자식들은 자신의 아버지들이 일으킨 파괴의 결과를 깨닫고 어쩔 수 없이 자신들을 뒤돌아보게 될 것이다. 그때가 되면 우리 부족의 영혼들이 다시 태어나 그들의 길잡이가 될 것이다. 그리고 그때 진리의 수호자들이 나타날 것이다. 우리 모두 힘을 합해 그 괴물들의 힘을 물리치고 어머니 대지를 건강하게 되살릴 것이다. 거북이섬의 모든 부족의 아이들은 건강하고 정상적인 삶으로 돌아가게 될 것이고, 모든 부족이 하나가 되어 평화와

조화 속에 살아갈 것이다. 자신들이 다시금 안전하다는 것을 안 동물과 나무들의 영혼들도 되돌아올 것이다. 흰 눈을 가진 괴물들은 사라지고 없을 것이다.

체로키 족 치료사들 사이에 전해져 오는 예언

오래전 인디언들 사이에 온 일곱 번째 예언자는 달랐다. 그는 젊었고, 눈동자 속에 남다른 표정을 갖고 있었다. 그는 말했다.

"일곱 번째 불의 시기에 새로운 종족이 일어날 것이다. 그들은 자신들의 발자국을 되짚어 걸어가 지난날의 오솔길 옆에 남겨진 것을 발견할 것이다. 그들의 발걸음은 그들을 인디언 어른들에게로 인도할 것이다. 그들은 그 어른들에게 그들의 여행을 안내해 달라고 부탁할 것이다."

윌리엄 코만다_캐나다 앨곤퀸 족 추장

이 세상이 계속 존재할 것인가의 여부는 우리가 가진 것을 나누고 함께 일하는 데 달려 있다. 우리가 그렇게 하지 않으면, 온 세상이 죽을 것이다. 처음에는 지구가 죽고, 그다음에는 인류가.

바보 까마귀(풀즈 크로우)_테톤 수 족 추장

우리의 예언들은 얼굴 흰 사람들에 대해 말한다. 그들은 한때 우리의 형제들이었는데 다른 대륙으로 떠나갔다. 그들은 그곳에서 많은 지식을 배웠다. 그들은 자신들이 발견한 그것들을 갖고 이곳으로 돌아와 우리가 더 나은 삶을 살 수 있도록 도와주기로 되어 있었다. 우리의 영적인 원을 완성시켜 주기로 되어 있었다. 하지만 그들은 원을 들고 오는 대신 십자가를 들고 돌아왔다. 원은 사람들을 하나로 만들지만, 십자가는 갈라놓는다.

토머스 반야시아_호피 족 지도자

마지막 나무가 베어 넘어진 후에야,
마지막 강이 더럽혀진 후에야,
마지막 물고기가 잡힌 뒤에야,
당신들은 알게 될 것이다.
돈을 먹고 살 수는 없다는 것을.

크리 족 예언

흰 얼굴(토머스 화이트 페이스, 오글라라 라코타 족)

부족의 어른이 말한다

방랑하는 늑대(돈 알레한드로)
마야 족

우리 모두가 이 자리에 모인 것은 이것이 우리의 운명이고, 사명이기 때문이다. 위대한 정령이 당신들 한 사람 한 사람을 이 자리에 불러 모았다. 당신들은 특별한 존재들이다. 나는 당신들만큼 특별하지 않다. 당신들은 나보다 훨씬 나은 사람들이다. 하지만 나는 보잘것없는 마야 족 인디오에 불과하다.

우리에게는 당신들과 같은 학교와 대학이 없다. 우리는 가난한 시골 마을에 살고 있다. 내가 가진 것은 모두 나의 아버지로부터 물려받은 것이다. 우주가 우리가 가진 지식의 근원이다. 우리는 그 우주를 공부한다. 우리의 책은 마야 족의 종이책이다. 그것이 우리에게는 글이고, 우리의 손이 곧 책이다. 우리에게는 5천 개의 종이책이 있었다. 우리는 그것들을 배웠다.

우리는 눈에 보이지 않는 존재들, 별의 부족들과 대화한다. 그들이 내게 '방랑하는 늑대'라는 이름을 주었다. 나는 마야 족과 호피 족의 예언을 완성하기 위해 이곳에 왔다. 그 예언은 말한다.

"중앙에 있는 사람들이 북쪽의 독수리와 남쪽의 콘도르를 결합

할 것이다. 왜냐하면 우리는 손의 손가락들처럼 실제로는 하나이기 때문이다."

이것은 중앙아메리카의 어른들이 북아메리카와 남아메리카 사람들을 하나로 결합하리라는 뜻이다. 그것이 우리의 예언의 완성이다. 그리고 그것을 위해 내가 이곳에 온 것이다.

우리의 점성가들은 시간을 지켜보면서 그것이 언제 실현될지 관측해 왔다. 그 예언은 12번째 박툰에 실현되며, 1987년 8월 17일에 시작되리라고 그들은 말했다. 그때부터 나는 세상 전역을 돌아다니기 시작했다.

그 조화로운 수렴은 12번째 박툰과 13번째 박툰에 시작되어 당신들의 달력으로 2012년이나 2013년에 끝날 것이다. 우리의 달력으로는 태양의 네 번째 시기가 끝나는 시점이다. 그때 엄청난 문제들이 일어날 것이다. 큰 재앙과 지각 변동이 우리를 덮칠 것이다. 그래서 나는 이 예언들을 세상 사람들 모두에게 알리라는 부탁을 받았다. 우리 부족의 다른 어른들도 마찬가지다.

우리는 대자연을 지키기 위해 말한다. 더 이상 이 지구 행성을 더럽혀서는 안 된다. 그렇지 않으면 대지는 살아남을 수 없다. 어머니 대지가 없으면 우리 역시 살아남을 수 없다. 더 이상 종족과 피부색과 종교에 차별이 있어선 안 된다. 당신들의 슬픔과 고독은 우리의 슬픔과 고독과 아무런 차이가 없다. 우리도 당신들과 똑같은 사랑의 감정을 갖고 있다. 왜인가? 우리 역시 똑같은 태양, 똑같은 숨결을 갖고 있기 때문이다.

모든 대지는 하나의 태양, 하나의 공기, 하나의 물이 먹여 살리고 있다. 그리고 우리 모두는 어머니 대지로 돌아간다. 우리는 색깔과 크기와 향기가 다른 대지의 꽃들이다. 당신들과 당신들의 음악, 우리 모두는 똑같은 방향, 창조주를 향해 나아가고 있다.

우리의 종이책에는 백인들이 마야 인들의 두 손을 묶은 채로 심장을 꺼내는 그림이 가득 채워져 있다. 5백 년 전에 그 일이 일어났었는데, 오늘까지도 계속되고 있다. 과테말라에서는 인디오들이 식량과 땅을 요구할 수 없다. 그렇게 하면 총에 맞아 죽기 때문이다. 그런 불의가 5백 년이 지난 지금도 아메리카 대륙 전역에서 벌어지고 있다.

그들은 서로를 파괴하고, 어머니 대지를 돈으로 바꾼다. 그래서 병과 가뭄과 자살률이 날로 증가하고 있다. 물과 대지와 공기와 바다가 오염되었을 때 돈으로 그것들을 해결할 수 있는지 두고 보자. 그것은 불가능한 일이다. 너무 늦기 전에 지금 해야 한다. 너무 늦어지기 전에 나무 자르는 일을 중단해야 한다. 더 이상 오염이 진행되지 않도록 모든 사람이 힘을 합해야 한다. 우리 아이들의 미래를 생각해야 한다. 그들에게 무엇을 남겨 줄 것인가? 탱크? 총? 우리는 그들에게 사랑과 평등, 자유를 남겨 주어야 한다.

대지는 창조주의 것이다. 그런데 인간이 그것을 나누고, 경계선을 긋고, 소유를 정했다. 누구도 태양과 공기를 자기 것이라고 주장할 수 없다. 그것은 모두를 위한 것이다.

마야 족 점성가들은 많은 것을 알지만, 모든 것을 말하지는 않는다. 최후의 날에 대해 말하는 사람들이 많아졌다. 1987년 8월 11일, 행성들이 일렬로 늘어서면서 더 많은 에너지가 지구에 가해졌다. 그래서 더 많은 지진, 화산, 홍수, 허리케인, 태풍이 일어날 것이다. 2012년과 2013년 사이에 큰 혜성과 붉은 혜성이 찾아올 것이다. 우리는 지구에 사는 생명체들이지만, 우주에는 다른 생명체들이 존재한다. 혜성들이 어디에 떨어질지 아무도 모른다.

이것은 죽음에 대한 예언이 아니다. 하지만 대기오염으로 인해 점차 심각한 질병이 유행할 것이다. 우리가 모인 것도 그 때문이다. 심각한 전염병을 일으키는 대기오염을 막기 위해서다. 1994년에 과테말라에서 인디언 부족 어른들이 모였다. 그때 우리는 72시간 동안 밤낮으로 성스러운 모닥불을 피워 놓았으며, 3백 명이 넘는 인디언 지도자들이 그곳에 참석했다. 단지 예언에 대해 말하기 위해서가 아니라 지구의 에너지 중심을 일깨우기 위해서다.

우리가 지금 이곳 북아메리카 산타페에 모인 것도 그 때문이다. 각각의 부족 어른들은 이곳에서 열흘 동안 의식을 치렀다. 1997년에 우리는 콜럼비아 보고타에서 다시 모임을 가졌고, 그때도 4백 명이 넘는 인디언 지도자들이 참석해 아마존 강까지 행진했다. 그곳에서 북아메리카 원주민들은 이곳 산타페 모임을 결정했다.

우리는 당신들이 우리를 도와주기를 바란다. 이것은 평화를 위한 기도이다. 각각의 모임마다 소식지를 발행하고, 의식을 치를 것이다. 그리고 부족들마다 자신들의 지식과 예언, 의식을 나눌 것이다. 우리는 어머니 대지를 살리기 위해 최선을 다하고 있다. 사람들에게 어머니 대지를 구하는 일의 중요성을 알리고, 대지를 더럽히는 일을 멈추게 하기 위해 우리가 이곳에 모인 것이다.

*

세상의 누구도 알지 못할 때 아즈텍 인디언들은 제로의 개념을 이해하고 있었다. 잉카 족들은 거대한 돌들을 사각형으로 잘라 면도날 하나 들어갈 틈도 없이 쌓아 올려 피라미드를 만들었다. 1519년 최초로 아즈텍 수도 테노치티틀란에 도착했을 때 코르테스가 이끄는 병사들은 자신들이 꿈을 꾸고 있다고 생각했다. 유럽의 어떤 도시도 이 찬란한 도시에 견줄 바가 못 되었다. 도시 곳곳에는 정원으로 이루어진 섬들이 있고, 그 섬들 사이를 카누들이 오가고 있었다. 인구는 30만 명에 달하고 6만여 채가 넘는 집들이 있었다. 그것은 당시 런던보다 다섯 배나 큰 규모였다. 도시 안에는 거대한 피라미드 사원과 웅장한 궁전이 있었다. 그들은 달의 주기와 금성의 주기를 정확히 이해하고 있었고, 북아메리카의 파우니 족과 마찬가지로 별들의 운행을 세밀히 관측하고 있었다.

하지만 이 진정한 문명인들은 단지 황금에 눈이 먼 야만인 코르테스의 탐욕을 채워 주기 위해 이 세상에서 사라져야만 했다. 불과 이틀 만에 6천 명이 목숨을 잃었고, 5년 만에 수도 테노치티틀란은 폐허로 변했다. 금은으로 장식된 종교적인 문화재와 장신구들은 모두 녹여 유럽으로 보내졌다. 가장 큰 비극은 마야와 아즈텍의 훌륭한 도서관들이 불탄 일이었다.

대부분의 아메리카 원주민들에게 문자가 없었던 반면 마야 족 사람들은 기록에 대한 집착이 남달랐고, 시간과 날짜일 경우에는 더욱 특별한 집착을 보였다. 특히 중앙아메리카 인디오들의 선조격인 올메크 족은 자신들만의 독특한 시간 개념과 달력을 발달시켰다. 그들은 1년을 20일로 이루어지는 13개월과 5일로 나누고, 다시 360일의 20배인 카툰, 카툰의 20배인 박툰으로 구분했다.

이런 시간 구분은 그 후 마야 문화에서 더욱 발달했다. 그들은 서력 환산 기원전 3113년 8월 10일을 기준으로 삼아 돌, 비석, 나뭇잎 등에 숱한 기록을 남겼다. 마치 '여백에 대한 공포'를 가진 사람들처럼 복잡하고 다의적인 그림 문자로 모든 공간을 채워 나갔다. 그리하여 그들이 만든 코덱스(두루마리, 납판 이후에 발달한 것으로 책자 모양으로 철해져 있음. 서적의 원형)는 수천 권에 이르렀다.

인류 문화의 거대한 유산이 될 수도 있었을 이 책들은 스페인의 정복과 동시에 비극적인 운명을 맞이해 그 문자 해독의 열쇠를 잃어버렸다. 1562년, 유카탄 반도의 가톨릭 주교이자 재판관으로 임명된 스페인 사람 디에고 데 란다는 『유카탄 풍물지』를 쓸 만큼 마야 문명에 지대한 관심을 갖고 있었다. 그는 스페인 어를 배운 원주민을 통해 마야 문자를 해독하려고까지 시도했다.

하지만 도저히 이해할 수 없는 정신병적인 성격을 지닌 이 백인 주교는 마야 문화가 가진 대부분의 문서 기록들을 악마의 작품이라며 일제히 소각해 버렸다. 그는 마야의 책들을 전부 유카탄 반도의 마니라는 도시로 가져다가 피라미드처럼 쌓아 올린 후 불태웠다. 자신들과 다른 신앙이 적혀 있다는 단지 그 이유 때문에. 그리고 인디오들을 거꾸로 매달아 그 광경을 지켜보게 했다.

결국 수천 권에 이르렀던 그 종이책들은 불과 세 권의 일부만 남고 재가 되어 사라졌다. 그중 한 권은 천문학에 관한 것으로, 2차 세계대전 때 러시아 병사들이 독일 드레스덴 도서관에서 발견했다. 나머지 두 권은 스페인의 마드리드와 프랑스 파리에 보관되어 있다. 그 불길 속에서 무엇이 사라졌는지조차 우리는 알지 못한다. 아메리카 원주민들의 의학, 천문, 신앙, 문학에 대한 방대한 지식이 한 가톨릭 지도자에 의해 잿더미로 변했다. 수세기에 걸친 지혜가 검은 연기 속에 사라져 버린 것이다.

디에고 데 란다는 인디오들이 단순한 야만인이 아님을 잘 이해하고 있었고 스스로 이들 문화에 매혹되어 있었으면서도, 한편으론 인디오들의 종교의식과 예술 활동을 금지시키고 이를 어기는 사람을 무참히 죽이고 고문했다.

현재 마야 문자의 75퍼센트 정도가 해독이 가능하다. 역설적이게도 그 해독은, 비록 매우 엉성하고 많은 오류를 포함하고 있지만, 디에고 데 란다의 『유카탄 풍물지』를 바탕으로 시작되었다. 참으로 어처구니 없고 슬픈 일이 아닐 수 없다.

밀물처럼 밀려드는 거센 정복의 시대에 대부분의 프란치스코 신부들은 거의 예외 없이 오직 정복자 편에만 서서 인디오들의 영혼과 문화를 탄압했다. 그리하여 원주민들의 찬란했던 정신과 기록들은 사라지고, 기형적인 가톨릭 문화가 인디오들의 터전에 자리 잡았다.

1천 년 전, 뉴멕시코의 차코 캐년에 아나사지 족은 푸에블로 보니토를 세웠다. 그것은 인류 최초의 거대한 아파트로, 5층 높이에 8백 개의 방을 갖추고 있었다. 건물의 규모만이 아니라 환경에 있어서도 햇빛이 고루 들도록 설계되었고, 명상과 기도하는 방까지 갖추고 있었다. 아나사지의 후손들은 현재 피마 족이라 불리는데, 인류학자들은 피마 족 사회가 지상에서 가장 평화로운 사회였다고 말한다.

애리조나의 길라 강 운하는 호호캄 족 인디언들이 건설한 것이다. 그들은 사막에 물을 대기 위해 이 운하를 건설했으며, 사막을 농토로 바꿔 놓았다. 길라 강 운하를 축조한 기술은 서반구의 불가사의 중 하나로 꼽는다.

캐나다에서 플로리다까지, 대서양에서 캘리포니아까지 고고학자들은 수많은 진흙 토대들을 발견했다. 그것들 중 어떤 것들은 오하이오 강과 미시시피 강 골짜기에 살던 인디언들이 건설한 거대한 사원이었으며, 이들은 뛰어난 도자기 공예품을 남겼다. 또 다른 흙무덤들은 3천 년 전 그곳에서 번성했던 농경 부족이 건설한 무덤들이었다. 또한 일리노이 주 카호키아에서는 무려 6만 명이 살던 선사 시대의 도시 유적지가 발견되었다.

북아메리카는 콜럼버스 일행이 그곳에 발을 들여놓기 전에 이미 세상에 알려져 있었다. 실제로 콜럼버스는 그곳에 도착한 첫 번째 유럽 인이 아니었다. 어떤 학자들은 아메리카 대륙에 도착한 첫 외국인은 아시아 인이라는 증거를 제시한다. 불교 문헌에는 다섯 명의 탁발승이 기원 후 458년 중국에서 아메리카 대륙으로 건너갔다고 기록되어 있다. 일본 해류를 타고 지금의 멕시코나 과테말라 지역에 도착한 그들은 그 지역을 푸상 왕국이라 불렀다. 그리고 1006년과 1347년 사이에는 스칸디나비아 반도에서 온 바이킹들이 그린란드, 래브라도, 노바스코샤의 원주민들과 싸움을 벌이고 무역도 했다.

인디언들이 갖고 있던 금과 은이 세계 역사를 어떻게 바꿔 놓았는지 아는 사람은 드물다. 아메리카 대륙을 손에 넣은 직후, 유럽의 금 보유량은 2억 톤으로 증가했다. 아즈텍에서 빼앗아 간 은만으로도 20억 달러어치의 은화를 만들 정도였다. 지금도 아마존 정글의 인디오들은 부족 전체가 사라져 가고 있다. 금을 손에 넣기 위한 백인들의 욕망 때문에 대륙 전체가 파괴되고 있는 것이다.

미국 정부의 통계에 따르면 콜럼버스 이전에 아메리카 대륙에는 267개 부족이 존재했다. 하지만 실제로는 2천여 개의 부족이 번성하고 있었고, 3백 가지의 독특한 문화가 꽃피어 있었으며, 6백 종류의 언어가 있었다. 그 언어들 대부분은 영어와 한국어가 다르듯 완전히 독자적인 체계를 지닌 것들이었다. 그중 1,700개의 부족이 지상에서 완전히 사라졌다. 부족의 이름만 남기고 영원히 사라진 것이다.

무스코기와 크리크 족 출신의 필립 디레는 말한다.

"우리는 이 서반구(아메리카 대륙)에 원래부터 있던 주민들이다. 세상의 이 부분에서 우리는 수만 년 동안 살아왔다. 우리가 언제부터 이 곳에서 살기 시작했는지는 누구도 그 연대를 말하기 어렵다. 전설에 따르면 우리의 역사는 시간이 시작되었을 때로 거슬러 올라간다.

시간이 시작되었을 때, 창조가 이루어졌을 때, 우리의 부족 역시 세상에 나왔다. 우리에게는 교사도 없고, 가르침을 주는 이도 없고, 학교도 없었다. 우리는 고개를 돌려 창조된 만물을 바라봐야만 했다. 자연을 관찰해야만 했다. 그리고 자연을 따라해야만 했다. 우리의 문명은 자연에게서 배운 것을 바탕으로 세워졌다. 자연은 태초부터 우리의 교사가 되었다. 우리의 종교가 만들어진 것도 그 무렵이다. 자연으로부터 배우면서 우리는 우리의 삶의 방식을 세웠다.

따라서 우리의 정부 형태 역시 자연으로부터 나온 것이다. 우리는 조상 대대로 내려온 변함없는 정부 형태 아래서 살았다. 우리가 지키며 살아온 법률 역시 늘 한결같은 것이었다. 그러다가 1492년에 우리 조상들의 법이 바뀌기 시작했다.

우리가 살아온 정부 형태는 수천 년의 역사를 지닌 것이다. 그 법은 우리에게 적합한 것이었다. 우리는 이해할 만한 법 아래서 살았다. 오늘날 이 대륙 전역에 걸쳐 역사학자들과 인류학자들이 땅속에서 서반구의 역사를 발굴해 내고 있다. 하지만 그들은 어떤 감옥도 찾아내지 못했다. 어떤 교도소도, 어떤 정신병원도 찾아내지 못했다. 서로 다른 언어를 가진 수많은 부족의 사람들이 어떻게 그런 제도 없이 살 수 있었을까? 1492년 전까지 우리는 말 그대로 삶을 누렸다. 그리고 그 삶은 우리에게 가치 있는 것이었다.

서반구의 모든 원주민 부족들이 믿었던 종교는 이해할 만한 것이었다. 그런데 그 종교가 옳지 못한 것이라는 말을 우리는 듣게 되었다.

그 결과 오늘날까지 세상 사람들은 우리의 종교를 인정하지 않고 있다. 강제로 다른 종족의 종교를 받아들여야만 했다. 많은 이들이 그리스도교로 개종해 조상들의 오래된 종교를 떠나야만 했다.

아직도 우리는 자연에게서 배우고, 자연이 어떻게 어린 것들을 키우는지 관찰한다. 여전히 수천 년 된 정부 형태 속에 살고 있는 오리와 거위들을 발견한다. 동물들은 시간이 창조되었을 때 그들에게 주어진 정부 형태를 아직도 계속 유지하고 있다.

삶의 근본적인 가르침이 태초에 모든 살아 있는 것들에게 주어졌다. 모든 창조물들은 여전히 그 삶의 가르침을 따르고 있다. 나무와 그 나무가 맺는 열매들은 그 가르침에서 벗어난 적이 없다. 조금도 어김없이 정해진 계절에 정해진 열매를 맺는다. 동물들도 그 법칙을 어기는 적이 없다. 그들 역시 여전히 창조되었을 당시 그대로 살고 있다. 모든 창조물들 중에서, 인간에게 주어진 삶의 가르침은 어떻게 되었는가? 인간만이 그 근본 가르침에서 벗어나 다른 생명들을 파괴하고 있다.

삶은 신성한 것이다. 그것은 시작도 없고 끝도 없는 거대한 원과 같다. 그 원을 파괴해선 안 된다.”

우리는 세상의 지붕에서 살아가는 사람들이다. 우리는 태양의 아들들이며, 태양은 우리의 아버지다. 우리는 날마다 태양이 떠서 하늘을 가로질러 가도록 돕는다. 우리는 이것을 우리 자신뿐 아니라 미국

인들을 위해서도 그렇게 한다. 그러므로 그들은 우리의 종교를 간섭해선 안 된다.

마운틴 레이크에서 만난 심리학자 칼 융에게 인디언이 한 말_타오스 푸에블로 족

당신들의 황제는 매우 위대한 사람임에 틀림없다. 그 점에 대해선 나도 의심하지 않는다. 자신의 신하들을 이토록 바다 멀리 보낼 수 있으니까 말이다. 따라서 나는 그를 형제처럼 대할 것이다. 하지만 당신들이 말하는 그 교황이라는 사람은 정신이 이상한 자임에 틀림없다. 그는 자기 나라도 아닌데 이 나라를 남에게 줘라 마라 하고 있다. 내 종교에 대해서도 말하겠다. 나는 종교를 바꾸고 싶은 마음이 조금도 없다. 당신들이 말하는 것을 들으면, 당신들의 신은 자신이 창조한 바로 그 사람들에게 못 박혀 죽었다. 하지만 내가 믿는 신은 아직도 자신의 자식들을 내려다보고 계신다.

아타후알파_잉카 족 추장(가톨릭 교황이 페루를 스페인 영토라고 선언했다는 말을 듣고)

나는 돈이나 지위에 어떤 가치도 부여하지 않는다. 진정으로 중요한 것은 우리 원주민들이 주권을 가진 어엿한 인간으로 살아가는 것이다. 우리의 가치관, 우리의 세계관을 인정받는 일이다. 그리고 아직 태어나지 않은 세대들을 존중하는 우리의 시각을 인정받는 일이다.

엘레인 살리나스_오지브웨 족

대지는 병들어 죽어 가고 있다. 멀리 멕시코 북서부 시에라마드레산맥 높은 곳에 숨어 있는 우리 휘촐 인디언들의 땅도 죽어 가고 있다. 숲은 오그라들고, 물은 점점 귀해져 가고, 동물들은 사라지고 있다. 인간은 지구의 수호자가 되어야 한다. 이 지구별에 사는 모든 생명의

보호자가 되어야 하고, 뭇 생명들과 한 가슴이 되어야 한다.

인간은 모든 생명 가진 것들과 눈물을 나눠 갖는 법을 배워야 한다. 상처 입은 동물, 부러진 풀줄기의 고통을 가슴으로 느낄 줄 알아야 한다. 어머니 대지는 우리의 살이다. 바위는 우리의 뼈이고, 강물은 우리 혈관을 흐르는 피다.

돈 호세 마추와, 1989년_휘촐 족 성자

대지는 우리의 어머니이다. 얼굴 흰 사람들은 우리의 어머니를 폐허로 만들고 있다. 나는 그들의 방식을 알지 못하지만, 우리에게는 언덕과 공기와 물이 다 신성한 것들이다. 우리는 그 신성한 것들에게 우리 부족이 번성할 것과 모든 세대가 행복하게 지낼 것을 기원한다. 얼굴 흰 사람들은 대지를 무시하고 잘못 사용하고 있다. 머지않아 나바호 족이 살던 땅은 폐허로 변하고 말 것이다. 이렇게 되면 아무것도 우리에게 남지 않을 것이다. 그것을 좋아하는 사람이든 싫어하는 사람이든 모두가 여기에 관련이 있다. 우리의 어머니는 상처투성이가 되었다.

아사 바즈호누다_나바호 족

나의 조상들, 나의 할머니들과 할아버지들이 그토록 철저히 무시당한 것에 대해 나는 슬픔과 고통을 느낀다. 당신들이 문명화시켰다고 생각하는 이 세상의 진정한 법칙을 더 잘 이해시키기 위해 그들은 자신들이 가진 최고의 지혜를 당신들에게 전하고자 노력했다. 당신들이 발전을 향해 서둘러 달려가는 동안 이 지구의 실핏줄은 다 파헤쳐졌고, 당신들이 환경 생태계 또는 생명계라고 부르지만 우리는 단순히 어머니라고 부르는 이 대지는 철저히 무시당하고 상처를 입었다. 그것에 대해 나는 슬픔과 고통을 느낀다.

전 세계 어디서나 원주민들은 발전이라는 이름 아래 조직적으로 파괴되었고, 지금도 파괴되고 있다. 언어들은 말살되고, 가족 관계도 깨어졌다. 전통적인 가치관들은 무시당했다. 그리고 최후의 수단으로 종족 말살 정책이 벌어지고 있다.

루비 던스탠_리튼 족

인디언은 예배드리는 것을 좋아했다. 태어나서 죽을 때까지 주위의 모든 것을 성스럽게 여겼다. 그는 자신이 어머니 대지의 풍요로운 무릎에서 태어났다고 믿었으며, 그에게는 하찮은 장소란 존재하지 않았다. 그와 위대한 정령 사이에는 조금의 틈도 없었다. 그 접촉은 즉각적이고 개인적인 것이었으며, 하늘에서 퍼붓는 빗줄기처럼 와칸탕카의 축복이 그 인디언의 머리 위로 쏟아져 내렸다. 와칸탕카는 멀리 떨어져서 악의 무리들을 진압하려고 애쓰는 그런 이가 아니었다. 그분은 동물과 새들을 심판하지 않았으며, 마찬가지로 인간을 처벌하지 않았다. 그분은 벌 주는 신이 아니었다. 왜냐하면 선한 힘보다 우월한 악의 힘이란 존재하지 않았으며, 이 세상을 지배하는 단 하나의 힘은 곧 선한 힘이라는 사실을 인디언은 의심하지 않았기 때문이다.

서 있는 곰(루터 스탠딩 베어)_라코타 족

아메리카 인디언들의 종교를 살펴볼 때 우리는 그들이 죽음에 대해 두려움을 갖고 있지 않았음을 발견하게 된다. 또한 시신을 매장한 무덤들은 고인이 이 생에서 경험한 일들을 사후 세계에서도 계속하리라는 믿음을 갖고 있었음을 보여준다. 다음 생에서도 사용할 수 있도록 개인적인 소지품, 손에 익숙한 연장과 무기, 음식 만드는 도구와 즐겨 먹었던 음식까지 함께 묻었다. 내세의 복을 위해 이 생에서 정해진 규범을 따른다는 개념은 그다지 중요하지 않았다. 살아 있는 동안 얼마나 잘 사는가 하는 것이 더 중요했다. 몇몇 부족들은 다음 생으로 건너가는 것을 모두가 따라야만 하는 기계적인 과정으로 여겼다. 그것은 모든 존재를 지배하고 있는 자연스러운 우주의 법칙이었다.

몇 해 전 나는 사우스다코타 주의 한 기독교 공동묘지에서 열린 장례식에 참석한 적이 있다. 관이 땅속으로 내려가고 흙이 던져지기 직전 한 늙은 인디언 여인이 앞으로 나와 관 위에 오렌지 하나를 얹어 놓았다. 그러자 장례식을 집전하던 성공회 목사가 얼른 달려와 오렌지를 치우며 나무랐다.

"고인이 언제 와서 이 오렌지를 먹는다고 그럽니까?"

그때 그곳에 서 있던 수 족 남자가 조용히 말했다.

"꽃향기를 맡으면 그 영혼이 올 거요."

바인 델로리아 주니어_오글라라 라코타 족

지붕 위의 여인들(호피 족)

나는 왜 이교도인가

붉은 새(지트칼라사, 거트루드 시몬스 보닌)
다코타 족

영혼이 가슴을 채울 때면, 나는 한가로이 초록색 언덕들을 거닐기를 좋아한다. 아니면 때론 중얼거리는 강 언덕에 앉아 경이에 찬 눈으로 머리 위 파란 하늘을 올려다본다. 눈을 반쯤 감고 뒤쪽 높은 절벽들 위에서 소리 없이 장난치는 거대한 구름 그림자들을 바라보고 있노라면, 강이 부르는 부드럽고 감미로운 노래가 내 귀를 채운다.

무릎에 손을 얹고 앉아 나는 세상의 시간을 잊는다. 맥박 치는 하나의 작은 모래알처럼 나와 내 가슴은 그렇게 대지 위에 앉아 있다. 흘러가는 구름들과 반짝이는 강, 그리고 온화한 여름날의 빛이 우리를 에워싼 위대한 신비를 다함없이 말해 주고 있다. 그 여름날의 강가에 한가롭게 앉아 있는 동안 내 영혼은 무럭무럭 커갔다. 비록 내 등 뒤 높은 절벽 가장자리에 자란 초록색 풀들처럼 그렇게 분명하게 드러나진 않았지만.

마침내 나는 가파른 강둑으로 올라가는 희미한 오솔길을 되짚어 평평한 지대로 걸어간다. 그곳에 초원의 야생화들이 가득 피어 있다. 그 사랑스러운 어린 친구들은 향기로운 숨결로 내 영혼을 위로해 주고, 놀라움으로 가득한 내 가슴에게 그들 역시 전능한 신의 살아 있는 상징임을 일깨워 준다. 초록색 평원 위에 화려한 색깔로 피어난 무수한 별꽃들을 나는 어린아이와 같은 눈으로 흠뻑 들이마신다. 그들이 표현하는 그들 영혼의 본질은 너무도 아름답다.

산들바람에 고개를 끄덕이는 그들을 뒤로 하고 그곳을 떠나지만, 그들이 준 인상은 내 가슴에 고스란히 남아 있다. 강가 언덕 아래 반쯤 묻힌 커다란 바위 앞에서 잠시 걸음을 멈춘다. 그곳에 이 땅에 살았던 아메리카 원주민들이 말한 바위 소년이 새겨져 있다. 아이는 웃고 떠들면서 공중에 작은 화살을 날리고 있다. 날아가는 화살촉에서 번쩍이는 빛을 바라보며 아이는 기쁨에 차서 큰 소리로 외친다. 아이는 훗날 커서 위대한 전사가 되었으며, 이 대지를 휩쓸고 나타난 얼굴 흰 사람들의 공격을 막기 위해 목숨을 다해 싸웠다. 그리고 이곳에 우리의 고조 할아버지가 누워 있다. 그는 자신이 기대어 쉬고 있는 언덕보다도 더 늙었으며, 자신의 무용담을 들어 주는 인간 종족보다 더 많은 나이를 먹었다.

인디언들의 전설이 새겨진 그 바위 앞에 서서 나는 무엇 때문에 이 원주민들이 광대한 우주의 모든 존재들이 다 자신들의 친척이며 어떤 부분이든 모두가 하나로 연결되어 있다는 믿음을 갖게 되었는지 혼자서 궁금해한다. 오래된 오솔길을 따라 나는 그들이 살던 인디언 마을로 향한다.

작은 존재든 큰 존재든 모두가 똑같이 신의 장엄한 세계를 펼쳐 보이고 있다. 그래서 각자가 자신에게 주어진 기회들을 놓치지 않고 있다. 내가 근처를 지나갈 때, 야생 해바라기의 가느다란 줄기 위에서 흔들리고 있는 노란가슴새가 내게 그것을 증명하듯 달콤하게 목소리를 떨며 노래한다. 내가 가벼운 모카신을 신고 천천히 걸어가자, 새는 투명하고 맑은 노래를 멈추고서 작은 머리를 갸우뚱거리며 지혜롭게 나를 쳐다본다. 그러다가 다시 기쁨의 노래를 부르기 시작한다. 여기저기로 훌쩍 날면서 새는 여름 하늘을 날렵하고 달콤한 음악으로 채운다. 진실로 새의 생명력 넘치는 자유는 그의 날개보다 그의 작은 영혼 속에 더 많이 깃들어 있는 듯하다.

그런 생각을 하면서 나는 마치 어린아이가 엄마에게 이끌리듯 통나무집으로 걸어갔다. 네발 달린 내 친구가 너무도 역력하게 기뻐하며 반갑게 나를 맞는다. 챈은 내가 너무도 좋아하는 검은색 털복숭이 개다. 잡종이 거의 섞이지 않은 순수한 혈통이다. 챈은 내가 하는 수 족 말을 알아듣는 것이 틀림없다. 내가 조그맣게 속삭여도 얼른 자신의 자리로 돌아가 앉는다. 하지만 대개는 내 목소리의 분위기로 감을 잡는 듯하다. 때로는 끙끙거리며 소리를 길게 끌어 자신의 의사표시를 해서 우리집에 온 손님들을 즐겁게 한다. 나는 두 손으로 털복숭이 개의 머리를 잡고 커다란 갈색 눈을 가만히 들여다본다. 개의 커다란 동공이 금세 작은 검은색 점으로 움츠러든다. 마치 그 안에 있는 장난꾸러기 영혼이 내 시선을 피하는 것처럼.

마침내 내 책상 앞 의자에 돌아와 앉으면서 나는 내 형제인 세상 만물에게 깊은 애정을 느낀다. 우리 모두가 친척이라는 사실을 나는 다시금 분명하게 깨닫는다. 사람들이 한때 그토록 심하게 나누었던 인종적인 구분은 사실 인류를 구성하는 살아 있는 모자이크 이상의 것이 아니다. 또한 같은 피부색을 지닌 사람들일지라도 음정이 서로 다른 건반들과 같다. 각자가 나머지 전부를 대표하면서 동시에 소리의 높이와 음색이 서로 다른 것이다.

인간의 모습을 한 모든 존재들에게 연민의 감정을 품고서 나는 나를 기다리고 있던 심각한 얼굴을 한 '인디언 설교사'를 맞이한다. 나는 신의 창조물에 대한 존경심을 갖고 그의 말에 귀를 기울인다. 하지만 그는 이상하게도 편협한 교리로 무장한 채, 귀에 거슬리는 문장들만 설교조로 말한다. 우리 부족은 다 한 가족이고 모든 사람이 서로에게 연결되어 있기 때문에, 그는 나를 조카라고 부른다.

"조카, 너와 얘기를 나누려고 아침 예배를 보고 나서 이렇게 왔네."

그가 잠시 내 반응을 살피며 말을 멈췄기 때문에 내가 말했다.

"아, 그러세요?"

등받이가 똑바로 세워진 의자에 앉아 불편하게 몸을 돌리며 그가 말을 시작했다.

"매주 성스러운 일요일마다 나는 우리의 작은 하느님의 집을 둘러보면서 네가 그곳에 없는 걸 보고는 무척 실망한다네. 내가 오늘 이곳에 온 것도 그 때문이지. 조카, 그동안 내가 줄곧 지켜봐 왔지만, 너는 나쁜 행동을 한 적도 없고 너 자신에 대해서도 좋은 평판만을 들어 왔지. 그래서 더욱더 너를 교회의 일원으로 맞이하고 싶은 거야. 조카, 아주 오래전에 친절한 백인 선교사들이 나에게 성경 읽는 법을 가르쳐 주었지. 하느님이 보낸 그 사람들이 우리가 갖고 있던 낡은 믿음의 어리석음을 나에게 가르쳐 주었어. 죽은 영혼에게 상을 내리고 벌을 줄 수 있는 분은 오직 우리의 하느님 한 분뿐이라네. 저 하늘나라에서 크리스천들은 모여 앉아 끊임없이 노래를 부르고 기도를 하지. 하지만 저 땅속 깊은 곳에선 죄지은 영혼들이 가마솥 불구덩이 속에서 고통의 춤을 추고 있어. 조카, 잘 생각해 보게. 지옥의 불길에 던져지는 심판을 피하기 위해 어서 빨리 선택을 해야만 해."

그런 다음 긴 침묵이 이어졌다. 그는 깍지 낀 손가락을 풀었다 꼈다 하면서 의자에 앉아 있었다. 그 순간, 내 마음속에 어머니의 모습이 떠올랐다. 어머니 역시 이제는 그 새로운 '미신'의 추종자가 되어 있었다. 어머니는 내게 말했었다.

"우리의 통나무집 틈새로 어떤 사악한 손이 불붙은 마른 풀 더미를 집어넣었단다. 그런데 다행히도 그 풀 더미는 바닥에 떨어져 반쯤 타다 말고 꺼져 버렸지. 그 바로 위 선반에는 성경책이 놓여 있었어. 며칠 뒤 집에 돌아와 우리가 발견한 것이 바로 그것이란다. 그 성스러운 책에는 위대한 힘이 있는 게 분명하지 뭐니!"

어머니의 모습을 지워 버리고, 나는 시무룩한 얼굴로 말없이 앉아 있는 그 개종한 인디언에게 점심을 차려 주었다. 교회 종이 울리자마자 그는 식탁에서 일어나며 말했다.

"조카, 오랜만에 맛있게 먹었네."

그는 오후 설교를 하기 위해 서둘러 마을 저쪽으로 걸어갔다. 급한 걸음으로 그가 가고 있는 것을 지켜보면서, 길 저쪽 끝으로 그의 모습이 사라질 때까지 나는 먼지 이는 길을 바라보며 서 있었다. 며칠 전 한 선교 신문이 나에 대해 쓴 기사가 떠올랐다. 그 기사에서 어느 기독교인 권투 선수는 최근에 내가 쓴 글에 대해 상스럽기 짝이 없는 욕설을 퍼부었다.

그래도 나는 잊지 않으리라. 그 얼굴 흰 선교사나 불행한 원주민이나 모두가 신의 자식들이라는 것을. 비록 무한한 사랑에 대한 그들의 이해가 실로 작을지라도. 이 경이로운 세상에서 아장거리며 걷고 있는 작은 아이인 나는 그들의 교리보다는 자연의 정원으로 걸어들어가는 나의 짧은 산책을 더 좋아한다. 그곳에서는 새들의 지저귐과 힘센 물살의 중얼거림, 그리고 꽃들의 향기로운 숨결을 통해 위대한 정령의 목소리를 들을 수 있기 때문이다. 만약 이것을 이교도의 믿음이라고 한다면, 그렇다면 나는 기꺼이 이교도가 되겠다.

*

서정적인 문체와 인디언 특유의 자연을 바라보는 눈, 자유주의 사상을 지닌 지트칼라사(1876~1938)는 대표적인 인디언 여성 작가이며 인디언 운동가였다. 그녀는 사우스다코타의 양크톤 보호구역에서 태어나 전통적인 수 족 인디언으로 자라났다. 어머니의 이름은 바람을 쫓아 달리는 여자(타테 요히윈)였으며, 아버지는 사우스다코타 주의 양크톤 수 족 담당국 직원인 백인이었다. 이 백인이 자신의 인디언 가정을 버리고 떠났기 때문에 요히윈은 재혼할 수밖에 없었다. '지트칼라사'라는 이름은 부족을 떠나 대학을 졸업한 후 그녀가 직접 지은 필명이다. 라코타 족 방언으로 '붉은 새'라는 뜻이다.

백인들에게 강제로 끌려가 퀘이커 선교 학교를 졸업한 붉은 새는 음악적인 재능이 뛰어나 보스턴 음악학교에서 학위를 받았다. 졸업 후 그녀는 '야만인에서 문명인으로'와 '인디언을 구원하기 위해 그들이 가진 야만적인 근성을 뿌리 뽑자'라는 기치를 내건 칼리슬 인디언 기숙학교에서 교사 생활을 했다.

백인이 세운 이 최초의 인디언 학교는 학생 수에 따라 정부에서 보조금을 받기 때문에 일단 들어온 학생은 나갈 수가 없었다. 달아난 학생을 잡아온 사람에게는 포상금이 지급되었다. 인디언의 언어를 사용하는 학생은 가혹한 처벌을 받았으며, 사계절 내내 똑같은 군대식 교복을 입어야 했고, 어디서든 항상 행진하듯 걸어야 했다. 공부를 가르치기보다는 학교의 이익을 위해 근처 농장이나 공장에서 학생들의 노동력을 착취하는 그런 학교였다. 붉은 새는 이 학교의 음악 교사이면서 학교 밴드부의 솔로 바이올린 연주자였다.

이 슬픈 경험으로 지트칼라사는 이후 평생 동안 인디언을 '문명화' 시키려는 어떤 교육에도 반대했다. 1900년대 초기에 그녀는 야바바이 족 출신의 인디언 운동가이며 의사인 카를로스 몬츠마를 만나 청혼을 받았다. 하지만 그가 내조 잘하고 아이 잘 키우는 가정주부를 요구했기 때문에 그녀 쪽에서 약혼을 파기했다. 이 무렵부터 그녀는 인디언 기숙학교의 비인간적인 교육 방식을 강도 높게 비판하는 글들을 발표하기 시작했다. 당연히 사방에서 '마음 약한 수 족 인디언'의 글이라는 비난이 쏟아졌다. 자신에게 글과 음악을 가르친 선량한 백인들에 대해 감사의 말 한마디 하지 않고, 자기 종족을 교육시키려는 노력에 찬물을 끼얹는 행위라는 것이었다.

지트칼라사는 반박했다.

"우리의 어린 자식들을 백인들 학교에 보냈더니 영어로 이야기하면서 돌아왔다. 그런데 서로에게 욕을 해 대는 것이었다. 인디언의 언어에는 욕설이 없다."

그 후 그녀는 자신이 태어난 보호구역으로 돌아가 인디언들의 설화와 이야기를 모아 책으로 펴냈다. 또한 〈아메리카 인디언 매거진〉 편집을 맡고, 인디언을 위한 정치 조직을 만들어 활발한 활동을 벌였다. 세상을 떠나기 바로 직전, 그녀가 작곡한 오페라 〈태양춤(선댄스)〉이 뉴욕에서 상연되었다. 그 작품은 오늘날에 이르기까지 인디언이 만든 유일한 오페라가 되었다. 하지만 그 이후 한 번도 재공연된 적 없다. 비록 병들고 허약한 몸이 되었지만, 지트칼라사는 죽기 얼마 전 자신의 작품이 무대에 오르는 것을 지켜볼 수 있었다. 그녀가 가장 사랑하는 것은 음악이었지만, 그녀는 그 재능을 많이 포기한 대신 자신의 부족 인디언을 위해 생애를 바쳤다.

지트칼라사는 죽어서 앨링턴 국립묘지에 묻혔다. 묘비에는 '1876 - 1938, 수 족 인디언 붉은 새'라고 적혀 있고, 인디언 천막 그림이 그려져 있다. 그녀가 국립묘지에 안장된 것은 인디언에 대한 그녀의 위대한 공헌 때문이 아니라, 그녀의 혼혈인 남편이 군인 출신이기 때문이었다.

미국을 대표하는 작가 존 스타인벡은 지적했다.

"인디언들을 싹 쓸어 버리려는 우리의 공개적인 의도에도 불구하고 그들은 살아남았다. 그 거센 파도가 지난 뒤, 그들은 그들에 대한 우리의 선한 의도 때문에 또 한차례 홍역을 치러야만 했다. 그리고 그것이 그들에게는 더 치명적이었다."

그 미국식 세뇌 교육의 첨병 역할을 한 곳이 바로 백인이 세운 칼리슬 기숙학교(정확히 말해 칼리슬 인디언 실업 학교)였다. '야만인'을 '문명인'으로 개조하기 위해 야만적인 교육 방식을 택한 이 학교에서의 생활은 수 족 소녀 어린 장미(리틀 로즈)가 쓴 일기 『나는 가슴이 무너졌다』에 잘 묘사되어 있다. 아이들은 이름부터 새로 받았다. 솟구치는 물(리핑 워터)은 패니, 흰 방패(워파헤바)는 찰스, 서서 바라봐(스탠즈 루킹)는 매기, 조심하는 여우(와치풀 폭스)는 호레이스, 빗물(레인 워터)은 벨, 숱 많은 머리(헤비 헤어)는 알메다, 곰과 함께 얘기해(토크스 위드 베어즈)는 앨버트, 그리고 어린 장미는 나니로 바뀌었다. 그것이 백인들이 말하는 '문명화'였다.

오지브웨 족 출신의 로즈마리 바스토우는 부족의 언어밖에 할 줄 몰랐기 때문에 나이가 들었는데도 유치원부터 시작해야 했다. 그리고 첫날부터 슬픈 경험을 했다.

"첫 시간에 한 인디언 소녀가 칠판에 무엇인가를 썼는데, 내가 추측하기에 그 아이가 뭔가 실수를 한 것 같았다. 그러자 반 전체가 떠나갈 듯이 웃어 대기 시작했다. 우리를 가르치는 수녀 교사는 입을 가리고 있었지만, 그녀도 웃고 있는 게 틀림없었다. 그 인디언 소녀는 자리에 앉아 책상에 얼굴을 파묻고 어깨를 들썩이기 시작했다. 나는 그들이 무척 무례한 사람들이라는 생각이 들었다. 나는 예의범절이 무엇인가 알고 있었다. 내가 자란 방식은 사람들이 실수를 할 때 그것을 보고 놀리거나 비웃으면 안 된다는 것이었다. 오히려 그들을 도와줘야 한다는 것이었다. 속도가 느린 사람이 있으면, 인내심을 갖고 기다려야 한다고 부족의 어른들은 가르쳤다. 그날 이후 나는 입을 굳게 닫았다. 그들이 결코 나를 놀리지 못하게 할 것이라고 스스로 결심했다. 그 해 1년 동안 나는 한마디도 하지 않았다.

숫자를 배우는 수업이 있었는데, 그 시간에도 나는 한 번도 입을 열지 않았다. 그래서 공부 못하는 학생에게 벌로 씌우는 꼬깔 모자를 쓰고 늘 교실 구석에 앉아 있어야만 했다. 하루는 내가 창문 밖으로 도토리를 입에 물고 장난치는 다람쥐를 바라보고 있는데 교사 수녀가 질문하는 소리가 들렸다.

'내가 사과를 네 개 갖고 있는데, 너에게 한 개를 주면 나한테는 몇 개의 사과가 남지?'

그때 내가 손을 번쩍 들고 말했다.

'부끄러운 줄 아세요, 수녀님. 사과를 두 개 줘야 하는 거예요. 친구

와 뭔가를 나눌 때는 똑같이 반씩 나눠 갖는 거예요.'

그 말을 한 나 자신도 놀랐다. 모두가 얼어붙었고, 수녀는 입이 벌어졌다. 그때 이후로 나는 도저히 입을 다물고 있을 수가 없었다.

내가 4학년 때, 식민지 역사에 대한 교과서를 배우게 되었다. 책에는 인디언 전사들이 그려져 있었는데, 모두가 머리를 빡빡 밀고 머리꼭지에만 몇 가닥 머리칼을 매단 야만인들로 묘사되어 있었다. 한 인디언 전사는 아이를 안은 여자의 머리채를 잡고 칼로 찌르고 있었다. 수녀가 와서 내 옆에 앉으며 말했다.

'너도 바로 이런 야만인들 사이에서 태어났다. 우리가 너를 문명인으로 만들기 위해 이곳으로 데려온 거야.'

나는 그 책을 움켜잡고 내가 할 수 있는 한 멀리 집어던졌다. 그러고는 노간주나무 뒤로 달아났다. 그 나무 그늘 아래서 나는 울고 또 울었다. 나는 생각했다.

'나의 할아버지가 그런 야만적인 사람일 리 없어. 얼굴 흰 사람들이 찾아오면 할아버지는 언제나 차와 먹을 것을 대접했어.'

나는 나흘 동안 음식을 입에 대지 않았다. 여름이 되어 집에 돌아갔을 때 나는 할아버지에게 그 책에 대한 이야기를 했다. 그러자 할아버지가 말했다.

'나는 네가 영어를 배우기를 바란다. 사전에 있는 모든 단어를 배우거라. 그러면 언젠가 너는 교사가 될 수 있을 것이고, 우리 인디언들에 대한 진실을 책으로 쓸 수 있을 것이다.'

내가 열심히 영어를 배우기 시작한 것은 그때부터이다."

기숙학교를 통한 백인들의 동화정책에도 불구하고 그들의 삶의 방식을 따르는 인디언은 많지 않았다. 오히려 인디언들 속에서 함께 생활한 백인들 중에는 답답한 도시 문명에서의 삶보다 자연에 가깝고, 자유로우면서, 모험에 찬 원주민들의 삶에 동화되는 이들이 많았다. 1763년부터 이듬해까지 2년 동안 인디언들과 함께 지낸 젊은 백인 알렉산더 헨리는 다음과 같은 기록을 남겼다.

"인디언들처럼 살기를 희망하는 백인들은 여럿 있었지만, 문명화된 형태의 삶을 자신들의 삶보다 더 우월한 것이라고 여기는 인디언은 찾아보기 힘들었다. 심지어 백인들의 기숙학교에서 교육을 받고 고향으로 돌아간 아이들조차도 인디언들의 삶을 최고로 여겼다. 두 삶의 방식 중 하나를 선택할 기회가 주어지기만 하면 백인들의 문명 쪽으로 돌아서는 경우가 거의 없었다.

이유는 간단하다. 인디언들이 보기에 백인들의 삶에는 무엇보다 자유가 없으며, 수많은 법률과 세금이 있고, 잘사는 이와 못사는 이의 차이가 심하다. 또한 속물들처럼 신분에 따라 사람을 차별하며, 위선적이고 거들먹거린다. 땅을 개인의 소유로 여기고, 곧잘 내 편 네 편을 가린다. 옷차림도 불편하기 짝이 없으며, 질병에 많이 걸리고, 돈과 거짓된 기준의 노예들이다. 인디언들에게는 그런 것들이 진정한 행복과는 거리가 먼 것들이다."

이런 이야기가 있다. 백인 기병대 대장이 한 인디언 추장을 찾아가 말했다.

"우리가 당신 부족의 아이들을 교육시켜 주겠소. 이렇게 야생의 숲에서 생활하는 것보다 아이들은 많은 지식을 얻게 될 것이오."

추장은 깊이 생각한 후에 한 가지 조건을 내걸었다. 아이들이 성장했을 때는 부족으로 다시 돌려보내야 한다는 것이었다. 그래서 아이들은 기숙학교로 가서 서구식 교육을 받게 되었으며, 몇 달 뒤 시험을 치르게 되었다. 그런데 교사가 시험지를 나눠 주자, 인디언 아이들은 교실 뒤로 가서 둥글게 모여 앉는 것이었다. 당황한 교사가 아이들에게 가서 지금 무얼 하고 있느냐고 묻자, 한 아이가 대답했다.

"우리는 힘든 일이 닥치거나 어려운 문제가 있을 때는 모두 힘을 합해 함께 해결하라고 배웠어요. 지금이 바로 그때예요. 그래서 이렇게 모여 지혜를 모으고 있는 중이에요."

호피 족의 태양 추장(선 치프)도 백인들의 학교에서 교육을 받은 인디언 소년 중 한 사람이었다. 그는 캘리포니아 백인 학교에 들어가 처음에는 꽤 잘 적응했다. 그러다가 심각한 병에 걸려 네 번이나 혼수상태에 빠졌으며, 그럴 때마다 호피 족 길잡이 정령이 꿈에 나타났다. 긴 회복기 끝에 그는 조상들의 삶의 방식으로 돌아가야 한다는 결정을 내렸다.

"담요를 덮고 누워 있는 동안 나는 지난 학교 생활과 내가 배운 모든 것들을 생각했다. 나는 신사처럼 말하고, 읽고, 쓰고, 셈할 수 있게 되었다. 미국의 모든 주의 이름과 그 주도를 말할 수 있으며, 성경의 순서까지 외울 수 있게 되었다. 찬송가도 서른 곡 넘게 부를 수 있었다. 토론도 하고, 함성을 지르며 미식 축구도 하고, 댄스파티에도 가고, 음담패설도 지껄일 수 있게 되었다. 침대에서 자고, 예수 그리스도에게 기도하고, 머리를 빗고, 화장실을 사용하게 되었다. 또한 사람이 가슴 대신 머리로 생각한다는 것도 배우게 되었다. 그것들은 백인들과 어울리기 위해 내가 배운 중요한 것들이었다. 하지만 그 모든 경험을 통해 나는 나 자신이 호피 족 길잡이 정령과 함께 있으며, 진정으로 호피 족으로 되돌아가 옛 인디언들의 노래를 부르면서, 가죽 채찍으로 맞거나 죄인으로 몰리는 두려움 없이 자유롭게 사랑할 수 있어야 한다는 것을 배웠다."

이것이 본질적으로 모든 인디언과 부족들의 노래였다.

한 인디언은 시로써 노래한다.

와서 나와 함께 키 큰 풀들 사이로 걸으라.
그대의 피부를 간지럽히는 부드러운 바람을 느끼라.
그대 얼굴에 내리비치는 따뜻한 햇살을 느끼라.
그대를 껴안는 여름비의 부드러움을 느끼라.
들판에서 자라는 야생화 내음을 맡아 보라.
새들의 노래를 들으라.
왜냐하면 나는 그 모든 것들이니까.
바람은 그대를 만지는 내 손가락
햇빛은 내 따뜻한 입맞춤
여름비는 내 애무
야생화는 내 머릿결 내음
그리고 새들의 지저귐은 그대에게
와서 나와 함께 키 큰 풀들 사이로 걸으라고 말하는
내 감미로운 목소리.

당신들 얼굴 흰 사람들이 대학에서 가르치는 지식을 높이 평가한
다는 것을 우리는 안다. 그리고 당신들이 우리의 아이들을 데려가 공
부를 시키려면 많은 비용이 든다는 것도 알고 있다. 따라서 우리는 우
리의 아이들을 데려가겠다는 당신들의 제안이 좋은 의도에서 나온

것임을 잘 안다. 그 점에 대해 깊이 감사드린다. 하지만 당신들은 지혜가 있으니 나라마다 생각이 다르고 인생관이 다르다는 걸 알 것이다. 따라서 우리의 교육 방식이 당신들과 같지 않다고 잘못된 것이라고 몰아세워선 안 된다. 우리는 우리 나름대로의 경험이 있는 것이다.

우리 부족의 젊은이들 몇 명이 북쪽 지방에 있는 당신들의 대학으로 가서 교육을 받았다. 그들은 당신들의 과학에 대해 배웠다. 그러나 그들이 막상 우리한테로 돌아왔을 때 그들은 잘 달리지도 못했고, 삼림 속에서 살아가는 방식에 대해서도 문외한이었으며, 추위나 배고픔을 견디지도 못했다. 그들은 움막을 짓거나 사슴을 잡는 법도 몰랐으며, 적을 사로잡지도 못했다. 우리의 언어를 말할 때조차 떠듬거렸다.

따라서 그들은 사냥꾼이나 전사나 삶의 조언자로도 부적합했다. 그들은 말 그대로 아무 짝에도 쓸모가 없었다. 우리는 당신들의 친절한 제안이 고맙기는 하지만 정중히 사양하는 바이다. 그 친절에 보답하는 마음으로, 만약 버지니아의 신사 양반들이 우리에게 자신들의 자녀를 열 명 정도만 보낸다면 우리는 최선을 다해 그들을 교육할 것이다. 그들에게 우리가 아는 모든 것을 가르쳐 주고, 그들을 진짜 사람으로 만들어 주겠다.

카나사테고_이로쿼이 족

당신들은 우리 부족의 아이들을 학교에 보내라고 요구하는데 나는 절대로 그렇게 하고 싶은 마음이 없다. 나는 얼굴 흰 사람들과 그들의 방식을 믿지 않는다. 나는 늙은이고, 지금까지 살면서 많은 것들을 봐 왔다. 얼굴 흰 사람들은 우리 부족의 젊은이들에게 술을 먹여 취하게 하고 우리의 딸들을 훔쳐갔다. 그들은 달콤한 술과 옷으로 우리의 딸들을 꾀어냈다.

내가 이렇게 이곳까지 온 것은 당신들에게 무엇을 구걸하기 위해서
가 아니다. 나는 내 자신을 위해 이곳에 오지 않았다. 다만 내 부족 회
의에서 날 보내기로 결정했기 때문에 할 수 없이 온 것이다. 다시 말
하지만 나는 늙은이고 지금까지 인디언의 방식으로 살아왔다. 이날
이때까지 당신들 얼굴 흰 사람들의 도움 없이도 잘 살아왔다. 그리고
지금껏 살아온 방식대로 죽을 것이다. 이것으로 내 할 말은 다 했다.

빅 모가센_나바호 족 추장

나의 부족은 지혜로웠다. 그들은 부족의 뛰어난 사람들의 행동을
모범 삼아 젊은이들을 가르쳤다. 우리의 교사들은 온 마음을 다해 가
르쳤다. 우리의 할아버지들, 아버지들, 삼촌이 바로 그 교사들이었
다. 비록 한 아이의 능력이 다른 아이보다 뒤진다 해도 그들은 아이의
기를 꺾는 말을 결코 하지 않고 오히려 칭찬의 말을 한순간도 아끼지
않았다. 배움을 얻는 데 실패한 아이는 더 많은 배움을 얻을 뿐이었
고, 더 많은 보살핌을 받았다. 혼자서 앞으로 나아갈 수 있을 때까지.

여러 번의 일격(알릭치아 아후쉬)_크로우 족

우리는 절대로 기독교 학교에 다니지 않았다. 교회에 다니는 사람
들은 성경을 받아들이지 않으면 좋은 사람이 아니라고 말한다. 그럴
때마다 나는 성경은 인간이 쓴 것이라고 대답한다. 신이 이렇게 말했
을 것이라고 생각해서 쓴 것이다. 나는 성경이 필요 없다. 어떤 형태의
종교 조직도 필요 없다. 나는 교회들을 바라보면서 그들이 서로에게
어떻게 행동하는가를 바라본다. 우리는 '숨을 주는 이'를 믿는다. 당신
이 그분을 어떻게 부르든, 내게는 모두 같다.

이 별의 모든 것은 신이 창조하였다. 모든 존재는 목적을 갖고 있다.

암탉과 수탉들은 우리에게 정말 중요하다. 뱀과 여우나 낯선 사람이 야영장으로 들어오면 닭들이 꼬꼬댁거려 알려 준다. 도둑 경보기인 셈이다. 우리는 악어를 20년 넘게 길러 왔다. 가죽을 벗겨 팔기도 하고 먹기도 한다. 이제는 악어가 관광객들의 호기심 대상이 되고 있지만, 우리는 결코 악어를 갖고 장난치거나 학대하지 않는다. 악어도 이 우주와 신의 일부분이다. 모든 것은 영혼을 소유하고 있다. 아무리 하찮은 풀쐐기일지라도.

버지니아 풀_세니놀 족

편안하게 와닿는 것이 인위적인 것보다 사람의 본성에 한결 어울리는 법이다. 당신들이 왜 그것을 모르는지 이해가 안 간다.

큰 각반(빅 레깅)_오지브웨 족

그래서 우리 인디언들이 점점 더 나아지고 있는가? 얼굴 흰 사람들의 동화정책의 관점에서 보면 결코 그렇지 않을 것이다. 우리는 언제까지나 인디언일 뿐이다. 우리는 우리 자신의 방식에 따라 살고 있다. 우리 스스로 웃는 법을 우리는 안다. 우리는 그것을 지켜 갈 것이다.

파란 돌(로즈 블루스톤)_다코타 족

나는 나바호 족 인디언이다. 하지만 나바호 족 인디언처럼 행동하지 않는다. 나바호 족 사람들은 나바호 은세공사들이 만든 많은 목걸이들과 허리띠 장식, 핀들을 몸에 걸친다. 하지만 나는 내 자신이 나바호 족 출신임을 말해 주는 핀이나 목걸이 하나도 하고 다니지 않는다. 나바호 족 여자들은 머리를 둥글게 말아 매듭을 묶는다. 하지만 내 머리는 길고, 그들과 다르다.

나바호 족 사람들은 호건(엮은 나뭇가지 위에 진흙을 덮어 만든 집)에서 산다. 나의 할머니도 그런 집에서 산다. 하지만 엄마와 나는 그런 집에서 살지 않는다. 나바호 족의 전통적인 생활 방식을 좋아하기 때문에 그런 집에서 살고 싶기도 하지만, 그곳 생활에 적응하긴 힘들다.

할머니는 내게 나바호 족의 방식에 따라 기도하는 법을 가르쳐 주었다. 하지만 나는 얼굴 흰 사람들의 방식대로 기도하는 법을 배웠다. 이제 나는 학교에서 나바호 족 역사를 배우고, 나의 조상들의 생활을 배운다. 할아버지는 한때 모든 성스러운 산들을 알고 계셨다. 하지만 이제는 세상을 떠나고 안 계시다.

나는 성스러운 산들에 대해 아무것도 아는 게 없다. 내가 아는 것은 한때 그 산들이 우리 부족 사람들에게 매우 신성한 장소였으며, 그곳에서 사람들이 기도를 드리곤 했다는 것이다. 나는 내 부족 사람들과 전통적인 방식을 존중한다. 나는 나바호 족 사람이니까.

뉴멕시코 윈게이트 고등학교 학생 매기 바헤_나바호 족

오래전 우리 부족에는 교육이라는 게 없었다. 책도 없고 교사도 없었다. 모든 지혜와 가르침은 꿈을 통해 우리에게 전달되었다. 우리는 그 꿈을 시험해 보았으며, 그런 식으로 우리가 가진 힘을 배웠다.

치페와 족의 어른

우리는 그저 흉내내고 암기하기 위해 학교로 갔다. 언어와 생각을 서로 나누기 위한 것도 아니었고, 이 대륙에서 수만 년 동안 살아오면서 쌓은 헤아릴 수 없이 많은 훌륭한 경험들을 되살리기 위한 것도 아니었다. 이 대륙에서 일어난 모든 중요한 일들을 기록한 우리의 연대기는 바로 우리의 춤과 노래 속에 녹아들어가 있었다. 우리의 역사는 책이 아니라 살아 있는 사람들의 기억 속에 기록되어 있다는 점에서 얼굴 흰 사람들의 역사와는 달랐다. 따라서 얼굴 흰 사람들이 우리에게 가르칠 게 많았다면, 우리 역시 그들에게 가르칠 게 많았다. 이런 생각에 기초해 학교가 세워질 수 있었더라면 얼마나 좋았겠는가!

서 있는 곰(루터 스탠딩 베어)_라코타 족

교사들 중 많은 이들이 소위 교육받은 바보들이다. 우리는 아이들에게 삶을 사랑하라 가르치고, 우리가 자연의 일부분임을 가르친다. 하지만 교실에 앉아 그것들을 배울 때, 아이들은 자연으로부터 멀어질 수밖에 없다. 그대신 온갖 것들을 암기할 뿐이다. 학교가 아이들의 창조성, 꿈꾸는 능력을 파괴하는 것이다.

자넷 맥클라우드_툴라립 족

하늘은 목적 없는 푸르름 속에서 나를 내려다본다.
태양은 그 햇살로 질문을 던지듯 나를 응시한다.
산들은 흐릿한 그림자 속에서 나를 굽어본다.
나무들은 어리둥절한 산들바람 속에서 흔들린다.
사슴들은 당황한 리듬으로 춤을 춘다.
개미들은 믿을 수 없는 원을 그리며 내 주위를 맴돈다.
새들은 의심에 찬 곡선을 그리며 내 위를 날아간다.
그들 모두 자신들의 방식으로 내게 묻는다.
넌 누구지? 넌 도대체 누구지?
나는 그들에게, 그리고 나 자신에게 고백할 수밖에 없다.
나는 인디언이라고.

프란시스 바질_뉴멕시코 산타페 출신으로, 16세 이하 시 부문 문학상 수상

앉은 곰(시팅 베어, 아리카라 족 전사)

내가 흘린 눈물만 모아도 가뭄은 없다

후아니타 센테노
추마쉬 족

내가 자랄 때, 이곳은 천국이었다. 정말로 그랬다. 할아버지는 보름에 한 번씩 시내 가게로 가서 필요한 물건을 사왔다. 우리에게는 커피 열매가 있었다. 오늘날은 그것을 갖고 목걸이를 만들지만, 그때는 커피를 만들었다. 그것은 약효가 뛰어났다.

우리가 아직도 그런 열매를 사용한다는 것을 사람들은 잘 모른다. 우리는 산 위로 올라가서 겨자 열매를 구해 온다. 하지만 이제는 공해와 독소 때문에 두세 번 끓여야만 먹을 수 있다. 옛날의 그 건강하던 열매와 약초들은 이제 구경하기 어렵다.

시냇물조차 마실 수가 없게 되었다. 목장의 소들 때문에 물이 오염되었기 때문이다. 그리고 수맥들이 다 끊겼다. 물은 냄새가 나서 더 이상 쓸모가 없다.

내가 자랄 때는 모든 것이 달랐다. 많은 베리 열매들, 풍성한 사냥감과 물고기, 모든 것이 다 있었다. 하지만 지금은 그런 것들이 다 사라졌다. 약초든 열매든, 그것들은 더 이상 자라지 않는다. 왜 그렇게 되었는가? 열매가 익었을 때 사람들이 단순히 그것들을 따서 입안에 넣을 뿐 아무도 기도를 올리지 않기 때문이다. 그들은 숲으로 가서 단순히 그것들을 따먹을 뿐이다. 약초도 마찬가지다. 옛 인디언들은 어떤 것을 맛보기 전에 반드시 기도를 올려야 한다고 믿었다. 하지만 지금은 아무도 어떤 것에 대해서도 기도하지 않는다. 이제는 인디언의 방식이 아닌 다른 방식을 믿기 때문이다. 어떤 것을 소중히 여기지 않고 기도하지 않기 때문에 그것들이 다 떠나갔다.

오래전에는 저 언덕들과 골짜기들이 우리 인디언들에게는 풍성한 쇼핑 센터 같은 곳이었다. 우리는 그곳에서 신발과 치마를 만들 부들가지와 큰고랭이풀, 그리고 음식에 쓸 열매들을 따오곤 했다. 부들가지의 뿌리는 먹을 수가 있었다. 그리고 야생 토마토도 있었다. 말 그대로 없는 것이 없었다. 도토리 가루와 버찌 씨앗도 구할 수 있었다. 버찌 씨앗은 기침에 좋은 약이다. 버드나무 줄기로는 요람을 만들었다. 그 껍질을 씹으면 두통에 효과가 있었다. 치아를 튼튼히 하려면 참나무 껍질을 썼다. 할아버지가 내게 그 많은 것들을 가르쳐 주었다.

오늘날에는 의사가 진통제 알약을 준다. 모든 것을 진정시키기 위해…….

그들이 우리의 식량을 모두 가져가 버렸다. 심지어 겨자 열매나 버섯조차 구하기 힘들다. 산토끼는 사라진 지 오래다. 사슴들도 자취를 감췄다. 모든 동물들이 멸종되어 버렸다. 물고기들도 가 버렸다. 노래 부르며 흐르던 시냇물도 사라졌다. 우리는 그들의 오염된 물을 마시고 있다.

왜 그들은 우리를 내버려 두지 않는 걸까? 왜 우리를 산으로 돌려보내지 않는 걸까? 그들은 우리에게 의자와 가구와 이런 과자 봉지들을 줌으로써 우리가 잘살고 있다고 생각한다. 그러나 한밤중이 되면 집이 삐걱거리는 소리 때문에 잠에서 깨어난다. 우리가 사는 이 집들은 두 대의 트레일러를 합친 조립식 주택이며, 집들이 기울어져 있다. 그래도 그들은 말한다.

"신경쓸 게 뭐야! 저들은 인디언인데. 집이 기울어진 것조차 모를 거라구."

나는 조상들이 내게 남겨 준 것을 보호하기 위해 백방으로 노력했다. 우리가 아직도 사용하고 있는 식물들을 보존하는 것이 내 희망이었다.

저기 꽃의 계곡을 보라. 이제 그곳에는 더 이상 꽃이 없다. 작년 6, 7월에 이곳에서 꽃의 축제를 열었는데, 아무도 오지 않았다. 왜 이곳에 오겠는가? 한때 꽃으로 가득했던 곳에 이제는 콘도들이 널려 있다. 더 이상 꽃이 자랄 공간이 없다.

어렸을 때 나는 다람쥐 둥지라는 꽃을 꺾으러 다니곤 했었다. 그 꽃을 보호하기 위해 나는 싸우고 또 싸웠다. 그 꽃은 이루 말할 수 없이 아름답다. 그런데 페트로 테크라는 정유 회사와 철도가 들어서면서 불도저가 그 꽃들을 전부 갈아엎었다. 이제 한 송이도 찾아볼 수가 없다. 보호하기 위해 내가 그토록 애를 썼건만 모두 사라져 버렸다.

그나마 남아 있는 약초들을 모아 봤자, 이젠 전부 부실해져서 쓸모가 없는 것들이다. 우리는 모두 병이 들었다. 팔다리를 움직이고는 있지만, 로봇이나 다름없다. 가게에서 사온 것들을 먹으면 병에 걸릴 수밖에 없다.

우리는 위대한 정령에게 기도한다. 날마다 함께 해 달라고 위대한 정령을 부른다. 우리가 있던 곳으로 돌아갈 수 있게 해 달라고.

이런 곳에선 더 이상 살 수가 없다. 모든 것이 오염되고, 동물들은 내쫓기거나 멸종되었다. 정유 회사가 우리가 마시는 지하수 수맥을 끊어 버렸다. 그들은 우리의 물을 오염시키고, 우물들을 쓸모없게 만들었다. 이제 어디서도 물을 구할 수가 없으며, 그들이 우리에게 물을 배급해 준다. 우리는 그밖의 모든 것들도 배급에 의존해 살아 간다.

그들이 땅을 파헤치는 것을 보면서 나는 울음을 터뜨리곤 했다. 나의 할아버지가 이곳을 걸어 다녔다. 그들은 할아버지의 발자국 조차도 훔쳐갔다. 그들은 모든 것을 불도저로 밀어 버리고, 아무것도, 심지어 내 할아버지의 발자국조차도 남겨 두지 않았다.

어딜 가나 쓰레기가 넘친다. 도로에는 맥주 깡통과 기저귀가 널려 있다. 그 기저귀들은 썩지도 않는다. 차에 깔려 납작해진 기저귀들을 볼 때마다 어머니 대지가 우리에게 무엇인가를 말하고 있음을 느낀다.

백인들은 아침 식사로 산토끼를 사냥해 먹는다고 우리 인디언들을 야만인이라고들 한다. 하지만 우리는 파괴하지 않았다. 그 토끼 가죽으로는 토시를 만들고, 고기는 먹고, 뼈로는 바구니 짜는 바늘을 만들었다. 모든 것 하나하나를 다 사용했다. 하지만 그들은 그렇게 하지 않는다. 원하는 것만 먹고 나머지는 우리의 뒷마당에다 내버린다.

인디언 보호구역에 사는 우리에게 그들은 물건을 배급해 준다. 일전에 나는 건포도 박스를 받았다. 그것으로 뭘 해야 할지 모르겠다. 그것들은 벌레로 가득 차서 도저히 먹을 수가 없다. 하지만 그 걸 내다 버리면 그들은 우리가 감사하게 생각하지 않고 먹는 것을 내다 버린다고 비난할 것이다.

여름에는 수박이 한 트럭이나 배급되었다. 하지만 너무 물컹거려서 도저히 먹을 수가 없는 것들이었다. 그다음에는 몇 상자나 되는 바나나가 배달되었다. 그것들도 반쯤 썩은 것들이었다. 이제 인디언 보호구역 어딜 가나 그런 바나나들이 널려 있다. 주차장에도 바나나 상자들이 가득하다.

우리는 이곳에 살고 있지만, 이곳은 우리 땅이 아니다. 이곳은 연방 정부의 땅이다. 우리는 살아 있는 것이 아니라 다만 생존하고 있을 뿐이다. 우리는 이곳을 집이라고 부를 수도 없다. 이곳에는 나무 한 그루 서 있지 않다.

우리는 우리의 조상들보다 훨씬 상황이 나쁘다. 적어도 우리의 조상들은 자유로웠다. 우리 주위에 둘러쳐진 것과 같은 경계선이 없었다. 그러나 지금 이곳은 담으로 둘러쳐져 있고, 침입 금지 표지판이 붙어 있다. 남의 목장으로 들어갔다간 도둑으로 몰려 총에 맞기 십상이다. 매 순간 우리는 위험 속에 살고 있으며, 무엇을 하든 그들의 허락을 받아야 한다.

나는 책을 많이 읽었고, 교육도 받을 만큼 받았다. 이제 나는 일흔세 살이며, 추수감사절 날이 내 생일이다. 추마쉬 족 인디언들은 가장 평화로운 사람들이며, 바구니 짜는 기술로는 따를 자가 없다. 하지만 그들이 우리의 문화를 짓밟았다. 도중에 무슨 일이 일어난 건지 알 수가 없다.

때로 나는 나의 부모를 원망하곤 했다. 부모님은 우리에게서 인디언의 방식을 없애려고 했다. 우리를 위해 부모님은 말하곤 했다.

"어딜 가든 네가 인디언이라는 사실을 밝히지 마라. 일자리를 구하러 가서는 스페인 사람이나 이탈리아 사람이나 포르투갈 사람이라고 말하거라. 절대로 인디언이라고 말하지 마라. 인디언이라고 말하는 순간, 아무도 너에게 일자리를 주지 않을 것이다."

하지만 우리는 그것을 잊고 이렇게 말하곤 했다.

"나는 인디언이에요."

"아, 그래요? 필요할 때 우리가 전화하죠."

하지만 그들은 절대로 전화하지 않았다.

우리의 신발을 신고 걸어야만 당신은 우리의 신발을 신고 저 문 밖으로 걸어 나가는 것이 얼마나 힘든가를 이해할 수 있다. 우리가 가게나 약국이나 슈퍼마켓에 가면 사람들이 수군거린다.

"저 인디언들이 모두 사라져 버렸으면 좋겠어. 정말 보기 싫어."

그럴 때마다 큰 고통을 느낀다. 나는 인디언이 아닌 것처럼 가장하고는 얼른 물건을 사서 그곳을 빠져나온다.

한번은 종교 집회에 참석했다가 바비큐를 얻어먹게 되었다. 우리는 접시를 들고 야외에 차려진 식탁으로 다가갔다. 그러자 한 백인 여자가 내게 물었다.

"바비큐를 좋아하는군요?"

내가 말했다.

"네, 냄새가 좋지요."

그러자 그녀가 말했다.

"나는 인디언들이 뱀이나 도마뱀을 즐겨 먹는 줄 알았는데요."

나는 너무도 화가 나서 말했다.

"우리는 사람들도 잡아먹지요. 그러니 당장 이곳에서 꺼지는 게 좋을 거예요!"

그 백인 여자는 겁을 먹고 얼른 달아났다. 사람들이 왜 그런지 알 수가 없다. 도대체 그들의 인간성에 무슨 일이 일어난 걸까?

나는 여러 산을 돌아다녔다. 저쪽 산에도 가고, 그 산꼭대기 위에 서서 아래를 내려다보곤 한다. 백인들이 파괴하지 않은 장소가 하나도 없을 정도다. 협곡은 그들이 내다 버린 죽은 소들과 쓰레기와 낡은 철조망들로 가득하고, 어머니 대지에서 기름을 퍼내던 녹슨 펌프들이 어딜 가나 버려져 있다.

이제 인디언들에게는 성스러운 장소가 남아 있지 않다. 얼굴 흰 사람들은 성스러운 장소라는 것을 한 번도 가져 본 적이 없다. 우리는 보호하라고 배웠지, 파괴하라고 배우지 않았다. 그들은 결코 인디언을 이해하지 못할 것이다.

이곳에 목장들과 공군 기지가 들어섰을 때 우리는 그들이 땅을 전부 파괴하는 것을 지켜봐야만 했다. 그들은 나무를 쓰러뜨리고, 심지어 우리 조상들의 무덤까지 파헤쳤다. 그리고 조상들이 바위에 새겨 놓은 그림들까지 다 폭파시켰다.

해결책이 없었다. 다만 우두커니 서서 그들이 대지를 파괴하는 것을 지켜볼 수밖에 없었다. 우리가 저 산과 언덕들에 올라가 조상들의 메아리를 들을 수만 있다면. 신경을 안정시켜 주는 약초들을 따 모을 수만 있다면. 젊었을 때 나는 저 산들을 돌아다니곤 했었다. 그런데 왜 이제는 그곳에 갈 수 없단 말인가?

대지 위를 걸을 수만 있어도 기분이 나아질 것이다. 우리 조상들의 발자국을 따라 걸을 수만 있어도. 저 산에는 아직도 우리 부족의 흔적이 남아 있다. 아직도 바위 그림들이 남아 있다. 하지만 그것들을 보러 가려고 해도 백인들의 허락을 받아야만 한다.

고고학자들이 와서 인디언 유적지를 조사하면서, 그 경계선을 찾으려고 애를 쓴다. 인디언들에게는 경계선이 없었다. 우리는 그만큼 자유로웠다.

나는 지붕 위의 별들과 마당의 흙을 원하며, 커다란 나무 아래서 살기를 원한다. 내가 바라는 것은 좀 더 자유롭게 저 산과 언덕들을 거닐고, 그곳에서 하루를 보내는 일이다. 우리가 그곳에서 살던 시절의 기억들을 되살릴 수 있도록.

어렸을 때 나는 방울뱀 골짜기를 돌아다니면서도 방울뱀에 물리지 않을 수 있었다. 하지만 이제는 방울뱀이 남아 있지도 않다. 그것들은 살아남지 못했다. 그 방울뱀의 영혼들이 우리에게 어떻게든 살아남으라고 말하고 있다.

자유가 무엇인가? 우리는 그냥 자유로웠다. 자유라는 단어조차 필요하지 않았다. 발전이라는 단어조차 없었다. 우리는 자유롭게 살았고, 날마다 성장했다.

나는 나비를 관찰하곤 했다. 뱀들을 지켜보곤 했다. 할머니는 내게 말했다.

"내 바구니에 손잡이를 해 달 수 있게 저 뱀을 잡아 오렴."

또는 이렇게 말했다.

"저 잎사귀를 따다 주렴. 저 거미줄을 걷어다 주렴."

그런 아름다운 삶을 살던 내가 이제는……. 우리는 심장을 잃고 공허해졌다. 우리는 살아 있는 것이 아니라, 하나의 로봇일 뿐이다. 저 산으로 가서 약초를 뜯을 수도 없게 되었다.

할아버지가 옳았다. 할아버지는 내게 말했다.

"잘 들어라. 네가 가진 것은 너의 탄생과 죽음뿐이다. 그밖에 넌 아무것도 가진 게 없다. 그것이 네가 가진 전부다. 네가 수백만 달러를 갖고 수백만 개의 다이아몬드를 갖는다 해도, 그것이 네게 무슨 소용인가?"

내가 다른 어떤 것도 원하지 않는 것이 그 때문이다. 우리 부족은 아무것도 가진 것 없이도 그 자체로 행복하게 살았다.

사람들은 비가 오지 않아서 날이 가물었다고 말한다. 하지만 내가 흘린 눈물을 한곳에 모을 수만 있다면 가뭄은 없을 것이다.

*

백인들은 인디언들을 네모난 땅에 가두고 '보호구역'이란 이름을 붙였지만, 인디언들은 그곳을 '울타리'라고 불렀다. 그 울타리는 자유로운 백인들의 세상과 감금된 채 살아야만 하는 인디언들의 삶을 구분짓는 경계선이었다.

캘리포니아의 아름다운 해변 도시 산타바바라에서 북쪽으로 35킬로미터 올라간 솔뱅 근처의 추마쉬 인디언 보호구역 안에서 후아니타 센테노는 살고 있다. 집은 포로 수용소 스타일로 미국 정부가 지어 준 것이며, 비슷하게 생긴 집들이 다닥다닥 붙어 있다. 그 건너편에는 전 미국 대통령 로널드 레이건의 란초 델 시엘로, 즉 하늘 목장이 거대하게 자리 잡고 있다. 그녀가 사라진 옛 인디언들의 삶을 그리워하는 것은 당연한 일이다.

그녀가 사는 추마쉬 인디언 지역은 1769년 스페인에서 건너온 프란치스코 수도원 성직자들이 식민지화시킨 것을 시작으로 수많은 외지인들에 시달렸다. 스페인과 네덜란드에서 온 사람들, 동부에서 석유와 황금을 캐러 온 기회주의자들, 목장업자들, 햇빛을 원하는 이들, 그리고 오늘날에는 할리우드 영화 스타들까지 그 지역으로 몰려들었다. 아득한 세월부터 그 지역에서 살아온 추마쉬 인디언들은 그곳의 주인임에도 불구하고 점점 좁은 지역으로 밀려났으며, 마침내는 공군 기지를 만든다는 이유로 1억2천만 평의 땅이 불도저로 다져졌다.

작고 형편없는 집이지만 추마쉬 족 공예가이며 약초 전문가 후아니타 센테노(1918~1992)의 집은 추마쉬 인디언 박물관이라 해도 손색이 없을 정도로 벽마다 부족 사람들의 공예품, 미술품, 문화 예술품들로 가득하다. 누구도 그녀를 대신해 말해 주지 않지만, 그녀는 자신의 부엌에 앉아 모든 인간의 가슴을 향해 말한다.

후아니타 센테노의 얼굴에 흐른 눈물과 똑같은 눈물이 150년 전 북부 다코타 족인 히다차 족 인디언 들소 새 여자(버팔로 버드 우먼)의 얼굴에도 흘러내렸다.

"나는 늙은 인디언 여자다. 들소 떼와 검은 꼬리 사슴들은 사라졌고, 우리 인디언의 삶의 방식도 거의 사라졌다. 어떤 때는 내가 한때 그런 삶을 살았었다는 것이 스스로 믿어지지 않을 정도다.

내 아들은 얼굴 흰 사람들의 학교를 다녔다. 책을 읽을 줄도 알고, 자기 소유의 가축 떼와 농장을 갖고 있다. 이제 내 아들은 우리 히다치 부족의 지도자가 되었으며, 사람들이 얼굴 흰 사람들의 방식을 따르는 데 도움을 주고 있다. 아들은 나한테 잘해 준다. 우리는 이제 더 이상 옛날처럼 땅바닥에 세운 인디언 천막에서 살지 않는다. 우리가 사는 집에는 굴뚝이 있으며, 내 아들과 결혼한 여자는 화덕에서 음식을 만든다. 하지만 나는 아무리 해도 우리 부족이 누렸던 옛날의 방식을 잊을 수가 없다. 여름날이 되면 나는 종종 이른 새벽에 일어나 옥수수가 자라는 들판으로 몰래 나가곤 한다. 그곳에 서서 옥수수 줄기를 붙잡고 노래를 부른다. 어렸을 때나 젊었을 때 했던 것처럼. 이제는 아무도 우리 부족의 옥수수 노래 같은 것에 관심을 갖지 않는다.

여름 저녁이 되면 우리 부족의 야영장은 즐거움으로 넘쳤다. 천막마다 앞에 모닥불을 피우고, 가족들이 둘러앉아 저녁을 먹었다. 저쪽에서는 노인들이 원을 그리고 모닥불 주위에 앉아 이야기를 나눴다. 그 시절, 거의 매일 저녁마다 우리는 춤을 추었다.

하지만 아이들은 좀 더 일찍 자러 가야 했다. 특히 우리집에서는 해가 떨어지기만 하면 아버지가 우리를 잠자리에 들게 했다. 엄마가 천막 옆에 마른 풀을 깔고 그 위에 들소 가죽을 펴주었다. 아버지는 종종 모닥불가에 앉아 우리에게 자장가를 불러 주었다.

노란 잎의 달이 되면 우리는 천막을 걷고 겨울 야영장으로 옮겨갔다. 우리 부족은 주로 미주리 강을 따라 평원의 추운 바람이 닿지 않는 우거진 삼림 속에서 겨울을 났다. 집들은 흙으로 지어진 오두막들이었다.

때로 저녁 나절이면 나는 강을 바라보며 앉아 있다. 해는 기울고 저녁 어스름이 물 위에 번진다. 그 어스름 속에서 나는 자주 우리의 옛 인디언 마을을 본다. 인디언 천막마다 밥 짓는 연기가 피어오르는……. 그리고 소리를 내며 흘러가는 강물에서 사라진 전사들의 고함소리며 아이들과 늙은이들의 웃음소리를 듣는다.

이 모든 것이 다만 한 늙은 여자의 꿈인지도 모른다. 그러나 강을 바라보면 또다시 저녁 어스름 속에서 인디언 마을이 나타나고 그들의 웃음소리가 들린다. 내 눈에선 눈물이 흘러내린다. 나는 안다. 우리 인디언의 삶의 방식은 영원히 가버렸다는 것을."

미주리 강 서쪽 강둑을 따라 생활하던 오마하 족의 한 노인은 사라져 간 그곳 풍경을 이렇게 회상하고 있다.

"내가 젊었을 때, 그곳은 매우 아름다운 땅이었다. 강을 따라 띠를 이루며 나무들이 빽빽이 우거져 있었고, 그곳에는 사시나무, 사탕단풍나무, 느릅나무, 물푸레나무, 히코리나무, 호두나무, 그밖의 많은 나무들이 자라고 있었다. 또한 많은 종류의 덩쿨나무와 키 작은 나무들이 있었다. 그리고 그 나무들 아래에는 많은 질 좋은 약초들과 아름다운 꽃들이 널려 있었다.

삼림 속과 평원 둘 다에서 나는 수많은 종류의 동물들의 발자취를 볼 수 있었다. 헤아릴 수 없이 많은 새들의 노래도 들을 수 있었다. 멀리 걸어 나가면 와칸다(위대한 정령)께서 이 땅에 뿌려 놓은 숱한 형태의 생명들, 아름다운 생명체들과 만날 수 있었다. 그것들은 자신들의 방식에 따라 걷고, 날고, 뛰고, 달리고, 장난치고 있었다.

하지만 지금은 땅의 얼굴 전체가 바뀌었으며, 그 얼굴은 슬퍼하고 있다. 살아 있던 것들은 모두 가버렸다. 황폐해진 땅을 바라보며 나는 말할 수 없는 슬픔에 젖는다. 이따금 나는 한밤중에 잠에서 깨어난다. 그럴 때면 극심한 외로움 때문에 숨이 막힐 것만 같다."

북부 대평원에서 들소가 사라짐으로써 1883년과 그 이듬해 겨울 6백 명의 블랙푸트 족 인디언들이 굶어 죽었다. 그 '굶어 죽은 겨울', 부싯돌 칼(플린트 나이프)은 죽기 전에 이렇게 자신의 소망을 피력했다.

"얼굴 흰 자들이 이 땅에 오지 않았다면 얼마나 좋았을까!"

자신들 고유의 삶의 방식을 잃어버린 인디언들의 고통을 백인들은 이해한 적이 없다. 야생동물들이 다 죽임을 당하고, 성스러운 대지가 파괴되고, 삶의 터전을 떠나 보호구역 안으로 내몰렸을 때, 인디언들의 정신도 빛을 잃었다. 오글라라 라코타 족 추장 검은 큰사슴(헤하카 사파)의 아들 벤이 말하고 있는 것도 그것이다.

"오늘날 우리 인디언들은 큰 혼란 속에서 살아가고 있다. 우리 삶속에 있는 혼란, 그것이 문제다. 우리는 인디언이며, 인디언의 방식을 사랑한다. 인디언의 방식에 따라 살 때 우리는 편안하다. 하지만 이 세상과 어울려 살아가려면 타고난 우리의 모습을 버리고 자신들처럼 되어야 한다고 얼굴 흰 자들은 계속 주장한다.

오늘날 우리의 젊은이들은 자신들이 진정으로 누구이며 어디에 속해 있는지 알지 못한다. 따라서 그들에게는 자부심이 없다. 자신이 인디언이라는 사실을 부끄러워하는 이들도 있다.

우리는 인디언인 것을 자랑으로 여기고 싶다. 하지만 인디언 아이들이 다니는 많은 학교들에서는 인디언이라는 것을 부끄럽게 여기도록 가르친다. 학교는 그 아이들이 인디언이라는 사실을 잊었다. 아이들을 인디언으로 인정하지 않고 백인 아이처럼 대한다. 그것이 문제의 원인이며, 아이들의 마음에 혼란을 심어 준다. 인디언의 역사와 문화를 무시할 때 아이들은 자신이 인디언이라는 사실에 수치심을 느끼게 마련이다.

나는 여덟 살부터 학교를 다녔다. 그때는 영어를 한마디도 할 줄 몰랐고, 허리까지 오는 긴 머리를 네 가닥으로 따고 있었다. 학교에서 성적이 올라갈 때마다 교사들은 내가 나아졌다는 증거로 머리를 한 가닥씩 잘랐다.

우리 인디언들에게는 천국이 따로 필요 없었다. 우리에게는 눈부신 현실 세계가 있었다. 이 대륙 전체가 하나의 낙원이었다. 달러가 무엇인지도, 커피와 위스키가 무엇인지도 우리는 몰랐다. 여러 부족이 있었지만, 아무 문제 없이 잘 지냈다. 그러다가 백인들이 밀려왔다. 그때부터 우리는 나락으로 떨어지기 시작했다. 억압과 착취가 시작되었다. 그렇게 고통과 슬픔 속에서 많은 세월을 보낸 뒤, 우리는 너무도 절망스러웠기 때문에 구세주를 기다리는 춤을 추기 시작했다.

그 춤은 곧 우리의 기도였다. 인디언들은 그 당시 절망의 끝에 와 있었다. 그들이 가졌던 모든 것, 거대한 들소 떼들도 자취를 감추었다. 그때 누군가가 나타나 인디언들에게 '내가 구세주요, 그리스도다'라고 말했다. 그는 백인들이 그에게 큰 죄를 지었으며, 인디언들이 계속해서 춤을 추기만 한다면 백인들은 이 땅에서 사라지고 들소들과 옛 전사들이 돌아올 것이라고 말했다. 우리는 무기를 모두 내던졌다. 어떤 전투도 없이 그 일이 가능하다고 믿었기 때문이다. 단지 춤을 추고 노래하면 되었다.

인디언들은 정말로 그 일이 일어날 것이라 여겼다. 하지만 그런 일은 결코 찾아오지 않았다. 그 대신 우리는 운디드니 대학살을 맞이했다. 백인들은 남자와 여자와 아이들을 모두 죽였다. 그 슬픔이 아직도 우리의 가슴을 채우며 흐르고 있다. 그것이 그곳에 있다. 흰 눈 속에서 죽어 간 아름다운 꿈이. 한 종족의 꿈이."

개울, 그것은 속임수다. 마치 외로운 어떤 사람의 얼굴에 흐르는 눈물과 같으니까.

달렌 파리시엔 _ 치페와 족

나는 과거를 되돌아보고 옛날에 사람들이 살던 모습을 다시 그려 본다. 그러나 이제는 그런 식으로 사는 사람이 아무도 없다. 사람들은 검은 길을 걷고 있고 각자가 자기 생각만 하고 자기 나름의 변변찮은 규칙을 갖고 있다. 이것도 내가 옛날에 하늘의 계시에서 본 그대로다. 나는 절망에 빠졌고, 얼굴 흰 사람들에게 보다 나은 길이 있다면 우리도 그 방식에 따라 사는 것이 나을지도 모른다는 생각조차 했었다.

이것이 어리석은 생각이었다는 것을 지금의 나는 잘 안다. 그러나 나는 그때 어렸고, 슬픔에 빠져 있었다.

검은 큰사슴(헤하카 사파)_오글라라 라코타 족

위대한 정령이시여, 나의 할아버지시여, 흐르는 눈물로 고백하나니, 나무는 영원히 꽃을 피우지 못했습니다. 여기에 있는 이 가엾은 늙은 인디언에 지나지 않는 나는 당신과 멀어져 아무 일도 이루지 못했습니다. 어렸을 적에 당신이 나를 데려다 가르쳐 주신 여기에, 여기 이 세계의 중심에, 나는 이제 늙은 몸으로 서 있습니다.

검은 큰사슴(헤하카 사파)_오글라라 라코타 족

이따금 나는 내 자신이 불쌍하게 느껴져.
하지만 그럴 때마다 큰 바람이 나를 싣고
하늘을 건너가네.

오지브웨 족 노래

대지에 뿌리를 내리고 있는 것, 그것이 곧 나의 정체성이다. 나를 먹여 살리는 것은 그것이다. 나는 내 집 뒷마당에 커다란 사시나무를 갖고 있다. 모든 나무가 말을 하는 것은 아니지만, 그 나무는 내게 말을 한다. 여름이면 나는 뒷마당 의자에 앉아 그 나무가 내게 하는 말을 듣는다. 바람이 들려주는 비밀들을 듣는다.

후아니타 에스피노사-인디언 이름은 성스러운 바람 여인(타테와칸윈)_오지브웨 족

우리는 땅을 소유하지 않는다. 땅을 팔거나 사지도 않는다. 그것은 우리 부족에서 오래전부터 금지되어 온 일이다. 누구도 대지를 소유

할 수 없다. 우리는 다만 대지를 잘 보호할 뿐이다. 그것이 우리의 책임이다. 당신이 대지를 보살피면, 대지가 당신을 보살펴 준다.

버지니아 풀_세니놀 족

대지를 아름답게 하는 목소리
위에서 들리는 그 목소리
천둥의 목소리
검은 구름들 사이에서
다시 또다시 들리는
대지를 아름답게 하는 목소리
아래에서 들리는 그 목소리
풀벌레의 목소리
꽃과 풀들 사이에서
다시 또다시 들리는
대지를 아름답게 하는 그 목소리

나바호 족 노래

'마카 케 와칸. 대지는 신성하다.' 이 말이 우리 존재의 중심에 놓여 있다. 대지는 우리의 어머니이며, 강물은 우리의 피다. 우리의 땅을 빼앗아 가면 우리는 죽는다. 우리 안에 있는 인디언은 죽고 만다.

용감한 새(메리 브레이브 버드)_라코타 족

처음에 인디언들이 살았던 이 땅은 호수와 강, 산으로 둘러싸여 있었으며, 이쪽이나 저쪽 방향으로 며칠을 걸어가도 끝이 없었다. 사냥터는 각자 다른 집안이 소유하고 관리했다. 어느 곳을 가든 인디언들은 사냥하는 동물들을 잘 보호했다. 오늘날 미국 정부가 땅을 관리하듯이 우리는 특히 비버를 보살폈다.

인디언 사냥꾼들은 사냥감을 공급해 주는 풍부한 자연의 원천을 파괴하려는 생각이 조금도 없었다. 왜냐하면 그것들은 그들의 아버지와 할아버지와 더 먼 조상으로부터 물려받은 것이기 때문이다.

인디언들은 집집마다 비버를 사냥하는 특별한 장소가 있었다. 그들은 오직 어린 비버들만을 잡았으며, 다 자란 것들은 새끼를 낳아 기르도록 내버려 두었다. 그러다가 그것들이 너무 늙으면 잡았다. 이 사냥터는 그 소유자가 죽으면 아들들에게 분배되었다. 다른 인디언들은 그곳을 지나갈 순 있어도 그곳에서 비버를 죽이면 안 되었다. 땅의 구획은 아주 오래전부터 있었으며, 늘 그 상태 그대로였다. 때로 사냥터의 소유자는 친구나 가난한 계절을 맞이한 이웃들에게 사냥터를 개방했다. 그러면 훗날 반드시 보답이 돌아왔다.

그러다가 얼굴 흰 사람들이 왔는데, 그들은 사냥감을 모조리 죽이기 시작했다. 새끼를 번식시키거나 훗날을 생각하는 일 따위는 안중에도 없었다. 얼굴 흰 자들은 동물을 보살피는 마음이 없기 때문이다. 그들은 오직 돈만을 추구한다. 한 장소에서 사냥감을 다 죽이면 기차를 타고 다른 곳으로 가서 똑같은 식으로 사냥했다.

내가 하는 말을 종이에 적어도 좋다. 만약 한 인디언이 영국으로 가서 그곳 사람들에게 자신의 땅에서 사냥할 허가증을 돈 받고 판다면 어떻게 되겠는가? 영국인들이 가만히 있겠는가? 우리도 마찬가지다. 당신들의 정부는 남의 나라에 와서 사냥 허가증을 팔고 있다. 그것으로 우리 인디언들이 덕을 보는 것은 아무것도 없다.

우리 인디언들이 백인 정부에 원하는 것은 스포츠로 동물 사냥하는 것을 금지시키라는 것이다. 우리 인디언들을 감시할 필요가 없다.

우리는 당신들이 감시하지 않아도 우리의 사냥감을 보호한다. 그렇지 않으면 굶어 죽기 때문이다. 우리는 사냥 감독관들보다 더 잘 동물들을 보호할 수 있다. 우리는 이곳에서 영원히 살 것이기 때문이다.

치페와 족 연사 알렉 폴이 인류학자 프랭크 스펙에게 한 말

오네이다 족은 모든 살아 있는 것들이 서로 연결되어 있다고 믿는다. 생명이 계속 이어질 수 있도록 하기 위해 모든 존재는 서로 다른 존재에 대해 책임이 있다. 오네이다 족은 하나의 유기체적인 공동체다. 모든 생계 수단을 부족이 공동으로 관리하는 것이다. 수확이 넉넉하면 모두가 나눠 가졌다. 내가 그곳에 살 때 우리 부족은 함께 일하는 밭과 창고를 갖고 있었다. 나도 그곳에서 씨앗을 심고 거두고 저장하는 일에 참여할 수 있었다. 그런데 얼굴 흰 정착민들이 밀려들어와 우리 땅을 다 가지려 들었기 때문에 문제가 생겨났다.

로베르타 힐 화이트맨_오네이다 족

대지를 뒤덮고 있는 저 풀들, 숨 쉴 때마다 느껴지는 그 향기!

인디언 노래_위네바고 족

북아메리카 북서부 해안 살리시 족 여인

나는 노래를 불렀다, 인디언의 노래를

댄 조지 추장
새일리쉬 족

나는 북아메리카 원주민이다. 평생 동안 나는 두 개의 서로 다른 문화 속에서 살아왔다. 나는 원래 대가족 제도를 지닌 문화 속에서 태어났다. 나의 할아버지의 집은 길이가 25미터에 달하는 기다란 일자 집(롱 하우스. 북아메리카 원주민들의 일자로 된 공동 주택. 길이가 90 미터에 달하는 긴 주거 공간)이었다. 사람들은 그 집을 연기 나는 집이라 불렀는데, 그 집은 바다로 가는 입구에 서 있었다.

할아버지가 낳은 모든 아들들과 그들의 식구들 전부가 그 커다란 집에서 함께 살았다. 잠 자는 곳은 골풀로 만든 돗자리로 칸막이가 쳐져 있었지만, 식사는 집 한가운데 있는 화덕 주위에 모여다 함께 했다. 우리 부족 사람들 모두가 그렇게 생긴 기다란 집에 살면서 다른 사람과 함께 사는 법을 배우고, 서로를 위해 자신을 희생하는 법을 배웠으며, 다른 사람의 권리를 존중하는 법을 깨우쳤다.

아이들은 어른들 세계의 생각을 함께 공유했다. 그리고 자신들 주위에 삼촌과 숙모와 사촌들이 있어서 언제나 자신들을 사랑하며 겁 주지 않는다는 것을 알았다. 나의 아버지도 바로 그 집에서 태어나, 어렸을 때부터 사람들을 사랑하고 그들과 함께 사는 법을 배웠다.

그 일자 집에서는 서로를 받아들일 뿐 아니라, 그들을 둘러싼 자연의 생명체들에 대한 깊은 존경심이 있었다. 아버지는 대지와 대지에서 나는 존재들을 마음 깊이 사랑했다. 대지는 아버지의 둘째 엄마와 같은 대상이었다. 대지와 대지가 포함하고 있는 모든 것들은 시시암, 곧 위대한 정령으로부터의 선물이었다.

그리고 위대한 정령에게 감사하는 길은 그가 주는 선물들을 존경심을 갖고 사용하는 일이었다. 그 존경심을 잃어버릴 때 선물은 여지없이 파괴되고 만다. 그것은 결코 개인이 소유할 수 있는 것이 아니다.

어린 소년이었을 때, 나는 아버지와 함께 인디언 강에서 낚시를 하곤 했다. 지금도 내 눈에는 이른 아침 산꼭대기에서 떠오르던 태양이 보인다. 그리고 물가에 서서 두 팔을 들어올리고 부드럽게 중얼거리던 아버지의 모습도 보인다. 그렇게 아버지는 아침마다 "감사합니다, 감사합니다." 하고 기도를 올렸다. 그것은 어린 내 마음속에 깊은 인상을 남겼다.

한번은 내가 재미삼아 작살로 물고기 잡는 것을 보고 아버지는 크게 실망하셨다. 아버지는 말했다.

"아들아, 위대한 정령께서는 그 물고기들을 너의 형제로 만드셨고, 네가 배고플 때 너의 허기를 채울 수 있게 하셨다. 따라서 넌 그들을 존중해야 한다. 재미로 그들을 죽여선 안 된다."

나의 어머니는 생명 가진 것들은 무엇이든 품에 안는 친절함을 지니고 있었다. 어머니는 자신이 있을 장소를 잘 알았으며, 자신이 가진 모든 것을 아낌없이 나눠 주었다. 그것이 인디언 여인들의 전통이었다.

내가 받은 모든 가르침 중에서 가장 중요한 것은 이것이다.

'이 세상에서 네 것은 아무것도 없다. 네가 가진 것을 다른 사람과 나눠야만 한다.'

이것이 내가 태어난 문화였으며, 오직 그 문화만을 알면서 나는 어린 시절을 보냈다. 그렇기 때문에 내 주위에서 일어나는 많은 일들을 받아들이기 어려운 것이다. 사람들은 내가 어린 시절을 보낸 그 연기 나는 집보다 수십 배나 큰 집에서 살고 있다. 하지만 한 아파트에 살면서 바로 옆에 누가 사는지도 모르고, 그들에게 관심조차 없다. 가슴과 가슴이 하나가 되지 않고서 우리가 어떻게 하나됨을 이야기할 수 있는가? 그것이 되지 않는 한 당신들은 육체만 이 자리에 있을 뿐이고, 우리들 사이에 가로놓인 벽은 저 산맥만큼이나 높은 것이다.

또한 사람들 사이에 있는 깊은 증오심을 나로선 이해하기 어렵다. 지난날의 전쟁들에서 수백만 명을 죽인 일을 정당화시키는 문화를 나는 이해하기 어렵다. 그리고 지금 이 순간에도 더 많은 사람을 죽이기 위해 새로운 폭탄을 만들고 있다. 서로를 도우며 살라고 가르치기보다는 전쟁과 무기 개발에 더 많은 에너지를 쏟는 문화를 이해하기 힘들다.

자신의 형제자매인 자연과 싸울 뿐 아니라 걸핏하면 공격하고 마음대로 착취하는 문화를 나로선 이해하기 어렵다. 나의 얼굴 흰 형제들이 자신들이 사는 도시에서 자연을 점점 몰아내는 것을 나는 본다. 그들은 언덕을 발가벗기고, 산의 얼굴에 흉한 상처를 남긴다. 어머니 대지의 가슴을 파헤치고 온갖 것을 부순다. 마치 어머니 대지가 괴물이라도 되는 듯이. 따라서 어머니 대지는 자신이 가진 보물을 그들에게 나눠 주려고 하지 않는다. 그들은 물에 독을 풀고, 그곳에 사는 생명들이 죽어 가는 것에는 무관심하다. 지독한 연기를 내뿜어 공기를 숨막히게 한다.

얼굴 흰 형제들은 내 부족 사람들보다 훨씬 영리하기 때문에 많은 일들을 잘 해낸다. 하지만 그들이 사랑하는 법까지 잘 알고 있는지는 의문이다. 아니, 사랑하는 법을 배웠는지조차 의심스럽다. 아마도 그들은 자신의 것만 사랑하는 법을 배우고, 바깥에 있는 것, 자신의 소유가 아닌 것들을 사랑하는 법은 배우지 못한 것 같다. 물론 그것은 전혀 사랑이 아니다. 인간이 생명 가진 모든 존재를 사랑하지 않는다면, 그것은 아무것도 사랑하지 않는 것이나 마찬가지니까.

인간은 온 마음을 다해 사랑해야 한다. 그렇지 않으면 가장 낮은 차원의 동물로 전락한다. 인간을 동물보다 위대하게 만드는 힘은 사랑이다. 왜냐하면 모든 동물 중에서 인간만이 사랑의 능력을 지니고 있기 때문이다.

형제들이여, 우리는 얼마나 사랑이 필요한가. 그리스도가 인간은 빵만으로 살 수 없다고 말했을 때, 그는 배고픔에 대해 말한 것이다. 그 배고픔은 육체의 배고픔이 아니었다. 그것은 빵으로 채워지는 배고픔이 아니었다. 우리들 마음속 가장 깊은 곳에 있는 배고픔을 이야기한 것이다. 숨 쉬는 일처럼 절실히 필요한 그것을. 그는 사랑에 대한 우리의 배고픔을 말한 것이다.

사랑은 당신들과 내가 꼭 가져야만 하는 것이다. 우리의 영혼은 그 사랑에 의지해서 살기 때문이다. 사랑이 없으면 영혼은 허약해지고 쪼그라든다. 사랑이 없으면 자신을 소중히 여기지 않게 된다.

사랑이 없으면 세상을 더 이상 자신 있게 바라볼 수가 없다. 그래서 안으로 위축되어 자기 자신만 먹고 살며, 서서히 자신을 파괴하게 된다. 사랑할 때 우리는 창조적이 된다. 사랑할 때는 아무리 걸어도 지치지 않는다. 사랑할 때 비로소 남을 위해 자신을 희생할 수 있다.

우리 모두가 너무도 절실하게 서로의 손을 원하던 때가 있었다. 서로를 껴안는 강한 두 팔이 필요하던 너무도 외로운 시기가 있었다. 인디언들의 문화가 당신들에게 줄 것은 많지 않다. 하지만 인디언들의 문화는 우정과 인간애를 최고의 가치로 여긴다. 개인의 소유와 욕망은 그다지 평가받지 못한다. 그런 것들은 사람들 사이에 벽을 만들고 불신을 낳기 때문이다. 인디언들의 문화는 커다란 공동체 문화였으며, 그 속에서 사람들은 어린 시절부터 남들과 함께 사는 법을 배웠다.

인디언들의 문화는 개인 소유물을 축적하는 것을 칭찬하지 않았다. 사실 나의 부족은 개인이 재산을 쌓아 두는 것을 매우 부끄러운 일로 여겼다. 인디언은 자연 속의 모든 것을 자신의 소유물로 여겼으며, 그것을 남들과 기꺼이 나눠 갖고, 자신이 꼭 필요한 것만을 취했다. 받는 것뿐 아니라 주는 것을 모두가 좋아했다. 항상 받기만 원하는 사람은 아무도 없었다. 우리는 당신들의 문화로부터 많은 것을 받았다. 당신들 역시 우리의 문화로부터 많은 것을 받아가기를 바란다. 우리 문화 속에도 아름답고 가치 있는 것들이 있기 때문이다.

머지않아 당신들이 인디언들의 문화를 알기에는 너무 늦어 버릴지도 모른다. 그것은 서서히 사라져 가고 있으며, 곧 당신들의 문화 외에는 남지 않을 것이다. 이미 우리의 젊은이들은 옛날 방식을 완전히 잊었다. 그들은 인디언의 방식을 우스꽝스럽고 부끄럽게 여긴다. 인디언들의 문화는 피를 흘리며 숲 속으로 기어가 혼자서 죽음을 맞이하는 상처 입은 사슴과 같다.

인디언들은 이제 숫자가 많이 줄어들었고, 슬픔과 고통에 찬 과거를 갖고 있다. 어떤 인디언도 그것에서 예외일 수가 없다. 우리는 많은 고통을 겪었으며, 조상으로부터 물려받은 것들을 지키지 않는 한 모든 것을 잃게 될 것이다.

우리에게 진정으로 도움이 될 수 있는 것은 진실한 사랑이다. 당신들은 진정으로 우리를 사랑해야 하고, 인내심을 갖고 우리를 대하며, 우리와 나눠야 한다. 우리 역시 당신들을 사랑해야 한다. 진정한 사랑으로 지난날을 용서하고 잊을 수 있어야 한다. 해변을 덮친 파도처럼 당신들의 문화가 우리에게 안겨 준 끔찍한 고통을 용서할 수 있어야 한다. 그 모든 것을 잊고 고개를 들어 당신들의 눈 속에서 신뢰할 수 있는 사랑의 눈빛을 발견할 수 있어야 한다. 그것이 바로 형제애다. 그리고 그것만큼 가치 있는 것은 없다.

당신들은 우리가 감정을 드러내지 않는다고 말한다. 사실은 그렇지 않다. 인디언들의 가슴은 더없이 풍부한 감정들로 맥박친다. 얼굴은 단지 지나가는 세월의 언어로만 말할 뿐이다. 나는 집 밖 계단에 오랫동안 앉아 있곤 한다. 몸과 마음이 지쳤을 때, 자연에 기대 생명의 맥박을 느낀다. 하지만 내 집 앞을 지나가는 사람들은 나를 게으르다고 생각한다.

인디언들은 생명 가진 것들과 하나가 되어 삶에 대해 경외감을 갖고 살아가며, 감사하는 마음으로 그들과 형제가 된다. 우리에게는 감사할 것이 너무도 많다. 누구나 자신의 방식대로 절대 존재와 대화를 나눌 수 있어야 한다.

자신이 먹는 음식에 대해 감사할 줄 모르는 사람은 걸어 다닐 때도 자연의 축복을 받지 못한다. 한때 사람들은 조화롭게 사는 법을 알고 있었다. 하지만 지금은 자연의 침묵을 이해하는 사람이 너무도 적다. 그냥 보는 사람은 많지만, 진정으로 바라보는 이는 많지 않다.

햇빛은 풀밭에 흔적을 남기지 않는다. 우리 역시 조용히 지나가야만 한다. 대지는 신성한 것이며, 그 위를 걷는 것은 축복받은 일이다. 조용히 앉아 자신의 영혼의 가르침에 귀 기울일 때 많은 이해와 앎이 찾아온다. 과거에 우리는 대화를 할 때 말과 생각만으로도 충분했다. 그 점에서 우리는 훨씬 행운이었다. 하지만 이제는 그것만으론 소통이 불가능해졌다.

한 생각이 마음속에서 일어나면 그것이 무르익을 때까지 많은 기다림의 시간이 필요하다. 말하기 전의 침묵은 심사숙고의 표시다. 모든 것이 가치로 판단되는 현대 세계에서는 침묵은 시간이 되었다. 그리고 사용하지 않은 시간은 낭비한 시간으로 여겨진다. 사람들은 '시간은 금이다'라고까지 말한다. 작은 것들이 소중하다. 하지만 작기 때문에, 우리는 그것들을 보면서도 그것들을 이해하지 못한다.

나무들의 아름다움, 대기의 부드러움, 풀잎의 향기, 그것들이 내게 말을 건다. 멀리 있는 산꼭대기, 하늘의 천둥, 바다의 파도, 그것들이 내게 말을 건다. 아스라한 별들, 아침의 신선함, 꽃에 맺힌 이슬, 그것들이 내게 말을 건다. 불의 힘, 연어의 맛, 태양의 여행, 결코 어디로 사라지지 않는 생명, 그것들이 내게 말을 건다. 그러면 내 가슴은 높이 날아오른다.

여러 계절 전에 내 두 팔은 강했고, 허리는 곧았다. 두 다리는 날렵했으며, 눈은 매의 눈처럼 예리했다. 내 얼굴을 바라볼 때마다 사람들은 그곳에서 이름없는 한 인디언의 얼굴을 발견하곤 했다. 나를 형제로 부르는 사람은 없었다. 사람들은 내 얼굴을 본 순간, 더이상 나에 대해 알려고 하지 않았다. 내가 인디언의 얼굴을 하고 있었기 때문이다.

하지만 그때 이미 내 얼굴은 잘 알려져 있었다. 내가 숲 속을 걸을 때 내 발아래서 부러지는 나뭇가지 소리를 듣는 다람쥐는 내 얼굴을 잘 알고 있었다. 나무 꼭대기에 앉아 밑으로 지나가는 나를 내려다보는 호저는 내 얼굴을 잘 알고 있었다. 다른 동료들에게 내가 오고 있음을 알리는 까마귀도 내 얼굴을 잘 알고 있었다. 숨겨둔 내 음식을 훔쳐가는 여우와 덫을 놓는 나를 지켜보는 비버도 내 얼굴을 잘 알고 있었다.

내 집이 있는 숲 속에서 나와 함께 사는 곰도, 내게 먹을 것을 찾는 인내심을 가르쳐 준 왜가리도, 목청을 떨며 노랠 불러 내 가슴을 기쁨으로 채워 주는 새도 내 얼굴을 잘 알고 있었다. 다른 존재들과 식물들의 소식을 전해 주는 바람도 내 얼굴을 잘 알고 있었다. 내가 날마다 목을 축이는 시냇물을 공급해 주는 비도, 수면에 하늘을 비추며 모두에게 자유를 말해 주는 호수도 내 얼굴을 잘 알고 있었다.

나무들도 내 얼굴을 잘 알았다. 아버지는 내게 말했다. 어느 날 내 얼굴 피부에 소나무 껍질처럼 깊은 고랑이 패일 때, 내 영혼은 육체를 떠나 나무 속에서 새 집을 찾을 것이라고. 하지만 머지않아 이곳에서 사라질 늑대들처럼 내 얼굴도 사라져 가는 부족의 얼굴에 지나지 않는다.

저 야생에 있는 것들이 내 얼굴 속에 있고, 내 얼굴 속에 있는 것들이 야생 속에 있다. 내 얼굴이 곧 대지다! 하나를 오해하면 다른 하나를 무시하는 것이 되고, 하나를 상처 입히면 다른 하나에 흉터를 남기는 것이 된다. 하지만 어떻게 내 얼굴을 모를 수가 있겠는가? 어떻게 대지를 모를 수가 있겠는가? 그것은 주위 어디에나 있지 않은가?

수천 년 동안 나는 대지의 언어로 말해 왔고, 대지의 수많은 목소리를 들었다. 내게 필요한 모든 것을 나는 취했으며, 대지에는 모두를 위해 부족함이 전혀 없음을 알았다. 강물은 맑고 생명체들로 가득했다. 대기는 순수했으며, 수많은 날개들의 파닥거림으로 채워져 있었다. 대지 위에는 온갖 생명체들로 넘쳐 났다.

나는 자부심을 갖고 걸었다. 위대한 정령의 축복을 느끼면서. 모든 존재들과의 형제애 속에서 살았으며, 하늘을 가로지르는 태양의 여행을 보며 하루의 시간을 재곤 했다. 철따라 강을 거슬러 연어가 돌아오고 새들이 짝을 지어 둥지 위를 나는 것을 보고 한 해가 가는 것을 알았다. 첫 번째 모닥불에서 시작해 하루의 마지막 모닥불을 피울 때까지 먹을 것을 구하고, 집을 마련하고, 옷과 무기를 만들었다.

그리고 언제나 기도할 시간이 있었다. 내 아버지의 지혜를 나는 내 자식들에게 전했다. 용기와 신념과 자비심, 그리고 올바른 삶의 방식에 대한 이해와 지식을 갖고 살도록.

이런 것들이 지나간 날들에 대한 나의 기억이다. 아직도 자연 속에는 조화로움이 남아 있다. 우리가 비록 자연과 멀어진 채로 살아가고 생명 가진 것들도 많이 사라졌지만. 언덕 위 어느 곳에 퓨마의 굴이 있는지 아는 사람은 이제 거의 없다. 부드러운 대기 속에 독수리가 끝없는 원을 그릴 때, 그 날갯짓을 바라보는 눈도 이제는 드물다.

해변을 따라 펼쳐진 야생의 아름다움, 바다 안개의 정취는 달리는 차들의 닫힌 유리창 뒤에 감춰져 있다. 마지막 곰의 가죽이 벗겨지고, 마지막 숫양의 머리가 박제로 만들어져 유리알로 된 눈이 끼워진 뒤, 우리는 기억 속에서만 그들을 발견하게 될지도 모른다. 조심해야 한다. 그렇지 않으면 머지않아 아무리 귀를 기울여도 위대한 정령의 노래를 들을 수 없을 테니까.

기도할 때 나는 모든 살아 있는 것들을 위해 기도한다. 감사드릴 때, 나는 모든 것에 감사드린다.

살을 에는 차가운 겨울바람이 지나가고 나면, 어머니 대지의 가슴에서 다시 새 생명이 솟아난다. 어머니 대지는 죽은 가지들과 시든 줄기들을 내던져 버린다. 그것들은 쓸모가 없기 때문이다. 그것들이 있던 자리에 새롭고 강한 싹이 돋는다.

슬픈 겨울이 지난 뒤, 나의 부족 사람들 사이에 이미 새로운 생명의 표시가 나타나고 있다. 우리는 부러진 화살과 빈 활통을 내던져 버렸다. 과거에 우리가 썼던 것들이 이제는 필요 없다는 것을 알기 때문이다.

인디언들의 기억은 태초의 일들까지 거슬러 올라간다. 이제 곧 내 손자들이 물새의 울음소리, 연어 떼의 반짝임, 가문비나무의 속삭임, 독수리의 외침을 그리워하게 될 날이 올 것이다. 하지만 그들은 그 모든 것들과 친구가 될 수 없을 것이고, 가슴이 그리움으로 고통받을 때 나를 저주하게 될 것이다. 공기를 깨끗하게 유지하기 위해 나는 최선을 다했던가? 물에 그만큼 신경을 썼던가? 독수리가 하늘을 날아오르도록 자유를 주었던가? 내 손자들을 위해 할 일을 다했던가?

나는 한 사람의 인디언이고자 노력해 왔다. 누구도 그것을 부정할 수 없다. 얼굴 흰 사람들의 세상에서 그것은 쉬운 일이 아니었다. 나는 언제나 한 사람의 인디언이고자 노력했고, 언제나 내 부족 사람들을 보살피고자 노력했다. 누군가는 내가 완전한 인디언이 아니라고 말할지 모르지만, 그것은 내가 얼마나 노력했는가를 모르고 하는 말이다.

죽음은 나를 친절히 대할 것이다. 그는 나를 보기 위해 들른 오래된 친구처럼 잠시 햇빛이 있는 곳으로 산책을 나가자고 청할 것이다. 그러면 나는 조금도 망설이지 않고 따라 나서리라. 멈춰 서서 뒤돌아보는 일도 없으리라. 아니면 그는 내가 담요로 무릎을 감싸고 부드러운 의자에 앉아 있는 동안 나를 방문할지도 모른다. 나는 한숨을 내쉬지도 않으리라. 내가 잠들어 있다고 생각하고 그가 할 일을 마치도록.

그때 나는 알게 되리라. 언제나 생각했던 대로, 죽음은 신비가 아니라 탄생으로 인도하는 안내자임을. 모든 것이 탄생과 함께 시작한다. 아이, 풀, 강, 대지, 태양, 별들, 우리가 보거나 듣지 못하는 영혼의 삶도.

죽음은 여러 가지 방식으로 우리에게 찾아온다. 그것은 꺾여진 꽃 속에 있고, 우리가 먹는 당근 속에 있고, 어린아이 속에도 있다. 죽음은 추하면서 아름답다. 죽음은 쓸모 있으면서 낭비이기도 하고, 비극이면서 행복이다. 그것은 모든 것에 있으며, 모든 것 그 자체다.

과거에 살았던 이들의 얼굴은 땅 위에 떨어진 나뭇잎들과 같다. 그들은 이 대지를 더욱 풍요롭고 두껍게 해서, 매년 여름 새로운 열매가 나오게 한다. 삶은 내게 쉬운 것이 아니었다. 많은 오르막길과 내리막길이, 좋았을 때와 화날 때가 있었다. 하지만 나는 사람들에 게만 화를 냈지, 위대한 정령을 비난한 적은 없다. 나의 할아버지는 위대한 정령을 존중해야 한다고 가르쳤다.

나의 자식들은 얼굴 흰 사람들의 학교에 가서 새로운 문명을 배웠다. 그곳에서 그들은 교회에 대해 배웠다. 또한 다른 사람의 잘못을 발견하는 것을 배운 듯하다. 교회에 대해 다툴 때 그들은 곧장 하느님을 그 논쟁 속에 끌어들인다. 나의 할아버지의 교회는 사람들이 세운 것이 아니었다. 따라서 할아버지는 신에 대해 논쟁하는 법을 가르친 적이 없다. 우리의 교회는 자연이었다.

햇빛은 젊은이들을 빠르게 움직이게 만들고, 우리 늙은 사람들은 더 천천히 걷게 만든다. 나는 태양 아래 앉아 있는 것을 좋아한다. 비록 옛날만큼 햇살이 따뜻하지는 않지만. 나는 그다지 주위를 둘러보지도 않고, 많은 소리를 들으려고 귀를 기울이지도 않는다. 듣고 싶지 않고 보고 싶지 않은 것들이 너무 많기 때문이다. 그래서 다만 태양 아래 앉아 또 하루의 고요한 날을 즐길 뿐이다. 잠들려고 누울 때마다 또 다른 아침이 내게 찾아올지 알 수 없다. 아침이 찾아오면 나는 말할 것이다.

"좋은 아침이군!"

그러고는 한 줌이라도 태양을 찾아나선다.

나는 더 이상 내 손자에게 '이것이 너의 땅이다!'라고 말해 줄 수 없다. 더 이상 '사냥을 해서 너의 가족을 먹여 살리라'고 말할 수 없다. '감사의 마음으로 기도하라. 강과 숲에 모든 것이 풍성하게 있으니까' 하고 말할 수 없다. '넌 인디언이다! 미래는 너의 것이야!' 하고 외칠 수도 없다.

내가 할 수 있는 일은 다만 희망을 갖는 것. 그 아이들의 삶이 평화와 사랑으로 가득하기를.

나는 내 손자에게 과거의 어떤 것들을 주고 싶었다. 그래서 그 아이를 데리고 조용한 숲 속으로 갔다. 내 발아래 앉아 아이는 내가 하는 말에 귀를 기울였다. 나는 모든 존재가 나면서부터 갖고 있는 힘에 대해 말했다. 나무들이 어떻게 우리에게 먹을 것과 집과 편안함과 종교를 제공해 주는가를 설명하자, 아이는 눈도 깜빡이지 않고 내 얘기를 들었다. 늑대가 어떻게 우리의 길잡이가 되었는가를 말해 줄 때는 아이는 경외감에 차 있었다. 내가 성스러운 늑대 노래를 불러 주겠다고 말하자 아이는 매우 기뻐했다.

나는 말했다. 내가 노래를 부르면 늑대가 우리를 찾아올 것이라고. 그래서 내가 펼쳐 보이는 늑대 의식의 주인공이 되어 줄 것이라고. 그렇게 되면 내 손자와 그 늑대의 관계가 평생 동안 이어질 것이라고.

나는 노래를 불렀다. 내 목소리에는 모든 심장 박동마다 희망이 담겨 있었다.

나는 노래를 불렀다. 내 노래 속에는 내가 아버지들로부터 물려받은 힘이 깃들어 있었다.

나는 노래를 불렀다. 내 오므린 손에는 가문비나무 씨앗 하나가 놓여 있었다. 그것은 창조와의 연결 고리였다.

나는 노래를 불렀다. 내 눈 속에서는 사랑이 반짝였다.

내 노래는 햇살을 타고 나무에서 나무로 흘러 다녔다. 내가 노래를 끝마쳤을 때는 마치 온 세상이 우리와 함께 귀를 기울여 듣고 있는 듯했다. 늑대의 대답을.

우리는 오랫동안 기다렸다. 하지만 늑대는 오지 않았다. 나는 또다시 노래를 불렀다. 겸허하게, 하지만 온 마음을 다해 목이 갈라지도록 노래를 불렀다.

갑자기 나는 깨달았다. 왜 늑대들이 내 성스러운 노래에 응답하지 않는가를. 늑대들은 전부 사라지고 없었던 것이다! 내 가슴은 눈물로 가득했다. 더 이상 내 손자에게 더 이상 우리의 과거에 대한 믿음을 심어 줄 수가 없었다.

마침내 내가 아이에게 속삭이듯 말했다.

"이제 다 끝났다!"

그러자 아이는 자신이 좋아하는 텔레비전 프로그램 볼 시간이 아직 남아 있는가를 확인하기 위해 시계를 들여다보며 물었다.

"이제 집에 가도 돼요?"

집으로 돌아가는 아이의 뒷모습을 바라보며 나는 말없이 눈물 흘렸다. 모든 것이 끝나 버린 것이다!

더 이상 산딸기 한 줌을 선물로 줄 수 없다.

더 이상 약초를 구할 뿌리가 없다.

더 이상 연어를 맞이할 노래를 부를 수 없다.

더 이상 다른 사람과 둘러앉아 담뱃대를 나눌 수 없다.

더 이상 누군가와 산으로 걸어가 기도할 수 없다.

더 이상 사슴이 내 발자국을 신뢰하지 않는다.

더 이상…….

만약 당신이 동물들에게 말을 건다면, 동물들도 당신에게 말을 할 것이다. 그러면 서로를 알게 될 것이다. 만약 당신이 동물에게 말을 걸지 않는다면, 동물들도 당신에게 말을 걸지 않을 것이고, 그러면 서로를 알 수가 없다. 그때 당신은 두려워할 것이다. 두려워할 때 당신은 그것을 죽이게 된다.

　한 번 더 나는 대지를 적시며 흐르는 시냇물의 중얼거림을 듣고 싶다. 한 번 더 다가올 날들을 느끼기 위해 아이를 안아 보고 싶다. 봄의 기운을 기억하기 위해 한 번 더 나무의 수액을 맛보고 싶다. 죽은 사람의 노래가 우리를 기쁘게 한다는 것을 알기 위해 한 번 더 행복의 색깔을 보고 싶다. 대지여, 그때 비로소 나는 너에게로 돌아갈 준비가 될 것이다.

*

　댄 조지 추장(1899~1981)에게 삶은 결코 순조로운 것이 아니었다. 무엇보다 그는 인디언으로 보호구역 안에서 태어났으며, 다른 인디언들과 마찬가지로 생애 대부분을 가난과 절망 속에서 살았다. 전형적인 인디언 얼굴이 언제나 불리하게 작용했기 때문이다. 60대 초반에 그 전형적인 인디언 얼굴이 뜻밖에도 그에게 행운을 가져다주었다. 꿈을 좇는 할리우드의 영화 제작자들이 그의 얼굴을 발견한 것이다. 그의 나지막한 말투, 속삭이는 듯한 목소리, 흩날리는 은빛 머리칼, 부드러운 미소, 깊이 주름진 얼굴이 그에게 큰 성공을 안겨 주었다.

　텔레비전과 영화가 가져다주는 명성과 행운의 포로가 되어 버리는 많은 사람들과는 달리, 댄 조지는 그런 것들에 물들지 않았다. 그는 단순한 생활 방식을 끝까지 지켰으며, 그를 지금까지 안내한 위대한 정령에 대한 믿음을 잃지 않았다. 변함없이 인디언의 방식을 존중했고, 자연을 가까이 했으며, 아내와 자식에 대한 사랑을 지켜 나갔다.

71세에는 뉴욕 영화 비평가상을 받았으며, 〈작은 거인〉에 늙은 샤이엔 족 추장으로 등장해 아카데미 조연상 후보에 올랐다. 밥 호프, 글렌 포드, 클린트 이스트우드, 아트 카르니, 수전 소머스와 같은 기라성 같은 배우들과 함께 영화를 찍었으며, 캐나다 영화상 수상에 이어 월트 디즈니 사의 영화에도 출연했다. 그 후 수많은 연극과 영화에 참여했지만, 인디언의 품위를 떨어뜨리는 배역은 결코 맡지 않았다.

댄 조지는 캐나다 원주민 부족들의 대변인과 북미 인디언 전체의 대변인으로도 활동했다. 하지만 사랑하는 아내가 먼저 세상을 떠나자 모든 활동을 접고 자신이 태어난 집 현관 의자에 앉아 햇볕을 쪼이며 말년을 보냈다.

그의 인디언식 이름은 '테스와노'였지만, 여섯 살에 백인 기숙사 학교에 입학하면서 댄 조지라는 이름으로 바뀌었다. 17세에 학교를 떠나 숲에서 일했으며, 결혼 후에는 항만 노동자로 일했다. 그 후 건설 노동자를 거쳐 학교 버스 운전사로 일하다가 처음으로 영화에 출연해 늙은 인디언 역을 맡게 되었다. 원래 그 역을 맡기로 했던 배우가 심각한 병에 걸려 대역으로 출연한 것인데, 비평가들은 가장 뛰어난 인디언 배우로 그를 평가했다.

1973년, 인디언 대학살이 일어난 사우스다코타의 운디드니에 인디언 운동가들이 모여 무장으로 백인들에게 대항할 것을 주장하며 댄 조지 추장의 도움을 요청하자, 그는 조용히 말했다.

"우리는 오래전 손도끼를 땅속에 묻었다. 백인들이 수없이 조약을 위반했지만, 우리는 그것을 다시 꺼내지 않았다. 우리는 아직도 많은 문제를 갖고 있지만, 부족 회의를 통해 그 문제를 해결해야 한다."

댄 조지 추장은 자신이 살아왔던 방식 그대로 조용히 세상을 떠났다. 1981년 9월 23일, 그의 영혼은 평화롭게 잠들어 있는 육체를 빠져

나갔다. 그가 땅에 묻힐 때, 그의 가족과 친구들은 독수리 한 마리가 머리 위에서 조용히 원을 그리며 나는 것을 목격했다. 관이 땅속으로 내려갔을 때, 독수리는 구름 속으로 사라졌다.

캐나다 브리티시 콜럼비아 주의 수콰미쉬 족 명예 추장으로 위촉되기도 했던 댄 조지는 1967년 캐나다 탄생 백 주년 기념일을 맞아 밴쿠버에서 다음의 연설을 했다.

"오, 캐나다여! 얼마나 오랫동안 나는 그대를 알아 왔던가? 그렇다, 백 년 동안 나는 그대를 알아 왔다. 그리고 그것보다 훨씬 더 오랜 세월 동안 그대를 알았었다. 오, 캐나다여, 그대가 탄생 백 주년을 축하할 때 나는 이 대륙 전체에 흩어져 살고 있는 모든 인디언 부족들에 대해 슬픔을 느낀다.

왜냐하면 그대의 숲이 나의 것이었을 때부터 나는 그대를 알았기에. 그 숲이 내게 먹을 것과 입을 것을 제공해 주었을 때부터 그대를 알았기에. 물고기들이 햇빛 속에 반짝이며 춤을 추는 그대의 강과 시냇물 속에서 나는 그대를 알았었다. 강은 내게 어서 오라고 손짓했다. 어서 와서 내 풍성한 음식을 가져가라고. 그대의 바람에 깃든 자유 속에서 나는 그대를 알았었다. 그 바람들과 마찬가지로 한때는 내 영혼도 그대의 아름다운 대지를 방랑했었다.

그러나 얼굴 흰 사람들이 오고 백 년의 긴 세월이 흐르는 동안, 나는 마치 연어 떼가 신비롭게 바다로 떠나듯이 내 자유가 사라져 가는 것을 보았다. 내가 이해할 수 없는 이상한 문화가 나를 덮어 눌렀다. 내가 더 이상 숨 쉴 수 없을 때까지.

내가 내 땅과 고향을 지키기 위해 싸웠을 때, 나는 야만인이라 불렸다. 내가 이 삶의 방식을 이해하지도 환영하지도 않았을 때, 나는 게으른 자라고 불렸다. 내가 내 부족 사람들과 더불어 살려고 할 때, 나는 모든 권리를 빼앗겼다.

나의 나라는 그대의 역사 교과서 속에서 완전히 무시당해 왔다. 캐나다 역사 속에서 나의 부족은 평원을 어슬렁거리던 들소 떼보다도 가치가 없다. 그대의 연극, 영화 속에서 나는 이상한 모습으로 그려져 왔다. 그대의 '불타는 물'을 마시고 취해, 몹시 취해 모든 것을 잊어버린 사람으로.

오, 캐나다여! 내가 어떻게 그대와 더불어 지난 1세기, 지난 백 년을 축하할 수 있겠는가? 나의 아름다운 숲이 다 잘려지고 난 뒤 그나마 남은 자연보호 구역에 대해 감사해야 하는가? 내 강에서 뛰어놀던 물고기들이 통조림이 되어 돌아온 것에 대해 감사해야 하는가? 심지어 내 자신의 부족들 사이에서도 잃어버린 내 자부심과 권위에 대해? 맞서 싸울 의지를 상실한 것에 대해? 아니다! 나는 이미 지나가 버린 일들을 잊어야만 한다.

하늘에 계신 위대한 정령이시여! 저에게 옛 추장들의 용기를 돌려주소서. 제가 처한 상황과 싸울 수 있게 하소서. 지난날 그러했던 것처럼 제가 다시금 저의 환경을 창조할 수 있게 하소서. 이 새로운 문화를 겸허히 받아들이고, 그 속에서 다시 일어설 수 있게 하소서.

오, 위대한 정령이시여! 옛 천둥새처럼 저는 바다로부터 다시 일어날 것입니다. 얼굴 흰 사람들이 성공할 수 있었던 도구들을 움켜잡을 것입니다. 그들의 교육, 그들의 기술을. 그 새 연장들을 갖고 내 부족을 다시 건설해 그들 사회에서 가장 자부심 강한 일원으로 일어설 수 있게 만들 것입니다.

오, 캐나다여! 나보다 먼저 세상을 떠난 위대한 추장들을 만나러 가기 전에 나는 이 모든 일들을 이루리라. 우리의 젊은이들과 추장들이 그대의 정부와 법률 기관에서 일하고 우리의 위대한 땅이 가진 지식과 자유를 누리는 모습을 보리라. 그리하여 우리를 고립시킨 모든 장벽들을 부수리라. 앞으로의 백 년은 우리 부족의 가장 자랑스러운 역사가 되게 하리라."

미국의 영화와 텔레비전 드라마, 소설책 속에서 인디언은 언제나 더럽고 무지한 종족으로 그려져 왔다. 인디언 편에 한 걸음 다가선 영화로 평가받는 〈늑대와 함께 춤을〉도 결국은 백인 병사와 인디언 사회에서 자란 백인 처녀를 주인공으로 내세웠다. 특히 수많은 서부영화에서 인디언은 술에 취해 총 한 방에 거꾸러지는 악당과 야만인으로 그려지는 것이 다반사였다. 무법 지대 서부는 백인들이 침입해 만든 무법 상태였음에도 불구하고, 영화는 언제나 정의의 백인이 등장해 인디언들을 소탕하고 법과 질서를 세우는 내용을 줄거리로 삼았다.

푸에블로 족 파울라 건 알렌이 그 점을 지적했다.

"백인 여자를 납치해 괴롭히고, 서부로 향하는 평화로운 백인 이주자들을 약탈하고, 순진무구한 개척자들과 백인 관리들을 학살하는 야만적인 인디언들의 이미지를 영화 제작자들과 텔레비전 연출자들은 매우 선호했다. 진실과 정반대인 그런 이미지들을 날조해 낸 영화들도 나쁘지만 텔레비전은 훨씬 더 나빴다. 나아가 미국인들의 의식 속에는 그런 관념이 뿌리 깊이 박혀 있다."

1960년대에 큰 인기를 누린 텔레비전 시리즈 〈버지니아 사람들〉에는 애리조나 사막에 사는 인디언 악당 앉은 소(타탕카 요탕카)와 캔자스 주에 사는 제로니모가 등장한다. 다코타 지역의 대평원에 살았던 테톤 수 족의 위대한 인디언 지도자 앉은 소가 난데없이 사막의 무법자로 바뀌고, 남서부 애리조나 지역의 영웅적인 전사가 엉뚱하게도 중부 캔자스 지역을 누비고 다니는 약탈자로 변신한 것이다. 편견에 찬 이런 작품들은 백인들, 특히 어린아이들의 마음속에 '법과 질서를 모르는 인디언'이라는 고정관념을 심어 놓는 데 가장 큰 영향을 미쳤다. 따라서 인디언들을 보호구역 안으로 내쫓는 것을 당연한 일로 여기게 되었다. 또한 프론티어 정신이니 문명이니 하는 오만한 개념을 사람들의 골수에 깊이 새겨 넣었다.

오네이다 족 치료사 와나니체는 말한다.

"지금 이 순간도 백인들의 이야기책과 할리우드 영화들은 인디언들을 형편없는 야만인으로 그리고 있다. 인디언들은 여전히 머리 가죽을 벗겨 가는 자들이다. 하지만 그것은 사실 백인들이 자신들이 죽인 인디언 숫자대로 포상금을 받기 위해 도입한 전통이다."

18세기 이후 유색 인종에 대한 편견을 심어 주는 데 과학자들도 큰 몫을 했다. 그들은 생물학상으로 흑인과 인디언이 백인보다 열등한 위치에 있음을 증명함으로써 백인들의 지배를 정당화시켰다. 스위스 출신으로 1940년대에 미국으로 이주한 자연사 연구가 루이 아가시는 하버드 대학 교수가 되어 비교동물학 박물관을 창설할 만큼 매우 영향력 있는 학자였다. 그는 유럽에서는 흑인을 한 번도 보지 못하다가 필라델피아의 호텔 레스토랑에서 흑인과 접촉한 뒤, '우리와 같은 피가 그들의 몸속에 흐르고 있을 리 만무하다'는 깊은 인상을 받았다.

"두터운 입술과 비뚤어진 이, 곱슬머리, 구부러진 무릎, 동물처럼 길다란 손, 크게 휘어진 손톱 등은 눈을 뗄 수가 없을 정도였다. 특히 식사 준비를 하기 위해 내 식기에 그 끔찍한 손을 뻗을 때면 그런 서비스를 받느니 차라리 다른 데 가서 빵 한 조각으로 저녁을 때우는 것이 낫겠다는 생각이 들었다. 이 나라에서 백인들이 흑인들과 그토록 밀접한 관계를 유지하며 생활할 수밖에 없다는 사실이 무척 불행하게 여겨진다!"

이 아가시 박사가 가장 부러워한 인물은 필라델피아의 귀족이며 두 개의 의학박사 학위를 지닌 이름난 과학자 사무엘 조지 모턴이었다. 그가 부러워한 까닭은 모턴이 '과거에 아메리카 대륙에 살았거나 지금 살고 있는 모든 부족에 해당하는 6백 개가 넘는 인디언들의 두개골'을 소장하고 있었기 때문이다.

미국 과학의 위대한 자료 수집가, 객관주의자라는 명성을 획득한 모턴은 1839년에 출판된 아메리카 인디언에 대한 『크라니아 아메리카나』라는 책에서 인디언들의 평균 두개골 용량이 유럽 인과 인도인을 포함한 코카서스 인종의 두개골 용량보다 5세제곱 인치나 낮다는 것을 증명했다. 그것은 인디언이 백색 인종에 비해 훨씬 열등한 종족임을 말해 주는 결과였다. 하지만 '객관주의자'로 명성을 날리고 있었음에도 불구하고 그는 자신의 첫 저서인 『크라니아 아메리카나』에서 이미 인디언에 대한 터무니없는 선입관을 드러내고 있다. 그는 그린랜드의 에스키모에 대해 이렇게 썼다.

"그들은 교활하고, 호색적이고, 은혜를 모르고, 고집 세며, 잔인하다. 자신의 아이들에 대한 애정 또한 대부분 이기적인 동기에서 비롯된다. 그들은 익히지도 않은 더럽고 메스꺼운 음식을 게걸스럽게 먹는다. 게다가 눈앞에 닥친 것 말고는 아무것도 생각하지 않는다. 태어나서 노인이 될 때까지 지적 능력은 어린아이 수준에 머문다. 대식가이며 이기적이라는 점에서 다른 어떤 종족도 따르지 못할 것이다."

모턴은 인디언에게 '높은 지적 능력'이 결여되었음을 증명하기 위해 골상학적인 측정값을 제시했다. 그러면서 이렇게 결론지었다.

"박애주의자라면 인디언이 문명에 적합하지 않다는 사실을 안타깝게 여길지 모르지만, 그런 감상주의자들도 객관적인 사실을 받아들여야 할 것이다. 인디언들의 정신 구조는 백인의 그것과는 사뭇 다르고, 극히 제한된 규모에서라면 모를까 이 두 인종이 사회에서 조화로운 관계를 유지하며 살기란 불가능하다. 인디언은 교육받기를 싫어할 뿐만 아니라 대부분이 추상적인 주제에 대해 추론을 계속하기가 불가능하다."

앵글로색슨 족이 들어오자 원주민들이 거의 예외 없이 멸망하거나 쇠퇴한 이유가 바로 인디언들과 백인의 두개골상의 타고난 차이에서 비롯된 당연한 결과라고 모턴은 못 박았다. 과학자들의 '객관적인 사실에 바탕을 둔' 이런 결론들은 또다시 백인들의 마음속에 인디언에 대한 깊은 편견을 심어 주었다.

하지만 1970년대에 몇몇 과학자들이 모턴의 자료를 분석하기 시작했다. 자칭 객관주의자였던 모턴이 자신의 모든 자료를 공개했기 때문이다. 그 결과 모턴의 연구는 자신의 편견을 정당화하기 위해 '속임수와 날조를 이어 붙인 조각 이불' 같다는 사실이 속속 드러났다.

찰스 다윈 이후 가장 널리 알려진 생물학자라고 불리는 스티븐 제이 굴드는 모턴이 계산한 인종 간의 두개골 평균 용량이 의도적인 속임수였음을 입증했다. 모턴은 상대적으로 뇌가 큰 이로쿼이 족 인디언들은 극히 적게, 그리고 뇌가 작은 페루의 잉카 족은 실제 비율 이상으로 많이 포함시킴으로써 인디언들의 평균값을 낮추었다.

또한 코카서스 인종의 평균을 낸 방식 역시 놀라울 정도의 모순을 지니고 있었다. 모턴은 자신의 표본에서 뇌가 작은 인도인들의 두개골을 의도적으로 제외함으로써 코카서스 인종의 높은 평균값을 이끌어 냈다. 다시 말해 뇌가 작은 사람들의 두개골을 많이 포함시켜 인디언의 평균값은 낮추고, 작은 두개골을 가진 코카서스 인종의 다수를 제외시켜 자기 그룹의 평균값은 높인 것이다.

이런 불평등한 조건들을 바로잡아 다시 두개골 평균 용량을 계산한 끝에 스티븐 제이 굴드는 뜻밖에도 인디언들의 평균값이 코카서스 인종의 평균보다 3세제곱 인치나 더 높다는 사실을 밝혀냈다. 마침내 어느 인종이 '지적으로 더 우월하고, 추상적인 주제에 대해 뛰어난 능력을 갖고 있는가'가 밝혀진 것이다.

가혹한 식민 정책과 학살로 얼룩진 정복, 뒤이은 편견의 역사 속에서도 인디언들이 살아남은 것은 불가사의한 일이다. 뉴욕 항에는 사라져 가는 인디언 종족을 추모하는 인디언 기념비가 서 있다. 인디언들은 그런 기념비를 원하지 않는다. 왜냐하면 인디언들은 아직 사라지지 않았기 때문이다. 강물이 흐르고 산과 언덕들이 서 있는 한 아메리카 인디언들의 이름은 잊혀지지 않을 것이다. 소위 문명 세계 속에서 살아갈지라도 그들은 결코 사라지지 않을 것이다.

서 있는 곰(루터 스탠딩 베어)은 말한다.

"인디언을 야만인으로 부른 그 모든 세월도 결코 인디언을 야만인으로 만들지는 못했다. 인디언이 지닌 가치를 모두 부정했음에도 불구하고 결코 인디언에게서 그 가치를 빼앗지는 못했다. 도저히 빼앗길 수 없는 것을 지키기 위해 싸워야만 했던 그 저항이 인디언의 힘을 지켜 주었다. 뒤늦게나마 정의가 모습을 나타낼 때, 바로 그 힘이 정의에 목말라 있던 인디언을 일으켜 세울 것이다. 그리하여 인디언은 다시 정의를 세울 것이다."

미국의 달러 지폐에는 '우리는 하느님을 신뢰한다IN GOD WE TRUST'라고 적혀 있다. 인디언들은 그것에 대해 실수로 한 글자가 빠진 것이라고 말한다. '우리는 황금을 신뢰한다IN GOLD WE TRUST'라고 고쳐야 백인들의 정신에 어울린다는 것이다. 한 인디언은 아메리카 원주민과 앵글로색슨 족 백인을 이렇게 비교했다.

"인디언들은 천천히 부드럽게 말하지만, 백인들은 시끄럽고 빨리 말한다.

인디언들은 말하는 사람과 듣는 사람이 눈을 똑바로 쳐다보는 것을 되도록 삼가지만, 백인들은 종종 상대방의 이름을 부르면서 똑바로 쳐다본다.

인디언들은 상대방이 말할 때 거의 끼어드는 법이 없지만, 백인들은 자주 말을 자른다.

인디언들은 말을 들으면서 고개를 끄덕이거나 맞장구를 치지 않는다. 하지만 백인들은 계속해서 말로 상대방에게 반응을 보인다.

인디언들은 심사숙고해서 반응을 보이지만, 백인들은 자신이 들은 얘기에 대해 즉각적으로 반응을 나타낸다.

인디언들은 말없는 소통을 중요하게 여기지만, 백인들은 말하는 기술을 중요하게 여긴다.

인디언들은 협동하지만, 백인들은 경쟁한다.

인디언들에게는 전체의 이익이 우선적이지만, 백인들에게는 개인의 목표가 더 중요하다.

인디언들은 자연과의 조화를 중요하게 여기지만, 백인들은 자연을 다스리는 힘을 더 중요하게 여긴다.

인디언들은 타인이 아니라 자신을 다스리지만, 백인들은 자신뿐 아니라 타인들도 다스린다.

인디언들은 현재에 필요한 것으로만 만족하며 나머지는 나눠 갖지만, 백인들은 물질을 많이 소유해야 존경받는다.

인디언들은 개인의 생각을 존중하고 간섭하지 않지만, 백인들은 모든 상황을 통제하기를 원한다.

인디언들의 사회에는 신체적인 체벌이 거의 없지만, 백인들은 신체적인 체벌을 당연한 것으로 여긴다.

인디언들은 인내심을 갖고 다른 사람에게 양보하지만, 백인들은 공격적이고 경쟁적이다."

왜 아이들에게 우리 인디언들의 유익한 설화와 잠언을 가르치지 않는가? 우리가 재미가 아니라 단지 먹을 것을 얻기 위해 동물을 죽였다는 걸 왜 말하지 않는가? 처음 이곳에 도착한 백인들에게 우리 인디언들이 베푼 친절들에 대해 당신의 아이들에게 말하라. 우리의 지도자들과 영웅들이 한 행동에 대해서도. 세계대전 때 인디언들이 한 역할을 왜 당신들의 역사책에 싣지 않는가? 자신들이 속하지도 않은 나라를 위해, 자신들의 것도 아닌 국기 아래서, 자신들을 그토록 부당하게 대우한 사람들을 위해 인디언들이 얼마나 용감하게 싸웠는가를 말하라. 백인 추장이여, 우리 부족의 성스러운 기억을 보존하기 위해 우리의 부탁을 들어 달라.

1927년 아메리카 인디언 전체 부족 회의에서 시카고 시장에게 한 연설

당신은 나를 보면서 단지 추한 늙은이만을 본다. 하지만 내 안은 위대한 아름다움으로 가득 차 있다. 나는 마치 산꼭대기에 앉아 있는 것처럼 앉아서 미래를 내다본다. 나의 종족과 당신의 종족이 함께 어울려 살아가는 것을 본다. 머지않아 나의 종족은 얼굴 흰 사람들이 쓴 책에서나 자신들의 과거의 삶의 방식이 어떠했는가를 배울 것이다.

따라서 내가 말하는 것을 당신이 글로 써 주길 바란다. 그것을 책으로 만들어 다가오는 세대에게 진실을 알려야 한다.

들소 풀 늙은 남자(하스틴 틀로찌히 산도발)_나바호 족

나는 당신에게 말할 수 있다. 비밀이나 신비 같은 것은 존재하지 않는다고. 다만, 상식만이 존재할 뿐이라고.

오렌 라이온스_오논다가 족

내 기도가 응답을 듣는다면, 내가 어떤 방식으로 기도하든 무슨 상관인가?

앉은 소(타탕카 요탕카)_훙크파파 라코타 족

이 대지 위에서 인간으로 태어난다는 것은 매우 신성한 일이다. 우리가 가진 특별한 능력 때문에 우리는 신성한 책임을 갖는다. 우리의 능력은 식물, 물고기, 숲, 새, 다른 모든 생명체들이 가진 놀라운 능력보다도 더 뛰어나다. 따라서 우리는 그들을 잘 보살펴야 하는 것이다.

오드리 셰난도어_오논다가 족

아들아, 삶의 길을 여행할 때 누구에게도 상처를 주지 말라. 누구도 슬프게 하지 말라. 할 수 있는 한 언제나 누군가를 행복하게 하라.

어느 위네바고 족 인디언

조용한 삶을 살고, 모두에게 친절하라. 특히 늙은 사람들에게 친절해야 하고, 그들이 하는 충고에 귀를 기울여야 한다. 네가 그렇게 할 때 사람들이 너를 존중할 것이고, 너에게 친절하게 대할 것이다. 남자

를 쫓아다니지 말라. 젊은 남자가 너와 결혼하기를 원한다면, 여기로 와서 너를 만나고 이곳에서 너와 함께 살게 하라. 내가 너에게 언제나 열심히 살라고 하는 이유가 그것이다. 가정을 갖게 되면 넌 부지런해야 할 것이고, 네 주위 사람들에게 잘해 줘야 할 것이다.

엄마가 주는 충고, 노디넨스_치페와 족

너의 아이가 이웃집 아이와 다투면 절대로 네 아이 편을 들지 말라. 아이를 집으로 데려와 올바로 행동하게 가르쳐야 한다. 아이들 싸움 때문에 이웃집과 다투지 말라. 무엇이 옳은 길인가를 아이들에게 가르치라. 그러면 그들은 그 길을 걸을 것이고, 세상 속에서 올바르게 행동할 것이다. 다툼을 멀리하고, 평화롭게 살라. 서로에 대해 나쁜 말을 하지 말라. 부모의 말을 따르고, 그들의 충고를 받아들이라. 그들을 존중하라. 너의 부족과 함께 있을 때 그런 식으로 산다면 다른 마을에 가서도 존경받을 것이다.

부모에게 조부모가 주는 충고_치페와 족

우리의 언어에는 우월하다거나 열등하다거나, 또는 평등하다는 단어 자체가 없다. 왜냐하면 우리는 평등하며, 그것은 널리 알려진 사실이기 때문이다. 하지만 유럽 인들이 이곳에 온 이후부터 삶이 매우 복잡해졌다. 모든 것이 고통으로 변해 버렸다.

알라니스 오봄사윈_아베나키 족

인간의 삶은 유한하다. 따라서 죽음을 두려워하는 것은 어리석은 일이다. 누구에게나 조만간 죽음이 다가오기 때문이다. 인간뿐 아니라 모든 살아 있는 것들은 몸을 받아 태어나 생을 살다가 가 버린다. 하지만 산과 강물은 언제까지나 그대로다. 눈에 보이는 것들 중에서 그것들만이 변함없이 그곳에 있다.

오마하 족의 가르침 중에서

자랄 때 우리는 질문을 던지지 않았다. 다만 관찰하고, 듣고, 기다렸다. 그러면 대답이 찾아왔다.

래리 버드_라구나 푸에블로 족

서구 사회에서는 질문을 하지 않으면 아무것도 배우지 않는 것이며, 바보가 되는 것이라고 여긴다. 하지만 나는 묻는 것이 아니라 들으라고 배웠다. 그것이 우리의 종교였다.

소게 트랙_타오스 푸에블로 족

모든 것이 그대를 위해 앞에 펼쳐져 있다. 그대 앞에 놓인 길은 똑바르다. 때로 그 길이 눈에 안 보일지라도, 그 길은 거기 있다. 그 길이 어디로 인도할지 알지 못할지라도, 그대는 그 길을 따라야만 한다. 그 길은 신에게로 가는 길이다. 존재하는 유일한 길은 그 길뿐이다.

레온 셰난도어_오논다가 족

호피 족 뱀 샤먼

집으로 가는 길

파란 독수리 깃털

체로키 족

한 어린 인디언 전사가 마을에서 사흘이나 멀리 떨어진 곳을 여행하고 있었다. 소년은 한 남자로서 깊은 숲 속에서 살아남는 기술을 배우는 중이었다. 이제 열다섯 살이 되었기 때문에 자신의 남자다움을 시험할 때가 된 것이다.

인디언 전사가 되려면 무엇보다 숲에서 살아남을 수 있어야 했다. 작은 칼로 무장하고, 등에는 보따리 하나를 멘 채 소년은 자신의 아버지처럼 진정한 남자, 전사가 되기 위해 길을 떠났다. 소년은 알고 있었다. 이 여행을 마치고 돌아가면 할머니가 자신에게 새로운 이름을 주리라는 걸. 전사의 이름, 깊은 의미와 존경심이 담긴 이름을.

차가운 바람이 산 위쪽에서 골짜기 아래로 불어 내려왔다. 하지만 소년은 우거진 야생의 숲에서 벌써 엿새 동안이나 홀로 지내고 있었다. 작은 칼로 먹을 것을 구하고, 비와 추운 밤을 이겨 내면서. 계절이 다시 바뀌고 있었다. 동장군이 북쪽에서 서둘러 내려오면서 겨울이 여느 때보다 일찌감치 다가오고 있었다.

소년은 작은 오솔길을 따라 여행하는 중이었다. 그 길은 그의 조상들이 수없이 지나다닌 길이었다. 부족의 역사만큼이나 오랜 역사를 가진 길이었다. 그때 등 뒤에서 큰 목소리가 소년의 귀를 때렸다.

"내 땅에서 썩 나가라! 어서 돌아가!"

소년이 뒤돌아보자, 그곳엔 한 늙은 백인이 총을 겨누고 서 있었다. 그 백인은 다시 소리쳤다.

"여긴 내 땅이야. 방아쇠 당기기 전에 어서 썩 꺼져!"

그러면서 그는 소년의 머리 위로 총 한 방을 날렸다. 소년은 그 자리에 칼을 떨어뜨리고 얼른 뒤돌아서서 전속력으로 달리기 시작했다. 달리고 있을 때 뒤에서 세 발의 총성이 더 들렸다. 소년은 골짜기 아래로 내달려 맑은 샛강이 흐르는 평지로 내려갔다.

그 탁 트인 장소의 통나무 둥치에 한 인디언 남자가 앉아 있었다. 그는 소년과 같은 부족 사람처럼 보였다.

소년이 소리쳤다.

"어서 도망쳐요. 저기 총 가진 백인이 있어요!"

인디언 남자는 미소 지은 얼굴로 통나무 둥치를 두들기며 소년더러 그리로 와 앉으라고 손짓을 했다. 소년은 숨이 턱까지 차서 달리기를 멈추고 말했다.

"저쪽에 백인 노인이 있다구요. 총을 갖고 있어요."

그 인디언은 다시 통나무를 두드렸다.

"이리 와서 앉거라. 그 백인은 이곳까진 내려오지 않아. 이미 목적을 이루었잖아."

소년은 여전히 숨을 헐떡이며 무릎에 두 손을 얹고 엉거주춤 서 있었다.

"이리 와서 잠시 쉬어."

그 인디언이 다시 통나무를 두드리며 말했다. 소년은 몇 걸음 걸어가 쓰러지듯 통나무 둥치에 주저앉았다. 아직도 가쁜 숨을 몰아쉬면서 소년은 언덕 위를 쳐다보았다. 총 가진 백인의 모습은 보이지 않았다. 나뭇잎 바스락거리는 소리도 들리지 않았다.

소년이 얼굴을 돌리자, 남자가 물었다.

"집으로 가는 길이지?"

소년이 고개를 끄덕이자, 그가 다시 말했다.

"여기 앉아 잠깐 쉬었다가 가렴."

몇 분 동안 쉬었더니 소년의 숨이 다시 고르게 되었다. 남자가 일어서며 말했다.

"이제 그만 갈까?"

소년도 얼른 통나무 둥치에서 일어나며 물었다.

"아저씬 어디로 가시는데요?"

"너의 마을로 돌아가야지."

두 사람은 반 시간 정도 함께 걸었다. 마침내 소년이 물었다.

"아저씬 누구세요?"

남자가 말했다.

"난 네 친구다. 내 이름은 많은 발걸음(메니 스텝스)이지."

소년이 다시 물었다.

"우리 마을로 가는 길을 아세요?"

"나는 모든 부족의 모든 마을들을 알지. 이곳에서 너의 마을까지는 사흘이 걸릴 거다."

"가는 동안 우리는 뭘 먹죠? 저는 칼을 잃어버렸어요."

많은 발걸음이 말했다.

"너무 걱정하지 마라. 먹을 게 나타날 거야."

그들은 계속해서 걸어갔다. 소년이 물었다.

"왜 많은 발걸음이란 이름을 갖게 되었죠?"

남자가 걸음을 재촉하며 말했다.

"아마도 이 마을에서 저 마을로 수없이 걸어 다니기 때문이겠지. 그래서 사람들이 나를 많은 발걸음이라 부르는 걸 거야."

많은 발걸음의 대답을 듣고 소년은 기분이 좋아졌다.

"저도 집에 돌아가면 할머니가 새 이름, 전사의 이름을 지어 주실 거예요."

두 사람이 함께 걸어가는 동안, 소년은 그 지역이 약간 낯설게 느껴졌다. 샛강이 흐르는 걸로 봐서 그곳이 자신의 마을 가까이 있다는 것은 알 수가 있었다. 하지만 겨울이 오고 있고 나뭇잎들이 대지를 뒤덮고 있는데도 추위가 느껴지지 않았다. 밤이 다가오고 있었기 때문에 두 사람은 잠잘 곳이 필요했다. 많은 발걸음이 건너편 나무들을 손짓하며 말했다.

"저 나무들 근처에 쉴 곳이 있다."

두 사람은 좁은 샛강을 건너 나무 덤불 속으로 들어갔다. 그러자 덤불 너머에서 작은 동굴이 나타났다. 한 줄기 차가운 북풍이 골짜기 아래로 휩쓸고 내려와 소년의 등을 떠다밀었다. 많은 발걸음과 소년은 몸을 웅크리고 동굴 속으로 기어 들어갔다. 어른 남자 서너 명이 누울 수 있는 비좁은 공간이었다.

동굴 속은 차가웠고, 밤이 골짜기로 내려오자 더욱 추워졌다. 소년은 추위로 몸을 떨기 시작했다. 많은 발걸음이 가까이 다가와 소년을 자기 쪽으로 끌어당기면서 팔로 몸을 감싸 안았다. 많은 발걸음의 체온 덕분에 소년은 추위를 잊고 금방 잠이 들었다.

소년은 친구들과 뜨거운 태양 아래서 뛰어노는 꿈을 꾸었다. 그러다가 곰의 털가죽으로 만든 따뜻한 잠자리에서 몸을 웅크렸다. 곰의 털이 너무도 생생하게 느껴지는 순간, 강렬한 아침 햇살이 눈을 찔러 소년을 깨웠다. 눈을 떠서도 아직 곰 털가죽의 온기가 그대로 느껴졌다. 그런데 자세히 보니 자신의 왼쪽 다리 옆에 커다란 곰 발바닥이 보였다. 소년은 너무 놀라 얼른 동굴 밖으로 뛰어나와 덤불숲을 내달렸다.

잠시 후 소년은 숨을 진정시키며 동굴 쪽을 바라보았다. 그때 덤불 속에서 많은 발걸음이 걸어 나왔다. 소년이 두려움에 찬 목소리로 속삭였다.

"동굴 속에 곰이 있어요. 큰 곰이 자고 있다구요."

소년은 아직도 심장이 쿵쾅거렸다. 많은 발걸음이 말했다.

"그냥 계속 자게 내버려 두자꾸나."

두 사람이 다시 걷기 시작했을 때, 소년의 심장은 정상적인 리듬을 되찾았다. 그때 비로소 소년은 대지가 온통 흰 눈에 뒤덮여 있고, 나무들 위에도 눈이 얹혀 있는 것을 알아차렸다. 소년이 놀라서 소리쳤다.

"간밤에 눈이 내렸나 봐요!"

많은 발걸음이 소년을 돌아보며 미소 지었다. 그런데 소년은 이상한 것을 느꼈다. 차가운 바람이 나무 꼭대기를 흔들고 있는데도 전혀 춥지 않은 것이었다.

소년은 자신의 팔과 다리를 내려다보았다. 그러고는 걸음을 멈추고 자신이 입고 있는 옷을 살피기 시작했다. 어제까지 입고 있던 얇은 짐승 가죽옷 대신 따뜻한 털가죽 바지와 모카신을 신고 있었다. 윗도리와 팔에도 따뜻한 털가죽을 걸치고 있었다. 마치 치수를 재서 만든 것처럼 모두가 몸에 딱 맞았다. 긴 머리카락은 단정히 빗겨져 뒤에서 가죽끈으로 묶여져 있었다. 소년은 새 옷이 너무도 따뜻하게 느껴졌다.

자신이 입고 있는 옷에 놀라워하면서 소년은 옆에서 걷고 있는 많은 발걸음에게 물었다.

"어떻게 이럴 수가 있죠?"

많은 발걸음이 되물었다.

"무엇이 어떻다는 거지?"

"이 옷 말예요."

많은 발걸음이 말했다.

"나는 네가 무슨 말을 하는 건지 모르겠다."

소년이 다시 말했다.

"어제까진 허리에 두르는 얇은 털가죽만 걸치고 있었는데, 오늘은 이렇게 훌륭한 옷을 입고 있잖아요."

"나도 잘 모르겠다."

두 사람은 계속해서 걸어갔다. 소년이 말했다.

"이 옷은 제가 집을 떠날 때 할머니가 짓고 계시던 옷 같아요. 저한테 꼭 맞게 만들려고 제 몸의 치수까지 재셨거든요."

소년이 문득 동굴 쪽을 가리키며 말했다.

"그런데 왜 곰이 날 공격하지 않았을까요?"

많은 발걸음이 소년을 돌아보며 미소 지었다. 소년이 궁금해져서 다시 물었다.

"어제 백인이 절 쫓아올 때, 아저씬 왜 달아나지 않으셨어요?"

많은 발걸음은 다시 웃기만 했다. 그러다가 앞쪽을 가리키며 그가 말했다.

"저 앞에 있는 게 너의 마을 아니니?"

소년이 기뻐하며 소리쳤다.

"맞아요!"

소년은 흥분해서 많은 발걸음보다 앞서서 달려갔다. 마을로 뛰어가면서 소년이 소리쳤다.

"제가 돌아왔어요!"

소년은 곧장 집으로 달려갔다.

"할머니, 제가 왔어요!"

소년이 다시 소리쳤지만, 집에는 아무도 없었다. 모든 것이 제자리에 놓여 있었지만, 집은 텅 비어 있었다. 어른이 된 소년을 축하하기 위해 다들 모여 있으리라 생각하고 소년은 집을 뛰쳐나와 마을 광장으로 달려갔다.

"다들 어디 계세요? 제가 돌아왔어요!"

소년은 다시 소리쳤다. 하지만 마을 광장에는 한 사람도 없었다. 소년은 사람들을 찾아 집집마다 돌아다녔다. 어떤 집이든 물건들만 그대로 있을 뿐, 사람 그림자 하나 보이지 않았다. 마을 전체가 텅 비어 있었다.

소년의 머릿속에 온갖 생각들이 스치고 지나갔다. 모두가 어디로 간 걸까? 친구들과 식구들, 이웃들은 어디로 갔을까? 어머니와 아버지, 형제자매들, 부족의 어른들, 추장은?

많은 발걸음이 마을 한가운데로 걸어오고 있었다. 그의 모습을 발견하고 소년은 그에게로 달려갔다. 소년의 얼굴에서 눈물이 흘러내렸다.

"다 어디로 간 걸까요? 왜 저 혼자인 거죠?"

턱까지 눈물이 흘러내린 소년이 물었다. 많은 발걸음이 다가가 엄지손가락으로 소년의 눈물을 닦아 주었다.

"내가 설명해 주마."

많은 발걸음은 소년을 데리고 작은 나무 의자에 가서 앉았다. 그러고는 말했다.

"너의 가족과 친구들은 모두 강제로 이곳에서 내쫓겼다. 다른 장소로 옮겨 갔어. 하지만 걱정하지 말아라. 그들은 언젠가는 자신들의 집을 되찾기 위해 돌아올 거야. 지금은 아주 먼 곳으로 떠났지만, 반드시 돌아올 거야. 내가 약속하마."

소년은 가슴이 무너져 걷잡을 수 없이 눈물을 흘리기 시작했다. 많은 발걸음이 소년의 어깨를 감싸 안았다. 그가 소년을 위로하듯 등을 쓰다듬으며 말했다.

"봐라. 벌써 사람들이 돌아오고 있지 않니!"

소년이 놀라서 고개를 들고 마을 어귀를 쳐다보았다. 몇 명의 어린아이들과 꼬마들의 모습이 보였다. 뒤이어 부족의 어른들이 자신들의 집을 향해 걸어오고 있었다. 소년이 바라보고 있는 사이에 더 많은 사람들이 나타났다. 소년이 뒤돌아보자, 많은 발걸음이 길 건너편을 바라보며 말했다.

"저기 네가 아는 분이 오시는 것 같구나."

소년은 벌떡 일어나 한달음에 어느 늙은 여인의 품속으로 뛰어들어갔다.

그로부터 오랜 세월이 흘러 한 남자가 언덕 위에 새 집을 짓기 위해 나무 뿌리와 흙을 걷어 내고 있었다. 삽으로 흙을 파다가 그는 무엇인가 딱딱한 것을 발견했다.

그는 몸을 숙이고 손으로 흙을 걷어 냈다. 그러자 잔뜩 녹이 슨 작은 칼 하나와 사람의 뼈가 나타났다. 조심스럽게 흙을 걷어 내자 한 어린 소년의 유해가 모습을 드러냈다.

자세히 살펴보니 소년의 머리뼈에는 작은 구멍이 나 있었다. 그 작은 구멍을 파내자 안에서 둥근 총알이 발견되었다. 소년은 머리에 총을 맞고 그 자리에서 숨진 것이었다. 뼈의 상태로 보아 백 년도 더 지난 일이었다.

*

1960년대, 미국 중부에 사는 인디언 부족들은 시카고 시장에게 다음과 같은 편지를 보냈다.

"당신들 얼굴 흰 사람들은 '아메리카 제1주의'를 말한다. 우리는 그것을 믿는다. 진실을 말하자면 백 퍼센트 아메리칸은 우리 인디언들뿐이다. 따라서 당신들이 학교에서 아이들에게 아메리카 제1주의를 가르칠 때 첫 번째 아메리칸이라고 할 수 있는 인디언에 대한 진실을 가르쳐야 한다. 우리는 학교에서 가르치는 역사가 아메리카 인디언들을 부당하게 취급하고 있다는 것을 안다. 그들은 백인들의 승리는 모두 전투라고 하고, 인디언들의 승리는 대학살이라고 부른다.

역사책에서는 인디언이 살인자들이었다고 가르친다. 자신을 방어하기 위해 싸우는 것이 살인이란 말인가? 인디언들은 얼굴 흰 사람들이 땅을 빼앗고 사냥터를 파괴하고 삼림을 불태우고 들소를 모두 죽여 버렸기 때문에 그것에 대항해 싸운 것이다. 얼굴 흰 사람들은 우리를 인디언 보호구역 안에 가두었고, 그 보호구역마저 차지해 버렸다. 얼굴 흰 사람들이 자신의 재산을 지키기 위해 일어서면 애국자이고, 인디언이 똑같은 행동을 하면 살인자가 된다.

얼굴 흰 사람들은 인디언들을 배반자라고 부른다. 그러면서 자기들이 지키지 않은 그 수많은 조약에 대해선 일언반구 말이 없다. 얼굴흰 사람들은 인디언들을 도둑이라고 부른다. 그러나 우리를 보라. 우리는 나무껍질로 만든 오두막에 살면서 자물쇠도 철 대문도 없었다. 얼굴 흰 사람들은 인디언들을 야만인이라고 부른다. 문명이란 무엇인가? 문명의 특징은 품위 있는 종교와 철학, 독창적인 예술, 감동적인 음악, 풍부한 설화와 전설이 아닌가? 우리 인디언들은 그 모든 것을 갖고 있었다.

우리는 자연의 소리를 멜로디에 담아 노래를 불렀다. 물이 달려가는 소리, 바람이 한숨짓는 소리, 동물들이 부르는 소리가 우리의 노래에 담겨 있다. 이것을 당신들의 아이들에게 가르쳐야 한다. 그래서 그들도 우리처럼 자연을 사랑하게 해야 한다.

우리에게도 훌륭한 지도자가 있었다. 그들의 웅변은 따를 자가 없었다. 당신들의 아이들에게 우리 인디언들의 탁월한 연설문을 가르치기를 권한다.”

인디언 전사들을 특징짓는 것은 뛰어난 전투 실력, 죽음을 두려워하지 않는 용기, 남자다움, 가족과 부족에 대한 헌신이었다. 특히 어려서부터 부족의 어른들을 따라 사냥과 이웃 부족과의 힘겨루기에 나서는 것이 삶의 시작이었기 때문에 전투에 있어서 남다른 실력과 용맹함을 지니고 있었다. 죽음을 무릅쓴 수많은 영웅들이 탄생한 것도 그 때문이었다.

그런데 왜 그들은 백인들과의 전투에서 여지없이 패배했을까? 한 예로, 미국 서부의 드넓은 지역에는 수백 개에 이르는 인디언 공동체들이 수백 년 동안 발전시켜 온 문화를 누리며 풍요롭게 살아가고 있었다. 하지만 그들은 골드러시가 시작된 1848년에서 1886년까지 불과 38년 만에 대부분의 영토를 빼앗겼다.

여기에는 몇 가지 해답이 있을 수 있다. 활과 화살로는 당해 낼 수 없는 신무기의 등장과, 백인들의 과잉 대량 살상 전략도 한 가지 원인이었다. 보호구역 안의 열악한 환경 때문에 거의 굶어 죽을 지경이 된 사우스다코타 주의 수 족 사람들이 보호구역을 이탈했다는 이유로 기관총을 발사해 몰살시킨 운디드니 학살이 그 대표적인 예다.

하지만 역사학자들은 인디언들이 백인들과의 전투에서 패배한 중요한 이유로, 천성적으로 타고난 그들의 자유 정신을 꼽는다. 인디언들은 입으로만 개인의 자유를 부르짖은 게 아니었다. 종교에 있어서도 어떤 성직자의 지시나 규율도 따르지 않고 홀로 신과 만나기를 고집했으며, 그런 개인적인 성향은 엄격한 통제와 지속적인 단결이 필수적인 백인들과의 전투에서도 바뀌지 않았다.

추장이라고 해서 부족 사람들을 강제로 통제할 수 있는 권력을 갖고 있는 것이 아니었다. 추장은 훈계를 통해 지도할 수 있을 뿐이었고, 동료 전사들을 명령에 따라 좌지우지할 권한이 거의 없었다. 인디언들과 연합해 미국인과 전투를 벌인 영국인들이 가장 골머리를 앓은 것도 인디언 전사들의 통솔이었다. 특히 젊은 전사들은 누구의 말도 들으려고 하지 않았다.

다수의 길을 따르도록 하는 법적 장치도 그들 사회에는 존재하지 않았다. 같은 부족에 속한 여러 지파들의 경우도 마찬가지였다. 어려서부터 통제받지 않고 개인의 판단과 자유를 존중하는 문화 속에서 성장했기 때문에 어떤 제도와 법적 장치 속에서 모두를 한 방향으로 몰아간다는 것은 불가능한 일이었다. 그들은 다양성의 꽃이라는 민주주의를 말 그대로 실천하며 살았던 것이다. 인디언 전사들은 억압된 통제와 규율 속에서 발달한 다른 종족의 군대들과는 완전히 성격이

다른, 자유 전사의 집단이었다.

어엿한 남자가 되기 위해 홀로 숲 속으로 여행을 떠났다가 백인 정착민의 총에 맞아 숨진 한 인디언 소년의 영혼은 부족 사람들과 함께 행복한 땅으로 떠났다. 그리고 그로부터 백여 년 뒤, 들소 가죽으로 만든 희미한 북소리와 함께 인디언들의 영혼이 다시 이 대지로 돌아오기 시작했다. 1978년 인디언들은 자신들의 존재를 세상에 알리기 위한 방법으로 서부 캘리포니아에서 동부 워싱턴 D.C.까지 '가장 긴 행진'을 했다. 이 도보 행렬에는 56개 부족의 인디언들이 참가했다.

보호구역 안에서 태어나 영어를 배우고 필요한 지식을 습득한 새로운 세대들도 속속 인디언 신문을 발간하고, 진실을 밝히는 책을 펴내면서 세상을 향해 목소리를 내기 시작했다. 토머스 반야시아, 오렌 라이온스, 데이브 추장, 미친 곰, 고귀한 붉은 얼굴, 비키 다우니, 윌리엄 코만다 등이 그들이다. 이들은 앞서 얼굴 흰 사람들에게 당당히 맞섰던 위대한 인디언 전사들과 마찬가지로 인디언들의 권리를 되찾고, 현대 문명의 파괴적인 손길로부터 어머니 대지를 구하고 인디언의 방식을 지키기 위해 나선 전사들이다.

치페와 족 출신의 태양 곰(선 베어) 역시 그 무지개 전사들 중 한 사람이다. 그는 북부 미네소타 주의 흰땅(화이트 어스) 인디언 보호구역에서 태어났으며, 전쟁에 참가하기를 거부해 감옥 생활을 하기도 했다. 그는 〈들불〉 잡지의 발행인이고, 지구 환경과 인디언의 사상에 관한 몇 권의 책을 썼다.

인간이 다른 생명체들과 분리된 삶을 살고, 인간의 욕망을 채우기 위한 기술 문명이 세상을 지배함으로써 이제는 지구가 몸을 크게 뒤흔들어 그 모든 독성들을 내던져 버릴 대전환의 시기가 다가왔음을 태양 곰은 지적한다.

"나의 삶은 사람들이 그들 자신의 길을 발견하고, 그들의 행동이 지금 세대만이 아니라 다가오는 모든 세대들에게 미치는 영향을 깨닫게 하기 위한 것이다. 나는 어제의 수 족, 어제의 치페와 족의 이야기를 하지 않는다. 나의 작업은 오늘을 위한 것이다. 지금 이곳에 살고 있는 사람들을 위한 것이다. 나는 기술 문명이 나쁘다고 생각하지 않는다. 사람들과 대화하기를 원할 때, 나는 전화기를 들거나, 컴퓨터를 사용하고, 라디오와 텔레비전 방송에 나간다. 기술 문명 그 자체는 나쁜 것이 아니다. 그것을 사용하는 사람들의 탐욕과 그릇된 마음이 문제다. 우리는 석기 시대로 돌아가자고 주장하는 것이 아니라 새로운 시대로 나아가자고 말하고 있는 것이다.

세상은 서로 분리된 상자나 보따리들이 아니다. 지구는 하나의 행성으로 우리 모두의 별이다. 모든 인간 존재는 성장할 똑같은 권리, 배움을 얻을 똑같은 권리를 갖고 있다. 모든 인간이 함께 살고, 일하고, 나눠 갖고, 나아가 지구에 대해 책임지는 그런 세상을 창조하지 않고서는 우리는 편견과 미움의 작은 보따리 안에 갇혀 계속해서 서로를 파괴할 것이다.

전 세계 원주민들의 예언은 저마다 인간 존재가 탐욕과 물질문명의 길로 계속 나아갈 것인가, 아니면 영적인 삶을 향해 나아갈 것인가를 선택해야만 하는 시기에 대해 언급하고 있다. 나뿐만 아니라 많은 이들이 그 선택의 시기가 바로 지금이라고 느끼고 있다. 그 예언들은 원주민들 자신이 아니라 이 행성에 살고 있는 모든 사람들에게 경고를 보내기 위한 것이다. 우리는 우리 삶에 필요한 변화를 일으킬 수 있다. 나는 인디언들에게 자급자족할 수 있는 삶을 살라고 적극적으로 충고하고 있다. 다시 고기 말리는 법과 음식 저장하는 법, 그리고 무엇보다 대지와의 조화를 되찾는 법을 배우라고 말한다. 인디언 담당국이나 미국 정부, 또는 그밖의 어떤 기관에도 의존하지 않고 살아가기 위해서다. 그것이 우리가 할 수 있는 유일한 길이다. 우리는 다시 땅에서 필요한 것을 얻고, 땅에 기대어 살아가는 법을 배워야 한다.

원주민들은 숲이 죽고, 물이 오염되고, 그렇게 되면 지구가 격렬히 몸을 흔들 것이라고 한결같이 예언하고 있다. 지금 일어나고 있는 일이 그것이다. 그 일이 지금 일어나고 있는데도 많은 사람들은 지구 생존에 필요한 변화에 대해 아직 준비가 되어 있지 않다. 그렇기 때문에 어머니 대지가 직접 그 일을 하고 있는 것이다. 화산 폭발과 태풍, 지진 등이 나날이 늘어나고 있다.

인간이 아직도 책임을 느끼지 않고, 변화하지 않고 있는 것은 참으로 슬픈 일이다. 변화할 준비가 되어 있지 않은 사람들은 결국 살아남지 못하고 어머니 대지를 위한 거름이 될 것이다. 지구가 변화하는 이 시기에 안정된 세상을 만들려면 대지에 대한 사람들의 생각이 근본적으로 바뀌어야 한다. 대지를 착취 대상으로 여기는 시각 자체를 중단하는 것이 무엇보다 중요하다. 언덕을 불도저로 갈아엎고 나무를 잘라 낸 뒤, 쇼핑 센터나 아파트를 지으려는 생각 자체를 바꿔야 한다. 대지에서 어떤 것을 취할 때, 존중하는 마음을 갖고 하는 법을 배우지 않으면 안 된다.

더 이상 지금까지의 방식으로 삶을 계속해선 안 된다. 재미로 동물을 쏴 죽여선 안 된다. 그 생명체가 당신과 마찬가지로 똑같은 삶의 권리를 지니고 있음을 깨달아야 한다. 먹을 것을 구하기 위해 그렇게 한다면 그것은 다른 문제다. 하지만 그때 역시 존중하는 마음으로 임해야 한다. 모든 것을 존중해야 한다.

지식은 아름다운 것이다. 하지만 좋은 방식으로 지식을 사용하는 것이 지혜를 만든다. 성스러운 방법으로 지식을 사용하는 법을 배우는 것, 그것이 바로 지혜다. 그리고 그것이 진정한 어른의 의미다. 진정한 원주민 어른은 자신들이 가진 지식을 성스러운 방식으로 사용할 줄 아는 사람들이다. 그들은 아이들에게 대지와 대지 위의 모든 생명체를 존중하라고 가르친다. 그들은 편견과 미움을 전파하는 대신 주위의 다른 사람들을 사랑과 조화로써 대하는 법을 이해한다. 우리에게는 이제 서로를 죽이고, 인간들 사이에 폭력을 부추길 시간이 없다.

북부 미네소타에서 성장할 때 우리는 해마다 그해에 잡은 물고기를 이웃에 사는 가난한 여인에게 나눠 주었다. 그 여인은 다섯이나 되는 아이들을 먹여 살려야 했지만 물고기를 잡아다 줄 사람이 아무도 없었다. 그래서 우리가 나가서 물고기를 잡아다 그녀에게 갖다 주곤 했다. 사람들에게 이처럼 조화와 나눔의 개념을 가르치는 것이 바로 어른들이 할 일이다. 그리고 그것이 지혜다.

자기 자신에게 물으라. '나는 지금 여기서 무엇을 하고 있는가? 내가 하는 이 일은 누군가에게, 또는 무엇인가에 도움을 주는 일인가? 이것은 올바른 생활인가?'

그것이 바로 좋은 지혜이다. 당신의 삶이 모든 살아 있는 생명체들에게 도움이 될 수 있도록 당신이 가진 지식을 사용해야 한다.

지구는 지성을 가진 하나의 생명체다. 그리고 우리가 마음을 열고 그것과 조화를 이루기만 하면 그 지성은 우리에게 말을 건네고, 우리와 대화를 나눌 수 있다. 무엇을 해야 하는지 우리를 안내할 수 있다. 옛날에 우리 인디언들은 자신들이 이 대지에 대해, 그 위에서 살아가는 모든 존재들에 대해 책임이 있다는 것을 누구나 알고 있었다. 그리고 모든 관계가 그들에게 가져다주는 선물을 자각하고 있었다. 그들은 삶의 순환을 이해했다.

나는 세상을 두루 여행하면서 많은 사람들을 만났다. 물질문명의 잘못된 점을 깨닫고 조화로운 삶을 희망하는 이들을 실로 많이 볼 수 있었다. 동시에 아직도 대지를 파괴하는 수많은 손길을 목격했다. 많은 이들이 아직도 변화를 거부하고 있다. 따라서 많은 파괴가 진행되고 있다. 더불어 지구를 청소하는 정화의 몸짓이 지금 일어나고 있다. 낡은 방식에 매달리는 사람들은 결국 살아남을 수가 없다. 사랑과 조화의 새로운 세상이 다가오고 있다. 초록색 풀들처럼 그것이 대지에서 솟아나고 있다. 바로 지금 그 일이 일어나고 있다."

나는 나 자신에 대해 말할 것이 아무것도 없다. 자기 자신을 혼자 떼어 놓고서 자신이 누구이며 삶에서 무엇을 했는가를 말하는 것은 인디언의 방식이 아니다. 자신의 삶이 말하게 해야 한다. 모호크 족 인디언들에게 지혜는 당신이 어떻게 살고 있으며, 조상들이 이 세상에 대해 당신에게 말해 준 것을 당신이 나날의 삶에서 어떻게 실천하고 있는가 하는 것이다. 내가 아는 모든 것은 우리 모호크 족의 가르침에서 나온 것이다. 우리는 어른들로부터 그것을 배웠다. 전통을 따르는 모호크 족 인디언들은 자신의 삶에 대해 책임을 진다. 그리고 대지에 대해 책임을 진다. 대지는 우리의 어머니다. 우리의 종교의식이 바로 그것이다. 우리에게 생명을 주는 우주 만물에게 감사의 표시를 하는 것이다. 그리고 그것은 모든 생명체들을 인간 존재와 똑같이 바라보기 위한 것이다. 우리가 그 배움을 멈출 때, 우리도 멈추게 된다.

달도 멈추고, 세상의 정원도 멈춘다. 새들이 노랫소리를 멈추면, 우리는 지루함으로 죽어 갈 것이다. 거기 어떤 신비도, 마술도 없을 것이다. 이것은 너무도 단순한 논리다. 당신은 더러운 집에서 살기를 원하는가, 아니면 깨끗하고 정결한 집에서 지내기를 원하는가? 더러운 집에서 살면 병에 걸리고, 두통이 오고, 긴장이 찾아온다. 우리 부족의 예언은 이미 수백 년 전에 말했다. 이 단순한 일들을 하지 않는다면, 결국에는 뿌린 대로 거두게 될 것이라고.

톰 포터_모호크 족

나는 파파고 족 소녀
파파고 족 마을에 산다.
나는 그것에 감사드린다.
메마르고 아무것도 없는 마을
외로운 곳
슬픔이 나를 덮어 누르는 곳이지만
나는 그 모든 것에 감사드린다.
왜냐하면 나는 파파고 족 소녀이니까.

프란시스 키스토_파파고 족

대학에 들어갔을 때 나는 아메리카 원주민 역사에 대한 강의 속에 뭔가 빠져 있음을 느꼈다. 나는 도서관으로 가서 우리 역사에 대한 책을 닥치는 대로 읽었다. 운디드니 대학살에 대해 읽고 나서 나는 흥분한 나머지 집으로 가서 친척들을 모두 불러 모았다. 그들에게 그것에 대해 알려 주고 싶었다. 하지만 그들은 이미 다 알고 있었다. 내가 물었다.

"그런데 왜 운디드니에 대해 나한테 말해 주지 않았죠?"

할머니가 말했다.

"우리는 네가 우리한테 일어난 그 끔찍한 일들에 대해 모르고 있길 바랐다. 우리는 네가 긍정적인 자세를 갖기를 원했거든."

얼마나 사랑이 넘치는 사람들인가! 그때 나는 그들이 어떻게 내 삶을 인도해 왔는가, 내가 긍정적인 인간이 되도록 어떻게 나를 준비시켜 왔는가 이해할 수 있었다.

바라보는 말의 아내_라코타 족

매서운 찬바람이 목도리를 잡아끈다. 몸은 얼고, 나는 거의 죽을 지경이 되었다. 따뜻한 우리 오두막집이 그립다. 질그릇에서 물이 끓는 그 인디언 오두막집. 나는 저 끝없는 들판을 터벅터벅 걷는다. 눈이 많이 왔다. 이제 나는 살았는지 죽었는지도 잘 모를 지경이다. 하지만 어떻게 해서든 삶의 희망을 버리지 않을 것이다.

라 로이 가세오마_호피 족

기억하라.

이 세상에 있는 모든 것들의 신성함을!

재잘거리며 달려가는 시냇물과 둥지 안에 있는 어린 것들을!

인디언들이 부르는 노래_파우니, 오세이지, 오마하 족

우리는 모든 살아 있는 것들이 서로 연결되어 있다고 믿는다. 죽음은 한 형태에서 다른 형태로 옮겨가는 것이고, 우리가 온 대지로 돌아가는 일이다. 왜 죽는가를 묻는 것이 삶의 목적이 아니다. 삶의 기회를 갖고 있는 동안 잘사는 것이 우리의 목적이다. 나는 모든 삶을 신성하게 여긴다. 생각들도 신성한 것이다. 우주에 대해 조금밖에 이해하고 있지 못한 연약한 존재들이지만 우리 인간은 지금까지 쌓아 온 지혜를 우리의 아이들에게 유산으로 전할 수 있다. 그 유산의 본질은 조화로운 삶을 사는 것, 그리고 자신이 몸담고 사는 공동체에 책임을 지는 일이다. 수많은 세대를 거치면서도 살아남은 보편적인 주제가 바로 그것이다.

로라 위트스톡_세네카 족

오늘 우리는 이 아름다운 아기로 축복을 받았습니다.
그의 발이 동쪽을 향하고,
그의 오른손이 남쪽을 향하고,
그의 머리가 서쪽을 향하고,
그의 왼손은 북쪽을 향하기를.
그가 어머니 대지 위에서 평화롭게 걷고
평화롭게 머물게 되기를.

아기를 축복하는 기도문_나바호 족

지금 당장 세상을 치유해야만 한다면, 나는 이렇게 외칠 것이다.
"중단하라! 그냥 중단하라! 지금은 어떤 일도 하지 말라. 왜냐하면 우리는 여전히 지구를 파괴하고 있기 때문이다. 일단 모든 것을 중단한 뒤, 파괴보다는 치유하기 위한 다음 단계를 생각하자."

마니톤콰트_왐파노그 족

이 지구별에 사는 사람들은 인간의 자유라는 좁은 관념을 깰 필요가 있다. 자유를 자연계 전체에까지 확대시킬 수 있어야 한다. 공기,

물, 나무 등 생명을 유지시켜 주는 모든 것, 생명의 성스러운 그물을 지탱해 주는 모든 것들의 자유가 절실히 필요하다.

서구 세계에게 전하는 메시지_이로쿼이 6개 부족 연맹

누구에게도 상처를 주지 말라. 누구에게도 피해를 입히지 말라. 싸우지 말라. 언제나 올바르게 행동하라. 그러면 그대는 삶의 만족을 얻게 될 것이다.

워보카_파이우트 족

내가 보는 모든 것, 내가 생각하는 모든 것이
조화를 이루기를.
내 안에 있는 신, 내 둘레에 있는 신,
모든 나무를 지으신 이와.

치누크 족 노래

손에 총 맞아(마오피쉬, 압사로키 족 전사)

좋은 약은 병에 담겨 있지 않다

미친 곰(매드 베어)
이로쿼이 족

가짜 얼굴에 대한 이야기를 하나 해 주겠다. 그의 이름이 처음부터 가짜 얼굴이었던 것은 아니다. 그나 그의 부족이 그런 이름을 가진 적은 없지만, 어쨌든 우리는 그를 그렇게 부른다.

가짜 얼굴은 많은 지식을 배워 우주에 있는 모든 기본적인 것들을 하나씩 알게 되었다. 그런 다음 그는 의술에 대해서도 많은 것을 알아 나갔다. 수세기가 걸렸지만 마침내 그는 이 지구상에 알려진 모든 영적인 힘들을 손에 넣게 되었다. 창조주의 방식을 낱낱이 터득한 것이다.

어느 날 가짜 얼굴은 넓은 평원에 서서 멀리 산과 하늘을 바라보았다. 그는 생각했다.

'나는 창조주의 모든 방식을 알게 되었기 때문에, 세상에 있는 모든 것들이 내게는 가능하다. 나는 이제 모든 것들이 어떻게 만들어졌는가를 안다. 내가 마음만 먹으면 저 산들도 자리를 옮겨야 할 것이다.'

그때 그가 알고 있는 우주의 위대한 추장인 창조주의 목소리가 들려왔다. 그 목소리가 말했다.

"그렇다, 내가 우주의 대추장이며, 저 산들은 내 뜻에 따라 저곳에 있는 것이다."

가짜 얼굴은 잠시 생각에 잠겼다. 그는 위대한 정령의 목소리를 여러 번 들었었다. 하지만 지금은 자신에 대해서만 생각하고 있었다. 그는 매우 강력한 목소리로 외쳤다.

"나는 이제 당신의 법칙을 모두 알게 되었으며, 그것들을 전부 따라할 수 있소! 내가 마음만 먹으면 저 산들도 움직일 수 있소!"

그러자 위대한 정령이 응답했다.

"아니다. 내가 우주를 만들었으며, 저 산들은 내 뜻에 따라서만 움직일 수 있다."

가짜 얼굴이 소리쳤다.

"그렇지 않소! 나도 그런 능력을 갖고 있소. 내가 지금까지 터득한 능력이 얼마나 큰데 그까짓 걸 못하겠소? 나는 모든 창조의 비밀을 배웠소. 그런데도 당신은 내가 당신 없이는 아무 쓸모없는 존재라고 말하는 거요?"

위대한 정령이 부드러운 목소리로 말했다.

"그대는 결코 나와 분리될 수가 없다. 나는 언제나 그대와 함께 있기 때문이다."

가짜 얼굴이 반박했다.

"하지만 나는 이제 당신의 모든 비밀을 알고 있소. 모든 것들이 어떤 방식으로 이뤄지는지 안단 말이오."

위대한 정령이 말했다.

"그것은 그대가 나와 가까워졌기 때문이다."

자신이 배운 모든 것, 자신이 경험하고 터득한 모든 지혜에도 불구하고 가짜 얼굴은 자만심에 가득 차서 화난 목소리로 위대한 정령에게 소리쳤다.

"저리 가 버리시오. 날 혼자 내버려 두시오. 나는 더 이상 당신이 필요하지 않소. 나는 이제 많은 능력을 갖췄는데도 당신은 날 계속해서 당신의 어린 자식으로만 생각하고 있소. 나는 더 이상 당신의 어린 자식이 아니오. 당신이 할 수 있는 모든 일을 나도 할 수 있소. 그러니 날 혼자 내버려 두시오."

"혼자라고?"

위대한 정령이 말했다.

"이 세상에 혼자는 없다. 내가 어떻게 그대를 떠난단 말인가? 우리는 한 존재이며, 서로 떨어질 수가 없다."

이 부드럽고 사랑에 넘치는 말들은 가짜 얼굴을 더 화나게 만들 뿐이었다. 분노에 사로잡힌 그로서는 자신의 오랜 노력과 그가 얻은 탁월한 지식과 능력에도 불구하고 위대한 정령이 자신을 속이려 드는 것처럼 보였다. 위대한 정령이 여전히 모든 힘이 자신에게만 있다고 주장하는 것처럼 들렸다.

가짜 얼굴은 화가 나서 우주의 창조주에게 도전하기로 결심했다. 그는 말했다.

"당신은 저 산들을 움직일 마음이 없다는 걸 나는 안다. 하지만 나는 당신의 의지에 반해 그것들을 이동시킬 것이다. 그렇게 되면 당신은 나 자체로 특별한 존재임을 알게 될 것이다. 당신이 원한다면 나와 힘을 겨뤄도 좋다."

위대한 정령이 말했다.

"나는 어떤 것과도 힘을 겨루지 않는다. 경쟁한다는 생각 자체가 덧없는 꿈과 같은 것이다. 꿈에서 깨어 내게로 오라. 그러면 다른 모든 것들과 분리되어선 어떤 것도 특별한 존재가 될 수 없음을 깨달을 것이다."

하지만 가짜 얼굴은 도전을 계속했다.

"당신은 내게서 모든 것을 가져가려 하고 있다. 이 기회를 빼앗아 갈 수는 없다. 당신이 하고 싶은 대로 하라. 당신이 원한다면, 나를 막아 보라. 하지만 나는 어쨌든 저 산들을 움직일 것이다. 당신은 저 산들이 그 자리에 그대로 있는 걸 원하기 때문에, 저 산이 움직인다면 그것은 순전히 내 의지만으로 이루어진 일이 될 것이다."

가짜 얼굴은 그 들판에서 기다렸다. 냉정하고 결의에 찬 얼굴을 하고서. 그리고 거기 침묵만이 흘렀다. 그는 경쟁을 시작했다. 그가 자신의 모든 힘을 동원하고, 자신이 배운 모든 것, 수세기 동안 발전시켜 온 모든 것을 시도했지만, 아무 일도 일어나지 않았다. 전혀 아무 일도. 거기 오직 부드러운 바람만이 불고 있었고, 산들은 언제나처럼 멀리 서 있었다.

그는 화가 나서 심한 욕설을 퍼붓기 시작했다. 위대한 정령이 약속을 어기고 그를 방해하고 있다면서 위대한 정령에게 거짓말쟁이고 사기꾼이라고 비난을 퍼부었다.

그러다가 한 가지 생각이 떠올랐다. 그는 위대한 정령에게 저 산을 옮겨 보라고 소리쳤다. 그러면 위대한 정령이 자기에게 한 것처럼 이번에는 자기의 의지로 위대한 정령의 힘을 방해하겠다고 말했다. 그는 위대한 정령이 산을 옮기지 않으리라는 걸 알았기 때문에 결국 자신의 의지가 승리한 것이라고 주장할 수가 있었다. 그래서 그는 다시금 위대한 정령에게 소리쳤다. 그는 주먹을 휘두르며 하늘을 노려보았다. 그런데 그가 말을 채 끝내기도 전에 천둥이 구르는 듯한 거대한 소리가 들려왔다. 놀라서 돌아보는 순간 산 하나가 그

의 쪽으로 다가왔다. 그것이 실수였다. 그 바람에 산이 그의 얼굴을
강타하고 그의 코를 부러뜨렸다.

그때 위대한 정령의 부드러운 목소리가 다시 들려왔다.

"우리가 우리의 사랑하는 자신에게 무슨 짓을 했는지 보라. 이 모
든 것이 덧없는 꿈과 같은 것이다. 이제 우리의 의지로 이 모든 것
을 원래 위치로 돌려놓자."

가짜 얼굴은 잠시 큰 고통을 느꼈다. 그러다가 갑작스럽게 깨달
았다. 거기 어떤 경쟁도 없다는 것을. 이것은 그가 깨달은 수많은
교훈 중 하나였다. 하지만 그것이 그의 궁극의 배움이었고, 그는 모
든 것으로부터 분리되어 혼자서 특별한 존재가 되려는 욕망을 버리
고 자신의 진정한 자아를 깨달을 수 있었다. 그럼으로써 홀로 떨어
진 존재로부터 자유로울 수 있었다.

이것은 어느 한 사람만의 문제가 아니다. 모든 인간 전체의 문제
다. 인디언들은 우리 모두가 창조주인 위대한 정령의 손이며 손가
락들이라고 믿는다. 모든 살아 있는 존재들은 위대한 정령의 표현
이다. 살아 있는 존재가 하는 모든 일들은 곧 위대한 정령의 경험들
이다. 그것이 우리의 일이다. 그것이 우리가 위대한 정령을 위해 하
는 일이다.

따라서 나는 기독교나 다른 어떤 종교에 대해서도 비난하지 않
는다. 적어도 그들의 본질은 그런 것이었다. 하지만 그들은 어디쯤
에선가 본래의 가르침으로부터 멀어졌다. 우리는 위대한 정령에게
요구하지 않는다. 위대한 정령이 우리에게 요구한다.

나는 언제나 기도하고 있다. 당신들이 그것을 기도라고 부른다면
말이다. 우리 전통적인 인디언들은 언제나 기도하고 있다. 당신들은
식사를 할 때 기도를 한다. 우리가 이해하기로 당신들의 기도에는

두 가지 의미가 담겨 있다. 하나는 요구하는 것이고, 또 하나는 감사하는 것이다. 우리 인디언들은 언제나 감사할 뿐 결코 요구하지 않는다. 하지만 당신들은 다르다. 당신들은 이렇게 말한다.

"우리에게 일용할 양식을 주소서."

우리는 그런 기도를 믿을 수가 없다. 하지만 나는 당신들에게 반대할 마음이 없다. 모두가 각자 자신의 방식을 갖고 있는 법이니까.

반면에 우리는 언제나 감사의 기도를 올린다. 한 번도 거른 적이 없다. 하지만 감사의 기도는 식사를 끝냈을 때 드리는 법이다. 다른 모든 것에 대해서도 우리는 언제나 감사의 기도를 올린다. 당신들은 내가 집에서든 식당에서든 다른 사람의 집에서든 식사를 마치고 나면 언제나 "니아웨!" 하고 말하는 것을 들었을 것이다. 그것은 '고맙습니다'라는 뜻이다. 그것이 감사의 뜻을 표시하는 인디언의 언어다. 나는 언제나 그렇게 말한다. 모든 것에 대해서. 심지어 우리의 고통과 의무에 대해서도 그렇게 말한다.

지금은 당신들이 우리에 대한 선입견과 일방적인 판단을 버려야 할 때다. 우리를 진정으로 이해할 수 있을 때까지 당신네 학자들이 내린 온갖 결론들과 증거들을 잊지 않으면 안 된다. 우리는 그런 판단들이 필요하지 않다. 그리고 더 이상 인디언을 연구하는 학자와 학생들이 필요하지 않다. 사실 그것은 당신들도 마찬가지다. 우리에게는 이미 충분한 학자들이 있어 왔다. 우리는 연구 대상이나 검사 표본이 아니다. 우리는 연구되어 교과서에 실리고 박물관에 보존되기 위해 이곳에 있는 것이 아니다. 우리는 당신들과 똑같은 인간 존재들이다.

솔직히 말해 나는 학자들이 생각하는 것에는 관심이 없다. 우리는 학자들을 통해서가 아니라 당신들과 직접 접촉하고 손을 맞잡고 싶다. 개인적인 관계와 우정의 차원에서 직접적인 만남을 갖게 되기를 원한다. 한 번이라도 당신들에게 직접 다가가 우리 마음속에 있는 것을 말하고 싶다.

한 번이라도 우리 자신의 이야기를 당신들에게 할 수 있게 해 달라. 우리의 방식으로 말할 수 있게. 당신들이 이곳에 온 이후 수백 년의 역사가 흘렀지만 그런 일은 한 번도 일어나지 않았다.

우리는 한때 당신들이 우리와 함께 살러 왔다고 생각했다. 아직도 당신들에게는 그것이 가능하다. 우리는 아직도 이곳에 있고, 이 대지 위에서 살고 있다. 우리는 당신들의 도서관 안에, 당신들의 책 속에 살고 있는 것이 아니다. 왜 땅속을 파서 우리 조상의 뼈나 그릇들을 꺼내는 데만 열중하는가. 우리가 지금 이곳에 살아 있지 않은가.

우리는 당신들이 상상하는 것보다 훨씬 오랜 세월 동안 우리에게 전해져 온 성스러운 전통과 경험에서 우러난 지혜들을 간직하고 있다. 당신들도 그것들로부터 배움을 얻을 수 있다. 당신들이 해야 할 일은 단지 조용히 귀를 기울이는 일이다. 그리고 학자들이 내놓는 이론이나 증거들에 대해선 잊어버리는 일이다.

진심으로 그런 일이 일어나길 바란다. 왜냐하면 이 대지는 아직도 우리 인디언들의 집이고, 당신들은 이곳에 온 우리의 손님이기 때문이다. 그리고 당신들은 아직도 우리의 집을 이해하지 못하고 그곳을 더럽히고 있기 때문이다.

우리는 언제나 말해 왔다.

"모카신을 신고 백 리를 걷기 전에는 인디언을 판단하지 말라."

자신의 입장에서 남을 바라봐서는 결코 그를 이해할 수 없다. 그의 입장에서 그를 바라봐야만 진정으로 이해할 수 있는 법이다. 독수리를 제대로 이해하려면 관찰자의 눈에 독수리가 어떻게 보이는 가가 아니라 독수리의 눈에 그 관찰자가 어떻게 보이는가를 알아야 한다.

당신들은 세계의 종말과 인류 최후의 날에 대해 이야기한다. 하지만 최후의 날이란 존재하지 않는다. 다만 한 시대가 끝나고 다른 시대가 시작될 뿐이다. 그것은 달력에 적힌 날짜들처럼 단순한 시간의 변화만이 아니다. 파괴와 재창조라는 거대한 변화가 뒤따른다. 인간의 관점에서 보면 대변혁일 것이다.

그것은 일종의 정화의 과정과 같다. 한 세계에서 다음 세계로 옮겨 가는 과정일 뿐, 최후의 날은 아니다. 사람들은 그것을 이해해야 한다. 일어나고 있는 일들을 더 넓은 그림의 관점에서 바라볼 수 있어야 한다.

의식을 갖고 그 변화에 동참해야만 한다. 그것은 물질 위주의 삶에서 깨어나 정신적인 세계와 다시금 연결되는 것을 의미한다. 자연의 생명력을 이해하고 그것과 협조하는 것을 뜻한다.

당신들은 큰 실수를 저지르고 있다. 모든 것을 인간의 욕망대로 조작하고, 도중에 방해가 되는 것들은 모조리 파괴한다. 당신들은 침략자들이나 다름없다. 무엇이든 당신들이 원하는 대로 바꿀 수 있다고 생각하고, 또 그것을 '지배'라 부른다. 그 지배가 실패로 돌아가고 있음을 말해 주는 증거가 지금 수없이 나타나고 있다.

병을 치료하는 약만 해도 그렇다. 자연이 제공해 주는 약과 치료법들이 우리 주위 어디에나 있다. 우리는 자연으로부터 언제든지 그것을 얻을 수가 있다. 단 그것을 이용해 이익을 남기려는 목적 의식을 버리기만 하면 된다.

오늘날 백인들이 알고 있는 대부분의 열매와 채소들은 우리 인

디언들로부터 전해진 것들이다. 아메리카 원주민인 우리들은 감자
와 토마토, 모든 종류의 콩, 3백 종류가 넘는 옥수수, 그밖에도 수
많은 것들을 갖고 있었다. 얼굴 흰 사람들이 이 대륙에 첫발을 내
딛기 수백 년 전부터 우리는 그것들을 알고 있었다. 당신들과 유럽
에 있는 당신의 형제들이 즐기고 있는 온갖 자연 식품들은 사실
우리 인디언들의 유산이다. 심지어 당신들의 헌법, 정부 형태, 당신
들 국가의 상징인 독수리, 그리고 국기에 그려진 빨간색과 흰색과
파란색 등도 모두 인디언들의 전통에서 나온 것이다. 그것을 알고
나 있는가?

콜럼버스가 이 땅에 오기 훨씬 전부터 우리는 페니실린과 모든
종류의 항생제, 온갖 약초들을 갖고 있었다. 그것들은 아직도 이
대지 위에 있다. 어떤 것도 사라지지 않았다. 다만 이익을 추구하는
당신들의 상업적인 구조가 그 모든 것을 가로막고 있는 것이다. 개
인적인 목적이든 공동체 전체를 위한 목적이든 우리가 필요로 하
는 모든 약이 자연 속에 있다.

그 약들은 인디언의 것도, 또한 어느 누구의 것도 아니다. 자연,
생명의 것이다. 그것이 전부다. 따라서 당신들은 의사를 찾기 전에
먼저 자연에게 부탁할 줄 알아야 한다. 그러면 자연이 적절한 시기
에 당신에게 그 치료법을 설명해 줄 것이다.

*

미친 곰(매드 베어, 1927~1985)은 이로쿼이 6개 부족 인디언 연맹의 곰

지파에 속하는 사람이고, 자신의 부족 사람들에게 큰 신뢰를 받던 치료사이며 지도자였다. 일본 선승, 인도 힌두교 신자, 티벳 라마승들과도 교류를 가졌으며, 체로키 족 치료사 구르는 천둥과도 가까운 사이였다. 그는 아메리카 원주민의 권리를 되찾기 위해 활동하다가 1985년 11월 세상을 떠났다. 아니, 그 자신의 말대로, 세상을 떠난 것이 아니라 지금도 '우리를 보살펴 주는 영들과 함께 일하고' 있다.

인간은 이 세상에서 자기가 차지하고 있는 자리가 얼마나 작은가를 깨달아야 한다는 것이 미친 곰의 사상이었다. 그렇지 않으면 이유없이 오만해져서 자기 주변 사람들이나 사물들을 내려다보게 된다는 것이다. 이 세상에 하찮은 것이란 없다. 인디언들은 어려서부터 이 세상에서의 자신의 위치를 깨닫는 일에 중심을 두었을 뿐, 이 세상에서 어떤 위치를 차지하는 일에는 중심을 두지 않았다.

자신의 위치를 차지하기 위해 애쓰는 사람은 결국 자기 자신마저 잃고 만다는 진리를 미친 곰은 일깨웠다. 인디언들에게 자연은 소유의 대상이 아니라 모두가 공유하는 조화로운 장소였다.

유럽 인들이 처음 아메리카 대륙에 도착했을 때, 백인들은 인디언들에게 소유의 개념을 심어 주는 것이야말로 가장 중요한 과제라 여겼다. 전쟁 담당관 헨리 녹스는 조지 워싱턴에게 보낸 편지에서 '인디언 부족들에게 재산 소유의 개념을 심어 줄 수 있어야만 장사에 성공할 수 있을 것'이라고 조언했다.

땅에 대한 협상을 맺으려 할 때마다 인디언들이 끝없이 어머니 대지에 대해 말하자, 주지사 윌리엄 해리슨은 책상을 내리치며 "제발 그 어머니 소리 좀 그만하라! 방금 전 당신의 연설에도 어머니 대지란 말이 스무 번도 넘게 나왔다. 이제 그런 소린 그만하고, 당장 사업 얘길 하자!"고 소리쳤다. 그러자 그 자리에 참석했던 인디언들은 "어떻게 어머니 대지를 놓고 사업을 논할 수 있단 말인가!" 하고 맞받아쳤다.

이름이 알려지지 않은 수 족의 늙은 인디언은 자신들을 찾아온 백인 선교사에게 말했다.

"우리 인디언들은 자신이 식인종이라고 믿는다. 평생 동안 우리는 형제자매들을 먹고 살아야 하기 때문이다. 사슴과 옥수수는 우리의 어머니이고, 물고기는 우리의 형제들이다. 일생 동안 우리는 그들을 먹어야 하며, 따라서 우리는 식인종이나 다름없다.

그러나 우리는 죽을 때 우리가 받았던 것을 돌려준다. 우리의 육신은 벌레들의 먹이가 되고, 벌레들은 새들의 먹이가 된다. 또한 우리의 육신은 나무와 풀들에게 거름이 되어 사슴들이 그 풀을 먹고 새들이 그 나무에 둥지를 튼다. 그럼으로써 우리는 자연에게 되돌려 줄 수 있는 것이다.

그러나 생각해 보라. 오늘날 우리는 그것조차 할 수 없다. 문명이라는 것 때문에 우리의 육신은 독성을 갖게 되었으며, 죽어서도 곧바로 땅에 묻혀 흙이 되지 못하고 비좁은 나무상자 안에 갇힌 채로 묻힌다. 문명 때문에 삶뿐 아니라 죽음까지도 달라져 버렸다.

그러나 생각해 보라. 그렇다고 해서 우리가 더 행복해졌다고 말할 수 있는가. 오히려 불행이 삶의 더 많은 부분을 차지하고 있지 않은가. 그것이 인디언으로서 살아가고 있는 나의 생각이며, 이 생각을 당신들이 알아 주었으면 좋겠다."

2차 세계대전이 끝나고 생활 수준이 나아지면서 백인들과 외국 관광객들이 인디언들을 구경하기 위해 차츰 보호구역을 찾아오기 시작했다. 인디언들의 춤의식, 다양한 색채의 공예품, 깃털 달린 의상 등은 사진찍기에 안성맞춤이었다.

하지만 세상 사람들의 머리에 박힌 인디언들에 대한 고정관념은 여전했다. 나바호 족 출신의 한 시사만화가가 그린 만화에는 이런 풍자가 등장한다. 카메라를 목에 건 백인 남자가 하늘을 가리켜 보이며 보호구역 안의 추장에게 말한다.

"추장님, 저것 좀 보세요. 큰머리강철새가 날아가고 있어요."

그러자 추장이 말한다.

"이 멍청아, 저건 비행기라는 거다!"

1960년대 말에는, 기존 질서에 반발해 백인 사회에 등장한 히피 족들이 인디언들에게 관심을 갖고 보호구역 안으로 대거 몰려들기 시작했다. 인위적이고 위선적인 문명에서 벗어나 자연 상태의 삶으로 돌아가기 위함이었다. 하지만 이들의 행동은 원주민 사회에 많은 혼란을 불러일으켰다.

호피 족 인디언들은 그것을 '히피들의 침입'이라고 불렀는데, 긴 장발머리와 염주 목걸이를 하고, 머리에는 꽃을 꽂은 이들은 자신들의 방식이 원주민들과 매우 비슷하다고 주장했다. 그러나 인디언들은 그들의 노출증에 신경이 거슬렸다. 게다가 그들은 머리도 감지 않고, 옷도 빨아 입지 않으며, 조용히 돌아다니지도 않았다. 때로는 공동체의 일에 간섭하기까지 했다.

호피 족 인디언 피터 누밤사는 호피 족과 히피들의 차이를 다음과 같이 비교했다.

"인디언들의 의식을 촬영하기 위해 카메라를 들고 마을로 들어오는 사람들을 제지할 수는 있지만, 선교사들은 물리칠 길이 없다. 그들이 찾아오면 나는 호의로써 맞이한다. 그것이 호피 족의 방식이기 때문이다. 나는 그들이 하는 말을 듣기만 할 뿐, 아무 말도 하지 않는다. 하지만 한번은 그들 중 한 선교사에게 모르몬 교를 포기하고 호피 족 인디언이 되어야만 하는 이유를 길게 설명하자 그는 다시는 찾아오지 않았다.

바로 그 무렵 히피들이 이곳에 나타나 마치 자신들의 마을인 양 이곳을 점령했다. 그들은 그냥 마을 광장에 와서는 마음대로 돌아다니면서 아무 집이나 마구 들어갔다. 우리는 그들을 원하지 않았지만, 그들은 떠나기를 거부했다. 호피 족 사람들은 그들을 피하기 위해 집 안으로 들어가 문을 잠가야만 했다.

이 히피들은 우리의 삶의 방식에 상처를 입혔다. 그들은 마치 다른 할 일도 없고 갈 곳도 없는 사람들처럼 남들이 보는 데서도 서로 끌어안고 키스를 해댔다.

내가 밖으로 나가서 그들 중 몇몇에게 말했다.

'그대들은 왜 이곳에 왔는가? 왜 이런 식으로 머릿속에 떠오르는 대로 마구 행동하는가? 우리는 그대들이 행동하는 방식이 마음에 들지 않는다. 그건 우리의 방식이 아니다. 그런 행동들은 옳지 않다.'

그들이 말했다.

'우리가 하는 행동이 무엇이 잘못인가? 우리는 당신들 편이기 때문에 이곳에 온 것이다. 당신들은 기득권자들에게 밀려났고, 우리는 그 기득권자들에게 반대한다.'

내가 말했다.

'아니다, 그대들은 우리 편이 아니다. 그대들의 행동은 적절치 않다. 그대들은 원하는 것이면 뭐든지 손에 넣고, 하고 싶은 대로 뭐든지 한다. 세상에는 규칙이라는 것이 있다. 원한다고 해서 아무렇게나 해도 되는 것이 아니다.'

그들이 말했다.

'그 규칙들은 잘못된 것들이다.'

'그대들은 저기 어딘가에 우리를 창조하고 우리를 지켜보고 계시는 위대한 정령이 있다는 것을 믿지 않는가?'

'그렇다, 우리는 그것을 믿지 않는다.'

'그렇다면 누가 그대들을 창조했는가? 그대들 스스로 자신을 창조 했다고 믿는가?'

그들은 아무 말도 하지 않았다. 마침내 호피 족 경찰이 와서 그들 을 쫓아냈다. 그 히피들은 우리의 젊은 세대에게 매우 나쁜 본보기가 되었다. 우리는 전통적인 방식으로 젊은이들을 안내할 수 없다. 우리 가 그렇게 하려고 하면, 젊은이들은 말한다.

'그건 구식이에요. 이제 그런 방식은 세상에 통하지 않아요.'

젊은이들은 학교로 떠나기 때문에 우리로선 통제하기가 힘들다. 그 들이 마을에 없기 때문에 가르칠 수가 없는 것이다. 많은 여학생들이 임신을 해서 돌아왔다. 과거에는 그런 일들은 있을 수가 없었다. 우리 의 아이들을 우리 손으로 가르칠 때에는 그들에게 올바른 삶의 방식 을 전할 수 있었다. 물론 학교에 가면 이곳에선 받을 수 없는 교육을 받을 것이다. 어쩌면 그것이 미래를 사는 데 도움이 될지도 모른다. 나 는 그렇게 되기를 희망한다. 의심할 여지 없이 세상은 변화하고 있기 때문이다. 하지만 그들이 인디언들의 삶을 저버리는 것을 보면 나는 가슴이 아프다."

1970년 북미 인디언 결집 대회에서 미친 곰은 다음과 같은 선언문 을 읽었다.

"빽빽이 들어선 차량들이 도시의 거리들을 가로막고 배기가스로 공 기를 더럽히는 동안, 네 방향의 성스러운 바람은 여전히 위대한 정령 의 길을 따르고 있다.

불도저들이 계속해서 우리의 어머니 대지를 유린하고 벌목꾼들이 숲을 베어 넘기는 동안, 자연은 변함없이 위대한 정령의 길을 따르고 있다.

강을 따라 댐들이 들어서 산란하는 물고기들의 귀환을 가로막는 동안, 물고기들은 여전히 위대한 정령의 길과 가르침을 따르기 위해 노력하고 있다.

공장과 산업 시설들이 우리의 물과 공기와 대지를 오염시키고, 그럼으로써 위대한 정령의 작업을 망쳐 놓는 동안

사람들이 위대한 정령의 길에서 벗어나 계속해서 자신의 동료 인간들을 희생시켜 부와 권력이라는 헛된 꿈을 쫓는 동안

태양이 나무 잎사귀들을 태우고 평원의 풀들을 노랗게 변색시키는 동안, 그리고 위대한 정령의 땅인 이 대지의 수많은 호수와 강물을 메마르게 하는 동안

우리 위대한 정령의 자식들은 네 방향의 신성한 바람처럼 이곳에 함께 모였다. 독수리와 하늘이 만나듯이.

자연이 모두 하나이듯이 형제와 자매로서 우리는 함께 모였다. 성스러운 고리, 신성한 원을 이루기 위해.

우리는 듣고 말하기 위해 이곳에 모였다. 여러 부족의 어른들이 말하는 것을 듣기 위해.

우리는 대지의 사람들, 어머니 대지의 진정한 자식들이다. 왜냐하면 우리는 대지 그 자체이기 때문이다.

어머니 대지가 파괴되고 더럽혀지고 있기 때문에, 또한 위대한 정령이 이 낭비와 탐욕에 화가 나 있기 때문에

우리는 이곳에 모였다.

하지만 우리는 어제와 오늘을 슬퍼하기 위해 모인 것이 아니다. 우

리의 아이들을 위해 더 나은 미래를 만들고자 이곳에 모였다.

대지의 수호자로서, 이 시대를 지배하는 모든 잘못된 것들에 당당히 맞설 힘과 용기를 얻기 위해 이곳에 모였다."

세상은 어디나 다 마찬가지다. 경쟁이란 대결의 추한 누이동생이다. 진정한 대결에는 얻는 것도 잃는 것도 없다. 그것은 그대에게 이로운 경험이 된다. 그러나 상대와 경쟁하기 시작하면 그대는 많은 것을 잃는다. 그때 그대는 상대에게 의지할 수가 없다. 그대 자신만을 의지할 수 있을 뿐이다. 아무도 그대를 구해 주지 않을 것이다. 이 세상에서 그대는 어떤 것과도 경쟁할 수가 없다. 죽음에 대해서도 마찬가지다. 그대는 죽음과 대결할 수 있을 뿐이다. 경쟁은 자기 중심적이지만 대결은 품위를 높이는 것이다. 예를 들어 그대는 겨울과 경쟁할 수 없다. 그러나 겨울과 대결할 수는 있다. 그것도 훌륭한 방식으로 말이다.

속삭이는 큰사슴(아그네스 휘슬링 엘크)_크리 족

1960년대의 히피 운동에 참여한 사람들은 한결같이 인디언들에게서 삶의 모델을 찾고자 했다. 그 시기의 백인 젊은이들에게 영감을 불어넣은 예술가들이나 대변인들은 다양한 인디언 부족들과 접촉을 가졌다. 그들은 인디언 스승들과 얼굴을 맞대고 대화를 가졌으며, 어느 정도는 인디언들이 쓴 글의 제자가 되었다. 수천 명의 히피들이 인디언 보호구역으로 몰려온 이유가 거기에 있다. 어쨌거나 그 운동은 일시적 유행과 같은 것이었다. 물론 진리를 찾고, 삶의 긍정적이고 실제적인 변화를 꾀하려는 노력도 포함되어 있었지만, 그들은 자신들이 떠나온 세상에 대한 부정적인 생각들에서 벗어나지 못했다. 그래서 결국 그들은 마약과 술에 중독될 수밖에 없었다. 설령 진리가 그들 앞에 놓여 있다고 해도 그들은 그것을 볼 수 없었을 것이다. 인디언들의 가르침에 따르면 약물과 술은 실체를 왜곡시킨다. 그것들은 믿을 수 있는 것들이 아니며, 신기루에 불과하다.

히피들이 인디언들을 찾아온 것은 그들의 부모들이 계속해서 그들에게 거짓말을 했기 때문이다. 그들의 지도자, 법을 만드는 사람들 역시 똑같은 거짓말을 늘어놓았다. 그래서 그들은 거짓에 물들지 않은 진리를 찾고자 여러 인디언 부족들을 찾아왔다. 그들은 알고 싶어 했다. 세상에 창조될 때에 받은 오래된 가르침을 지금도 따르고 있는 인디언들이 있는가? 처음에 그들은 자신들도 모호크 족이 될 수 있는가, 모호크 족의 종교로 개종할 수 있는가 우리에게 물었다. 물론 그럴 수 없다고 대답했다. 왜냐하면 우리는 가톨릭이나 모르몬 교, 여호와의 증인이 아니기 때문이다. 우리는 돌아다니면서 사람들에게 개종을 권유하는 종교 집단이 아니기 때문이다. 그래서 우리는 말했다. "그것은 불가능한 일이다." 그 대신 우리는 이렇게 말했다. "당신들이 영적인 삶을 발견할 수 있도록 우리가 몇 가지 지식을 나눠 주겠다. 그 여행이 가능하도록 물과 음식을 나눠 주겠다. 하지만 우리는 해답이 아니다. 우리는 당신들의 스승이 아니다. 당신들의 예언자가 아니다. 당신들의 신이 아니다. 우리는 다만 인간 존재일 뿐이다."

톰 포터_모호크 족

피부색은 중요하지 않다. 한 사람에게 선하고 공정한 것은 다른 사람을 위해서도 선하고 공정한 것이다. 위대한 정령은 우리 모두를 형제로 만들었다. 나는 붉은색 피부를 갖고 있지만, 나의 할아버지는 백인이었다. 그것이 무슨 상관인가? 나를 좋은 인간이나 나쁜 인간으로 만드는 것은 나의 피부색이 아니다.

흰 방패(워파헤바)_아리카라(남부 샤이엔 족)

모두를 평준화시키려고 하는 것은 참으로 슬픈 일이다. 모두가 똑같아지고 있다. 우리는 지상에 핀 꽃들과 같다. 바깥으로 나갔는데 데이지 꽃밖에 없다면 정말 지루할 것이다. 서로 다른 사람들, 서로 다른 생각, 서로 다른 믿음들이 삶을 더 흥미진진한 것으로 만든다.

세실리아 미첼_모호크 족

오늘날 우리 부족과 백인 주류 사회의 가장 두드러진 차이는 바로 겸허함에 있다. 우리 부족 사람들은 아무리 높고 위대한 위치에 오른다 해도 자신이 이 우주와 신 앞에서는 아주 하찮은 존재에 지나지 않는다는 사실을 잊지 않는다.

링컨 트리트_그위친 아타바스칸 족

인간은 영리해질수록 더욱더 신을 필요로 한다. 자신이 모든 것을 알고 있다는 자만심에 빠지지 않기 위해.

조지 웹_피마 족

미국 정부가 아메리카 원주민들에게 붙인 딱지가 무엇인지 아는가? 공산주의자들이라는 것이다. 그들은 우리를 공산주의자라고 부른다. 그렇다, 이로쿼이 연맹이 일하는 방식은 공산주의 방식이다. 음식을 함께 먹고, 땅을 함께 소유한다. 보다시피 어딜 봐도 우리 땅에는 울타리가 없다. 인류학자 루이스 헨리 모건이 『세네카 족 인디언들과의 생활』이란 제목으로 우리 부족의 이야기와 생활 방식을 책으로 엮어냈다. 책이 출간되어 도서관에 소장되었는데, 독일인 칼 마르크스가 뉴욕 브루클린에 와서 1년 동안 지내면서 도서관에서 모건의 저서를 읽게 되었다. 그가 독일로 돌아가서 쓴 책이 바로 『공산주의 선언』이다. 하지만 한 가지 중요한 부분이 빠졌다. 바로 영적인 측면이다. 공산주의가 실패한 이유가 거기에 있다.

잎사귀 들고 다녀(카나라티타케, 로레인 카누)_모호크 족

지구의 땅들은 인간 존재에게 회복을 요구하고 있다. 하지만 그것은 역사의 종말에 이르러 초자연적으로 모든 것을 되살리라는 것이 아니라 단순히 지금 제정신을 되찾으라는 요구다. 종교는 설교와 경전 안에만 갇혀 있는 것이 아니다. 그것은 대지와 그 위에 사는 사람들의 조화로운 관계를 요구한다. 대지는 지금도 기다리고 있다. 그들의 리듬을 알아차릴 수 있는 사람들을. 모든 대륙, 모든 강과 골짜기, 뾰족뾰족한 산들, 잔잔한 호수들은 인간의 계속된 착취로부터 벗어나기를 요구하고 있다.

바인 델로리아 주니어_서 있는 바위 수 족

공기에게 귀 기울이라. 그대는 그것을 듣고, 느끼고, 냄새 맡고, 맛볼 수 있다. 워니야 와칸, 신성한 공기는 숨결을 통해 모두를 매 순간 새롭게 탄생시킨다. 워니야 와칸은 영혼, 생명, 호흡, 재생, 그 모든 것들을 의미한다. 우리는 서로 만지지 않고 함께 앉아 있지만, 무엇인가가 거기에 있다. 우리 사이에서 우리는 그것을 느낀다. 자연에 대해 생

각하는 좋은 방식은 그것에 대해 말하는 것이다. 아니, 그것에게 말하는 것이다. 강에게 말을 걸고, 연못에게 말을 걸고, 우리의 친척인 바람에게 말을 거는 것이다.

절름발이 사슴(존 레임 디어)_미니콘주 수 족 치료사

바위는 저 스스로 이곳에 있지 않네.
나무는 저 스스로 이곳에 서 있지 않네.
이 모든 것을 만든 이가 있네.
우리에게 모든 것을 보여 주는 이가.

유키 족 가르침

모든 생명은 신비하다. 따라서 존재하는 모든 것은 힘을 갖고 있다. 바람과 흘러 다니는 구름처럼 행동 속에 힘을 가진 것도 있고, 물가의 바위처럼 모든 것을 받아들이는 인내심 속에 힘을 가진 것도 있다. 가장 평범한 막대기나 돌들조차도 영적인 본질을 갖고 있다. 따라서 그것들은 우주를 가득 채우고 있는 신비한 힘의 표현으로 존중되어야 한다.

프랜시스 라플레쉬_오세이지 족

모든 것은 하나의 원이다. 우리 각자는 우리 자신의 행동에 책임이 있다. 그 결과는 반드시 돌아오게 되어 있다.

베티 래버듀어_오지브웨 족

만약 내가 이곳에서 옳지 못한 행동을 하고 있다면, 내 영혼에 대한 책임은 오직 나 자신에게 있다. 잘못은 내게 있는 것이지 그 사람이나,

그 교회, 저쪽에 있는 산에게 있는 것이 아니다. 인디언들의 종교가 가르치는 점이 그것이다. 누구도 그대에게 영향을 미칠 수 없고, 누구도 그대 자신을 무덤으로 데려가지 않는다. 오직 그대 자신이 그렇게 할 뿐이다.

알렉스 살루스킨_야키마 족

오래 살기 위해서는 행복하라.
걱정은 그대에게 병을 가져다준다.
화를 내는 것은 나쁜 습관이다.
순수한 사람은 화를 내지 않으며 오래 산다.
죄를 지은 사람은 나쁜 생각들 때문에 병에 걸린다.
행복은 그 자체로도 좋은 것일 뿐 아니라
매우 건강에 좋다.

호피 족 가르침

쇠가슴(아이런 브레스트, 피건 족 전사)

기억하라, 세상의 신성한 것들을

토머스 반야시아

호피 족

이토록 중요한 모임에 나를 초대해 줘서 고맙다. 이것은 나로서는 우리의 전통적인 종교 지도자들이 갖고 있던 오래된 지혜를 세상에 전할 수 있는 좋은 기회이다. 사람들은 그 오래된 지혜를 예언이나 경고라고도 하고, 또는 종교적인 가르침이라고도 부른다.

지금으로부터 50년 전에 우리의 종교 지도자들이 사흘 동안 한자리에 모인 적이 있었다. 그들은 글을 읽을 줄도, 영어를 말할 줄도 모르는 여든 살, 아흔 살, 백 살에 이르는 노인들이었다. 하지만 그 모임에서 그들은 자신들이 알고 있는 것들을 말했다. 나는 그 메시지가 호피 족 원주민만이 아니라 이 땅에 서게 될 모든 나라의 사람들을 위한 것이라고 믿는다.

그들은 먼저 이 대지 위에서 인간의 생명이 시작되었을 때 일어난 일들에 대해 말했다. 그때 인간은 한 가지 언어로 말했다. 하지만 언제나 위대한 정령의 법칙으로부터, 자연의 법칙으로부터 벗어나 많은 위험한 것들을 만들고 그것들을 잘못 사용했다. 그리하여 그것들은 자연에 의해 정화될 수밖에 없었다. 왜냐하면 인간들이 자신들의 잘못된 것을 바로잡으려고도 하지 않고, 또 멈추려고도 하지 않았기 때문이다. 그들은 어떤 위험한 것들을 알고 있었지만, 그것을 중단하려고 하지 않았다. 그들은 그것들을 서로를 해치는 쪽으로, 그리고 자연에게 반대되는 쪽으로 사용했다. 그렇게 해서 결국 첫 번째 세상은 그 땅에 사는 사람들에 의해 완전히 파괴되었다. 어떤 대륙은 물속에 가라앉거나 여러 조각으로 나뉘어지고, 수많은 사람들이 목숨을 잃었다.

하지만 몇몇 사람들이 살아남아 두 번째 세상을 만들기 시작했다. 그러기까지 오랜 세월이 걸렸다. 그리고 그들은 똑같은 행동을 반복했다. 그 결과 세상은 또다시 파괴되고 정화되어야만 했다. 온 세상이 얼고 혹독한 겨울이 닥쳐왔다. 말 그대로 모든 것이 얼어붙었다.

또 몇몇 사람들이 살아남아 세 번째 세상을 만들었다. 나는 지금 우리의 노인들이 말한 것을 간추려서 당신들에게 전하고 있는 중이다. 이 세 번째 세상을 건설하는 데 또다시 오랜 세월이 걸렸으며, 인간은 자신들이 발명한 많은 것들을 대지 위에서 추방했다. 그들은 말했다.

"우리는 이 세상을 다시는 파괴하지 않을 것이다. 우리는 우리에게 힘이 있다는 것을 안다. 하지만 우리가 이미 알고 있는 몇 가지 지식들을 우리는 사용하지 않을 것이다."

그들은 동물이나 새들과 대화할 수가 있었다. 그리고 당신들이 말하는 비행접시 같은 것을 타고 여행할 수 있었다. 아무 전선줄도 없이 먼 거리에 있는 사람들과 얘기를 주고받을 수 있었으며, 그밖에도 많은 능력을 지니고 있었다.

그들은 많은 것들을 발명했다. 훨씬 더 강력한 힘을 가진 것들을.

그리고 그들은 또다시 그것들을 잘못 사용하기 시작했다. 높은 위치에 있는 종교 지도자들과 정치 세력들이 부패해 거짓말을 일삼고, 탐욕과 이기심에 빠졌다. 그들은 바뀌지도 않았고, 중단하지도 않았다. 그들이 잘못되었다는 것을 온 세상이 알고 있었지만, 그들은 자신들의 잘못을 인정하지 않았다.

마지막에 이르러서는 도덕이라든가 종교적인 생활까지 부패하기 시작했으며, 나쁜 짓을 일삼는 지도자들을 누구도 막을 길이 없었다. 마침내 그들은 더 많은 돈과 권력을 손에 넣어 모두가 자유와 번영을 누릴 수 있는 좋은 세상을 만들어야겠다고 마음먹었다. 하지만 이미 자연의 균형을 깨뜨린 뒤였다. 그들은 더 나은 것을 만들 수 있다는 생각으로 생명체의 씨앗에 있는 암컷과 수컷을 조작했다. 그것은 이 대지 위에 살고 있는 모든 생명체들의 자연스러운 성장을 파괴하는 일이었다.

그렇게 되고 말았다. 사람들은 밤낮으로 도박과 노름을 일삼았으며, 그것을 멈추려 하지 않았다. 지도자들은 누구의 말에도 귀를 기울이지 않았다. 결국 자연의 힘이 다시 나설 수밖에 없었다. 그렇게 해서 그들은 홍수로 인해 완전히 파괴되었다.

하지만 또다시 몇몇 사람들이 살아남았다. 우리는 바로 이 네 번째 세상에서 살고 있다. 인간은 첫 번째, 두 번째, 세 번째 세상을 거쳐 왔다. 그리고 우리가 살고 있는 이 세상이 마지막 세상이다. 인간이 살고 있는 이런 세상은 다시는 오지 않을 것이다. 이것이 영원히 마지막 세상이 될 것이다. 그리고 그것은 우리에게 달려 있다. 홍수로 완전히 파괴된 지난번 세상의 생존자들인 우리에게.

이번 세상에서 우리에게는 언어가 주어졌다.

"너희는 이 언어를 갖고 이쪽 방향으로 가라. 너희는 이 종교를 가지라. 너희는 물건을 발명하는 재능을, 그리고 너희는 기록하는 능력을 가지라. 너희는 이쪽으로 가고, 또 다른 너희는 저쪽으로 떠나라."

그렇게 해서 사람들은 네 방향으로 흩어졌다. 우리 호피 족 인디언들은 인류가 네 방향으로 흩어졌다고 말한다. 오늘 아침 이 건물 안으로 들어오면서 나는 천장에 그려진 저 원을 보았다. 저곳에도 네 방향이 그려져 있다. 내가 입고 온 이 옷에 그려진 상징과 같다. 네 방향 한가운데 있는 중심은 어제 우리가 산 위에서 피운 모닥불과 같다. 위대한 정령이 그곳에 계시다.

인간은 그렇게 네 방향으로 흩어졌으며, 당신들은 이곳까지 왔다. 당신들에게는 물건들을 발명하고, 문자로 기록하고, 이곳에서의 삶을 더 아름답고 깨끗하게 보존할 특별한 사명이 주어졌다.

반면에 우리 원주민들에게는 갈색이나 붉은색 피부가 주어졌다. 우리는 알래스카와 캐나다, 미국, 중남미, 그리고 남미 끄트머리까지 넓혀 갔다. 그리고 우리들 중 몇몇은 다른 대륙으로 건너가기도 했다. 그래서 우리와 같은 피부를 가진 사람들이 아직도 그곳에 살고 있다.

그런 식으로 우리는 이 세상 곳곳에 퍼져 나갔다. 가는 곳 어디서든 우리는 우리가 가진 지식과 힘으로 모든 생명체들을 돌보라고 배웠다. 그것이 우리의 종교적인 가르침이다. 삶을 아름답고 순수하게 만들라는 것. 언제 어디서든 어머니 대지는 우리에게 먹을 것을 제공한다. 우리는 그것을 모든 사람, 동물, 새들과 나눠야만 한다.

우리 원주민들이 말하는 것이 바로 그것이다. 우리는 어머니 대지를 돌보는 자들이다. 생명 가진 존재들은 우리 인간에게 의존하고 있다. 이제 인간은 수많은 종교적인 가르침, 예언과 경고들을 간직하고 있다. 그리고 에너지와 힘을 갖고 있다. 인간은 못할 것이 없다. 정신을 집중하기만 하면 병들고 죽어 가는 사람조차도 치유할 수 있다. 그만큼 인간이 가진 힘은 위대하다.

어떤 이들은 인간에게는 더 이상 힘이 없다고 여긴다. 하지만 그렇지 않다. 우리는 아직 그 힘을 갖고 있다. 우리에게는 무엇보다 오감이 살아 있다. 이 오감을 통해 어떤 것을 판단하고 결정할 수 있다. 무엇을 할 것인가는 우리들 자신에게 달려 있다. 어떤 잘못된 것을 보면 우리는 그것을 바로잡아야 한다. 인간에게 주어진 책임이 있는 것이다.

우리 호피 족이 대대로 살아온 지역에는 현재 네 개의 주가 있다. 애리조나, 뉴멕시코, 콜로라도, 유타 주가 그것이다. 이 지역은 네 개의 신성한 산들로 둘러싸여 있다. 우리의 조상들은 이 지역을 자연 상태 그대로 보존해야 한다고 누누이 말했다. 그들은 이 지역이 이 나라의 영적인 중심이라는 것을 알고 있었다. 이 땅에는 다른 어떤 곳보다 많은 광물자원이 묻혀 있지만, 그것들을 자연 상태 그대로 놓아 둬야 한다고 그들은 가르쳤다.

우리는 그것들을 있는 그대로 보존해야 하며, 다른 사람들이 와서 그것들을 캐내지 않도록 지켜야 한다. 왜냐하면 첫 번째, 두 번째, 세 번째 세상에서 정치 지도자들과 심지어 종교인들까지 가세해 그 광물자원이 갖고 있는 힘을 잘못 사용했으며, 그 잘못된 행동을 결코 중단하려고 하지 않았기 때문이다. 따라서 그것들은 그곳에 그대로 놓아 둬야 한다.

50년 전, 오늘의 이 모임처럼 4일에 걸쳐 여든 살이 넘은 호피 족 인디언들이 한자리에 모였다. 두 가지 중요한 예언이 대대로 그들에게 전해졌기 때문이다. 그 자리에서 그들은 너무도 중요한 것들을 말했다. 그들은 영어를 할 줄 모르니 나더러 그것을 세상에 통역해 주라고 일렀다. 그들은 자신들의 오래된 지혜를 세상에 전할 필요를 느꼈다.

그것 말고도 많은 예언들이 그들에게 전해져 내려왔다. 하나는 위대한 정령에게서 특별한 힘과 상징을 부여받은 얼굴 흰 형제가 이쪽 세상으로 건너오리라는 것이었다. 아직도 우리 호피 족은 이 모든 지식이 적혀 있는 신성한 석판을 간직하고 있다.

그래서 얼굴 흰 형제들이 왔을 때 우리는 그들을 환영했다. 그들에게 음식과 잠자리를 제공하고, 그들을 우리 땅에 머물게 했다. 우리는 이교도나 식인종들이 아니었으며, 모든 것을 파괴하는 이들이 아니었다. 만약 우리가 정말로 그런 사람들이었다면, 얼굴 흰 사람들은 하나도 살아남지 못했을 것이다. 우리가 그들을 다 먹어 치웠을 것이다.

우리는 그런 사람들이 아니었다. 우리는 두 팔 벌려 그들을 환영했다. 하지만 그들은 힘과 여러 발명품들을 갖고 있었다. 그리고 돈을 갖고 있었다. 그들은 그런 것들로 우리를 도와야 하는데도, 또다시 그 힘들을 잘못 사용하기 시작했다.

나는 호피 족 여섯 나라만이 아니라 이 나라 전체를 돌아다니며 전통적인 인디언 지도자들을 만났다. 나바호 족도 만났고, 야키마 족, 라코타 족도 만났다. 그들에게도 같은 예언이 전해져 오고 있었다. 평화로운 원이 어디선가 깨어지고, 얼굴 흰 형제들이 십자가를 들고 오리라고. 그런 일이 일어나면 그 얼굴 흰 형제들은 자신들의 힘을 잘못 사용할 것이라고 예언은 말하고 있었다.

얼굴 흰 형제들은 종이에 많은 것들을 써서 우리에게 말했다.

"이 발명품을 가지면 당신들은 큰 도움을 받을 것이오."

하지만 우리가 그것을 받으려고 손을 내밀자 그들은 말했다.

"잠깐 기다리시오. 먼저 이 종이에 당신의 이름을 적고 서명을 해야만 하오. 그래야 내가 이것을 당신에게 줄 것이오."

늙은 인디언들은 우리에게 이해하지 못하는 것들에 대해선 어떤 것에도 서명하지 말라고 일렀다. 물론 그 당시 우리는 영어를 전혀 이해하지 못했다. 하지만 얼굴 흰 자들은 우리에게 막무가내로 서명을 강요했으며, 그 서명을 근거로 그들은 우리에게서 땅을 모조리 빼앗아 갔다.

오늘날 미국인들이 가진 모든 땅은, 그곳이 어디든지, 오래전 우리 원주민들로부터 아무런 보상 없이 빼앗아 간 땅들이다. 우리 인디언 조상들은 땅을 판다는 것을 생각조차 할 수 없었다. 땅은 우리의 어머니다. 어떻게 어머니를 팔 수 있단 말인가.

게다가 얼굴 흰 사람들은 불과 어제 이 땅에 온 사람들이다. 이 땅은 그들의 것이 아니다. 위대한 정령의 것이다. 그분은 우리에게 이 땅을 잘 돌봐 달라고 부탁했다. 기도와 명상과 의식과 겸손함을 통해. 그리고 우리는 그렇게 해 왔다. 이 땅을 아름답고 순결하게 지켜 왔다.

우리의 얼굴 흰 형제들은 이 땅에 묻힌 광물자원들을 캐낼 충분한 능력을 갖고 있으며, 그것을 또다시 잘못 사용할 것이다. 그들은 이 땅의 종교적인 지도자들, 진정한 호피 족 지도자들의 허락을 구하지 않고 그렇게 하려 하고 있다.

인디언 조상들은 얼굴 흰 사람들이 광물자원을 올바르게 사용하는지 지켜봐야 한다고 말했다. 하지만 누군가가 호피 족과 나바호 족 인디언들이 살고 있는 지역에서 우라늄을 캐 갔다. 그들은 그것이 위험한 것인 줄 모르고 있었다. 그들이 와서 땅을 파고 우라늄을 꺼내 갔다. 그들은 그것을 갖고 뉴멕시코에서 핵실험을 했다. 호피 족 예언은 언젠가 그런 일이 일어날 것을 내다보면서, 재로 가득한 조롱박이 터질 것이라고 말했다.

재로 가득한 그 조롱박이 히로시마와 나가사키에서 터졌을 때 한순간에 20만 명이 불에 타 버렸다. 모든 것이 불탔다. 물속에서도 열기 때문에 수많은 생명체가 목숨을 잃었다. 호피 족 사람들은 놀랄 정도로 그것을 자세히 예언하고 있다. 책을 읽을 줄도 모르고 영어도 할 줄 몰랐지만, 그들은 호피 족 언어로 히로시마와 나가사키에서 일어날 일들을 정확히 설명하고 있다. 그들은 여러 해에 걸쳐 독과 재들이 떠다닐 것과 약으로 치료할 수 없는 많은 병들이 생겨날 것을 예언했다. 그리고 기이한 형태의 아이들과 동물들, 새들이 태어날 것이라고 말했다. 전부 예언한 대로 되었다.

그 모임에 참석한 늙은 인디언들은 이 메시지를 모든 사람들에게 전하라고 내게 말했다. 당장 그런 짓을 중단하라고. 우라늄을 비롯해 다른 모든 것들을 잘못 사용해서는 안 된다고. 석유와 천연가스로부터는 독이 발생한다. 어머니 대지에서 꺼낸 다른 광물자원들로부터도 독이 나온다.

이 대지 위에서 무슨 일인가 벌어지고 있기 때문에 저 위에는 독으로 가득 찬 공기층이 만들어지고 있다. 언젠가 거대한 불길처럼 그 독가스가 폭발할 것이고, 우리는 전혀 손쓸 수 없게 될 것이라고 그들은 말했다. 그렇게 되기까지 우리가 거치게 될 과정들에 대해서도 그들은 자세히 묘사했다.

이제 호피 족에게는 걸프 전이 3차 세계대전의 시작으로 여겨지고 있다. 이 대지 위에서 살아가고 있는 우리들은 우리가 발명한 것들을 갖고 무엇을 하고 있는가를 심사숙고하지 않으면 안 된다. 평화와 정의, 정직, 영적인 것들에 대해 말하면서 서로를 죽이는 이유가 무엇인가? 대통령을 비롯해 미국 정부의 모든 관리들은 성경책에 손을 얹고 선서를 한다. 그 책에는 십계명이 적혀 있다. 그것은 우리의 조상들이 우리에게 내려 준 계율과 똑같은 것들이다. 거짓말하지 말고, 훔치지 말고, 빼앗지 말라는 것이다. 하나도 차이가 없다.

그런데 왜? 이 나라의 원주민인 우리들에게 가해진 일들이 그런 것들이다. 오늘 이 자리에서 누군가가 언급했듯이, 우리의 땅은 전부 법적인 속임수와 폭력적인 방법에 의해 강제로 빼앗긴 것들이다. 우리는 우리의 땅에서 갈 곳을 잃은 처지가 되어 버렸다. 우리의 나라는 이곳 말고는 없다. 그런데도 많은 이들이 자신의 나라에서 굶주리고 있고, 집조차 없이 살아가고 있다. 왜 이렇게 되었는가? 왜 얼굴 흰 형제들은 이렇게 행동하는가? 누가 그것을 바로잡을 것인가?

유엔은 이것들을 바로잡을 법적인 조치를 취해야 한다. 전쟁을 일으켜선 안 된다. 뭔가 잘못을 행하고 폭력을 행사하는 이들을 가려내 그 행위를 중단시키고, 전쟁이 아니라 법으로 다스려야 한다. 하지만 유엔은 그렇게 하지 않고 있다.

그 결과 또다시 세계대전을 겪게 될지도 모른다. 그리고 그런 일이 일어나면 이 지구상에는 아무것도 남지 않게 될 것이다. 사람들은 자신들이 가진 모든 힘을 이 전쟁에 쏟아부을 것이다. 호피 족이 염려하는 것이 그것이다. 우리 인디언들만이 아니라 다른 모든 나라의 사람들을 위해. 그리고 다가오는 새로운 세대들을 위해. 그들의 미래에 우리는 무엇을 남겨 줄 것인가?

50년 전 그 모임에 참석했던 한 늙은 인디언이 말했다. 여자들이 이 세상을 구원하는 역할을 해야 한다고. 그 노인의 말을 그대로 옮기면 이렇다. 과거에는 남자가 앞장서서 산속이나 어떤 장소를 걷고, 그 뒤를 여자와 아이들이 따랐다. 그러다가 남자와 여자들이 나란히 걷고, 그 뒤를 아이들이 따르게 되었다. 이제는 여자들이 앞장을 서게 될 것이다.

그 늙은 인디언은 설명했다. 여자는 힘들게 일을 한 후 아이들을 잠자리에 들게 한다. 그러고는 밤늦게 집을 치우고 설거지를 한다. 그리고 또다시 아침 일찍 일어나 음식을 준비해 식탁을 차린다. 그러면 남자와 아이들이 일어나 밥을 먹고 다시 집 안을 어지럽힌 뒤 밖으로 나간다. 어질러진 것들을 치울 사람은 어머니밖에 없다.

이제 남자들이 이 세상에다 어질러 놓은 것을 정리하고 치울 사람은 여자들뿐이라고 그 노인은 말했다. 남자들은 이런 식으로 어질러 놓기만 할 뿐, 치우려고 하지 않는다. 이제야말로 여자들이 일어나 너무 늦기 전에 이 대지 위에 어질러진 것들을 치울 때다. 어머니 대지는 잘못된 것들을 바로잡기 위해 이미 자연의 힘들을 사용하고 있다. 허리케인, 폭풍, 화산 폭발, 지진 등이 나날이 커져 가고 있다. 어질러진 것들을 치우든지, 아니면 끔찍한 시기를 맞이하든지, 시시각각 결단을 내려야 할 마지막 날들이 다가오고 있다.

우라늄을 캐내는 것은 매우 위험한 일이다. 우리는 그것을 알고 있다. 그런데도 계속 그것을 캘 것인가? 언젠가 그것으로 우리 모두를 불태워 버리게 될 것이다. 호피 족 인디언에게 전해진 많은 예언들은 더 이상 그런 일을 하지 말라고 경고하고 있다. 우라늄을 더 이상 꺼내지 말고, 핵실험을 중단하라. 모든 행동을 멈추라.

나는 우리가 그 모든 것을 바로잡고, 저쪽 끝에 있는 위대한 정령과 만나게 되기를 희망한다. 더 이상 검고, 희고, 붉은 피부색을 갖고 서로를 차별하지 않게 되기를. 단지 인간 존재인 것만으로도 충분하게 되기를. 우리는 형제자매들이며, 서로를 도와 다음 세대를 위해 어머니 대지를 보호하게 될 것이다. 그리고 그때 우리는 다시금 아름다운 삶을 누리게 될 것이다.

이곳에 올 수 있어서 기쁘다. 우리 호피 족 노인들의 예언을 설명할 수 있도록 더 많은 시간이 내게 주어지기를 희망한다. 아직 할 말이 많이 남아 있다. 그 모든 것을 다 말하려면 적어도 나흘은 걸릴 것이다.

나를 이곳에 올 수 있게 도와 준 여러 친구들에게 감사드린다. 나는 돈도 없고 직업도 없지만, 사람들이 조금씩 돈을 보내 줘 이렇게 먼 여행을 할 수 있게 해 주었다. 그 점에 대해 진심으로 감사드린다.

호피 족 인디언들은 진정한 종교 지도자들에게 아메리카 대륙에 속한 대지와 생명체들을 수호할 권한을 위임했다. 위대한 정령이 우리 부족에게 내려 준 자연과 평화와 조화의 의미를 가르침으로써 우리는 이 대지를 수호하는 자들로 선택받았다. 위대한 정령은 오래전 우리에게 성스러운 석판 하나를 주었으며, 우리는 오늘날까지 그것을 간직하고 있다. 그 석판에는 인류가 겪을 미래의 일들이 기록되어 있다.

얼굴 흰 사람들이 이곳에 오기 전 수많은 세대 동안, 그리고 나바호 족들이 오기 전 수많은 세월에 걸쳐 우리 호피 족은 당신들에게 미국 남서부로 알려진 성스러운 장소를 이 대륙의 영적인 중심지로 여기고 살아왔다. 조금의 타협도 없이 위대한 정령의 길을 따라온 우리 호피 족 사람들은 예언을 통해 우리에게 전해진 당신들에게 줄 메시지를 갖고 있다.

자연의 이치에 무감각한 얼굴 흰 사람들은 어머니 대지의 얼굴을 마구 더럽혀 놓았다. 기술적으로 앞서기만 한 나머지 모든 생명체들의 방식과 영적인 길을 외면해 왔으며, 물질에 대한 지나친 소유욕 때문에 어머니 대지가 겪는 고통에 대해서는 아랑곳하지 않았다. 그리하여 이제 거의 모든 인간이 위대한 정령의 길로부터 멀어졌다. 심지어 많은 인디언들조차도 얼굴 흰 사람들의 길을 따르기로 결정했다.

오늘날 호피 족이 살고 있는 성스러운 장소들은 얼굴 흰 사람들의 도시에 더 많은 전력을 공급하기 위해 우리의 땅에서 석탄과 물을 찾으려는 사람들의 손에 온통 더럽혀졌다. 그것이 더 이상 허용되어서는 안 된다. 그렇게 계속하면 어머니 자연이 반응할 것이고, 결국 모든 인류는 지금의 이 삶의 파국을 맞이하게 될 것이다. 위대한 정령은 그렇게 하지 말라고 분명히 말했다. 그것이 우리 조상들의 예언에 적혀 있다.

위대한 정령은 대지를 착취하지 말라고, 생명 가진 것들을 파괴하지 말라고 가르쳤다. 그분은 또 말했다. 인간은 조화를 이루어 살아야 하며, 다가오는 세대들을 위해 대지를 순결하게 유지해야 한다고.

호피 족 사람들과 모든 인디언 형제들은 그런 종교적인 원리 위에 서 있으며, 오늘날 일어나고 있는 인디언 영적 운동은 이 대지 전역에 있는 인디언들의 가슴속에 영적인 본성을 다시 일깨우기 위한 것이다. 당신들의 정부는 실제로 이 땅에 사는 모든 인디언들의 삶의 토대가 되는 종교적인 믿음들을 파괴했다. 다가오는 정화의 날에 살아남기 위해서는 그 근본적인 종교 원리로 돌아가야 하며, 그 바탕 위에서 우리 부족의 지도자들이 한자리에 모여야 한다고 우리는 느낀다.

이제 거의 모든 예언들이 실현되었다. 큰 도로들이 강처럼 풍경을 가로지르고, 인간은 거미줄처럼 얽힌 전화선을 통해 말을 주고받는다. 비행기를 타고 하늘에 난 길을 따라 여행한다. 두 차례의 전쟁이 대지를 휩쓸고 지나갔으며, 인간은 달과 별들까지 넘보고 있다. 위대한 정령이 우리에게 보여 준 길로부터 인간은 아득히 멀어졌다. 이제 위대한 정령을 제외하고는 누구도 인간을 그 길로 되돌아오게 할 수 없다.

위대한 정령의 가르침을 받은 우리 호피 족의 영적 지도자들은 미국 대통령을 비롯, 전 세계 모든 지도자들을 초청하는 바이다. 그래서 인류가 평화와 형제애 속에서 살아갈 수 있도록 함께 대화를 나눌 수 있게 되기를 바란다.

*

1999년 2월 6일, 세계는 인류를 파멸에서 구하고 모든 생명체들에게 조화와 평화를 가져다주기 위해 끊임없이 노력해 온 중요한 인디언 지도자 한 명을 잃었다. 그는 호피 족 어른이며, 지구에서 일어날 미래의 사건들을 알려 주는 호피 족의 예언을 수호하는 자였다. 호피 족의 간디로 일컬어지는 그는 미군에 입대하기를 거부한 죄로 감옥에서 7년을 보냈으며, 그 후 아메리카 원주민 문화를 되살리기 위해 평생을 바쳤다. 동시에 사람들로부터 최소한의 도움을 받으며 가족과 함께 전통적인 인디언의 방식대로 단순한 삶을 실천했다. 그는 또 미국 정부와 전 세계 나라들에게 호피 족의 예언과 메시지를 전하는 대변인 역할을 했다. 1993년 세계 원주민의 해를 맞아 유엔에서 연설했으며, 여기에 실린 연설은 그가 1992년 9월 오스트리아 잘츠부르크에서 열린 세계 우라늄 공청회에서 행한 연설과, 호피 족의 다른 지도자들과 함께 발표한 성명서 전문이다. 그의 이름은 토머스 반야시아 (1909~1999), 20세기를 대표하는 인디언 지도자다.

반야시아는 현대 사회의 모든 문제는 인간이 물질적인 추구에 너무 집착하기 때문에 오는 것이며, 그것을 해결하기 위해서는 생명 가진 존재들과 자신이 하나로 연결되어 있음을 자각하는 것이 무엇보다 중요하다고 보았다. 늘어만 가는 전쟁, 폭력, 인간이 저지른 잘못 때문에 찾아오는 자연재해 등으로부터 살아남을 수 있는 유일한 길은 단순하고 간소한 생활, 그리고 정신적인 추구를 하는 것이라는 믿음을 잃지 않았다. 그의 삶 자체가 전통적인 원주민들이 가진 오래된 지혜를 존중하는 이들에게는 큰 본보기였다. 그는 89세로 생애를 마쳤으며, 샌프란시스코에서는 그의 죽음을 애도하는 행렬이 물결쳤다.

반야시아는 세상을 떠나기 전에 〈호피 족 평화 선언문〉을 발표했다.
"진정한 호피 족의 힘은 이 대지 위에 살고 있는 모든 사람들의 평화의 정신을 하나로 연결하는 데 있다. '호피'는 '평화로운 사람'을 뜻한다. 가장 위대하고 진정한 힘은 평화의 힘이다. 위대한 정령의 의지가 곧 평화이기 때문이다.

위대한 정령은 호피 족 사람들에게 무기를 들지 말라고, 싸우지 말라고 가르쳤다. 하지만 오해하지 말라. 호피 족 사람들은 올바른 삶의 길을 위해서는 목숨까지도 바칠 준비가 되어 있다.

진정한 호피 족은 죽이거나 상처 입히지 않고 싸우는 법을 안다.

진정한 호피 족은 위대한 정령의 빛 안에서 진리와 긍정적인 힘을 갖고 싸우는 법을 안다.

진정한 호피 족은 신중하게 선택한 언어로, 분명한 생각과 좋은 그림들을 갖고 아이들을 가르치는 법을 안다.

진정한 호피 족은 본보기를 통해 세상의 아이들에게 진정한 삶의 길을 보여 주는 법을 안다. 단순하고 영적인 삶을 찾고는 모든 사람들의 가슴에 다가갈 수 있는 방식으로. 그런 삶만이 영원할 수 있다.

진정한 호피 족은 대지에 대한 성스러운 지식을 간직하고 있다. 왜냐하면 진정한 호피 족은 이 지구가 하나의 살아 있는 인격체이며, 그 위에서 살고 있는 모든 존재는 그 자식들임을 알고 있기 때문이다.

진정한 호피 족은 들을 귀를 가진 세상 사람들에게 삶의 올바른 길을 보여 주는 법을 알고 있다. 그것을 이해할 수 있는 가슴을 지닌 사람들에게.

진정한 호피 족은 이 지구별 인간들의 가슴과 영혼을 하나로 연결시키는 힘을 갖고 있다. 그리고 그것을 위대한 정령의 긍정적인 힘과 조화를 이루게 할 수 있다. 그리하여 이 세상의 고통받는 장소에서 불행과 박해가 사라질 수 있도록.

진정한 호피 족은 선언한다. 호피 족의 힘은 세상에 변화를 가져다주는 힘이 되리라고."

페놉스코트 족 인디언 느웰 라이온은 인류학자 프랭크 스펙에게 다음과 같은 이야기를 들려주었다.

글루스카베라는 인디언이 살고 있었다. 어느날 글루스카베는 사냥을 나갔다. 그는 숲 속을 다 뒤졌지만 동물을 한 마리도 발견할 수 없었다. 결국 아무것도 손에 넣지 못한 글루스카베는 할머니와 함께 사는 위그암으로 돌아왔다. 그는 자리에 누워 노래를 부르기 시작했다.

"나는 사냥 주머니가 필요하네. 사냥을 잘하기 위해 사냥 주머니가 필요하네."

그는 그런 식으로 할머니가 도저히 참을 수 없을 때까지 노래를 불렀다. 마침내 할머니 우드척은 할 수 없이 자신의 몸에 난 털을 뽑아 사냥 주머니를 만들어 주었다. 글루스카베는 기뻐하며 그 주머니를 들고 사냥을 나갔다.

숲 속에서 그는 동물들에게 소리쳐 말했다.

"자, 세상은 이제 종말을 맞이할 것이고 너희들은 다 죽을 것이다. 그러니 내 사냥 주머니 안으로 들어오라. 그러면 세상의 끝을 보지 않아도 될 것이다."

그러자 모든 동물이 숲에서 달려 나와 그의 사냥 주머니 안으로 들어갔다. 그는 그것을 들고 위그암으로 돌아와 할머니에게 말했다.

"할머니, 사냥을 해 왔어요. 이제 우리는 힘들게 사냥하지 않아도 될 거예요."

할머니 우드척은 사냥 주머니 안에 들어 있는 모든 종류의 동물들을 보았다. 할머니가 말했다.

"이건 잘하는 짓이 아니다, 손자야. 네가 이렇게 다 잡으면 미래에 우리의 어린 것들은 굶주림으로 죽어 갈 것이다. 이렇게 해선 안 된다. 우리의 아이들의 아이들에게 도움이 되는 일을 해야 한다."

그래서 글루스카베는 숲으로 돌아가 자신의 사냥 주머니를 열고 말했다.

"자, 숲으로 돌아가라. 이제 위험은 지나갔다."

그러자 모든 동물이 주머니에서 달려 나와 숲으로 흩어졌다.

자연과 인간의 관계가 어떠해야 하는가를 보여 주는 글루스카베의 이야기는 오늘날까지도 페놉스코트 족, 믹맥 족, 파사마퀴디 족, 소코클 족을 비롯해 많은 인디언 부족들 사이에서 아이들에게 자주 들려주는 이야기다. 이들 부족들은 자신들이 사는 아메리카 대륙을 아베나키 어로 '느다키나'라고 불렀다. 그것은 '우리의 땅'이라는 뜻이지만, 더 정확히 말하면 '우리가 소유한 땅'이 아니라 '우리를 소유하고 있는 땅'이란 뜻이다. 따라서 우리는 그 땅을 존중해야 한다.

아베나키 족 출신의 작가이며 이야기꾼인 조셉 브루책은 말한다.

"글루스카베처럼 우리 인간은 많은 능력과 힘을 갖고 있다. 거의 마술적인 힘에 가까운 지능과 영리함으로 물건들을 만들고, 그것들로 우리 주위에서 살아가는 모든 것들의 삶에 영향을 미친다. 하지만 우리가 그 힘을 지나치게 사용할 때, 그것은 결코 '잘하는 짓'이 아니다. 우리는 우드척 할머니의 목소리처럼 더 오래되고 지혜로운 대지의 목소리에 귀 기울여야 한다. 그렇지 않으면 우리의 아이들이 말 그대로 굶어 죽을 것이다."

1993년 유엔 전체 회원국 회의에서 호피 족 인디언들은 다음과 같은 평화의 기도문을 낭독했다.

"위대한 정령과 모든 보이지 않는 혼들이여, 오늘 우리는 당신들에게 기도를 올립니다. 우리의 길잡이가 되어 주시고, 우리와 동료 인간들이 평화로운 삶의 방식을 되찾게 하소서. 우리 모두가 사랑하고, 서로를 미워하지 않게 하소서.

사랑과 평화 속에서 당신의 모습을 보게 하시고, 아름다움 속에 우리 자신을 드러내게 하소서. 우리는 어머니 대지를 존중합니다. 그 가슴에서 우리가 젖을 먹고 살기 때문입니다.

두 마음을 가진 자들의 목소리를 듣지 않게 하소서. 인간의 마음을 파괴하고, 증오를 심고, 스스로 지도자로 자처하는 자들의 목소리를. 그들의 권력욕과 물질적인 욕망은 우리를 혼란과 어둠 속으로 이끌 뿐입니다.

폭력과 전쟁이 아니라 언제나 아름다운 세상을 꿈꾸게 하소서. 인간과 대지 사이에 조화가 이루어지기를 기도하는 것이 우리의 의무입니다. 대지가 한 번 더 꽃피어날 수 있도록.

모든 생명과 대지에 대한 선한 의지와 사랑을 우리가 보여줄 수 있게 하소서. 유리로 만든 집(유엔 본부)을 위해 기도합니다. 그 안에 얼음과 산골짜기 시냇물처럼 순수하고 맑은 마음들이 살고 있기 때문입니다. 언젠가 우리의 어머니 대지가 건강하고 평화로운 모습으로 정화될 수 있기를 위대한 정령에게 기도합니다.

모두의 선을 위해 모든 나라들이 함께 지혜의 노래를 부를 수 있게 하소서. 우리의 희망은 아직 사라지지 않았습니다. 영원한 행복과 평화를 위해 어머니 대지의 건강을 되찾을 수 있도록 정화가 일어나야만 합니다. 테쿠아 이카치, 대지와 인간을 위해."

우리 부족의 어른들은 우리가 서로 싸우고 파괴할 것이 아니라, 인간 존재로서, 그리고 형제자매로서 모든 문제를 밀쳐 두고 오늘처럼 서로 대화해야 한다고 굳게 믿었다. 네 방향으로부터 얻은 영적인 지식들을 우리는 나눠 가져야 한다. 어쩌면 그것으로부터 우리의 조화로웠던 삶을 되찾을 수 있을지도 모른다.

이것이 마지막 세상이다. 만약 우리가 이 마지막 세상마저 파괴한다면, 우리에게는 결코 최고의 세상이 주어지지 않을 것이다. 따라서 이 세상이 파국을 맞이하지 않도록 우리는 이 문제를 진지하게 생각해야 한다. 우리가 계속해서 살고, 다가올 세대를 위해 이 대지와 생명을 지킬 수 있도록.

호피 족 지도자들이 1993년 11월 유엔에서 한 연설

나는 그들에게 말했지. 우라늄을 캐지 말라고.
그렇게 하면 아이들이 죽는다고.
그들은 듣지 않았어. 듣지 않았어.
아이들이 죽으면 이 대지를 지킬 사람이 없게 된다고
나는 말했지. 하지만 그들은 듣지 않았어.
그리고 또 말했지. 하늘을 파괴하면
기계들이 와서 조만간 땅까지 다 파괴할 것이라고.
그들은 듣지 않았어.
내가 말했지. 땅을 다 파괴하면
인간은 바다로 옮겨 가서 살아야만 할 거라고.
그들은 듣지 않았어.
바다마저 파괴하면…… 하고 내가 말했지.
하지만 그들은 듣지 않았어. 듣지 않았어.

〈그들은 듣지 않았어〉, 플로이드 레드 크로우 웨스터맨_다코타 족 시인, 가수, 배우

우리는 지금 호피 족이 말하는 네 번째이자 마지막 세상에서 살고 있다. 인류 역사에서 가장 중요한 시기에 살고 있는 것이다. 이 갈림길

에서는 우리의 행동이 지구의 모든 생명의 운명을 결정할 것이다. 이
것은 마지막 세상이며, 이것이 끝나면 우리는 갈 곳이 아무데도 없다.
만약 우리가 천국과 같은 이 세상을 파괴한다면 우리에게는 다른 어
떤 기회도 주어지지 않을 것이다. 우리 이 문제를 진지하게 생각하자.
이 세상이 파괴되지 않도록. 우리가 계속해서 삶을 누리고, 이 대지와
다가올 세대들의 삶을 보호할 수 있도록.

가슈웨세오마_호피 족 어른

　　우리는 지구 에너지의 중심이 되는 네 개의 장소에 대해 말한다. 네
가지 피부색과 네 방향의 바람을 이야기한다. 바람 역시 의식을 갖고
있다. 아마도 세상에서 가장 위험한 존재가 바람의 혼들일 것이다. 그
들은 창조주가 허락하기만 하면 한 시간 안에 모든 도시와 나라들을
파괴할 수 있다. 어떤 것도 그것을 막을 수 없다. 핵무기든 초고속 전
투기든 어떤 것도 위대한 정령에게 맞설 수 없다. 물 역시 마찬가지다.
자연 속에는 많은 힘이 있다. 그것을 잊어서는 안 된다.

윌리엄 코만다_캐나다 앨곤퀸 족 추장

　　우리의 종교에서는 돈이라는 단어를 거의 사용하지 않는다. 모든
것이 선물이다. 선물은 매우 중요한 단어다. 우리의 아이들, 우리의 음
식, 우리의 일상생활, 시력, 청력 등 당신이 생각할 수 있는 모든 것이
선물이다. 당신의 머리카락도 마찬가지다. 우리는 창조주로부터 그 선
물들을 받았다.

호레이스 액스텔_네즈퍼스 족

　　한 인디언 치료사가 이른 새벽 들판으로 나갔다. 첫 햇살이 대지에

드리워지고, 풀과 들꽃이 산들바람 속에 흔들리고 있었다. 온갖 종류의 새들이 아름다운 아침을 맞이하는 기쁨의 노래를 부르고 있었다. 치료사는 가만히 서서 새들의 지저귐에 귀를 기울였다. 그때 문득 그는 들판 한쪽에서 다른 새들보다 훨씬 맑고 청아한 새소리를 들었다. 도대체 어떤 새이길래 이토록 행복하게 노랠 부를 수 있을까 궁금한 생각이 들어 치료사는 그쪽으로 발길을 옮겼다. 그곳에 작은 갈색 새가 풀줄기에 앉아 부리를 열고 기쁨에 찬 노래를 부르고 있었다. 가장 작고 연약해 보이는 굴뚝새였지만, 떠오르는 태양을 향해 삶의 기쁨을 노래하고 있었다.

새를 바라보며 치료사는 생각했다.

"여기 나의 부족 사람들에게 전해 줄 가르침이 있다. 누구나 행복할 수 있다. 아무리 하찮은 존재일지라도 감사의 노래를 부를 수 있다."

그는 그 굴뚝새의 이야기를 노래로 만들었다. 그 노래가 오늘날까지 전해진다. 너무 오래 되어서 그때가 언제였는가를 아무도 기억할 수 없는 노래가.

〈굴뚝새의 노래〉_파우니 족

우리의 가르침에 따르면 지상의 모든 생명체 중에서 인간이 가장 약하고 힘이 없다. 그래서 인간은 다른 생명체에게 의존하지 않고서는 살 수가 없다는 것이다. 하지만 인간은 스스로를 모든 것들의 지배자로 믿는다. 그래서 강물과 지하수를 오염시키고, 공기와 땅을 더럽혀도 좋다고 생각한다. 들소들을 죽이고, 상아와 돈을 손에 넣기 위해 아프리카 코끼리를 죽여도 상관없다고 생각한다. 또한 원주민들은 사람이 아니니까 그들로부터 이 대륙을 빼앗아도 아무 문제 없다고 여긴다. 원주민들은 인간 이하의 존재인 것이다. 지난 30년 동안 인디언

지도자들은 미국인들과 다시 대화를 시작하고자 노랠 부르다시피 해 왔다. 하지만 백인들은 자신들이 세상에서 가장 우월한 종족이라는 믿음이 너무 뿌리 깊어 우리의 어떤 말도 귀담아 들으려 하지 않았다.

서구인들의 종교에는 근본적으로 자연에 어긋나는 가르침이 있다. 그것이 도대체 어디서 왔는지 나도 모른다. 그것은 신이 아니라 인간이 만든 법임에 틀림없다. 왜냐하면 그것은 우리가 이곳에 자연을 지배하기 위해 존재한다고 말하기 때문이다. 신이나, 또는 신의 친구가 그런 법을 만들었으리라고는 믿어지지 않는다. 인간이 신의 형상에 따라 창조되었다는 발언은 옳지 않다. 인간뿐만 아니라 사슴과 곰, 독수리, 물고기 모두가 똑같이 신의 형상에 따라 만들어졌다. 그런데 서구인들의 가르침은 한 걸음 더 나아가 인간이 물고기와 새와 동물들을 지배할 권리를 갖고 있다고 말한다. 그것은 거짓된 말이다. 그 안에는 진리란 전혀 없다. 이곳에 사는 원주민들의 지혜와 이해, 지식에 따르면 그것은 오히려 진리에 반대되는 발언이다.

톰 포터_모호크 족

우리에게는 맑게 흐르는 물이 있었다. 우리는 구즈베리 열매와 블루베리, 건포도를 먹었다. 풀무치와 나비들이 있었고, 토끼와 알록다람쥐가 뛰어다녔다. 몇 달 전 그곳에 다시 갔더니 풀들은 다 말라 버리고 덤불들만 발목을 잡았다. 베리 열매들과 나비들도 사라졌다. 온갖 종류의 개발과 화학물질들 때문에 대지는 이제 동물들이 살 수 없는 곳이 되었다.

로즈메리 바스토우_오지브웨 족

우리를 먹여 살리는 어머니 대지에게 고마움을 전합니다.

물을 가져다주는 강과 시내에게,

병을 치료할 수 있도록 필요한 약품을 공급해 주는 약초들에게,

우리에게 생명을 주는 옥수수와 그 누이동생들인 콩과 호박에게
고마움을 전합니다.

열매를 제공해 주는 덤불숲과 나무들에게,

대기를 움직여 병균들을 내쫓아 주는 바람에게,

태양이 물러갔을 때 우리에게 빛을 비춰 주는 달과 별에게,

귀신과 뱀들로부터 손자들을 보호해 주고 우리에게 비를 내려 주시
는 우리의 할아버지 구름에게 고마움을 전합니다.

인정 많은 눈길로 대지를 내려다보는 태양에게 무엇보다 큰 고마움
을 전합니다.

마지막으로 위대한 정령에게 고마움을 전합니다.

그의 품 안에서 모든 선함이 이루어지고, 그분은 자신의 자식들을
위해 이 세상 모든 것들을 인도하고 있기 때문입니다.

이로쿼이 족 기도문

바구니 세공품으로 유명한 주니 족 여인

마음과 영혼과 육체

비키 다우니
테와 푸에블로 족

태초에 가르침이 있었다. 그 가르침은 우리에게 서로에 대해 자비심을 가지라고, 함께 살고 일하라고, 그리고 서로에게 의지하라고 일렀다. 우리 모두는 서로 연결되어 있다고.

우리의 그 가르침들이 이야기로 이루어져 있기 때문에 당신들은 그것을 전설에 불과한 것이라고 말한다. 하지만 인디언들에게 그것은 역사 속의 실제 이야기나 다름없다. 대부분의 인디언 부족들은 그들이 어디서 왔는가에 대한 그들만의 이야기를 갖고 있다. 어떤 부족은 하늘에서, 별에서 왔다고 말할 것이다. 또 어떤 부족은 땅에서, 호수에서 솟아 나왔다고 말할 것이다. 그렇게 지상에 나타남과 동시에 그들은 자신들만의 언어, 옷 입는 방식, 노래, 춤 등을 선택했다.

태초의 일들이 그러했다. 그 무렵의 가르침은 그 모든 차이, 문화와 언어의 차이에도 불구하고 서로를 존중하고 사랑하라는 것이었다. 그 가르침은 우리 모두가 똑같은 근원에서, 똑같은 어머니, 똑같은 부모에게서 나왔다고 말했다. 따라서 모든 존재, 모든 사물이 똑같이 존중받아야 한다고. 그 가르침을 잊으면 많은 사람들이 다치게 될 것이라고 우리는 들었다.

태초에 우리에게는 삶을 사는 법에 대한 가르침이 주어졌다. 그 가르침은 수많은 세대를 거쳐 지금까지 전해 오고 있다.

우리는 서로에게 잘해 주라고 배웠다. 서로를 존중하라고. 우리 자신과 마찬가지로 서로를 보살피라고. 이것이 우리가 받은 가르침 중 일부다. 가장 기본적이고 중요한 것들을 실천하는 한 우리에게는 아무 문제가 없다. 일단 우리가 남을 미워하고, 남에게서 훔치고, 그들에게 거짓말을 하며, 스스로 곡식을 기르지 않고 남을 부려 곡식을 기르려고 한다면, 그때 삶의 균형과 조화는 깨어진다. 우리의 전설, 우리의 이야기들이 우리에게 말해 주고 있는 것이 그것이다.

그 이야기들은 또 우리가 어디서 실수를 저지르게 되는가를 말해 주고 있다. 이야기들 속에 등장하는 코요테처럼 언제나 사기꾼이 있게 마련인데, 그는 우리가 그쪽 방향으로 가지 않도록 일깨워 주는 역할을 한다. 우리가 그 이야기들을 갖고 있는 것은 그것들을 우리의 아이들에게 전해 자신의 실수를 깨닫게 하기 위해서다.

그런데 이제는 아무도 그 이야기들을 하지 않는다. 텔레비전이 등장했기 때문이다. 텔레비전이 이야기꾼의 자리를 빼앗아가 버렸다. 그래서 가르침들은 더 이상 후손에게 전해지지 않고 있다.

이제 우리는 더 많은 책, 더 많은 텔레비전, 더 많은 통신 수단을 갖고 있다. 한 장소에서 다른 장소로 갈 수 있는 더 많은 교통 수단을 누리며 산다. 하지만 우리 세대는 앞을 내다볼 수 있다. 우리는 조상들이 말하는 것을 들으며 컸다. 그들은 우리에게 말하곤 했다.

"너희가 이렇게 하지 않으면 문제에 부딪힐 것이다."

문제를 예언하는 것이 아니라, 우리는 자라면서 저절로 문제가 무엇인가를 알게 되고 깨닫게 되었다. 모든 것들의 근본은 사랑과 존중이다. 모든 것이 너무도 단순한데, 우리가 너무도 복잡하게 만든다. 우리가 혼란에 빠진 이유가 거기에 있다. 우리가 해야 할 유일한 것은 다시 단순해지는 일이다. 그러면 모든 것이 잘 돌아갈 것이다.

해답은 기도에 있다. 계속해서 기도하는 일. 지금 이 세상에 전할 중요한 메시지는 누구나 대지를 위해 기도하라는 것이다. 우리는 특히 여성으로서 어머니 대지가 처한 상황, 대지가 겪고 있는 고통, 그리고 스스로를 치료하기 위해 대지가 무엇을 해야 하는가를 느낄 수 있다. 우리는 어머니 대지를 도울 수 있다. 그럼으로써 또한 우리 자신을 도울 수 있다. 어머니 대지에 대해 생각하고, 어머니 대지를 도울 일을 생각하라. 대지가 겪는 일을 우리도 겪게 될 테니까.

여성들은 그것을 느끼고 있으며, 고통이 점점 더 커져 가고 있다. 눈물이 흘러내린다. 세상의 끊임없는 고통과 갈등이 눈물을 더해 간다. 그것은 우리가 짊어져야 할 짐이다. 우리는 사람들이 자신에 대해 책임을 지고, 서로 비난하지 않기를 바란다. 인디언들은 얼굴 흰 사람들을 비난하지 않는다. 다만 책임을 져야 한다. "그렇다, 나한테 책임이 있다."고 말해야 한다.

용서하고, 잊어야 한다. 또한 우리 부족의 어른들에게 감사해야 한다. 그들은 가난하지만 아직도 대지를 위해 싸우고 있다. 이 터전을 보존하기 위해 노력하고 있다. 당신들은 무슨 일이 일어나고 있는가를 자각하고 우리 부족의 어른들에게 해답을 물어야 한다.

사람들은 이기심과 탐욕을 데리고 다닌다. 환경론자들은 우리 인디언들에게 철학과 의견을 구하고 도움을 청한다. 하지만 얘기를 들은 뒤 그들은 돌아가서 자기들끼리 일을 한다. 어떤 인디언도 그 일에 참여시키지 않는다. 인디언은 무지하다는 관념이 아직도 그들을 지배하고 있는 것이다.

우리는 영적인 세계에 보호를 요청한다. 우리는 듣는다. 영혼들, 그들은 우리의 안내자들이다. 그들은 우리에게 시간이 되었다고 말해 준다. 세상에 대해 말할 시간이 되었다고. 당신들의 구세주 예수가 이 세상에 왔을 때, 그는 마을을 떠나 40일 밤낮을 금식한 뒤 계시를 받았다. 인디언의 문화도 그것과 비슷하다. 우리는 자주 음식을 끊고 금식을 행한다. 육체에 어떤 것도 주지 않는 것이다. 우리는 육신과 영혼과 마음을 갖고 있다. 이 세 가지가 서로 연결되어 있다.

따라서 영혼에 가닿기 위해 음식과 물을 끊어야 한다. 그러면 우리의 영혼과 하나가 될 수 있다. 그것이 우리의 기도이다. 기도란 단지 당신의 영혼을 자각하는 상태에 도달하는 일일 뿐이다. 기도란 자신의 영혼 안으로 들어가는 일이다. 그곳에 들어갈 때 자신이 온 근원인 사랑과 자비를 느낄 수 있다.

창조주로부터 선물을 받기 전에 당신은 이미 감사해야 한다. 부탁할 때, 먼저 감사해야 한다. 당신의 기도는 모든 것에 대한 감사여야 한다. 해와 달, 눈과 비, 물, 불, 바위들에 대해. 당신은 본다. 그것들이 살아 있음을. 그것들 스스로의 삶을 갖고서. 한 그루의 나무는 그 자신의 삶을 갖고 있다. 그런데 보라, 얼마나 많은 나무들이 크리스마스가 되면 잘려져 나가는가.

우리의 언어에는 두 가지의 의미를 가진 특별한 단어가 있다. 그 단어는 '듣는 것'을 의미하면서 동시에 '행동하는 것'을 의미한다.

우리는 행동하면서 동시에 듣는다. 그것이 바로 깨어 있음이다. 우리는 우리 주위에서 일어나는 일들에 대해 그만큼 깨어 있다. 그렇게 하도록 훈련받으며 자라왔기 때문이다. 언제나 주의 깊게 들으면서, 귀가 아니라 눈으로 들으면서, 우리는 모든 일들을 관찰한다. 주위에서 일어나는 일들에 대해 마음이 깨어 있지 않으면 안 된다. 그것은 훈련이 필요하다. 마음과 생각이, 그리고 그 삶이 깨어 있도록 훈련을 해야만 한다. 아이들이 어렸을 때부터 늘 깨어 있고 주의 깊게 듣는 법을 배운다면, 그들 삶에서 일어날 수 있는 많은 문제들을 피할 수 있을 것이다.

이제는 아이들을 가르치는 것이 무척 힘들게 되었다. 텔레비전과 경쟁을 해야 하기 때문이다. 유행하는 음악, 옷, 운동, 비디오, 영화, 그밖의 많은 것들과 경쟁해야 한다. 그것들은 아이들이 깨어 있게 하는 것을 점점 더 어렵게 만든다. 전에는 그렇지 않았다. 아이들은 자신이 해야만 하는 일들을 잘 알고 있었다. 나무를 구해 오거나, 사냥을 하거나, 아니면 천막 안으로 휘몰아친 눈을 치우거나, 아이들은 일의 일부분이 되어 함께 자랐다. 하지만 지금은 그런 것들이 전부 사라져 버렸다.

뉴욕에 가서 보라. 모든 것들이 빠르게 흘러가고, 사람들은 냉정하게 다투며 살아간다. 다정한 아침 인사나 오후 인사는 들을 수도 없다. 모두가 빠르게 달려가고 있으며, 화가 나 있다. 당신도 그 화난 표정을 볼 수 있을 것이다. 당신은 택시를 타고 빠르게 달려간다. 사람들 모두 어디론가 그런 식으로 달려가고 있다. 그리고 사방에 범죄가 들끓는다. 나는 사람들이 왜 그런 환경 속에서 살고 있는지 이해하려고 노력하는 중이다. 그런데도 그들은 그 도시를 사랑한다고 말한다. 그곳이 그들의 집이라고. 그러니 그들의 생각을 존중할 수밖에 없지 않은가.

태초에 우리는 사랑으로부터 나왔다. 우리 모두는 서로 연결되어 있었다. 우리의 전설에 따르면 그 당시 우리는 동물들과 대화할 수 있었으며, 동물들도 우리가 하는 말을 알아들었다. 그런데 언제부턴가 우리가 받은 가르침과 우주의 법칙을 따르지 않기 시작했다. 그 결과 더 이상 동물들과 대화할 수 없게 되었다. 사랑으로부터 멀어진 것이다.

이제 우리는 서로를 존중하지 않고, 사랑하지 않는다. 인종차별과 편견과 폭력이 지배하는 세상에서 살고 있다. 우리가 사랑으로 돌아갈 때만이, 그때만이 완전한 원이 다시 만들어질 수 있다. 오직 서로에 대한 사랑만이 인간을 구원할 수 있다. 사랑은 마음을 열고 다른 사람을 자신의 일부로 받아들이는 일이다. 모든 사람과 모든 존재를. 그렇게 하기 위해서는 상대방을 느끼는 일로 되돌아가야만 한다.

화가 나서 누군가를 때리는 것은 쉬운 일이지만, 우리에게 상처 준 누군가를 사랑하는 일은 매우 어려운 일이다. 하지만 우리가 좋아하지 않는 사람을 좋아하게 만드는 것은 오직 그런 사랑을 통해서만 가능한 일이다.

젊었을 때 나는 역사책을 통해 우리 인디언들에게 일어난 일들을 읽곤 했다. 그것은 내게 큰 상처를 주었으며, 나는 너무도 화가 나서 백인 사회 전체에 대해 증오심을 품었다. 그들이 우리 인디언들에게 행한 일들 때문에 그들을 미워할 수밖에 없었다. 하지만 점점 나이를 먹고 배움을 얻으면서, 나는 받아들이는 법을 배웠다. 백인들과 그들의 나라를 사랑하는 법을 배웠다. 아직도 인디언들에 대한 부당한 일들이 벌어지고 있지만, 그럼에도 불구하고 나는 그들에게 사랑을 보낸다. 그것은 쉽지 않은 일이다. 그렇게 하기란 무척 어려운 일이다.

사랑과 존중하는 마음을 갖고 편견과 차별과 미움에 대항해 싸울 수 있다. 그것이 우리가 가진 무기다. 미워하는 일보다 사랑하는 일이 더 어렵다. 하지만 어떤 것도 사랑을 멈출 수는 없다. 사랑을 이길 수 있는 무기는 존재하지 않는다.

사랑은 우리가 가진 모든 병의 치료약이다. 그것은 또한 지구를 치료할 수 있다. 서로에 대한 사랑의 부족이 사람들에게 상처를 입히고, 한 사회에 상처를 주고, 한 나라를 상처 입게 한다. 모든 전쟁과 질병이 거기서 시작된다. 그것의 근본 원인은 무지에 있다.

인디언이라고 해서 우리가 사다리의 맨 아래칸에 있다고 여기지 말라. 우리는 다른 종족들과 하나도 다르지 않다. 왜 당신들은 그것을 이해하지 못하는가?

모든 종족과 세상의 모든 아이들을 위해 서로 손잡고 평화로운 세계를 만들어야 한다. 그때 거기 사랑과 조화와 자비와 나눔이 있을 것이다. 하지만 그 무지에서 벗어나지 않는 한 균형을 되찾기는 어렵다. 그렇게 되면 이 모든 근심들이 끝없이 계속될 것이다. 한 생이 끝나면 다음 생으로 이어질 것이다. 왜냐하면 우리가 죽어도 육체는 사라지지만 영혼은 계속 살아 있을 것이기 때문이다. 영혼의 삶 속에서까지 이 혼란이 계속될 것이다. 그러면 거기 평화란 존재하지 않는다. 사랑이 없기 때문에 끝없이 문제를 만들어 가고 있는 것이다.

인디언들의 생각으로는 지구는 어머니이며, 태양은 아버지이다. 그리고 다른 별들은 우리의 형제자매들이다. 어머니 대지는 인간들이 기계를 들이대 나무를 자르고, 땅속의 광물을 캐내는 바람에 병이 들었다. 그것들은 어머니 대지의 생명줄이나 다름없다. 광물들은 인간 육체의 기관들과 같다. 그런데 사람들이 그것을 파헤쳤다. 사람의 몸을 마구 파헤친 것이나 다를 바 없다. 그래서 어머니 대지는 몹시 병들고 지쳤다. 그리고 매우 당황해 있다. 결국 어머니 대지는 자신의 방식대로 자신을 치료할 것이다. 자식들이 관심을 기울이지 않기 때문에 어머니 스스로 자신을 치료할 것이다.

우리는 이제 그 치료 과정을 보고 있다. 어머니 대지가 지금 스스로를 치료하고 있다. 우리가 목격하고 있는 자연의 변화가 그것이다. 많은 비가 내리고, 훨씬 많은 폭풍이 분다. 더 많이 땅이 움직이고, 더 많은 화산이 폭발하고 있다. 어머니 대지가 스스로를 치유하고 있는 것이다. 우리 인간들도 그 치유에 동참해야만 한다. 개인이든 사회 전체든, 인디언들과 자연에 대해 자신들이 행해 온 일들을 인정하고 용서를 빌어야 한다.

우리 인디언들의 정신 세계는 '우리가 뿌린 것은 반드시 돌아온다'는 것이다. 형태가 다르긴 해도 반드시 돌아온다. 물질로서가 아니라 정신적인 형태로 돌아올지라도 반드시 보상이 돌아온다. 그래야 원이 완성되는 것이다.

인디언이 아닌 사람들은 언제나 두려움을 갖고 있는 듯하다. 스스로를 보호해야 한다는 두려움 말이다. 그래서 당신들은 남에 대해 관심을 가질 겨를이 없다. 자신을 돌보기에도 바쁜 것이다. 그렇기 때문에 언제나 달려가고 있다. 시간이 없는 것이다.

또한 인디언이 아닌 사람들에게 세상은 하나의 의문부호처럼 보인다. 당신들은 모든 것에 의문을 던지며, 그것들에 대해 논리적인 해답을 알아야 한다고 생각한다. 반면에 우리 인디언들은 질문을 던지지 않으며, 우리를 돌보는 어떤 존재가 있다는 사실에 의지하며 산다. 그런 믿음이 언제나 우리의 마음 밑바닥에 자리 잡고 있다. 때로 사람들과 갈등을 겪고 금전적인 문제에 시달리곤 하지만, 그럼에도 불구하고 우리는 모든 것이 잘 되리라는 것을 알고 있다. 인디언이 아닌 사람들은 머리로 생각하고, 인디언들은 가슴으로 생각한다.

우리의 종교를 보라. 우리의 종교를 없애기 위해 수많은 탄압이 행해졌지만, 지금까지도 그것은 살아 있다. 푸에블로 족 마을에 가면 어디나 백인들이 세운 교회가 있다. 백인들은 성직자들과 함께 군인들을 데리고 왔다. 그들은 힘을 합쳐 인디언들의 공동체, 인디언들의 마을, 인디언들의 영혼을 파괴하려고 노력했다. 하지만 오늘날까지도 우리 인디언들은 우리의 방식을 지키며 살아왔다. 많은 인디언 보호구역을 가 봐도 마찬가지다.

어떤 인디언 부족들은 자신들의 종교를 완전히 빼앗겼다. 그래서 이제 그들이 가진 종교는 기독교인들이 세운 교회뿐이다. 하지만 그들이 모여 예배를 드리는 교회에 가 보라. 인디언이 아닌 사람들이 다니는 교회가 부끄러울 정도다. 그 가난한 사람들이 다니는 교회에는 성령이 살아 있지만, 백인들이 다니는 많은 교회들은 그렇지 않다.

우리 인디언들은 신과 대화할 수 있다. 그것은 오래전의 일이 아니다. 지금 현재 일어나고 있는 일이다. 또한 우리는 예수와도 대화할 수 있다. 예수는 2천 년 전 사람이 아니다. 그는 지금 이 순간에 존재한다. 그가 한때 살아 있었기 때문에, 지금도 그의 영혼은 살아 있다. 우리는 그 보이지 않는 힘을 영혼이라 부른다. 그것이 우리의 믿음이다. 우리에게 영혼은 피와 살처럼 구체적인 것이다. 왜 당신들은 그것을 믿을 수가 없는가? 잘못된 것은 교회가 아니라, 그 안에 있는 사람들이다. 사람들이 진정으로 원한다면 어떤 건물, 어떤 교회, 어떤 구조물 안으로도 영혼을 부를 수 있다.

기억하라. 우리는 영혼이며, 육체이고, 마음이다. 인간으로서 우리는 영적인 존재가 되려고 노력해야만 한다. 삶의 매 순간 가능한 한 자주 우리의 영혼과 함께 해야 한다. 인디언이 아닌 사람들은 물질적인 것, 육체적인 것을 돌보는 데 더 많은 시간을 보낸다. 그들은 영혼에 대해선 별로 생각하지 않는다.

인디언이 아닌 사람들은 신이 하늘 어딘가에 있으며, 하늘나라도 그곳에 있다고 믿는다. 반면에 우리 인디언들은 신은 우리 안에 있으며, 우리 자신이고, 우리의 일부분이라고 믿는다.

우리가 춤을 출 때, 그것은 기도의 일부다. 춤을 추고 있지만, 동시에 기도를 드리고 있는 것이다. 다른 놀이들을 할 때도 마찬가지다. 그것들은 기도의 일부다. 영혼, 육체, 마음이 늘 한자리에 있는 것이다. 그것들은 분리될 수가 없다. 육체적인 일만을 할 수 없다. 그것들은 모두 연결되어 있기 때문에 항상 함께 존재한다. 미국 사회의 방식이 그것이다. 당신들은 모든 것을 분리하고, 모든 것에 딱지를 붙인다. 그리고 새로운 용어를 만들어, 원래는 매우 단순하고 간단했던 것에 너무도 큰 의미를 매긴다.

많은 사람들은 인디언 어른들을 스승으로 여긴다. 실제로 그들은 큰 스승들이다. 하지만 우리는 또한 어린아이들도 스승으로 여긴다. 우리는 삶을 배우고 있다. 삶은 하나의 배움이다. 우리는 모든 사물, 인간, 심지어 작은 곤충에 대해서도 배운다.

며칠 전 개미들이 아침 일찍 집 안으로 들어왔다. 그것이 무슨 의미일까? 우리는 그 개미들을 관찰했다. 그런 식으로 우리는 개미와 벌과 나무들을 관찰한다.

삶의 매 순간마다 우리는 주위 모든 것들에 대해 배우고 있다. 소리들과 음악에 대해. 다른 문화 사람들은 그런 깨어 있음을 갖고 있지 못하다. 우리가 그 깨어 있음을 그들에게 돌려줘야 한다. 그것이 바로 영혼과 조화를 이루는 일이다. 사람들이 지금 해야 할 일은 그런 깨어 있음 속에 사는 일이다.

*

북미 인디언들에게 전해져 오는 '오래된 이의 이야기'가 있다.

오래된 이가 동굴 앞 나무 그늘에 앉아 있었다. 얼굴 붉은 자가 오자, 오래된 이가 말했다.

"그대의 생각을 말해 보라."

그러자 얼굴 붉은 자가 대답했다.

"어른들은 우리에게 이러이러한 방식으로 기도하라고 말했습니다. 그리고 우리가 배운 대로 기도하는 것이 매우 중요하다고 말했습니다. 조상들이 그것을 우리에게 물려준 것이니까요."

이번에는 얼굴 검은 자가 다가왔다. 오래된 이가 그에게 말했다.

"그대의 생각을 말해 보라."

얼굴 검은 자가 대답했다.

"어머니들은 우리에게 이러이러한 건물로 가서 이러이러하게 기도하라고 말했습니다. 아버지들은 우리가 기도할 때 이러이러한 방식으로 절하라고 말했습니다. 기도할 때 그렇게 해야만 한다고 우리는 배웠습니다."

그다음에는 얼굴 노란 자가 다가오자, 오래된 이가 또 물었다.

"그대의 생각은 무엇인가?"

얼굴 노란 자가 대답했다.

"교사들은 우리에게 기도할 때 이러이러한 방식으로 앉아서 이러이러하게 하라고 말했습니다. 기도할 때는 반드시 그렇게 해야만 한다고 우리는 배웠습니다."

이번에는 얼굴 흰 자가 다가왔다. 그래서 오래된 이는 얼굴 흰 자에게 물었다.

"그대의 생각은 무엇인가?"

얼굴 흰 자가 말했다.

"우리의 책은 우리에게 이러이러한 식으로 기도하고 이러이러한 일들을 하라고 말하고 있습니다. 기도할 때 그렇게 하는 것은 매우 중요한 일입니다."

"흠······."

오래된 이가 한숨지으며 대지에게 물었다.

"그대는 사람들에게 통찰력을 심어 주지 않았는가?"

그러자 대지가 말했다.

"저마다에게 특별한 재능을 주었지만, 사람들은 어떤 방식이 옳은가를 놓고 다툼을 벌이느라 바쁘기 때문에 내가 그들 각자에게 준 선물을 돌아볼 길이 없습니다."

오래된 이는 똑같은 질문을 물, 불, 공기에게 던졌지만 다들 같은 대답이었다. 그다음에 동물, 새, 벌레, 나무, 꽃, 하늘, 달, 태양, 별들, 그리고 모든 정령들에게 같은 질문을 던졌지만 똑같은 대답을 들었다.

오래된 이는 몹시 슬펐다. 그분은 얼굴 붉은 자, 얼굴 검은 자, 얼굴 노란 자, 얼굴 흰 자를 모두 불러 놓고 말했다.

"그대들의 어른, 어머니, 아버지, 그리고 교사와 책들이 말해 준 방식들은 모두 신성한 것들이다. 그대들이 그 방식들을 존중하는 것은 좋은 일이다. 그것들은 그대의 조상들이 물려준 방식이기 때문이다. 하지만 그 조상들은 더 이상 어머니 대지의 얼굴 위를 걷지 않는다. 그대들은 그대들 자신의 통찰력을 잊었다. 그대들의 통찰력은 다른 누구도 아닌 그대들 자신에게만 옳은 것일 뿐이다. 이제 자신의 통찰력을 갖게 해 달라고 기도하라. 그리고 그것들을 볼 수 있도록 마음을 고요하게 가지라. 그때 그대들은 가슴의 길을 따를 수 있을 것이다. 그것은 힘든 길이지만, 선한 길이다."

1638년 처음으로 청교도들에 의해 코네티컷 주 뉴헤이븐에 인디언 보호구역이 생겨난 이래 1890년 운디드니 대학살을 끝으로 북아메리카 대륙의 인디언 부족들은 모두 농사조차 지을 수 없는 황폐한 땅에 위치한 집단 수용 시설 안에 갇힌 신세가 되었다. 그것으로 인디언 문제가 일단락되는 듯했다.

인디언들을 보호하기 위해 정해진 구역 안에 살도록 정한 이 제도는 사실 백인들이 부당하게 빼앗은 것을 더 확고하게 차지하기 위한 것에 불과했다. 다시 말해 인디언 보호구역은 드넓은 백인 보호구역 안에 갇힌 인디언 감옥에 다름아니었다.

하지만 어떤 백인도 살려고 하지 않던 그 황무지 땅에서 엄청난 양의 지하자원이 발견되면서부터 인디언들의 말할 수 없는 고통은 다시 시작되었다. 미국 최대 저장량을 자랑하는 석탄, 석유, 우라늄 등을 캐기 위해 백인들은 '풀이 자라는 한 영원히' 인디언들의 땅으로 보장해 주겠다던 약속을 헌신짝처럼 버리고, 또다시 인디언들을 그들의 터전에서 몰아내기 시작했다. 그리고 그것은 무자비한 자연 파괴로 이어졌다. 특히 그 지역은 인디언들이 대대로 신성시해 온 블랙 힐즈, 블랙 메사 등에 집중되었다. 인디언들은 자신들이 쫓겨나는 것보다 어머니 대지의 가슴이 마구 유린당하는 것을 더 가슴 아파했다. 고귀한 붉은 얼굴이 끝까지 블랙 힐즈를 지키려고 한 이유가 거기에 있다.

다리가 하나뿐인 백인 관리가 찾아오자, 크리 족 추장 하늘의 섬광(피아포트)은 말했다.

"미국 정부가 우리와 맺은 조약을 어길 계획이라는 것을 이제야 알겠다. 그들은 조약을 맺을 때 풀이 자라고, 바람이 불고, 강물이 흐르고, 사람이 두 다리로 걷는 한 그 조약이 지켜질 것이라고 약속했다. 그런데 이제 조약을 어길 속셈으로 다리가 하나뿐인 대리인을 보낸 것이다."

수많은 세대에 걸쳐 조화로운 삶, 균형 잡힌 생활, 기독교인들이 말하는 축복의 날들을 보낸 인디언들로서는 보호구역 안에 갇혀 썩은 배급 식량에 의존하는 삶은 견디기 힘든 고통이었다. 한술 더 떠 백인들은 보호구역 내의 땅을 빼앗기 위한 명목으로 인디언들이 게으르게 땅을 놀리고 있다고 주장했다. 일도 하지 않고 정부 보조금이나 타먹는다는 것이었다.

한 예로, 소나무 능선(파인 릿지) 인디언 보호구역의 인디언들을 위해 백인들은 보호구역에 공장을 만들고 인디언 남자들을 취직시켰다. 하지만 며칠 안 가 인디언들은 모두 일을 그만두었다. 신문은 연일 '게으른' 인디언들을 성토하고 나섰다. 하지만 그 공장에서 인디언들에게 주어진 일은 낚싯바늘에 낚싯줄을 묶는 일이었다. 그들은 한때 용맹하기로 소문난 수 족 전사들이었으며, 세상에서 가장 뛰어난 용기를 가진 이들이었다. 누구보다도 자유로운 인간의 전형이었다. 그런 그들에게 낚싯줄 묶는 일을 시킨 것이다…….

1977년 아메리카 인디언 정책 재검토 위원회는 보호구역 내의 인디언들이 겪어야만 했던 열악한 상황을 세상에 알렸다.

'인디언 가구의 평균 소득은 형편없이 낮았다. 인디언들 가운데 겨우 2퍼센트만 1년에 5백 달러 이상의 소득을 올렸다. 의료 상태 역시 열악했다. 사망률과 유아 사망률이 매우 높고, 폐결핵과 트라코마가 유행했다. 생활과 주거 환경은 끔찍한 수준이었다. 음식은 형편없고, 위생 상태도 이루 말할 수 없었다. 인디언 아이들은 보호구역 내 학교에서 1인당 하루 평균 11센트에 해당하는 음식을 제공받고 있고, 명목상으로는 산업 기술을 습득하기 위해서라지만 실제로는 재정 부담을 덜기 위해 힘든 교내 작업을 강요받았다.'

고귀한 붉은 얼굴이 말하고 있듯이, 인디언들의 교회는 툭 트인 하늘이었고, 납작바위와 언덕이 그들의 제단이었다. 그들의 신은 위대한 신비 그 자체였다. 하나이면서 여럿인. 눈에 보이면서 동시에 보이지 않는 위대한 신비는 시작도 끝도 없는 것이었다. 하늘, 태양, 달, 대지 모두가 그 신비의 일부분이었다. 천둥과 바람, 산과 숲도 마찬가지였다. 그런데 이제 그들이 신성시하는 산마저 지하자원 개발로 구멍이 숭숭 뚫리게 된 것이다.

1987년 교황 요한 바오로는 아메리카 원주민들에게 그들 고유의 문화를 지킬 것을 공식적으로 충고했다. 오랫동안 인디언들의 종교와 문화를 탄압해 온 가톨릭이니만큼 뜻밖의 반가운 소식이었다. 하지만 바티칸 정부는 바로 그해 애리조나 대학과 협력해 아파치 족의 산정령 춤의 근원지이며 샌 카를로스 아파치 족이 신성한 노래와 춤의 원천으로 여기는 크게 앉은 산(빅 시티드 마운틴) 꼭대기에 국립 천문대를 건설했다. 그 산의 신성한 장소들에는 인디언 치료사들이 수천 년 동안 사용해 온 물과 약초들이 자라고 있었다.

아파치 족과 주니 족 인디언들은 공청회를 열어 그 산이 원주민들의 건강과 영적인 치유에 필수적인 종교적인 성지라고 주장했다. 하지만 1988년 애리조나 주 의회는 '주의 경제적 이익에 부합된다'는 이유로 천문대 건설을 승인했다.

누군가를 존중한다는 것은 그들의 의견을 듣고 이해하기 위해 진지하게 귀를 기울이는 일이다. 오글라라 라코타 족의 위대한 지도자 데이브 추장은 '존중한다는 것은 하나의 존재 방식'이라고 말한다.

"원은 신성한 힘을 갖고 있다. 원을 그리고 앉을 때 우리 모두는 평등하다. 원을 그리고 앉으면, 누구도 당신 앞에 있지 않고 누구도 당신 뒤에 있지 않다. 누구도 당신 위나 아래에 있지 않다. 원을 그리고 앉아 기도하면 모두가 하나가 될 수 있다.

생명의 고리 역시 하나의 원이다. 이 둥근 고리 속에는 모든 종족, 모든 나무, 모든 식물을 위한 각각의 자리가 있다. 이 지구를 다시 건강하게 만들기 위해서는 생명의 그 완전성을 존중해야만 한다.

존중한다는 것은 방해하지 않는 것이다. 존중한다는 것은 대결하지 않는 것이다. 비난하지 않는 것이고, 놀리지 않는 것이다. 특히 어른들을.

존중한다는 것은 거짓말하지 않는 것이다. 배반하지 않는 것이다. 훔치지 않고, 혼자 독차지하지 않는 것이다.

존중한다는 것은 누군가의 위에 군림하거나 명령을 내리지 않는 것이다. 존중한다는 것은 화가 나서 소리치거나 나쁜 언어를 사용하지 않는 것이다. 함부로 이름을 부르지 않는 것이다. 존중한다는 것은 자기 자신을 다스리는 것이다.

존중한다는 것은 상품이 아니다. 존재 방식이다. 그것은 우리의 손이 아니라, 가슴속에 있다. 그것은 모든 삶을 위한 것이다.

존중한다는 것은 네 종류의 인간 종족을 포함해 세상에 있는 모든 생명을 위한 것이다. 우리의 모든 형제자매를 위한 것이다. 존중한다는 것은 문제를 다루는 것이지, 그 개인을 문제삼는 것이 아니다. 존중한다는 것은 무엇이 옳은가를 따지는 것이지, 누가 옳은가를 따지는 것이 아니다.

존중한다는 것은 남에게 책임을 떠넘기는 것이 아니라 자신의 단점을 바라보는 것이다. 남에게 책임을 떠넘기는 것은 자신의 단점을 다른 누군가에게 덮어씌우는 행위다. 거기서 종교적인 편견, 전쟁, 인종학살이 일어난다.

존중한다는 것은 다른 의견을 가진 사람들과 모든 대화 통로를 열어 놓는 것이다. 그들의 의견을 듣고 이해하기 위해 진지한 시도를 하는 것이다. 존중한다는 것은 모든 사람의 의견을 듣고 이해할 때까지 귀 기울여 듣는 것이다. 오직 그때만이 조화와 평화가 가능하다. 그것이 인디언들의 영적인 목표다."

아메리카 원주민의 문화에 대해 자주 듣게 되는 것은 인간 서로를 존중할 뿐 아니라 동물과 식물, 심지어 무생물까지도 존중해야 한다는 가르침일 것이다. 예를 들어, 자신이 사용하는 카누의 노를 존중하는 마음으로 대해야 한다. 만약 그것을 제대로 다루거나 존중하지 않으면 어느 날엔가 급류를 지나갈 때 노가 부러지고 말 것이다. 또한 자작나무 껍질로 만든 바구니를 존중하지 않으면, 봄에 단풍나무 시럽을 받다가 밑으로 다 새어 나가 결국 보름 동안의 노동이 허사로 돌아갈 것이다. 어느 것에나, 그리고 누구에게나 그런 힘이 담겨 있다. 그 힘을 존중하지 않는 것은 곧 우주 만물 전체를 존중하지 않는 것과 같다. 아메리카 인디언들은 일찍부터 모든 것이 연결되어 있다는 과학의 이론을 증명해 보였던 것이다.

유니스 바우만 넬슨_최초로 물리학 박사 학위를 받은 페놉스코트 족 인디언

우리의 언어는 가슴속에서 나오는 우리의 혼이다. 우리가 말하는 것을 당신들이 알아듣지 못할지라도, 우리는 당신들의 가슴, 당신들의 혼에 대고 말한다. 단순히 당신들의 귀에 듣기 좋은 소리로 말하지 않는다. 우리의 어른들을 이끌어 준 위대한 정령에게 우리는 감사드린다. 지혜의 말들, 생명의 말들을 주신 것에 대해. 우리의 어른들을 통해 그 메시지들이 우리에게 전해졌다. 그리하여 오늘 당신들과 그것을 나눌 수 있게 되었다. 우리는 오늘 쓸데없는 말을 하러 모인 것이 아니다. 당신들이 시간을 갖고 이 말들을 깊이 새길 때 그것을 이해할 수 있을 것이다.

인디언 영적 지도자 마크 톰슨이 1993년 11월 유엔에서 행한 연설_오지브웨 족

강제로 통풍이 되는 사무실에서 일을 하고 얼굴에 와 닿는 자연의 바람을 느낄 수 없다면, 대기가 우리 삶에서 중요한 역할을 한다는 것을 당신이 어떻게 이해하겠는가? 딱딱한 신발 바닥으로 대지를 느낀다면 지구에서 일어나는 변화를 어떻게 알겠는가? 대지를 만지지 않는다면, 그것이 살아 있다는 것을 어떻게 알겠는가?

사람들은 땅을 콘크리트로 포장하고 주차장을 세운다. 그러면 그곳에서 살아가던 생명체들은 어떻게 되는가?

당신이 어떤 것을 울타리 안에 가두면 그것은 죽어 가기 시작한다.

샛강이 달려가고 물방울을 만들고 바위에 부딪치며 노랠 부르는 것을 본다면, 그것이 살아 있음을 알게 될 것이다. 그것의 정령이 거기 있다는 것을. 하지만 화장실 변기 속으로 강제로 물을 끌어올릴 때, 그 물은 죽기 시작한다.

대지가 주권을 가진 하나의 국가임을 누군가가 선언하지 않으면 안된다. 대지 위의 모든 것들은 살아 있으며, 그들을 대표할 누군가가 필요하다.

하늘의 여추장(오기마 게식 그웹퀘이)_오지브웨 족

민주주의는 같음이 아니라 다름을 의미한다. 우리가 당신들의 특성을 인정하듯이 당신들도 우리의 차이를 인정해야 한다. 우리는 서로 갈등을 일으키는 것이 아니라, 서로 보완해 주는 관계다. 서로를 필요로 한다. 우리들 각자는 이 지구에서 일어나는 일에 책임이 있다.

레너드 펠티에_다코타 족

전통적인 인디언 부족 사람들은 얼굴 흰 사람들이 걷게 될 두 가지 길에 대해 말하곤 했다. 하나는 기술 문명으로 가는 길이고, 다른 하나는 영적인 성장으로 가는 길이다. 기술 문명으로 가는 길은 현대 사회를 메마르고 온통 파괴된 대지로 이끌었다. 기술 문명의 길은 파괴를 향해 급히 달려가는 길이다. 하지만 영적 성장으로 가는 길은 우리 전통적인 인디언들이 과거에 걸어왔고 지금도 추구하고 있는 보다 느린 길이다. 이 길에서는 대지가 불에 그을려 있지 않다. 그곳에서는 아직도 풀들이 자라고 있다.

윌리엄 코만다_캐나다 앨곤퀸 족 추장

우리 모두는 하늘과 대지와 깊이 연결되어 있으며, 모두가 영적인 의무, 이곳에 존재하는 이유를 갖고 있다. 그 의미를 잊어버릴 때 인간은 물질적인 세계를 더 중요하게 여기게 된다. 자동차, 집, 돈이 더 중요하게 되는 것이다. 하지만 돈 역시 초록색이다. 그것은 옥수수나 콩과 다를 바 없다. 그것은 인간이 먹고 살 수 있도록 돕기 위한 것이다. 때로 사람들은 이 단순한 진리를 잊는다. 음식을 먹기 전에 감사의 마음을 갖는 단순한 행동 하나만으로도 우리는 우리 안에 있는 밝은 빛과 연결될 수 있다. 그것을 신이라고 불러도 좋고, 빛이라고 해도 좋다. 그 순간 우리는 마음이 열리고 자비심을 갖게 된다. 아직 부족하다는 것은 환상일 뿐이다. 세상에는 모든 인간이 먹을 충분한 양식이 있다. 50억 인구가 먹을 만큼 충분하다. 다만 우리가 기꺼이 나누기만 하면 된다.

디야니 이와후_체로키 족

전에 우리 부족은 누구의 도움도 필요 없었다. 우리 자신만으로도 충분했다. 에버글레이즈(미국 플로리다 남부의 거대한 습지대)에서 낚시를 하고 사냥을 하면서 우리는 살았다. 물론 당신도 알다시피 미코수키 족 인디언은 자부심 강하고 독립적인 사람들이다. 우리가 원하는 것이 그것이다. 우리는 누구의 도움이나 지배도 받고 싶지 않다. 우리는 그렇게 오랫동안 살아왔다.

그러다가 우리 미코수키 족은 해마다 사냥터가 점점 줄어든다는 사실을 깨달았다. 백인들의 '개발' 때문이다. 우리는 부족 회의를 열어 그 문제에 대해 얘길 나눴다. 미국 정부에 도움을 요청해야만 할 것인지 우리는 토론했다. 그 문제가 우리가 원하는 방향으로 끝날 것 같지 않았기 때문이다. 3년에 걸쳐 부족 회의를 열고 또 열어 마침내 몇 가지 결론에 이르렀다. 그리고 미 내무성에 전화를 걸었다. 그러자 그들이 내려왔고, 우리와 함께 일하기 시작했다. 우리는 미국 정부가 미코수키 족을 인정할 수 있도록 우리 나름대로 조직을 만들었다.

들소 호랑이(버팔로 타이거)_미코수키 족

당신들은 이 땅에서 사냥감을 몰아내고 생계 수단이 될 만한 것들을 모두 앗아가 버렸다. 이제 우리에게 남은 것은 저 검은 산(블랙 힐즈)밖에 없다. 그런데 그것마저도 내놓으라고 요구하고 있다. 그곳에는 온갖 광물이 가득 묻혀 있고 무성한 소나무 숲으로 덮여 있다. 우리가 이 땅을 내준다는 것은 우리한테나 당신들한테나 다 같이 소중한 마지막 보물을 망쳐 버리는 결과가 될 것이다.

황금 때문에 블랙 힐즈를 차지하려고 온 백인 관리에게, 흰 유령(화이트 고스트)_수 족

영적으로 빈곤하다고 느끼는 백인들이 많다. 그래서 그들은 영적인 스승을 찾아 전 세계로 돌아다닌다. 그러자 인디언을 닮고 싶어 하는 사이비 명상가들이 생겨나 샤머니즘 사업을 벌이기 시작했다. 나는 그것을 샤머니즘이 아니라 쇼머니즘이라 부른다. 그들은 소위 뉴에이지 명상가들이다. 셜리 맥클레인, 린다 에반스 같은 사람들이 우리 인디언들이 성스럽게 여기는 장소에 와서 워크숍을 열고 채널링(영매를 통한 교신)을 행하고, 온갖 명상 캠프를 연다. 그곳에 참가하려면 천 달러 이상이 든다.

그것은 인디언들의 전통에 반대되는 행위들이다. 우리의 치료사들

은 돈을 받는 것이 허용되지 않았다. 그들은 감사의 표시로 사람들이 내놓는 것이면 무엇이든 받았을 뿐이다. 그리고 그들은 대단히 뛰어난 치료사들이었다.

자넷 맥클라우드_툴라립 족

대지와, 대지 위에 사는 모든 생명들을 존경심을 갖고 대하라.
위대한 정령으로부터 멀어지지 말라.
동료 인간들을 존중하라.
모든 인류의 이익을 위해 함께 일하라.
필요한 곳에 도움의 손길을 내밀라.
자신이 옳다고 생각하는 대로 행동하라.
몸과 마음을 잘 돌보라.
보다 좋은 일에 자신의 노력을 쏟으라.
언제나 진실되고 정직하라.
자신의 행동에 대해 책임을 지라.

흰구름(마하스카) 추장_라코타 족

우리 앞에는 두 가지 선택의 길이 놓여 있음을 이해해야 한다. 우리는 긍정적인 길을 선택할 수도 있고, 부정적인 길을 선택할 수도 있다. 영적인 길과 물질적인 길 중에서 선택할 수 있다. 그것은 우리들 각자, 그리고 우리 모두의 선택에 달린 일이다. 이 중요한 결정을 내려야 할 사람은 바로 당신 자신이다. 어떤 결정을 내리는가에 따라 자신이 달라질 것이다. 당신의 형제자매인 생명체들을 존중할 수도 있고, 파괴할 수도 있다.

그렇다, 당신 한 사람의 결정에 전 세계의 운명이 달려 있다. 이 지구상에서 어머니 대지를 파괴하는 동물은 인간뿐이다. 당신이 결정해야 한다. 피할 길은 없다. 우리들 각자는 인류의 미래를 결정하기 위해 지금 이곳에 태어나 살고 있는 것이다. 당신은 신이 이토록 중요한 시기에 무의미하고 불필요한 사람들을 세상에 내보내리라고 생각하는가?

　나의 할머니는 모든 사람은 세상을 바꿔 놓을 만큼 큰 가슴, 선한 가슴을 갖고 있다고 말했다. 할머니는 또 위대한 정령은 결코 우리가 다룰 수 없는 것을 우리에게 주는 법이 없다고 하셨다. 당신 자신이 이 세상에 절대로 필요한 존재임을 알아야 한다. 그것을 믿으라! 이 세상의 영혼을 구하기 위해서는 당신 자신이 절실히 필요하다. 당신은 자신이 쓸모없는 존재로 이 세상에 태어났다고 생각하는가?

쳐다보는 말(아르볼 루킹 호스)_라코타 족

서리 내린 아침(오예기아예, 산타클라라 지역의 추장)

나는 인디언이지 캐나다 인이 아니다

홀로 서 있는 늑대(숭크마니투 탕카 이스날라 나진)

라코타 족

내 이름은 숭크마니투 탕카 이스날라 나진이다. 대부분의 사람들은 나를 영국식 이름인 찰리 스모크라고 부른다. 개인적으로 나를 아는 사람들은 나를 울프(늑대)라고 부른다. 하지만 내 이름은 숭크마니투 탕카 이스날라 나진이다. 영어로 그것을 번역하면 '홀로 서 있는 늑대'라는 뜻이다. 그렇기 때문에 라코타 족이 아닌 사람들은 나를 울프라고 부르는 것이다. 우리 부족은 영국식 이름을 갖는 것에 대해선 심각하게 여기지 않지만, 진정한 원주민 이름을 갖는 것은 매우 중요하게 여긴다. 올바른 절차에 따라 우리 자신의 언어로 지어진 이름은 더없이 중요한 의미를 갖는다. 그것이 우리의 참모습, 진정한 이름이다.

나는 라코타 족이면서 모호크 족이다. 본래 나는 온타리오(미국과 경계에 있는 캐나다 남부의 주) 주에 있는 아크웨사스네 모호크 인디언 보호구역 출신이다. 아크웨사스네는 온타리오 주, 퀘벡 주, 그리고 미국의 뉴욕 주와 경계를 두고 있다. 하지만 내 집, 다시 말해 내 가슴이 향하고 있는 진정한 내 집은 사우스다코타 주(미국 중앙

북부의 주)에 있다. 나는 생의 절반을 백인들이 캐나다라고 부르는 곳에서 살았고, 또 절반은 그들이 미국이라고 부르는 곳에서 살았다. 현재는 서스캐처원 주(캐나다 남서부의 주)의 리자이너에서 살고 있다.

지난번에 내가 나 자신을 '캐나다 이전 사람(프리 캐나디언pre-Canadian)'이라고 말했을 때, 사람들은 그 말의 의미를 충분히 이해하지 못한 듯하다.

나는 현재 캐나다 이민법에 걸려 있다. 캐나다 정부는 나에게 2001년 10월 20일까지 날짜를 못 박고, 그때까지 '자신들의' 나라를 떠나라고 명령했다. 어제도 내가 신문기자들에게 말했듯이, 이곳은 나의 나라이지, 그들의 나라가 아니다. 나를 강제로 국경 밖으로 내쫓는다면, 그들이 내 수갑을 풀고 국경 초소를 열어 주면서 어서 남쪽으로 내려가라고 말하는 순간, 나는 곧바로 북쪽으로 몸을 돌려 리자이너로 돌아갈 것이다. 비록 내가 변호사를 살 돈은 없지만, 결국 이 문제는 대법원까지 갈 것이다. 그곳에서 캐나다 정부는 자신들이 인디언들에 대해 갖고 있는 권한을 입증할 수 있는 정당한 서류들을 제출해야 할 것이다. 그런 서류란 존재하지 않는다. 그렇다면 캐나다에 사는 모든 인디언들은 마침내 자신들의 자유를 되찾게 될 것이다.

신문에서 내가 나 자신을 '캐나다 이전 사람'이라고 표현했을 때, 나는 사람들이 그 말뜻을 금방 알아차릴 것이라고 추측했다. 하지만 이 나라에선 그런 추측이 통하지 않는다. 따라서 그 말이 무슨 뜻인지 이 자리에서 설명하고자 한다.

먼저 내가 어느 나라에 속한 시민인가부터 말해야겠다. 나는 위대한 티톤완 라코타 국의 시민이다. 당신이 평원 인디언들에 대해 잘 모르거나, 아니면 너무 많은 책을 읽었다면, 당신은 수 족을 떠올릴 것이다. 수 족이라는 명칭을 이토록 많이 사용하는 것은 유럽인들이 우리의 의식을 얼마나 많이 지배하고 있는가를 보여 준다. 그것은 프랑스 인들이 앨곤퀸 족의 언어를 아주 나쁜 뜻으로 해석해 붙인 이름이다. 수 족 대신, 사는 지역에 따라 다코타, 나코타, 라코타 족으로 불러야 한다.

오늘날 백인들의 사고방식이 우리 인디언들 대다수의 머릿속에 깊이 뿌리내렸기 때문에 우리 스스로도 자신의 모습을 완전히 잘못 이해하고 있다. 이 점에서 백인들이 사용한 가장 중요한 무기는 바로 기숙사 학교 제도였다. 모두가 그곳에서 일어난 성적 학대와 신체적인 모욕에 대해 말하고 있다. 단순히 언어만이 아니라 백인들의 학교 교육이 우리의 문화에 끼친 영향이 무엇인가를 다들 깨닫고 있다. 하지만 그들의 그런 문화 말살과 동화정책이 얼마나 강력한 것이었나를 진정으로 이해하는 사람은 드물다. 그 학교 제도는 우리의 영혼 깊은 곳에 두려움을 심어 놓았다. 그 두려움을 갖고 오늘날 우리는 이 세상 속을 걸어 다니고 있다.

미국과 캐나다 정부는 오만한 자세로 그 제도를 시행해 왔다. 우리 인디언들의 가슴속에 '막다른 길'이라는 슬픔에 찬 그림을 심어 놓음으로써 자신들이 우리보다 훨씬 우월한 존재라는 거짓된 인상을 지속시키려 하고 있다. 그들은 우리가 지금 이 상황에서 살아갈 수밖에 없다는 것을 믿게 하려고 한다. 우리는 이미 정복당했으며, 전쟁은 끝났다고 확신시키려 하고 있다.

만약 전쟁이 끝났다면, 더 이상 싸움이 없어야 할 것이 아닌가. 그것은 완전히 심리 전술이다. 사실 전쟁은 전쟁터에서 승리하지 않는다. 그들은 뛰어난 심리전에 힘입어 이제 승리를 거두고 있다.

그런 심리전에서는 미국과 캐나다 정부가 항상 앞장섰었다.

내 말이 이해하기 힘든가? 며칠 동안 잘 생각해 보라. 이해가 가지 않는 것이 있다면 잘 살펴보라. 도대체 왜 우리 인디언들이 우리 자신을 캐나다 인이나 미국인이라고 생각해야 하는가? 캐나다 또는 미국이 무엇인가? 그것은 유럽에서 온 이주자들의 집합체에 지나지 않는다. 그들이 오기 전에 이미 이 땅에는 다른 국민들이 살고 있었으며, 그 국민이 바로 우리들이었다. 우리는 그 이주자들과 아무 상관이 없는 사람들이다. 물론 그들과 관계를 맺긴 했지만, 그들이 캐나다라고 부르는 클럽과는 아무 상관이 없는 것이다. 그들은 자기들끼리 독립 국가를 만들고 싶어 했다. 우리 인디언들은 모두의 의견을 존중하기에 그들의 그런 바람을 존중했다. 하지만 우리는 그들과 한 집단이 되지는 않았다.

우리의 땅을 차지하려는 탐욕스러운 욕망과 인디언을 무시하는 마음 때문에 그들은 우리를 제거하려고 그토록 덤벼든 것이다. 먼저 그들은 드러내 놓고 전투를 벌여 왔다. 하지만 우리 모두를 죽일 수는 없었다. 더구나 그들 중 몇몇 사람들조차 자신들이 일으킨 전쟁의 정당성에 의문을 제기하기 시작했다. 그들은 전략을 바꿀 필요를 느꼈다. 그래서 바로 기숙사 학교 제도가 도입된 것이다. 그들은 조만간 그 전략도 포기해야 할지 모른다는 걸 알고 있었기 때문에 빠르고 강하게 우리를 그 제도 속으로 몰아넣었다. 그 학대적인 제도로 그들은 우리를 순하게 만들었고, 우리가 가족과 부족에 대해 갖고 있던 끈을 철저히 끊어 버렸다.

그런 다음 그들은 우리가 캐나다 인이고 미국인이라고 말하면서 우리의 옛 인디언 국가들은 존재하지 않는다고 말했다. 그것은 완전히 쓰러뜨리는 주먹질이었다. 우리는 여전히 이곳에 있어 왔으며 지금도 이곳에 있지만, 그들은 그 사실에 대해 우리들 대부분을 눈 멀게 했다. 그리고 우리들 중 누군가가 그 사실을 다른 사람에게 말할라치면 캐나다와 미국 정부는 모든 수단을 동원해 그를 침묵 시킨다.

그렇기 때문에 나는 내가 캐나다 이전 사람이라고 말하는 것이 다. 또한 나는 미국인도 아니다.

라코타 미예 로. 나는 라코타 족 사람이지 그 어느 나라 사람도 아니다.

다시 말하지만 나는 캐나다 이전 사람이다. 내가 속한 부족은 캐 나다라는 나라가 생겨나기 이전부터 이곳에 있었기 때문이다. 그리 고 나는 캐나다라는 집단에 합류할 생각이 눈곱만큼도 없다. 나는 인디언이라는 사실이 자랑스럽다. 인디언으로서의 삶이 행복하다. 그러니 나를 그냥 내버려 두라. 왜 캐나다 정부는 나를 강제로 캐 나다 인으로 만들거나, 아니면 나를 내 나라에서 쫓아내지 못해 안 달하는가? 우리 둘 중 누가 이 나라에 사는 것이 불법인가? 그들 은 나한테 어떤 것을 강요할 아무런 법적 도덕적 권리도 갖고 있지 않다.

우리 부족 중 어떤 사람들이 캐나다 인이 되고 싶어 한다면, 나 는 그들의 의견을 존중한다. 그것은 그들의 자유다. 하지만 나는 언 제까지나 인디언으로 남을 것이다. '캐나다에 귀속된 인디언 후손' 으로 위축될 생각은 전혀 없다. 국제법에서는 캐나다 인이나 미국 인이 된 인디언을 그렇게 분류한다.

캐나다와 미국 국경에 대해서도 생각해 보라. 그것은 순전히 유 럽 인들의 발상에서 생겨난 경계선이다. 원래 그 땅에 살고 있던 원주민들에게 그 경계선을 강요하고 그것에 따라 구속하고 처벌하는 것은 우리가 가진 인간적인 권리를 탄압하는 일이다. 그 국경선은 유럽 인들의 경제적인 이유 때문에 존재하는 것이지, 인디언 원주민들에게는 해당되지도 않는 선이다.

그러므로 나한테는 그 국경선은 존재하지 않는다. '캐나다'라는 것 자체가 내게는 얼토당토않는 개념이다. 캐나다가 어디에 있는가? 그것은 당신들의 생각 속에나 존재하는 것이다. 나는 지금 '캐나다'에 있는 것이 아니다. 우리 조상 대대로 살아온 거북이섬의 추운 북쪽 지방에 살고 있는 것이다.

캐나다 이민국은 나더러 캐나다를 떠나라고 명령하고 있다. 그렇다면 좋다. 나에 대해선 잊으라. 그러면 당신들의 마음으로부터 내가 사라질 것이 아닌가. 그렇게 되면 나는 '캐나다'에 존재하지 않는 것이 된다. 그리고 나는 이곳 거북이섬에서 내 가족을 돌보며 살아갈 것이다.

들소 풀(버팔로 그래스)처럼 이곳에 자생하던 식물들은 당신들이 그어 놓은 그 상상의 국경선 양쪽 어디에나 자라고 있다. 심지어 국경선 바로 위에서도 자란다. 사슴들은 당신들이 주장하는 노스다코타 주(미국 중북부의 주)와 서스캐처원 주 경계선을 자유롭게 넘나들면서 이쪽 편에서 풀을 뜯어먹고 저쪽 편에서 똥을 싼다. 사슴들에게는 어떤 국경선도 보이지 않는 것이다. 자유로운 이동을 막는 철조망 같은 것이 둘러쳐져 있다 해도 동식물들은 간단히 그 경계선을 뛰어넘을 것이다.

우리 인디언들은 이 아메리카 대륙에서 자생해 온 토착 생태계의 일부다. 이곳은 우리의 땅이기 때문에 원하는 곳 어디로든 이동할 권리가 있다. 다른 이들에게 피해를 주지만 않는다면, 우리가 바라는 어느 장소로든 옮겨 갈 권리가 있다.

유엔이 정한 헌법 51조는 국가가 공격을 받으면 스스로를 방어할 권리가 있다고 정하고 있다. 만약 캐나다 정부가 나를 내 나라에서 내쫓으려고 한다면, 그것 역시 침략 행위다. 내가 정복당하기를 거부한다고 해서 캐나다 정부를 대표하는 무장 경찰이 나를 감옥에 가두려고 한다면, 그것은 테러이며 전쟁 행위다. 상대방에게 적절히 전쟁을 선포하지 않고 공격을 시작하는 것이 곧 테러다. 내 나라에서 나를 체포하기 위해 쫓아오는 외국인들을 피해 달아나느니, 차라리 정치적인 죄수가 되는 쪽을 나는 택하겠다. 나는 도망갈 생각이 전혀 없다!

나는 캐나다에 대항해 힘에는 힘으로 맞설 아무런 물리적인 수단도 갖고 있지 않다. 하지만 내가 할 수 있는 모든 방법으로 맞서 싸울 것이다. 내가 가진 모든 능력을 동원해 내 아이들을 보호할 것이고, 그들과 함께 살 것이다.

내 부족 사람들을 위해 나는 계속 싸워 나갈 것이다. 그리고 이 식민지 상태에서 벗어나기 위해 최선을 다해 그들을 일깨울 것이다. 나아가 캐나다 정부의 방해에도 불구하고 내 가족에 대한 책임을 다할 것이다. 그리고 개인적으로는 내 자신이 진정으로 '아름다움 속에서 걸을 수 있을' 때까지 내 의식을 성장시키고 더 나은 인간이 될 것이다. 이것들이 내 삶의 목표이며, 누구도 그것을 방해할 수 없다.

캐나다에 인종적인 다툼이 있는 것은 캐나다 정부가 인디언 원주민들을 전혀 존중하지 않기 때문이다. 우리를 존중한다면, 이런 식으로 자신들의 믿음을 우리에게 강요하지 않을 것이다. 캐나다 정부가 더 성숙해져서 자신들의 실수와 단점을 인정하기 전까지는 캐나다는 여전히 이 땅의 원주민들을 존중할 수 없을 것이다. 캐나다 정부가 이 잘못된 행위들을 중단하고 바로잡기 전까지는 이 불행하고 부도덕하고 반항만을 불러일으키는 관계가 계속될 것이다.

*

그를 아는 사람들에게 찰리 울프 스모크 또는 찰리 스모크로 알려진 홀로 서 있는 늑대(숭크마니투 탕카 이스날라 나진)는 2001년 10월 19일에 이 연설을 했다. 지금은 '캐나다'라고 불리는 거북이섬에서 조상 대대로 살아왔기 때문에 도저히 인디언에서 캐나다 인으로 자신의 존재를 바꿀 수 없다고 선언한 이 용기 있는 인디언은 그 이후 지금까지도 계속해서 캐나다 정부에 의한 구금과 재판을 반복해 오고 있다.

그는 캐나다와 미국 정부에 맞서 싸우는 '한 사람으로 이루어진 군대'나 다름없다. 감옥에 갇히고 수많은 힘든 시기를 거쳤지만 주저앉지 않고 투쟁을 계속하고 있다. 그는 교육도 많이 받은 훌륭한 인디언으로, 아내와 몇 명의 자녀가 있다. 그의 믿음 때문에 가족들 역시 많은 고통을 겪어 왔다.

홀로 서 있는 늑대는 한마디로 나라가 없는 사람이다. 모호크 족과 라코타 족 출신인 그는 캐나다 시민권을 거부한 이유로 미국으로 추방당했으나, 미국 정부 역시 인디언 운동가인 그를 받아들이길 거부했다. 그는 자신이 '캐나다 이전 사람', '미국 이전 사람'이라고 말한다. 캐나다와 미국은 유럽 이주민들이 세운 나라이기 때문에 그 자신과는 아무 상관이 없는 나라들이라는 것이다. 그 땅은 원래 자신들의 땅이기 때문에, 북아메리카 지역이 식민지화되기 전에 그의 조상들이 그랬던 것처럼 그는 원하는 곳 어디든 갈 수 있어야만 한다.

그는 캐나다 서스캐처원 주 리자이너에서 고등학교 과학 교사로 일하다가 수업 중에 원주민의 시각을 표현했다는 이유로 해고당했다. 또한 캐나다 이민국은 그에게 국외 추방 명령을 내렸다. 그들은 그를 미국으로 추방시키려 했지만, 미국 정부 역시 그가 '미국 이전 사람'이라고 주장한다는 이유로 입국을 받아들이지 않았다. 현재까지 양국 정부가 어떤 결정을 내릴지는 불투명하다. 어쨌든 국외 추방 명령은 아직 유효한 상태다.

울프는 또 과학 교사 자리를 얻기 위해 아내의 사회 보장 번호를 사용한 죄목으로 검찰에 고발되었다. 고발당하기 훨씬 전에 울프 자신이 이미 그 사실을 밝혔으며, 캐나다 인간 자원국은 그가 캐나다 시민권 받기를 거부함에도 불구하고 그에게 사회 보장 번호를 지급할 계획이었다. 하지만 캐나다 이민국이 그에게 추방 명령을 내리자, 서둘러 그를 고발조치한 것이다.

울프에 대한 이야기가 세상에 전해지자 거북이섬 전역에서 그의 '캐나다 이전 국적'을 지지하는 운동이 일기 시작했다. 인디언 운동가들이 캐나다 인간 자원국을 방문해 고소를 취하할 것을 요구하고, 결국 이 사건은 법정에서 기각되었다. 현재까지도 울프는 자신을 지배하려는 캐나다 정부에 저항해 힘든 싸움을 계속하고 있다. 가족과 거북이섬의 원주민들이 그를 지지하고 있다.

홀로 서 있는 늑대는 어린 인디언들에게 중요한 본보기가 되고 있다. 마땅히 존중받아야 할 아메리카 원주민으로서의 권리를 그가 일깨우고 있기 때문이다. 그가 캐나다 정부와 타협하고 시민권을 받아 아내와 가족이 있는 고향으로 돌아가기는 쉬운 일이다. 그렇게 함으로써 가족을 부양하고 자신을 보호할 수 있다. 하지만 홀로 서 있는 늑대는 그렇게 하지 않았다. 그는 무엇이 결국 이 싸움에 승리하는 길인가를 알고 있기 때문이다.

1945년, 캐나다 서부 앨버타의 높은 평원(하이 프레이리)에서 태어난 크리 족 인디언 해럴드 카디널은 거머리 샛강 크리 족 보호구역에서 성장했다. 그 후 그는 캐나다에서의 인디언의 권리를 대변하는 뛰어난 정치인이 되었다. 캐나다의 역사를 그는 '백인들에 의한 의도적인 파괴와 탄압, 거듭된 약속 위반 등으로 얼룩진 부끄러운 연대기'라고 표현한다.

"우리 인디언들은 더 이상 믿지 않는다. 그것은 그만큼 간단하고, 또 그만큼 슬픈 일이다. 캐나다 정부는 참여, 상담, 인간과 환경의 점진적인 개발 프로그램 등을 약속한다. 하지만 우리는 더 이상 그들을 믿지 않는다.

여러 세대에 걸쳐 캐나다 정부에 대해 끊임없이 절망한 나머지 우리 인디언들은 지치고 참을성을 잃었다. 캐나다 정부가 위선으로 가득한 정치적 발언, 공허한 약속들, 겉 다르고 속 다른 말들로 우리의 요구를 채워 주려고 하기 전에 우리는 우리가 맺은 조약에 따른 정당한 권리를 요구한다. 인디언들과 캐나다 정부 사이에 더 이상의 어떤 협조가 이루어지려면 무엇보다 먼저 이 정부가 인디언들의 권리를 인정해야만 한다. 우리는 그 이상도, 그 이하도 원하지 않는다."

캐나다 평원 출신의 블랙푸트 족 인디언은 자신들의 태양춤 의식을 억압하는 백인 정부의 부당함을 지적했다. 인종학자 월터 맥클린톡이 자신의 저서 『북쪽으로 난 옛 오솔길』에 그것을 실었다.

"당신은 여러 해 동안 우리와 함께 지냈고, 우리의 의식에 많이 참석했었기 때문에 잘 알 것이다. 우리의 태양춤 의식으로 혼란이 야기되거나 해로운 일이 발생하는 것을 본 적이 있는가? 태양춤 때문에 우리 인디언들이 부상을 당한 적은 한 번도 없다. 오히려 우리는 얼굴 흰 자들이 추는 춤에 훨씬 더 나쁜 요소가 많다고 생각한다.

해마다 여름이면 한 차례씩 태양신에게 영광을 돌리기 위해 한자리에 모여 축제를 벌이는 것이 우리의 전통이다. 더 선한 삶을 살고 서로에게 더 친절해지기 위해 우리는 금식과 기도를 행한다.

얼굴 흰 사람들이 왜 우리의 종교의식을 금지하는지 이해할 수 없다. 그 의식들이 어떤 피해를 준단 말인가? 만약 그들이 우리의 종교를 빼앗아 간다면 우리에게는 아무것도 남지 않을 것이다. 왜냐하면 우리는 그것을 대신할 다른 어떤 것도 알지 못하기 때문이다.

우리는 얼굴 흰 사람들의 종교를 이해할 수 없다. 검은 옷을 입은 자(가톨릭 신부)들은 이렇게 말하고, 흰 넥타이를 맨 자(개신교 목사)들은 저렇게 말한다. 따라서 우리는 머리가 혼란스럽다.

우리는 태양신이 전능함을 믿는다. 해마다 봄이 되면 태양은 나무들의 싹을 틔우고 풀들을 자라게 한다. 우리는 그것을 우리 자신의 눈으로 보며, 그것으로 미루어 모든 생명이 그에게서 나온다는 것을 이해한다."

최근 캐나다 장로교 협회는 위니펙 정기 총회에서 〈우리의 고백〉이라는, 인디언들에게 용서를 구하는 선언문을 채택했다. 다음은 그 선언문의 전문이다.

"성경을 통해 성경 속에서 말씀하시는 성령의 부름을 받아 캐나다 장로교회는 고백한다. 이 고백은 하느님의 말씀에 대한 응답이다. 우리는 원주민들의 증언을 통해 우리의 선교 활동과 성직을 새로운 방식으로 이해하게 되었다.

1. 우리 120차 캐나다 장로교 전체 회의는 하느님의 영이 우리를 안내하기를 간절히 원하며, 우리 자신이 지은 죄와 잘못들에 대해 인정하면서 우리가 사랑하는 교회에 대해 말한다. 우리가 이렇게 하는 것은 우리의 과거를 새롭게 이해했기 때문이지, 우리 자신이 우리보다 앞선 시대에 살았던 사람들보다 더 우월하거나 우리라면 같은 상황에서 다르게 행동했으리라고 여기기 때문이 아니다.

2. 우리는 캐나다 정부의 공인된 정책이 원주민들을 백인들의 문화에 강제로 동화시키기 위한 것이었으며, 캐나다 장로교회가 그 정책에 협조했음을 인정한다. 우리가 원주민들에게 끼친 피해의 근원은 서구 유럽 인들이 가진 식민주의 정책의 자세와 가치관에 있었으며, 우리의 모습대로 아직 만들어지지 않은 것은 발견해서 무조건 착취해야 한다는 가정에 있었음을 우리는 인정한다. 그 정책의 일부로서 우리는 다른 교회들과 함께 정부가 원주민들이 창조주 하느님 앞에서 경험했던 몇 가지 중요한 영적인 의식들을 추방하는 데 힘을 보탰다. 그 정책에 교회가 공범이 된 것에 대해 우리는 용서를 구한다.

3. 우리는 캐나다 장로교회 안에 선한 믿음을 갖고 자신들의 원주민 형제들과 누이들에게 사랑과 자비를 갖고 있던 많은 회원들이 있었음을 인정한다. 그들의 헌신을 인정하며 그들이 한 일에 찬사를 보낸다. 예언자적인 통찰력을 갖고, 이 땅에서 행해지고 있는 파괴력을 자각하고 항의했던 몇몇 사람들이 있었음을 인정한다. 하지만 그들의 노력은 좌절되었다. 우리는 그들의 통찰력을 인정한다. 그들을 적절히 지원하지도 않았고 정의를 외치는 그들의 목소리를 듣지 않은 것에 대해 우리는 용서를 구한다.

4. 우리는 캐나다 장로교회가 삶에 무엇이 필요한지를 원주민들보

다 더 잘 안다고 가정했음을 고백한다. 교회는 우리의 원주민 형제자매들에 대해 이렇게 말했다. '만약 그들이 우리처럼 될 수 있다면, 만약 그들이 우리처럼 생각하고 말하고 예배드리고 노래하고 일할 수 있다면, 우리가 하느님을 아는 것처럼 그들도 하느님을 알 것이고, 그들의 삶도 풍요로워질 것이다.' 우리의 문화에 대한 이런 오만함 때문에 우리는 복음서에 대한 우리 자신의 이해가 문화적으로 조건 지워진 것임을 알지 못했으며, 나아가 토착 문화에 대한 몰이해 때문에 우리는 복음서가 요구하는 것보다 더 많은 것을 원주민들에게 요구했다. 그럼으로써 자비롭고 고통스러운 사랑으로 자신을 통해 모든 사람이 하느님에게로 올 수 있도록 모든 인간을 사랑하신 예수 그리스도를 잘못 소개했다. 교회가 그렇게 추정한 것에 대해 우리는 용서를 구한다.

5. 캐나다 정부를 격려하고 도와주고자 캐나다 장로교회는 원주민 아이들을 그들의 집과 고향에서 강제로 데려와 기숙사 학교에 집어넣은 것을 인정한다. 그 학교들에서 아이들은 전통적인 방식을 박탈당했으며, 그것들은 동화 과정에 도움이 될 수 있도록 유럽의 문화로 대체되었다. 그 과정을 수행하기 위하여 캐나다 장로교회는 원주민들에게 낯선 규칙과 훈련을 적용시켰으며, 보살핌과 규율에 대한 기독교적인 원칙을 뛰어넘어 신체적이고 심리적인 처벌을 가하고 공개적으로 억압했다. 복종과 묵인의 분위기 속에서 성적으로 학대할 기회가 있었으며, 몇몇 아이들은 실제로 성적 학대를 당했다. 이 모든 것의 영향으로 원주민들은 문화적인 정체성을 상실하고, 자신에 대한 안전한 확신을 잃었다. 교회의 그런 무감각에 대해 우리는 용서를 구한다.

6. 우리는 캐나다 장로교회의 선교 활동과 목사들에 의해 삶에 깊은 상처를 받은 사람들이 있다는 것을 참회한다. 교회를 대신해 우리

는 하느님의 용서를 구한다. 우리가 그들의 상처를 치료하는 데 도움을 줄 수 있도록 은총의 하느님께서 자비로운 길로 우리를 인도해 주시기를 기도한다.

7. 우리는 또한 원주민들에게 용서를 구한다. 들어온 모든 것들이 사실임을 우리는 인정한다. 말로써 그들에게 너무 깊은 상처를 준 사람들도 우리가 인정하는 바를 받아들이기를 희망한다. 하느님의 인도하심을 받아 우리의 교회는 다 같은 하느님의 자녀로서 치료와 온전함에 이르는 길을 발견하기 위해 원주민들과 함께 걸어갈 것이다."

두려움은 당신이 두려워하는 그 일을 할 때 비로소 없어진다.

다가오는 사슴(컴잉 디어)_체로키 족

전쟁은 땅을 소유하기 위한 것이다. 하지만 결국에는 땅이 인간을 소유한다. 누가 감히 땅을 소유했다고 말할 수 있는가? 그는 땅속에 묻히지 않는단 말인가?

코치세(섬꼬리풀 같은 사람)_치리카후아 아파치 족

너의 이웃을 위해 무엇인가 어려운 일을 하라. 그들에게 연민의 마음을 잃지 말며 그들을 사랑하라. 가난한 사람이 있으면 도우라. 그와 그의 가족에게 먹을 것을 주고, 그들이 청하는 것이면 무엇이든지 주도록 하라. 너의 부족 사람들 사이에 의견 충돌이 있거든 서로 화해시키라.

성스러운 담뱃대를 들고 그들 속으로 걸어가라. 그들을 화해시키기 위해 필요하다면 목숨까지 바치라. 그래서 질서가 되찾아진 다음, 평화와 화합의 상징인 성스러운 담뱃대를 여전히 손에 쥐고서 대지 위에 누워 있는 너의 시신을 본다면 그들은 네가 진정한 추장이었음을 분명히 알 것이다.

인디언 교훈_위네바고 족

우리는 혼자 걷는 것이 아니다. 위대한 이가 우리 옆에서 걷고 있다. 그것을 알고, 감사하라.

폴링게이시 쿼야웨이마_호피 족

우리 부족에 한 현명한 어른이 있었는데, 그는 생전에 자주 "핀 페오비!" 하고 말하곤 했다. 그것은 '산꼭대기를 쳐다보라'는 뜻이었다. 내가 그 말을 처음 들은 것은 지금으로부터 25년 전인 여덟 살 때였다. 그때 나는 하늘을 운행하는 아버지 태양에게 힘을 보태기 위해 푸에블로 족 사람들이 하는 릴레이 경주에 처음으로 참가했었다. 나는 태양의 길을 따라 동쪽에서 서쪽으로 이어진 길의 끄트머리에 서 있었다. 그때 앞이 잘 보이지 않는 그 어른이 말했다.

"얘야, 달리기를 할 때 산꼭대기를 쳐다보거라."

그러면서 그는 멀리 서쪽에 아련히 떠 있는 치코모 산을 가리켜 보였다. 그 산은 테와 푸에블로 족에게는 신성하게 여겨지는 산이었다. 그가 계속 말했다.

"저 산꼭대기에 눈을 고정시키고 달리면 네 앞에 있는 먼 거리가 네 발아래서 한달음으로 줄어드는 것을 느낄 것이다. 그렇게 하면 너는 덤불숲과 나무들, 심지어 강물까지도 뛰어서 건널 수 있을 것이다."

나는 그 마지막 말이 무슨 의미인지를 이해하려고 애를 썼다. 하지만 그러기에는 너무 어렸다.

며칠 후 나는 그 어른에게 내가 정말로 나무들을 뛰어넘는 법을 배울 수 있느냐고 물었다. 그가 미소 지으며 말했다.

"삶에서 어떤 도전과 마주치더라도 언제나 산꼭대기를 바라봐야 한다는 것을 기억하라. 그렇게 함으로써 너는 네가 가진 위대함을 발견하게 될 것이다. 그것을 기억하고, 어떤 문제나 아무리 커 보이는 어려움도 너를 좌절시키지 못하게 하라. 저 산보다 작은 어떤 것도 너를 방해하지 않게 하라. 이것이 내가 너에게 남겨 주는 마지막 가르침이다. 우리가 다음번에 다시 만날 때는 저 산꼭대기에서 만나게 될 것이다."

옥수수 줄기가 땅에 튼튼하게 서 있는 그다음 달, 여든일곱 번의 여름을 보낸 후 그 노인이 잠든 채로 조용히 세상을 떠났을 때, 나는 그다지 놀라지 않았다.

알폰소 오티즈_테와 푸에블로 족

때로는 깨어 있는 것보다 꿈이 더 현명할 때가 있다.

검은 큰사슴(헤하카 사파)_오글라라 라코타 족

그대들은 치유되리라. 내가 그대들에게 새 생명을 주노니. 저 위에 계신 아버지를 통해 내가 그대들을 치유하리라. 새 생명을 주노라.

좋은 독수리(완블리 와스테)_다코타 족 성자

큰일을 도모할 때 그대가 그것을 순식간에 끝내리라고 기대할 수는 없다. 그러므로 멈추지 말고 나아가라. 처음에 시작한 일을 완전히 끝맺을 때까지 어떤 것에도 용기를 잃지 말라. 형제여, 나는 그대에게 말한다. 나는 멈추지 않고 앞으로 나아갈 것이다. 강한 역풍이 불어와 내 얼굴을 때릴지라도 앞으로 나아갈 것이며 결코 돌아서지 않을 것이다. 그대 역시 그렇게 하기를 바란다. 길 이편저편에서 새소리가 들릴지라도 그것에 한눈팔지 말아야 한다. 내 말을 잘 듣고 그것을 가슴에 새겨라. 내가 말한 것이 진리임을 믿어 의심치 않아도 된다.

테디유스쿵_델라웨어 족

세상 사람들이 나를 보고 웃기에, 나도 그들을 보고 웃어 주리라.

이크토미_오글라라 라코타 족 주술사

나의 할아버지 빨간 윗도리(사고예와타)는 단순한 가르침을 주었다. 예를 들어, 사람은 자기 자신에게 네 가지 중요한 물음을 던져야 한다고 그는 말했다. '지금 내가 하고 있는 일이 행복한가? 지금 내가 하고 있는 일은 세상에 혼란을 가져다주는 일은 아닌가? 지금 내가 하고 있는 일이 평화와 만족을 가져다주는 일인가? 내가 세상을 떠났을 때 나는 어떤 사람으로 기억될 것인가?'

예웨노데(트윌라 니치)_세네카 족

모든 종족을 만드신 위대한 정령이시여, 온 인류를 굽어살피시어 우리를 갈라놓는 자만심과 미움을 걷어 가소서.

체로키 족의 기도

우리 모두는 어머니 대지와 하나이기 때문에 우리의 공통된 운명

속에는 네 가지 피부색을 가진 인류가 함께 나눌 수 있는 많은 것들
이 있다. 성스러운 지혜를 간직한 인디언 부족의 어른들과 치료사들
이 강조하는 것도 그것이다. 인간이 가진 힘을 잘못 사용함으로써 서
로가 다치지 않게 하기 위해.

1980년 제5차 인디언 부족 어른들 모임 결의문

그 단어가 희미해져 가고 있네.
두 글자로 된 단어.
'자유'
그 단어가 희미해져 가고 있네.
두 글자로 된 단어가.

치페와 족 노래

그대가 한때 자유로웠음을 기억하는 것보다 더 슬픈 일은 그대가
한때 자유로웠다는 사실을 잊어버리는 일이다. 그것이 세상에서 가장
슬픈 일이다.

고귀한 붉은 얼굴(매튜 킹)_라코타 족

속 빈 뿔 곰(마토 헤흘로게차, 라코타 수우 족)

꽃가루를 뿌리면 비가 내렸다

아사 바즈호누다
나바호 족

내 나바호 족 이름은 아사 바즈호누다, 인디언 춤을 추는 여인이란 뜻이다. 나는 올해 여든세 살이다.

나는 본래 블랙 메사 출신이다. 그곳에서 태어났고, 그곳에서 자랐다. 나의 부모와 조부모 모두 똑같은 지역 출신이다. 현재 나는 광산에서 그리 멀지 않은 동쪽 지대에 살고 있다. 나는 나바호 족 인디언들의 전통 가옥인 호건(엮은 나뭇가지 위에 진흙을 덮은 집)에서 태어났으며, 그 집은 내가 지난번 볼 때까지만 해도 그대로 서 있었다. 하지만 지금은 알 수가 없다. 아마도 광산업자들이 그 집을 허물어뜨렸을 것이다.

사람들의 얘기에 따르면 나의 어머니가 나를 임신했을 때 지금의 광산지대 바로 그곳에 살았었다. 그러다가 나를 낳을 무렵에 동쪽 지역으로 이사해 그곳에서 내가 태어났다. 그곳은 백인들이 석탄을 캐내고 있는 장소에서 별로 멀지 않은 곳이다. 그곳에서 나는 자랐으며, 결혼을 해서도 남편과 같은 장소에서 살았다. 그 무렵 남편이 우리가 사는 곳 근처의 땅을 개간해 울타리를 치고 옥수수를 심었다. 우리는 그 옥수수 밭으로 가서 농사를 짓고 옥수수를 수확하곤 했다.

나의 어머니는 세상을 떠났으며, 바로 그곳 우리의 영원한 집 근처에 묻혔다. 그 뒤를 이어 내 남편도 사람들이 전염병에 걸려 죽어가던 무렵 세상을 떠나, 같은 장소에 묻혔다. 그런 일이 있고 난 뒤, 나는 남편이 일궈 놓은 옥수수 밭으로 이사했다. 옥수수 밭은 아직도 그곳에 있으며, 매년 봄 나는 약간의 옥수수를 심는다. 올해는 아직 심지 못했지만, 곧 심을 것이다.

나는 많은 이유로 블랙 메사의 노천 광산에 반대한다. 광산 노동자들은 술을 너무 많이 마시며, 그들은 우리의 젊은이들에게도 술을 먹인다. 내 손주들도 그들 중 하나다. 뿐만 아니라 석탄 가루가 물을 오염시켜 우리의 동물들을 죽인다. 내 아이들의 소유인 양들이 많이 죽었기 때문에 나는 그 사실을 잘 안다. 내가 기르는 소들도 죽어 가기 시작했다.

이제는 그런 일이 너무 자주, 거의 매일같이 일어난다. 백인 정부는 우리더러 죽은 가축에 대해 일일이 신고하라고 말하지만, 대화통로가 없기 때문에 그것조차 불가능하다. 블랙 메사에는 그런 일을 신고할 연락소나 경찰서가 없다.

이런 이유들 때문에 우리는 광산이 동물들과 우리 자신들에게 매우 위험한 영향을 미치고 있다고 믿는다. 광산에서 울려 퍼지는 폭발음도 우리의 마음을 불편하게 한다. 그것은 우리의 말들을 놀라게 한다. 우리들 중 많은 이들이 말을 타고 양 떼를 모는데, 폭발음이 들릴 때마다 동물들이 놀라서 겁을 먹고 달아나기 때문에 애를 먹는다.

블랙 메사에 사는 우리 원주민들은 광산 개발에 대해 일언반구들어 본 적이 없다. 알았다면 우리는 결사코 반대했을 것이다. 오래 전 이 대지는 우리 나바호 족 사람들을 위해 창조되었으며, 그곳은 우리에게 옥수수를 제공해 준다. 우리는 대지를 우리의 어머니로 여긴다.

어머니 대지가 비를 필요로 하면 우리는 꽃가루를 뿌리며, 우리가 대지로부터 나올 때 우리에게 주어진 기도문을 사용한다. 그러면 비가 내린다.

블랙 메사 지역은 비를 내려 달라고 기도하는 곳이다. 그런데 광산이 들어선 다음부터는 어떻게 될지 알 수가 없다. 우리는 어머니 대지를 위해 축복의 기도를 하고, 우리가 더 강해질 수 있도록 어머니 대지의 다리와 몸과 영혼을 사용할 수 있게 해 달라고 요청한다. 그런 다음 꽃가루를 물에 뿌린다.

공기는 신성한 원소들 중 하나다. 그것은 우리의 기도에 매우 중요한 역할을 한다. 숲이 베어 넘어지면서 공기가 갈수록 나빠지고 있다. 이제 공기는 힘이 없다. 어머니 대지에서 뽑아 아이를 낳는 여인에게 주던 약초들도 이젠 숲이 사라지니 더 이상 자라지 않는다. 땅이 마치 화상을 입은 것처럼 보인다.

대지는 우리의 어머니다. 얼굴 흰 사람들은 어머니의 가슴을 파헤치고 있다. 나는 얼굴 흰 사람들의 방식을 알지 못하지만 블랙 메사, 공기, 물은 우리에게 신성한 원소들이다. 우리는 이 신성한 원소들에게 우리 부족의 번성과 각 세대의 안녕을 기원했다.

어렸을 때도 우리의 요람은 어머니 대지가 우리에게 준 재료들로 만든 것이었다. 우리는 그 원소들을 평생 동안 쓰다가 죽어서는 어머니 대지의 품으로 고이 돌려준다. 우리 나바호 족이 처음 대지 위에 나타났을 때 우리가 사용할 수 있도록 약초들도 함께 나타났다.

그것들은 어머니 대지에게 드리는 우리의 기도의 일부가 되었다. 만약 그 기도문들을 잊어버리면 우리 부족은 사라질 것이다. 그것을 깨달아야만 한다. 내가 석탄 광산을 좋아하지 않는 이유가 그것이다.

만약 당신의 어머니가 상처를 입었다면 당신은 얼마를 요구할 것인가? 어머니에게 입힌 상처는 어떤 식으로든 갚을 길이 없다. 아무리 많은 돈으로도 그것을 갚을 수 없다. 돈은 어떤 생명도 태어나게 할 수 없다.

얼굴 흰 사람들에게는 돈이 전부이지만, 나바호 족에게는 블랙 메사가 전부다. 우리의 어머니는 동물과 식물들을 탄생시키며, 그것들은 돈으로 맞바꿀 수 있었다. 블랙 메사는 나의 돈지갑이나 마찬가지다. 블랙 메사는 동물들에게 생명을 주며, 동물들이 우리를 먹여 살린다. 내가 당나귀를 몰 때 사용하는 지팡이는 얼굴 흰 사람들이 사용하는 연필이나 다름없다.

내가 광산을 싫어하는 이유가 그것이다. 얼굴 흰 사람들은 대지를 무시하고 잘못 이용해 왔다. 머지않아 나바호 족의 마을은 아나사지 유적지를 닮을 것이다. 대지를 잘못 이용했기 때문에 바람이 그들을 다 데려갈 것이다.

얼굴 흰 자들은 석탄 캐는 일이 끝나면 우리 나바호 족도 다 사라지길 원할 것이다. 그들은 우리가 아나사지 폐허처럼 되기를 바란다. 누가 그것을 좋아하는가? 아무도 좋아하지 않는다. 모두가 그것과 관계가 있다. 우리의 어머니는 지금 큰 상처를 입고 있다.

내가 지금 말하는 것이 그것이다. 당신의 어머니가 상처를 입으면 당신은 얼마를 요구할 것인가?

어머니 대지는 한 마리 말과 같다. 우리는 말에게 건너와 곡식을 준다. 그렇듯이 나바호 족 인디언들은 어머니 대지로부터 생명을 탄생시키기 위해 꽃가루를 뿌린다. 우리는 어머니 대지에게 물과 태양과 달로 우리를 축복해 달라고 요청한다.

내가 특히 반대하는 것이 대기오염이다. 나에게 눈이 있다는 것을 처음 깨달았을 때, 나는 세상이 투명하다는 것을 알았다. 지금은 바깥이 온통 뿌옇고 회색빛이다. 석탄 광산 때문이다. 공기가 나쁘니까 동물들도 기분이 좋지 않고 건강이 나쁘다. 그들은 무슨 일이 일어나는가를 알고 있으며, 서서히 죽어 가고 있다. 동물들은 걱정하고 있다. 그렇기 때문에 그들은 죽어 가고 있는 것이다.

그 이유는 우리가 축복을 요청하는 그 원소들이 손상을 당했기 때문이다. 신성한 원소들이 다 손상을 입었다. 원소들이 손상을 입으니 식물들도 더 이상 자라지 않는다. 나는 우리의 자식들과 그들의 미래 세대들이 아나사지 유적지처럼 되는 것을 원하지 않는다.

나는 석탄 회사가 나무들을 다시 심을 수 있다고 생각하지 않는다. 그곳에는 바위들뿐이고 흙도 없다. 그들이 어떻게 나무를 다시 심겠다는 건지 이해가 가지 않는다. 흙은 바위들 밑에나 있다. 그러니 어떤 식으로도 나무를 다시 심는 것은 불가능하다. 그들은 나무 심기가 끝나면 그곳이 매우 아름다운 장소가 될 것이라고 주장한다. 나무를 다시 심는다고 해서 우리의 약초가 다시 자라겠는가? 지금 이 순간도 약초들이 사라지고 있다.

나는 약초를 캐러 세 번이나 갔었다. 하지만 전에 약초를 캔 장소조차 찾을 수가 없었다. 마침내 몇 뿌리를 발견했지만 이미 말라 죽은 것들이었다. 나는 산을 내려오는 길도 잃었다. 그곳이 너무도 달라졌기 때문이었다. 광산이 근처에 있었다.

우리에게는 얼굴 흰 사람들의 약으로는 치료할 수 없는 병을 낫게 하는 약초들이 있다. 종종 보건소에서 치료하지 못하는 병을 가진 인디언들이 약초를 찾아 이곳으로 온다. 그들은 치료약을 달라고 어머니 대지에게 기도하고 선물을 바친다. 얼굴 흰 사람들은 이것에 대해 알지 못한다.

우리의 기도와 치료법은 손상을 입었으며, 그것들은 더 이상 이전처럼 효과가 없다. 광산 개발로 인해 어머니 대지가 입은 상처를 무엇으로 보상할 것인가? 어머니 대지가 상처를 입었는데도 우리는 여전히 축복과 치료를 기원한다.

얼굴 흰 사람들은 어머니 대지의 정맥에 있는 물과 신성한 원소들을 마구 캐내고 있다. 나는 고속도로가 건설되는 것도 원하지 않는다. 동물들이 차에 치이고, 아이들이 다치기 때문이다. 광산이 위치한 호숫가에 서 있는 삼나무들이 붉은색으로 변해 가는 것을 나는 본다. 풀들도 죽어 가고 있다.

나는 그들이 더 이상 블랙 메사에서 물을 끌어가지 않기를 바란다. 땅속에 있어야 할 물을 어머니 대지의 몸 위로 꺼내면 다 사라지고 말 것이다. 나는 또 무덤들을 그냥 두기를 원한다. 나의 모든 조상들의 무덤이 다 파헤쳐지고 있다. 석탄 광산이 지금이라도 작업을 중단하기를 나는 원한다.

*

큰 산(빅 마운틴)으로도 불리는 블랙 메사는 애리조나 북부의 나바호 족과 호피 족이 대대로 살아온 터전이며 신성한 장소다. 이곳에 백인이 운영하는 피바디 석탄 회사가 노천 광산을 개발하고, 지하수를 꺼내 발전소를 만들기 시작했다.

나바호 족과 호피 족 전통 인디언들은 블랙 메사를 지키기 위해 대대적인 운동을 전개했으며, 지금도 그 운동은 계속되고 있다. 여기에 실린 글은 1971년 워싱턴 의회 의사당에서 열린 블랙 메사 청문회에서 한 늙은 나바호 족 여인이 했던 연설이다.

블랙 메사는 검은색도 아니고 메사도 아니다. 그곳은 31억 평에 이르는 생강 색깔의 고원 지대로, 형태가 마치 곰 발톱처럼 생겼다. 지도를 펼치면 이곳의 석탄 광산은 마치 종이 위에 떨어진 검은 잉크처럼 보인다. 이곳의 석탄들은 호수에 둘러싸여 수천 년 동안 자라던 숲과 식물들이 땅속에 묻혀 딱딱하게 굳어진 것으로, 무려 210억 톤에 달하며 미국 최대의 석탄 저장량이다.

이곳의 개발로 로스앤젤레스는 더 많은 에어컨 시설을 사용할 수 있게 되고, 라스베이거스는 더 많은 네온사인을 밝힐 수 있게 되었다. 피닉스는 애리조나 주의 더 많은 물을, 애리조나의 투손은 더 많은 전력을 끌어다 쓸 수 있게 되었다. 그리고 인디언들도 당연히 더 많은 부를 누리게 될 것이라고 생각했다.

하지만 석탄 광산 개발로 호피 족과 나바호 족 인디언들은 부자가 되기는커녕 훨씬 더 나쁜 환경에 놓이게 되었다. 블랙 메사는 인권유린과 환경 파괴로 고통받아 왔으며, 타도시로 물을 끌어가는 바람에 호피 족의 물 공급은 바닥이 났다. 수천 개의 유적지가 파괴되고, 대부분의 미국인들은 알지도 못한 상황에서 2만 명의 나바호 족 인디언들이 강제로 그들의 땅에서 쫓겨났다. 이것은 1880년대 이후 미국에서 일어난 최대 규모의 인디언 강제 이주였다.

블랙 메사 문제는 아직도 현재 진행형의 상태다. 인터넷을 통해 이곳의 환경, 인권 문제가 알려지면서 그곳에 사는 원주민들에게 힘을 실어 주는 운동들이 활발히 전개되고 있다.

하지만 초기에 외부 세계의 아무런 도움 없이 나바호 족과 호피 족 원주민들이 블랙 메사의 파괴에 저항해 힘겹게 투쟁해 나가고 있을 무렵, 그것과 때를 같이해 미국 전역에서 권리 회복을 주장하는 인디언들의 목소리가 높아지기 시작했다.

1968년 뉴멕시코의 타오스 푸에블로 족 인디언들은 자신들이 신성하게 여기는 파란 호수(블루 레이크)에 대한 소유권을 되찾기 위해 미국인들에게 다음과 같은 호소문을 발표했다.

"우리 부족은 이 대지와 그곳에 사는 사람들을 책임지고 있다. 우리는 역사가 기록되기 이전부터, 살아 있는 모든 기억이 전설이 될 만큼 아득히 먼 옛날부터 이 땅에서 살아왔다. 우리 부족 사람들의 이야기와 이곳의 이야기는 별개의 것이 아니다. 이곳을 떠올리지 않고서는 우리 자신도 떠올릴 수 없다. 우리는 이 대지와 늘 하나로 연결되어 있다."

3년 후 타오스 푸에블로 족은 마침내 블루 레이크에 대한 소유권을 되찾는 데 성공했다.

원주민들의 땅을 빼앗을 당시, 그것이 정당한 조약에 따른 것임을 강조하기 위해 미국 정부는 1787년 다음과 같은 법 조항을 만들었다.

'인디언들에 대해서는 언제나 최대한의 선의를 보여야 한다. 그들의 영토와 재산은 그들의 동의 없이는 결코 양도될 수 없다.'

하지만 이 조항에는 다음과 같은 단서가 붙었다.

'인디언들의 재산과 자유는 의회가 승인한 정당하고 합법적인 경우를 제외하고는 절대로 침해받지 않을 것이다.'

이것은 의회가 승인만 하면 언제든지 인디언들의 재산과 자유를 빼앗을 수 있다는 교묘한 속임수였다. 그러나 백인 정부 스스로가 정한 그 조항이 그로부터 2백 년 뒤, 인디언들에게 희망을 던져 주기 시작했다. 동부의 몇몇 인디언 부족들을 대신해 일하던 한 변호사가 어느 날 놀라운 사실을 발견했다. 동부 부족들에게서 땅을 넘겨받은 근거가 된 조약들 중 많은 수가 의회의 승인 절차를 하나도 거치지 않았던 것이다. 법이 분명하게 밝히고 있듯이, 그런 조약은 무효였다. 결국 관련된 주 정부와 주민들의 강력한 정치적 압력에도 불구하고 법원은 잇따라 인디언들의 소유권을 인정하는 판결을 내렸다. 그리하여 2백 년 만에 인디언들은 잃었던 권리를 되찾을 수 있었다.

알래스카의 주민들 역시 법정 투쟁을 벌여 원주민들의 권리를 어느 정도 회복하는 데 성공했다. 대부분의 지역이 유전 회사들에게 넘어가 이미 회복할 수 없는 상태에 이르렀지만, 원주민들의 꾸준한 영토 반환 노력의 결과, 알래스카 주민들은 미 정부로부터 일정액의 보상금을 받아내기에 이르렀다.

백인들에게 땅은 그저 사고파는 상품에 불과하지만, 원주민들은 땅을 수호하는 것을 무엇보다 중요히 여겼다. 워싱턴 주의 키노 족 인디언들은 보호구역 안의 해안을 따라 늘어선 리조트, 별장, 여가용 오두막 등에 대해 부족 고유의 권한을 행사하기 시작했다. 나아가 인디언이 아닌 사람들은 보호구역 내의 해변에 출입하지 못하게 만들었다.

키노 해변은 봄이면 대합조개 캐기가 아주 좋아서 행락객들이 몰려와 쓰레기 더미를 남기고 가기 일쑤였다. 1969년 여름, 키노 족은 외지인들이 해변에 출입하는 것을 금지시켰고, 그럼으로써 영토 관리권을 되찾았다. 이 해변 폐쇄 조치는 1970년대를 휩쓴 아메리카 원주민들의 권리 회복 운동의 시발점이 되었다.

1972년 메인 주의 파사마쿼디 족과 페놉스코트 족은 미합중국 법

무성에 150억 평, 다시 말해 주 면적의 거의 3분의 2에 해당하는 땅에 대한 소유권을 신청했다. 이 부족들 역시 2백여 년 전에 의회의 승인을 받지 않은 조약을 통해 영토를 빼앗겼던 것이다. 메인 주를 비롯해 근처 여러 주의 주민들은 발등에 불이 떨어졌고, 〈타임〉지와 〈보스턴 헤럴드 아메리칸〉지를 비롯, 언론과 정치인들이 '2백 년 전의 일을 이제 와서 트집잡을 하등의 근거가 없다'고 주장하고 나섰다. 하지만 결국 1980년 메인 주의 인디언들은 8천만 달러를 배상받아 옛날에 부족이 소유했던 땅 3억6천만 평을 사들일 수 있었다.

샌프란시스코에 위치한 아메리카 인디언 역사학회는 주 정부가 채택한 교과서가 인디언들을 왜곡되게 다루고 있다고 맹공을 퍼부어, 결국 교과서 채택권을 잃어버릴 위기에 처한 교과서 출판업자들로 하여금 서둘러 기존의 내용을 바로잡도록 만드는 데 성공했다.

인디언들의 목소리가 높아짐과 동시에 인디언 장식품을 달고 다니는 것이 일종의 유행처럼 번졌다. 박물관들은 앞다퉈 인디언 유물을 전시하기 시작했고, 〈라이프〉지는 인디언 관련 기사로만 구성된 특집판을 내기도 했다. 카이오와 족 출신 작가 스코트 모마데이가 퓰리처 상을 수상했으며, 환경보호주의자와 이상적인 자유주의자들로서 인디언을 바라보는 낭만적인 시각까지 등장했다.

1980년대에는 인디언들에게 성지에 대한 권리와 종교적인 유물, 조상들의 유해를 돌려주어야 한다는 것이 뜨거운 이슈로 떠올랐다. 인디언들은 아메리카 원주민들의 뼈는, 그것이 도굴꾼들에 의해 무덤에서 파헤쳐진 것이든 아메리카 선사 시대의 역사를 재구성하기 위해 고고학자들이 신중하게 발굴한 것이든 다시 땅속으로 되돌려 보내야 한다고 주장했다.

이에 백인 학자들이 강하게 반발하고 나섰다. 특히 화학적으로 뼈를 분석해 고대인들의 질병과 진화의 고리를 발견하려고 했던 자연 인류학자들은 많은 인류학자들과 연합해 그 '소중한 문화재'를 돌려 주는 것을 거부했다. 살아 있는 인디언들을 연구하는 문화 인류학자 들은 인디언들의 감정을 그나마 이해하는 편이었다. 로드 아일랜드에 있는 17세기 나라간세트 족 인디언 묘지를 발굴한 한 인류학자는 1960년대 말 이렇게 고백했다.

"나는 내가 그다지 좋은 일을 한 게 아님을 깨달았다. 만약 누군가 가 나의 17세기 조상의 무덤을 함부로 파헤쳤다면 나는 기분이 좋지 않았을 것이다."

1930년대 초, 네브래스카 주의 오마하 족이 살던 마을을 발굴하면 서 고고학자들은 백여 개의 인디언 유골을 발견했다. 그것들은 네브 래스카 대학의 수집품의 일부가 되었다. 하버드 대학의 피바디 박물 관도 오마하 족이 성스럽게 여기는 기둥과 장신구들을 진열했다. 오마 하 족 사람들은 조상들의 유골과 신성한 물건들을 되찾기까지 무려 60년 동안 법적 투쟁을 벌여야 했다.

고고학자들과 인류학자들은 '과학적인 연구'를 이유로 가는 곳마다 후손들의 허락 없이 인디언들의 무덤을 파헤쳤으며, 대부분의 유해는 아무런 절차나 의식도 없이 박물관으로 보내졌다. 미국이 자랑하는 스미스 소니언 박물관은 이로쿼이 족 연맹이 아버지들의 뼈를 반환할 것을 요구하자 몇 개의 뼈를 종이 박스에 담아 우편으로 부치는 상식 밖의 행동을 저질렀다.

1970년대가 되면서 인디언들이 박물관을 습격하고 유명 박물관 입 구에서 시위를 벌이자 상황은 더 나빠졌다. 대부분이 유명한 인류학 자들인 박물관 책임자들은 인디언들의 유해를 창고로 옮겨 쌓아 두 고는 자신들의 박물관에는 인디언 물건이 없다고 발뺌을 했다.

테네시 계곡에 댐이 세워질 때는 여러 공동묘지를 옮겨야만 했는데, 댐 건설 회사는 백인들의 유해는 다른 공동묘지로 옮기고, 인디언들의 뼈는 그냥 등 뒤로 던졌다가 박물관이나 창고로 보냈다. 한 백인은 네바다 주에서 발견한 인디언 유해들을 3천 달러에 팔겠다고 박물관에 제의하기도 했다.

희망적이게도 상황이 조금씩 나아지고 있다. 1990년대에 워싱턴 주 아소틴의 공사 현장에서 일어난 일을 네즈퍼스 족의 호레이스 액스텔이 전하고 있다.

"시의 인부들이 수도관을 묻기 위해 땅을 파다가 인디언 유골 두 구를 발견했다. 그들은 그 자리서 공사를 중단하고 부족 위원회에 연락했다. 나는 노래를 부르는 인디언들을 데리고 그곳으로 가서 유골을 수습해 올바른 의식 절차에 따라 다른 곳에 묻어 주었다. 시가 그 유골들에 대해 보여 준 행동은 아주 훌륭한 것이었다. 그들이 그런 식으로 행동할 수 있다는 것이 아름답게 느껴졌다. 우리가 노래를 부르며 의식을 거행하는 동안 나는 동쪽을 바라보고 있었는데, 그때 그곳에 참석했던 인디언 여자들이 하늘에서 네 마리의 독수리를 발견했다. 독수리들은 우리 머리 위에서 세 바퀴 원을 그린 다음 사라졌다. 그 순간 나는 그 메신저들을 보낸 창조주와 연결되는 것을 느꼈다. 우리가 한 행동은 단순한 존중 이상의 것이었다."

1991년 앨곤퀸 족의 캐나다 인디언 치료사 윌리엄 코만다는 다음과 같은 연설을 했다.

"모든 문화의 예언에 따르면 지금이 우리가 결정을 내려야 할 때다. 우리가 생각을 바꾸어 어머니 대지를 치유하든지, 아니면 지금까지처럼 계속해서 파괴할 것인지 결정해야 한다. 우리가 변화하지 않으면 우리의 아이들의 미래는 없다.

먼저, 네 가지 얼굴색을 가진 모든 종족들이 평화와 사랑과 조화 속에 함께 모여야 한다. 그것은 모두를 향한 무조건적인 사랑이어야 한다. 지난 수십 년 동안 어머니 대지의 혈관은 막혀 버렸다. 어머니 대지에게는 강물과 시냇물들이 바로 혈관이다. 그리고 우리는 어머니의 뼈를 몸속에서 꺼냈다. 우라늄, 석유, 석탄 등이 그것이다. 이 모두가 더 많은 권력과 부를 손에 넣기 위한 무절제한 욕망 때문에 생겨난 일이다. 북미 대륙과 남미 대륙의 인디언 부족들은 이 거북이섬의 수호자들이다.

그 동안 일어난 지진과 태풍, 화산 분출 같은 자연재해는 인간이 어머니 대지의 성스러운 땅들을 파괴했기 때문이다. 그 성스러운 땅들은 어머니 대지의 아름다운 핏줄과 같은 것이다. 어머니 대지가 하품을 하는 것은 대지의 자식들을 파괴하기 위해서가 아니다. 어머니 대지 역시 당신들과 나처럼 하나의 살아 있는 존재이기 때문에 몸을 움직일 필요가 있는 것이다.

어머니 대지는 지금 우리에게 대지를 되살릴 기회를 주고 있다. 만약 우리가 그렇게 하지 않으면 어머니 대지가 직접 나설 것이다. 자연재해는 나날이 늘어만 갈 것이고, 대지의 아이들은 크게 상처 입을 것이다.

우리는 지금 네 번째 세상에서 살고 있다. 이것이 우리의 마지막 기회다. 네 개의 종족이 사랑과 평화와 조화 속에 하나가 되기를 나는 기도한다. 우리가 서로 손을 잡고 어머니 대지와 그 자식들을 보호하기 위해 걸어갈 수 있기를.

대지를 되살리기 위한 운동은 작은 물결로 시작됐지만 이제는 큰 파도로 바뀌려 하고 있다. 세상의 모든 예언들이 말하는 것처럼 사람들은 이제 하나가 되려 하고 있다. 나의 모든 형제자매들을 위해 나는 기도한다. 그 원이 더욱 강해질 수 있도록 힘과 이해를 달라고."

하늘과 대지를 지으신 이여,
당신은 나이고,
나는 곧 당신입니다.

딸들아, 그대들은 물의 수호자들이다. 그리고 나는 물이다. 나는 어머니 대지의 피, 메마른 씨앗을 부풀려 싹이 트게 한다. 나는 자궁이며 요람, 나는 만물을 정화시킨다.

생명을 주는 자로서 나는 어머니 대지의 정맥을 통해 영원히 순환한다. 이제 내 슬픔과 고통의 소리를 들으라. 흐르는 강물 소리에서, 빗소리에서.

나는 그대들의 아이들이 마실 물. 딸들아, 언제나 내 말을 들으라. 그대들은 물을 지키는 수호자들. 내 울음소리를 들으라. 이제는 샘물들이 어머니의 심장 속에서 검게 흐르고 있으므로.

얼굴 흰 사람들이 물을 생각하는 것과 똑같이 라코타 족은 공기를 몸을 씻고 정화하는 수단으로 여겼다. 우리의 육체는 공기 속에 목욕을 할 수 있다. 호흡은 코와 폐로 이루어질 뿐 아니라 몸 전체로 이루어진다. 육체는 음식만이 아니라 바람, 비, 태양을 통해서도 영양분을 흡수한다.

서 있는 곰(루터 스탠딩 베어)_라코타 족

그곳에는 눈이 많이 내리진 않았지만 한번 내리면 눈길이 가닿는 곳은 온통 눈으로 덮이곤 했다. 어떤 때는 밤새 눈이 내리는데, 연기 구멍을 통해 바깥을 내다보면 새까만 하늘에서 눈이 펄펄 흩날리는 것이 보였다. 그리고 어떤 때는 눈송이가 집 안까지 들어와 불 주위의 마룻바닥에서 녹았다. 그러면 따뜻한 불이 있다는 것이 기쁘게 생각되었다. 바람소리 들리고, 아직 어리니까 담요 밑으로 기어 들어가 불빛이 지붕과 벽의 통나무 위로 맴도는 것을 구경만 하고 있었다. 마루는 노란색이고 따뜻했다. 톱밥 속에 손을 집어넣으면 참 따뜻했다. 이따금씩 일어나 보면 할아버지가 꺼지지 말라고 불을 쑤시고 계셨다.

다음 날 일어나 밖에 나가면 주변이 온통 눈이었다. 태양에 눈이 어찌나 반짝이는지 눈이 다 시릴 정도였다. 눈은 바람에 흩날려 오두막 꼭대기까지 뒤덮고, 그래서 오두막은 눈에 뒤덮인 자그만 언덕처럼 보이고, 그 언덕에서 연기가 피어오르고 차와 양고기 냄새가 났다. 손을 눈 속에 집어넣었다가 그 손으로 얼굴을 비볐다. 그러면 기운이 솟고 기분이 좋았다. 차가운 눈 때문에 얼굴이 빨갛고 축축해졌다. 나는 아직 어린 나이였고 온통 사방에 깔린 눈을 바라보았다. 모든 것이 딴판이었다. 사방이 온통 밝고 아름다웠다. 모든 것이 새롭고 아름다웠다.

스코트 모마데이_카이오와 족

어떤 인디언 추장들은 대지가 우리의 소유라고 주장한다. 그것은 위대한 정령께서 내게 말씀하신 것과 다르다. 그분은 이 대지가 그분에게 속한 것이며 누구도 대지를 소유할 수 없다고 내게 말씀하셨다. 그리고 그것을 잊지 말고 기억하고 있다가 얼굴 흰 사람들을 만난 자리에서 꼭 들려주라고 말씀하셨다.

카네쿠크_키카푸 족 예언자

우리를 해치지 말아요!
당신에게 아들이 있으면,
내가 그와 결혼할 테니까요!

인디언 처녀가 폭풍을 달래는 기도_블랙푸트 족

내가 좀 더 나이를 먹었을 때, 나는 그 겨울과 그다음 여름의 싸움이 무엇 때문에 일어났는가를 알게 되었다. 매디슨 강 상류 쪽에서 얼굴 흰 자들이 숭배하는 노란 금속이 많이 발견되었는데, 그것 때문에 그들이 흥분해서 그 노란 금속이 있는 곳까지 길을 내려고 우리 마을 앞을 지나가고자 했던 것이다. 그러나 우리 부족 사람들은 길이 나는 것을 원하지 않았다. 그렇게 되면 들소들이 놀라서 멀리 도망갈 것이고, 또 그 길을 따라 다른 얼굴 흰 자들이 홍수처럼 밀려들어올 것이기 때문이었다. 그들은 단지 바퀴 두 개가 지나갈 수 있는 아주 작은 면적의 땅만 사용하면 된다고 말했지만 우리는 다 알고 있었다. 그리고 당신이 지금 주변을 둘러보면 그때 그들이 정말로 원했던 것이 무엇이었는가를 알 수 있을 것이다.

검은 큰사슴(헤하카 사파)_오글라라 라코타 족

역사적으로 인디언 보호구역은 아무도 원하지 않는 버려진 땅이었다. 그런데 그곳에서 풍부한 지하자원이 발견되기 시작하자 얼굴 흰 사람들은 개발이라는 미명 아래 그곳에서 살아가는 인디언들의 삶을 더 황폐하게 만들었다.

로베르타 힐 화이트맨_오네이다 족

신이 이 인디언의 나라를 만들었으며, 그것은 마치 큰 담요를 펼쳐 놓은 것과 같았다. 그 위에 신은 인디언들을 뿌려 놓았다. 진정하고 진실된 의미에서 인디언들은 이 대륙에서 창조되었다. 그리고 그때부터 강이 흐르기 시작했다. 그런 다음 신은 강에는 물고기들을, 산에는 사슴을 창조했으며, 그 물고기들과 사냥감들이 번식할 수 있는 법칙을 만들었다. 그 후 창조주는 우리 인디언들에게 생명을 불어넣었다. 우리는 잠에서 깨어났으며, 물고기와 사냥감들을 보자마자 그것들이 우리를 위해 창조된 것임을 알았다. 신은 여인들에게 뿌리와 열매들을 모으게 했다. 인디언들은 급격히 숫자가 불어나 한 나라를 이루게 되었다. 우리가 창조되었을 때 우리는 살 터전을 물려받았으며, 그 시절부터 그것은 우리의 정당한 권리였다. 그것이 진실이다.

선교사들이 오고 얼굴 흰 자들이 오기 전에 물고기는 우리의 것이었다. 우리는 창조주에 의해 이곳에서 터전을 잡았으며, 내가 기억하는 한 그것이 우리의 권리였다. 물고기는 우리가 의존해서 살아가는 식량이었다. 나의 어머니는 열매를 따 모았고, 아버지는 물고기를 잡고 사냥을 했다. 내가 하는 말들은 전부 사실이다. 내가 앞으로 얼마나 오래 사는가는 중요하지 않다. 이런 내 생각은 결코 변하지 않을 것이다. 내 힘은 물고기에서 나왔고, 내 피도 물고기와 뿌리와 열매들에서 나왔다. 물고기와 동물들은 내 생명의 본질이다.

나는 다른 외국에서 태어나 이곳에 온 것이 아니다. 창조주가 나를 이곳에서 태어나게 했다. 우리에게는 가축도, 돼지도, 곡식 낟알도 없다. 단지 열매와 뿌리와 사냥감들과 물고기가 있을 뿐이다. 이런 것들이 문제가 되리라고는 우리는 전혀 생각하지 않았다. 나는 내 부족 사람들에게 말할 것이다. 우리가 그 식량들을 손에 넣는 것은 하나도 잘못된 일이 아니라고. 나 역시 그렇게 믿는다. 계절이 찾아올 때마다 나는 가슴을 열고 창조주에게 감사드릴 것이다. 이 풍족한 식량을 주신 것에 대해.

허락 없이 물고기를 잡은 이유로 재판을 받게 된 야키마 족 추장 웨니녹이 법정에서 한 말

오랫동안 새벽이 사막 위에 펼쳐져 있었다. 공기는 깨끗하고 차가웠다. 서리가 내린 느낌이었다. 손과 얼굴의 피부가 땅겨지는 것 같았다. 빛과 그림자로 주름진 저 모래언덕 건너편을 보라, 이슥해지기 전에. 그것들의 색깔은 조가비나 새알의 색깔이다.

스코트 모마데이_카이오와 족

여름이 되어 비가 내리면 풀들이 자라나기 시작하네. 그때가 바로 사슴이 뿔을 가는 달이지.

인디언 노래 중에서_야키 족

큰 바다가 나를 흘러 다니게 한다.
그것이 나를 움직이게 한다.
큰 강물에 떠 있는 갈대처럼
이 대지와 큰 날씨가 나를 움직이게 하고,
내 안을 기쁨으로 가득 채우는구나.

우바브누크_이누이트 족

항아리 가진 호피 족 소녀

인디언들이 아메리카에 전하는 메시지

이로쿼이 인디언 선언문
이로쿼이 족

　형제자매들이여, 얼굴 흰 사람들이 처음 우리의 땅에 들어왔을 때, 그들은 창조주의 온갖 선물로 가득한 세상을 발견했다. 어디에나 사냥감이 풍부했고, 때로는 숫자를 헤아릴 수도 없는 새 떼가 거대한 구름처럼 하늘을 뒤덮곤 했다. 이 나라는 새끼 사슴과 곰과 큰사슴들로 넘쳐났으며, 그 당시 우리는 행복했고 아무런 부족함이 없었다.

　형제자매들이여, 우리의 어머니 대지는 이제 늙어 가고 있다. 그 가슴 위에는 한때 우리와 함께 이 대지를 공유했던 야생동물들이 더 이상 거닐지 않는다. 우리의 집이 되어 주던 거대한 삼림들도 대부분 사라졌다. 한 세기 전에 이미 공장들의 연료로 쓰기 위해 나무들은 베어졌고, 야생동물들은 사냥꾼과 농부들 때문에 자취를 감췄다. 새들의 삶도 사냥꾼들과 농약 때문에 철저히 파괴되었다. 거대한 인구가 배출하는 수많은 오염 물질들 때문에 강물은 끈적거리는 액체로 변해 버렸다. 지구 초토화 전략이 아직도 끝나지 않았음을 우리는 보고 있다.

형제자매들이여, 우리 앞에서 일어나는 일들을 보며 우리는 깜짝 놀란다. 오대호 주변 공장들이 내뿜는 죽음의 구름들은 산성비가 되어 다시 대지로 돌아온다. 산성비 속에서는 물고기가 알을 낳을 수가 없다. 그래서 오대호 주변 산들에 있는 호수들은 이제 물고기가 하나도 없는 거의 다 죽은 물이 되었다.

우리가 수천 년 동안 살아온 이 땅을 차지하고 농사를 짓는 사람들은 이곳에 사는 생명체들에 대해선 아무런 애정도 갖고 있지 않다. 그들은 매년 똑같은 땅에다 똑같은 곡식을 심으며, 벌레들을 죽이기 위해 독을 뿌려 댄다. 곡식이 바뀌지도 않고 땅이 휴식할 수도 없기 때문에 자연히 토양은 메말라 간다. 그들이 뿌리는 농약은 새들을 죽이고, 강물까지 오염시킨다. 그들은 또 제초제를 뿌려 다른 식물들을 죽이며, 매년 그 제초제들이 흘러가 이 나라뿐 아니라 지구의 모든 물들을 독으로 바꿔 놓는다.

형제자매들이여, 우리의 오래된 고향은 이제 온갖 화학물질들로 쓰레기장이 되었다. 나이아가라 강에서는 치명적인 물질인 다이옥신이 그곳에 살고 있는 생명체들을 위협하고 있다. 산림청은 아황산가스와 일산화탄소가 무겁게 드리워진 도시들을 벗어나 불과 며칠 동안 관광을 즐기러 오는 사람들을 위해 숲 전역에 강력한 살충제를 뿌려 댄다. 살충제는 파리들을 죽이지만, 동시에 그 지역에 서식하는 새와 물고기들과 다른 동물들의 먹이 사슬까지 모두 파괴한다.

오대호에 사는 물고기들은 공장들에서 흘러나오는 수은에 중독되어 있으며, 알루미늄 공장이 내뿜는 플루오르화 물질이 땅과 그곳에 사는 사람들을 황폐화시키고 있다. 거대 인구가 배출하는 하수 오물은 오대호와 손가락 호수가 갈라지는 곳에서 온갖 오염 물질과 섞이며, 그 물은 이제 어떤 생명체에게도 안전하지 않다.

형제자매들이여, 이 나라 전역에 핵발전 시설들이 들어서는 것을 보고 우리는 깜짝 놀란다. 남쪽에 있는 우리의 오래된 터전인 스리 마일 아일랜드에서 방사능 유출 사고가 일어나 하마터면 그 지역의 생명체가 멸종될 수도 있었다. 우리의 공동체 중 하나인 웨스트 밸리에 내다버린 핵폐기물들이 우리의 땅과 어리 호 부근에 다량의 방사능을 유출하고 있음을 알고 우리는 당황할 수밖에 없다. 이 핵발전소들에 대한 정보는 그것들을 장려한다는 명목으로 미국 고위 관리들만 알고 있을 뿐, 그 지역에 살고 있는 사람들은 무방비 상태로 위험에 노출되어 있다. 그리고 지금도 계속해서 핵발전소가 지어지고 있다.

우리는 남서부와 북서부 지역에 살고 있는 우리의 형제자매들의 안전과 생존을 염려하고 있다. 그들은 우라늄 광산과 그것이 가진 위험에 노출되어 있다. 우라늄 채굴은 장비들이 신뢰할 수 있는가 없는가를 넘어 핵연료 순환의 가장 위험한 찌꺼기들을 남기게 마련이다. 이미 방사능을 배출하는 우라늄 찌꺼기들이 도시들에 쌓여 있으며, 남서부 지역에 있는 건물과 주택들의 건축 자재로 그것들이 사용되고 있다. 그로 인해 많은 사람들이 목숨을 잃었고, 앞으로도 그럴 것이다.

핵연료 지지자들은 원자로가 매우 안전하게 건설되기 때문에 그것이 녹을 염려는 전혀 없다고 사람들에게 거듭해서 성명을 발표하고 있다. 하지만 우리가 봐 왔듯이 인간이 만든 어떤 기계나 발명품도 영원할 수 없다. 인간이 세운 것은 어떤 것이라도, 이집트의 피라미드조차도 그 목적을 다하는 데는 한계가 있다. 인간이 만든 장치에 적용할 수 있는 단 하나의 우주적인 법칙은 그것들이 결국에는 쓸모가 없어진다는 것이다. 원자로 역시 이 진리에서 예외일 수가 없다.

형제자매들이여, 모든 생명을 위협하고 파괴하는 미국 정부의 산업 정책을 보면서 우리는 이루 말할 수 없는 두려움과 거부감을 느낀다. 우리의 조상들은 얼굴 흰 사람들의 삶의 방식이 세상에 정신적인 불균형을 가져다줄 것이며, 그 불균형의 결과로 어머니 지구가 늙어 갈 것이라고 예언했다. 이제 세상은 그것을 눈으로 목격하고 있다. 생명을 탄생시키는 힘과 능력이 이 대지를 떠나가고 있다. 마음이 삐뚤어져서 진실을 바라볼 수 없게 된 사람들만이 미래의 인류 세대를 위협하는 행동을 할 수가 있다.

형제자매들이여, 우리는 당신들에게 올바르고 이치에 합당한 영적인 길을 제시한다. 정상적인 마음을 가진 사람은 무엇보다도 다른 모든 생명을 위하는 길을 선택하게 마련이다. 평화는 단순히 전쟁 없는 상태가 아니라, 개인과 개인, 그리고 인간과 이 지구의 다른 존재들 사이의 조화로운 삶을 유지하기 위해 끊임없이 노력하는 것이다. 우리는 당신들에게 영적으로 깨어 있는 의식이야말로 인류가 살아남을 수 있는 길임을 밝힌다.

어머니 대지 위를 걷는 우리들은 잠시 동안만 이 장소를 차지하고 있을 뿐이다. 아직 태어나지 않은 세대들을 위해 이곳에 존재하는 생명들을 보호하고 지키는 것이 우리의 의무다.

형제자매들이여, 우리 이로쿼이 족 인디언 연맹은 어머니 대지를 파괴하는 일들을 중단시키기 위해 무슨 행동이든 하기로 결심했다. 우리는 이 대지를 보호하는 영적인 수호자로서의 의무를 다할 것이다. 대지의 수호자로서 우리는 다가오는 세대의 미래가 조직적으로 파괴되고 있는 것을 보면서 게으르게 서 있을 수도 없고, 서 있지도 않을 것이다. 그 싸움이 오래 걸릴 것이며, 우리들의 힘만으로는 승리를 장담할 수 없음을 우리는 안다. 이 싸움에 이기기 위해선, 그리고 미래를 지키기 위해선, 생각이 같은 사람들끼리 손을 잡고 힘을 합쳐야 한다.

이 선언문으로 우리는 파괴와 부정으로 얼룩진 미국 역사 2백 년을 축하하는 바이다.

*

오랜 역사를 가진 이로쿼이 인디언 연맹은 미국 동부에 거주하는 인디언 부족들의 연합체다. 그들은 미국 독립 2백 주년을 맞아 이와 같은 성명서를 발표했다.

이들이 성명서에서 밝히고 있듯이, 미국 정부가 인디언 마을 근처에 내다버리는 핵폐기물은 그곳 원주민들의 삶에 치명적인 영향을 미치고 있다.

세계 최초로 원자폭탄이 제작된 로스 알라모스 국립 연구소는 뉴멕시코 주의 골짜기와 메사들 위에 자리 잡고 있다. 그곳에서 멀지 않은 곳에는 핵실험이 진행된 산디아 연구소가 있다. 근처 푸에블로 족 마을들에서는 매우 높은 수치의 플루토늄이 검출되었지만, 연구소의 과학자들은 그것이 푸에블로 주민들의 건강에 아무런 피해를 주지 않는다고 발표했다. 그 후에도 그들은 수년 동안 핵 폐기물들을 골짜기와 협곡에 내다 버렸으며, 그것들은 잊혀진 채 그곳에 방치되었다. 방사능 물질들이 땅속으로 스며들어 산후안 푸에블로 족의 지하수들을 오염시켰으며, 신생아들에게 치명적인 건강 문제를 일으켰다. 인디언들은 우물을 폐쇄시킬 수밖에 없었다. 그리하여 마을의 환경은 더욱 나빠졌으며, 그들은 가난하기 때문에 비싼 수돗물을 사 마실 수도 없었다. 하지만 미국 정부는 지금까지도 진실을 감추어 오고 있다.

인디언들은 뉴멕시코 주의 우라늄 광산 개발에 적극적으로 반대하고 나섰다. 이제 광산들은 폐쇄되었지만, 우라늄 폐기물들이 바람에 날려가 물뿐만 아니라 집들을 오염시키고 있다. 광산이 인접해 있는 라구나 푸에블로와 아코마 푸에블로 지역에서는 초등학교를 짓는 데 사용된 건축 자재들이 우라늄에 오염돼 기형아 출산의 원인이 되는 것으로 밝혀졌다.

2002년 7월, 미 상원은 많은 양의 방사능 물질이 포함된 핵폐기물을 네바다 주의 유카 산에 매립하는 표결을 통과시켰다. 원자력 회사들의 로비에 굴복한 결과였다. 유카 산은 서부 쇼쇼니 족의 영토 안에 있다. 뿐만 아니라 현재 미군이 핵무기 실험에 사용하고 있는 장소들도 명백히 쇼쇼니 족의 땅이다.

뉴멕시코 주에서는 선사 시대부터 내려오는 암각화 작품들을 깔아뭉개고 앨버커키 공항을 넓히려는 계획이 진행되고 있다. 커다란 둥근 바위들에 초기 푸에블로 인디언들이 새긴 그 암각화들은 그들이 어디서 왔으며, 무슨 일을 겪었는가를 설명해 주는 중요한 문화 유산이다. 동물, 피리 부는 사람, 얼굴 가면, 머리 장식 등이 새겨져 있다. 그 암각 작품들은 초기 푸에블로 인디언들의 일기장이나 다름없었다. 무엇인가 중요하고 아름다운 것을 보존하기 위해 그들은 수많은 시간과 노력을 쏟아서 그 작품들을 만든 것이다. 하지만 시 당국자는 환경적인 영향은 전혀 고려하지 않고 그곳에 공항과 휴양 시설을 세울 계획만 갖고 있다. 공청회에서 푸에블로 족 어른들은 말했다.

"공항을 넓힐 계획이라면 좋다. 하지만 이 유적지를 우회해서 가라. 우리 부족의 역사를 파괴하지 말라. 우리의 과거를 없애지 말라."

유전 개발은 알래스카 원주민들의 생존을 위협하고 있다. 석유 회사들은 독성이 있는 폐기물들을 툰드라 지역에 그냥 내다버리고 있다. 1989년에 발표된 환경보호 단체의 보고서에 따르면 유전 지대 부근은 생물학적으로 이미 죽은 지역이 되었으며, 화학물질들로 인해 툰드라 지역이 검게 변했다. 식물과 야생동물들은 자취를 감추었다.

세니놀 족과 미코수키 족 인디언들이 살고 있는 플로리다 남부의 거대한 습지 에버글레이즈에도 '문명'이 밀어닥쳤다. 백인 정복자들은 도시와 고속도로, 사탕수수 농장을 세우기 위해 습지를 먹어 들어갔다. 퓨마와 특이한 새들이 거의 사라지고, 물고기와 악어들은 오염되었다. 인디언들이 카누를 타고 지나다니던 수로는 오폐수가 흐르는 하천으로 변했다. 백인들은 강의 물길을 바꾸기 시작했다. 강이 흐르던 곳에 도로를 세우고, 새로 수로를 파서 둑을 쌓았다. 호수의 물 깊이가 낮은 곳에서는 둑을 허물어 다른 곳으로 흘러가게 했다. 따라서 그곳에 사는 원주민들은 한 해에는 물이 범람하고 이듬해에는 가뭄에 시달린다. 생태계 전체를 바꿔 놓은 것이다.

오늘날 지구의 환경은 아메리카 원주민들에게 큰 고통과 눈물을 가져다주고 있다. 한때 모든 인디언들은 우주를 하나의 성스러운 고리로 바라보았다. 그 고리는 어머니 대지, 아버지 태양, 할머니 달, 비, 천둥과 번개 모두를 포함하는 것이었다. 네발 달린 짐승, 날개 달린 것, 지느러미 가진 것, 기어 다니는 것, 나무, 돌, 강, 바다 모두를 포함하는 것이었다. 그들은 몸과 마음으로 계절의 변화를 자각했다. 그 성스러운 고리가 깨어지는 것을 바라보면서 그들은 아직 태어나지 않은 아이들의 미래를 불확실한 눈으로 바라보고 있다.

얼굴 흰 사람들의 문명은 아메리카만이 아니라 전 세계 모든 대륙에 깊숙이 손을 뻗쳤다. 그들이 가는 곳에서는 얼마 못 가 자연이든 인간이든 황폐해졌다.

1970년대에 한 연구 기관이 '2000년 보고서'라는 것을 발표했다. 서기 2000년대에 세상이 어떻게 될 것인가에 대한 연구서였다. 그 보고서는 물의 고갈과 삼림 파괴 등 놀라울 정도로 정확하게 미래를 예측했다. 하지만 카터 행정부는 그것을 무시하거나 부인했다. 그 결과 1970년대 멸종 위기에 처한 생물은 92종이었지만, 현재 그 숫자는 5백 종으로 늘어났다. 1975년 지구 전체의 농약 판매량은 50억 달러어치였으나, 오늘날은 500억 달러로 증가했다. 미국 내의 목재 생산량 역시 날로 증가하고 있고, 미국인들이 내다버리는 각종 폐기물의 양은 한 해에 2억 톤에 달한다.

미국 대륙의 저수량은 해마다 45센티미터씩 줄어들고 있고, 도로와 쇼핑 센터들을 건설하느라 매년 37억 평의 땅이 콘크리트로 포장되고 있다. 지나친 농약 사용으로 4백 종의 해충이 모든 농약에 완전한 면역성을 갖게 되었으며, 오히려 종달새나 참새매 같은 야생동물들은 멸종 위기에 놓였다. 해마다 매사추세츠 주만한 넓이에서 나무들이 잘려지고 있고 사막화가 진행되고 있다.

플로리다의 한 신문은 여름철에 등장하는 모기들이 '악어만큼 크고 열 배는 더 무섭다'고 과장된 보도를 습관처럼 내보냈다. 그 결과 주 정부는 해마다 2,30만 파운드의 펜티온(대부분의 주에서 사용 금지된 강력 살충제)을 25억 평의 면적에 대량 살포함으로써 철새들의 떼죽음을 초래했다. 그뿐만이 아니었다. 에버글레이즈 습지에 사는 모기들은 물고기의 주된 먹이인데, 모기가 사라지자 물고기들이 현저히 줄고, 결과적으로 물고기를 먹고사는 악어들의 활동까지 감소되어 결국 수로가 막히게 되었다. 모기가 없으면 에버글레이즈가 넘치는 것이다.

1980년대에 이미 미국의 33개 도시에서 수돗물을 먹을 수 없게 되었다. 하지만 사람들은 여전히 그 물을 마시고 있다. 달리 대안이 없기 때문이다. 미국 전역의 93퍼센트의 물이 오염되었으며, 그것은 유럽에서도 마찬가지다. 지구상에서 매분마다 사방 5백 미터 넓이의 열대 우림들이 파괴되고 있고, 반면에 인간은 매분 만 2천 톤의 배기가스를 대기 속에 뿜어 대고 있다.

그리고 매 시간마다 천8백 명의 아이들이 영양실조와 기아로 죽어가고 있으며, 반면에 매 시간 1억 2천만 달러가 군사비로 사용되고 있다. 미국에서만 시간마다 60명의 암환자가 새로 발생한다. 날마다 2만 5천 명이 물부족과 오염으로 숨져 가고 있으며, 전 세계 350개의 핵발전소에서 매일 10톤의 핵폐기물이 생산되고 있다. 북반구에서만 매일 25만 톤의 황산이 산성비에 섞여 지상으로 떨어지고, 날마다 60톤의 플라스틱 포장 용기와 372톤의 그물이 상업적인 어부들에 의해 바다 속으로 버려진다. 그리고 매일 대여섯 종의 생물이 멸종되고 있다.

이 모든 수치들을 한마디로 종합하면 '우리는 지금 숨이 막혀 죽어가고 있다.' 다만 너무도 서서히 죽어 가고 있기 때문에 그것을 느끼지 못하고 있을 뿐이다.

2000년 미국 미네소타 주 덜루스에서 열린 전미 인디언 부족 회의에서는 아메리카 인들에게 보내는 성명서를 채택했다. 108개 부족에서 온 천7백 명의 인디언 어른들이 이 회의에 참석했다. 〈인디언 어른들이 아메리카에게 주는 메시지〉라는 제목의 이 성명서의 내용은 다음과 같다.

"새 천년을 맞이해 우리는 아메리카 대륙의 생존, 우리의 생존을 위해 기도한다. 우리 아버지들의 발자국을 따라 사랑과 존경심과 자비를 나눌 수 있도록 위대한 정령이 우리에게 힘을 보내 주기를 우리는 기도한다.

모든 이의 가슴속에는 선함이 있다. 위대한 정령이 자신의 일부분을 우리 모두의 안에 심어 놓았기 때문이다. 우리는 위대한 정령이 우리를 용서하기를 우리는 기도한다. 우리가 서로에게 준 고통과 상처에 대해. 또한 우리는 기도한다. 우리의 아이들이 우리가 저지른 실수를 되풀이하지 않기를.

우리가 아메리카 대륙의 다양성을 존중하게 되기를, 모든 생명의 신성함을 인정하게 되기를 우리는 기도한다. 태어나는 아이들은 위대한 정령이 보내는 귀중한 선물이다. 우리 모두는 한 식구이기 때문에 생명의 모든 걸음마다에서 신성한 믿음을 갖고 아이들을 껴안을 수 있어야 한다.

우리는 또한 아이들이 어른들을 존중하고 잘 섬기기를 기도한다. 어른들에게서 지혜가 나오기 때문이다. 우리는 저마다 평등한 존재들이며, 누구나 이 세상에 보탬이 되는 특별한 재능을 지니고 있다. 이것을 깨달을 때, 우리의 젊은이들이 사회의 올바른 지도자가 되고 일꾼이 될 수 있다. 젊은이들이여, 그대들은 우리의 미래이며, 우리 부족의 희망이다. 일어나서 용기를 가지라.

그대들이 우리에게 전해져 온 지혜를 배우고 실천할 수 있기를, 스스로도 잘살고, 남도 잘살 수 있게 도울 수 있기를 우리는 기도한다. 모든 생명 가진 것들을 존중할 때만이 그대들은 성장할 수 있다.

어머니 대지를 사랑하고 존중하기를 우리는 기도한다. 어머니 대지는 인간 생존의 기본이며, 우리 다음에 올 여행자들을 위해 이 대지가 더럽혀지는 것을 막아야 한다. 어머니의 물과 공기, 흙, 나무, 숲, 식물, 동물들을 보호하라. 자원이라고 해서 무조건 쓰고 버려서는 안 된다. 보존을 최우선으로 삼아야 한다.

위대한 정령은 우리에게 이 대지를 소유하라고 준 것이 아니라 잘 보살피라고 준 것이다. 우리가 대지를 보살필 때, 대지가 우리를 보살필 것이다.

그리고 서로를 존중해야 한다. 어려움에 처한 이들을 돕고 형제애를 나누기 위해 책임감 있는 행동을 하게 되기를 우리는 기도한다. 모두가 지도자가 되고, 남을 위해 일하는 사람이 되어야 한다. 뒤로 물러나 앉아 다른 사람들이 행동하고 생각하는 것만을 구경해선 안 된다. 모두가 하나로 힘을 합해 우리의 미래를 지켜야 한다.

영적인 건강함이 곧 전인적인 건강함의 열쇠다. 우리의 아이들이 따를 수 있도록 우리가 정신적으로 수행하게 되기를 우리는 기도한다. 이 우주 안의 모든 만물을 존중하는 것은 자기 자신을 존중하는 일로부터 시작된다. 시간을 갖고 그대의 몸과 마음에 귀를 기울이라.

가족은 더없이 중요하고 소중한 것이다. 가족들이 언제나 사랑받고 있음을 알게 하라. 그대가 언제나 곁에 있으며 사랑과 지지를 보내고 있음을 그대의 아이들과 손자들이 알게 하라. 그리고 그들이 하는 말과 행동이 세상에 중요한 의미를 갖는다는 것을 깨닫게 하라. 아이들은 무한한 가치를 지닌 존재들이다. 영적인 가치, 정직, 진실성은 가정에서 출발한다.

젊은이들을 위해 우리는 기도한다. 젊은이들이 함께 일하고, 어머니 대지 위에 살고 있는 모든 생명체들을 존중하도록 우리가 가르쳐야 한다. 우리 부족들이 살아남는 것은 오로지 정신적인 힘에 달려 있음을 젊은 세대들이 느끼도록 해야 한다.

서로 다른 것들이 평화롭게 공존할 수 있는 법을 배우게 되기를 우리는 기도한다. 다른 사람의 생각을 존중하도록 가르치라. 아이들에서 부모, 사회, 정부 조직에 이르기까지 모든 차원에서 정직성을 가장 중요하게 여겨야 한다. 모두가 평화롭게 살 때 우리는 더없이 행복할 것이다.

다가오는 인디언 세대들에게 우리는 말한다. 무엇보다 살아남으라. 희망과 꿈을 지키라. 자신을 돌보라. 영혼을 기억하고, 서로를 위해 곁에 있으라. 용기를 존중하고, 지혜를 나누고, 언제나 배우라. 그대들의 진정한 가치를 잊지 말라."

핵폐기물은 우리의 아이들에게 큰 짐이 될 것이다. 아이들의 아이들에게도. 또한 아이들의 아이들의 아이들과 그 아이들의 아이들, 또 그 아이들의 아이들의 아이들, 그 아이들의 아이들의 아이들의 아이들의 아이들……

루피나 M. 로즈_체로키 족

우주에는 우리를 다른 생명체들과 연결시키는 에너지가 있다. 우리 모두는 대지의 자식들이다. 우리가 수많은 지진과 자연재해에 시달리는 것은 사람들이 어머니인 대지를 상처 입히고, 그 혈관에 독을 흘려 보내고, 그 머리칼을 잘라 버리기 때문이다. 그들은 어머니 대지를 돌보는 데 필요한 살아 있는 법칙을 따르지 않고 있다.

모든 생명은 소중한 것이다. 우리는 한정된 시간 동안에만 이곳에 있을 뿐이다. 따라서 생명의 가치를 존중할 필요가 있다. 생명 속에서 기쁨을 발견할 필요가 있다. 그리고 그 기쁨을 되돌려 주어야 한다.

자넷 맥클라우드_툴라립 족

내가 환경론자가 된 이유는 인디언들이 마지막으로 전투를 벌여야 할 것이 환경에 대한 것이기 때문이다.

용감한 새(메리 브레이브 버드)_라코타 족

이 세상의 천연 자원을 자산으로 여기라. 그것들을 더 이상 수입으로 여기지 말라. 자산으로 여기면 적어도 그것들을 존중하게 될 것이다. 자산을 잃으면 수입도 사라져 버리기 때문이다. 우리의 석유, 우라늄, 석탄, 목재, 이 모든 천연 자원들은 하나의 자산이다. 그것들을 귀중한 자산으로 여길 때, 적어도 당신들은 미래의 일을 생각하게 될 것이다.

러셀 민즈_라코타 족

사람들은 이 지구를 약탈하고 있다. 그래서 어떤 사람은 부를 얻는 반면에 다른 사람들은 노숙자가 되고, 범죄가 증가하고, 알코올 중독자가 늘어난다. 다음 세대를 위해 이 대지를 살릴 책임이 우리에게 있다는 사실을 왜 받아들이지 않는 걸까?

사라 제임스_알래스카 그위친 족 환경 운동가

내 말을 들으라! 내 목소리는 인디언의 목소리다. 바람 속에 울고 있는, 침묵 속에 울고 있는 내 목소리를 들으라. 나는 인디언의 목소리다. 나는 우리의 조상을 대신해서 말한다. 그들이 무덤에서 말하고 있다. 나는 아직 태어나지 않은 아이들을 대신해서 말한다. 그들이 침묵 속에서 말하고 있다. 우리는 당신에게 말하고 있는 당신 자신의 양심이다. 당신 안에서 무시당하고 있는 당신 자신의 목소리다. 귀를 대지에 대고, 그곳에서 뛰고 있는 내 심장의 고동을 들으라. 바람에 귀를 대고, 그곳에서 말하고 있는 내 목소리를 들으라. 우리는 대지의 목소리, 미래의 목소리, 위대한 신비의 목소리다. 우리의 목소리를 들으라!

레너드 펠티에_다코타 족

나는 종종 내가 어디서 왔는가를 생각한다. 그리고 내가 왜 이곳에 있는가를. 나는 검은 산(블랙 힐즈)의 소나무 능선(파인 릿지) 보호구역에서 태어났다. 내가 햇살 속에 첫발을 내디딘 것은 1956년 9월의 일이다. 어머니는 거북이 산 오지브웨 족이고, 아버지는 악마의 호수 수족 보호구역 출신이다. 나는 그곳에서 자랐다. 그곳에는 평원과 함께 산들이 굽이치고, 나무들과 작은 샛강들이 있었다. 나는 바위에 올라가거나 모래 속에 발을 파묻고 놀곤 했다. 그곳에는 야생 베리 열매들이 많았다. 또한 키만큼이나 자란 풀들이 많이 있어서 친구들과 함께 그 속에 숨어 속닥거리곤 했다. 부모들은 내가 사방으로 돌아다니도록 고삐를 풀어 놓았다. 그래서 나는 공간에 대한 감각과 함께 대지와 내가 연결되어 있다는 느낌을 갖게 되었다.

우리는 검은 산을 수없이 여행했다. 그곳에는 시간을 초월한 것이 있었다. 산들은 너무 나이를 먹어 거의 모든 것을 알고 있는 듯했다. 그곳에 앉아 산들바람에 귀를 기울이면 나무들이 부스럭거리며 들려주는 이야기들을 들을 수가 있었다.

우리는 전기도 없고 수도도 없는 작은 통나무 집에서 살았다. 집안의 장녀로서 나는 샛강에서 물을 길어와야 했다. 또 땔감으로 쓸 장작을 주워 오고, 엄마를 도와 음식을 만들고, 강에 가서 빨래를 했다. 동생들을 돌보는 것도 내 책임이었다. 그 무렵은 힘겨운 시기였지만, 엄마는 우리가 가진 모든 것에 감사하라고 가르쳤다. 또한 겸손함을 배우게 했다. 어떤 점에서 그것은 매우 풍성한 삶이었다. 지금도 그 시절로 갈 수만 있다면 나는 단숨에 돌아갈 것이다.

후아니타 에스피노사-인디언 이름은 타테와칸윈(성스러운 바람 여인)_오지브웨 족

결국 자연이 가르침을 줄 것이다. 지금도 그렇게 하고 있다. 자연이 교훈을 줄 때는 모두가 귀를 기울일 수밖에 없다. 우리 부족의 오래된 예언들은 큰 변화가 찾아오리라고 말하고 있다. 지구가 크게 몸을 움직이리라는 것을. 나는 어렸을 때부터 그 얘기를 들어 왔다. 지구가 몸을 흔들 것이고, 그렇게 되면 큰 변화가 일어날 것이다. 내가 살아 있는 동안에 그런 일을 보게 될 것이라고 사람들은 말했다. 그들은 줄곧 그렇게 말해 왔다. 그들 중 많은 이들이 지금은 세상을 떠났다. 그들은 자신들은 불가능하지만 나는 아마도 그것을 보게 될 것이라고 말했다.

그 일이 시작될 때 느릅나무가 위에서부터 죽어 가기 시작할 것이라고 우리는 들었다. 그러면 변화가 시작되었다는 것을 알 수 있다는 것이었다. 그다음에는 모든 나무들의 지도자격인 단풍나무가 죽어 가기 시작할 것이라고 했다. 당신도 보다시피, 지금 그런 일들이 일어나고 있다.

톰 포터_모호크 족

아메리카 원주민들은 자신의 삶에 어떤 것을 덧보탤 때 그것에 대해 이런 질문을 던지곤 했다.

'이것이 나의 삶에 어떤 영향을 미칠 것인가? 이것이 지상에서 살아가는 모든 생명체들에게 어떤 영향을 미칠 것인가? 신과의 관계에, 그리고 다가오는 모든 세대에게 어떤 영향을 미칠 것인가?'

어떤 새로운 것을 삶의 길에 들여오기 전에 우리는 그렇게 묻곤 했다. 우리가 단지 우리 자신만을 위해 이곳에 존재하는 것이 아님을 우리는 알고 있었다. 우리는 이 행성에 사는 모든 존재들, 우리가 접촉하는 모든 대상들에 대해 책임을 갖고 있다. 그것을 깨달아야만 한다. 우리 인디언들은 어렸을 때부터 그것을 마음속에 새기고 살았다.

태양 곰(선 베어)_치페와 족

이 땅에는 수많은 목재들, 소나무와 참나무들이 빽빽하다. 얼굴 흰 사람들에게는 그것들이 많은 쓸모가 있다. 그들은 그것들을 잘라서 외국으로 보내 큰돈을 벌어들인다. 이 땅에는 가축과 말들이 뜯어먹을 풀들도 많고, 땅돼지들의 먹이도 풍부하다. 또 많은 담뱃잎이 자라며, 그것들 역시 얼굴 흰 사람들에게 많은 돈이 된다. 그들에게는 시냇물조차도 돈이 된다. 그들은 그 물을 이용해 이 땅에서 자라는 밀과 옥수수를 가루로 만든다. 죽은 소나무들은 타르로 만들어 내다 판다.

이 모든 것들은 인간에게 영원한 이득이 되어 준다. 그러나 만약 이 대지를 몇 가지 상품 가치로만 여긴다면, 한두 계절이 지나지 않아 그 상품들은 썩어 버리고 아무 쓸모가 없을 것이다. 얼굴 흰 사람들은 우리가 대지를 쓸모없이 버려 둔다고 말한다. 그렇긴 해도 만약 우리가 우리의 대지를 간직하고 있다면, 그곳에는 칠면조나 사슴들이 항상 많을 것이고, 시냇물에는 물고기가 사라지지 않을 것이다. 그건 우리의 다음 세대를 위한 것이다. 우리가 두려운 것은 이대로 자꾸만 얼굴 흰 사람들에게 땅을 빼앗기다가는 머지않아 죽어서 파묻힐 한 줌의 땅마저 남지 않게 되리라는 것이다.

머리가 두 배(더블 헤드)_크리크 족 추장

할아버지 위대한 정령이시여, 당신에게 이 말을 전합니다. 내 기도를 들으소서.

아버지 태양, 할머니 달, 어머니 대지, 나와 함께 창조된 모든 친척들에게 이 말을 전합니다. 우리에게 삶의 계절을 가져다주는 네 방향의 바람에게.

아버지 태양이 떠올라 우리에게 새 날과 삶의 새로운 의미를 주고, 우리 앞에 놓인 길을 볼 수 있도록 빛을 주는 동쪽을 향해.

따뜻한 바람이 불어와 온기를 주고 봄과 여름을 가져다주는 남쪽을 향해.

우리에게 어둠을 주어 우주를 볼 수 있게 하고 삶의 의문들을 추구할 수 있게 하는, 아버지 태양이 가는 서쪽을 향해.

추운 바람이 불어와 가을과 겨울을 가져다주는 북쪽을 향해.

위대한 정령이시여, 내 말을 들으소서. 당신에게 내 가슴과 영혼을 드립니다. 당신이 나를 만드셨고, 지금의 나를 있게 하셨습니다.

나는 인디언입니다. 과거의 내 부족 사람들을 위해 기도합니다. 그들의 피가 어머니 대지를 적시며 흘렀습니다. 한 사람의 인디언으로서 내 조상 인디언들을 위해 기도합니다.

래리 키비_체로키 족

주니 족 추장

아메리카는 언제 재발견될 것인가

브루키 크레이그
체로키 족

가슴으로 말하기 위해 오늘 이 자리에 왔다. 이 지혜로운 모임에서 말할 수 있도록 허락해 주길 바란다. 나는 이 모임에 모인 사람들처럼 현명하지도 못한 평범한 여자에 불과하며, 따라서 내가 하는 말이 다른 연사들처럼 훌륭하고 지혜롭게 들리지 않더라도 용서해 주기 바란다.

내일 이 나라는 자유를 쟁취한 날을 기념한다. 우리가 가장 당연히 여기는 기본적인 권리들을 누릴 수 있도록 목숨을 바쳐 싸운 사람들을 추모하는 날이다.

그런 자유를 얻게 된 것을 기뻐하면서도 나는 한편으론 마음속에서 슬픔을 억누를 길이 없다. 왜냐하면 아직 이 나라에는 자유를 누리지 못하는 사람들이 있기 때문이다. 내일이면 이 나라를 위해 싸우다 쓰러진 위대한 이름들이 사방에서 거론될 것이다. 하지만 미친 말, 테쿰세, 앉은 소, 붉은 구름과 같은 내 조상들의 이름은 전혀 들리지 않을 것이다. 내 가슴속에선 그들이 큰 소리로 말하고 있는데도.

병들고, 장애인이 되고, 가난한 인디언들은 여전히 노예 상태로 살아가고 있다. 자신의 종교적인 의식을 행하는 일조차도 금지당하고 있으며, 그 의식에 필요한 몇 가지 물건들도 몸에 지닐 수가 없다. 모든 것이 법으로 금지돼 있기 때문이다.

보건소들이 계속해서 인디언들을 '보살펴' 주고 있지만, 이 나라가 그토록 많이 갖고 있는 새로운 약들은 절대로 주지 않는다. 한 마디로 열악하기 짝이 없는 환경 속에서 살아가고 있다. 여전히 인디언들에 대한 살인이 저질러지고 있으며, 사건 서류들은 먼지 긴 서랍 속에서 잊혀질 뿐이다.

아직도 백인들은 인디언들에게 침을 뱉는다. 아직도 인디언들은 굶주리고 있다. 원주민 출신 학생들은 내년부터 대학 진학을 위한 학자금 융자를 받지 못할 것이다. 미국 정부가 우리 인디언들과 맺은 조약들은 날마다 무시되고 있다. 정부가 더 많은 땅을 손에 넣으려 하고 있기 때문에 우리의 할머니들은 계속해서 그들의 오두막으로부터 강제로 쫓겨나고 있다.

형제자매들이여, 이 나라에 사는 모든 인종들이 자유를 얻을 때까지 독립 기념일을 축하하지 말자. 단 한 사람이라도 그가 선택한 종교의식을 행할 권리가 거부당한다면, 우리는 전혀 자유로운 것이 아니다. 단 한 마지기의 땅이라도 우리로부터 강제로 빼앗아 정부가 '출입 금지'라는 팻말을 박아 놓는 한, 우리는 결코 자유로운 것이 아니다.

내일 나는 모두의 자유를 위해 목숨을 바친 내 부족의 전사들을 추모하는 뜻으로 세이지 풀과 삼나무를 바칠 것이다. 많은 이들은 그들의 이름을 기억하지도 않겠지만, 여기 모인 당신들만큼은 그들을 기억해 달라고 부탁하고 싶다. 아직도 많은 형태의 탄압이 있기 때문에 내일 당신들이 그 점을 깊이 생각해 달라고 공손히 부탁하는 바이다.

우리는 자유롭지 않다. 자유 국가에서 우리 인디언들은 자유롭지 않다. 조상들이 우리에게 물려준 유산은 자유였다. 하지만 우리는 자유롭지 않다. 미국 전역에 있는 인디언들이여, 잠에서 깨어나라! 인디언들은 해마다 더 많이 속으며 살아가고 있다. 자유롭지도 않은데 자유로운 것처럼 느끼고 있다. 우리의 팔과 다리에는 쇠사슬이 채워져 있다. 이 거대한 문명의 물결에 압도당한 채 결코 지켜지지 않을 약속이 이행되기를 기다리며 우리는 아무것도 못하고 순진하게 서 있다.

선한 의도를 가진 사람들은 이것을 안타깝게 여기고 이마에 손을 갖다 대며 긴 한숨을 내쉬면서 슬프게 하늘을 올려다본다. 가련한 인디언들에게 어떤 운명이 닥칠 것인가, 그들은 스스로 묻는다. 하지만 문제는 간단하다. 인디언에게 자유를 주는 것이 곧 인디언을 자유롭게 하는 길이다. 복잡할 것은 아무것도 없다.

학교에서 인디언의 역사에 대해 배운 적이 있는가? 아마 없었을 것이다. 백인들은 인디언들을 살인자라고 부른다. 하지만 자기를 방어하기 위해 싸운 것이 살인이란 말인가? 그들은 우리의 땅을 빼앗고, 사냥터를 못쓰게 만들고, 숲을 무너뜨렸으며, 들소들을 멸종시켰다. 그리고 우리는 보호구역의 철조망 안에 갇혔다. 자신의 재산을 지키기 위해 일어선 백인은 영웅이고, 인디언이 똑같은 행동을 하면 '화가 났다'고 비난한다.

문명이란 무엇인가? 우리가 기르는 말들은 자물쇠도 쇠창살도 필요 없었다.

인디언들은 이제 더 이상 자신들의 삶의 주인이 아니다. 그들의 삶은 백인들의 의지에 달려 있다. 오늘날 우리의 젊은이들은 자신들이 누구이며 어디에 속해 있는지도 알지 못한다. 나는 알래스카에서 자살 사건을 조사하는 연구팀의 일원으로 일한 적이 있다. 석 달 동안에 무려 37명의 인디언이 목숨을 끊었으며, 그들 모두가 21세 이하였다.

화가 났느냐고? 그렇다, 나는 무척 화가 났다. 우리의 미래를 잃어버린 것에 말할 수 없이 화가 났다. 우리를 이해하는 척하면서 우리한테 화를 풀고 앞으로 나아가라고 말하는 자들 때문에 나는 더 화가 난다. 그들은 아무것도 모르면서 말 몇 마디로 우리에게 더 큰 상처를 입힌다. 그리고 지난 수십 년 동안 우리가 되찾으려고 싸워 온 것들을 허사로 만든다.

백인들은 우리더러 백인이 되어야 한다고 말한다. 원래 인디언으로 태어났는데도, 인디언이 돼선 안 된다는 것이다. 그것을 열한 살에 강제로 납치되어 정부 기숙사 학교로 끌려갔던 나의 할머니에게 말하라. 인디언의 방식을 따른다고 모욕을 당한 나머지 목숨 끊은 아이들의 부모에게 그 얘길 해 보라.

인디언들의 의식에 참가해 우리의 담뱃대를 피우면서 우리의 방식을 배우러 왔다고 말하지 말라. 우리 모두가 하나라고 말하지 말라. 당신들이 정말로 행복하다면 우리한테 무엇을 배우기 위해 찾아올 리가 없다. 이제는 인디언들의 권리와 땅을 빼앗기 위해 총알을 쓸 필요가 없다. 정부가 훨씬 더 효과적으로 그 일을 하고 있다. 지난 수세기 동안 인디언들만큼 온갖 방식으로 고통받은 민족은 없다. 그동안 우리는 자존심을 지키며 홀로 서서 우리가 왜 착취당해야 하는가를 이해하려고 노력해 왔다.

우리는 당신들의 도움이 필요 없다. 마틴 루터 킹은 '나에게는 꿈이 있다'고 말했다. 하지만 우리 인디언들에게는 꿈이 필요 없었다. 우리는 꿈이 아닌 현실을 살았기 때문이다.

*

브루키 M. 크레이그는 미국 독립 기념일을 맞아 이 연설을 했다. 지구상에서 가장 자유로운 나라로 손꼽히는 미국에서 여전히 자유롭지 못하게 살아가는 젊은 인디언 세대의 목소리가 이 연설에 담겨 있다.

아메리카 대륙의 첫 번째 주민이었던 인디언들은 아직도 백인들로부터 완전히 존중받지 못하고 있다. 학교에서, 언론에서, 종교에서 인디언들은 여전히 흑인과 마찬가지로 인종 편견에 시달리고 있다.

1924년까지 인디언들은 미국 시민으로 인정받지도 못했다. 또한 1978년까지 인디언들은 자신들의 종교적인 의식을 행하는 일이 법으로 금지되었다. 하지만 현재도 미국 전역의 교도소 안에서는 인디언의 종교의식만 금지되고 있다.

2003년 6월 오클라호마 시의 한 고등학교는 그 학교의 유일한 인디언 여학생 히터 모리츠가 졸업식장에 독수리 깃털 장식 등 인디언 복장을 하고 나오는 것을 학교장의 지시로 금지시켜 네티즌들 사이에 파문을 불러일으켰다. 보호구역 안의 인디언들은 여전히 편견과 불의에 시달리고 있으며, 미국 내에서 가장 빈곤한 계층으로 살고 있다. 건강, 교육, 생활 환경도 최저 수준이다. 학교를 중도에서 그만두는 비율은 백인에 비해 세 배나 높으며, 보호구역 안에 사는 인디언들의 평균

나이는 21세, 그리고 평균 수명은 43세이다.

알래스카 원주민들의 경우는 자살률이 미국 전체 비율보다 네 배 이상 높고, 지난 20년 동안 스무 살에서 서른 살까지의 아메리카 인디언 자살률은 같은 나이의 백인들보다 3백 퍼센트 이상 증가했다. 정체성 상실, 가난, 알코올 중독, 인종차별, 미래에 대한 불안감 등이 그 원인이다.

인디언들의 권리를 되찾고 인종차별을 종식시키기 위해 1968년 미니애폴리스에서 아메리카 인디언 무브먼트AIM가 결성된 이후, 수많은 인디언 지도자들이 체포, 구금, 살해당해 왔다. FBI가 앞장서고 폭력배 집단이 가세했으며, 경찰과 검사와 판사들이 모든 상황을 인디언들에게 불리하도록 만들었다.

그 대표적인 피해자가 다코타 족 출신의 레너드 펠티에다. 그는 1975년 6월 사우스다코타 주의 소나무 능선(파인 릿지) 인디언 보호구역에서 FBI 요원 두 명을 총으로 살해했다는 죄목으로 '두 번의 종신형에 7년을 더한 감옥형'이라는 어처구니없는 판결을 받았다. 총격전은 인디언들의 거주 지역에 난입한 FBI가 일방적으로 시작한 것이었으며, 레너드 펠티에가 총을 쐈다는 어떤 증거도 발견되지 않았다. 경찰이 제시한 증거물들은 모두 조작된 것으로 판명되었다. 하지만 클린턴 전 미국 대통령은 특별 사면을 거부했다.

국제 앰네스티 협회는 미국의 인권유린을 지적하면서 그 대표적인 예로 레너드 펠티에를 문제삼았다. 1998년 이탈리아와 벨기에 정부를 비롯해 유럽 의회는 그에 대한 사면 조치와 함께 의회 차원의 재조사를 요구했다. 캐나다 정부에서도 미국 정부가 불법으로 그를 캐나다에서 송환해 갔기 때문에 다시 캐나다로 돌려보내야 한다고 요구하고 나섰다. 하지만 미국 정부는 요지부동이고, 레너드는 현재 캔자스 주 리븐워스 연방 교도소에서 28년째 복역중이다. 그는 '나의 삶은 하나의 기도'라고 말한다.

"나는 안다. 나의 삶은 의미를 갖고 있다는 것을. 이 존재, 어머니 대지 위에서 보내는 이 시간이 무의미하다는 생각에 나는 반대한다. 당신은 이것을 이해해야 한다. 나는 평범한 사람이다. 더없이 평범한 인디언이다. 이것은 결코 겸손의 표현이 아니다. 하나의 사실이다. 어쩌면 당신 역시 평범한 사람일지 모른다. 만약 그렇다면, 당신의 평범함, 당신의 인간성과 영혼을 나는 존중한다. 당신들도 나의 그런 것을 존중해 주기 희망한다. 그 평범함이 당신과 나, 우리를 이어 주는 끈이다. 우리는 평범한 사람들이다. 우리는 인간이다. 위대한 정령이 우리를 이런 식으로 만들었다. 불완전하고, 부족하고, 평범한 존재로.

당신이 완전하게 태어나지 않은 것을 감사하게 여겨야만 한다. 만약 이미 완전하다면 이 생에서 당신이 성취해야 할 것은 아무것도 없을 것이다. 불완전이 모든 행동의 근원이다. 그런 점에서 인간으로 태어난 것은 하나의 축복이다. 우리의 그 불완전함이 신성한 삶을 가능하게 한다. 우리는 완전한 존재로 태어나는 것이 아니라, 쓸모 있는 존재로 태어나는 것이다.

의심할 여지없이 조만간 내 이름은 죽은 인디언 명단에 오를 것이다. 저세상으로 가는 여행에서 적어도 나는 좋은 동행들을 만나게 될 것이다. 인디언이라는 이유 때문에 목숨을 잃은 더 훌륭하고, 더 친절하고, 더 용감하고 지혜롭고 가치 있는 영혼들이 나를 반갑게 맞이할 것이다.

죽은 인디언들의 영혼이 행렬을 이루어 계속해서 우리에게 다가오고 있다. 그 행렬은 끝나지 않으며, 점점 더 길어지고 있다. 그들의 이름을 전부 옮겨 적는 것조차 불가능하다. 수많은 인디언들이 아직도 세상이 알지 못하는 가운데 숨겨 가고 있다. 그렇다, 심지어 이미 죽은 인디언들조차 우리로부터, 우리의 기억으로부터 도둑질당하고 있다. 저들은 우리 조상들의 뼈를 무덤에서 파내 상자에 담은 채로 분류표를 붙여 박물관으로 보낸다. 다음 세상으로 가는 길을 밝힐 수 있도록 적절한 의식과 추모 행사를 거쳐 어머니 대지의 품 안에 돌려보내지도 않은 채로.

나는 지금 20년 넘게 내 자신의 그림자에 갇혀 좁은 감옥에서 지내고 있다. 그럼에도 불구하고 나는 쇠창살과 철조망 너머로 손을 뻗어 세상의 가슴에 가닿으려 한다. 라코타 족 형제들은 '미타쿠예 오야신'이라고 말한다. 우리 모두는 연결되어 있다. 우리는 하나다.

나의 삶은 곧 인디언의 삶이다. 나는 보다 큰 이야기의 작은 부분이다. 내 생의 개인적인 부분들은 중요하지 않다. 한 사람의 인디언인 것, 그것이 더 중요하다. 나의 자서전은 나의 부족, 이 거북이섬의 전체 인디언들의 이야기다. 나의 삶은 오직 그들과 연결지었을 때만 의미가 있다.

아메리카 인디언들은 장엄한 역사를 공유하고 있다. 놀라울 정도의 다양성과 정통성, 풍부한 정신 세계, 그리고 독특한 문화와 오랜 전통 등이 그 안에 담겨 있다. 더불어 슬프게도 그 역사 속에는 비극과 속임수와 종족 말살 정책이 함께 있다. 인류 역사상 가장 큰 도둑질이 행해진 곳이 바로 이 아메리카 대륙이다. 나는 단지 과거에 행해진 도둑질만을 말하는 것이 아니다. 지금 이 순간에도 진행되고 있는 도둑질을 말하고 있는 것이다. 날마다 우리 원주민들의 인권은 유린당하고 있다. 다른 국가들에 대해서는 큰 목소리로 인권의 필요성과 도덕성을 강조하는 바로 그 사람들에 의해서.

내 생애의 이야기는 내가 태어난 1944년 9월 12일 훨씬 이전으로 거슬러 올라가기 전에는 시작될 수 없다. 1890년(운디드니 대학살이 일어난 해)으로, 1876년(리틀 빅혼 전투)으로, 그리고 1868년(커스터가 이끄는 제7기병대가 평화의 깃발을 꽂고 있는 샤이엔 족 마을을 무차별 공격해 검은 주전자 추장을 비롯해 남녀노소 인디언의 목숨을 앗아 간 와시타 학살 사건이 일어난 해)과 1851년(크로우 족이 땅을 빼앗긴 첫 번째 라라미 조약 체결)으로. 그렇다, 얼굴 붉은 사람들과 얼굴 흰 사람들의 비극적인 충돌이 일어난 모든 날들을 거슬러 올라가, 마침내 인류 역사에서 가장 어두운 날로 기록된 1492년 10월 12일(콜럼버스가 도착한 날)까지 되돌아가야만 한다. 그날 우리의 크나큰 슬픔이 시작되었다.

우리들 서로의 미래, 인류의 미래는 존중을 바탕으로 세워져야 한다. 존중이 새 천년의 슬로건과 표어가 되어야 한다. 다른 사람이 우리를 존중해 주기를 바라는 것처럼 우리 역시 다른 사람을 존중해야 한다.

부자든, 가난한 사람이든, 얼굴이 붉든 희든 검든 갈색이든, 또는 노랗든 우리 모두는 이 대지 위에 함께 있다. 우리 모두는 한 가족이다. 우리는 어머니 대지와, 이 대지 위에서 숨 쉬고 살아가는 존재 전체에 대한 공동의 책임을 나눠 갖고 있다.

단 한 명의 인간이라도 굶주리고 학대받는 한, 단 한 명의 사람이라도 강제로 전쟁터에 끌려가 죽음을 맞이하는 한, 단 한 명의 죄 없는 사람이라도 감옥에 갇히는 한, 그리고 단 한 명이라도 그가 가진 믿음 때문에 억압당하는 한, 우리의 노력은 아직 끝나지 않은 것이다.

나는 인간의 선함을 믿는다. 그 선함이 승리하리라고 믿는다. 하지만 그러기 위해서는 많은 노력이 필요하다. 바로 당신과 나, 우리 모두의 노력이 필요하다.

우리는 복수를 요구하지도 않으며 원하지도 않는다. 복수가 아니라 우리 인디언에 대한 존중을 요구하는 것이다. 우리는 서로 다른 종족일 수도 있지만 똑같은 인간 사회이며, 같은 대지 위에서 살아가고 있다. 우리가 원하는 것은 정의, 평등, 공정한 대우다. 미국은 바로 그런 헌법을 기초로 세워진 나라다. 이 영토 안에 사는 모두가, 인디언들도 그 권리를 누릴 수 있어야 한다. 이런 요구가 너무 심한 것인가? 우리는 서로의 완전함을 기대하지 않으며, 그것을 요구하지도 않는다. 우리는 불완전하기 때문에 공통된 인간으로서 살아가고 있는 것이다.

과거는 바꿀 수 없다. 그것은 진리다. 누구도 죽은 자를 되살릴 수 없다. 하지만 살아 있는 사람을 위해서는 무엇인가 할 수 있다. 아메리카 원주민들에 대한 경제적인 보상은 공정한 미래를 위해 절대적으로 필요한 일이다. 또한 인디언들이 성스럽게 여기는 장소와 조상들의 중요한 영토는 반환해야 한다. 조약을 어기면서 빼앗아 간 자원들도 나눠 가져야 한다.

아메리카 원주민뿐만 아니라 지구상의 모든 원주민들은 대지를 지키는 수호자들이다. 그 사실을 인정해야만 한다. 그들은 어머니 대지의 수호자들이며, 대지를 파괴하는 일에 영원히 맞서 싸울 것이다.

인디언들이 요구하는 정의로운 법은 얼굴 흰 사람들의 법이 아니다. 자연에서 멀어진 법, 인간들이 만든 법이 아니다. 인디언들과 내가 추구하는 법은 위대한 정령의 법이다. 그 법은 결코 소멸되지 않으며, 언제나 냉정하고 공정하다. 그리고 그 법에 의해서만 나의 후손들과 당신의 후손들이 이 세상의 다른 훌륭한 인간 존재들과 함께 평화롭고 조화롭게 살아갈 수 있다.

세상이 그들의 것이 되었을 때 우리 세대는 이곳에 없을 것이다. 자신의 시대를 너무도 큰 혼란 속에 밀어 넣은 우리들은 지금 이곳에서 서로에게 화해의 손을 내밀어야 한다. 이 미움과 불의와 이기심을 순수한 미래 세대에게까지 물려주어야만 하는가? 그들도 우리처럼 죄책감에 시달리게 할 것인가? 지금 우리가 결심을 해서 그것들을 끝낼 수는 없는가? 나는 우리가 그렇게 할 수 있기를 기도한다. 나의 삶은 그 목적을 이루기 위한 하나의 도구다."

우리 인디언들도 유럽 땅을 발견했다고 주장할 수 있다. 그 당시 우리는 바다 건너에 다른 나라가 있다는 것을 알지 못했다. 따라서 그들이 말하는 식으로, 이 다음에 내가 영국이나 이탈리아로 건너가서 깃발을 꽂고는 그곳이 인디언들의 땅이라고 말하면 되는 것이다. 왜냐하면 내가 그곳을 발견한 것은 그때가 처음이며, 따라서 내가 그곳을 발견한 것이나 다름없으니까. 당신들이 아메리카 대륙을 발견했다고 하는 것이 바로 그런 식인 것이다.

체로키 족 청년

미국 사회의 역사를 돌이켜 보면 그 속에 큰 약점이 있음을 발견할 수 있다. 이 나라는 폭력을 기초로 세워져 있다. 폭력을 숭배하고, 앞으로도 계속해서 폭력적으로 살아갈 것이다. 사랑으로 폭력과 맞서려는 사람은 누구든지 짓밟힐 수밖에 없다. 하지만 폭력에 폭력으로 맞서는 것 역시 무의미한 파괴로 끝이 난다.

미국 역사를 자세히 들여다보라. 미국은 전쟁에서 패한 적이 한 번도 없다. 전쟁에 개입할 때마다 미국 정부는 언제나 과잉 살상의 원리에 따라 행동하며, 상대방을 무자비하게 가루로 만들어 버린다. 항의를 해도 수그러드는 법이 없다. 베트남 전쟁을 보라. 미국은 2차 세계대전 때 사용한 것보다 더 많은 폭탄을 떨어뜨렸다. 과잉 살상의 대표적인 예다.

또한 적군의 사망자 숫자에 언제나 열광적으로 매달리는 미군 지도자들을 보라. 사람을 죽이는 것만으로도 충분하지 않아서 반드시 죽인 숫자를 세며, 성과를 수치로 나타내야만 한다. 그렇다, 두말할 필요없이 폭력이 미국의 상징이다.

미국이 이룬 평화가 있으면 말해 보라. 승리는 있지만, 이 나라는한 번도 성공적인 평화를 이룬 적이 없다. 평화란 의견과 생각과 사상을 나눌 때 가능하며, 두 개의 서로 다른 삶의 방식이 충돌 없이 공존할 수 있다는 사실을 인정할 때 가능한 것이기 때문이다.

인디언으로서 우리는 시장 경제에서 큰 이익을 거둘 수 있는 어떤효과적인 사업체도 갖지 못하게 될 것이다. 어떤 강력한 로비 단체나정치적인 힘도 갖지 못할 것이다. 하지만 우리는 5세기에 걸친 억압을통해 다져진 눈에 보이지 않는 단결력을 지니고 있다. 우리는 인간이라는 이름 아래 연결된 사람들이지, 정복을 위해 모인 탄압 세력이 아니다. 우리가 가진 더 위대한 힘을 통해 우리는 반드시 백인들을 견뎌낼 것이며, 마침내 그들보다 오래 살아남을 것이다. 우리는 반드시 살아남을 것이다.

바인 델로리아 주니어, 1970년_서 있는 바위 수 족

우리의 정당한 장소를 되찾기 전까지는 우리는 편히 쉬지 않으리라. 우리가 알고 있는 사실들을 우리의 젊은 세대에게 말하리라. 더 많은

배움을 얻을 수 있도록 그들을 세상 구석구석으로 보내리라. 그들이 우리를 인도하리라.

우리의 동의도 구하지 않은 침입자들이 체로키 족을 대신해 말하고 있다. 체로키 족 사람들이 체로키 정부를 구성하기 전까지는 쉬지 않으리라. 아직도 다른 사람들이 우리의 운명을 결정 내리고 있다. 우리 자신이 우리의 운명을 결정하기 전까지는 쉬지 않으리라.

아직도 미국 법원들은 잘못한 사람들의 말에만 귀를 기울이고 있다. 이들 법정에서 우리가 당한 부당한 일들이 심판받고 과거의 잘못된 행위들이 바로잡아지기 전까지는 쉬지 않으리라.

아직도 우리는 우리의 집과 우리 아이들의 집을 빼앗기고 있다. 우리 자신과 다가오는 세대를 위해 우리의 고향땅이 지켜지기 전까지는 쉬지 않으리라.

위대한 정령의 계시를 받아 우리는 선언한다. 우리 인디언들도 미합중국을 구성하고 있는 많은 국적의 인종들 속에 자랑스럽게 우뚝 설 수 있음을.

작자 미상

국제 공동체에 유일하게 참석이 허용되지 않는 피부색의 종족이 있다. 그들은 다름 아닌 우리 얼굴 붉은 인디언들이다.

러셀 민즈_라코타 족

저 산 높은 곳에서 우리의 훌륭한 추장이 아래를 내려다보며 서 있다. 추장은 수많은 세월 동안 침묵 속에 그렇게 서 있었다. 그 추장의 후손인 우리들은 침묵하는 부족이었다. 얼굴 흰 사람들의 이 물질적인 사회에서 살아남기 위해선 침묵할 수밖에 없었다. 오늘 나와 나의 부족들은 당당히 진실과 얼굴을 마주하기로 결정했다. 우리는 인디언이다.

1970년 추수감사절 연설, 프랭크 제임스_왐파노그 족

나는 한 사람의 자랑스러운 인간으로서 당신들 앞에 서 있다. 나는 조금도 죄의식을 느끼지 않는다. 죄의식을 느낄 아무런 짓도 하지 않았으니까. 아메리카 원주민 행동주의자가 된 것을 나는 조금도 후회하지 않는다. 미국과 캐나다, 그리고 전 세계 수많은 사람들이 나를 지지할 것이고, 이 법정에서 행해진 불의에 항의할 것이다.

이토록 추한 제도 아래서 살아야만 하는 당신들에게 나는 연민의 정을 느낀다. 당신들의 제도 아래서 당신들은 탐욕과 인종차별과 부정부패를 배웠다. 그리고 무엇보다 심각한 것은 어머니 대지를 파괴하는 일이다.

아메리카 원주민들의 제도 아래서 우리는 모든 사람이 형제이며 자매라고 배웠다. 재산이 있으면 가난한 사람이나 부족한 사람들과 나누라고 배웠다. 그리고 무엇보다 중요한 것은 대지를 보호하고 지키는 일이다. 우리는 대지를 우리의 어머니라 여긴다. 그 가슴으로부터 우리는 영양분을 취한다. 어머니 대지는 우리가 태어났을 때 우리에게 생명을 주며, 우리가 이 세상을 떠날 때는 다시 우리를 자신의 자궁 속으로 맞아들인다.

레너드 펠티에의 법정 최종 진술_다코타 족

파란 구슬(원 블루 비드, 크로우 족)

여기 치유의 힘이 있으니

라모나 베네트
푸얄룹 족

나는 워싱턴 주 레이니어 출신이다. 얼굴 흰 사람들이 처음 이곳에 왔을 때 그들은 어머니 산(레이니어 마운틴)을 가리키며 물었다.

"저 산은 누구의 소유인가?"

인디언들은 배꼽을 잡고 웃기 시작했다. 얼마나 재미있는 생각인가? 산을 소유하다니! 우리에게 어머니 산은 모두를 위한 것이다. 이 산은 우리에게 시원한 물을 제공해 준다. 우리의 강이 시작되는 곳도 이곳이다. 이 산은 영원하다. 그러자 얼굴 흰 사람들은 주인 없는 산이라 여기고 소유권을 주장하고 나섰으며, 산의 이름을 '어머니 산'에서 맥주 공장 사장의 이름인 '레이니어'로 바꾸었다. 그들은 산을 깎아 도로를 내고 비탈에는 스키장을 만들었다. 그것은 말할 수 없이 잔인한 행위다. 이 산은 우리에게 신성한 장소다. 그것은 마치 동정녀 마리아의 젖가슴에 유원지를 만드는 것과 같다.

이 대륙에는 오직 하나의 인디언 국가만이 존재한다. 알래스카 꼭대기에서 남아메리카 끄트머리까지 사방에서 그 증거를 찾을 수 있다. 모두 같은 형태의 문화, 예술, 언어를 갖고 있다. 우리는 다양한 방언을 가진 한 민족이다.

얼굴 흰 사람들은 마치 우리가 투명 인간인 것처럼 행동한다. 아시아에서 얼음 다리를 타고 건너 온 사라진 종족인 것처럼. 하지만 우리의 종교적인 믿음에 따르면, 할아버지 위대한 정령은 우리를 바로 이곳 거북이섬에서 창조했다. 지느러미를 가진 우리의 형제자매들을 보호하라고 바로 이곳 푸얄룹 강에서 우리를 창조했다.

나의 어머니는 푸얄룹 족 사람이며, 어머니 집안이 속한 지파는 퓨젓 만의 섬 주민이었다. 푸얄룹 족은 일자 집에서 살았다. 이 기다란 집에서는 어린아이에서부터 노인에 이르기까지 안전하게 보호를 받는다. 그곳에는 여러 세대가 함께 사는 데 필요한 규칙을 알고 있는 노인들이 있다. 그들은 또한 물건을 만들거나 일을 하는 가장 좋은 방법을 알고 있다. 노인들이라고 해서 무용지물처럼 소외당하지 않는다. 그들은 지혜를 갖고 있으며, 어린아이들을 가르칠 수 있기 때문이다.

반면에 아이들은 삶에 기쁨을 가져다주며, 튼튼한 다리와 밝은 눈을 갖고 있어서 동작이 빠르고 어른들의 일을 돕는다. 나이가 들면 더 강해져서 사냥과 낚시를 하고, 힘든 일을 한다. 그러니 일자집 자체가 매우 훌륭한 공동체인 것이다.

인디언 사회의 좋은 점이 바로 그것이었다. 모두가 사회 생활을 하는 데 필요한 규칙들을 알고 있었기 때문에 혼란이란 없었다. 또한 누구나 예외없이 쓸모 있는 존재이고, 미래의 일부였다. 따라서 실업 보험이라거나 빈민 기금, 비행 청소년 수용 시설, 감옥, 양로원 같은 것이 필요 없었다. 인디언들에게 사회는 곧 가정이 더 넓어진 것이었다. 역사상 존재한 가장 훌륭한 사회 형태였다.

1800년대 중반에 얼굴 흰 사람들이 보스턴에서 와서 우리와 조약을 맺기 시작했다. 어떤 부족은 야생 쌀과 잣을 놓고, 또 다른 부족은 사냥과 낚시할 권리를 놓고 그들과 협상을 벌여야만 했다. 그 것들은 인디언들의 경제에서 매우 필수적인 것이었다. 우리 인디언들은 얼굴 흰 사람들을 신뢰하지 않았다. 왜냐하면 그들은 가족도 없이 혼자서 왔기 때문이다. 인디언들의 관점에서는 가족 없이 여행한다는 것은 그 사람이 나쁜 사람이기 때문에 가족으로부터 추방당했음을 의미한다.

게다가 얼굴 흰 사람들은 너무 목욕을 하지 않아서 몸에서 악취가 났다. 반면에 우리 부족 사람들은 땀천막을 갖고 있고, 강에서도 목욕을 했다. 또한 식물의 엽록소가 우리 몸의 냄새를 좋게 한다는 사실을 알고 있었다.

보스턴에서 온 그 사람들은 우리의 일자 집으로 와서 말했다.

"당신들의 지도자를 만나고 싶다."

우리 부족은 모계사회였기 때문에 늙은 여인이 나갔다. 그러자 얼굴 흰 사람들은 말했다.

"아니, 당신 말고 당신들의 지도자를 만나고 싶다."

그래서 이번에는 늙은 남자가 나갔다. 그들은 또 말했다.

"아니, 아니, 당신 말고 지도자를 나오라고 해라."

인디언들은 말했다.

"이거, 환장하겠네. 도대체 뭘 원하는 거야?"

그래서 그들은 젊은 인디언을 내보냈다. 그런 식으로 얼굴 흰 사람들은 처음부터 우리에게 대표를 뽑는 잘못된 방식을 강요했다. 지도자를 정하는 우리의 전통적인 방식은 얼굴 흰 사람들의 성차별적인 방식에 밀려날 수밖에 없었다.

얼굴 흰 사람들은 2천8백만 평의 땅을 푸알룹 족의 '영원한 소유'로 보장할 것을 약속하는 조약을 맺은 뒤, 인디언들을 이곳으로 이주시켰다. 이 지역 전체, 저 산꼭대기에서 강 하구의 삼각주까지가 우리의 보호구역이다. 하지만 '영원한 소유로 보장한다'는 것은 누군가가 그곳을 필요로 할 때까지라는 뜻이다. 조약을 맺고 나서 그들은 이 지역을 조사한 뒤 슬그머니 6백만 평의 땅을 제외시켰다. 그런 다음 세 가지 큰 전염병이 우리를 강타했다. 천연두, 홍역, 감기가 그것이다. 얼굴 흰 사람들은 결핵을 포함시키지 않았지만, 결핵 역시 인디언 부족들에게 심각한 타격을 입혔다. 그 결과 우리 인구의 90퍼센트가 감소했다. 보호구역으로 이동할 무렵에는 생존자가 얼마 남지도 않았다.

얼굴 흰 사람들은 보호구역을 여러 구획으로 나눈 뒤 인디언들에게 말했다.

"당신들은 이 지역에 살라. 이곳을 잘 가꾸라. 그렇지 않으면 도로 빼앗을 것이다."

얼굴 흰 사람들에게 잘 가꾼다는 것은 살아 있는 모든 것을 자르고, 갈아엎고, 그 위에 아스팔트와 콘크리트를 덮는 것을 의미한다. 대지를 벗겨 내고, 평평하게 만드는 것을 뜻한다. 그들은 풀조차도 어느 정도까지만 자라도록 훈련을 시키기 때문에 옛날에 자라던 풀들과는 완전히 다르다. 어쨌든 인디언들은 여러 구획으로 나뉘어 배치되었으며, 처음 연방 정부가 맺은 조약에 명시된 넓이와는 비교도 할 수 없을 만큼 작아졌다. 그렇게 인디언들을 재배치함으로써 우리가 갖고 있던 일자 집의 사회 체제는 무너져 버렸다.

얼굴 흰 사람들은 자신들이 만난 그 어떤 인디언들보다 우리 부족이 더 근면하고 야심이 있다고 말하면서 우리더러 자유롭게 우리의 땅을 팔 수 있어야 한다고 충고했다. 그러면서 우리가 영어를 읽을 줄도 쓸 줄도 모르니까 대리인을 지정해 주겠다고 말했다. 그 대리인이란 자들은 속이 시커먼 변호사나 사업가들이었다. 그들은 우리로부터 모든 권한을 가져가서는 서류에 서명을 하라고 우리를 윽박질렀다. 그들은 정부에 이런 편지를 보냈다.

"나는 이 인디언의 땅을 팔았습니다. 그래서 그에게 돈을 주려고 찾아갔더니 그가 거절하면서 '내 땅은 팔 수 있는 것이 아니다'라고 고집을 피웁니다. 어떻게 하면 좋을까요?"

그러면 정부의 답변은 이런 식이었다.

"우리가 그 인디언에게 대리인을 지정한 이유는 그가 자신의 일을 제대로 처리할 능력이 없기 때문이다. 그 돈을 처리 비용으로 사용하고, 보안관을 불러 그 자를 쫓아내라."

그런 식으로 인디언들은 총부리에 밀려 또다시 쫓겨났다. 원래 인디언 보호구역은 '인디언들의 권익을 보호한다'는 명목으로 세금이 제외된 땅이었다. 하지만 주 정부들은 자기들 멋대로 이 땅에 세금을 매기기 시작했다. 그것은 명백히 조약 위반이다. 하지만 미국 정부는 부족이나 개인을 보호할 생각이 전혀 없고, 보안관들은 총을 갖고 있다.

나의 할아버지가 그 시기에 이곳에서 사셨다. 할아버지는 당시 교육을 받은 몇 안 되는 인디언 중 한 분이었다. 부족 사람들은 서류 종이를 들고 할아버지를 찾아와 그것이 무엇이냐고 묻곤 했다. 할아버지가 말했다.

"세금을 내라는 고지서입니다. 돈을 내라는 겁니다."

그러면 인디언들은 말하곤 했다.

"돈이라구? 돈이 뭔데?"

그만큼 그들은 아직도 물물 교환 경제에 만족하며 살고 있었다.

보호구역 안에서는 수많은 살인 사건이 일어났다. 얼굴 흰 사람들은 술을 퍼마신 뒤 어부의 오두막으로 가서 문을 부수고 여자를 강간하고 남편을 살해했다. 그러고는 시체를 철길에 내다 버렸다. 몇 년 후 나는 '철길 사고'로 위장된 수많은 사망 증명서들을 발견했다. 그들은 그런 식으로 억울하게 죽임을 당한 인디언들의 집과 땅을 빼앗고, 아이들을 멀리 동부 해안의 고아원으로 보냈다.

나의 할아버지가 그 인디언들의 장례식을 주관하곤 했다. 그 모든 슬픈 일들이 할아버지의 가슴을 무너지게 했다. 그분은 이 보호구역 안에서 스트레스로 세상을 떠났다.

우리가 살고 있는 이 푸얄룹 강은 자유롭게 굽이쳐 흘렀으며, 때로는 강둑 너머로 범람하기도 했다. 우리는 울타리를 세워 물고기를 잡았다. 수많은 연어 떼가 산란하기 위해 강을 거슬러 올라왔다. 인디언들은 여인네와 아이들을 데리고 강으로 가서 축제를 벌이고 수확의 춤을 추었다.

하지만 얼굴 흰 사람들은 너무도 탐욕스러워서 산란하러 올라오는 모든 물고기를 싹쓸이하다시피 했다. 위대한 정령은 물고기들에게 필요한 것이 무엇인가를 안다. 신선한 물, 깨끗한 자갈들이 그것이다. 우리 부족 위원회는 연어 떼가 돌아올 수 있도록 강을 깨끗이 유지하기 위해 많은 노력을 기울였다. 물고기들이 쓰레기 더미 사이로 헤엄치지 않아도 되도록 강 밑바닥을 청소하고, 샛강에서 부서진 차체와 침대 스프링, 철조망 등을 건져 냈다.

나는 사람들에게 말하곤 한다. 인디언들이 없었다면 미국이란 나라도 존재하지 않았다고. 영국인들과 미국인들이 전쟁을 시작했을 때, 미국인들은 모든 점에서 열세였다. 그러자 그들은 인디언들에게 도움을 요청했다. 인디언들이 물었다.

"당신들은 우리가 어떻게 해 주길 바라는가?"

미국인들이 말했다.

"우리는 이렇게 전투를 할 것이다. 여러 줄로 서 있다가 북과 나팔이 울리면 곧바로 적들의 대포를 향해 진격할 것이다."

인디언들이 말했다.

"그 무슨 황당한 작전인가! 당신들은 그렇게밖에 머리가 안 돌아가는가? 그러니 번번이 패하는 것이다. 이제부턴 이렇게 해야 한다. 밤에 몰래 가서 바위와 나무들 뒤에 숨으라. 그런 다음 적들을 협곡으로 유인하는 것이다."

그러자 미국인들이 말했다.

"앗, 그걸 몰랐다니! 정말 좋은 작전이다. 우리한테 그렇게 하는 법을 가르쳐 주겠는가?"

그렇게 해서 인디언들은 미국인들을 이끌고 전투에 나섰으며, 언제나 얼굴 흰 형제들 옆에서 함께 싸웠다.

들소에 대해서 미국인들이 무엇을 발견했는지 아는가? 그들은 들소 고기가 콜레스테롤이 낮고, 강한 면역력을 갖고 있다는 사실을 이제서야 발견했다. 우리 인디언 치료사들이 수천 년 동안 사용해 온 약들을 미국인들은 아직도 발견하고 있다.

또한 그들은 공동체 생활의 이점을 이제서야 자각했다. 서로 다른 세대가 함께 살면서 커다란 거실과 공동 부엌을 사용하고 동시에 독립된 침실과 욕실을 갖는 것이다. 이것은 그곳에 사는 사람들에게 안전하게 보호받는 느낌을 줄 뿐만 아니라 정서적으로도 서로에게 힘이 되어 줄 수 있게 한다. 연료와 도구, 공간을 쓸데없이 낭비하지 않게 해 주며, 따라서 매우 실용적이고 경제적이다. 우리는 그런 주거 공간을 단순히 '일자 집(롱 하우스)'라고 불렀다.

우리는 이 대륙에 사는 사람들에게 전할 중요한 메시지를 갖고 있다. 우리는 이 대지를 보호하기 위해 우리가 이곳에 있다고 믿는다. 시궁창 속에서 살 수밖에 없는 상황이 닥치기 전에 이 환경을 깨끗이 되돌려야 한다.

일전에 아메리카 원주민 집회에 참석한 적이 있다. 그곳 천막에 앉아 이런 기도문을 들었다.

'할아버지 위대한 정령이시여, 날개 가진 우리의 형제자매들을 도우소서. 흙에 뿌리를 박고 살아가는 형제자매들, 땅 위를 기어 다니는 형제자매들, 바닷가에서 살아가는 형제자매들, 그리고 물고기 나라에 속한 형제자매들을 도우소서. 흰 피부를 가진 형제자매들을 도우소서. 그들이 이 대지를 보호하고 더 이상 지구별에 상처 입히지 않도록 도우소서.'

얼굴 흰 사람들이 대륙에서 대륙으로 건너다니며 모든 것을 파괴하는 이유는 자신들이 죽어서 천국에 갈 것이라고 믿기 때문이다. 하지만 우리 인디언들은 이곳이 천국임을 안다. 영적인 세계는 바로 이곳에 있다. 아직 태어나지 않은 이들과 육체를 떠난 이들 모두가 날마다 우리와 함께 이곳에 있다. 육체를 떠난 이들은 우리에게 많은 것들을 가르쳐 주고 있다. 그리고 어린 것들은 우리가 그들을 위해 남겨 주는 것들에 의존할 수밖에 없다.

나는 언제나 내 아들 라후바테수트를 생각한다. 한번은 그 아이를 차에 태우고 항구 쪽으로 가고 있는데, 아이가 갑자기 울음을 터뜨리는 것이었다. 아이는 말했다.

"난 삼나무를 한 번도 본 적이 없어. 사슴도 본 적이 없단 말야."

아이는 그때 다섯 살이었다. 인디언들은 그만큼 놀라운 부족이다. 그들은 배우지 않아도 어떤 것들을 안다. 그 인디언 소년의 육체 속에 있는 영혼이 자기 삶에서 무엇인가 빠져 있다는 것을 알아차린 것이다. 무엇인가 자신의 유산에서 잃어버렸다는 것을.

영적인 교감은 그만큼 강하다. 라후바테수트가 하루는 우리 부족의 언어로 노래를 부르고 휘파람을 불었다. 나는 아이가 다니는 학교에서 새로운 것을 가르친다고 생각했다. 하지만 담임 선생을 만나 그것에 대해 말하자, 푸얄룹 출신의 그 여교사는 말했다.

"전 오히려 집에서 그 아이에게 노랠 가르친 줄 알았는데요."

그래서 아이에게 물었다.

"넌 어디서 그 노래를 배웠니?"

아이가 말했다.

"매가 나한테 그 노랠 가르쳐 줬어요."

이제 새로운 날, 새로운 기회가 찾아왔다. 우리 부족에게 일어난 모든 슬픈 일들에도 불구하고 우리는 희망이 있다고 믿는다. 우리의 아이들은 밝게 빛나는 별들이다. 모든 아이들과 함께 새로운 미래의 약속이 태어나고 있다.

*

"우리는 괴물의 뱃속에서 살고 있다. 그 괴물은 미합중국이다. 서반구에 사는 모든 나라들이 그 괴물의 길을 따르고 있다."라고 오글라라 라코타 족의 인디언 운동가 러셀 민즈는 말했다. 그 괴물은 자연의 순하고 부드러운 것들을 집어삼키고, 흙으로 돌아갈 수 없는 폐기물들을 바깥으로 쏟아 놓는다. 그리고 사실 그 괴물은 미합중국이 아니라, 우리 모두의 안에 있는 이기적이고 자기중심적인 것의 대명사다. 우리 안의 그 부분은 전체와 연결된 자신을 바라보지 못한다. 전체와 자신을 분리할 때, 결국은 자신마저 설 자리가 없어진다는 것을 직시하지 못한다. 그 결과가 어떠하리라는 것은 분명하다.

우리는 대지와 자연의 일부분으로 태어났으나, 우리의 욕망을 이루기 위해 많은 것들을 사라지게 했다. 하지만 모든 것이 다 사라진 것은 아니다. 아라파호 족 인디언들이 말하듯 삶의 계절은 '모두 다 사라진 것은 아닌 달'이다. 1970년대, 가장 전투적인 아홉 명의 인디언 중 한 사람으로 손꼽히던 푸얄룹 족의 여성 대표 라모나 베네트는 워싱턴 주의 푸얄룹 인디언 보호구역에서 아직도 부족의 권리를 되찾기 위해 일하고 있다.

푸얄룹 족이 살고 있는 곳에서 그다지 멀지 않은, 태평양 북서쪽 해안을 따라 늘어선 섬들에는 루미 족 인디언들이 살고 있었다. 그들은 갈가마귀와 곰의 형상을 조각해 집 앞에 세워 놓았으며, 삼나무 껍질로 바구니를 만들고, 산양의 털로 옷을 해 입었다. 축제 의식 때는 삼나무와 그해의 첫 번째 연어를 신성하게 여겼다. 하지만 영토를 백인들에게 빼앗기면서 바구니 짤 재료도 사라지고 그들만의 종교의식도 사라질 위기에 처했다. 현재 시애틀 북부의 작은 보호구역 안에 약 2백 명의 루미 족 인디언들이 거주하고 있다. 그들이 짜는 다양한 형태의 바구니는 높은 예술적 가치를 지닌 것으로 평가받고 있다. 그중 한 사람인 인디언 여자 프랜 제임스는 말한다.

"내가 지금 만들고 있는 이 바구니는 삼나무 껍질로 만드는 것이다. 다른 바구니들은 여러 종류의 풀로 만든 것들이다. 나는 자연 재료를 좋아한다. 저 뒤쪽 숲에서 그것들을 구해 온다. 이제는 나무들이 거의 남아 있지 않다. 몇 해 전 큰 태풍이 불어 이곳의 아름다운 나무들을 다 쓰러뜨렸다. 나무들이 쓰러졌을 때, 나는 달려 나가 껍질을 벗겨 오고 싶었지만 너무 추워서 나갈 수가 없었다. 강풍이 불고 전선주들이 넘어져 나흘 동안 전기도 들어오지 않았다. 나무 껍질을 벗기려면 마르기 전에 해야 한다. 그런데 시기를 놓쳐 버린 것이다.

사람들은 오늘날 환경에 대해 많은 이야기를 한다. 그들은 우리가 나무껍질을 벗기면 나무가 죽을지도 모른다고 말한다. 그렇지 않다. 껍질을 벗길 때 우리는 결코 나무를 죽이지 않는다. 저쪽에 서 있는 전기 탑들을 보라. 그것들을 세우느라 얼마나 많은 나무들이 죽어야 했는지 아는가? 껍질을 벗기기 전에 우리는 언제나 나무에게 말을 한다. 너의 껍질을 약간만 벗겨 가서 예쁜 물건을 만들 것이라고. 결코 너를 해치려 하는 것이 아니라고. 나무가 당신의 말을 믿지 않으면 당신은 문제를 겪게 된다. 올바른 방식으로 껍질을 벗기지 않으면 나무가 당신의 뺨을 후려칠지도 모른다. 우리는 나무가 한 해를 잘 견딜 수 있도록 바깥 부분만 살짝 벗겨 갈 뿐이다. 그리고 우리는 어떤 것도 낭비하지 않는다. 필요한 양보다 조금 많을 경우에는 몸이 불편하거나 늙어서 껍질을 벗기러 갈 수 없는 사람들에게 나눠 준다."

껍질을 벗기기 전에 그들은 전통적으로 삼나무를 향해 다음과 같은 노래를 불러 왔다.

친구여, 나를 보라!
너의 옷을 달라고 부탁하기 위해 내가 왔다.
우리를 불쌍히 여겨 달라고.
너에게는 쓸모없는 것이 하나도 없다.
그것이 너의 방식이다.

우리가 사용하지 못할 부분이
너에게는 하나도 없다.
그리고 넌 언제나 기꺼이 너의 옷을
우리에게 내준다.
너에게 부탁하기 위해 내가 왔다.
꽃을 담을 바구니를 만들 수 있도록
너의 옷을 달라고.

　인디언들에게 땀천막은 가장 성스러운 의식 중 하나로, 위대한 정령
과 대화하기 위해 자신의 몸과 마음을 정화하는 데 사용되어 왔다.
땀천막은 라코타 족 언어로 '이니피'라고 불린다. 그것은 치료와 균형
을 위한 구조물이다. 작고 어두운 둥근 무덤처럼 생긴 구조물 안에 불
에 달궈진 돌들을 놓고 그 돌에 물을 부어 증기를 발생시킴으로써,
그 증기로 몸에서 땀을 내는 의식이다.
　여성의 갈비뼈 숫자와 같은 28개의 나무 뼈대를 둥글게 휘어 땅에
고정시키고, 그 위에 들소 가죽이나 담요를 덮어 만든다. 그 안으로
들어갈 때는 겸허한 마음을 갖기 위해 기어서 들어가며, 안으로 들어
감과 동시에 '미타쿠예 오야신', 즉 '모든 것은 하나로 연결되어 있다'
고 말한다. 땀천막 의식은 거북이섬 전체에 퍼져 있는, 인디언들의 공
통된 문화이자 생활이었다.
　땀을 흘리는 것은 신체의 중요한 기능이다. 땀구멍이 막히면 사람은
금방 생명을 잃는다. 신체는 이 땀구멍을 통해 몸속의 독소를 밖으로
내보내며, 따라서 땀구멍은 제3의 간이라고도 불린다. 땀을 흘림으로
써 높은 온도에서는 살아남을 수 없는 박테리아들을 말 그대로 태워
버리는 것이다. 또한 그 열기는 내분비선을 자극한다. 모세관이 확장

되어 혈액 순환이 빨라진다. 이것은 몸의 장기들 속의 불순물들을 밖으로 내보내는 역할을 한다. 뜨거운 돌에 물을 부음으로써 생겨나는 풍부한 반이온 물질들은 천식, 불면증, 심장 질환, 알레르기를 막아 준다.

땀천막 의식은 신체적인 조화만이 아니라 정신과 영혼의 정화까지 돕는다. 몸과 마음의 균형을 되찾아 주는 것이다. 어떤 부족들은 땀천막 안에서의 정화 과정을 날마다 실천했으며, 특히 삶에 어려운 문제가 있거나 다른 차원의 도움을 필요로 할 때 땀천막을 이용했다.

얼굴 흰 사람들이 처음으로 땀천막 의식을 목격했을 때 그들은 오싹 소름이 돋았다. 그 당시 대부분의 유럽 인들은 목욕을 이상하고 건강에 좋지 않은 것으로 여겼기 때문에 어찌 보면 그것은 당연한 일이었다. 위생 관념이 없었기 때문이기도 하지만, 인디언들의 삶의 방식을 파괴하려는 의도에서 백인들은 땀천막 의식을 가혹하게 탄압하기 시작했다. 1873년, 마침내 미국 정부는 아메리카 전역에서 땀천막 사용을 완전히 금지시키는 법안을 통과시켰다. 그 법은 1930년대까지 변함이 없었다.

그럼에도 불구하고 오늘날 인디언들의 땀천막은 날로 증가하고 있으며, 인디언이 아닌 사람들도 그것이 가진 치유의 힘을 깨닫고 땀천막 쪽으로 발길을 향하기 시작했다. 영화배우 셜리 맥클레인을 비롯, 명상을 가르치는 많은 뉴에이지 운동가들도 땀천막을 명상의 도구로 이용하고 있고, 한 번 참가에 수천 달러를 받기도 한다. 바야흐로 땀천막은 성업중이다.

라코타 족의 피트 캐치스는 땀천막 의식은 '다시 태어나는 것'과 같다고 말한다.

"태어나기 전에 우리는 어머니 자궁 속에 있었다. 모든 인간은 어머니의 자궁으로부터 나온다. 우리는 대지를 우리의 어머니라고 부른다. 땀천막 안으로 들어가 문을 닫았을 때, 우리는 어머니 대지의 자궁 속에서 다시 태어나는 것을 느낀다. 그곳에 우리가 있고, 불, 물, 돌들, 그리고 시간의 시작과 끝이 그곳에 있다."

크리 족의 평화의 담뱃대를 지키는 자로 선택된 돈 루틀릿지는 '인디언의 방식으로 세상을 사는 법'에 대해 이렇게 조언하고 있다.

'시간을 내어 돌을 들춰 보고, 그 아래서 살아가는 생명체들을 관찰하라. 그런 다음 돌을 제위치로 돌려놓으라.

계절의 바뀜, 날씨의 변화를 느끼라.

모든 기회마다 삶을 소중히 여기라.

미지의 것을 받아들여, 마치 새 담요로 몸을 감싸듯 그것으로 자신을 감싸라.

모든 것이 나쁠 때도 웃으라. 좋은 것을 바라보라.

웃음과 울음 사이에서 선택을 해야 한다면 웃음을 선택하라. 하지만 울음 역시 자연스럽고 건강한 것이다.

산속에 집을 지을 때는 산에게 상처를 입히지 말라.

물을 사용할 때는 마치 사막에서 지내듯이 한 방울이라도 지혜롭게 쓰라.

꼭 필요한 것만 갖고, 음식에 대해 항상 감사하라.

필요한 만큼만 먹고, 오직 먹기 위해서만 동물을 잡으라.

생명 가진 것을 함부로 죽이지 말라. 거미와 벌레들과 조화롭게 사는 법을 배우라.

다른 길을 걷는 사람들을 존중하라.

생명력을 주는 건강한 음식을 먹으라.

어려움에 처한 사람을 도우라.

지구를 구하는 데 보탬이 되는 일을 하라.

한 번에 하루치의 삶을 살라. 그럼으로써 모든 날들을 잘 쓰라.

정성을 다해 채소를 기르듯 영적인 밭을 일구라.

동물들이 내는 소리에 귀를 기울이고, 바깥에 있을 때는 자연의 정
령을 느끼라.

가볍게 여행하라.'

사람들은 내가 대학을 나오지 않았는데도 많은 일을 성취했다고
말한다. 그럴 때마다 나는 그들에게 말한다. 나는 고등학교밖에 다니
지 못했지만, 우리 부족의 어른들과 부모님이 나를 가르쳤다고. 그것
이 내가 받은 가장 중요한 학위라고.

사라 제임스_알래스카 그위친 족 환경 운동가

내가 이 푸에블로 지방에서 자랄 때는 모든 여인들이 도자기를 만
들었다. 내 도자기 빚는 솜씨도 그들에게서 배운 것이다. 나는 국립
공원인 상그레 데 크리스토 산에서 도자기 흙을 구한다. 흙을 구하기
전에 나는 기도를 한다. 이 근방에서도 흙을 구하고 싶다. 도자기 흙
이 어디 있는지 아는 나이 든 여인들은 모두 세상을 떠났다. 하지만
그들은 이 아름다운 장소에 그대로 머물러 있다. 우리는 서로 다른
시간대에서 움직이는 에너지들일 뿐이다. 그들은 우리를 떠나지 않는

다. 이곳은 그들이 태어나서 돌아간 땅이다. 때로 나는 마치 그들이 내게 말을 하고, 그들의 가르침을 전하는 듯한 느낌이 든다. 나는 흙으로 만든 마을의 이층집에서 살고 있다. 내가 커온 방식 그대로 나는 살고 있다.

소게 트랙_타오스 푸에블로 족

얼굴 흰 사람들이 여는 회의에는 문제가 있다. 믹맥 족이 회의를 열 때는 늙은이가 젊은 사람들에게 말을 하고 어떻게 하라는 지침을 내리곤 했다. 그러면 젊은 사람들은 그 말을 듣고 늙은 사람들이 하라는 대로 행했다. 얼굴 흰 사람들은 그것까지도 바꿔 놓았다. 이제는 젊은 사람들이 말을 하고 늙은이들이 듣는다. 나는 믹맥 족의 회의 방식이 훨씬 더 나은 것이었다고 믿는다.

피터 폴_믹맥 족

선교사들의 방해와 간섭에도 불구하고 우리는 우리의 노래와 기도를 계속해 왔다. 그것들은 우리 나날의 삶의 일부분이다. 우리는 여전히 대지와 가까이 살아가고 있다. 우리의 종교의식이 우리에게 필요한 것이라는 믿음을 우리는 아직도 잃지 않고 있다. 그것들은 신성하고 비밀스럽게 지켜져야 한다.

소게 트랙_타오스 푸에블로 족

우리의 일자 집에서는 누구든 기도하는 방으로 들어가 신과 이야기할 수 있었다. 기도하고, 노래하고, 춤추고 싶을 때면 언제라도 직접 신에게 가슴에서 우러난 이야기를 할 수 있었다. 거기 어떤 안내자도 필요 없었다. 그곳은 항상 열려 있었다. 사람들은 언제든 그 안으로 들어가 신과 대화할 수 있었다. 시간 제한도 없었다. 자신이 원하면 아침 내내, 또는 오후 내내 그렇게 할 수 있었다. 인디언이 말할 때는 시간 제한이 있을 수가 없었다. 오래전 나는 늙은 인디언들이 말하는 것을 듣곤 했는데, 그들은 끝도 없이 이야기를 펼쳐 나갔다. 누구도 도중에 일어나서 그들의 이야기를 중단시키지 않았다. 또한 누구도 그것을 받아 적지 않았다. 그것은 가슴에서 가슴으로 전달되었다. 나는 그것이 나를 강하게 만들었다고 생각한다.

호레이스 액스텔_네즈퍼스 족

얼굴 흰 사람들의 사회를 원하는 사람들과 그렇지 않은 사람들 사이에 갈등이 일고 있다. 호피 족 보호구역 안에서도 그런 일이 일어난다. 젊은이들은 대학을 졸업한 뒤 고향으로 돌아온다. 그들은 포장된 도로, 전기, 실내 화장실을 원한다. 실내 화장실을 설치하려면 하수구를 만들어야 한다. 부족의 어른들은 자신들이 신성시하는 지하 성소를 갖고 있다. 그들은 그곳을 어머니 대지의 자궁이라 여긴다. 그들은 말한다.

"맨발로 춤을 출 때, 우리는 우리의 성스러운 교회인 어머니 대지의 몸속으로 더러운 하수관이 지나가는 것을 원하지 않는다."

자넷 맥클라우드_툴라립 족

나는 밤이 지나가기를 기다리는 법을 배웠다. 배고픔의 시기를 견뎌내는 법과 늙은 사람이 죽는 것을 지켜보는 법을 배웠다. 우리 인디언들은 삶을 받아들일 줄 안다. 인간 존재로서 삶의 모든 좋은 시기와 나쁜 시기를 받아들인다. 그리고 죽음까지도. 죽음은 삶의 한 부분이다. 나의 딸은 죽음을 맞이하면서도 매우 용감했다. 나는 그 아이가 먼 곳을 바라보는 것을 보았다. 내가 물었다.

"넌 무얼 보고 있니? 무엇을 보고 있는 거야?"

딸아이가 대답했다.

"아름다운 것들이 보여요, 엄마."

그때 나는 사람이 죽어도, 그것으로 끝이 아니라는 것을 알았다. 아마도 90퍼센트의 에스키모 인들이 환생을 믿을 것이다. 당신이 죽어도 당신의 영혼은 계속해서 존재한다. 그것은 하나의 나무처럼 여전히 하나의 대상으로 존재한다. 그대의 영혼은 기다리는 장소로 가서, 몸을 얻어 다시 태어날 때까지 기다린다. 나는 죽음을 두려워한 기억이 없다. 죽음을 탄생과 마찬가지로 받아들일 수 있어야 한다. 사람이 죽는 것은 한 개의 문이 닫히고 다른 문이 열리는 것과 같다.

플로렌스 케니_알래스카 이누피아트 족

인디언들이 지식과 정보를 얻는 방식은 확실히 서양의 과학보다 훨씬 차원이 높고 범위가 넓었다. 서양 과학이 놀라운 발견이라고 흥분하는 것들은 사실 인디언들에게는 상식이었다. 인디언들 관점에서는 그것은 애들 장난이나 다름없다. 인디언 부족들은 그것들을 당연한 사실로서 아이들에게 가르쳤다.

바인 델로리아 주니어_서 있는 바위(스탠딩 록) 수 족

평원에 나가서 바라보면, 봄 속에 이미 여름이 와 있네!

인디언들이 부른 노래 중에서_치페와 족

푸에블로 나크옥톡 족 추장의 딸

야생이란 없다, 자유가 있을 뿐

오렌 라이온스
오논다가 족

내년이 되면 콜럼버스가 이 땅에 발을 들여 놓은 지 꼭 5백 년이 되는 1992년이다. 지금 아메리카 대륙 전역에서 그날을 기념하기 위해 어마어마한 준비들이 진행되고 있다. 그들이 말하는 그 '축제일'을 위해 미합중국 대통령은 8천 2백만 달러의 예산을 책정해 놓았으며, 콜럼버스의 조국인 스페인은 그보다 훨씬 많은 돈을 쏟아 붓고 있다. 몇 가지 명백한 이유들을 갖고 로마 교황청, 이탈리아, 라틴 아메리카 등 전 세계가 이에 가세하고 있다.

1992년은 결산과 평가의 해다. 지난 5백 년 동안 이 아메리카 대륙에서 무슨 일이 벌어졌으며, 그리하여 현재 우리가 어떤 상황에 놓여 있는가를 되돌아보는 해다. 얼굴 흰 자들의 침략을 온몸으로 맞이해야만 했던 이 땅의 원주민들에게 일어난 일을 속죄해야만 하는 해이며, 지난 5백 년보다 앞으로의 5백 년이 훨씬 더 나을 것임을 약속해야만 하는 해다.

그런 반성의 과정에는 반드시 인디언 부족들을 참여시켜야만 하리라. 우리 인디언들 자신이 우리의 상황을 평가할 수 있어야 한다.

'축제'라는 생각, '발견'이라는 개념에 도전할 수 있어야 한다. 발견이라는 것은 매우 오만한 개념이다. 그들은 마치 북미 대륙에 자생하는 동식물을 발견한 것처럼 우리 인디언들을 '발견'했다고 주장한다.

사실 이 땅에는 생명의 위대한 원리를 자각하고, 정부와 공동체에 대해 진정으로 이해하고 있던 자유로운 인디언 국가들이 존재했었다. 크리스토퍼 콜럼버스가 이 대륙에 우연히 도착하기 전에는 북아메리카, 중앙아메리카, 남아메리카 전역에 자유가 만발해 있었다. 자연 경제체제 속에서 모두가 경제적인 안정을 누리며 자유롭게 살아가고 있었다. 대지와 하나가 되어 살아가는 법을 터득했고, 해마다 대지 스스로 자신을 새롭게 한다는 것을 이해하고 있었다.

그런데 큰 물을 건너 경제에 대해 새로운 개념을 가진 사람들이 밀려왔다. 사실상 오늘날까지 미국 정부와 캐나다 정부는 바로 그 경제체제에 우리 인디언들을 끌어들이기 위해 온갖 노력을 다해왔다. 우리에게 공동 소유가 아닌 사유 재산의 중요성을 심어 놓으려고 그들은 수많은 시간을 쏟았다. 발전, 점진적인 발전, 지속 가능한 발전과 같은 생소한 단어들이 우리 귀에 들려왔다.

하지만 우리 인디언들은 알고 있었다. 우주의 진정한 법칙과 조화를 이루지 않으면 결국 우리가 생명을 의지하고 있는 근본적인 순환 원리에 도전하는 일이 된다는 것을.

따라서 두말할 필요 없이 크리스토퍼 콜럼버스의 생각과, 그가 마주친 원주민들 사이에는 갈등이 생겨났다. 처음 인디언들과 접촉한 얼굴 흰 사람들의 기록들은 한결같이 이 땅의 원주민들이 모두 건강하고, 잘 먹고, 행복해 보였으며, 전쟁을 좋아하지 않았다고 전하고 있다.

하지만 즉각적으로 정복의 과정이 시작되었다. 콜럼버스는 말했다. 이 원주민들은 좋은 노예가 될 것이라고. 그것이 그가 자기 나라의 여왕에게 보낸 첫 번째 편지의 내용이었다.

'우리는 이 자들을 노예로 만들 수 있습니다. 그들을 정복하기는 매우 쉬워 보입니다. 이 자들은 싸우는 법도 잘 모르는 것 같습니다. 우리가 가져온 무기와 기술만 갖고도 이 대륙 전체를 빼앗을 수 있습니다. 내 부하 열 명이면 충분할 것입니다.'

근본적인 갈등은 경제 개념에 대한 것이었다. 인디언들은 자연경제를 바탕으로 살아가고 있었기 때문이다. 우리에게는 하루 24시간 내내, 1년 내내 추수감사절의 연속이었다. 대지에 바탕을 둔 경제체제 안에서는 언제나 무엇인가 누리고 감사할 것이 있었다. 따라서 우리에게는 매 순간이 감사의 순간이었다. 봄이 되어 나무들의 수액이 흘러내릴 때 우리는 감사의 축제를 벌였다. 나무들의 추장이며 모든 나무들의 지도자인 사탕 단풍나무의 수액을 위해 감사의 축제를 벌였다.

나무들에게 감사하고, 씨앗을 심으면서도 감사하고, 딸기를 따면서도 감사하고, 그해의 첫 열매를 따면서도 감사의 축제를 벌였다. 꿀벌과 옥수수와 강낭콩에게 감사하고, 수확을 하면서도 감사드렸다. 어떤 것을 존중하는 방법은 그것에 대해 감사하는 마음을 갖는 일이다.

그것이 인디언 공동체의 중요한 구조를 이루고 있었다. 아메리카 대륙 전체에서 그런 삶이 이어져 오고 있었다.

하지만 우리의 얼굴 흰 형제들은 더 나은 방식이 있다고 끊임없이 우리에게 말했다. 그것은 부자가 되는 일이었다. 그것 때문에 우리 인디언들은 정말로 힘든 나날을 보냈다. 우리는 그들에게 말하곤 했다.

"아니다. 우리의 대지는 공동의 재산이며, 모두가 그 대지를 소유하고 있다. 물도 거저고, 공기도 거저고, 생명을 유지하는 데 필요한 모든 것이 다 거저다."

그러자 얼굴 흰 형제들이 말했다.

"우리는 당신들의 땅을 사고 싶다."

우리가 말했다.

"땅을 사다니, 대체 그게 무슨 뜻인가?"

그리하여 우리는 차츰 그들의 논리를 '사들이게' 되었다. 우리 자신이 눈앞의 개인적인 이익을 위해 영원한 주권을 '팔아넘기기'에 이르렀다.

지난 5백 년을 평가하면서, 우리 인디언들에게 무슨 일이 일어났는가를 돌이켜 보자. 인디언 부족들은 어떤 대접을 받았는가? 우리의 아이들은? 우리 고유의 사회 체제는 유지되었는가? 우리가 가졌던 삶의 원리는? 우리 자신을 스스로 되돌아보아야 한다. 지난 5백 년은 우리에게 더없이 힘든 기간이었으며, 앞으로의 5백 년, 아니 50년은 훨씬 더 힘든 시기가 될 것이기 때문이다.

우리가 지난 일들을 뒤돌아봐야만 하는 근본적인 이유가 있다. 인간들이 지금 세계 곳곳에서 다른 생명체들을 내쫓고 있기 때문이다. 사람들의 숫자가 늘어나면서 나무들과 아프리카 코끼리, 인도 호랑이, 그리고 이 나라의 들소들이 다 내몰리고 있다. 그들 중 어떤 것들은 이미 사라지고 없다. 그런데도 사람들 숫자는 점점 더 늘어만 가고 있다.

근본적인 경제체제에 꼭 필요한 존재들이 사라져 가고 있다. 인디언들은 이 한 가지 사실을 이해하고 있었다. 피와 살과 뼈의 법칙은 모든 생명 가진 존재들에게 동일한 것이라고. 우리 모두는 이곳에서 한 가지 공통된 법칙 아래 살고 있다. 우리는 동물이지만, 지성을 가진 동물이다. 지성이란 무엇이 우리를 위험하게 만드는가를 깨닫는 능력이다. 우리는 죽음을 예견할 수 있기 때문이다. 동물들은 죽음이 올 때를 미리 알고 그것에 대해 준비한다. 우리 인간은 아주 어렸을 때부터 우리가 언젠가는 죽으리라는 사실을 안다. 이것은 매우 중요한 지성이다. 그런데 우리는 그 지성을 어떻게 사용해 왔는가? 어떻게 그것에 대처할 것인가?

인디언의 방식대로 다음 세대에 대해 말할 때, 우리는 이 대지에서 솟아나는 그 얼굴들이 우리가 갖고 있는 좋은 것들, 우리가 누리고 있는 똑같은 법칙들을 변함없이 누리게 될 것인가를 내다볼 수 있어야 한다. 이 나라에서 지난 5백 년 동안 일어난 일을 돌이켜 볼 때, 다음 일곱 세대들은 그것들을 누리지 못하리라는 것을 우리는 알 수 있다. 날마다 최소한 6종의 생명이 지구상에서 사라져 가고 있다.

인디언 부족들의 오랜 경험에서 나온 공통된 깨달음은 이것이다. '당신을 둘러싸고 있는 법칙과 조화를 이루지 않는다면, 당신은 결코 살아남지 못할 것이다.' 그것은 매우 단순한 진리다. 자연의 법칙에는 자비심이 없다. 파괴하는 것만큼 자연은 그것에 비례해서 정확히 징벌을 내릴 것이다. 그것을 놓고 타협을 시도할 수 없다. 변호사도 필요 없고, 오직 정확한 인과응보만이 있을 뿐이다.

여기서 문제는 우리의 인과응보를 자식들과 손자들이 받게 된다는 것이다. 우리가 저지른 모든 지나친 행위들의 결과를 그들이 받게 되리라는 것이다. 하지만 모든 것을 돈으로 환산하는 탐욕스러운 개인들에게 우리가 무슨 말을 할 수 있겠는가?

얼굴 흰 사람들이 자신들의 방식이 더 낫다고 말했을 때 나는 결코 그 말을 믿지 않았다. 지금까지 나는 한 번도 그 말을 믿은 적이 없다. 우리의 방식이 훨씬 더 낫다는 것을 나는 의심치 않았다. 그것은 아마도 내가 인디언의 방식을 더 잘 알기 때문일 것이다. 진실은, 우리가 누구이든, 얼굴 붉은 사람이든 얼굴 흰 사람이든, 우리 모두에게 슬픈 소식이 기다리고 있다는 것이다. 지난 과거를 진정으로 돌아본다면 누구나 그것을 깨달을 것이다.

주권에 대해 말할 때, 우리는 넓은 범위에서 그것을 이해해야 한다. 인디언들에게 주권이란 정치적인 용어가 아니라 영적인 단어다. 영적인 것이야말로 최고의 정치 형태. 따라서 우리는 우리가 말하고 있는 것의 범위를 분명하게 이해해야 한다.

그 범위는 우리를 둘러싸고 있는 바다 너머까지 해당된다. 그리고 지금 대지 위에 살고 있는 우리들의 시대 너머까지 포함한다. 그것은 미래까지 이어져 있다. 당신들의 경제가 그 범위 안에서 이루어지지 않는다면, 그것은 미래 세대에게 거스름돈을 주지 않는 것과 같다.

땅이 문제다. 언제나 땅이 문제였다. 우리는 결코 우리의 땅과 대지에 대한 권리를 돈 받고 팔아넘길 수 없다. 우리의 대지, 그리고 우리 자신을 통치할 권리야말로 우리가 가진 모든 것이다. 만약 우리가 돈을 놓고 우리의 땅, 우리의 권리에 대해 도박을 벌인다면, 우리는 다 잃을 것이다. 왜냐하면 그것은 얼굴 흰 자들의 게임이기 때문이다.

우리는 아메리카 대륙의 원주민들을 대표해 스위스 제네바로 갔었다. 그곳에서 우리 원주민들은 말했다.

"자연의 권리는 어디에 있는가? 들소와 독수리를 위한 자리는 어디에 있는가? 이 회의에서 누가 그들의 대표로 나왔는가? 대지 위에 흐르는 강물들을 위해서는 누가 말할 것인가? 나무와 숲의 대표는 누구인가? 물고기, 고래, 비버, 우리의 아이들을 위해서는 누가 말할 것인가?"

힘은 인간 존재 안에 있는 것이 아니다. 진정한 힘은 창조주이신 신에게 있다. 우리가 만약 신이 보내는 메시지를 무시하고 계속해서 삶의 원천을 파괴한다면 우리의 아이들이 고통받게 될 것이다. 신은 우리 모두를 평등하게 만들었다. 인간만이 아니라 모든 생명체가 다 평등하다. 당신이 기억해야만 하는 것이 바로 생명의 평등함이며, 이 세상의 미래를 위해 지켜야 할 원리가 그것이다. 경제 발전과 기술 문명이 당신의 삶을 도와줄 수는 있지만, 그 평등의 원리를 바탕으로 하지 않는다면 그것들은 결국에는 당신을 파괴할 것이다.

네발 달린 동물들의 대표는 어디에도 없다. 독수리들을 위한 자리는 보이지 않는다. 우리는 그것을 잊고 우리 자신을 가장 우월한 자라고 여기고 있다. 하지만 인간 역시 창조의 한 부분에 불과하다. 우리는 우리가 어디에 서 있는가를 이해하지 않으면 안 된다. 우리는 산과 개미 사이에 서 있다. 창조의 일부분으로서 그 위치에 서 있을 뿐이다. 우리에게는 뛰어난 머리가 주어졌기 때문에 그것들을 돌보는 것은 우리의 책임이다.

작은 원소들, 동물들, 새들은 축복 상태에서 살아가고 있다. 그들은 절대적인 진리 속에서 살아가고 있으며, 어떤 잘못된 짓도 하지 않는다. 잘못을 저지를 수 있는 것은 우리 두 발 달린 인간뿐이다.

우리가 우리의 형제와 누이들인 동물과 나무들, 그리고 우리 자신의 형제들인 인간들에게 잘못할 때, 신의 눈에는 우리가 가장 쓸모없는 존재로 비춰질 것이다.

시간은 변하지만 삶의 원리는 변하지 않는다. 시간은 변하지만 대지는 변하지 않는다. 시간은 변하지만 우리의 문화와 언어는 그대로다. 그대가 지켜야 할 것이 그것이다. 중요한 것은 그대가 어떤 옷을 입고 있는가가 아니라, 그대의 가슴이 어떠한가이다. 그것이 차이를 만든다.

중요한 것은 존중이다. 모두를 존중하는 일이다. 우리가 이해하는 바로는, 위대한 정령이 모든 것을 만들었다. 그리고 그분이 만들었기 때문에, 우리는 모든 것을 존중하지 않으면 안 된다. 그것은 간단한 일이다. 당신들을 바라보면서 나는 신이 당신들을 만들었음을 안다. 당신들이 우리와 똑같은 인간임을 안다. 모든 점에서 우리와 하나도 다르지 않다. 당신들이 신의 표현이기 때문에 나는 당신들을 존중한다.

그런데 자연의 법은 당신들도 우리를 존중해야 한다고 말한다. 근본적으로 서로를 존중할 때 평화가 있다. 우리가 공동체라고 부르는 것이 그것이다. 불행히도 오늘날 그런 일은 일어나지 않고 있다. 따라서 내가 지금 말하고 있는 것은 이제는 우리 인디언들의 방식을 존중해 달라는 것이다. 우리의 대지, 언어, 문화는 당신들이 다 빼앗아 갔다. 우리의 종교마저 빼앗으려고 하지 말라. 우리에게 필요한 것은 존중이다.

당신들에게 일어나는 일, 대지에게 일어나는 일은 우리에게도 일어난다. 따라서 우리 모두는 공통된 관심사를 갖고 이곳에 있는 것이다. 우리는 어떻게든 사람들을 설득시켜, 우리가 지금까지는 다른 더 책임 있는 방향을 선택할 수 있는 힘을 지니고 있다는 것을 스스로 깨닫게 해야 한다. 아이들과 이 나라에 미래가 있음을 확신시키기 위해 미래의 실체를 바로 보도록 해야 한다. 당신들이 이 자리에 모인 것도 바로 그것을 위해서다.

그렇게 하는 것이 우리의 이익이며, 또한 당신들의 이익이기도 하다. 인간 존재로서, 지구상에 존재하는 한 종으로서, 우리 모두는 함께 모여 지금 우리가 하고 있는 것과 같은 일을 계속해야 한다. 그것은 당신들도 알다시피 당신들의 의지에 달린 일이다. 당신들의 마음에 달린 일이다. 인디언들은 강한 의지를 갖고 있기 때문에 지금까지 살아남을 수 있었다. 우리는 우리가 얼굴 흰 사람들에게 동화되어야 한다는 데 동의하지 않는다. 당신들도 마음속에 그런 의지를 가져야 한다. 미래가 존재하지 않으리라는 데 동의하지 않는 강한 의지가.

나는 개인적으로 우리가 다시는 돌아설 수 없는 지점에 와 있다고는 믿지 않는다. 하지만 점점 그곳에 가까이 다가가고 있다. 아직 그 거리가 멀수록 우리에게는 선택의 여지가 많다. 우리가 날마다 그 거리를 좁혀 갈수록 선택의 여지는 점점 줄어들어, 결국 우리는 아무것도 할 수 없게 될 것이다. 그때가 되면 사람들은 슬피 울면서도 어리석은 짓을 계속할 것이다.

세난도어 추장이 내게 말했듯이, 어쩌면 이미 늦었을지도 모른다. 그게 무슨 말이냐고 묻자, 세난도어 추장은 말했다. 사람들이 이미 너무 많은 상처를 대지에 입혔다고. 그래서 모두가 고통받게 될 것이라고. 그것은 조금만 살펴봐도 알 수 있는 진리라고. 너무 많은 파괴가 진행되었으며, 사람들은 이미 고통받고 있다.

오래전 인디언들의 예언에 따르면, 지구는 인간들의 손에 의해 점점 나빠질 것이며, 그것이 얼마나 나빠졌는가를 경고해 주는 두 가지 중요한 징조가 있을 것이다. 한 가지 징조는 바람의 속도가 점점 빨라지리라는 것이다. 바람의 속도가 매우 빨라지면, 그때는 이미 위험한 시기에 접어든 것이다.

또 다른 징조는 사람들이 아이들을 대하는 방식이다. 오늘날 신문을 펼쳐 보라. 그러면 아이들이 얼마나 버림받고 성적으로 학대받는가를 알 수 있을 것이다. 집 없는 아이들이 수백만 명에 이른다. 지구 환경이 매우 나빠졌음을 말해 주는 중요한 증거다.

자연계의 영적인 측면은 절대적이다. 자연계의 법칙은 누구도 바꿀 수 없다. 우리 인디언들의 가르침은 그 법칙과 조화를 이루라는 것이다. 사실 그건 전 인류의 가르침이라고 나는 믿는다. 자연의 법칙을 이해해야 한다. 그 법칙과 조화를 이루고, 그것에 순응하며 살아야 한다. 그렇게 살아갈 때, 삶은 영원한 것이라고 오래전 우리는 배웠다. 그때 생명의 순환은 영원할 것이다. 위대한 재생과 거듭남의 순환 속에 모든 것이 이어질 것이다. 끝없이 재탄생하면서 위대하고 강력한 순환이 계속될 것이다.

우리 인디언들은 두 가지를 배웠다. 하나는 모든 것에 감사하라는 것이다. 그것에 기초해서 이 나라를 세워야 한다. 당신들은 충분히 그렇게 할 수 있다. 또 다른 하나는 삶을 누리라는 것이다. 그것이 자연의 법칙이며 규율이다. 삶을 누리라. 당신은 그렇게 하기 위해 태어났다.

당신들이 어머니 대지와 계속해서 전쟁을 벌이는 한 세계 평화란 있을 수 없다. 당신들의 지도자들과 모든 사람들에게 그 사실을 알려야 한다. 당신들은 계속해서 어머니 대지와 싸움을 벌이면서 그것을 파괴하고, 더럽히고, 죽이고, 독을 퍼뜨리고 있다. 거기 평화란 있을 수 없다. 평화란 어머니와 함께 있을 때 오는 것이다.

　어머니 대지 위를 걸을 때, 우리 인디언들은 언제나 조심스럽게 발걸음을 옮겨 놓았다. 왜냐하면 미래 세대들이 땅 밑에서 우리를 쳐다보고 있음을 알고 있었기 때문이다. 우리는 결코 그것을 잊지 않았다.

　이로쿼이 족이라고도 알려진 우리 호데노쇼니 족은 오래전부터 우리가 어떤 일을 할 때는 항상 미래의 일곱 세대를 대신해서 결정을 내려야 한다고 가르쳐 왔다. 그것이 우리 부족의 지도자들에게 주어진 가르침이다. 부족 회의에 둘러앉아 어떤 결정을 내릴 때 결코 자기 자신과 가족 또는 자신의 세대만을 생각하지 말고, 앞으로 태어날 일곱 세대를 대신해 그 결정을 내리라는 것이다. 그것은 3천 년이나 된 오래된 가르침이다.

　불행히도 오늘날 전 세계 지도자들은 앞을 내다보는 눈을 거의 잃어버렸다. 그 결과 우리는 매우 심각한 문제에 직면해 있다. 나는 오늘 그린랜드에 사는 우리 원주민 형제들의 지구 환경 문제에 대한 매우 긴박한 메시지를 갖고 왔다. 그들은 우리 부족 대표들을 찾아와 지금 북극지방에서 얼음이 녹고 있다고 알렸다. 그들이 전하는 얘기에 따르면, 15년 전에 해발 7천 8백 미터 높이의 빙산에서 물방울이 하나둘 떨어지기 시작했다고 한다. 빙산의 일부가 조금씩 녹기 시작한 것이다. 그런데 지금은 그것이 큰 강이 되어 흐르고 있다는 것이다. 지난 15년 동안 천 2백 미터 두께의 얼음이 빙산으로부터 녹아내렸다.

　어제 〈뉴욕 타임스〉 신문을 본 사람이라면 환경에 관한 기사에서 북극지방에 파란 바다가 나타났다는 내용을 읽었을 것이다. 그것은 백만 년 이상 그곳에 존재해 온 3,4미터 두께의 얼음이 사라졌음을 의미한다. 완전히 다 녹아 버린 것이다. 우리가 거드름 피우며 떠들고 토론하는 사이에 빙하가 녹고 있다. 그런데도 그것을 토론하기 위한 법안은 여전히 통과되지 못하고 있다.

얼음만이 아니다. 미국 서부에서는 해마다 산불이 일어나 그 지역에 사는 사람들을 위협하고 있다. 이것이 자연의 힘이며, 자연이 균형을 되찾는 방식이다. 자연은 반드시 그렇게 할 것이다. 또한 캔자스 지역이나 루이지애나, 텍사스, 오리건 주에 사는 사람들은 틀림없이 강력한 토네이도를 경험해 오고 있다. 그 회오리바람은 해마다 점점 더 거세지고 있다. 그것들은 더욱 강력한 토네이도가 되어 마침내 이곳까지 오게 될 것이다. 당신들도 곧 그것을 겪게 될 것이다.

방금 전 이곳에서 당신들은 모기에 물렸을 것이다. 이 모기들은 전에 없던 것들로, 모두 남쪽에서 올라온 모기들이다. 이 지역이 점점 더워지고 있기 때문이다. 모기들은 점점 북쪽으로 향하고 있다. 그래서 이곳까지 오게 된 것이다. 당신들은 어디로도 달아날 수 없다. 진드기들이 어디에 있는지 아는가? 부자들이 모여 사는 지역까지 진드기들이 몰려갔다. 이 얼마나 민주적인 법칙이 작용하고 있는가!(청중들 웃음)

당신들은 어디로도 피해 달아날 수 없다. 이 상황으로부터 도망치는 것은 불가능하다. 당신들은 돈이 있으니까 당신들이나 자식대까지는 안전하다고 생각할지 모른다. 차라리 그 돈을 남에게 나눠주는 게 좋을 것이다. 조만간 나누는 것이 필요할 테니까. 당신의 아이들에 대해 진심으로 걱정해야 한다. 먼저 당신들의 지도자들이 바뀌어야 한다. 지도자들이 미래를 내다보지 못하면, 당신들의 할 일은 많지 않다. 우리가 이렇게 말하고 있는 동안에도 빙산이 녹고 있다.

서두르지 않으면 안 된다. 동물들에 대해서도 말하겠다. 나는 늑대 지파에 속한 사람이며, 늑대와 우리 인디언들은 매우 가까운 관계를 갖고 있다. 큰 사슴, 영양, 곰 등도 마찬가지다. 백인들이 동물 보호에 대해 말하는 것을 들을 때마다 나는 이 땅에서 그들 손에 죽어 간 6천만 마리의 들소들을 생각한다. 그들은 목청 높이 동물 보호를 외치면서 한편으론 수십 억 마리의 철비둘기(북아메리카 산비둘기로 지금은 멸종되었음)들을 죽였다. 이제 독수리들을 위한 자리는 없다. 우리는 진실을 잊고 우리 자신이 우월한 존재라고 생각한다. 하지만 결국 우리는 자연의 일부분에 지나지 않는다.

인간들은 자기가 나아가는 길을 가로막는 것들을 가차없이 제거하고, 모든 것을 집어삼킨다. 대지 표면에 있는 것은 죄다 먹어 치운다. 이제 어디에나 부조화와 불균형이 있으며, 따라서 조만간 지구가 나서서 그 문제를 해결할 것이다. 지구는 균형을 되찾는 자기만의 방법을 갖고 있다.

우리는 똑같은 피와 뼈와 살의 법칙 아래 살아가고 있다. 우리가 자연을 존중하고 새로운 지도력을 갖고 다른 길을 선택하지 않는다면, 우리는 자연이 가져다주는 재앙을 겪을 수밖에 없다. 시간도 많지 않다. 모든 자료를 종합해 보면 앞으로 약 50년 정도의 시간만이 남아 있을 뿐이다. 그 전에 우리의 삶의 방식과 방향을 바꾸지 않으면 안 된다. 그렇지 않으면 길고, 불행하고, 비참한 길을 걷게 될 것이다. 아니, 그다지 길지도 않을 것이다. 우리가 이 대지, 이 세상에 남아 있게 될 날이.

미래를 생각하고, 당신의 자식들을 위하고, 생명에 대해 자비심을 갖는다면, 지금 곧 삶의 방식을 바꾸는 것이 좋다. 이것이 내가 전하는 메시지다. 다네이토. 이것으로 내 말을 마친다.

*

"환경은 이쪽 어디에 있는 것이 아니다. 환경은 저쪽 어디에 있는 것이 아니다. 당신 자신이 곧 환경이다."

오렌 라이온스(1930~)는 그렇게 말하곤 한다. 긴 회색 머리, 갈색의 짙은 눈, 큰 키에 강한 인상의 인디언 얼굴을 한 그는 오늘날 지구 환경 문제에 대해 가장 큰 영향력을 행사하고 있는 인디언 중 한 사람이다. 그는 이로쿼이 6개 부족 연맹의 대변인이면서 오논다가 족 늑대 지파의 추장이다. 또한 버팔로에 있는 뉴욕 주립 대학의 미국학 교수이고, 아메리카 원주민들의 영적 지도자이다. 인디언들의 소식을 알리는 잡지 〈새벽〉의 발행인이기도 하다.

오렌 라이온스 추장에 따르면, 그의 부족은 대지가 그들을 보호하듯이 그들 역시 대지를 보호하기로 맹세한 사람들이다. 그들은 태양과 달, 열매, 채소, 옥수수 등 모든 것에 대해 감사의 의식을 행한다. 대지가 주는 모든 것을 존중하고 감사하게 여긴다.

오렌 라이온스는 뉴욕 주 북부에 있는 세네카 족과 오논다가 족 보호구역 안에서 이로쿼이 부족의 전통적인 생활 방식에 따라 성장했다. 아버지는 오논다가 족, 어머니는 세네카 족 출신이었다. 군복무를 마친 그는 시라큐스 대학 미술학과를 졸업했으며, 뉴욕 시에서 상업 미술 작가로서의 경력을 쌓아 갔다. 한때는 2백 명의 화가들을 거느린 유명한 카드 회사의 미술 감독으로 일하기도 했다. 또한 폭넓은 미술 전시회를 열어 주목받는 아메리카 인디언 화가가 되었다.

1970년 오논다가 인디언 보호구역으로 돌아온 오렌 라이온스는 인디언들의 권리를 되찾는 일에 앞장서기 시작했다. 그는 현재 미국과 캐나다뿐만 아니라 세계적으로 아메리카 원주민들의 목소리를 대신하는 훌륭한 연설가로 알려져 있다. 다양한 장소와 모임에서 아메리카 인디언들의 전통과 문화, 인디언들의 법률과 역사, 인간의 권리, 환경에 대한 감동적인 연설을 해 존경을 한 몸에 받고 있다.

"깨끗한 환경을 만들면 당신은 건강한 분위기를 갖게 될 것이다." 하고 오렌 라이온스는 말한다.

"그것은 당신을 행복하게 만들 것이고, 당신의 행복은 당신의 부모와 자식에게 기쁨을 가져다줄 것이다. 그리고 그것은 당신이 몸담고 살아가는 공동체에도 영향을 줄 것이다. 그때 그곳에 사는 모두가 마음의 평화를 갖게 될 것이다."

야생동물의 삶을 주제로 한 워크숍에 특별 강사로 초청받았을 때는 이렇게 말했다.

"인디언의 언어에는 야생이라는 말 자체가 없다. 우리가 가진 단어 중 그것에 가장 가까운 것은 '자유'다. 야생의 삶이 아니라 자유로운 삶이 있었을 뿐이다. 동물들은 우리 인간 존재들과 하나도 다르지 않다. 그들 역시 어린 것들을 돌보며, 세상에서 살아남는 법을 가르친다. 우리는 그들에게 감사해야 하고, 그들과 조화를 이루며 살아가야 한다. 그들을 소중히 여기고 보호해야 한다. 우리와 한 식구들이기 때문이다."

오렌 라이온스는 제네바에서 열리는 유엔 산하의 세계 원주민 인권 위원회에서 14년 넘게 중요한 역할을 맡아 왔다. 그리고 1991년에는

17명의 인디언 지도자들을 이끌고 백악관을 방문해 부시 미국 대통령과 면담을 갖기도 했다.

'눈에 눈물이 없으면 그 영혼에는 무지개가 없다'고 세네카 족 격언은 말한다. 한때 아메리카 원주민들의 목소리가 대지 위에 울려 퍼졌었으나, 들소 떼의 사라짐과 더불어 그들의 목소리도 희미하게 멀어져 가는 듯했다. 자신들이 그토록 사랑한 이곳에 다시는 돌아오지 않을 것처럼 떠나가 버린 듯했다. 연대기에 적힌 숫자들로만 남을 것처럼.

하지만 그들의 오래된 지혜의 목소리가 다시금 온 세상에 울려 퍼지고 있다. 그들이 잠든 대지의 혼을, 우리 안에 깃든 인디언의 혼을 일깨우고 있다.

'왐품'은 북아메리카 인디언들이 화폐 또는 장식으로 사용한 조개 염주다. 그래서 오늘날도 미국 속어로 '왐품'은 금전을 뜻한다. 이로쿼이 6개 부족 인디언 연맹은 열네 개의 왐품을 손에 들고 세상을 향해 다음과 같은 선언문을 발표했다.

"이 조개 염주의 첫 번째 끈으로 우리는 당신의 눈을 에워싸고 시야를 가리고 있는 안개를 걷어 버린다. 당신이 우리 인디언들의 진실을 바라볼 수 있도록.

이 조개 염주의 두 번째 끈으로 우리는 당신의 닫힌 마음으로부터 거미줄을 걷어 낸다. 당신이 우리 인디언들을 공정하게 대하지 못하도록 가로막는 거미줄들을.

이 조개 염주의 세 번째 끈으로 우리는 당신의 가슴으로부터 복수심, 이기심, 공정하지 못한 마음들을 청소해 낸다. 당신이 미움 대신 사랑을 간직할 수 있도록.

이 조개 염주의 네 번째 끈으로 우리는 당신의 손에서 우리 인디언들의 피를 씻어 낸다. 당신이 진실성을 갖고 진정한 우정을 갖고 악수할 수 있도록.

이 조개 염주의 다섯 번째 끈으로 우리는 당신의 머리를 정상적인 인간의 크기로 만들고, 당신의 생각으로부터 비정상적인 자만심과 자기만을 사랑하는 마음을 씻어 낸다. 당신이 다른 피부색의 사람들 사이를 눈이 먼 채로 걷게 만드는 그것들을.

이 조개 염주의 여섯 번째 끈으로 우리는 황금과 은, 탐욕으로 만들어진 당신의 옷을 벗겨 낸다. 자비심, 친절함, 인간애로 지어진 옷을 입을 수 있도록.

이 조개 염주의 일곱 번째 끈으로 우리는 당신의 귀를 채우고 있는 진흙을 걷어 낸다. 당신이 우리 인디언들의 이야기와 진실을 들을 수 있도록.

이 조개 염주의 여덟 번째 끈으로 우리는 구부러진 당신의 혀를 똑바로 편다. 미래에는 당신이 인디언들에 대해 진실을 말할 수 있도록.

이 조개 염주의 아홉 번째 끈으로 우리는 태양을 가리고 있는 먹구름들을 걷어 낸다. 그 빛이 당신의 생각들을 정화시킬 수 있도록. 과거의 유럽으로 돌아가는 것이 아니라 미래의 아메리카를 내다볼 수 있도록.

이 조개 염주의 열 번째 끈으로 우리는 당신의 길에서 거친 돌들과 나뭇가지들을 걷어 낸다. 당신이 이름을 지워 버리고 땅을 빼앗아 버린 첫 번째 아메리카 주민들처럼 똑바로 걸을 수 있도록.

이 조개 염주의 열한 번째 끈으로 우리는 당신의 손에서 파괴의 도구들을 치워 버린다. 총, 폭탄, 술, 질병들을. 그리고 그것들 대신 우정과 평화의 담뱃대를 들려 준다. 당신이 증오와 불의 대신 형제애의 씨앗을 뿌릴 수 있도록.

이 조개 염주의 열두 번째 끈으로 우리는 거울은 없지만 많은 창을 가진 새 집을 당신에게 지어 준다. 당신이 가까운 이웃에 사는 아메리카 인디언들의 삶을 내다볼 수 있도록.

이 조개 염주의 열세 번째 끈으로 우리는 당신이 평화의 나무 주위에 세워 놓은 쇠와 돌로 된 벽을 부순다. 당신이 그 나무 아래에서 평화롭게 쉴 수 있도록.

이 조개 염주의 열네 번째 끈으로 우리는 당신이 감옥에 가둔 독수리를 풀어 준다. 그 고귀한 새가 다시 한 번 날개를 펴고 아메리카 하늘 위를 날 수 있도록."

오늘날 당신들은 환경에 대해 말한다. 나는 그것이 우리 인디언에게서 배운 결과라고 생각한다. 우리는 너무도 오랫동안 얘기해 왔고, 마침내 우리가 옳았다는 것이 밝혀졌다. 그것 하나만은 그래도 위안이 되는 일이다. 당신들이 가만히 앉아서 이 문제들을 놓고 생각한다면 훌륭한 해답이 얻어질 것이다. 인디언들의 전통적인 지혜와 유산을 당신들의 과학적인 지식과 결합하면 오늘날 우리가 맞닥뜨리고 있는 많은 문제들을 해결할 강력한 도구가 생겨날 것이다.

솔 테리_캐나다 밴쿠버

인디언 조상들은 환경을 다루는 데 있어서 진정한 대가들이었다. 그 비결은 매우 단순했다. 그들은 오로지 필요한 것만을 자연으로부터 취했다. 그 이상은 절대로 손에 넣지 않았다. 지금 우리가 살고 있는 이 세상에서는 누구나 자신의 능력이 허락하는 한 최대로 많은 것을 손에 넣으려 하고 있으며, 그 결과 우리는 파국을 향해 달려가고 있다. 이런 내 생각이 틀렸기를 나는 바란다.

노턴 리카르드_투스카로라 족

우리가 몸담고 살아가는 환경은 우리 삶의 일부분이다. 인디언들은 날마다 지구의 날을 경축한다. 우리는 태초부터 이곳에 있어 왔다고 믿는다. 우리는 대지에서 나왔으며, 다시 대지로 돌아갈 것이다.

사라 제임스_알래스카 그위친 족 환경 운동가

당신들이 발전을 향해 급히 달려가는 동안 이 지구의 피부는 깊은 손상을 입어 왔다. 당신들이 생물권이나 생태권이라고 부르는, 하지만 우리는 더 간단하게 어머니라고 부르는 그것은 너무도 무시당하고 상처 입어 왔다. 우리의 어른들은 우리에게 말했다. 대대로 살아온 이 터전에 남아 있는 것들을 잘 보호해야 할 뿐 아니라, 나아가 우리의 시각을 완전히 바꿔야만 한다고. 그래서 모든 문화와 나라들이 공유하는 이 환경을 잘 지킬 수 있어야 한다고.

루비 던스탠_리톤 수 족

수천 년 동안 이 대륙의 원주민들은 말해 왔다.
"대지는 우리의 어머니다. 어머니로부터 언제까지나 받을 수만은 없다. 돌려주기도 해야 한다."
당신은 언제까지나 대지로부터 빼앗기만 할 수는 없다. 먼저 대지에게 기도문을 바치고, 당신이 꼭 필요한 것만을 취해야 한다. 대지와 조화와 균형을 유지해야 한다.

인디언들은 우리 둘레의 모든 생명체들은 지성을 갖고 있으며, 모두가 인간과 똑같이 이곳에 존재할 권리가 있다고 느낀다. 우리는 어머니 대지가 지성을 가진 살아 있는 존재라고 믿는다. 오늘날 우리는 그 삶의 방식을 다시 생각할 필요가 있다. 아메리카 원주민들의 삶의 철학에서 배울 필요가 있다.

태양 곰(선 베어)_치페와 족

지난 세월 동안 얼굴 흰 사람들은 아메리카 인디언들의 정신 세계를 전통과 문화라고 불러 왔다. 그들은 수많은 원주민들에게까지 그것이 하나의 전통이라는 인식을 심어 주었다. 하지만 그것은 전통이 아니라, 우리의 삶의 방식이다. 이제 그 삶의 방식을 세상 사람들과 나눌 시기가 되었다.

와나니체_오네이다 족

이 혼란의 시기에 모든 인간 존재는 자신들이 위대한 정령과 어머니 대지에 연결되어 있음을 기억해야 한다. 그리고 그 연결을 더 강하게 만들어야 한다. 위대한 신비와 어머니 대지에 연결되고, 조상들의 정신과 자신의 영적인 자아와 연결되는 것이야말로 균형을 찾는 열쇠다. 인간이 만들지 않은 것이 오히려 존재의 근원이며, 유일한 근원은 창조주인 위대한 신비라는 사실을 인간 존재는 곧잘 잊는다. 모든 인간 존재는 다른 인간에게가 아니라 바로 그 근원에 응답해야만 한다.

제이미 샘스_촉토 족

라코타 족의 조상들이 한 예언은 어머니 지구의 미래에 중요한 의미를 갖고 있다. 여러 세대를 거치면서도 그 예언들은 신성하게 보존되어 왔다. 지금 우리는 기술적으로 큰 발전을 이루고 있고, 동시에 영적으로나 도덕적으로나 중요한 시기에 와 있다. 모든 생명은 매우 불안정하게 균형을 이루고 있다. 우리는 어머니 지구에서 살아가고 있는 모든 존재들이 의식을 갖고 있으며, 복잡하게 연결되어 있음을 잊지 말아야 한다. 성스러운 고리를 수리하게 될 것이라는 라코타 족의 예언은 이미 시작되었다. 우리가 모든 원주민 부족들의 오래된 지혜 속에서 이 대지를 치유할 정신과 용기를 발견하게 되기를!

바라보는 말(아볼 루킹 호스)_라코타 족

우주에는 우리를 다른 생명체들과 연결시키는 에너지가 있다. 우리 모두는 대지의 자식들이다. 우리가 수많은 지진과 자연재해에 시달리는 것은 사람들이 자신들의 어머니인 대지를 상처 입히고, 그 혈관에 독을 흘려보내고, 그 머리칼을 잘라 버리기 때문이다. 그들은 어머니 대지를 돌보는 데 필요한 살아 있는 법칙을 따르지 않고 있다.

모든 생명은 소중한 것이다. 우리는 한정된 시간만 이곳에 있을 뿐이다. 따라서 생명의 가치를 존중할 필요가 있다. 생명 속에서 기쁨을 발견할 필요가 있다. 그리고 그 기쁨을 되돌려주어야 한다.

자넷 맥클라우드_툴라립 족

우리 인디언들은 두들겨 맞고, 짓밟히고, 온갖 거짓말에 속아 왔다. 하지만 고통 속에서 살 수는 없다. 그것은 모두 지나간 일이다. 우리 모두가 더 나은 내일을 위해 일할 때, 상황은 좋아질 것이다. 우리가 받은 모든 상처에 머물러 있다면 닫힌 마음밖에는 아무것도 나오지 않을 것이다. 우리는 그것들을 이미 충분히 경험했다. 더 나은 내일을 위해, 그리고 우리 영혼 속의 고통을 치료하기 위해 노력해야 한다. 고통이 다가올 때마다 나는 창조주를 믿는다. 그분은 나를 괴롭히는 그것들을 넘어설 수 있게 해 준다. 그 상처를 뛰어넘을 수 있게 해 준다.

밀드레드 칼라마 이케베_푸알롭 족

상처를 치료하는 데는 많은 노력이 필요하다. 우리 모두 가슴을 변화시켜야 한다. 상처를 치료한다는 것은 편견과 불신과 미움 대신 존중과 인내를 갖고 서로를 바라보는 것을 의미한다. 우리는 우리 자신뿐만 아니라 우리의 아이들에게 인간의 다양성을 사랑하도록 가르칠 것이다. 상처를 치료하려면 위대한 정령이 원하는 대로 삶을 살려는 깨어 있는 노력이 필요하다. 한 인간 공동체의 구성원으로서 형제자매가 되어 이 연약하고 상처 입기 쉽고 신성한 지구를 보호해야 한다. 상처를 치료하기 위해서는 모두가 종신형을 선고받았다는 사실을 깨달아야만 한다. 가석방의 기회란 있을 수 없다. 우리는 그렇게 할 수 있다. 그렇다, 당신과 나, 우리 모두 함께 그렇게 할 수 있다. 지금이 그 시간이다. 지금만이 유일하게 가능한 시간이다. 우리, 위대한 치료를 시작하자.

레너드 펠티에_다코타 족

우리는 삶을 전체로 돌아가는 과정, 창조주와 하나가 되는 과정으로 여긴다. 우리는 삶을 사랑하고, 위대한 신비를 경험하기 위해 이곳에 있는 것이다. 우리 모두는 한 번쯤 스스로에게 이 단순한 질문을 던진다. 우리는 누구인가? 우리는 어디서 왔으며, 어디로 가는가? 수세기 동안 전 세계의 사람들이 그 질문을 던져 왔으며, 지금도 해답을 찾고 있다. 그들은 어떻게 하면 영원히 사는가, 어떻게 하면 그 길을 발견할 수 있는가 묻는다. 하지만 우리 아메리카 원주민들의 삶의 방식에서는 죽음이란 존재하지 않는다. 단지 통과하는 일만이 있을 뿐이다. 우리는 우리가 다음 세계로 건너가는 도중에 있다고 믿는다.

와나니체_오네이다 족

선한 어머니 대지에게
이 평화의 담뱃대를 바칩니다.
당신의 가슴 위에서
우리는 걷고, 앉고, 놀고
울고, 고통스러워하고
웃고, 기뻐합니다.
우리가 먹고 살 수 있도록 곡식을 길러 주시고
사람들을 건강하게 해 주는 약초를 키워 주소서.
샛강과 산, 나무, 풀
당신이 가슴에서 길러 내는 모든 것들을 축복하소서.
위대한 정령이시여, 우리가 자연과 조화를 이루며 살 수 있도록
어머니 대지를 축복하소서.

피트 캐치스_라코타 족

알치세(용맹하기로 소문난 화이트 마운틴 아파치 족 추장)

독수리의 여행

이름이 알려지지 않은 인디언
북미 인디언

저 하늘 위에서 세상을 관찰하며 독수리는 날고 있다. 그가 이 동산의 아름다움과 선함을 내려다보던 시절이 있었다. 장엄한 산들에서 흘러내리는 순수한 물의 반짝임을 그는 보았다. 바람 속을 가르며 날아갈 때 날개 사이에서 느껴지는 맑은 공기의 힘을 그는 느꼈다.

평원을 가로질러 이동하는 거대한 들소 떼들의 발굽소리를 그는 들었다. 건강함이 넘치는 어머니 대지의 푸르름을 그는 보았다. 건강한 몸과 건강한 마음으로 어머니 대지가 건강한 자식들을 길러 내는 것을.

독수리는 이 땅에 살던 원주민들이 자신의 의무를 다하면서 어머니 대지와 조화를 이루며 삶을 이끌어 나가는 것을 지켜보았다. 가슴에 순수함을 간직한 아이들이 행복하게 뛰어노는 것을 보았다. 위대한 정령이 그 아이들을 축복하며 미소 짓는 것도.

이 땅에 새로 온 사람들이 우리의 땅을 빼앗으려는 욕심에 눈이 어두워 우리의 성스러운 삶의 방식을 파괴하는 것을 독수리는 지켜보았다. 인디언 전사들이 어머니 대지를 지키기 위해 용감하게 싸우던 것도 보았다. 우리의 전사들은 자신들의 영혼이 위대한 정령의 품 안으로 돌아가리라는 것을 알고 있었기에 죽음을 두려워하지 않았다.

공중을 선회하면서 독수리는 고통에 찬 이 땅의 원주민들이 다친 사슴처럼 쫓겨 다니는 것을 지켜보았다. 삶의 진정한 자유가 이 땅에서 사라지는 것을.

자유를 상징하는 자신의 이미지가 종이 위에만 그려지고, 자신의 성스러운 깃털이 상품으로 팔려 나가는 것을 독수리는 묵묵히 지켜보았다.

이제 독수리는 한때 자신들만의 공간이었던 구름 위를 날고 있다. 구름을 뚫고 솟아오르는 강철 새들의 폭음소리를 들으며. 자신들이 원하는 꿀을 찾아 벌 떼처럼 바쁘게 돌아다니는 사람들이 뿜어내는 먼지 구름을 독수리는 피해 다녀야 한다.

독수리는 슬프다. 끝없이 이어진 전선줄의 번갯불에 감전되어 죽는 것이. 사람들에게 사로잡혀 호기심의 대상이 되는 동료들을 바라보면서 그가 받는 상처는 이루 말할 수가 없다.

아직도 이 땅의 원주민들이 성스러운 의식을 치르는 것을 독수리는 내려다본다. 하지만 아버지 태양의 뜨거운 열기는 고통스럽기만 하다. 인간들이 내뿜는 독이 하늘의 성스러운 담요를 구멍 냈기 때문이다.

치료하고 먹여 살리기 위해 위대한 정령이 어머니 대지 위에 심어 놓은 곡식과 풀과 약초가 모두 더럽혀지는 것을 독수리는 내려다본다. 오염된 물이 사람과 동물의 몸속으로 흘러들어가 병을 일으키는 것을 그는 보고 있다.

너무 많이 일을 해 지친 어머니 대지 위에서 모든 자연의 생명력이 소진되고 있음을 독수리는 내려다본다. 어머니 대지의 고통을 지켜보면서 그의 눈물이 떨어져 내린다. 우리의 성스러운 어른들이 위대한 정령에게 도움을 요청하는 겸허한 기도 소리를 독수리는 듣는다. 위대한 정령이 우리의 기도를 들었음을 알려 주기 위해, 독수리는 사람들 머리 위에서 원을 그리며 날고 있다.

우리와 함께 춤을 추면서 독수리는 기쁘다. 우리 인디언들이 아직도 자신을 존중하고 있음을 알기 때문이다. 그가 우리에게 경고를 보내고 있다. 그는 위대한 정령과 얘기를 나누었다. 위대한 정령은 생명의 신성함이 더럽혀지는 것에 화가 나 있다. 독수리가 인간이 한 모든 행위의 증인이다. 독수리는 결코 잊지 않을 것이다.

*

인디언들은 독수리를 성스러운 새로 여겼다. 그들이 머리에 꽂는 독수리 깃털은 용기와 지혜의 상징이었다. 북미 인디언들은 전통적으로 모든 부족이 독수리와 독수리 깃털에 특별한 의미를 부여해 왔다. 독수리가 미국을 상징하는 새가 된 것도 인디언들의 영향을 받아서다. 독수리는 그 어떤 새보다 높이 날며, 자세히 본다. 독수리가 가진 시야는 지상에 붙박혀 사는 우리의 시야와는 다르다. 마찬가지로 인간이 살고 있는 이 물질계에서 일어나고 있는 일들을 내려다보는 위대한 정령 역시 다른 시야를 갖고 있다. 그분은 성스러운 대지를 파괴하는 인간들의 행위에 화가 나 있다.

독수리는 그 어떤 새보다 아버지 하늘에서 더 오랜 시간 머물 수 있다. 아버지 하늘은 정신과 영혼의 세계이다. 공중을 선회하는 독수리는 진리, 힘, 자유의 상징이다. 그리고 그 날개는 남성과 여성 사이에 필요한 균형을 상징한다. 한쪽은 다른 쪽의 힘과 능력에 의지한다.

독수리는 지상의 세계로부터 위대한 정령과 할아버지들이 계시는 영혼의 세계로 인간의 기도를 전하는 역할을 한다. 따라서 독수리 깃털을 갖고 있는 자는 가능한 한 올바른 방식으로 진리를 말해야만 한다고 인디언들은 믿는다. 위대한 정령이 그 독수리 깃털 가까운 곳에서 귀를 기울이고 있기 때문이다.

북미 인디언들은 독수리 깃털을 매우 조심해서 다루고, 존경심을 표하며, 언제나 정직하고 진실된 마음으로 그것에 다가가고자 노력한다. 독수리 깃털을 받는 것이야말로 가장 큰 영광으로 여긴다. 독수리 깃털은 책상 서랍이나 찬장에 넣어 두어선 안 되며, 집 안에 잘 걸어두어야만 한다. 캐나다 법에서는 독수리 깃털을 법적으로 소유하려면 동물 보호 협회의 허가를 받아야만 한다. 독수리 깃털은 전통적인 의식이나 가르침의 목적으로만 사용하도록 명시되어 있다.

독수리 깃털이 가진 지혜의 상징성에 관련해 인디언들은 다음과 같은 이야기를 들려준다.

지혜가 어떻게 찾아오는지 당신은 생각해 본 적이 있는가? 여기 그것에 관한 이야기가 있다. 한 남자가 있었다. 그는 보호구역 안에 사는 인디언 우체부였다. 그는 몇몇 인디언 어른들이 위대한 힘을 가져다주는 물건에 대해 얘기하는 것을 들었다. 그는 그런 것에 대해선 아는 바가 없었으나, 자신도 그런 물건을 하나 받으면 정말 좋겠다고 생각했다.

그런데 그런 물건은 위대한 정령이 직접 내려 준 것이어야 한다고 했다. 특히 그런 물건 중에서 사람이 받을 수 있는 최고의 것은 바로 독수리 깃털이라고 인디언 어른들은 말했다.

우체부는 반드시 그것을 발견하고야 말겠다고 마음먹었다. 독수리 깃털을 받기만 한다면 자신이 원하는 모든 힘과 지혜와 명성을 얻게 될 것이었다. 하지만 그는 그것을 누구한테 얻을 수도, 돈 주고 살 수도 없음을 알았다. 오직 위대한 정령의 뜻에 의해 그에게 주어져야만 하는 것이었다.

날이면 날마다 우체부는 독수리 깃털을 찾아다녔다. 눈을 크게 뜨고 다니면 길에서 그것을 발견할 수 있을지도 모른다고 생각했다. 그렇기 때문에 한눈을 팔 겨를이 없었다. 다른 어떤 것도 생각할 수 없었다. 해가 떠서 해가 질 때까지 독수리 깃털이 온통 그의 생각을 차지했다.

여러 날이 흐르고 몇 달, 몇 해가 지나갔다. 날마다 그 우체부는 독수리 깃털을 찾아 사방을 돌아다녔다. 모든 정신을 그 일에만 쏟았다. 자신의 가족이나 친구들에 대해선 신경조차 쓰지 않았다. 마음을 오로지 독수리 깃털에만 붙들어 매었다.

하지만 행운은 찾아오지 않았다. 그는 늙어 가기 시작했지만 여전히 독수리 깃털은 발견되지 않았다. 마침내 그는 깨달았다. 자신이 아무리 열심히 노력한다 해도 그것을 찾아나서기 시작한 첫날이나 지금이나 조금도 독수리 깃털에 가까워지지 않았음을.

어느 날 그는 길가에 멈춰 섰다. 그러고는 자신이 몰고 다니는 우편 배달용 소형 지프차에서 내려 위대한 정령을 향해 말했다.

'나는 이제 독수리 깃털을 찾아다니는 데 지쳤습니다. 아마도 나는 그것을 얻을 자격이 없나 봅니다. 그 깃털만을 생각하며 내 인생을 다 허비했습니다. 나의 가족과 친구들에게 신경 한 번 쓰지 못했습니다. 오로지 깃털만을 염두에 두었고, 그러느라 어느새 삶이 다 흘러가 버렸습니다. 많은 좋은 것들을 놓쳐 버렸습니다. 이제 나는 포기하려 합니다. 깃털 찾는 일을 중단하고 삶을 살아 보려고 합니다. 어쩌면 내 가족과 친구들을 위해 아직 뭔가 할 수 있는 시간 정도는 남아 있겠지요. 지금까지 이런 식으로 내 삶을 살아온 것에 대해 용서해 주십시오.'

그제서야, 오직 그때가 되어서야, 큰 평화가 그에게 찾아왔다. 그는 지난 모든 세월보다 그 순간 자신이 훨씬 나아진 것을 느꼈다. 그가 위대한 정령과의 대화를 마치고 막 돌아서서 지프차에 올라타려고 하는 순간, 그림자 하나가 그의 머리 위로 지나갔다. 그는 손을 이마에 대고 하늘을 올려다보았다. 까마득히 높은 곳에서 거대한 새 한 마리가 날고 있었다.

그 새는 거의 한순간에 자취를 감춰 버렸다. 그때 무엇인가가 산들바람에 실려 아주 가볍게 떨어져 내리는 것을 보았다. 아름다운 꼬리 깃털이었다.

그것은 독수리 깃털이었다!

그가 독수리 깃털을 포기하고 창조주이신 위대한 정령과 평화롭게 지내기로 결심한 바로 그 순간에야 독수리 깃털이 그에게 나타난 것이었다. 그제야 그는 지혜는 그것을 찾는 것을 중단하고 신이 그에게 바라는 진정한 삶을 살기 시작할 때 비로소 찾아온다는 것을 깨달았다.

그 인디언 우체부는 그 이후 많은 사람들을 변화시켰다. 사람들은 지혜를 얻기 위해 그를 찾아왔으며, 그는 자신이 알고 있는 모든 것을 나눠 주었다. 이제는 자신이 원하던 능력과 명성을 얻

게 되었지만, 그는 그런 것 따위에는 관심이 없었다. 그는 자신이
아니라 다른 사람들에게 관심을 쏟았다. 이제 당신은 알게 되었
을 것이다. 지혜가 어떻게 찾아오는지.

내가 너를 해친다고 생각하지 말라.
넌 새로운 몸을 받을 것이다.
이제 너의 머리를 북쪽으로 향하고 가만히 누우라.

독수리를 죽이기 전에 하는 기도_요쿠트 족

인디언들에게 새는 언제나 중요한 존재였다. 새는 자신이 원하는 곳
으로 갈 수 있고, 몸이 가볍고, 자유롭기 때문이다. 우리가 새 깃털을
종교의식에 사용하는 것은 그것이 우리에게 창조주의 존재를 일깨워
주기 때문이다. 독수리는 모든 새들 중에서 가장 높이 날기 때문에
창조주와 가장 가깝다. 그래서 독수리 깃털이 모든 것들 중에서 가장
신성한 것이다. 독수리는 그 어떤 새보다 높은 존재이기 때문에 모든
부족, 모든 종족에게 속한 새다.

버팔로 짐_세니놀 족

아들아, 우리 인디언들과 늑대들은 같다. 오래전, 이 땅에는 늑대들
이 별처럼 많았다. 한때는 수많은 늑대들이 우리를 지켜보았다. 하지
만 이제는 몇 마리만 흩어져 있다. 늑대들은 강한 사냥꾼들이며, 대지

가 자신들에게 주는 것에 만족한다. 자주 여행을 하지만, 결코 집에서 멀리 떨어지는 법이 없다. 무리 속에서 각자가 자신의 위치를 알며, 언제나 자신의 몫을 해낸다. 함께 일하지 않으면 죽을 뿐 아니라, 무리 전체도 생존이 불가능하다. 우리 인디언들도 늑대와 같다. 우리에게는 공동체가 필요하며, 함께 일하고, 각자의 역할을 해야 한다. 그렇게 할 때 혼자만이 아니라 부족 전체가 이익을 얻을 수 있다.

오지브웨 족의 가르침

당신은 우리가 왜 항상 그렇게 왼쪽에서 오른쪽으로 가는지 알고 싶을 것이다. 남쪽은 생명의 근원이 아닌가? 그리고 그곳에서 진정 꽃을 피우는 나무가 나오는 것이 아닌가? 그리고 사람은 그곳에서 인생의 해 질 무렵을 향해 나아가는 것이 아닌가? 그리고 하얀 머리카락이 있는 더 추운 북쪽으로 나아가지 않는가? 그리고 그때까지 살기만 한다면 그다음에는 빛과 지혜의 근원 즉 동쪽에 도달하게 되는 것이 아닌가? 그런 다음, 사람은 다시 그가 시작했던 곳, 즉 제2의 어린 시절로 돌아와 그곳에서 자신의 생명을 만물의 생명에게로 되돌려주고, 자신의 육체를 그것이 나온 땅으로 다시 돌려주는 것이 아닌가? 이런 것들을 생각하면 할수록 그것의 의미가 더욱 분명히 드러날 것이다.

검은 큰 사슴(헤하카 사파, 블랙 엘크)_오글라라 라코타 족

우리에게 보이는 이 세상은, 이 세상의 뒤에 있는 진실한 세계의 그림자 같은 것일 뿐이다.

검은 큰사슴(헤하카 사파, 블랙 엘크)_오글라라 라코타 족

삶이 하나의 꿈이며 신비라는 것을 깨닫게 되면, 그때 너는 새로운

존재로 탈바꿈할 수 있을 것이다. 외부의 사물들을 자세히 지켜보라. 그리고 네 마음까지도. 넌 자신의 행위에 집착하고 있다. 어머니의 자궁에서 빠져나오는 아기처럼 넌 통과의례를 치러야만 한다. 그것은 곧 포기와 초월을 통한 통과의례이다.

속삭이는 큰사슴(아그네스 휘슬링 엘크)_크리 족

당신 자신을 알면 당신의 길도 알게 될 것이다. 당신의 길을 알면 힘을 알게 될 것이다. 힘을 알면 영혼을 보게 될 것이다. 영혼을 보면 사람을 볼 수 있을 것이다.

속삭이는 큰사슴(아그네스 휘슬링 엘크)_크리 족

우리 인디언들은 다만 살 뿐이다. 당신들처럼 질문을 던지지 않는다. 삶에 질문을 던지는 것과 묵묵히 삶을 사는 것은 다르다. 우리는 우리 자신과 이 세상을 지켜보면서 다만 언제까지나 주어진 삶을 살 뿐이다.

어느 치페와 족 추장

우리는 다시 살 것이다. 우리는 다시 살 것이다.

수 족 노래

세 마리 독수리(쓰리 이글즈, 네즈퍼스 족 전사)

아메리카 인디언 도덕률

인터트라이벌 타임스

1994년 10월

아침에 눈을 뜨거나 저녁에 잠들기 전에 뭇 생명들과 그대 안에 있는 생명에 대해 감사하라. 위대한 정령이 그대에게 준 많은 좋은 것들과, 날마다 조금씩 더 성장할 기회를 갖게 된 것에 대해서도 감사하라.

어제 그대가 한 행동과 생각을 돌아보고, 더 나은 사람이 될 수 있도록 힘과 용기를 구하라. 다른 모든 생명체들에게 이로움이 될 일들을 찾으라.

존중하라. 존중한다는 것은 누군가에 대해 또는 무엇인가에 대해 가치를 발견하고, 느낌을 갖고, 소중하게 여기는 것이다. 누군가의, 또는 무엇인가의 행복을 생각하고, 정중하고 사려깊게 대하는 것이다.

어린아이에서부터 노인에 이르기까지 언제나 존중하는 마음을 갖고 대하라. 특히 어른들과 부모, 교사, 공동체를 이끄는 사람들을 존경해야 한다. 누구도 당신에게 무시당해선 안 된다. 독약을 피하듯 다른 이의 마음을 아프게 하는 일을 피해야 한다.

허락이나 서로의 이해 없이는 다른 사람의 것에 손대지 말라. 특히 성스럽게 여기는 물건을. 모든 이의 사생활을 존중하라. 누군가의 고요한 시간이나 개인적인 공간을 방해하지 말라.

대화를 나누고 있는 사람들 사이로는 지나가지 말라. 누군가가 대화를 나누고 있을 때 끼어들지 말라.

언제나 부드러운 목소리로 말하라. 특히 어른들이나 처음 대하는 사람, 특별히 존경심을 표시해야 하는 사람들 앞에서는.

부족의 어른들이 모인 자리에서는 의문 나는 점에 대해 질문할 때를 제외하고는 쓸데없이 나서지 말라.

그가 그 자리에 있든 없든, 절대로 다른 사람에 대해 나쁘게 말하지 말라.

대지와 대지가 갖고 있는 모든 것들을 그대의 어머니로 여기라. 광물 세계, 식물 세계, 동물 세계에 대해 깊은 존경심을 가져야 한다. 어머니 대지를 더럽히는 어떤 행위도 해서는 안 된다. 지혜를 갖고 어머니 대지를 보호해야 한다.

다른 사람이 가진 믿음과 종교에 대해 존경하는 마음을 가지라.

다른 사람이 하는 말을 귀 기울여 들으라. 설령 그가 하는 말이 무가치하게 느껴질지라도, 마음을 담아서 들으라.

부족 회의에 모인 사람들의 지혜를 존중하라. 부족 회의에서 그대가 한 가지 생각을 내놓으면, 이미 그것은 그대의 것이 아니다. 부족 전체의 것이 된다. 다른 사람들의 의견을 진지하게 듣고, 그대의 견해만을 내세워선 안 된다. 다른 사람들의 의견이 진실되고 좋은 것일 때, 그것이 그대가 내놓은 생각과 많이 다를지라도 기꺼이 그것을 지지해야 한다. 서로 다른 의견들이 만날 때 진리의 불꽃이 일어난다.

일단 부족 회의에서 어떤 것이 결정되면, 뒤에 가서 그것에 대해 반대하는 말을 해서는 안 된다. 잘못된 결정이 내려졌다면, 적당한 시기가 되었을 때 모두가 그 사실을 깨닫게 될 것이다.

어떤 상황에서도 늘 한결같이 진실되어야 한다.

그대의 집에 찾아온 손님을 언제나 반갑고 진실되게 대하라. 그대가 가진 가장 좋은 음식을 대접하고, 가장 좋은 담요와 가장 좋은 공간을 내주어라.

한 사람에게 상처를 주는 것은 인류 전체에게 상처를 주는 것이다. 그리고 한 사람을 존중하는 것은 인류 전체를 존중하는 것과 같다.

낯선 사람과 외지에서 온 사람들을 한 가족처럼 사랑으로 맞이하라.

세상의 모든 종족들과 부족들은 하나의 들판에서 피어난 서로 다른 색깔의 꽃들과 같다. 모두가 아름답다. 위대한 정령의 자식들로서 모두가 존중되어야 한다.

다른 사람을 위해 일하고, 가족과 공동체와 국가와 세상에 쓸모 있는 존재가 되는 것이 인간으로 이 세상에 태어난 가장 큰 목적이다. 그대 자신을 개인적인 일로만 채우느라 가장 중요한 대화를 잊어선 안 된다. 진정한 행복은 남을 위해 자신의 삶을 바칠 때 찾아온다.

모든 일에 있어 절제와 조화를 중요시 여기라. 삶에서 그대를 행복으로 이끄는 것과, 그대를 파괴하는 것을 구분할 줄 알아야 한다. 그것이 삶의 지혜다.

그대의 마음이 안내하는 소리에 귀 기울이고, 그 소리를 따르라. 여러 가지 형태로 찾아오는 해답에 마음을 열어 두라. 해답은 기도를 통해, 꿈을 통해, 또는 홀로 고요히 있는 시간을 통해서도 올 수 있다. 지혜로운 어른들과 친구들의 말과 행동을 통해서도 그것은 찾아온다.

*

1994년 10월호 〈인터트라이벌 타임스〉에 실린 이 글은 아메리카 원주민들에게 전통적으로 내려오는 도덕관을 잘 나타내 주고 있다. 이것과는 약간 다른 형태의 또 다른 〈아메리카 인디언들의 삶의 지침〉도 전해진다. 그것은 다음과 같다.

 ✐ 태양과 함께 일어나 기도하라. 기도는 혼자서 하고 자주 하라. 네가 말하기만 하면 위대한 정령이 들으실 것이다.

 ✐ 길을 잃은 사람들에 대해 참을성을 가지라. 한 영혼이 길을 잃을 때 무지, 자만, 분노, 질투, 탐욕 등이 일어난다. 그들이 올바른 안내자를 발견할 수 있도록 기도하라.

 ✐ 너 스스로 자신을 찾아나가라. 다른 사람이 너를 대신해 너의 길을 정하게 하지 말라. 그것은 너의 길이고, 너 혼자 걸어가야 하는 길이다. 다른 사람이 함께 그 길을 걸을 수는 있지만, 누구도 너를 대신해 걸을 수는 없다.

 ✐ 너의 집에 찾아온 손님을 정성껏 대하라. 좋은 음식과 좋은 잠자리를 제공하고, 존경심을 갖고 그들을 대하라.

 ✐ 개인이나 공동체, 또는 자연이나 문화로부터든, 너의 것이 아니

면 결코 가지려 하지 말라. 너의 힘으로 얻은 것이 아니거나 너에게 허락된 것이 아니면, 너의 것이 아니다.

✎ 이 대지 위에 놓인 모든 것을 존중하라. 그것이 사람이든 한 줄기 풀이든.

✎ 다른 사람들의 말과 생각, 소망을 존중하라. 다른 사람의 생각을 가로막거나 모욕을 주거나 놀려서는 안 된다. 누구에게나 자신을 표현할 기회를 주어야 한다.

✎ 절대로 다른 사람을 나쁘게 말하지 말라. 네가 우주 안에 날려 보내는 부정적인 생각은 몇 배가 되어 너에게 돌아올 것이다.

✎ 모든 사람이 실수를 한다. 또한 모든 실수는 용서받을 수 있다.

✎ 나쁜 생각은 몸, 마음, 영혼을 병들게 한다. 세상을 밝게 보라.

✎ 자연은 우리를 위해 존재하는 것이 아니라, 우리의 일부이다. 자연은 너의 식구이다.

✎ 아이들은 우리의 미래의 씨앗이다. 그들의 가슴에 사랑을 심고, 지혜와 삶의 배움으로 물을 주라. 그들이 성장할 수 있도록 공간을 마련해 주라.

✎ 다른 사람의 마음에 상처를 주어선 안 된다. 네가 주는 고통의 독이 반드시 너에게로 돌아올 것이다.

✎ 항상 진실되라. 이 우주에서는 정직이 곧 그 사람의 의지를 시험하는 길이다.

✎ 자신을 조화롭게 지키라. 너의 정신적인 자아, 영적인 자아, 감정적인 자아, 그리고 신체적인 자아 모두 강하고, 순수하고, 건강해야 한다. 강한 마음을 가질 수 있도록 몸을 단련하라. 감정의 고통을 치료하기 위해 영혼을 풍요롭게 가꾸라.

✎ 네가 어떤 사람이 될 것이고 어떻게 반응할 것인가에 대해 깨

어 있는 결정을 내리라. 너 자신의 행동에 책임을 지라.

✎ 다른 사람의 사생활과 개인적인 공간을 존중하라. 다른 사람의 것이면 손대지 말라. 특히 성스러운 물건이나 종교적인 것들을. 그것은 엄격히 금지되어 있다.

✎ 무엇보다 너 자신에게 진실하라. 먼저 자신을 돕고 성장시키지 않는다면 다른 사람도 성장시킬 수 없다.

✎ 다른 사람의 종교적인 믿음을 존중하라. 너의 믿음을 다른 이에게 강요하지 말라.

✎ 너의 행운을 다른 사람과 나누라. 자기가 가진 것을 늘 베풀라.

겸손함을 갖고 모든 사람에게 진실을 말하라. 그때만이 진실한 사람이 될 수 있다. (라코타 족)

우리는 모든 것들 속에서 모든 것들과 연결되어 있다. (라코타 족)

서로 사랑하고, 다른 사람이 잘못되기를 바라지 말라. (세네카 족)

우리가 걸어간 길에 의해 우리는 영원히 기억될 것이다. (다코타 족)

각각의 사람이 곧 자신의 심판관이다. (피마 족)

더 많이 줄수록, 더 많은 좋은 것이 그대에게 돌아온다. (크로우 족)

내 뒤에서 걷지 말라. 나는 그대를 이끌고 싶지 않다. 내 앞에서 걷지 말라. 나는 그대를 따르고 싶지 않다. 다만 내 옆에서 걸으라. 우리가 하나가 될 수 있도록. (유트 족)

어린아이에게 자주 화를 내면 쓸쓸히 늙음을 맞이한다. (앨곤퀸 족)

가슴으로 물으라. 그러면 가슴에서 나오는 대답을 듣게 될 것이다. (오마하 족)

누구도 그대의 양심을 대신할 수가 없다. (아니시나베 족)

가장 부드러운 것이 가장 강하다. (이로쿼이 족)

처음부터 끝까지 자신의 삶을 살아야 한다. 누구도 그대를 대신해 살 수 없다. (호피 족)

어제 때문에 오늘을 다 보내지 말라. (체로키 족)

이미 일어난 일을 슬퍼한다고 되돌릴 수는 없다. (파우니 족)

멀리 떨어져서 용감해지기는 쉬운 일이다. (오마하 족)

우는 것을 두려워하지 말라. 울음은 그대의 마음으로부터 슬픔에 찬 생각들을 내보내 준다. (호피 족)

자연의 목소리에 귀 기울이라. 그것에는 그대를 위한 많은 보물이 담겨 있다. (휴론 족)

그대에게 필요한 것만을 취하고 대지를 처음 그대로 내버려 두라. (아라파호 족)

위대한 정령은 각각의 사람에게 그 자신만의 노래를 주었다. (유트 족)

삶은 결코 죽음과 분리되어 있는 것이 아니다. 그냥 그렇게 보일 뿐이다. (블랙푸트 족)

평화를 외치는 것만으론 충분하지 않다. 평화롭게 행동하고, 평화롭게 살고, 평화롭게 생각해야 한다. (세난도어 족)

인간의 영혼 속에 진정한 평화가 깃들여 있음을 깨닫지 않고서는 나라들 사이에 평화란 존재할 수 없다. (오글라라 라코타 족)

욕망 대신 필요에 만족하라. (테톤 수 족)

행동은 말보다 더 크게 말한다. (아시니보인 족)

마음의 평화와 사랑이 위대한 정령의 가장 큰 선물이다. (테톤 수 족)

논쟁은 아무 소득이 없다. 너는 행복하게 집으로 돌아올 수 없다.
(호피 족)

방향을 가리켜 보이지만 말고, 그 방향으로 나아가라. (라코타 족)

가장 풍부한 의미를 담고 있는 말은 침묵이다. (유로크 족)

인디언들의 격언 1

삶은 주고받는 것이다. (모호크 족)

나는 내 형제들보다 위대해지기 위해서가 아니라, 나의 가장 큰 적
인 나 자신과 싸우기 위해 힘을 추구한다. (부족 미상)

할 말이 있거든 밝은 데로 나와서 하라. (크로우 족)

음식을 먹기 전에 언제나 잠깐이라도 시간을 내어 그 음식에 대해
감사하라. (아라파호 족)

훔친 음식은 결코 배고픔을 채워 주지 못한다. (오마하 족)

생각은 화살과 같아서 일단 밖으로 내보내면 과녁을 맞춘다. 생각
을 조심하라. 그렇지 않으면 언제나 너 자신이 그것의 희생자가 될 것
이다. (나바호 족)

모든 살아 있는 것을 존중하라. 그러면 그것들도 너를 존중할 것이
다. (아니시나베 족)

제대로 된 사람이라면 남의 것을 빼앗지 않는다. (푸에블로 족)

눈이 아니라 가슴으로 판단하라. (샤이엔 족)

어른을 존중하라. 늙은 사람은 장님일지라도 너를 무지개로 인도할
수 있으니까. (믹맥 족)

돈이 들어올수록 욕망이 커진다. (아라파호 족)

다른 사람에 대해 나쁜 말을 하지 말라. 특히 그 사람이 없는 자리

에선. (호피 족)

한 발은 카누에, 한 발은 뭍에 딛고 있는 사람은 결국 물에 빠질 수밖에 없다. (투스카로라 족)

나를 위해 구덩이를 파면 너 자신을 위해서도 구덩이를 파는 것이다. (크레올 족)

거짓말을 듣는 것은 미지근한 물을 마시는 것과 같다. (부족 미상)

인간의 법은 늘 바뀌게 마련이지만, 위대한 정령의 법은 언제나 한결같다. (크로우 족)

죽음이란 없다. 변화하는 세상만이 있을 뿐. (두와미쉬 족)

모든 종교는 신에게로 가는 계단들이다. (파우니 족)

대지를 지배하는 최고의 법은 인간의 법이 아니라 위대한 정령의 법이다. (호피 족)

'이걸 가져요'라고 하는 것이 '내가 줄게요'라고 하는 것보다 훨씬 낫다. (남서부 지역의 인디언 부족)

아이들은 너의 것이 아니라 신이 나에게 잠시 빌려준 이들이다. (모호크 족)

밥 먹을 때 아이들과 대화하라. 네가 떠난 뒤에도 네가 한 말들은 그들의 가슴속에 남으리라. (네즈퍼스 족)

한 아이를 키우는 데는 마을 전체가 필요하다. (오마하 족)

얼마나 더 가야 하느냐고 물을 때마다 너의 여행은 더 오래 걸릴 것이다. (세네카 족)

대답하지 않는 것 또한 대답이다. (호피 족)

적게 먹고 적게 말하면 삶에 아무 문제가 없다. (호피 족)

모든 불은 처음에는 크기가 똑같다. (세네카 족)

개구리는 자신들이 사는 웅덩이의 물을 다 마셔 버리지 않는다. (라

코타 족)

사람의 눈은 혀가 말할 수 없는 것을 말한다. (크로우 족)

까만색 밥그릇과 흰색 밥그릇이 무슨 차이가 있는가? 모양이 좋고,
목적에 충실하기만 하다면. (호피 족)

빗방울 하나가 곡식을 자라게 하지는 못한다. (크레올 족)

인디언들의 격언 2

인디언 남자들의 일곱 가지 철학

아메리카 원주민 남자들 모임
1996년 미국 콜로라도

첫 번째 철학―여자에 대해

여자의 삶은 갓난아이, 소녀, 여인, 할머니로 이어진다. 이것이 그들 삶의 네 가지 단계다. 그들은 자연의 법칙으로부터 생명을 탄생시키는 능력을 부여받았다. 그것은 삶의 모든 일들 중에서 가장 신성한 것이다. 따라서 모든 남자는 여자를 존중하고 사랑해야 한다. 정신적으로 또는 육체적으로 여자에게 상처를 입혀서는 결코 안된다. 인디언 남자는 결코 여자를 학대하지 않는다. 우리는 언제나 우리의 여자들을 존경심과 이해심을 갖고 대한다.

따라서 이 순간부터 나는 여자를 성스러운 마음으로 대할 것이다. 우리를 지으신 위대한 정령은 여자들에게 이 세상에 새 생명을 탄생시키는 책임을 주었다. 생명은 신성한 것이며, 따라서 나는 여자들을 성스러운 존재로 바라볼 것이다.

우리 인디언들의 전통에서는 여자가 가정의 초석이었다. 나는 여자를 도와 서로를 존중하고 안정되고 조화로운 가정을 이루기 위해 노력할 것이다. 어떤 감정적이고 신체적인 학대도 하지 않을 것이다. 그런 감정이 일면 위대한 정령에게 도움을 청할 것이다. 그리고 모든 여자를 나의 친척으로 대할 것이다.

이것을 나는 맹세한다.

두 번째 철학－아이들에 대해

독수리는 어린 것들이 세상의 삶에 합류할 수 있도록 모든 기술과 지식을 가르쳐 둥지를 떠나 보낸다. 그것과 마찬가지로 나도 내 아이들을 인도할 것이다. 그들이 삶을 준비할 수 있도록 힘껏 도울 것이다.

내가 아이들에게 줄 수 있는 가장 중요한 것은 무엇보다 나의 시간이다. 아이들을 이해하고 그들의 얘기를 듣기 위해 그들과 가능한 한 많은 시간을 보낼 것이다. 아이들에게 서로를 존중하는 마음뿐 아니라 위대한 정령에게 기도하는 법을 가르칠 것이다.

나는 우리 부족의 언어를 자랑스럽게 여긴다. 나 자신도 그것을 배울 것이고, 아이들에게도 배우게 할 것이다. 이 시대에는 아이들이 길을 잃기가 쉽다. 나는 아이들이 더 나은 길을 선택할 수 있도록 도울 것이다.

그리고 아이들에게 다양한 문화를 가르칠 것이다. 더 많이 배우도록 아이들을 격려할 것이고, 운동도 가르칠 것이다. 또한 어른들과의 대화를 통해 조언을 얻을 수 있게 할 것이다. 하지만 무엇보다도 나 자신이 아이들에게 본보기가 되는 삶을 살 것이다. 전통적인 인디언의 방식 속에서 아이들이 길을 찾고 용기를 얻을 수 있도록 최선을 다할 것이다.

세 번째 철학—가정에 대해

위대한 정령은 우리에게 가정을 주었다. 가정은 할아버지에게서 아버지로, 또 그 자식에게로 모든 가르침이 전해지는 장소다. 아이들의 행동은 부모의 행동을 비춰 주는 거울이다. 이것을 알기 때문에 나는 모든 인디언 남자가 건강하고 조화로운 가정을 이루는 데 중요한 책임을 지니고 있음을 깨닫는다. 나는 우리의 아이들을 더 이상 상처 입히지 않을 것이며, 아이들이 긍정적이고 밝은 정신을 지닐 수 있도록 노력할 것이다. 아직 세상에 태어나지 않은 아이들까지도.

따라서 이 순간부터 나는 내 가정을 바로 세우는 일을 최우선으로 삼을 것이다. 결코 그 노력을 포기하지 않을 것이며, 가정을 여자들에게만 내맡기지 않을 것이다. 건강한 가정을 되찾는 일은 나에게 달린 일이다. 그러기 위해서 가정의 정신적인 건강, 문화적인 건강, 그리고 인간 관계의 건강함에 관심을 가질 것이다. 내 자신이 신뢰와 존중, 절제된 생활을 보여 줄 것이다. 하지만 무엇보다 중요한 것은 내가 일관되게 그 일들을 하는 것이다.

아이들을 가르치는 데 부족의 어른들과 할아버지들이 중요한 역할을 할 수 있음을 잊지 않을 것이다. 우리의 가정 생활은 남자와 여자가 함께 조화를 이룰 때 가능하다. 내 가정을 위해, 나아가 인디언 공동체를 위해 나는 내 배우자의 의견에 귀를 기울일 것이다.

네 번째 철학—공동체에 대해

인디언 공동체는 가정을 위해 많은 것을 제공해 준다. 그중에서도 가장 중요한 것은 소속감이다. 그곳은 우리가 찾아가고 의지할 장소다. 미래 세대들이 인디언 문화와 언어, 삶의 방식 등을 배울 수 있도록 우리의 인디언 공동체를 건강하게 되살릴 필요가 있다. 그 공동체 안에서는 한 사람의 영광이 곧 모두의 영광이고, 한 사람의 고통이 모두의 고통이다. 내가 속한 공동체의 모든 부분을 건강하게 회복할 수 있도록 나는 일할 것이다.

한 사람의 인디언 남자로서, 나는 내가 속한 공동체에 나의 시간과 재능을 쏟을 것이다. 서로 돕고 힘을 합치기 위해 다른 인디언 남자들과 우정을 나눌 것이다. 우리의 결정이 다음 일곱 세대에게 미치는 영향을 깊이 생각할 것이다. 그렇게 할 때 우리의 아이들과 후손들이 건강한 공동체를 물려받게 될 것이다.

우리 공동체에 속한 사람들이 마음의 변화를 일으켜 술과 마약으로부터 벗어나도록, 우리 공동체 안에서 영원히 폭력이 사라지도록 나는 최선을 다할 것이다. 각자가 그렇게 할 때, 다른 이들도 우리를 따를 것이다. 우리의 사회는 자랑스러운 공동체가 될 것이다.

다섯 번째 철학—대지에 대해

우리의 어머니 대지는 모든 생명의 원천이다. 초목이든, 네발 달린 짐승이든, 두 발 가진 동물이든, 날개 달린 것이든, 인간이든 모두가 대지에서 생명을 얻는다. 어머니 대지는 가장 위대한 스승이다. 우리가 귀를 기울이고, 관찰하고, 존경하기만 하면.

우리가 어머니 대지와 조화를 이루며 살 때, 어머니 대지는 우리가 쓰는 모든 물건을 재활용해 우리의 아이들에게 물려줄 것이다. 한 사람의 인디언 남자로서, 나는 나의 자식들이 어머니 대지를 보호하는 법을 가르쳐야만 한다. 미래 세대들을 위해.

따라서 지금 이 순간부터 나는 대지가 우리의 어머니임을 자각하고, 존중하는 마음으로 대지를 대할 것이다. 모든 생명이 서로 연결되어 있음을 깨달을 것이다. 대지가 우리에게 속한 것이 아니라, 우리가 대지에게 속해 있음을 잊지 않을 것이다.

근본에 있어서 땅과 물을 지배하는 것은 자연의 법칙이다. 나는 자연의 법칙을 배우고 그것이 가진 지혜를 받아들일 것이다. 그 지혜를 나의 자식들에게 물려줄 것이다. 어머니 대지는 삶을 지탱하는 살아 있는 실체. 대지를 파괴하는 이들을 볼 때마다 나는 좋은 방식으로 말할 것이다. 나의 어머니를 보호하듯, 대지를 보호할 것이다. 나의 아이들과 그들의 아이들, 아직 태어나지 않은 모든 아이들을 위해 땅과 물과 공기를 더럽히지 않을 것이다.

여섯 번째 철학―창조주에 대해

한 사람의 인디언 남자로서, 나는 우리의 삶 속에 위대한 정령이 머물지 않고서는 아무것도 이룰 수 없음을 깨닫는다. 위대한 정령 없이는 나는 아무것도 할 수 없고, 시도하지도 못할 것이다. 인디언이라는 것과 영적인 사람이라는 것은 같은 의미. 영적인 삶은 위대한 이가 우리에게 주신 선물이다. 나는 맹세한다. 얼굴 붉은 사람의 길을 걷겠다고.

한 사람의 인디언 남자로서, 나는 수많은 세대 동안 우리의 조상들을 인도한 전통적이고 영적인 가치관으로 돌아갈 것이다. 우리의 종교적인 방식이 가진 힘을 새로운 눈으로 바라볼 것이다. 그것들은 우리 부족의 생존을 위해 매우 중요한 것이기 때문이다.

우리는 살아남았으며, 앞으로도 계속 영적으로 성장하고 꽃피어 날 것이다. 위대한 정령이 우리에게 준 가르침과 생의 목적들을 잊지 않을 것이다. 날마다 나는 기도할 것이고, 길을 알려 달라고 부탁할 것이다. 우리의 문화 속에 담긴 영적인 방식을 무엇이라 부르든, 나는 얼굴 붉은 사람의 길을 걸어갈 것이다.

만약 내가 기독교인이라면 나는 선한 사람이 되려고 노력할 것이다. 만약 내가 인디언 전통을 따른다면, 온 마음을 바쳐 그 길을 걸을 것이다. 우리들 각자가 이렇게 할 때 다른 사람도 우리를 따를 것이다. 오늘 이후로 나는 위대한 정령의 뜻을 알기 위해 영적인 삶에 모든 시간과 에너지를 쏟을 것이다.

일곱 번째 철학─나 자신에 대해

내가 부족의 어른이 되었을 때 어떤 사람이고 싶은가를 나는 생각할 것이다. 그 사람이 되기 위해 지금부터 노력할 것이다. 나는 위대한 정령과 내 조상들과 함께 걸을 것이다. 언제나 세상을 밝게 보려고 노력할 것이고, 선한 마음을 키울 것이다.

날마다 내 자신이 좋은 일을 했는가, 그리고 더 나은 사람이 되었는가를 되돌아볼 것이다. 나의 장점과 단점을 살펴 위대한 정령에게 나를 인도해 달라고 부탁할 것이다. 날마다 바람 속에서 위대한 정령의 목소리를 들을 것이다. 자연을 관찰하고, 내가 걸어가는 길에서 배움을 얻게 해 달라고 부탁할 것이다.

내 조상들을 인도했던 삶의 원리들을 나 역시 찾아나설 것이다. 위엄과 존엄성과 겸허함을 갖고 걸을 것이며, 한 사람의 전사처럼 행동할 것이다. 우리 부족의 문화와 의식, 노래들을 지켜 나갈 것이고, 그것을 미래 세대에게 전할 것이다.

이 모든 것을 나 스스로 할 것이다. 누구도 나를 대신해 그것들을 할 수 없기 때문에. 내가 갖고 있지 않은 것은 줄 수도 없음을 나는 안다. 그러므로 나는 지금까지 말한 대로 삶을 걸어가는 법을 배울 것이다.

*

이 선언문은 1996년 7월 미국 콜로라도 주에서 열린 북미 인디언 남자 회의에서 발표된 것이다. 인디언 남자가 좋은 아버지, 좋은 아들, 좋은 남편과 삼촌, 그리고 부족의 좋은 일원이 될 수 있도록 일곱 가지의 철학을 담고 있다. 무엇보다 이 연설문은 대지와의 건강한 관계를 바탕으로 신의 목소리에 귀를 기울이고 인디언들의 전통을 되살림으로써 백인들에 의해 황폐해진 개인과 가정, 그리고 원주민 공동체를 치료할 것을 충고하고 있다.

많은 아메리카 원주민들은 지구에 '정화의 시기'가 가까워졌다고 믿는다. 지금이 우리 자신과 만나고, 우리가 어머니 대지에게 한 잘못들을 바로잡을 때라고. 우리의 영적인 길을 다시 발견해야 할 때라고. 그렇지 않으면 모든 것을 되돌리기에는 너무 늦을 것이라고.

많은 이들은 이 '사라져 가는 붉은 얼굴들'이 20세기 말이면 그들의 전통과 문화와 함께 세상에서 완전히 자취를 감추리라고 믿었다. 그런 예상과는 달리, 인류 역사에 유례없는 5백 년에 걸친 탄압과 착취에도 불구하고 인디언들은 살아남았다. 그것은 실로 기적과도 같은 일이었다. 다행스럽게도 1990년에 북아메리카 인디언의 인구는 2백만 명으로 증가했다.

인디언들은 다가오는 시대에 지구의 환경을 건강함과 조화로 되돌리고, 불평등과 억압을 사라지게 할 무지개 전사들이 등장하리라는 믿음을 갖고 있다. 그 무지개 전사들은 인디언들만이 아니라 지구상의 다양한 피부색을 한 모든 인종들 사이에서 탄생할 것이다. 인류의 희망은 바로 그들에게 있다.

이누이트 족 환경 운동가 윌리엄 윌로야가 그 무지개 전사들에 대해 이야기하고 있다.

"오랜 세월 동안 인디언 부족들은 잠들어 있었다. 얼굴 흰 사람들에 의해 육체적으로 정복된 채. 그 긴 세월 내내 그들은 얼굴 흰 사람들이 자신들보다 더 우월하다고 믿도록 배웠다. 그리고 설령 낮은 계급일지라도 얼굴 흰 사람들의 문명의 일부가 되어 살아가는 법을 배워야만 했다. 그들을 잠에서 깨우는 것은 쉬운 일이 아닐 것이다. 그것은 인디언들 자신이 잠자는 거인이라는 사실을 깨달을 때만이 가능하다. 우리들 각자 안에 위대한 영적인 힘이 잠자고 있음을 깨달을 때만이.

무지개 전사들은 위대한 옛 인디언들처럼 사랑과 이해와 인간애를 가르칠 것이다. 그들은 자기만이 진리를 갖고 있다고 말하는 사람들에게 더 이상 귀를 기울이지 않을 것이다.

모두의 이야기를 들으시는 분은 너무 커서 사소한 감정에 치우치지 않으며, 너무나 공정해서 자기들만 선택된 종족이라고 주장하는 사람들을 받아들이지 않으며, 너무도 자유로워서 어떤 생각에도 갇히지 않음을 그들은 알 것이다.

무지개 전사들은 모든 인간 사이의 조화를 가르치는 사람들의 말에 귀 기울일 것이다. 바람이 어느 한 곳을 편애하지 않고 세상 모든 구석으로 불어가듯이.

순수한 옛 인디언들처럼 그들은 세상 곳곳에 흐르고 있는 사랑을 느끼며 위대한 정령에게 기도할 것이다. 산들바람이 소나무 잎사귀들 사이에서 그 침묵하는 분에게 노래를 부르듯이.

영광스럽던 옛 인디언들처럼 그들의 기쁨, 웃음, 사랑, 이해로써 그들은 만나는 모든 사람을 변화시킬 것이다. 운동으로 신체를 단련하고 금식과 기도로 영혼의 순수함을 간직하던 빛나는 옛 인디언들처럼 그들은 육체의 힘과 사랑의 불꽃, 가슴의 순결함으로 모든 어려움을 이겨내는 새로운 시대의 영웅이 될 것이다.

위대한 정령이 보시기에 합당한 남자와 여자로 성장할 수 있도록 아이들을 평원과 숲과 삼림 속에서 자유롭게 뛰어놀게 하던 지혜로운 옛 인디언들처럼, 무지개 전사들은 세상의 아이들에게 자연의 마술적인 축복, 맨발로 풀밭을 달려 언덕을 넘어가는 즐거움, 머리카락을 간지럽히는 시원한 바람의 감촉을 선사할 것이다.

앞으로 올 영적인 문명은 그 숨결마다 아름다움을 창조하고, 강물을 깨끗하게 되돌리며, 황무지와 빈민가가 있는 자리에 숲과 공원을 세울 것이다. 언덕에 꽃들을 다시 불러올 것이다. 세상을 아름다운 곳으로 바꾸는 것은 얼마나 영광된 싸움인가!

동물과 식물들이 가진 힘을 알고, 사랑하고, 이해한 옛 인디언들처럼, 또한 옷과 식량 등 꼭 필요한 것이 아니면 결코 죽이거나 취하지 않았던 그들처럼 새로운 인디언 전사들은 무지한 파괴자들에게 이해의 빛을 밝혀 줄 것이다. 살생을 하려는 사람들의 마음을 되돌려 이 대지 위에 다시금 동물들이 번성하고, 나무들의 뿌리가 소중한 흙을 움켜쥘 수 있게 할 것이다.

모두에게 할 일을 주고, 가난하고 병들고 허약한 사람들을 보살펴 준 친절한 옛 인디언들처럼 무지개 전사들은 모두가 일을 나눠 갖고 또 즐거움 속에서 위대한 정령을 찬양하며 일하는 새로운 세상을 세울 것이다. 누구도 동료 인간들의 무관심과 냉대 속에서 굶어 죽거나 상처 입게 하지 않을 것이다.

기쁨에 넘치던 옛 인디언들처럼 새로운 인디언들은 그들 자신뿐 아니라 다른 종족에게도 옛 인디언 마을을 행복한 시절로 만들어 주었던 친절함과 다정함, 선한 마음을 전파할 것이다. 그들은 함께 춤추었고, 사랑이 넘치는 조화로움 속에서 함께 음식을 먹었다. 그리고 함께 기도하고, 기쁨 속에서 함께 노래했다. 그 모든 것이 새로운 세상 속으로 되돌아올 것이다.”

한 아이가 세상에 태어나면 인디언들은 한자리에 모여 다음과 같은 기도를 올린다. '새로 태어난 아이를 위한 인디언 기도문'이다.

'위대한 정령 할아버지여, 당신에게 기도합니다. 아버지 태양에게, 할머니 달에게, 나의 모든 친척들에게, 어머니 대지와 네 방향의 바람과 삶의 성스러운 계절들에게.

할아버지여, 오늘 당신은 한 아이에게 생명의 숨결을 불어넣으셨습니다. 가장 성스러운 방식으로.

이 아이는 그의 부족 안에서 걸을 것입니다. 머리를 높이 쳐들고, 위엄과 자부심을 갖고, 가장 성스러운 방식으로.

할아버지여, 이 아이는 그의 부족 앞에 설 것입니다. 예의와 존경심을 갖추고, 가장 성스러운 방식으로.

이 아이는 자신의 가난한 부족 앞으로 당당하게 걸어올 것입니다. 그의 친척인 독수리와 들소가 그의 힘이 되어 줄 것입니다. 가장 성스러운 방식으로.

할아버지여, 오늘 당신은 이 아이를 우리에게 주셨습니다. 가장 성스러운 방식으로.

그의 눈으로 아이는 모든 선한 것들을 볼 것이고, 그의 귀로 모든 선한 것들을 들을 것입니다. 그리고 그가 말하는 모든 말들은 강하고 힘 있을 것입니다. 가장 성스러운 방식으로.

할아버지여, 당신이 이 대지에 보내신 이 아이는 앞서 살았던 모든 조상들처럼 언제나 삶의 성스러운 원 안에서 여행할 것입니다. 가장 성스러운 방식으로.

할아버지여, 이 아이는 그의 전통과 문화와 종교 안에서, 풍부한 유산 속에서 강한 사람이 될 것입니다. 가장 성스러운 방식으로.

할아버지여, 우리의 새로 태어난 아이에게 생명의 숨결을 불어넣어 주셔서 감사드립니다. 내일이면 또 다른 아이가 인디언의 방식으로 태어날 것입니다.'

내일 태양이 뜰 텐데 왜 비가 올 거라고 당신은 걱정하나?

푸른 윗도리(블루 재킷)_쇼니 족

나는 아직도 우리가 승리하리라고 믿는다. 세상에는 인디언들의 가슴을 이해하고, 우리가 누구도 해치지 않았으며 평화로운 부족이라는 사실을 아는 사람들이 많아졌다. 바로 여기에 우리의 힘이 있으며, 바로 여기에서 우리는 일어설 것이다. 나는 우리가 살아남으리라는 것을 믿는다. 그것이 우리의 꿈이다.

어느 늙은 인디언_라코타 족

우리는 잘못 이해할 수는 있다. 하지만 잘못 경험할 수는 없다.

바인 델로리아 주니어_서 있는 바위 수 족

당신은 당신이 밟고 선 흙의 의미를 이해하는가? 우리 아메리카 원주민들은 이 신성한 장소의 수호자들이다.

푸른 구름(블루 클라우드)_모호크 족

인디언이 된다는 것은 주로 당신의 가슴과 관련된 일이다. 그것은 대지를 밟고 다니는 것이 아니라 대지와 함께 걷는 것이다. 많은 역사책들은 인디언에 대해 언제나 과거 시제로 말하지만, 우리는 다른 어디로도 갈 계획이 없다. 많은 것들을 잃긴 했지만, 우리 모두는 여전히 대지에 속해 있고, 대지의 수호자들이다. 우리가 이곳에 살고 있는 이유가 그것이다. 어머니 대지는 자원이 아니라 조상 대대로 전해져 온 우리의 가보다.

데이비드 이피니아_유로크 족 화가

희고, 검고, 노란 피부를 가진 사람들이 해안에 도착했을 때 이 땅의 원주민들은 놀라지 않았다. 그들의 예언이 오래전부터 다른 종족이 올 것을 말해 주었기 때문이다. 그들은 새로운 종족이 와서 자신들이 거북이섬이라고 부르는 이 대륙의 오래된 문화를 덮어 누르리라는 것을 알았다. 하지만 그 예언은 우리의 시대가 되었을 때 이 대륙에 모인 모든 종족들 속에서 새로운 인디언들이 탄생하리라고 말하고 있다. 무지개 색깔을 가진 서로 다른 종족들은 우리 모두가 한 가족임을 알게 될 것이다. 이 무지개 전사들은 우리의 환경, 그리고 모든 사람들과 조화를 이루며 살아가는 새로운 시대를 열 것이다.

헤요에라 메리 드_체로키 족

네 가지 성스러운 피부색을 가진 우리 인류는 평화의 관점에서 한 가족으로 우뚝 서야 한다. 우리는 핵무기뿐 아니라 전쟁을 일으키는 무기들을 제거해야 한다. 평화를 추구하는 지도자를 길러내야 한다. 세상의 종교들을 하나로 묶어 평화가 세상을 지배할 수 있도록 강한 영적인 힘을 키워야 한다. 우리 인간 존재들은 핵무기보다 수천 배나 강한 영적 에너지를 갖고 있다.

레온 셰난도어_이로쿼이 족

많은 인간들이 그들의 꿈을 쉽사리 버리지만, 나는 그대가 강인하기를 바란다. 그대는 사냥꾼 전사가 되어야 한다. 그대는 꿈을 갖는다는 것이 무엇인가를 사람들 모두에게 가르쳐야 한다. 그대는 그대의 길을 발견하기 위해 여기 이 세계로 들어온 것이다. 그것을 발견해서 그대의 것으로 만들어야 한다.

속삭이는 큰사슴(아그네스 휘슬링 엘크)_크리 족

1990년에 나는 아프리카에 가서 식민지의 굴레에서 벗어나고자 몸부림치는 다른 원주민 부족들을 내 눈으로 직접 보았다. 짐바브웨는 1980년에 영국으로부터 독립을 얻어 냈지만, 아직도 학교 시험지를 캠브리지에 보내 채점을 받고 있었다. 나미비아는 마침내 남아프리카

공화국으로부터 독립했지만 수천 명의 원주민이 죽임을 당하고 난 뒤였다. 뉴질랜드에서는 우리와 마찬가지로 원주민의 문화와 부족의 목소리를 인정받으려고 노력하는 마오리 족 사람들을 만날 수 있었다.

우리는 국경을 넘어 연대할 필요가 있다. 그래서 똑같은 문제가 어떻게 세상의 가난한 사람들의 공동체와 여성들에게 영향을 미치는가를 이해해야 한다. 종족과 나라의 경계선을 넘어 모두의 공통된 관심사가 있다. 나는 전 세계 원주민 부족들 속에 존재하는 놀라운 힘을 발견한다. 여기 이 나라의 원주민들 속에도 그 힘이 있다. 그 힘이 이루 말할 수 없이 다양한 얼굴로 부족들의 문화를 꽃피우게 한 것이다.

페이트 스미스_오지브웨 족

우리가 지금의 이 세상을 갖게 된 것은 누군가가 우리 앞에 서 있었기 때문이다. 오늘 우리가 하는 행동의 결과를 다가오는 일곱 번째 세대가 고스란히 물려받게 될 것이다.

위노아 라두케_아니시나베 족

당신은 귀 기울여 들어야 한다! 다가오는 세대들의 심장 뛰는 소리에 귀를 갖다 대야 한다!

뮤리엘 미구엘_라파하녹 족

백 명의 사람들이 함께 사는데, 각자가 나머지 사람들을 보살핀다면 그것이 바로 '한마음'이다.

빛나는 화살(샤이닝 애로우즈)_크로우 족

지혜는 한 사람의 것이 아니다. 우리는 지혜에 따라 행동해야 하지만, 그것은 어느 한 사람의 것이 아니다. 자연의 법칙을 발견해 세대에서 세대로 전해지면서 증명된 오래된 깨달음이다.

마야 족 가르침

우리의 예언에 따르면 인디언 혼혈아들과 백인들이 머리를 기르고 구슬 목걸이를 하고서 원주민 치료사들인 우리를 찾아와 가르침을 청할 것이다. 그들은 얼굴 흰 자들이 이 대륙을 정복할 당시 죽음을 당한 인디언들의 환생들이다. 예언들은 그들이 다양한 피부색을 지닌 무지개 전사들로 돌아올 것이라고 말한다. 그들이 돌아와 인간과 대지의 조화를 되찾기 위해 노력할 것이라고. 우리는 지금이 바로 그 무지개 전사들이 나타나는 시기라고 느낀다.

당신이 어느 날 잠에서 깨어나 자신이 무지개 전사 중 한 사람이라고 깨닫는다면, 그다음 단계는 영적인 전사가 되는 일이다. 영적인 전사란 지구를 치료해 균형을 되찾는 일에 온 에너지를 쏟는 사람, 또한 중단하지 않고 그 일을 하는 사람이다. 주말에 잠시 나타나 무엇인가를 보여 주려는 사람이 아니라, 우리 다음에 올 우리의 아이들을 위해 기꺼이 삶의 온 에너지를 바쳐 조화롭고 균형 잡힌 세상을 창조하려고 노력하는 사람이다.

태양 곰(선 베어)_치페와 족

창조주는 우리에게 자연의 법칙을 주었으며, 그 법칙을 존중하고 삶의 성스러운 고리를 구성하고 있는 모든 존재들을 소중히 여기라고 가르쳤다. 그것이 이 대지 위에 본래부터 있어 온 가르침이다. 그리고 그 가르침은 시대와 상관없이 영원하다. 우리 세대는 우리 아이들의 미래를 위해 선택을 하고 책임을 져야만 한다. 그러기 위해서는 이 대지 위의 모든 생명체들과 손을 잡아야 하고, 상식과 책임과 인간애와 평화가 바탕이 된 이야기를 해야 한다.

오렌 라이온스_오논다가 족

당신이 아름다움 속에서 걷게 되기를!

고대 아메리카 원주민의 기도문

요슐라 ― 행복하라.

아파치 족의 축원

오지브웨 족 여인

열두 번의 행복한 달들

인디언들은 달력을 만들 때 그들 주위에 있는 풍경의 변화나 마음의 움직임을 주제로 그 달의 명칭을 정했다. 이 명칭들을 보면 인디언 부족들이 마음의 움직임과, 마음을 움직이게 하는 자연과 기후의 변화들에 대해 얼마나 친밀하게 반응했는가를 알 수 있다. 각각의 달들은 단순한 숫자로는 표현할 수 없는 생생히 살아 움직이는 대지의 혼 그 자체였다.

자연에 의지해 살아가는 이들이 그렇듯이, 인디언들은 외부 세계를 바라봄과 동시에 내면을 응시하는 눈을 잃지 않았다. 변화하는 세계 속에서 변화하지 않는 것을 들여다볼 줄 알았다. 1월을 '마음 깊은 곳에 머무는 달'이라고 부르거나 12월을 '무소유의 달'이라고 부른 것이 그것이다.

또한 대지와 밀접한 관계를 이루며 살았던 그들의 삶이 이 달력을 통해 잘 드러난다. 그들은 4월을 '머리맡에 씨앗 두고 자는 달'이라 이름 지었으며, 11월을 '모두 다 사라진 것은 아닌 달'로 불렀다. 3월은 '강풍이 죽은 나뭇가지 쓸어가 새순 돋는 달'이고, 10월은 '양식을 갈무리하는 달'이었다.

그러나 그들이 한 해를 정확히 열두 달로 나눈 것은 아니었으며, 달의 주기가 대략 28일로 정해졌기 때문에 열세 달 정도로 이루어졌다. 또 어느 부족의 경우는 한 달에 두 개의 이름이 있는 경우도 있었고, 같은 이름이 두 개 달을 가리킬 때도 있었다. 다른 부족들과 달리 스물네 달로 나눈 부족도 있었다.

1월

마음 깊은 곳에 머무는 달 _ 아리카라 족

추워서 견딜 수 없는 달 _ 수 족

눈이 천막 안으로 휘몰아치는 달 _ 오마하 족

눈에 나뭇가지 뚝뚝 부러지는 달 _ 주니 족

얼음 얼어 반짝이는 달 _ 테와 푸에블로 족

바람 부는 달 _ 체로키 족

해에게 눈 녹일 힘 없는 달 _ 앨곤퀸 족

위대한 정령의 달 _ 아니시나베 족, 오지브웨 족, 치페와 족

바람 속 영혼들처럼 눈 흩날리는 달 _ 북부 아라파호 족

중심되는 달 _ 아시니보인 족

겨울의 동생 달 _ 무스코키 족

몹시 추운 달 _ 샤이엔 족

노인들 수염 헝클어지는 달 _ 크리 족

북풍한설 부는 달 _ 파사마쿼디 족

즐거움 넘치는 달 _ 호피 족

짐승들 살 빠지는 달 _ 피마 족

천막 안에서 얼음 어는 달 _ 라코타 수 족

늑대들 함께 달리는 달 _ 오글라라 라코타 족

땅바닥 어는 달 _ 유트 족

엄지손가락 달, 호수가 어는 달 _ 클라마트 족

인사하는 달 _ 아베나키 족

2월

물고기 뛰노는 달 _ 위네바고 족

너구리 달 _ 수 족

바람 부는 달 _ 무스코키 족

홀로 걷는 달 _ 체로키 족

기러기 돌아오는 달 _ 오마하 족

삼나무에 꽃바람 부는 달 _ 테와 푸에블로 족

삼나무에 먼지바람 부는 달 _ 테와 푸에블로 족

새순 돋는 달 _ 카이오와 족

강에 얼음 풀리는 달 _ 앨곤퀸 족

먹을 것 없어 뼈를 갉작거리는 달 _ 동부 체로키 족

몸과 마음을 정화하는 달 _ 호피 족

움이 트는 달 _ 아니시나베 족

햇빛에 서리 반짝이는 달 _ 북부 아라파호 족

오랫동안 메마른 달 _ 아시니보인 족

사람 늙는 달 _ 크리 족

더디게 가는 달 _ 모호크 족

가문비나무 끝 부러지는 달 _ 파사마쿼디 족

나무들 헐벗고 풀들은 눈에 안 띄는 달 _ 피마 족

토끼가 새끼 배는 달 _ 포타와토미 족

오솔길에 눈 없는 달 _ 주니 족

검지손가락 달, 비 내리고 춤추는 달 _ 클라마트 족

나뭇가지들 땅바닥에 떨어지는 달 _ 아베나키 족

3월

마음을 움직이게 하는 달 _ 체로키 족

연못에 물 고이는 달 _ 퐁카 족

암소가 송아지 낳는 달 _ 수 족

개구리의 달 _ 오마하 족

한결같은 것은 아무것도 없는 달 _ 아라파호 족

물고기 잡는 달 _ 앨곤퀸 족

잎이 터지는 달 _ 테와 푸에블로 족

눈 다래끼 나는 달 _ 아시니보인 족

독수리의 달 _ 크리 족

강풍이 죽은 나뭇가지 쓸어가 새순 돋는 달 _ 동부 체로키 족

바람이 속삭이는 달 _ 호피 족

훨씬 더디게 가는 달 _ 모호크 족

어린 봄의 달 _ 무스코키 족

하루가 길어지는 달 _ 위쉬람 족

작은 모래 바람 부는 달 _ 주니 족

가운뎃손가락 달, 물고기 잡는 달 _ 클라마트 족

큰사슴 사냥하는 달 _ 아베나키 족

4월

생의 기쁨을 느끼게 하는 달 _ 블랙푸트 족

머리맡에 씨앗 두고 자는 달 _ 체로키 족

거위가 알을 낳는 달 _ 샤이엔 족

얼음 풀리는 달 _ 히다차 족

옥수수 심는 달 _ 위네바고 족

더 이상 눈을 볼 수 없는 달 _ 아니시나베 족

큰 잎사귀의 달 _ 아파치 족

인디언 옥수수 심는 달 _ 앨곤퀸 족

강에서 얼음 풀리는 달 _ 북부 아라파호 족

만물이 생명 얻는 달 _ 동부 체로키 족

곧 더워지는 달 _ 카이오와 족

큰 봄의 달 _ 무스코키 족

강한 달 _ 피마 족

잎사귀가 인사하는 달 _ 오글라라 라코타 족

큰 모래 바람 부는 달 _ 주니 족

넷째 손가락 달 _ 클라마트 족

설탕 만드는 달 _ 아베나키 족

5월

말 털갈이 하는 달 _ 수 족
들꽃 시드는 달 _ 오세이지 족
뽕나무 오디 따먹는 달 _ 크리크 족
옥수수 김 매주는 달 _ 위네바고 족
말이 살찌는 달 _ 샤이엔 족
오래 전에 죽은 자를 생각하는 달 _ 아라파호 족
여자들이 옥수수 김 매는 달 _ 앨곤퀸 족
조랑말 털갈이하는 달 _ 북부 아라파호 족
게을러지는 달 _ 아시니보인 족
구멍에다 씨앗 심는 달 _ 동부 체로키 족
기다리는 달 _ 호피 족
거위가 북쪽으로 날아가는 달 _ 카이오와 족
큰 잎사귀의 달 _ 모호크 족, 아파치 족
이름 없는 달 _ 주니 족
씨앗과 물고기와 거위의 달 _ 벨리 마이두 족
밭 가는 달 _ 아베나키 족

6월

옥수수 수염 나는 달 _ 위네바고 족
더위 시작되는 달 _ 퐁카 족, 북부 아라파호 족
나뭇잎 짙어지는 달 _ 테와 푸에블로 족

황소 짝짓기하는 달 _ 오마하 족

말없이 거미를 바라보게 되는 달 _ 체로키 족

옥수수 밭에 흙 돋우는 달 _ 앨곤퀸 족

산딸기 익어가는 달 _ 아니시나베 족, 유트 족

옥수수 모양 뚜렷해지는 달 _ 동부 체로키 족

곡식 익어가는 달 _ 모호크 족

잎사귀 다 자란 달 _ 아시니보인 족

거북이의 달 _ 포타와토미 족

물고기 쉽게 상하는 달 _ 위쉬람 족

전환점에 선 달 _ 주니 족

수다 떠는 달 _ 푸트힐 마이두 족

새끼손가락 달 _ 클라마트 족

괭이질하는 달 _ 아베나키 족

7월

사슴이 뿔을 가는 달 _ 카이오와 족

천막 안에 앉아 있을 수 없는 달 _ 유트 족

옥수수 튀기는 달 _ 위네바고 족, 동부 체로키 족

들소 울부짖는 달 _ 오마하 족

산딸기 익는 달 _ 수 족

열매가 빛을 저장하는 달 _ 크리크 족, 아파치 족

말의 달 _ 아파치 족

콩 먹을 수 있는 달 _ 앨곤퀸 족

옥수수 익는 달 _ 체로키 족
조금 거두는 달 _ 무스코키 족
한여름의 달 _ 퐁카 족
연어가 떼 지어 강으로 올라오는 달 _ 위쉬람 족
나뭇가지가 열매 때문에 부러지는 달 _ 주니 족
풀 베는 달 _ 아베나키 족

8월

옥수수가 은빛 물결을 이루는 달 _ 퐁카 족
다른 모든 것을 잊게 하는 달 _ 쇼니 족
노란 꽃잎의 달 _ 오세이지 족
기러기 깃털 가는 달 _ 수 족, 북부 아라파호 족
버찌 검어지는 달 _ 아시니보인 족
열매 따서 말리는 달 _ 체로키 족
새끼오리 날기 시작하는 달 _ 크리 족
모두 다 익어가는 달 _ 크리크 족
즐거움 넘치는 달 _ 호피 족
잎사귀가 벌써 생기 잃는 달 _ 카이오와 족
기분 좋은 달 _ 모호크 족
많이 거두는 달 _ 무스코키 족
엄지손가락 달, 산딸기 말리는 달 _ 클라마트 족
깃털 흩날리는 달 _ 파사마쿼디 족

9월

검정나비의 달_ 체로키 족

사슴이 땅을 파는 달_ 오마하 족

풀 마르는 달_ 수 족, 북부 아라파호 족, 샤이엔 족

옥수수 거두는 달_ 테와 푸에블로 족, 주니 족, 아베나키 족

쌀밥 먹는 달_ 아니시나베 족

열매들이 끝나는 달_ 동부 체로키 족

어린 밤 따는 달_ 크리크 족

다 거두는 달_ 호피 족

나뭇잎 떨어지기 시작하는 달_ 카이오와 족

아주 기분 좋은 달_ 모호크 족

가을 시작되는 달_ 파사마쿼디 족

도토리의 달_ 위쉬람 족, 후치놈 족

도토리묵 해 먹는 달_ 푸트힐 마이두 족

검지손가락 달, 춤추는 달_ 클라마트 족

소 먹일 풀 베는 달_ 유트 족

10월

시냇물 얼어붙는 달_ 샤이엔 족

추워서 견딜 수 없는 달_ 카이오와 족

양식을 갈무리하는 달_ 퐁카 족, 아파치 족

큰 바람의 달_ 주니 족

첫서리 내리는 달_ 포타와토미 족

잎 떨어지는 달_ 수 족, 오지브웨 족, 치페와 족

풀잎과 땅에 흰 서리 내리는 달_ 앨곤퀸 족

양쪽이 만나는 달_ 아시니보인 족

새들이 남쪽으로 날아가는 달_ 크리 족

긴 머리카락의 달_ 호피 족

내가 올 때까지 기다리라고 말하는 달_ 카이오와 족

가난해지기 시작하는 달_ 모호크 족

큰 밤 따는 달_ 크리크 족

변화하는 달_ 오글라라 라코타 족

배 타고 여행하는 달_ 위쉬람 족

어린 나무 어는 달_ 마운틴 마이두 족

가운뎃손가락 달, 잎 지는 달_ 클라마트 족

산이 불타는 달_ 후치놈 족

11월

물이 나뭇잎으로 검어지는 달_ 크리크 족

산책하기에 알맞은 달_ 체로키 족

강물이 어는 달_ 히다차 족, 북부 아라파호 족

만물을 거두어들이는 달_ 테와 푸에블로 족

어린 곰의 달_ 위네바고 족

기러기 날아가는 달_ 카이오와 족

꽁꽁 어는 달_ 아니시나베 족

모두 다 사라진 것은 아닌 달 _ 아라파호 족

지난달과 별 차이 없는 달 _ 앨곤퀸 족

서리 내리는 달 _ 아시니보인 족, 무스코키 족

물물교환하는 달 _ 동부 체로키 족

샛강 가장자리 어는 달 _ 샤이엔 족, 크리 족

사슴이 발정하는 달 _ 샤이엔 족

짐승들 속털 나는 달 _ 호피 족

많이 가난해지는 달 _ 모호크 족

아침에 눈 쌓인 산을 바라보는 달 _ 위쉬람 족

큰 나무 어는 달 _ 마운틴 마이두 족

네 번째 손가락 달, 눈 내리는 달 _ 클라마트 족

이름 없는 달 _ 주니 족

12월

다른 세상의 달 _ 체로키 족

침묵하는 달 _ 크리크 족

나무껍질이 갈라지는 달 _ 수 족, 북부 아라파호 족

큰 뱀코의 달 _ 아리카라 족

무소유의 달 _ 퐁카 족

큰 곰의 달 _ 위네바고 족

중심되는 달의 동생 달 _ 아시니보인 족

늑대가 달리는 달 _ 샤이엔 족

작은 정령들의 달 _ 아니시나베 족

칠면조로 잔치 벌이는 달 _ 포타와토미 족

첫 눈발이 땅에 닿는 달 _ 동부 체로키 족

큰 겨울의 달 _ 아파치 족, 무스코키 족

물고기 어는 달 _ 파사마쿼디 족, 후치놈 족

존경하는 달 _ 호피 족

새끼손가락 달, 큰 눈 내리는 달 _ 클라마트 족

하루종일 얼어붙는 달 _ 벨리 마이두 족

늙은이 손가락 달 _ 후치놈 족

태양이 북쪽으로 다시 여행을 시작하기 전에 휴식을 취하기 위해
남쪽 집으로 떠나는 달 _ 주니 족

참고문헌

Aboriginal American Oratory; the Tradition of Eloquence Among Indians of the United States, Louis Thomas Jones, Southwest Museum, 1965

All Our Relations, Winona Laduke, Consortium Book, 1999

The American Heritage History of the Indian Wars, Robert M. Utley, Wilcomb E. Washburn, Dorset House Publishing Co Inc, 1990

American Indian Activism: Alcatraz to the Longest Walk, Troy Johnson, Joan Nagel, Duane Champagne, University of Illinois Press, 1997

The American Indian and the Problem of History, Calvin Martin, Oxford University Press, 1987

American Indian Holocaust and Survival: A Population History Since 1492 (Civilization of the American Indian, Vol 186), Russell Thornton, University of Oklahoma Press, 1990

American Indian Leaders: Studies in Diversity, David Edmunds, University of Nebraska Press, 1980

American Indian Medicine (Civilization of the American Series, Vol 95), Virgil Vogel, University of Oklahoma Press, 1990

Animal-Speak: The Spiritual & Magical Powers of Creatures Great & Small, Ted Andrews, Llewellyn Publications, 1993

An Apache Life Way: The Economic, Social, and Religious Institutions of the Chiricahua Indians, Morris Edward Opler, University of Nebraska Press, 1996

The Apaches and Navajos, Craig A. Doherty, Katherine M. Doherty,

Bookwright Press, 1989

Autobiography of Red Cloud: War Leader of the Oglalas, Red Cloud, R. Eli Paul, 1997, Montana Historical Society Press

The Aztecs (Peoples of America), Michael E. Smith, Blackwell Publishers, 1998

Before and After Jamestown: Virginia's Powhatans and Their Predecessors (Native Peoples, Cultures, and Places of the Southeastern United States), Helen C. Rountree, E. Randolph Turner, Jerald T. Milanich, University Press of Florida, 2002

Bird Woman: Sacagawea's Own Story, James Willard Schultz, Mountain Meadow Press, 1996

Book of the Hopi, Frank Walters, Penguin Books, 1963

Brave Are My People: Indian Heroes Not Forgotten, Frank Waters, Clear Light Books, 1993

Buffalo Hunt, Russell Freedman, Holiday House, 1988

Bury My Heart at Wounded Knee: An Indian History of the American West, Dee Brown, Holt, Rinchart & Winston, 1970

Catch the Whisper of the Wind: Inspirational Stories and Proverbs from Native Americans, Cheewa James, Horizon, 1992

Center of the World — Native American Spirituality, Don Rutledge, Rita Robinson, Newcastle Publishing Company, 1992

The Cherokee Sacred Calendar: A Handbook of the Ancient Native American Tradition, Raven Hail, Destiny Books, 2000

Cherokee Stories, Reverend Watt Spade and Willard Walker, Wesleyan University, 1966

Cheyenne Autumn, Mari Sandoz, University of Nebraska Press, 1992

Cheyenne Indians: Their History and Ways of Life, George Bird Grinnell, University of Nebraska Press, 1972

Chief Joseph & the Flight of the Nez Perce: The Untold Story of an American Tragedy, Mary Virginia Fox, Children Press, 1992

Cochise: Chiricahua Apache Chief (The Civilization of the American Indian, Vol. 204), Edwin R. Sweeney, University of Oklahoma Press, 1995

Cochise: The Life and Times of the Great Apache Chief, Peter Aleshire, John

Wiley & Sons, 2001

Comanches: The Destruction of a People, T. R. Fehrenbach, DaCapo Press, 1994

Coming to Light: Contemporary Translations of the Native Literatures of North America, Brian Swann, Vintage Books, 1996

Crazy Horse: The Strange Man of the Oglalas, Mari Sandoz, Stephen B. Oates, University of Nebraska Press, 1990

Custer Died for Your Sins: An Indian Manifesto, Vine Deloria Jr., Universit of Okalhoma Press, 1988

Dancing With the Wheel: The Medicine Wheel Workbook, Sun Bear, Wabun Wind, Fireside, 1991

The Destruction of California Indians: A Collection of Documents from the Period 1847 to 1865 in Which Are Described Some of the Things That Happened, Robert Fleming Heizer, University of Nebraska Press, 1993

Don't Know Much About History, Anniversary Edition: Everything You Need to Know About American History but Never Learned, Kenneth C. Davis, Avon, 1999

Earth Dance Drum: A Celebration of Life, Blakwolf, Gina Jones, Commune-A-Key Publishing, 1996

Earth Medicine: Ancestor's Ways of Harmony for Many Moons, Jamie Sams, HarperOne, 1994

Earth Prayers From around the World: 365 Prayers, Poems, and Invocations for Honoring the Earth, Elizabeth Roberts, Harper SanFrancisco, 1991

The Earth Shall Weep: A History of Native America, James Wilson, Atlantic Monthly Press, 1999

Encyclopedia of Native American Religions: An Introduction, Paulette Molin, Arlene B. Hirschfelder, Checkmark Books, 2001

Encyclopedia of Native American Shamanism: Sacred Ceremonies of North America, William S. Lyon, ABC-CLIO, 2001

Encyclopedia of Native American Tribes (Facts on File Library of American History), Carl Waldman, Molly Braun, Checkmark Books, 1999

Encyclopedia of North American Indians: Native American History,

Culture, and Life From Paleo-Indians to the Present, Frederick E. Hoxie, Houghton Mifflin Co, 1996

Exiled in the Land of the Free: Democracy, Indian Nations, and the U.S. Constitution, Oren Lyons, Clear Light Publishing Company, 1992

Exterminate Them: Written Accounts of the Murder, Rape, and Slavery of Native Americans During the California Gold Rush, 1848-1868, Clifford E. Trafzer, Joel R. Hyer, Michigan State University Press, 1999

Extraordinary American Indians, Susan Avery and Linda Skinner, Children Press, Inc., 1992

Facing East from Indian Country: A Native History of Early America, Daniel K. Richter, Harvard University Press, 2002

500 Nations: An Illustrated History of North American Indians, Alvin M. Josephy, Jr., Knopf, 1994

Fools Crow: Wisdom and Power, Thomas Mails, Doubleday, 1979

From a Native Son: Selected Essays in Indigenism, 1985-1995, Ward Churchill, Howard Zinn, South End Press, 1996

From the Deep Woods to Civilization, Carles A. Eastman, University of Nebraska Press, 1977

From The Heart: Voices of the American Indian, Lee Miller, Alfred A. Knopf, 1995

Geronimo: His Own Story, Geronimo, S. M. Barrett, Ballantine, 1973

God Is Red: A Native View of Religion, Vine Deloria, Jr., North America Press, 2003

The Great Chiefs, Benjamin Capps, Time-Life Books, 1975

Great North American Indians: Profiles in Life and Leadership, Frederick J. Dockstader, Van Nostrand Reinhold and company, 1977

The Great Plains, Walter Prescott Webb, University of Nebraska Press, 1981

Great Speeches by Native Americans, Bob Blaisdell, Dover Publications, 2000

Handbook of the Indians of California, A. L. Kroeber, Dover, 1976

A History of the United States, Philip Jenkins, Palgrave Macmillan, 1997

Hollywood's Indian: The Portrayal of the Native American in Film, Peter C.

Rollins, University Press of Kentucky, 1998

How Can One Sell the Air?: Chief Seattle's Vision, Chief Seattle, Book Publishing Company, 1988

Indians and English: Facing Off in Early America, Karen Ordahl Kupperman, Cornell University Press, 2000

Indian Chiefs, Russell Freedman, Holiday House, 1987

Indian Heroes & Great Chieftains, Charles A. Eastman (Ohiyesa), University of Nebraska Press, 1918

Indian Tales, Jaime De Augulo, Hill and Wang, 1953

Indians, Franciscans, and Spanish Colonization: The Impact of the Mission System on California Indians, Robert H. Jackson, Edward D. Castillo, University of New Mexico Press, 1996

In the Spirit of Crazy Horse: The Story of Leonard Peltier and the FBI's War on the American Indian Movement, Peter Mattiessen, Viking Press, 1983

The Indian Way: Learning to Communicate With Mother Earth, Gary McLain, John Muir Publications, 1995

The Invasion of America: Indians, Colonialism, and the Cant of Conquest, Francis Jennings, W. W. Norton & Company, 1976

The Invasion of Indian Country in the Twentieth Century: American Capitalism and Tribal Natural Resources, Donald Lee Fixico, University Press of Colorado, 1998

Ishi — American's Last Stone Age Indian, Richard Burrill, Sacramento Antro Co., 1990

Ishi: Last of His Tribe, Theodora Kroeber, Bantam, 1973

It's Your Misfortune and None of My Own: A New History of the American West, Richard White, University of Oklahoma Press, 1993

I Will Fight No More Forever: Chief Joseph and the Nez Perce War, Merrill D. Beal, University of Washington Press, 1963

King Philip's War: The History and Legacy of America's Forgotten Conflict, Eric B. schultz, Michael J. Tougias, Countryman Press, 2000

The Lakota Sweat Lodge Cards: Spiritual Teachings of the Sioux, Chief Archie Fire Lame Deer, Inner Traditions Intl Ltd, 1993

The Lakota Way: Stories and Lessons for Living, Joseph M. Marshall III,

Viking Compass, 2001

Lakota Woman, Mary Crow Dog, Richard Erdoes, Grove Pr, 1990

Lame Deer Seeker of Visions, John Lame Deer, Richard Erodoes, Simon & Schuster, 1994

The Lance and the Shield: The Life and Times of Sitting Bull, Robert Marshall Utley, Henry Holt & Company, Inc., 1993

Land of the Spotted Eagle, Luther Standing Bear, University of Nebraska Press, 1933

The Last Comanche Chief: The Life and Times of Quanah Parker, Bill Neeley, John Wiley & Sons, 1996

The Last Days of the Plains Indians, Ralph K. Andrist, Macmillan Publishing Company, 1964

Lies Across America: What Our Historic Sites Get Wrong, James W. Loewen, Touchstone Books, 2003

Lies My Teacher Told Me: Everything Your American History Textbook Got Wrong, James W. Loewen, Touchstone Books, 1996

A Little Bit of Wisdom: Conversations with a Nez Perce Elder, Horace Axtell & Margo Aragon, University of Oklahoma Press, 1997

The Little Book of Native American Wisdom, Steven McFadden, Element Books Ltd, 1994

Little Crow: Spokesman for the Sioux, Gray Clayton Anderson, Minesota Historical Society Press, 1986

A Little Matter of Genocide: Holocaust and Denial in the Americas, 1492 to the Present, Ward Churchill, City Lights Books, 1998

Living Stories of the Cherokee, Barbara R. Duncan, The University of North Carolina Press, 1998

Mad Bear, Doug Boyd, Thochstone, 1994

Manitou and Providence: Indians, Europeans, and the Making of New England 1500-1643, Neal Salisbury, Oxford University Press,1984

The Medicine Wheel: Earth Astrology, Sun Bear, Wabun Wind, Fireside, 1980

Meditations with the Lakota: Prayers, Songs, and Stories of Healing and Harmony, Paul Steinmetz, Bear & Company, 2001

Messengers of the Wind: Native American Women Tell Their Life Stories, Jane Katz, Ballantine Books, 1995

The Mismeasure of Man, Stephen Jay Gould, W.W. Norton & Company, Inc., 1981

Mother Earth, Father Sky: Native American Myth, Tom Lowenstein, Piers Vitebsky, Time Life, 1998

Mother Earth Spirituality: Native American Paths to Healing Ourselves and Our World, Ed MaGaa, Eagle Man, Harper Collins, 1961

My Heart Soars, Chief Dan George, Hancock House Publishers, 1989

My Indian Boyhood, Luther Standing Bear, University of Nebraska Press, 1931

My People The Sioux, Luther Standing Bear, University of Nebraska Press, 1928

My Spirit Soars, Chief Dan George, Hancock House Publishers, 1989

Myths and Tales of the Chiricahua Apache Indians (Sources of American Indian Oral Literature), Morris Edward Opler, University of Nebraska Press, 1994

Name of War: King Philip's War and the Origins of American Identity, Jill Lepore, Random House, 1999

Names, N. Scott Momaday, HarperCollins, 1977

Native American Songs and Poems: An Anthology, Brian Swann, Dover Publications, 1996

Native American Spirituality, Wananeeche, Harper Collins, 1996

Native American Testimony: A Chronicle of Indian-White Relations from Prophecy to the Present, 1492-2000, Penguin Books, 1978

Native American Wisdom, Kent Nerburn, Louise Mengelkoch, New World Library, 2011

Native Wisdom, Joseph Bruchac, HarperOne, 1994

New England Frontier: Puritans and Indians, 1620-1675, Alden T. Vaughan, W. W. Norton & Company, 1974

Once They Moved Like The Wind: Cochise, Geronimo, And The Apache Wars, David Roberts, Touchstone Books, 1994

Other Council Fires Were Here Before Ours: A Classic Native American

Creation Story as Retold by a Seneca Elder and Her Gra, Jamie Sams, Harper SanFrancisco, 1991

Our Hearts Fell to the Ground, Colin G. Calloway, ,Palgrave Macmillan1996

A People's History of the United States: 1492-Present, Howard Zinn, Perennial, 2003

The Pequot War (Native Americans of the Northeast), Alfred A. Cave, University of Massachusetts Press, 1996

Physician, Reformer, and Native American Leader, Peter Anderson and Charles Eastman, Children Press, 1992

Plenty-Coups: Chief of the Crows, Frank B. Linderman, University of Nebraska Press, 1930

Powhatan's World and Colonial Virginia: A Conflict of Cultures (Studies in the Anthropology of North American Indians Series), Frederic W. Gleach, University of Nebraska Press, 2000

Prison Writings, Leonard Peltier, St. Martin's Griffin, 1999

Profiles in Wisdom, Steven McFadden, Bear & Company, 1991

Rainbow Tribe: Ordinary People Journeying on the Red Road, Ed McGaa, Harper SanFrancisco, 1992

Red and White: Indian Views of the White Man, 1492-1982, Annette Rosenstiel, Universe Books, 1983

Red Earth, White Lies: Native Americans and the Myth of Scientific Fact, Vine Deloria, Jr., Fulcrum Publishing, 1997

Red Power: The American Indians' Fight for Freedom, Alvin M. Josephy, McGraw-Hill, 1985

Rethinking American Indian History: Analysis, Methodology, and Historiography, Donald Lee Fixico, University of New Mexico Press, 1997

Rising Voices: Writings of Young Native Americans, Arlene Hirschfelder, Beverly Singer, Ivy Books, 1992

Rolling Thunder, Doug Boyd, Delta, 1976

Sacred Fireplace (Oceti Wakan): Life and Teachings of a Lakota Medicine Man, Petes S. Catches, Clear Light Publishers, 1999

The Sacred Journey: Prayers & Songs of Native America, Peg Streep, Bulfinch Press, 1995

The Sacred Path : Spells, Prayers & Power Songs of the American Indians, John Birehorst, Harper Perennial, 1984

Satanta, Orator of the Plains, Carl Coke Rister, Autumn Southwest Review,1931

Selu: Seeking the Corn-Mother's Wisdom, Marilou Awiakta, Fulcrum Publishing, 1993

A Short History of the Indians of the United States, Edward Holland Spicer, Krieger Publishing Company, 1983

Sitting Bull and His World, Albert Marin, Dutton Books, 2000

Sitting Bull and the Battle of the Little Bighorn, Sheila Black, Silver Burdett Press, 1989

The Sons of the Wind, D. M. Dooling, Parabola Books, 1984

A Sorrow in Our Heart: The Life of Tecumseh, Alan W. Eckert, Bantam Doubleday Dell Pub, 1992

The State of Native America: Genocide, Colonization, and Resistance (Race and Resistance), M. Annette Jaimes, South End Press, 1992

Struggle for the Land: Native North American Resistance to Genocide, Ecocide, and Colonization, Ward Churchill, Winona LaDuke, City Lights Books, 2002

That All People May Be One People, Send Rain to Wash the Face of the Earth, Chief Joseph, Mountain Meadow Press, 1995

Through Indian Eyes: The Untold Story of Native American Peoples, Readers Digest, Jill Maynard, Readers Digest, 1996

Touch the Earth, T. T. McLuhan, Promontory Press, 1971

The Trail of Tears, Gloria Jahoda, Wings Press, 1995

Truth of the Hopi, Edmund NaQuatewa, Museum of Northern Arizona, 1967

Walk in Balance: The Path to Healthy, Happy, Harmonious Living, Sun Bear, Wabun Wind, Simon & Schuster, 1989

Watch for Me on the Mountain: A Novel of Geronimo and the Apache Nation, Forrest Carter, Dell Publishing, 1978

The Way, Shirly Hill Witt, Stan Steiner, Vintage Books, 1972

The Way of the Human Being, Calvin Luther Martin, Yale University Press, 1999

The Way to Rainy Mountain, N. Scott Momaday, Univrsity of Mexico Press, 1969

Where White Men Fear to Tread: The Autobiography of Russell Means, Russel Means, Marvin J. Wolf, St. Martin's Press, 1997

White Eagle Medicine Wheel: Native American Wisdom As a Way of Life, Wananeeche, Eliana Harvey, St. Martin's Press, 1997

The Wind is My Mother, Bear Heart, Molly Larkin, Berkley Books, 1996

The Wisdom of the Native Americans: Including The Soul of an Indian and Other Writings of Ohiyesa and the Great Speeches of Red Jacket, Chief Joseph, and Chief Seattle, Kent Nerburn, New World Library, 1995

Words of Power: Voices from Indian America, Norbert Hill Jr., Fulcrum Publishing, 1994

The World of Southern Indians, Virginia Pounds Brown and Laurella Owens, Beechwood Books, 1983

photographs_Edward S. Curtis

에드워드 커티스는 1868년 미국 위스콘신 주 화이트워터 근처에서 태어났으며, 1896년 처음 아메리카 인디언 사진을 촬영하기 시작한 이후 30년간 북아메리카 전역을 돌며 다양한 인디언 부족들의 마지막 모습을 카메라에 담았다. 4만 장 이상의 사진을 남겼으며, 인디언들의 연설과 음악도 1만 건 이상 녹음했다. 처음에 그의 작업은 먼지 속에 묻혀 있었으나, 1948년에 재발견되어 세상의 평가를 받게 되었다. 단순한 사진이 아닌, 아메리카 인디언에 대한 애정 어린 시선을 담은 그의 사진 작품들은 미국 스미스소니언 박물관에 소장되어 있다.

류시화는 시인으로 시집『그대가 곁에 있어도 나는 그대가 그립다』『외눈박이 물고기의 사랑』『나의 상처는 돌 너의 상처는 꽃』을 냈으며, 잠언시집『지금 알고 있는 걸 그때도 알았더라면』『사랑하라 한번도 상처받지 않은 것처럼』을 엮었다. 인도 여행기『하늘 호수로 떠난 여행』『지구별 여행자』를 펴냈으며, 하이쿠 모음집『한 줄도 너무 길다』『백만 광년의 고독 속에서 한 줄의 시를 읽다』『바쇼 하이쿠 선집』을 엮었다. 번역서로는『인생 수업』『술 취한 코끼리 길들이기』『마음을 열어주는 101가지 이야기』『달라이 라마의 행복론』『삶으로 다시 떠오르기』등이 있다. 2017년 봄, 산문집『새는 날아가면서 뒤돌아보지 않는다』를 출간했다.

나는 왜 너가 아니고 나인가

1판 1쇄 발행 2017년 9월 22일
1판 10쇄 발행 2024년 8월 1일

엮은이 류시화
펴낸이 김기중
펴낸곳 도서출판 더숲

주 간 신선영
편 집 오하라 이미라 백수연
마케팅 김신정 김보미
경영지원 홍운선

주소 서울시 마포구 동교로 43-1 (04018)
전화 02-3141-8301~2 | 팩스 02-3141-8303
이메일 info@theforestbook.co.kr
페이스북 @forestbookwithu · 인스타그램 @theforest_book
출판신고 2009년 3월 30일 제2009-000062호

ISBN 979-11-86900-34-5 03840

이 도서의 국립중앙도서관 출판예정도서목록(CIP)은 서지정보유통지원시스템 홈페이지(http://seoji.nl.go.kr)와 국가자료공동목록시스템(http://www.nl.go.kr/kolisnet)에서 이용하실 수 있습니다. (CIP제어번호: CIP2017022968)